千金難買早知道

蘇仁宗 ——— 著

教您如何成為億萬富翁

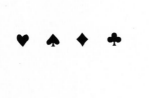

【目 錄】

前中國國民黨組織發展委員會主任委員 陳健治序

"Amazing！"（令人驚異的！）

是我在蘇教授占卜過後的第一個感覺！由於中國國民黨於2000年總統大選失利，2001年立法委員選舉也不如預期。健治於2001年12月間，承蒙連戰主席的提拔，擔任中國國民黨組織發展委員會主任委員一職。

第一個目標便是次年1月26日之縣市議員與鄉鎮長之選舉，希望藉由基層選舉，將中國國民黨徹底轉型，改變過去一般人民對中國國民黨的舊有印象，並重新整頓內部低迷之氣氛，將跌入谷底之聲勢能夠止跌反彈。

就在健治展開全省環島視察的第一站——台東，經由現任議長吳俊立的介紹下認識，並提到蘇教授鑽研占卜甚深，由於本次選舉結果事關中國國民黨能否東山再起之重要關鍵時刻，健治當時便直覺有必要先請教蘇教授有關吳議長之選情作占卜。由健治親自洗牌，並親手抽出的撲克牌是4紅心，對照答案即為「東山再起」。此占卜答案與當時台東縣黨部評估無異，事後也證明無誤。

之後健治更進一步詢問全國選情，占卜結果是K黑桃：「如您所願」，事後開票結果，證實亦與健治事先之評估相去不遠。依據中央選舉委員會選舉資料庫顯示，全國鄉、鎮、市長全部的319席中，國民黨推薦的候選人共當選195人，具國民黨籍經國民黨同意以無黨參選者有31人當選，比率佔70.85%。

在895席縣市議員部分，國民黨推薦的候選人共有396人

當選，經國民黨同意以無黨籍參選的國民黨員也有42人當選，比率佔48.94%，不僅選戰成果豐碩，更讓中國國民黨起死回生，讓許多支持泛藍民眾重拾信心。

記得當時蘇教授曾特別提醒健治應注意身體之健康。因為當時目標全心全意放在選舉上，對個人身體健康之警告部分，並未十分在意，使得日後在檢驗出腎臟有問題後，立刻警覺到蘇教授其實早已預言在先了。

以往健治對於卜卦之結果僅供參考，相信人定勝天，事在人為。天下沒有白吃的午餐，唯有經過努力才能得到成功的果實。

雖然與蘇教授僅數面之緣，但其占卜結果卻讓健治第一個直覺"Amazing！"，更對於生命有更深一層的認識。

陳健治　2004.10.14

前自立晚報台東特派員　張躍贏序

　　十多年前，本人採訪宋彥雄與鄭烈競逐台東縣長選情時，認識了曾是新聞界先進的蘇教授，當初對其撲克牌占卜術的神乎其技，深感佩服，爾後許多政商名流都曾見識他的功力。當年，蘇教授占卜出饒穎奇競選立法委員中心總幹事曹某「心有二志」之過程，我並未在場，其令人震驚的內幕，是由饒穎奇之胞弟饒達奇間接轉告的。

　　唯饒穎奇事後確曾直接證實了這令人難以置信的事件。他說，選後曾委託共同摯友林廣源與這位「仁兄」深談，最後雙方皆同意以「誤會」，不可傷害多年友誼，彼此心照不宣，而圓融化解此事件。由於饒穎奇立委選舉中心總幹事曹某，也作古多年了，立委競選對手則仍健在，因此我以「人間智慧」，冷眼來看此事。

　　饒穎奇在參選第三屆區域立委，亦即第六度連任時，蘇教授占卜後，即鐵口論斷得票數絕對不會超過三萬票。並建議饒穎奇在下（四）屆，應交棒給年輕人，自己轉而爭取中國國民黨不分區立委提名，至少可兩度名列前茅，並再創政治生涯的高峰。占卜時本人從頭到尾均在場，並做成「紀實文件」，以立此存證。

　　第三屆立委選戰統計得票數，饒穎奇以29,999票低空掠過，雖仍連任成功，唯果然「不超過」三萬票。饒穎奇自己也曾說：就是僅僅差那麼一票而已，就達三萬票了。是先知？還是巧合？其神準的程度，確已達令人「毛骨悚然」的程度！

日後，饒穎奇在第四、第五屆名列中國國民黨不分區立委排名第一，並出任第四屆立法院副院長，足見蘇教授之占卜功力，已臻爐火純青的境界。尤值一提者，依本人親眼所見，蘇教授不但從未向問卜人收過占卜費用，甚至還自掏腰包贊助饒穎奇「七位數」的競選經費呢！

1989年，當時尚未涉足政壇的台東縣議會現任議長吳俊立，是台東一家地方型建設公司大股東。他是由本人之引薦，始認識了蘇教授。占卜後，蘇教授即斷言其會高票當選縣議員，進而爭取副議長，甚至還有更上層樓之可能。但任內應格外注意「官符訴訟」以及財務調度的問題。

由於吳俊立素未涉足地方政治，口才亦未見便給，當時本人認為這次占卜預測，蘇教授可能要「翻盤」了。孰料數年後，吳俊立竟以無黨籍身分參選台東縣議會議員，除確實以第一高票當選縣議員外，並如願出任副議長職位；他擔任副議長職位一年左右，議長邱清華即因病邊逝，而由吳俊立扶正，因此創下新人甫入政壇，即出任議長職位之先例。尤值一提者，吳俊立在首次議長任內，果因案被求處十六年有期徒刑，二審改判七年八個月，目前正上訴之中；此均一一應驗蘇教授多年前之預言！

世事如棋局，若能夠洞悉機先，早知道成敗之契機，則可免除狂風大浪之侵襲，至少也不會落得名利皆空。唯十幾年來，看多了不少政商名流之浮沉，許多人都還是在執迷之中。適蘇教授出版這些紀實，應可為競逐名利者某些啟示。

張躍贏 2004.10.13

台東縣議會議長 吳俊立序

本人原在高雄經營小生意，1989年鄭烈及宋彥雄競逐台東縣長，返回台東投票時，經自立晚報特派員張躍贏之介紹認識了蘇教授，也因為蘇教授見面第一句話，即稱呼一個後山名不見經傳的年輕人為「副議長」，而改變了本人一生。

七、八年後即1997年，本人在事業略有小成，決定以無黨籍身分參加台東縣第十四屆議員選舉時，即北上向蘇教授問卜選舉結果，答案還是與八年前第一次問卜答案相同即：「一鳴驚人」，但蘇教授曾特別告誡，本人涉入政壇後，須特別注意「官司纏身」以及喝酒傷身之警訊。

本人果以第一高票當選，嗣國民黨主動邀請本人入黨，並事先承諾將提名本人與故議長邱清華競選正副議長，而順利當選，應驗了八年前蘇教授的預言。

1999年邱議長因肝癌往生，國民黨提名本人扶正。當年蘇教授來台東度假並光臨寒舍，本人曾三度向蘇教授請益，問卜結果是，可以獲得黃道十二宮之第九宮的支持度（30×9÷12＝22.5），易言之，在30席中可以獲22位議員的支持，嗣本人果以23票當選議長。

尤值特別透露者，為何有多一票呢？原來有一位在議員選戰中原未被看好的議員候選人，適來本人家中求援，蒙蘇教授在關鍵時刻予以指點，而倖掛車尾當選，這位議員投桃報李，在議長選戰中改投本人，以至於從原來的22票，增加到23票。

由於能向蘇教授請益的機緣有其限度，因此本人參與縣

長選戰之前，並未向蘇教授問卜，因此在縣長選戰失利後，第四度向蘇教授問卜，答案是：「東山再起」，開票結果仍以最高票當選連任。競選議長連任之戰，與由縣長徐慶元所支持的尤憲榮對決，開票結果則以28票對1票壓倒性的票數獲得蟬聯。

由於未參政之前，蘇教授曾一再面諭將有「官司纏身」的警訊，因此本人時時警惕不可誤觸法網，即使是與利害關係人之間的「債務問題」，也盡量保持息事寧人的態度，以避免上法院，而應驗了「官司纏身」之警訊。

唯不幸仍被檢察官楊大智以「涉及小型工程款的貪瀆案」予以起訴，一審及二審均為對本人不利之判決，幸最高法院將本案發回更審中，相信公正的司法，必然可秦鏡高懸，而還給本人清白。

去年梢，蘇教授來台東知本「宏宜飯店」撰寫此書時，本人就官司問題再向蘇教授問卜，蘇教授以天機不可洩漏婉拒回答，但寫下「君無戲言？」四個字以及一個問號，要本人靜心參悟，若本人對這四個字的解讀方向正確，即可逢凶化吉。雖有人認為政治人物忌語怪力亂神，不過從本人向蘇教授問卜的心路歷程，卻如寒夜飲冰水點滴在心頭，其料事如神，本人是最佳的見證及事例！為此特別為序！

 吳俊立 2004.11.29

陳慶昌先生序

　　1986年初，經立法委員蔡家福之引薦（時任新莊市市長），認識了時年四十歲的蘇教授。同年5月間再經蘇教授之介紹，同時認識了時任台灣經濟研究所所長的劉泰英博士，以及建築同業周文龍先生。本人獲悉當年5月20日為劉泰英五十大壽生日時，即由本人作東邀請蘇教授、周文龍作陪為劉泰英做五十大壽，因此，日後與劉泰英時有往來。

　　1988年1月經國先生逝世，由李登輝接任總統未久，劉泰英、蘇教授與本人在某次聚會酒酣耳熱之際，劉泰英對著蘇教授說：憨女婿（蘇教授前妻為劉泰英博士的義女），你難道不知道我心中的鬱卒嗎？我想要為李登輝做「代誌」（做事），你可要為我想出一些辦法呀！

　　在蘇教授擘劃之下，劉泰英乃能化解李登輝對他的誤會，進而使他有機會成為叱吒風雲，權傾國內政經界之「劉大掌櫃」。唯劉泰英嗣因人處江湖、身不由己竟「因福召禍」，不幸遭羈押四個月，而且被具體求刑十六年有期徒刑，如時光能倒流，劉泰英是否決定仍在萬丈紅塵翻滾呢？或是以學者立場對於政府財政措施提出諍言，在學術界做個諤諤之士呢？

　　本人向來體健，蘇教授竟亟力建議本人針對「人體最大臟器」即肝部進行電腦斷層掃描，竟檢查出0.7公分的肝癌病灶，因及早進行手術摘除病灶，得以僥倖挽回性命，蘇教授可謂是本人的「再生父母」。

　　值得特別提起的，乃本人原從事房地產業，經蘇教授之

指點，不但在事業上尚稱一帆風順，嗣因肝癌開刀須長期靜養，不得不將建設公司長期歇業，期間並將已購置之數億土地忍痛轉手，或撤回多筆合作投資案。唯竟因此躲開長達十五年不景氣的打擊，同業倒閉者不計其數，本人能全身而退，真可謂「因禍得福」。

因本人知悉劉泰英博士發跡之關鍵是由於蘇教授之指點，但對於劉泰英博士何以未能全身而退則頗覺納悶，看到本書初稿時，始恍然大悟。

福禍本相倚，因此以過來人的身分，以及刻骨銘心的經驗，謹建議曾與蘇教授結緣的問卜人，若因此飛黃騰達，求名得名，求利得利，或獲得健康生命者，應隨時再向蘇教授請益，以免失去趨吉避凶的機緣。是為序。

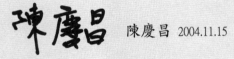 陳慶昌 2004.11.15

期貨專家 侯靑志序

　　期貨之交易，可說是所有金融商品中，最難以掌控的一種交易模式。由於受到合約時間限制，以及高槓桿資金的運用，對於投資人心理將產生無比的壓力，往往使得投資人做出錯誤的判斷。

　　個人從事期貨交易已逾二十年，在市場上看到無數的起落，而最後能存活在這個市場的則是寥寥無幾。依觀察，市場上只有兩種極端的操作模式始能存活：其一為以小搏大者，順勢時加碼，逆勢即斷然止損，並立刻改變其方向；如北部之張松允、邱姓大戶，中部之林姓及陳姓大戶等。其二乃以大搏小者，即所謂的價差交易者，藉建立大量部位，若有獲利立即平倉出場，慢慢累積其財富，如黃姓大戶、阮姓兄弟等。以上皆必須具有準確的市場方向性、良好的風險控管，同時克服心理障礙，始能戰勝此期貨市場。

　　兩年多前在一個偶然的機會中，經由前台灣大學代理校長、現任考試委員郭光雄教授介紹認識了蘇教授。當時本人只知蘇教授為一個策略分析專家。嗣蘇教授知道我是期貨業者之後，乃向我透露，他正在研究如何將「微祕儀」占卜術，融入期貨交易中，希望能研發出一套可穩定獲利的「交易模組」。但蘇教授本身對於期貨交易實務方面，並不十分了解，因此個人乃將過去在期貨的實戰交易經驗，提供予蘇教授參考。經過一兩年的互相切磋，研究、修正之後，此交易模組將人性、資金及方向結合，做了非常妥善完美的規劃。經實際進入市場操作，果然將此交易模組之勝率，自

56.18％提升至88.88％以上（因此將本操盤模組命名為「V88」）。

　　尤值一提者，「V88」在研發初期，方向之預測正確率85％的「高原區」時，蘇教授及本人即將之運用在實戰上。無可諱言的，由於止利及止損的分寸尚難拿捏，止損反向後再止損的頻率尚高，因此還是慘遭市場「修理」，蘇教授及本人均損失不貲。俟準確率達94％時，才將操盤策略，從原先的「開盤價建倉法」改進為「Fuzzy建倉法」。所謂「Fuzzy建倉法」乃在多空方向訊號出現之際，才從底部建多單，或從頭部建空單；從而操盤模組乃告成熟，並開始穩定地獲取相當可觀之利潤。

　　期貨市場是非常動態的，只要投資人在心理上，稍有無法克服的障礙存在的話，即使有如此完美的交易模組，市場還是會戰勝你的；因此，投資人必須確切的照「V88」操典執行，方能獲勝！

侯青志　　侯青志 2004.04.12

期貨公司經理 林夢鵬序

　　鄙人服務於證券業近十七年，於2001年1月與蘇教授結緣，當時鄙人任職於大信證券（現改名為吉祥證券）總公司業務部經理，經由羅董事長福助先生之交代，為蘇教授專責服務證券網路下單，因此有幸與教授結識，而後因人事變遷，鄙人先後轉任職於公誠證券、永昌證券，現任職於統一證券電券部，這段期間均與教授保持聯絡。

　　由於2000年政黨輪替，股市連續慘跌三年，教授當時以研發中的當沖程式用於現貨市場，操作並不順利，尤其遇到上市上櫃公司股價連續無量下跌，教授因此虧損數千萬元。

　　因此本人即建議教授將此程式應用於期貨市場，沒有選股問題，既單純又好操作。於是教授乃將微祕儀占卜術，專注於研發「V88」操作實務。

　　鄙人在蘇教授研發「V88」的過程中，僅提供精誠資訊公司的期貨報價資訊供教授參考之用，而在每天早上八點四十五分期貨開盤時，由教授告知今日多空操作方向、買賣點及停損停利點，鄙人採用在實戰時，發現其準確度約九成左右，當今期貨市場無人能出其右。

　　理論上，根據蘇教授所提供的期貨資訊，確有九成以上勝算。但在實際操作上，難免會有個人主觀、情緒及交易系統穩定性等因素干擾而影響績效。因此，建議要加入期貨市場的朋友，切記除了應百分之百按「V88」交易模組操作，暨嚴格的資金與風險控管之外，還要克服心理層面的障礙，才能成為期貨市場的贏家！

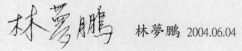

林夢鵬　2004.06.04

遠流出版公司王榮文來函

仁宗先生：

　　看到您寫的書的內容和表達方式，我只能說與我想的很不一樣，也一定不是我鼓勵您寫「占星術」的本意；我關心它的學理性，而不是八卦性！

　　我因劉思量（前國立藝術大學校長）的介紹認得您，承您神通，預知我姊姊當年的困境，讓我感恩在心。之後多所來往，慢慢覺知：占卜神通所謂的過去未來，特別是未來，是非禍福成敗均取決於個人的智慧修為，預知後事未必有益，因為影響其實現的變數太多，「預知未來」反而是種負擔，也少掉一個人自主自在的探索開拓樂趣。這大概能解釋，我慢慢疏遠您的原因。

　　但我不否認我曾受的吸引：從54張撲克牌，從4個顏色，1到13的數字它們所代表的意涵；從它可以解讀一個人在一個時間點，所點下，他在地球的十字座標上的位置，以及它所代表的過去未來；吉凶禍福，人生情感權利健康財富的所有抉擇！

　　您代表呈現這一立體的知識矩陣（matrix），如能去除玄學鬼神，並予以整理，是我真正覺得可以寫成一本書，貢獻給一般人的心靈處方。憑良心說：我看了您寫的內容有點失望，我覺得您把格局弄小了，一個卜算師或心靈導師可以寫個案，但要修改時地情節姑隱人名，個案要呈現它代表的意義性（meaningful），而不是暴露別人的隱私。此外每本書都有它的目的性，對象宜明確，跟目的對象無關的內容要刪

除，以保持一本書的簡明流暢。

　　我好像沒有立場建議您不要出版這本書，但我認為出版這本書對您有好處。我相信書裡有許多事實錯誤，舉我匆匆看的十六、十七節為例（重新編輯後更動為十二及十三節），錯誤滿多的。我長兄、三哥得肝癌逝世，次兄還在人間，我的姊姊不曾在遠流任職。邀我去見法師的不是遠流的高級編輯，而是高中時代認識的一個好朋友，當時上山的情境是我三哥正檢查出肝癌末期而榮總認為不能開刀了，在此情境下我受到惡意暗示和家族宣判。

　　那段期間，的確是我有生以來最大的試煉，我尋找良師益友，透過不斷的請教、訪談與閱讀（包括您的指點），終究度過生命中的冬天！

　　這段遭遇讓我遇到痛苦的人時能生同理心，好朋友應相互啟發，我盼望您受得了我的真誠諫言！祝安好！

榮文 2004.09.22

覆函兼序

榮文兄：

以很複雜的心情來回覆您這封信！首先必須說明者，任何「學理」均必須以「實務」驗證，否則必流於「空談」。「塔羅牌微祕儀占卜」之「學理」涉及玄祕之學，且非由本人所創，因此，本人只能以「入門弟子」身分，就塔羅牌微祕儀占卜的實例，予以紀實而已。

一、再者就您所提：「每本書都有它的目的性，對象宜明確，跟目的對象無關的內容要刪除，以保持一本書的簡明流暢」，感謝您以出版界專家的立場，所提之寶貴意見。其實我已將近四十八萬字的初稿，刪去三十多萬字，本書僅剩不到十八萬字。應該還有可以再刪除的空間，我盡可能再刪去與本書主題無關的內容。

二、至於「之後多所來往，慢慢覺知：占卜神通所謂的過去未來，特別是未來，是非禍福成敗均取決於個人的智慧修為，預知後事未必有益，因為影響其實現的變數太多，『預知未來』反而是種負擔，也少掉一個人自主自在的探索開拓樂趣……」乙節，我也很贊同您「是非禍福成敗均取決於個人的智慧修為」的高見，不過就「預知後事未必有益」的看法則有待商榷。

依個人經驗，預知後事是否有益？應與當事人先天個性息息相關。有人對「警示」的未來，以積極的態度去防患未然；就預知所描繪的美麗遠景，因增加信心，而加緊腳步去完成它。以您二十年前所指的「小氣財神」為例，他即能從

破產邊緣，蛻變成為千億級的紅頂商人，即其明證。

也有人確實「預知後事亦未必有益」，如以本書序文〈童年補白〉之中的盧德明君為例，雖「早知道」其子盧皓將遭燙傷，唯夫妻兩人仍無法防患於未然。羅福助「早知道」被勸退乃「自廢武功」，但仍以信守承諾為由退選，事後果導致繫獄四個月，含家人在內均官司纏身。胡定吾「早知道」與劉泰英內鬥，必導致兩敗俱傷，事後果與財政部長寶座錯肩而過等事證，則支持您的高見！

然而，不知您是否曾想過，如我未能預知「後事」，又如何能確信可以藉「仙拚仙」戰術，用來解除神棍對您的惡意暗示而重獲生機？！不過，話說回來，如脫離神棍惡意暗示的關鍵乃在您「尋找良師益友，透過不斷的請教、訪談與閱讀，終究度過生命中的冬天！」當然是另當別論了！

三、尤其讓我感慨良深並未察覺您我近年來日漸疏遠的原因，竟是〈童年補白〉序文之中所指「令人不寒而慄的預知能力」！

四、再者來信中所提：「但我不否認我曾受的吸引：從54張撲克牌，從4個顏色，1到13的數字它們所代表的意涵；從它可以解讀一個人在一個時間點，所點下，他在地球的十字座標上的位置，以及它所代表的過去未來；吉凶禍福，人生情感權利健康財富的所有抉擇！

「您代表呈現這一立體的知識矩陣（matrix），如能去除玄學鬼神，並予以整理，是我真正覺得可以寫成一本書，貢獻給一般人的心靈處方。憑良心說：我看了您寫的內容有點失望，我覺得您把格局弄小了，一個卜算師或心靈導師可以寫個案，但要修改時地情節姑隱人名，個案要呈現它代表的

24

意義性（meaningful），而不是暴露別人的隱私……」

容坦言以陳，蒙您抬舉，認為我能夠代表所謂「立體的知識矩陣（matrix）」，其實，我根本沒有能力代表所謂「立體的知識矩陣」，也從未思考過要如何「去除玄學鬼神」。換句話說，我不會，也不可能「舉著紅旗反紅旗」；本書旨在強調舉頭三尺有神明，冥冥之中：

善有善報，善若未報，應是祖有餘殃，殃過時候自然到。

惡有惡報，惡如未報，必係祖有餘烈，烈盡必定現世報。

因此，我向來主張「人要飲水思源」，更不可恩將仇報。因此舉出現世報的實例，以受社會公評，並讓當事人惕勵來茲而已。如因此將格局弄小了，也是無可奈何了。

五、書中各章節人物角色、時空環境均從本人的日記之中所擷取，由於時間長達四分之一世紀，因此不免與事實略有出入。如帶您去看神棍的介紹人，日記中誤載為遠流同仁，其實是您高中認識的友人；罹肝癌去世的兩位兄長，是長兄及三兄，日記中誤載為長兄及次兄，居住在您家中的胞姊並未在遠流做事等，筆者已在定稿時逐字更正，以求紀實，在此謹致萬分謝意！筆者也深恐您所指出的錯誤，也發生在其他章節，因此在本書定稿之前，均一一照會書中各當事人，並請訂正謬誤。

承蒙前立法院副院長饒穎奇、前國民黨組發會主委陳健治、殷商陳慶昌等當事人，太子建設莊南田不吝一一訂正本書謬誤之處。

六、以本書〈入院三、四年的「精神病患」為何霍然痊癒？〉乙文為例，確實是屬於個人「隱私」，因此筆者自始姑隱病患其名，是可見筆者下筆之前，已慎重處理「個人隱

私」應如何拿捏其尺度的問題。再以書中所描述之新光集團少東吳東賢為例，由於筆者曾將本書初稿由前台大校長郭光雄轉交當事人吳東賢過目，並請求訂正謬誤，然近半年來，並未得到「暴露其隱私」之反應。

前立法院副院長饒穎奇，甚至將筆者與他政治生涯之中，幾次重大關鍵的占卜，在公開場合娓娓敘述。並親自訂正時間、他當選的屆數等謬誤。再者，以富甲一方的陳慶昌先生為例，在看過本書初稿時，即因微祕儀占卜之奇遇，使他脫離死神魔掌。乃以感恩的心情，將其開刀時間，以及在台北榮總手術房進出三、四次的過程巨細靡遺予以補正。

尤值特別提出者，乃嫉惡如仇、素以公正執法著稱的前法務部長、調查局長廖正豪，甚至在中央研究院歸國學人宿舍大樓破土典禮致詞時，當著李遠哲院長及眾多貴賓面前，公開肯定筆者在他人生最低潮時能適時協助他走出「第一步」。

七、至於函中所指：「我好像沒有立場建議您不要出版這本書，但我認為出版這本書對您有好處」乙節，則有必要先闡述我個人的真實心境。

所謂「好處」如以一般人的標準，則不外乎「名與利」而已。然識者皆能體會「名之所至，謗必隨之！」焉能徒享盛名而無攻訐者？人非聖賢，必有其短，焉知虛名之後不會成為眾矢之的？

至於利字，本書即使銷售達百萬冊，其四、五千萬元之稿費，與本人在期貨市場實戰付出的近億學費相比，顯然並不符合一般投資報酬原則。事實上，筆者所追求的乃是藉本書之廣為發行，以實例奉勸散戶勿沉淪股海，遭受「作手」

宰割，而避免傾家蕩產，希能藉此廣積善緣！再者，或許能讓有緣的「螞蟻雄兵」運用本操盤模組共同創造龐大商機。

八、如本人純以報導八卦吸引讀者，相信以我多年來，因緣際會所能接觸的各項極機密的資料，其「勁爆」程度，相信應百倍於本書之內容！為避免「父子騎驢」的寓言笑話應驗在本人身上，此書是否暴露個人隱私之爭議，似應由當事人來做決定。

最後，您信中所提「這段遭遇讓我遇到痛苦的人時能生同理心，好朋友應相互啟發，我盼望您受得了我的真誠諫言！」乙節，對於您真誠的諫言，本人不但誠心受教，而且希望您願意一如以往，繼續予以鞭策；盼百尺竿頭能更進一步，希共勉之！

蘇仁宗 2004.09.28

【自序】
本書出版緣由

　　2003年12月中旬，我將八萬多字原訂名為《以占卜術擊敗期貨市場》的初稿，交給二十多年前的中國時報系老同事，即現今城邦出版集團商周出版社社長何飛鵬兄過目；並請他站在出版業者的專業立場提出建議。

　　飛鵬兄認為，由於我在每天上午台指期貨市場開盤時即將預測結果公佈在網站上，預測正確與否，讀者於收盤後，甚至在盤中，即可以自行判斷，因此無須多予著墨。他以出版界專家的立場所提出的建議是，本書銷售量若要突破《1995年閏八月》的參拾餘萬冊以上（此書由何社長策畫及發行，為當年單冊書銷售量冠軍），應將我與國內外政壇領袖人物、財團總裁、意見領袖占卜的「真人實事」，作為本書主軸，原「以占卜術擊敗期貨市場」的部分則改列為輔枝。但前提是這些占卜的個案必須都是免費服務，否則即有違必須為「客戶守密」的職業道德。

　　由於我一開始就完全以義務性質為問卜者進行占卜，於是接受這位出版界「專家中的專家」高見。一年來，整理數十本日記中記載的資料，以及保存的原始文件，從三千多件問卜個案中，擷取有代表性的近百個案例，重新撰寫成四、五十萬字的初稿。

　　此書內容是以問卜者親筆填寫的占卜命盤為主，我個人的日記資料為輔，加上既有的記憶，予以整理撰寫成文；由於時間橫跨四分之一世紀之久，因此書中細節不免發生謬

誤。為求紀實，在本書定稿之前，我將初稿一一以電子信函、掛號郵件或傳真送達各問卜人，請他們訂正內容，並為本書作序。

我想特別提出的，當事人如果明確表示不願公開披露曾問卜的事實，即使內容極具警世及可讀性，為尊重問卜者的意見，仍予以割捨；經過一再修改，再予以濃縮逾半，始完成此書。

在此感謝畢業於台灣大學的期貨專家侯青志先生，他自1988年起先後擔任過Tokai Bank of California AVP、Lodon Investment TRUST AV、美商芝加哥期貨公司、泛亞、京華、富邦、亞洲等期貨公司總經理，同時也是中華民國期貨商業公會理事及監事，以及中華民國證券公會期貨業務委員會委員。由於他耐心的指導，我才能從一個台指期貨市場的門外漢，迅速得到寶貴的實務操作經驗，讓「微祕儀」占卜術預測的理論基礎，能與實務操作完美融合在一起；使得我能在兩年之內，完成世界首創的「期指操作模組」，並已成功地運用在實戰中。

同時感謝我的祕書洪雪卿小姐，她也是筆者次子駿駿及么女禎禎的媽媽，她把孩子交給姊姊玫玉照顧。兩、三年來，她從有關期貨及股票現貨交易的專業書籍中，摘錄各項寶貴的資料，作為撰寫本書的素材，並從網際網路蒐集各項資訊及重要數據，供作比對之用，使得原本預計要三、四年以上的時間才能完稿的《千金難買早知道》，竟在兩年之內即能付梓。

蘇仁宗 謹識於2005.01.28

童年補白

我與蘇教授認識已四十餘年，從小他就多才多藝，不但論文競賽連獲數屆冠軍，而且還是白鶴拳高手。其文武雙全，反應靈敏，雖然調皮搗蛋，但對事情的看法總有獨到的見解，分析事理思維縝密，確實有顆好腦袋。

但真正讓我印象深刻、無法忘懷的就是他出神入化的撲克牌占卜，我只知道他在國小五、六年級的時候向一位洋牧師學的。原先我總以為只是坊間一般的吉普賽算命法，加上一些魔術障眼法，當成茶餘飯後餘興就好，不可把它當真。但經眾親友試驗後，竟發現神準無比。其準確程度，有時會讓你感到不寒而慄，好像一切都在他的掌握中。舉幾個印象深刻的例子：

1967年我從高雄中學畢業，剛考完大學聯考成績尚未公佈。三、五個同學考後在我家聚會，請蘇教授幫我們每個人算算，可以考多少分？可以考上哪個大學？占卜結果：我可以第一志願考上台大，而平常成績與我相差不多的雄中同學李紹榮以及楊維源，聯考成績則不理想，最多僅能考上私立大學而已，隔年必定會重考，然後以同分考上同一學校。

放榜後，我果然考上台大經濟系，李紹榮及楊維源則僅考上私立逢甲學院。李、楊兩位同學讀不到半學期，就決定休學重考。翌年重考後，又請蘇教授再卜一次，占卜結果還是斷定第一志願不必奢望。但可以同分考上第二志願的國立政治大學，而且必在同系。成績公佈後，兩位同學果然均以相同的總分，考上了政大會計系；在三、四十年前，其占卜驗證性已達令人駭異的程度！

再提一個有趣的例子，有位雄中同學李昆明，他後來有

一段時間在高雄建築界小有名氣。有一次同學聚會，同是雄中校友的蘇教授也在場，李昆明因久聞其占卜神準無比，想親自試試；記得占卜主題是想交一女友，想問是否會有結果。蘇教授囑咐李昆明親自將該女孩子的姓名寫於紙條，彌封後覆蓋於牌下，占卜後即斷言，敬鬼神而遠之，千萬不可「碰」也！全場一陣愕然，經李昆明事後解釋，大家才明白原來寫在字條中的女孩乃其胞妹也！真是真金不怕火煉，經得起惡意考驗，眾人皆覺有趣又稱奇。

還有一個非常特殊的例子，我有一位小學同學盧德明，他畢業於國立政治大學外交系。有一次聚會時，基於「英雄問凶不問吉」，他曾向蘇教授請教何事應特別注意，俾能防患未然。占卜結果是：「水火之厄」，由於意義抽象隱晦，乃進一步向蘇教授請教，再卜一卦，即斷言是「小孩燙傷」。未久其長子盧皓果遭熱湯燙傷，據悉傷勢還不輕。

同學聚會時還把此事拿出來檢討，以盧君謹慎從事之個性，即使「早知道」厄運將至，仍然無法防範其發生。因此，凡事是否應順其自然，盡量避免介入預知的靈異世界，而徒然增加自己心理層面的壓力，或是以更積極的心態，面對預知力量所警示的事項，徹底去防患未然呢？此乃「見仁見智」，大家爭論不休的話題。

很高興蘇教授能把這個專長發揚光大，並與現代電腦科技結合，成為一個精準有效的理財利器。並且把他多年來與芸芸眾生，其中更不乏顯赫賢達之士的結緣過程與精彩故事，著書公佈於世，而與有榮焉！

周健宇　2004.09.30

千金難買早知道

歐豪年題

【前言】

神祕的塔羅牌微祕儀占卜術

一、塔羅牌源自古代的埃及文明

　　在介紹「塔羅牌占卜術」之前，有必要先介紹一下塔羅牌（Tarot）的起源。根據筆者從國內外網站蒐集的資料顯示：塔羅牌源自古代的埃及文明，因為不少塔羅牌上的圖案，和古埃及壁畫所記載的圖案十分相似。巴黎國家教育部的圖書館員彼得瓦撰寫的一部《魔術的歷史》中提到，在古埃及的金字塔地下走道牆上曾發現22幅圖畫；據此，他推斷22張塔羅「王牌」（greater arcana，即大祕儀）是出自於埃及古王朝。

二、古埃及的神官將祕法隱藏在數張圖案裡

　　古埃及神話亦曾傳說，在遙遠的古代，天使曾給人類一個卷軸，其中記載著如何淨化肉體和精神以及透過「精靈」引導人類靈魂升天的方法，這個卷軸名為 "TAROT"。為了不讓祕法被惡用，埃及的神官將祕法隱藏在數張圖案裡，只有神殿中少數祭司才懂得，但是隨著古埃及的沒落，解讀的方法也隨之失傳；而流落到民間的圖案變成了紙牌，成為一種娛樂的工具。

三、「塔羅」是「叨忒之書」（The Book of Thoth）

　　另外還有一種說法，「塔羅」是埃及圖書館遭祝融之災後，所剩下的一本較為完整的神祕之書，稱為「叨忒之書」(即塔羅祕典)。它本來並不是現今我們所知道的紙牌形式，

而是在埃及王朝遭消滅之前，神職人員怕這本神祕之書落入異族之手，所以便將圖樣繪製在紙牌上面，後來經過亞歷山大傳入歐洲。當時歐洲人對於埃及的文化非常著迷，因此這本書被當成是埃及所遺留下來的寶書，它傳達了天神的旨意；後來又漸漸演變為占卜的工具，亦即是現在的塔羅牌。

四、保存至今最古老的是「維斯康堤塔羅牌」

塔羅牌保存至今最古老的是1450年間所繪製的「維斯康堤塔羅牌」（Visconti-Sforza），它最原始的版本在近代被發現時，僅剩下74 張。分別存放於義大利及紐約的一所圖書館裡。而現在流行的版本，是後人將這副牌，添補欠缺的4張牌而成的（一般認為整副牌應為78張）。

十八、十九世紀時，慢慢有學者發現塔羅牌上的圖案蘊藏的力量遠比紙牌遊戲重要多了，而且他們認為塔羅牌上的圖案和古埃及的神祕學、哲學、煉金術等有關。以下是一些歐洲早期的塔羅牌：

1.「**威尼斯塔羅牌**」（Tarocchi of Venice）：和目前的塔羅牌結構相同（一般稱為倫巴底塔羅牌）。

2.「**曼提那塔羅牌**」（Tarocchi of Mantegna）：由50張牌以及25張指導牌所組成。

3.「**波倫亞塔羅牌**」（Tarocchi of Bologna）：沒有宮廷牌（全部只有62張牌）。是由比薩王子（Francois Fibbia）所創造。

4.「**佛羅倫斯塔羅牌**」（Tarocchi of Florence）：由98張牌所組成，在大阿爾卡那（大祕儀）中增加了代表黃道十二宮、四元素（地、水、火、風）和四種主要道德（希望、謹慎、信仰、慈悲）。後來這些牌轉化為節制、力量和正義的牌。

　　從以上各種不同版本的塔羅牌，即能證明塔羅牌的總張數，絕非目前流行的78張牌而已。「祕儀」（阿爾卡那，Arcana）意指深遠的祕密，22張大阿爾卡那（Major Arcana 或 Greater Arcana，即大祕儀），是塔羅牌的核心。56張小阿爾卡那（Minor Arcana 或 Lesser Arcana，即小祕儀），可再分為四組，每組十四張：

1. **權杖牌**（wands）屬火，代表行動與意志，即撲克牌中的梅花（也有採用生命樹圖形者）。
2. **聖杯牌**（cups）屬水，代表愛情與感性，即撲克牌中的紅心。
3. **寶劍牌**（swords）屬風，代表知性與傳達，即撲克牌中的黑桃（也有採用彩虹圖形者）。
4. **五芒星牌**（pentacles）屬土，代表物質與肉體。即撲克牌中的鑽石（也有採用錢幣圖形者）。

【第一節】
什麼是塔羅牌占卜術？

一、塔羅牌占卜不同於一般的「算命」

　　自古以來，塔羅牌一直被西方用於占卜。「占卜」源自 "divine"（神聖的）這個字，因為大家認為只有神聖事物才有預知的力量，因此也可以證明塔羅牌的神聖性。塔羅牌占卜不同於一般的「算命」，也不同於巫術、神幻或迷信。牌面所傳達的並非不可逆轉的命運，而是顯示出對問卜者的提示

與警訊，讓問卜者更能明辨在為與不為之間的抉擇。因此，塔羅牌的靈驗與準確並不僅是來自於牌面，更來自於問卜者真實的內心反映，它能一針見血的指出問題之所在，而那也往往是我們會去逃避、不願面對的部分。經由塔羅牌，我們可以審視自己的心靈，看清事物的真相。

二、十八世紀中期後塔羅牌占卜術才開始盛行

有關塔羅牌占卜的起源，自十五世紀起，各家學者意見就很分歧。由於當時以塔羅牌占卜，必須由專業塔羅牌占卜家在旁引導整個占卜流程，以及「解讀」占卜的結果，因此塔羅牌占卜的風氣，還不十分普遍。

一直到了十八世紀中期，法國有位精通數學、自然科學、語言學、神話學、古代史的萬能學者庫爾‧多‧吉普蘭，他發表了一篇有關塔羅牌的「自我學習說」之後，才使得塔羅牌占卜蔚然成風。

三、可完全以自己的自由意志力進行占卜的「塔羅牌占卜」

所謂「自我學習說」乃主張問卜人以塔羅牌占卜，可自己以自由意志力進行占卜，並不需要透過專業的塔羅牌占卜家在旁引導占卜流程；其占卜方法有近十種排列模組可以「按圖索驥」，占卜結果也有意義十分明確的「祕儀」（阿爾卡那，Arcana，即「大祕儀」及「小祕儀」）可供參照。由於此種完全以問卜人自由意志力進行占卜的方式，也有相當程度的驗證性，因此使得業餘塔羅牌占卜術突然變得非常流行。

圖表一為一般「塔羅牌占卜」詮釋表，數字部分為「大

祕儀」，從零號「愚者」到21號「世界」共22張；加英文字母部分為「小祕儀」有56張，以上共78張。空白者為失傳的「微祕儀」。

圖一：目前流傳民間的大小祕儀

主牌	魔術師(1)		戀人(6)				審判(20)			
聖杯	創造		結合		體貼 H12		復活			
		夢想 H7	幸福 H10		溫柔 H13		柔弱 H11	依靠 H6		
			真愛 H2		情感 HA		滿足 H9		慈祥 H14	選擇 H4
	失望 H5	喜悅 H3			追尋 H8					
主牌		惡魔(15)	星星(17)		女祭司(2)	愚者(0)	力量(8)		正義(11)	死神(13)
寶劍		詛咒	希望		智慧	天真	意志		均衡	結束
			奇想 S7		思想 SA	無知	強勢 S12		平靜 S6	悲傷 S3
			道德 S13		機警 S11	開放			執著 S2	失敗 S10
	嚴肅 S14	紛爭 S5				擔心 S9		休息 S4	限制 S8	
主牌	皇后(3)		太陽(19)	節制(14)		吊人(12)	皇帝(4)	塔(16)	隱者(9)	戰車(7)
錢幣	豐收		生命	淨化		犧牲	支配	毀滅	尋求	征服
	踏實 D14	貧困 D5	累積 D12	固守 D4	專業 D8		魅力 D9			流通 D2
	物質 DA		佈施 D6	運用 D11					待機 D7	旅行 M3
	計劃 D3		家產 D10			母愛 D13				
主牌				教皇(5)	月亮(18)	世界(21)			命運之輪(10)	
權杖	遠見 C3			援助	不安	達成			輪迴	
	到達 C4		積極 C12	行動 C4		分析 C2	衝突 C5		穩重 C14	
				迅速 C8		認真 C11	壓迫 C10	勇氣 C7		
	計劃 D3		家產 D10			母愛 D13				

【第二節】
占卜術位階最高的「微祕儀」占卜

一、「卡巴拉」凡口授心傳，而無法以文字表示

　　「卡巴拉」（Kaballah）在希伯來語中的意思是「口授心傳」，是猶太神祕思想的最終奧義。它的起源來自亞伯拉罕經由天使傳授，而得知「無法以文字表示」的祕密。

　　十九世紀法國神祕學者Eliphas Levi 研究「卡巴拉」和塔羅牌之間的關係。長久以來它一直是猶太思想最神祕的部分，直到十三世紀才慢慢為人所知。而微祕儀占卜家即以口授心傳的方式薪傳給入門子弟，因此外界很難窺其堂奧。

　　專業塔羅牌卡巴拉占卜家有屬於他們自己的祕密社團（根據恩師指出，他是這個組織第172代的傳人），而這些在十八世紀前便已成為一門神祕學，並且祕密在研究著。

二、專業微祕儀占卜者使用兩種不同的命盤

　　初階的塔羅牌占卜者，僅使用22張大阿爾卡那占卜，因此稱之為「大祕儀占卜」。晉階後的塔羅牌占卜者，才會使用到其他的56張小阿爾卡那，稱之為「小祕儀占卜」。以上兩種塔羅牌占卜都屬於以自由意志為自己或朋友占卜，屬業餘塔羅牌占卜者。專業的塔羅牌占卜家，在占卜時，則使用高達160項的 "Micro Arcana"，稱之為「微祕儀」占卜。

　　所謂專業的塔羅牌占卜家又分職業性與非職業性兩種。職業性「微祕儀塔羅牌占卜家」，是指公開掛牌向問卜者依占卜次數收取固定費用，或單一個案收取分紅；非職業性微祕儀塔羅牌占卜家則以義務性質為問卜者占卜，占卜時忌收

任何費用，甚至含問卜者自願贈送的「束脩」在內。

因此非職業性微祕儀塔羅牌占卜家，是從無數問卜人之中予以砂中淘金，若為有緣的問卜者擘劃謀略，肇建鴻業之基有成之後，即可共享富貴。簡言之，事未成之前是絕對不能收取任何謝禮的！

三、命盤的製作方法

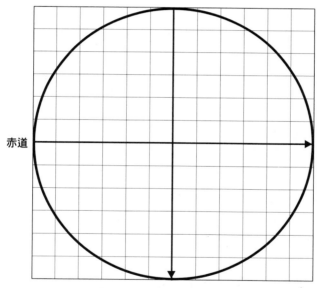

赤道

圖二：占卜「人際關係」的命盤

一般業餘的塔羅牌占卜者，並不使用命盤，專業的微祕儀占卜家，則使用「人際關係」（圖二）及「謀略分析」（圖三）兩種不同的命盤。

（1）占卜「人際關係」所使用的命盤

首先在方格紙上，取任何一點為 Center（中心點），以七

40

條線六小格為半徑所繪成的圓。赤道之上屬陽，代表吉祥、順利、契合以及互助。赤道以下屬陰，代表凶險、逆阻、破壞以及互鬥。

中心點代表「現在」所面臨的狀態，向左代表過去的前因，向右代表未來的發展及其後果。問卜者閉目將筆舉過眉心，向命盤中心「落點」，與中心點的距離及偏差角度，就是如何修正錯誤的奧妙所在；這部分須以「量角器」才能精準測定。排盤方式十分繁複，如以人工繪製，純熟者一張命盤最快也要兩、三小時，才可能將22顆主星56顆伴星，共78項大小祕儀，完整列入13乘13共169的宮位。

1984年間，筆者透過兒子的家庭老師陳志忠買進一部當時最新款的286PC電腦，軟體、硬體及其他全部周邊設備，經過兩、三個月的程式設計，近十天的測試，才完成電腦排盤程式。

這個新完成的電腦排盤程式約在數秒鐘之內，便可完成22顆主星及56顆伴星的「大小祕儀命盤」。不料此電腦排盤程式使用一年之後即無法啟動，經原設計程式的陳志忠檢查後，又付出了相當代價才能重新使用。由於「當機」日期正巧為一年，因此，我特別留意啟動新程式的日期，果然在整一年之日，程式又無法啟動。

由於當機的那段時日，筆者正在夏威夷，因此委請旅美身為電腦程式設計專家的友人從程式中「抓蟲」。果然發現在程式中藏有「時間蟲」，亦即原程式設計者在程式之中，設定使用滿一年即自動「當機」。待友人將「時間蟲」移除，並將PC電腦的「中央處理器」予以升級，以加速運算能力。在新程式之中，添加「微祕儀」82顆副星，加上原本的

78顆星，共160項「祕儀」，始完成完整的「人際關係」電腦排盤程式。不但排盤時間從四至五小時，縮短為兩、三秒，日後又將三千多位問卜者資料數位化，近萬份命盤予以歸類、分析以及追蹤。

筆者是第一個將電腦程式使用在微祕儀的占卜者，也因為使用電腦高速運算及統計性能，使得預測之精準度超越同系占卜者。

但由於以此占卜法洩漏天機，以及問卜者不欲人知的祕密太多，如非必要則盡可能少動用。筆者近十年來已鮮少使用。

（2）占卜「謀略分析」所使用的命盤

「謀略分析」的命盤，是由三個同心圓所組成，赤道以上為陽，以下屬陰。自赤道起沿圓周每36度，畫分為一個區間，360度共可均分為十個區間，全部共30個區間。

A.外圈為「天」，代表著時間的座標，12點鐘位置是指現在，順時鐘屬「未來、期待以及希望」，逆時鐘屬「過去、迴避以及絕望」。

B.中圈為「人」，代表著問卜者的智慧以及EQ（人際關係之處理哲學），順時鐘屬正面條件、友善、助人，逆時鐘屬負面因素、仇視以及掠奪。

C.內圈為「地」，代表著客觀的條件，順時鐘屬「積極、握有、適應」，逆時鐘屬「喪失、被動以及擠壓」。

謀略分析命盤的解讀，有不同的切入角度，其中，以投影原理顯像的命盤，經過訓練的「微祕儀占卜家」是以「立體透視法」來看。它的特徵是利害得失的判別，可以化抽象

42 為具象，功力高的占卜家甚至有能力予以「量化」（例如：
在第一章大位如何智取第一節投票前三天已預知扁呂必衛冕
成功一文，即明確表示，泛綠將以除以天干數26,060票至地
支數31,272票左右的差數，以三萬票左右擊敗泛藍衛冕成
功），使在利害相衝突時，可以取其輕重。當然也可以在
「領導人」初步做出決策，但尚未定案時，迅速找出決策過
程中的致命「盲點」，提供決策者改弦易轍的比較方案。尤
其是在兩軍勢均力敵或膠著的狀況下，因具敵消我長的特
質，往往是決勝負的重要關鍵。在敵強我弱情勢一面倒時，
雖未必有力挽狂瀾的神奇力量，但也因為可找到對手的罩
門，採同歸於盡的策略。如強敵投鼠忌器，或許能得「迫和」
之局。

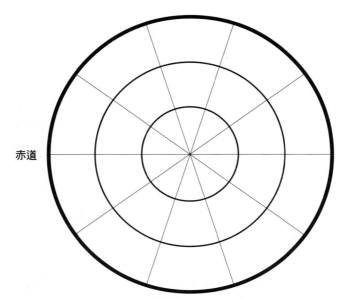

圖三：占卜「謀略分析」的命盤

【第三節】
神祕的「啟鑰儀式」

　　問卜者在進行占卜之前須自備一副全新、且未拆封的傳統塔羅牌，但由於傳統的塔羅牌，在市面上並不容易取得，不知自何時起，已改用一般撲克牌來取代傳統的塔羅牌。

一、命盤填寫的方法

1. 如問卜者是首次占卜的話，由問卜者取四個花色之中的A至10的牌，共40張撲克牌，由問卜者自行洗勻。

2. 將洗勻的40張撲克牌，由問卜者一一翻開，從圖表的外圈12點宮位順時鐘或逆時鐘方向（由問卜人決定），依次填進撲克牌的號碼。

3. 填滿外圈之後，再依次填入中圈。中圈號碼的填寫方向，除了與外圈相反之外，起始宮位則由原來的12點鐘宮位，移到外圈牌數最大的宮位所對應的那一宮。牌數大小依序為10,9,8,7,6,5,4,3,2,A，以10最大A最小。填滿中圈之後，最後才填內圈，方向與外圈相同，起始宮位仍是中圈牌數最大的宮位所對應的那一宮。

二、10張本命牌乃人類無法改變的事實——終必一死！

　　若占卜者是一人前來，依上述順序填滿後，將會剩下10張「本命牌」；如占卜者與同伴一起來占卜的話，此10張本命牌，則由問卜者及友人隨機分批抽出。這10張本命牌所代表的乃是人類無法改變的事實，即人生百歲終必「一死」。

　　換句話說，這10張固定不變的本命牌依出現的先後次

序，將明確指出問卜者的健康狀況，往生日期，死亡原因。

藉由這10張本命牌，可以了解即將發生的厄運，提前作防範。如本書第二章第十八節新光集團吳東賢，因病灶由鼻咽擴及腦部，因此「下刀部位」判斷出錯，同章廿一節陳慶昌透過占卜得知他的肝部肝癌僅0.7公分，第十三節遠流出版集團王榮文、第十四節御醫董玉京及經濟大師蔣碩傑是因遭神棍或「命理大師」惡性暗示導致情況惡化……，這些個案，由於黑桃2（許願之星）剛好都在10張本命牌之中，因此占卜者即能據此找出死亡原因，設法予以破解。

相反的，以同一章第卅五節力山鋼鐵公司宋明勳為例，由於黑桃2（許願之星）並未出現在他的10張本命牌之中，顯示他的情況相當危急，雖然宋明勳身體一向健朗，而且當年僅四十九歲，我仍「強烈奉勸」他去做體檢，冀望以現代醫學之進步能挽回他的生命。

不料，宋明勳到醫院體檢時果然發現骨癌，且已擴散到肺部，因已到癌症末期，不到數月即不幸往生。由於承諾宋明勳臨死前的託孤，我曾答應提供不動產供宋明勳的遺孀黃女方及兒子向黃世惠經營的中賢企業公司抵押借款，那一次，我因此而損失高達七千多萬元……，由此可見占卜者若洩漏天機，必定將付出相當的代價。

三、完整的「祕儀」應有160項，並以立體排列

筆者的恩師認為完整的「祕儀」應有160項，並以上下相連、左右互通的立體方式排列。大小祕儀之占卜雖也具備相當驗證性，但由於未能採用命盤歸位「鎖定」（即同一張牌可以重複顯現），因此並不能 "Double Check"（重複印

證）。至於每四個花色中的大牌J、Q、K共12張，在天時代表四季，在地利代表資源，在人和代表各類人才，問事代表變卦。圖表四為「微密儀占卜」的詮釋表，除前揭78張之外，網底黑字部分即82項「微祕儀」。因此總共為160項。此160項由40張撲克牌依時序顯示其不同的意義。

圖四：塔羅牌微密儀占卜詮釋表

	♥A	♥6	♥2	♥7	♥3	♥8	♥4	♥9	♥5	♥10
	投資	投機	合作	外型	溝通	滯阻	生機	絕處	田宅	典售
春	創造者	孤注一擲	愛人	秀麗標致	了解	慢下來	改變	憂傷	福田良宅	銷售策略
夏	投入時間	僥倖得逞	整合	愛情夢	妥協	懶惰	突破	孤立無援	企業總部	公開拍賣
秋	人員進駐	投機取巧	分享	藝術美學	比較	延緩	蛻變	危機四伏	建立城堡	押借承租
冬	物力資源	偷雞不著	策略聯盟	畸情	化解阻力	為書掣肘	再生	絕望自盡	土地開發	可能性
	♠A	♠6	♠2	♠7	♠3	♠8	♠4	♠9	♠5	♠10
	幹練	偏鋒	投緣	誘因	智慧	迷惘	激情	淡漠	平衡	傾始
春	正在經驗	叛逆者	確立遠景	條件優異	覺知	恍惚茫然	勇氣	單獨	制約	全然
夏	參與	遊戲心情	道德率	吸引誘惑	新之洞見	精神分裂	雷電	寧靜	訴之法律	難挽頹勢
秋	擬訂戰術	冒險	許願之星	深具魅力	心智圓熟	信心全失	強烈	封閉	自我調適	死神終結
冬	貫徹執行	罪惡感	友誼	投射	頭腦	缺判斷力	抗爭	局外人	和諧	反向而行
	◆A	◆6	◆2	◆7	◆3	◆8	◆4	◆9	◆5	◆10
	收割	透支	成長	定型	良醫	水血	熱焰	灰燼	蟄伏	驛馬
春	開花結果	接受性	存在	片刻相連	師父	激烈衝突	控制	資源中輟	內在聲音	旅行
夏	成功	入不敷出	創造力	建立制度	引導	手術開刀	政治手腕	由盛遽頹	轉入內在	四海一家
秋	慶祝	信用折損	子女	確定不變	沙盤推演	胎死腹中	繁華地段	盛況難再	放手	建立管道
冬	時機成熟	追償	天真	擇善固執	治療	血緣關係	熱門流行	浴火鳳凰	不具名的	遠赴國外
	♣A	♣6	♣2	♣7	♣3	♣8	♣4	♣9	♣5	♣10
	順利	挫敗	文昌	朽木	甘霖	枯竭	冶煉	折磨	厚實	虛無
春	秉天時利	悲觀者	傑出人才	屆齡退休	耐心	精疲力竭	計劃培育	壓力	傻瓜	空
夏	源頭	未戰先敗	意識	平凡	雪中送炭	重擔	自我激勵	心力交瘁	信任	前世
秋	完成	中途挫返	許可證書	執著過去	臨門一腳	壓抑	互相切磋	意志消沉	豐富	超越幻象
冬	順著流走	屢戰屢敗	公認文件	守財奴	救援部隊	困頓愁城	百煉精鋼	痛苦受難	貴人相助	返璞歸真

四、如何取得開啟靈異世界之鑰？

（1）在塔羅牌占卜的世界中，太陽代表永恆圓滿，代表喜歡；月亮代表無常及變化，代表厭惡；星星之多如恆河沙數，代表隨機。

（2）「數」則指黃道之十二宮位，色則為陰（黑）及陽（紅）。

（3）隨問卜者依型依次選定之。開始占卜時，由問卜者將日、月以及星等「三光」，隨機排列成：

a.「日月星」、b.「日星月」、c.「月日星」、d.「月星日」、e.「星日月」、f.「星月日」。

（4）例如：被占卜者隨機排列為「日月星」型：

a.即應先詢被占卜者，從1到12之中，喜歡什麼數字（日）？

b.紅黑兩色之中不喜歡何種顏色（月）？

c.假設問卜者喜歡的數字是7，不喜歡的顏色為黑，隨意取黑桃7或梅花7其中之一，為進入靈異世界之Key。如問卜者指定黑桃7為Key的話，必定將抽中以下四張牌之一：

1. 黑桃7即Key，抽中此張牌者，表示問卜者已取得進入靈異世界的Key，他應掌握並珍惜此生難得的機緣，藉占卜做出人生的正確抉擇，以及拓展胸襟及視野，以免「入寶山空手而回」！

2. 時空交會：如抽中梅花7，問卜者仍有一次問卜的機會，此乃問卜者此生唯一進入靈異世界的機緣。

3. 如抽中大Joker（玩笑者），見文可思其義，此君必屬「踢館者」，微祕儀占卜家此時即會端茶送客。

4. 如抽中小Joker，即單純地代表無緣，無緣就是沒有緣

分，並不具備任何理由，因此占卜應即停止。

　　d.「誠則靈，不誠則不靈」乃一般五術界人士的口頭禪，但微祕儀占卜家除引用「誠則靈」之外，並特別強調「不誠更靈，唯斷續緣」，此後不再接受踢館者的問卜。

【第四節】
為何成功的契機，總是與您擦肩而過？

　　每一個人能夠美夢成真的機會並不多。縱使您有機會擁有這把開啟靈異世界之鑰，如未能掌握這機緣，美夢成真的機會仍將錯身而過，良機失而復返的甚為罕見。慧心的讀者，希望能「精讀」以下這個寓言故事，餘生將受用無窮！

一、上帝太不公平了！
　　從前有一個佃農，他認為農場主人不需要辛苦工作，就能擁有豪宅，享受著山珍海味，而且其子女可乘馬車到城裡讀書。自己每天從早辛苦工作到太陽下山，收入卻十分微薄，妻兒也跟著他吃苦，自己的孩子甚至沒有機會接受教育，因此不免常常埋怨上帝對人實在太不公平了。

二、上帝聽到佃農的怨言了！
　　佃農這些怨言，終於被上帝聽到了，上帝認為這個佃農的怨言也不無道理。因此在這個佃農再發出怨言時，即指派天使來到人間，對著這個佃農說，你的怨言上帝已經聽到

了，祂指派我來實現你三個願望，不過也可以用來答覆你三個問題，你可要好好地把握哦！

三、這個佃農竟失去了脫離窮困生活的機會

佃農看到天使從天上飛下來時，著實被嚇了一大跳，在他還沒有回過神來時，就聽到天使承諾可以實現三個願望，他半信半疑地問天使說：您說的可是真的？天使對著佃農微笑地說：是真的。

佃農又對天使說：可以讓我想一想嗎？天使說：好的。

這個佃農想了一會兒，就對著天使說：上帝只給我三個實現願望的機會，是不是太少了？天使對著農夫嚴肅地說：「你說的沒錯！不過上帝祂對每一個人都是公平地賜與三個實現願望的機會。」說完就翩然飛走了。

佃農看到天使就要飛上雲端了，連忙大聲呼喚：「天使！天使！您還沒有實現我三個願望呢！」

天使聽到佃農的呼喚，再次冉冉下降，對著佃農說：我不是已經答覆你三個問題了嗎？說完就消失蹤影了。

這故事是描述一個沒有慧心的佃農，竟失去了脫離窮困生活的機會，讀者們可要引以為戒哦！

【第五節】
如何掌握「四吉星會聚」的成功機會？

一、問卜者本身的格局，是成敗重要關鍵之一

在此必須強調，「微祕儀占卜術」的預測，並不能無中生有。因此，必須要先有一份「比對模型」存在，占卜者再根據此份比對模型「鎖定」（Lock）其致勝關鍵因素，即使或然率只有百分之一，甚至更小的萬分之一，仍可達成美夢成真的境界！

（所謂比對模型，以「第一章第一節」：投票前三天已預知扁呂必衛冕成功」一文指出：

根據中央選委會網站公佈的資料，2000年總統大選開票結果，連蕭得票數為2,925,513票，宋張為4,664,972票，因此2004年總統大選時，連宋應以均和為3,795,242票為比對模型。其大周天參數為316,270票。小周天為26,355票。綠營大周天即以上屆勝選票數312,725票為比對模型，小周天為26,060票。）

二、「微祕儀占卜術」可協助問卜者掌握吉凶關鍵及轉捩點

由於微祕儀占卜家也可以從問卜者命盤之中，得知「四吉星會聚」（所謂四吉星會聚，如4鑽石、A鑽石、10鑽石以及3黑桃同處命宮）是否已屆，或應韜光養晦的期限。如問卜者福至心靈，能將願力用在四吉星會聚的良機時，加上在微祕儀占卜家的指點之下，具慧心者，必有所得。

同理，當「四凶星臨空」（所謂「四凶星臨空」，如6黑桃、10黑桃、6梅花以及9鑽石同處命宮）的時刻，即可事先防範或降低其殺傷力。通常如果犯「血光之災」，則以捐血

化解，「破財」以捐贈慈善公益事業化解。

其實，助人本為快樂之本，在行善的過程中，心中所充滿的愉悅之情已是回饋。不求是否善報，反而造成更深遠的福報。

提到福報，在此要特別說明，一般人都認為，放生祈福是很正常的，但有時「放生」祈福反會招禍。以「放生鳥」為例，因為「放生市場」有這樣的需求，所以常會有專人從野外捕捉野鳥高價出售給「祈福者」。

據報導：「先抓再放生，年害60萬鳥。」保育團體台灣動物社會研究會、高雄市教育會生態教育中心、台北鳥會公佈的「台灣北中南鳥店販賣放生鳥訪查報告」，發現有六成鳥店與佛教團體結合成共犯結構，並點明中華護生協會負責人釋海濤是最大買主。中華護生協會則表示：該會所有放生物都是市場上「不買就會被殺、有迫切生命危險」的動物，該協會每年放生的動物超過一千七百萬隻！

然而大部分「放生鳥」在捕捉過程中，已經死傷累累，如此的放生，反是一種虐待。架網捕捉到的野鳥，能活到賣給「廟祝」的，十隻不到三隻，如此不但未有「放生之積福」，反先造成「殺生之惡因」。餘生者則嚴重破壞生態。至於飼養的放生鳥放生後，因無法適應新環境大都慘遭餓斃。

「放生魚」也是如此，電視新聞曾報導魚被放生時，因放生者的認識不夠，竟把淡水魚放生海中，或海魚放生到淡水河流中，導致魚群集體死亡的「黑色笑話」。然而縱使把這些魚放生到正確的生態水域，通常魚兒一入水不久即成為當地棲息大型魚的「飼料魚」。「祈福者」所增加的不是自己的福氣，反而是神棍銀行存款的數字罷了，甚至反而因此

造成孽果！不可不慎，更不可不知！

三、成敗重要關鍵——自己須先修！

印度成道大師奧修（Osho）曾有以下的訓諭：「自己須先修，若能仗自己的努力先加溫到九十九度，師父才有可能協助您達到那個沸騰點：一百度。九十九度和一百度在格局上，是完全不同的。要沸騰須靠師父，但如果想全部依賴師父，直接從冰點或常溫加到沸騰的人，不但是愚昧，其實也是不可能的！」

四、只要具慧心且能夠知足，凡事都可船到橋頭自然直

問卜者事業的建立，就像疊磚牆一樣，要疊二、三十層高，尋常人就可以輕易完成。由於疊得不高，若不幸傾倒，磚塊大致仍屬完好之外，疊磚人很少會有因而受重傷的情形發生。

不過若要疊起一道高牆，甚至在高牆之上再行砌高時，一旦倒塌的話，結果必定磚毀，甚至砌牆人也難免遭到傷亡的後果。

如果是尋常小困難，只要略具慧心，而且能夠知足，都可以船到橋頭自然直。因此，除非面臨生死成敗關頭，才不得不設法去找「事成之前絕對不收取任何費用」的真正專家問卜。

五、即使因問卜而「有成」，也必有其後遺症！

雖然藉由占卜大都可以獲得成功，但也有一個相當詭異的現象，就是問卜者若藉占卜術迅速累積龐大財富，如果不

52

能謹守諾言，以慧心好好運用這筆提早擁有或非屬命格的財富時，那麼將很難善終。

推究無法善終的原因，乃是因為問卜者在四吉星會聚時，是藉由微祕儀占卜的協助，才能趨吉避凶，進而累積原本在命格中，前所未有的龐大能量，或「提早」擁有的財富。但如果問卜者貪婪無饜，自恃羽翼已豐，企圖仗現有基礎，再擁有更大財富，加上又驕奢淫佚，鋌而走險，後果將非常嚴重。

一旦四煞星臨空時，輕者好不容易才賺到的龐大財富，將喪失殆盡。中者雖仍擁有龐大財富，但官司連連，身敗名裂，晚節不保，甚至身繫囹圄，餘生將處於纏訟中。更嚴重者乃走火入魔，官司連連姑且不論，不只損及問卜者的壽緣，甚至會禍延家族。慧心的讀者，不可不戒！

在此謹建議讀者，面臨困難或精神壓力時，與其找一般所謂命理大師算命（當然也含筆者在內），或向所謂得道高僧祈求開示，還不如找企業諮詢顧問或掛牌的心理醫師來得實際，而且較無後遺症。

以下是四吉星會聚時，為問卜者所帶來的運勢：
1.與祿星同處，少則千萬富翁，多者千億，亦有實例可按。
2.與福星同處，一切安詳自在，縱非鉅富，也能衣食無虞。
3.與壽星同處，耄耋尚屬晚輩，期頤上壽，猶能雙足悠遊。
4.與喜星同處，男則三妻四妾，女雖單身，卻可面首無數。

但應注意的是，問卜者藉微祕儀占卜術，掌握四吉星會聚並將願力與四吉星同化而有所得時，在日後四凶星臨空時

若未能事先防範，必產生以下嚴重後遺症：

1. 與祿星犯沖，百億鉅富，輕者官符，重者將成逃命天涯。
2. 與福星犯沖，栖栖遑遑，輕者勞碌，重者災禍且不單行。
3. 與壽星犯沖，血光不斷，輕者破財，重者白髮悲送黑髮。
4. 與喜星犯沖，男則不舉，輕者名裂，重者閨秀亦淪娼妓。

———紅心

———黑桃

———鑽石

———梅花

第一章　大位如何智取？

56

　　「大位不宜智取」的典故出自何處？或已身居大位者的心態為何？並非本章探討的範疇，本文主要希望依據各項事實的前因後果，探討「大位如何智取」，而非「大位應否智取」！

　　本書第一節文章蒙　前台大代理校長，現任考試委員郭光雄先生題字，特此致謝！

作者　蘇仁宗

此段 叙述字字為真 郭光雄

郭光雄 前國立台灣大學校長

【第一節】
投票前三天已預知扁呂必衛冕成功！

一、雖是個人官祿，卻與大位之更迭息息相關！

2004年3月17日，即總統大選投票前三天，曾代理國立台灣大學校長、現任考試委員郭光雄，陪一位曾任校長的女學者來訪，這位學者就應否辭卸現職，出任泛藍內閣部會首長乙節進行占卜。

筆者請郭校長及問卜者在黃道十二宮之中各擇一宮。郭校長所擇為「第七宮」，問卜者選「第八宮」，再請問卜者或郭校長，其中一人再擇一宮，另一人則決定加減。問卜者擇「第六宮」，郭校長選擇與自己的「第七宮」相加。結果竟然是「先天命星」的「K號撲克牌」。

由於此次問卜者占卜所問之事雖是個人官祿，但卻與九五大位的更迭息息相關，依誡律自不宜洩漏天機。但郭校長與筆者交情匪淺，礙於情面，於是只好與問卜者約法三章，再正式進行占卜：

約法之一：由問卜者將占卜結果，自行寫在命盤上。占卜完畢，問卜者可將原始命盤取回自行保管，在開票之前，不宜外揚！

約法之二：僅占卜其結果，但不點破因應之道。

約法之三：問卜者隨機抽中的牌，應將牌面朝向自己，看清楚是那一張牌後，立即將該牌混入整副牌之中，絕不可翻開，以免筆者介入因果過深！

二、占卜結果：扁呂將以不到三萬票的差距擊敗泛藍

問卜者表示可以完全理解之後，我根據命盤位置，就「先天命星」的四大象限，依序詮釋：

1. 如抽中紅心K，綠營將以26,060票擊敗泛藍衛冕成功。因此問卜者與部會首長的祿位必然擦肩而過。

2. 如抽中黑桃K，縱使泛藍陣營勝選，因另有其他實力比問卜者好的競逐者，因此問卜者與部會首長無緣。

3. 如抽中的是鑽石K，連宋將以兩個大周天之差數勝選，換句話說，藍營將以625,450票差數擊敗綠營，形成二次政黨輪替，且問卜者可順利入閣！

4. 如抽中梅花K，綠營將以上屆勝選票數312,725之半，即156,362票的差數，擊敗泛藍陣營。從而問卜者也絕無可能入閣！

我們依例完成召靈儀式後，問卜者果然抽中事先指定的「K」撲克牌。當他們離去時，我直覺問卜者神情略帶落寞，可能抽中的牌並不理想。沒想不到半小時，郭校長立即以電話聯絡我，問及抽中的牌如為紅心K，是否綠營將以極微小的差距連任成功？那時我才證實，問卜者的落寞神情果然是問卜結果不理想所致。

三、曾向《TVBS》週刊總編輯表示：綠營必衛冕成功！

當晚因本書出版規劃事宜，又接到《TVBS》週刊總編輯王丰的電話，隨興閒聊之餘，他請我發表選前預測。我坦言二十多年來，從未在媒體上公開預言某項選舉結果，因為未具備「比對模型」的條件下，確實無法憑空產生「預知」的特異功能。但我告訴他，就在一、兩個鐘頭之前，剛好有

某問卜者的占卜結果「綠營將以不到三萬票之差數連任成功」，如精確估算，應在小周天的26,060票而已，因此泛藍將失去政黨二次輪替的機會。

2004年3月20日總統大選開票結果，陳呂得票數為6,471,970票，連宋則為6,442,452票，其差數為29,518票。重新驗票的結果則縮小為25,563票。

此與某問卜者及郭校長在投票之前三天的占卜結果，即小周天為26,060票而言，僅相差497票而已。是可見數量的推算，須先有一個確定的比對模型，才能精確推算出答案。

（扁呂在2000年勝選差數為312,725票，此即為一個大周天比對模型，兩個大周天宮位即625,450票，以下類推。若須再精密推算，可將大周天的312,725票，均分為十二等份即為小周天，亦即為26,060票。兩個小周天即52,120票，以下類推。）

【第二節】
聯合報元老張繼高預言宋楚瑜有「總統命格」！

筆者經潤泰集團總裁尹衍樑的介紹，認識了聯合報元老張繼高先生。

某日中午，張老來電請我及尹衍樑到他敦南寓所，享受由他親自烹調的粽子，席間他暢談在「燕京大學」（即目前的北京大學）就讀的陳年往事時，剛好宋楚瑜親自來電問候張老，張老將電話轉到書房接聽，刻把鐘之後，張老從書房走出來，手上拿著宋楚瑜不久前寫給他的一封信，並向我

說：「宋楚瑜這個人精明幹練，且勇於任事，可惜太Sharp（鋒芒畢露），蘇教授如願意擔任他Consultant（智囊或顧問）的話，有朝一日，他很可能會成為中華民國的President（總統）。這樣，對於老百姓而言，可能是一大福音！有機會的話，我將引薦宋楚瑜和你結識，看看彼此緣分如何？」

當時我微笑未作答，後來張老在一次體檢時發現肺癌。我在幫他占卜時雖曾建議立刻進行手術切除病灶，但張老拒絕進行手術，而採服中藥的醫療方式。最後還是藥石罔效，不久即溘然長逝；也因此筆者未有機會與宋楚瑜認識。

離岸十餘浬竟有彩蝶相送？

張繼高遺孀遵張老生前囑咐，將張老的骨灰交由尹衍樑親駕遊機帆船「漁豐五號」，撒於鼻頭港外海之中。當天，尹衍樑邀請筆者與張老一子一女隨船為張老送行。當船離岸十餘海哩之遙，尹衍樑拿出衛星定位儀，測量船隻當下所處位置。張老子女與我三人，將張老骨灰撒到海上時，突然有一群大小彩蝶，環繞飛舞在遊艇帆桿及海面之間。

經常駕駛遊艇出海休閒的尹衍樑指出，十多年來不曾在離岸十餘海哩的海面，發現有群蝶飛舞的景象，因此認為此現象並不尋常。

曾隨南懷瑾學習密宗的尹衍樑，隨即以密宗手勢向這群彩蝶朗聲說出：如果你們是來替張大哥送行的，現在可以請回了。如果是張大哥您仍有俗事未了，化身彩蝶相告，請飛下來停駐在船上吧。我尹衍樑保證代張大哥了卻心願。

說來令人不敢置信，竟然有一隻黃白相間的小蝶，立刻從空中飄下來，然後停駐在張繼高先生女兒的白色素衣上

面，且久久不飛離。

　　筆者自幼學習微祕儀占卜術，雖身為「靈媒」，但從未親眼看到這種「靈異現象」。因此，當下我也在心中默念：「如果你確是張老，有事託付我蘇仁宗去完成，那麼就請飛到骨灰盆上吧？」沒想這隻黃白相間的蝴蝶，居然從張老女兒的白色素衣上，飛到剛剛盛放張老骨灰的盆子上。

　　成語故事之中有「葉公好龍」之說，故事是說從前有位葉姓老畫家特別喜歡畫龍，因其畫技精湛，所繪出的龍形，勁武飛揚，堪稱一絕。有一天，葉公在某廟宇主牆之上繪上巨龍，才剛完成，天上龍神深受感動，乃從牆上現形飛出。葉公看到真龍現身時，竟驚嚇得跌坐在地。當時我心中的駭異程度，其實也與葉公無異。

　　當我凝視這隻由張老化身的彩蝶時，尹衍樑突然大聲獅子吼：「回去吧！張大哥不要再眷念塵世了，你子女的未來，我將全力協助，請不必擔心吧！」

　　尹衍樑的巨吼，讓站在船舷旁邊的我，著實嚇了一大跳。由於波濤起伏，一下子又沒有抓牢船舷欄杆的鋼纜，差點就跌落海中。待恢復身體平衡時，那隻小蝶卻已不見蹤影了。其他大型彩蝶，竟然不是朝岸邊飛，而是往煙波浩淼的海上飛去，越飛越高，不久即不見蹤影了。

　　以上這段真實經歷，說來連我自己也不敢相信。但是除了尹衍樑之外，還有船長張昆龍以及張老的一對子女在場，五人十目皆目睹以上靈異現象。之後我一直百思不解，張老的子女已長大成人，而且有尹衍樑承諾給予照顧，那麼張老到底要我完成何事呢？

壯志惜未「繼」，
蝴蝶凌空「高」。

【第三節】
前法務部長廖正豪「強邀」宋楚瑜向筆者問策！

一、廖正豪建議藉微祕儀占卜術來確認選戰策略

張老的事，後來我一直未明瞭他的用意，一直到1994年宋楚瑜競選省長時，時任行政院副祕書長的廖正豪即奉層峰指示，「強邀」宋楚瑜到我敦北寒舍，就競選省長之事問策時，才聯想到張老是否要筆者襄助宋楚瑜，讓他有機會為老百姓做點事嗎？若是，我便看看彼此緣分如何再作打算！

為何說是「強邀」呢？原來宋楚瑜自信心相當強，潛意識之中，可能並不相信占卜之術。因此剛開始以競選行程已排滿，婉辭與我見面。但廖正豪以總統府祕書長蔣彥士在二月政爭時，亦曾數度向我問策為例，因此一再邀約宋楚瑜與我見面。

1994年11月7日週一上午九時許，宋楚瑜乃由日後擔任他2000年總統競選總部主委廖正豪陪同之下，到敦北寒舍與筆者初次晤面。宋楚瑜事先即客氣地表明，因為在一個小時之後，有重要會議須由他親自主持，因此只有半小時左右的時間請教，若未能談完，以後另外安排時間，再專程拜訪。

三人坐定後，我開始一一分析勝選的要件，首先，我主張勝選要件之一，乃在提高投票率。但宋楚瑜當時表示，依

政治學理論，以及過去的統計資料來看，提高投票率並不利於執政黨。此時，廖正豪即建議是否藉微祕儀占卜術來消除他心中對於提高投票率的疑慮。果然，由宋楚瑜親自抽牌，並抽中4鑽石（掌權當局），亦即確認可以順利當選首屆省長，而其重要關鍵乃在提高投票率。

這中間，宋楚瑜由原先似乎有點漫不經心的態度，改為正襟危坐，並囑隨扈取消所有預定行程，我們彼此談了兩、三個鐘頭的時間，宋楚瑜才告辭離去。

二、尹衍樑曾請筆者轉告宋楚瑜，願無條件捐贈一億元！

與宋楚瑜見面這段期間，筆者曾接到尹衍樑來電。尹知道宋楚瑜占卜結果時，即請我轉告宋楚瑜，表示願透過筆者無條件捐贈一億元，作為提高投票率的經費。但事後尹並未依約將這筆政治獻金由我轉交宋楚瑜，待「興票案」爆發之後，據2000年1月28日自由時報記者賴仁中的報導中指出，檢調單位確認尹衍樑曾經有鉅款匯入宋楚瑜帳戶，此鉅額政治獻金是否與前揭承諾有關，因我並未介入，不知詳情。

三、投票結果，證明宋楚瑜勝選確與提高投票率不無相關

根據中央選委會資料顯示，全省選舉人數有11,184,258人。當時的執政黨是國民黨，原先預計全省投票人口約七百萬人亦即投票率約63%左右。在執政黨致力提高投票率後，1994年12月3日的開票結果，有效票達8,405,930票。全省投票率高達75.16%。換句話說，投票數較預估提高了一百四十萬票左右。

宋楚瑜得票數則為4,726,012票，得票率56.22%，民進黨

省長候選人陳定南所獲票數為3,254,887票，得票率38.72%，宋楚瑜以1,471,125票之差擊敗陳定南。這個票數與提高投票率的一百四十萬票，僅相差七萬多票而已。

2000年3月18日陳水扁競選總統僥倖獲勝的得票率39.3%，僅比陳定南競選第一屆省長的得票率多了0.58%而已。是可見民進黨的鐵票，並不容易流失。從而宋楚瑜的勝選，與採取提高投票率的決策，應不無相關。

現任親民黨祕書長的秦金生在勝選後，曾代表宋楚瑜向筆者致謝。但宋楚瑜在四年省長任內，從未主動要求與筆者晤面。

宋楚瑜的省長之位，是否與占卜的助力有關？在此不敢斷言，但筆者自許已能對張老有所交代了。

開來「繼」往，務必智者去擘劃！
大內「高」手，何須凡夫來指點？

【第四節】
借箸代籌檢討興票案之危機處理

宋楚瑜於2000年總統大選落敗，隨即成立了「親民黨」。某日宋楚瑜剛好在楓丹白露教育中心主持「親民黨青年領袖訓練營」，結業典禮時，始經孫大千等助理人員的安排，順道赴筆者在楓丹白露的寓所再度晤面。

雙方晤談時，筆者再度以興票案的危機處理，提出個人

看法，假設我是宋楚瑜，將從以下三策之中，事先分析利害，從諸利取其重，由諸害擇其輕，謀定始後動。

一、上策：「破鍋法」

所謂破鍋法，是指鍋子已有輕微裂痕，一盛水即開始滲水，而無法再使用。由於裂痕細微難以修補，技術純熟的補鍋匠在進行修補時，會以適當的力道將裂痕擴大以利焊補。關鍵乃在下鎚的力道須適當，否則整個鍋子就真的打破了。

在興票案發生時，如採此策，宋楚瑜應在第一時間，親自召開中外記者會，以誠懇的態度做以下宣示：「楚瑜當年是以中國國民黨中央黨部祕書長身分執行黨政運作，其間難免以非常手段，處理錯綜複雜的人際關係。楚瑜經手的政治獻金，豈僅此數。檢舉人拼拼湊湊所指控的金額，其實只是冰山之一角而已。而這些政治獻金都是中國國民黨員，或認同中國國民黨政策的企業界人士主動奉獻，絕無強迫作不樂之捐。除小額捐款是以執政黨為捐贈對象外，通常大額政治獻金，均以特定的政治人物為對象。

「因為政治獻金的捐贈人與特定政治人物之間，本來就已有相當的互信基礎及默契。楚瑜當年既為執政黨祕書長，將政治獻金用於維繫中國國民黨政權之穩定，此乃為必要之惡，亦屬天經地義。何況這些政治獻金，並非國家公帑。因此，楚瑜並不便向一般選民，透露政治獻金之來龍去脈，以尊重捐贈人之隱私權。任何人站在宋楚瑜這個位置上，相信都會做出相同的處置方式。」

筆者指出為何應採「破鍋法」策略，乃在兩害相權取其輕。政治人物也是人，只要是人則一定會犯錯，犯錯即應坦

然承認。此種傷害,相信遠比被選民貼上撒謊者標籤的傷害為輕。原來支持宋楚瑜的人,會更堅定支持之本意。中間選民將心比心,何忍苛責?四兩撥千斤,其影響之層面,一來一往何只312,725票而已?

二、中策:「斷尾求生法」

所謂斷尾求生法,是指壁虎遇強敵時,自行將尾巴斷掉,藉由斷尾還躍動不停時,引開強敵的注意力,得以乘機逃生。

在興票案發生時,如採此策,應在第一時間,馬上將款項提存法院。並透過幕僚表示,此乃宋楚瑜與國民黨主席李登輝之間的黨內家務事,由於該款項並非國家公帑,李主席亦係透過非常程序交付的,因此請李主席親自具領,以終止雙方的託付關係。

筆者說明執行此策意在「斷尾求生」,將新聞焦點轉到李登輝身上。李登輝主席如去具領此款,正落實此款確實是透過非常程序交付的。若李主席拒絕具領此款,那麼這不啻證明,該款並非國民黨的公款。從而,宋楚瑜何來侵占背信之有?

三、下策:「鋸箭法」

所謂鋸箭法是指一個人中箭受傷後,僅將箭身鋸斷,即行敷藥包紮,其結果是,短期之內雖未見鮮血淋漓,但箭鏃仍留在體內,不久將告身亡。興票案發生時宋楚瑜所採「長輩餽贈說」,即屬鋸箭法。

雖然有此財力的長輩不乏其人,但由於贈與稅的後遺症,以及資金流程亦無法臨時杜撰,左支右絀的情況下,最

後竟不得不採斷尾求生法，將該款提存法院。下策及中策兼用，然不幸時機已逝，最後竟落得變成下下策。事後雖由泛藍色彩鮮明的新黨謝啟大，進行所謂公正人士興票調查報告，企圖火中取栗挽回頹勢。不過，不少中間選民在羅生門事件中逐漸失去信心，最後竟僅以312,725票之差，痛失江山。

四、總統選戰如何出奇招？宋楚瑜頷首贊同但沉默未語！

　　當年韓國盧泰愚將軍在大統領選戰中，在三雄鼎立、勢均力敵之際，曾由盧泰愚將軍的妻舅宋炳循（前韓國關務署署長，大統領選戰勝選後擔任光州某銀行行長），透過曾任我國關務署副署長的劉泰英誠邀筆者，經日本轉赴漢城，在大統領選戰中獻策。

　　我曾建議盧泰愚將軍於投票前兩、三天，發表重要談話：懇求選民讓他當一年的大統領，在勵精圖治滿一年之後，將舉行全民公投。如果無法取得超過一半的肯定及支持者，保證無條件辭職下台。由於盧泰愚此項宣示，果然以接近陳水扁當年當選總統的得票比率，當選為大韓民國大統領！

　　宋楚瑜在總統大選前最後三天的「黃金時段」，如能採盧泰愚將軍勝選關鍵策略，為知2000年中華民國總統非姓「宋」，從而張繼高先生的預言可能成真！宋楚瑜聞罷，頷首表示贊同，但沉默未發一語。

五、宋楚瑜成立親民黨是形勢所逼？！

　　在與宋楚瑜商談期間，孫大千雖一再提醒隨後有數個預定拜會行程，不過宋楚瑜卻交代全部予以取消。宋楚瑜與筆者從餐廳圓桌，改到寒舍面對觀音山的大陽台，單獨交換意

見。當時筆者建議,在政治上沒有永遠的朋友,換句話說,也沒有永遠的敵人。國、親、新三黨一日不合,泛藍力量互相抵銷,彼此內耗,即難有政黨二次輪替的機會;唯宋楚瑜當時並未就此明確作出回應,反倒感性地透露心聲,說明當年被迫離開國民黨是心中永遠的痛,成立親民黨更是形勢所逼,自己何嘗願意如此!

　　2004年總統大選泛藍整合表面似乎成功,是否與此次晤談有關也只有宋楚瑜心中明白。但宋自此以後並未再主動與我聯絡,2004年總統大選連宋陣營應另有其他高人操盤。後來我反思,以宋楚瑜的人格特質,向來都是別人聽他的較多,而我在非占卜的情境下,與他交換意見時的遣詞用字又過於率直,比如「下下策」、「賠了夫人又折兵」、「左支右絀」等批判性字眼,想來是導致雙方磁場無法契合的原因吧。

【第五節】
「連袂」跪國士──葬送(宋)江山!

　　連宋在選戰中仿效「盧修一」臨死前跪求台北縣選民票投蘇貞昌,它造成的反效果實不容小覷。

　　2004年3月21日中國時報2004年總統大選特別報導大標題「雲縣一路輸,張榮味沉重」,副標題「原預估連宋贏陳呂五萬票,結果大輸八萬三千多票,張坦承輔選失敗,想不通問題在哪?」

　　讓我來揭開這個謎底吧!當時公開堅決挺宋、聲望如日

中天的雲林縣長張榮味，在2001年12月1日第十四屆縣長選戰中以205,500票擊敗對手林樹山的128,475票，兩者得票數相差77,025票之多。因此張榮味在選前曾發下豪言，認為連宋在該縣至少要淨贏阿扁五萬票以上。

一、跪天跪地跪祖先

選戰初期，宋楚瑜以雲林縣某項工程補助款，遭中央政府「凍結」事件，公開向張榮味下跪致歉，而成為各報競載的新聞；選戰末期，連宋又「東施效顰」，仿教宗下跪親吻土地。這項「連宋下跪事件」反遭機靈的呂秀蓮在第一時間乘機嘲諷，此事件在國內外頓成笑譚。也因此令不少支持連宋的選民更改投票意向。「下跪事件」應是造成連宋敗選的重大關鍵之一。

有一句大家都耳熟能詳的古諺，即男子膝下有黃金，尋常男人亦係如此，何況是未來的明君（總統），或是一人之下萬人之上的宰相（副總統）？

據一份抽樣調查指出，全國1,649餘萬選民之中，有兩成以上下層選民尚存冀望明君靖亂世的封建思想。以雲林縣552,795選舉公民為例，有403,305位選民參與投票，投票率為75.94%。如前揭比對模型成立，即有八萬個以上的一般中下層選民，其心目中的領袖應是「君儀天下，不怒而威」。換句話說，這些尚具封建思想的選民，豈容自己心目中至高無上的皇帝，或極品的大宰相，向七品小縣令下跪之理。

二、只有「跪地為求饒」，那見「跪地得天下」？

開票結果，陳呂得票243,129票，得票率60.32%，連宋得票

159,906票，得票率39.68%，阿扁淨贏83,223票。與張榮味選前預估淨贏五萬票以上，一來一往竟然相差十三萬票之鉅。

其實宋的鐵票支持者本來也相當穩固，以我的工作夥伴洪祕書為例，她是雲林縣水林鄉蕃薯寮人，父親及宗親都是張榮味在縣長選戰中的重要樁腳之一。洪父在2000年總統大選時，曾親自致電家人，「下令」務必投宋楚瑜一票，是可見屬宋楚瑜「死忠」的鐵票！但當他看到宋楚瑜在雲林下跪，連戰在台北下跪親吻土地時，他老人家不禁搖頭嘆息地說，男子膝下有黃金，老百姓都不輕易下跪，那有皇帝及宰相會莫名其妙下跪的呢？他認為：「當年在台北市長選舉時，宋楚瑜模仿盧修一向選民下跪求票時，即使真的跪到票，也只是錦上添花而已。大家還是把票投給『攏嘛係伊好運』的阿扁算了！」

2004年8月27日中國時報以紅底白字標題報導：「張榮味遭通緝 自治史上首見！」2003年，決定摒除新恩（扁恩）報舊義（宋義）的張榮味，力挺連宋結果居然慘敗，甚至自稱遭到「秋後算帳」的政治迫害。假如時光能倒流，他是否依然會做出「相同」的決定呢？在本書截稿時，張已遭警方緝獲，心中可能想的是：「早知道……」

原盼共「榮」齊「頌」，白「雲」藍天，「連戰」得以獲勝！
豈料五「味」雜「陳」，綠「林」覆地，「呂后」竟然不輸？

【第六節】
連震東第一筆土地怎麼來的？

　　也許有讀者好奇，如宋楚瑜及連戰有機會向我問策的話，我將如何獻策？其實在欠缺比對模型的情形之下，我也沒有什麼把握能起什麼關鍵性的作用。不過若就連震東第一筆土地怎麼來的，以及國內外共同矚目的「319槍擊事件」的危機處理，則稍可提出拙見。

一、扁營指連震東擔任接收委員，不久即爲自己登記了第一筆土地！

　　2004年總統大選，連宋整合成功，泛藍民意支持度差距約以21%勝出。選戰伊始，綠營即針對連戰家產來源提出質疑。此項負面文宣在各有線及無線電視頻道密集播出。其中有一句話頗為打入中下階層選民心坎，即連震東當年擔任接收委員，不久即為自己登記了第一筆土地！

　　所謂接收委員，乃代表執政的國民黨中央政府，來台接收投降日本佔領軍的各項財產，包括土地、工廠機器設備以及庫存的各項原料、物料等。

　　但文宣中並未明指第一筆土地是不是「烏來」（污來）的！連宋陣營不知是苦無對策，還是因為民意支持度尚高而不願回應。但此項為官貪瀆的暗示，乃造成連宋民意支持度迅速下滑的原因之一，它將藍綠民意調查支持度在投票前十天縮減到3%，以致最終泛藍以不到三萬票的微小差距落敗。

　　至於連震東第一筆土地是怎麼來的呢？

二、張聘三先生與連震東是日本慶應大學先後期同學

原來，彰化銀行前董事長亦即現任董事長張伯欽的父親張聘三與連戰的父親連震東是日本慶應大學先後期同學，他們二人與另一名台籍留學生吳春霖在日本時共同租一間宿舍，三人感情甚篤，尤其張聘三先生與連震東更是情同手足。

台灣光復後連震東擔任接收委員，並兼任台北縣長（管轄範圍是當年的台北州，即含今日台北縣、基隆縣市、宜蘭縣）、省府建設廳長、民政廳長、國民黨中央黨部副祕書長以迄行政院內政部長退休。張聘三先生則在五十七歲時，出任彰化銀行總經理、六十二歲升任彰化銀行董事長，以迄七十二歲退休。

三、張聘三先生建議連震東應購買台北市東區農地

五〇年代以後，台灣經濟從農業社會漸次發展為工業社會，很多農民不願再從事收入微薄的農耕工作，紛紛改行到工廠上班。因此廢耕情況逐漸產生，當年鄰市區的農地每坪僅兩三百元（如目前敦化南路等），至於更僻遠的松山地區則更便宜，每坪在一百元以下（如目前敦化北路等），南港地區每坪則只剩幾十元而已。

目光獨到的張聘三先生，曾建議連震東應購買台北市東區某一塊農地，如購地款一時不足，他可以先墊付。而當年為連震東負責辦理過戶手續的，就是張聘三的總務陳太川，目前仍然在世。這就是總統選戰負面文宣之中所指的第一筆土地。

四、每坪為一、兩百元買進的農地，目前已增值一萬倍甚至兩萬倍

　　連震東當年兼任台灣銀行常務董事，在基層警員每月薪水三百元時，他每月的車馬費即高達五千元之鉅，因此僅台灣銀行每年支付的車馬費，就可以買下五、六百坪的土地，這些土地現在每坪市值都超過三百萬元以上。

　　由於當年農地尚屬自由買賣，因此未具農民身分者，也可以自由買賣農地。連震東省吃儉用將個人薪水以及台灣銀行常務董事的車馬費，全部拿去購買土地。熟悉節稅的專家建議以連夫人的名義購買，或利用每年贈與免稅額度合法節稅，同時也曾以尚在美國留學的獨子連戰名義，購買了一些農地，從此連家慢慢成為小地主。後來這些農地，果然如張聘三所料，因日後都市發展，自然形成了精華地段。

　　根據2004年總統選戰中，綠營的負面文宣指出，連戰繳納的遺產稅只有六萬元。事實上，連戰至少繳了三十六萬以上的遺產稅，不過這些遺產稅與實際應繳的比起來，還是很少的。由此也可見連震東在節稅方面確有先見之明。

五、連震東因政治EQ滿分，才能因禍得福再獲重用

　　連震東出任國民黨中央黨部副祕書長時，有機會看到某些極機密的檔案，當時擔任華南銀行董事長的○○○（已逝，姑隱其名），曾具名向有關單位檢舉台灣意見領袖之中有反政府傾向的人士，其中第一個點名的就是連震東，依次為張聘三、羅萬俥、謝東閔、吳三連、黃朝琴等人。連震東看到這些檔案時，並沒有採取一般人的作法，悄悄把文件銷毀，反而緊急照會張聘三等被檢舉人之後，隨即向最高當局

主動請求調查。最高當局看到連震東的書面報告後,即召見連震東,表示這件事政府已派人詳查清楚了。

後來連震東在擔任短期的國民黨中央黨部副祕書長職務後,即被任命為行政院首席部長——內政部部長。知悉內情的人,都認連震東採「破鍋法」的處世哲學,因高智慧的政治EQ得以因禍得福,再獲重用。

六、連震東未將「耕者有其田」政策實施日期透露給張聘三

據了解,陳誠擔任副總統兼行政院長時,連震東是執行耕者有其田政策核心官員之一。耕者有其田政策公佈之後,張聘三曾埋怨連震東,在他多年來幫連震東賺了偌大財產後,他竟然不知感恩圖報,在「耕者有其田」政策發佈之前,至少也應略為暗示一下,讓他可以將農地分散一下,以減少損失。結果張聘三在那次的政策下損失了一大筆土地。

不過,張聘三是一個相當有智慧的人,起初對連震東嚴守政策機密的作法雖頗不諒解,但事後幾經深思,認為連震東公私分明,頗值得肯定,因此與陳啟川等很多大地主密切溝通後,不但與政府誠心配合,共同完成耕者有其田的政策,而且與連震東毫無嫌隙地維持長久友誼。

回到總統選舉,連戰在2003年總統選戰開打時,國民黨國家發展研究院院長關中獲悉連震東如何取得第一筆土地的經過,曾將資料提供給連戰,但連陣營的決策核心竟未對扁營的負面文宣做出回應,使得藍綠民意支持度,從六比四拉成平手,種下開高走低,錯失九五大位的敗因。

由此可見,智囊團的敏感度,也是成敗的重要關鍵!

亡羊補牢略嫌晚，
還人清譽猶未遲！

【第七節】
選戰中均由綠營主導選戰議題！

一、幹弱枝粗遇狂風焉能不折？

　　泛藍整合的結果，推出在2000年總統大選中得票率23.34%的連戰為總統候選人，得票率36.59%的宋楚瑜為副手。若以政黨輪替的戰略目標為出發點，公正的競選戰略家，應會認為這並非最佳組合。理由是宋楚瑜儘管有相當的民意支持，卻因泛藍團隊內部的種種原因，而不能充分顯示其競選才幹。國民黨雖有龐大的競選機器，卻任憑其空轉，這種幹弱枝粗的組合，遇狂風焉能不折。

　　據《看中國》論壇指出：本來此次選舉，泛藍如果推出「宋馬配」的夢幻組合，以宋當省長時的親民形象，再加上馬英九當前在藍綠兩邊都擁有的高民意支持度，囊括2004到2008年，乃至2012年的三屆總統寶座應該不成問題的。

　　但是國民黨短視的政治人物竟然誤判台灣民意，他們把台灣人要求「獨台」以確保民主體制的心態，錯誤地理解為民進黨所推動的「台獨」高漲意識，把台灣原住民中產階級積極要求參政的意願曲解為民進黨所追求的本土「國族主義」思想抬頭，於是錯誤地當起了民進黨的尾巴，刻意「模糊」自己傳統大中華的理念，甚至有意揚短避長，不但競選口號

跟在對手後面搖來擺去、窮於應付，而且從總統候選人以下、乃至黨的一般幹部，都片面地強調「本土化」。試想，如此一個沒有新意的競選團隊，最終不敗選又能如何？

二、未能有效對準阿扁治國能力的「罩門」攻擊！

眾所周知，2000年來在民進黨執政之下，台灣經濟持續衰退，傳統產業毫無起色，兼之「那斯達克泡沫化」之後，國內電子業亦應聲下挫，投資規模名列世界第一大的台積電為例，即從歷史高點每股新台幣二百二十二元遽挫到三十四點九元，市值從五點一兆元跌到八千億元，縮水了四點三兆元，台灣經濟面臨的困境，人民生活「痛苦指數」的增高，執政的民進黨束手無策。

國親泛藍陣營在競選辯論中，未能有效地針對陳水扁治國能力，尤其是「經濟面的衰退」給予反擊，相反的，卻讓陳水扁主導了競選議題。

據「美國之音」的廣播節目指出：綠營善於主導競選議題，明知台灣經濟是自己的「痛腳」，因此避開此議題，轉而提出 "TAIWAN，YES" 的口號，又在李登輝老驥不甘伏櫪的奮蹄加持之下，加強海峽兩岸關係的探討，表現出比四年前更果敢、更自信的反大陸傾向。

這次台灣總統大選前，中共雖然沒有像四年前那樣進行軍事演習、導彈試射，沒有對台灣總統大選橫加干涉，沒有揚言如果選民投票給陳水扁將承受嚴重後果；但仍在大選前，做了一些被認為是干涉台灣內政的事，例如督促在大陸的台商返台投票、審查在大陸的台商以及台商的商業夥伴的帳目，敦促包括日本和法國在內的一些國家，譴責大選時舉

行公投；中、法兩國海軍在台灣大選前進行的海上軍事演習；總理溫家寶訪美時敦促布希總統對台灣施加壓力等，這些舉動，也多少反激了部分台灣人民，變相地幫了民進黨的大忙。

三、連戰的政治潔癖：「好馬不吃回頭草」？

據《明報》報導，早在2003年4月18日，連戰和親民黨主席宋楚瑜公佈搭檔參選時，企業界就出現「停、看、聽」的情形，花蓮縣長補選在國親兩黨合作下大獲全勝，企業界明顯出現「回流」連宋陣營的現象。

據熟知內情的人士透露，其中名列「國政顧問團」的大陸工程公司董事長、台灣高速鐵路主要負責人殷琪就曾向連戰表達「修補關係」之意。

《新新聞》第889期報導：總統大選戰鼓頻催，上屆大選後重新洗牌的政商關係，又面臨新的變動，隨著兩大陣營氣勢的互有消長，為了因應可能的政黨輪替，許多企業開始有了應變計畫，不是保持低調，就是兩邊押寶，與雙方維持進可攻、退可守的友好關係，沾有特殊政治色彩的高鐵早有危機意識，也早已做了準備。

身為台灣最大的BOT案，再加上董事長殷琪與陳水扁總統的友善關係，高鐵成了選舉時被討論的焦點所在，面對外界嚴厲的檢視，以及近兩年來立委陳文茜持續以「掏空國庫」、「五鬼搬運圖利大股東」的窮追猛打，高鐵雖然一再強調要回歸理性與專業，但也深知在現在的政治氛圍之中並不容易，因此，高鐵除了盡量放低身段之外，也積極抹去身上明顯的政治色彩，希望將這次大選結果可能產生的傷害降

到最低。

　　除了高鐵本身受爭議，身為董事長的殷琪，更是高鐵長期以來被貼上綠色標籤的主因，為了不讓政治影響高鐵，2003年4月底，殷琪親自拜會國民黨祕書長林豐正，希望化解在野黨對高鐵的誤解，引發外界「殷琪棄綠投藍」的聯想。而在拜會林豐正之前一週，殷琪即透過管道，表達想見國民黨主席連戰的意願。但因連戰當天推說另有南部行程，而改由林豐正接見。此外，殷琪也曾親筆寫信，並附上高鐵最新資料和照片給連戰和親民黨主席宋楚瑜，讓連宋掌握高鐵確實的狀況和進度。

　　拜會當天，殷琪向林豐正表示，高鐵整個過程都是在國民黨執政時催生的，包括連戰、蕭萬長、江丙坤和林豐正本人都很清楚，她除了感謝，也強調到目前為止並沒有違反契約或法律的問題，希望政治歸政治、建設歸建設，因為不管未來誰是執政黨，高鐵都是國家資產。

　　除了試圖與泛藍高層接觸，殷琪也積極撇清高鐵與自己的政治牽扯，殷琪曾公開表示：「我可以不做高鐵董事長，但是高鐵一定要蓋。」並透露她將在高鐵興建完成後交棒的想法。她說，不同於一般家族企業，高鐵是公共運輸事業，因此「我不認為我做董事長，應該一直做下去」。此外，殷琪對內對外皆強調，高鐵不是屬於任何一個集團的，董事長也不該跟高鐵畫上等號，這對公司是不好的。這番話也看出殷琪的苦心。

　　2004年初，高鐵由總經理劉國治署名，也發給內部員工一封電子郵件，要員工在辦公室「不要涉入政治」，不許員工在辦公室發送競選文宣，更不得有鼓吹或拉票的行為，就

是希望高鐵不要再涉入選舉，再度被人拿來作文章。

　　殷琪曾說高鐵最大的風險是政府，正確來說，高鐵最大的風險是政治，由於目標顯著，具有高度政治意涵的高鐵，容易成為政治操作的箭靶，這個跨時達五十年的計劃，其間必須歷經十二次的改朝換代，至今好不容易才開始有了眉目，為了不讓選舉影響高鐵進度，最好的辦法就是抹去身上的政治色彩，避免再起波瀾。

　　從前揭報導，「連戰當天推說另有南部行程」為藉口，婉拒接見殷琪，可見連戰「好馬不吃回頭草」的政治潔癖，促使殷琪不得不孤注一擲，回頭再全力支持阿扁。泛藍因此喪失了綠營中企業界支持者雙面押注甚至倒戈的契機，也因此錯失了二次政黨輪替良機！

四、公投綁大選縮短泛藍與扁營差距

　　2004年另一項影響頗大的議題便是公投，民進黨特意選在總統大選時舉行公投，當然有其策略的考量；泛藍陣營基本上最終接受了公投的主張，此項公投的策略，鑄成阿扁以「公投綁大選」的良機！

　　至於「公投綁大選」的影響層面如何？根據國家政策研究基金會憲政法制組政策委員周育仁，在中華日報發表的文章指出：個人以為，320公投不但違反公投法相關規定，也已影響總統選舉的公平性，是以構成總統副總統選罷法第一○二條之要件，足以使法院宣告總統選舉無效。根據總統副總統選罷法第一○二條規定：「選舉罷免機關辦理選舉、罷免違法，足以影響選舉或罷免結果，檢察官、候選人、被罷免人或罷免案提議人，得自當選人名單或罷免結果公告之日起

十五日內，以各該選舉罷免機關為被告，向管轄法院提起選舉或罷免無效之訴。」

證諸選舉過程中行政院對公投議題之操作，迫使反對黨居於守勢，甚至因此被冠上賣台或不愛台灣之罪名，其對總統選舉公正性與結果之影響絕不容忽視；民進黨立委沈富雄也承認公投有助於陳水扁之得票。此外，二項公投同意票皆相當接近陳水扁之得票，更證明公投議題確實已影響選舉之公平性。換言之，320公投明顯不利於在野黨候選人，因而足以影響選舉之結果。就此而論，中選會顯然並未維持其應有之中立與公正。

再者，中選會在總統、副總統選舉當天同時舉辦防禦性公投，更已違反公投法相關規定。公投法第十七條第二項明文規定，排除總統交付之公民投票不適用該法第二十四條「並得與全國性之選舉同日舉行」，顯然該法已限制總統防禦性公投不得與全國性選舉同日舉行。

中選會於總統選舉當日同時辦理公投，不但已違反公投法，此一違法行為根據前述分析更「足以影響選舉結果」，依總統副總統選罷法第一○二條規定，此次總統選舉結果自屬無效。此外，320公投關於「強化國防」此一議題，由於涉及預算，也違反公投法第二條第二項預算不得作為公民投票提案之規定。

中選會就此一公投法規定不得交付公投之議題辦理公投，顯然也已違反公投法之規定，進而構成影響總統選舉結果的事實。公投雖賦予總統交付公投之權力，唯也對此一權力之發動作出相關限制，以避免總統濫用。對於總統交付之違法公投，中選會理應依法拒絕辦理。令人遺憾的是，中選

會並未秉持中立原則。

　　中選會所辦理之公投既是違法公投，且其違法行為已影響總統選舉之公平性與結果，其違反總統副總統選罷法第一〇二條之規定，足以構成選舉無效之事實，殆無疑義。

　　對於中選會之違法行為，泛藍應以中選會為被告，向法院提出選舉無效之訴，為避免本案因久懸不決，以致影響政局穩定，法院應立即進行審理，並以中選會違反總統副總統選罷法第一〇二條之規定為由，宣佈總統選舉無效。

五、高等法院認定公投綁大選違反了公民投票法的規定

　　高等法院在當選無效訴訟的判決中，雖認定公投綁大選違反了公民投票法第十七條第一、二項的規定，也就是總統發動320公投，不但在實體上逾越法定權限，而且違反了不得和全國性選舉合併舉行的規定。但法官認為這樣的違法操作，尚未構成當選無效的非法要件，因而未判陳呂敗訴。

六、綠營善於選戰策略運用，拉近了泛藍與泛綠的距離

　　綠營由於掌握行政資源，在投票前夕民意支持度已從原來的六比四優勢，互為消長遽降為五五波。但泛藍以單純的數學加法，將連戰及宋楚瑜支持度相加為59.93%，以為泛藍支持度遠勝陳呂的39.3%。但以全國15,462,625的選民，其中超過一千四百萬人並不屬於某個政黨，人們選的是政治領袖，而不是政治黨派，而且國親泛藍陣營的政治機器並沒有充分發揮和調動起來，沒有關心基層選民的問題，加上綠營善於選戰策略運用，從而拉近了泛藍與泛綠的距離，終至敗了這場選戰。

【第八節】
槍擊案是潘朵拉的魔盒！

一、雙方勢均力敵時，「319槍擊事件」成為連宋落敗重要關鍵之一

據報載，2004年3月19日，扁呂以現任正副元首競選連任，竟未嚴守正副元首不得同乘一車的不成文規定。因此在台南故鄉「掃街拜票」作最後衝刺時，遭受不明人士的槍擊，發生所謂的「319槍擊事件」。

根據泛藍立委在立法院國是論壇中爆料，國安局在選前有一份「沙盤推演」的極機密檔案顯示，如阿扁於選戰中遭受暗殺未遂，根據國安局以綿密的情治系統所進行的民調結論：「必有利」於扁呂選情。而國安局就阿扁是否在槍擊案發生之前，看過此份極機密檔案，則未做正面回應。

以泛藍執政近半世紀的經驗，其情報網絡及危機處理人才濟濟，在扁政府情治體系中，原深藍領導人雖已遭到全面更迭，但原有技術官僚系統，曾受原深藍領導人提拔的中下層官員之中，政治立場傾向泛藍的仍不在少數。泛藍既然能從國安局取得前揭的極機密檔案，當然也不難做出319槍擊事件「必有利」於扁呂選情的結論。

二、依當年台美斷交暫停投票的往例，應要求暫停投票

基於前文的推論，連宋應立即召開國內外記者會，嚴正譴責暴力，並主張此樁前所未有的「319槍擊案」，在真相未明之前，依當年台美斷絕邦交的緊急事件往例，應暫停投票，俟「319槍擊案」衝擊緩和之後，或緝獲兇手時，再擇期

恢復選舉。

（1）若扁呂坦然接受此項提議，則中間選民仍有冷靜思考的時間。一切回歸公平的「原點」。那麼國內股市連崩兩支停板、市值縮水一、兩兆造成全民重大損失的慘況，「真相調查會條例爭議」造成的憲政危機，藍綠陣營割喉戰所造成的投資環境惡劣、外資撤出等傷害及紛擾，應可減輕甚至化解於無形。

（2）如扁呂堅決反對暫停投票，連宋應以嚴肅的態度，籲請國際輿論來檢討319槍擊案所引發的「潘朵拉魔盒」。（潘朵拉是希臘神話裡的仙女，宙斯為了懲罰人類懂得使用火，派她下凡。相傳宙斯給她一個「魔盒」，不准她打開。不料，好奇的潘朵拉不顧禁令，竟私自打開魔盒；裡面一切人生的疾病、罪惡、瘋狂等各種禍害全跑出來，散佈到人間。只有剩下唯一的「希望」還留在魔盒之中。後人以「潘朵拉的魔盒」比喻人生罪惡的淵藪，或比喻煩惱的來源、無窮的禍害。）

民主制度中最寶貴的遊戲規則是「數人頭」，319槍擊事件發生之後卻變成「打破人頭」。為了歷史上追求民主的鬥士及先烈的鮮血不至於白流，如今潘朵拉魔盒中僅存的「希望」，就是扁政府能緝獲凶手並查明「319槍擊事件」的事實真相，給全民一個交代，或許也能還給阿扁一個公道。相信阿扁也不願意成為打開魔盒的「潘朵拉」，而成為千古罪人！

三、理直氣壯要求負責治安的扁政府，限時交出凶手

宋楚瑜應質疑執政的民進黨當局，連自己總統候選人的安全都無法確保，哪有能力保護兩千四百萬人民的安全？若以此合理的懷疑，理直氣壯要求負責治安重任的扁政府，承諾「限時」交出兇手，以證明執政黨有能力保護兩千四百萬

人民的安全，扁政府在國際以及國人選票的雙重壓力之下，焉能拒絕此項要求。

扁政府如無法「緝獲」兇手，除坐實執政能力欠缺之外，疑雲重重的「319槍擊事件」，則可留待超過兩百多萬中間選民冷靜判斷的時空。若扁呂不顧一切，堅持照常進行選舉，結果若仍是由扁呂以不到三萬票的差數勝出的話，那時連宋所提選舉無效之訴，則屬師出有名，必受到國際及國內輿論的廣泛支持；相反，若是連宋勝出，扁呂「啞巴吃黃蓮」，有何藉口能提出選舉無效之訴呢？此「進可攻退可守」的策略，相信即使精於謀略的「雙仁」（邱義仁及吳乃仁），也要傷點腦筋才能拆招吧！

四、連宋應公開呼籲泛藍支持者上街頭大遊行！

「319槍擊事件」發生後，由於泛藍未要求停止投票，因此，精於謀略的「雙仁」，在槍擊案發生後，即率先宣佈全面取消最後一夜的競選造勢活動，以誘引泛藍跟進。

連宋得知扁呂率先宣佈全面取消最後一夜的競選造勢活動時，本應「將計就計」，在記者會上公開呼籲泛藍支持者發起「反暴力！要真相！」的大遊行，但不可再使用泛藍選戰旗幟，改印製「反暴力」及「要真相」的看板或旗幟，塑造全民參與的態勢，讓活動持續到第二天上午投票為止；妥善利用這最後十二小時的「黃金時間」，彙整泛藍已近潰散的人氣。

上述的做法，雖然違反選罷法選前晚上十點須停止「競選」活動的規定，但這些上街頭遊行為數龐大的選民之中，除泛藍支持者之外，應還包含「反暴力」具正義感的理性中

間選民在內。因此遊行活動已非「單純的」泛藍陣營造勢活動。何況以目前的警力來看，面對數以百萬計的遊行民眾，勢必只能疏導而已。如阿扁按捺不住下令警方在重點地區，採強制驅離遊行民眾之下策，選民匯聚的怨氣必反應在隔日的投票選舉中，因此，不翻盤也難！

連宋卻以希望全國人民保持冷靜，理性地度過一個安寧的選前之夜為由，宣佈全面取消最後一夜的競選造勢活動。2004年3月19日當「雙仁」傍晚聽到泛藍居然也跟進時，應是撫掌大笑，未待開票結果幾乎已確定可以反敗為勝了。

五、未將計就計乘勢造勢，敗選後再為，反而失去股民之心！

選舉期間，雙方勢均力敵、難分軒輊的決戰時刻，「冷卻戰術」必有利於執政黨。泛藍決策者因未掌握時效，捨十二小時黃金時間未發動群眾抗爭行動，待翌日開票確定以不到三萬票差距敗選後，才決定發動長達一百九十二小時的長期群眾抗爭運動，企圖癱瘓扁政府行政系統的運作。

然而時機已逝，即使勞累民進黨前主席許信良在現場參與絕食抗議，前行政院長郝柏村、監察院長陳履安也先後到場聲援，但又剛好遇到大雨滂沱，絕食抗議者在飢寒交迫的惡劣天候下，也不得不草草收場。泛藍所發動的長期群眾抗爭乃告無疾而終。

在槍擊事件發生時，連戰還對外公開說，槍擊案不會影響選民的投票意向，但卻又在選舉結果公佈後指責槍擊案是大選落敗的主因，其說法前後矛盾，怎能讓中間選民折服？

再以投資市場為例，這次的選舉結果亦令許多投資人損失慘重，本來選前看好泛藍選情的數百萬「看多」投資人，

將選票及資金全押在連宋身上，由於連宋大意失江山，敗選後又提「選舉無效之訴」及發動泛藍選民上街頭長期抗爭活動，導致外資下達減碼令，三大法人狂砍四百億元，股市挫跌兩根停板，市值縮水一兆四千億元以上，平均每位股民損失二十萬元。造成泛藍及股民皆輸，只有民進黨獨贏的局面。

以「期貨天王」張松允為例，個人損失近四億元，這還未含他代客操作的投資群在內。因此張松允出書為自己以及「我們這些無辜的股民」抱怨：「連宋可以提選舉無效之訴，我們這些無辜的股民，是不是也可以提出台股開盤無效之訴？」是可見，泛藍決策無法掌握稍縱即逝的時機，反而失去支持泛藍的股民之心。

六、「小妹大記者會」揮走難以估量的理性中間選民選票？

所謂「中間選民」，指的是在大選末期甚至投票前一刻才決定投票對象的選民。據內政部發佈的資料顯示：國內1597.4萬選民之中，有382.7萬是大專程度的選民。這批高學歷的選民約佔全部選民23.95％左右，他們在歷次選戰中，往往是勝負關鍵票，這些為數近三、四百萬的選民，有自主的思考邏輯，與性別、年齡、歷練、省籍觀念、社會地位甚至政黨認同均無太大的關聯，他們以聽取政見內涵及企圖連任者「政見兌現率」來決定選的對象。

他們之中，約三分之一只選心目中的「英雄」，另三分之一選「相對理想的候選人」，其餘三分之一，則選「比較不爛的那顆蘋果」。如選戰中某方採取「負面攻擊對手」策略，但無法同時提出具公信力的鐵證時，反而使理性中間選民改投被攻擊者。

七、泛藍致命的錯誤決策

根據一項統計資料顯示，選民之中另有10%左右是不滿現實的，這批為數超過百萬、自命具正義感的選民，被媒體歸類為所謂的「賭爛票」。

（中共未能洞悉這些「賭爛票」的心態，以1996年總統大選為例，大陸當局竟採取試射導彈對台文攻武嚇，企圖影響台灣選民投票意向，即中了李前總統登輝先生「事情弄得越大越好」之計，竟然成為李連任最佳的「助選團」。）

這些投票率甚高的「感性型」賭爛票，加上前述投票率欠高的「理性型」中間選民，共佔全部選民的三分之一，此為數逾四、五百萬的選民投票意向，乃是藍綠陣營決勝負的重要關鍵。藍營未能審慎拉取這批選民，反而在選前一刻，因錯誤的決定，反將這批選民往綠營推。

更令人錯愕的，即使到目前為止，泛藍陣營仍未掌握任何直接的具體證據足以證明「319槍擊事件」是由扁呂「自導自演」。藍營竟同意由前民進黨文宣部主任陳文茜立委，以泛藍客卿身分主持記者會，明指暗諷槍擊案為阿扁「自導自演」。識者以「小妹大」的「319槍擊案自導自演說」，與阿珍的「小貓小狗三、兩隻」之說，確有異曲同工之妙！不過阿珍之說，只是引來逾十萬泛藍選民群眾聚集在總統府前大聲嚷嚷而已，對於日後泛藍選票的增減，所起作用並不大。

「小妹大」辯才無礙，敢於天下先，其勇氣誠屬可嘉；但她在欠缺證據的狀況下，直指319槍擊案為阿扁「自導自演」，並公開質疑奇美醫院竄改醫療記錄的不當，以及過度解讀槍擊事件的政治意涵等，不但未能贏取中間選民的認同，反卻揮走了這些選民的選票，甚至促使不少「賭爛票」

改投綠營，造成更大的反效果！這也是「小妹大」有功沒賞打破要賠，始料所不及的。

不只是泛藍內部對陳文茜有諸多微詞，民進黨籍的彰化縣長翁金珠也感謝陳文茜，使得原本藍軍老神在在贏定了彰化縣的局面，最後反而是陳水扁領先了兩萬多張票。

八、泛藍錯估情勢，導致「二次政黨輪替」契機擦肩而過！

據泛藍內部智囊團透露，「319槍擊事件」發生之時，連宋研判扁呂應已計窮，才會仿前國民黨提名的海外不分區立委，後來改投親民黨並投入區域立委硬戰的某前立委，當年他在投票前幾天選情吃緊時，座車突遭不明人士的「槍擊疑案」。泛藍陣營竟依自家進行民意調查的估票結果，逕認為泛藍將以六十萬票左右的差距勝出，因此並未採納暫停投票的建議。

另外，泛藍核心似乎也忘了2000年之前，國民黨近半世紀的執政期間，並不須要啟動國安機制，就可以根據綿密的政戰系統，淘選出愛「國」軍人（此「國」乃國民黨也）放投票假，其他充員戰士只好駐營留守之「老把戲」，一來一往選票差異足以「十萬」票計。凡是當過兵的「充員戰士」，尤其是當年屬於「駐營留守」的泛綠支持者，看到本文時，不免有現世報的感慨。雖是「老把戲」但卻是永不退「流行」！

疑雲重重的「319槍擊案」真相未明之前，民進黨立委蔡啟芳在2004年8月31日向傳播媒體公開發表「另類邏輯」。他說：「我們的選罷法有規定說，你如果自導自演就選舉無效嗎？有這條嗎？也沒有呀！那如果這個事件有本事自導自

演，那當選也是我們的本事。」

「319槍擊案」真相如何姑且不論，但蔡啟芳的見解，不但說明了「大位可以智取」，而且必須智取。

【第九節】
2004年美國總統大選結果的啟示！

一、為多給民主黨候選人凱瑞一些時間想想，布希曾延後宣佈勝選

2004年美國總統大選，由於布希在俄亥俄州取得六位數字的領先，凱瑞必須在翻盤和承認敗選之間作抉擇，若要翻盤勢必造成佛州重新計票紛爭的噩夢。這場幾乎難分難捨的選戰，是因為雖然現任總統布希獲得254張選舉人票，暫時領先凱瑞的242張，但關鍵的俄亥俄州20張選舉人票，卻因臨時投票部分尚未完成計票而有轉圜空間。到美東時間三日清晨五時（台北時間三日晚間六時）為止，這場馬拉松開票仍無法確定誰是白宮新主人。根據CNN的出口民調顯示，凱瑞拿下威斯康辛州後，和布希的差距只剩下2張選舉人票，布希和凱瑞為254張對252張。因此，凱瑞曾一度拒絕承認失敗，堅持要等候開票完成，如此則預計最快也要等上十一天才有結果。

尋求連任的布希總統在稍早等候終夜後，決定今晨暫不發表勝利演說。白宮幕僚長卡德表示，布希雖已篤定以決定性差距贏得連任，但將多給民主黨候選人凱瑞一些時間想

想，將延後宣佈勝選。

二、希望這個國家不要再分裂下去！

一度不願意承認敗選的美國民主黨總統候選人凱瑞，經過長考後，於台北時間四日凌晨零時致電布希，承認敗選。凱瑞在美東時間下午二時（台北時間四日凌晨三時）與搭檔副總統候選人愛德華茲一起出現在波士頓競選總部，兩人都是笑容滿面的接受支持者的歡呼，場面十分溫馨。

愛德華茲首先上台發表感言，他說，「美國民眾的選擇，永遠都是我們的選擇」，我們聽到美國人民的呼喚，也會做出回應。我們不願因為計票爭議，使國家繼續分裂下去。因為美國總統的人選「應該是由選民來決定，不是由冗長的法律訴訟程序來決定」。

凱瑞也隨即在如雷的掌聲中接棒演說，他首先表示，稍早之前他致電布希總統，希望這個國家不要再分裂下去。他強調，每一張選票都必須被計算到，很明顯的，在俄亥俄州的部分選票仍有問題。不過，選舉制度只能讓一人勝出，「我們應該達成共識，我們不應該分裂」，為了美國會更好，我們要統一，我們需要向心力，「明天起床之後，我們仍然都是美國人」，雖然這次選舉輸了，但是我們仍然是有成就的。凱瑞在演說中展現了民主風度，他強調，美國人民應該要團結一致，「我們要避免分裂」。

三、布希與胸有成竹的策士兩人合作將共創歷史

布希宣佈勝選之後，即聲稱「美國說話了！」，接著推崇挑戰對手凱瑞從事一項「勇猛的選戰」，並感謝家人與策

士卡爾‧羅夫對他的支持。

美國總統大選競選期間一路跟隨布希總統跑遍全美的共和黨策士，有「布希的頭腦」之稱的卡爾‧羅夫，由於早就看準右派選民這塊區域的龐大潛力，並勤加耕耘，因而一戰功成替布希二度打下江山。現年五十四歲，正式頭銜為布希資深政治顧問的羅夫，早從八○年代即著手籌劃布希的政治生涯，並於1994年布希政壇初露頭角時一路替他開疆闢土。

羅夫除兩度輔佐布希選上德州州長之外，更在四年前首度把他推上白宮寶座。三日晚間，布希在發表勝選演說時，直稱這位幕後功臣的輔選角色為「擘劃者」。

羅夫這次選戰的擘劃策略有項極大的特色，即找回在四年前大選中「失蹤」的約四百萬基督教福音教派、以白人為主的選民。

果然，布希今年在普選票上大有斬獲。羅夫的高超政治操作技巧在於他對美國每州每郡的選民，對白宮任何決策會做出何種反應都瞭若指掌。也由於他的戰術，布希才能打贏在佛羅里達及俄亥俄這兩州的關鍵戰役。《布希的頭腦》一書作者摩爾及史拉特在書中指出：「布希與羅夫，一個是被低估的候選人，一個是胸有成竹的策士。兩人密切的合作，將共創歷史。」

【第十節】

宋楚瑜若放棄上訴是奇招？或是下策？

一、烏克蘭大選結果兩方陣營票數相差3％，其國會立刻宣佈選舉無效！

2004年11月30日據報導，高等法院在11月10日宣判國親陣營提出的當選無效之訴敗訴，國親律師團依法提出上訴，痛批高等法院曲解法令、濫用心證。委任律師李宗德同時向最高法院喊話，強調律師團提出的證據已足以判決當選無效，希望最高法院忠於職責、依據法律公平審判，不要受到任何強行或柔性等不當干預，也不應再發回給高等法院，再耗費六個月的時間。

國民黨當日上午舉行「讓每次選舉都公平、讓每票投得都安心」記者會，說明上訴理由，文宣部主任賴素如以烏克蘭大選為例指出，烏克蘭大選結果兩方陣營票數相差3％，不像我們只差0.2％，又沒有公投綁大選、槍擊案，但其國會立刻宣佈選舉無效，反觀我們依法成立的真調會卻一直受到干預，對於今日的上訴，希望最高法院能秉公處理。

是可見連宋已決定中華民國總統的人選，將由冗長的法律訴訟程序來決定。而這，正合了民進黨的如意算盤，阿扁只使用一個拖字，就讓泛藍民眾的激情，眼睜睜地被一天天拖垮了。

二、堅信「司法永遠是正義的最後一道防線」

從占卜的角度來看，如果宋楚瑜進行占卜的結果5黑桃（法律訴訟）落在4鑽石宮位（權力當局）之中，未來最高法

院的判決仍是維持權力當局勝訴。此與宋楚瑜競選第一屆也是最後一屆民選台灣省長的4鑽石相同。雖同樣是抽中4鑽石，但當年宋楚瑜是執政黨推出的候選人，因此是權力當局勝出。當下是民進黨執政，若抽中4鑽石，則必定是駁回「扁呂當選無效之訴」。

記得2000年總統大選時，陳水扁以497萬票得票率39.3%勝出，宋楚瑜競選總部發言人公開表示：我們尊重人民的選擇，我們祝賀陳水扁當選為中華民國總統，此風範曾贏得全國各界的肯定。既然「早知道」必定敗訴，因此我曾透過親民黨祕書長秦金生建議宋楚瑜採取以下策略：

應在本（六）屆立法委員選舉投票之前，擇一適當時間召開中外記者會：以高等法院司法判決雖難以令人折服，但堅信「司法永遠是正義的最後一道防線」，並引用凱瑞之落選名言：中華民國總統「應該是由選民來決定，不是由冗長的法律訴訟程序來決定」。

三、宋楚瑜站在台灣生存的大前提之下，應宣佈放棄上訴

宋楚瑜如以中華民國沒有繼續分裂下去的本錢，因此決定站在台灣生存的大前提之下，宣佈放棄上訴，並將治國人才與理念提供給陳水扁。同時呼籲除了原來泛藍選民之外，並懇請決定選戰勝負的中間選民，以及質疑陳水扁治國能力的憂國憂民之士，將選票投給親民黨或國民黨。

唯據親民黨祕書長秦金生在投票前數天透露，親民黨決策核心對於當選無效上訴案，不卜亦可知其判決的結果。對於宋楚瑜片面宣佈放棄上訴，將中華民國總統的職位由選民來決定，而不是由冗長的法律訴訟程序來決定的策略，亦肯

定將有利於親民黨籍立委之爭取選票，甚至對宋楚瑜日後上台必產生正面的形象，但宋楚瑜為信守支持國民黨連戰主席的承諾，不得不採取與國民黨決策核心同一腳步，而仍決定共同提起上訴！

四、親民黨流失的選票「悉數」回流到國民黨了？！

2004年12月11日根據中選會的開票結果，在政黨得票率方面，民進黨獲得35.7%，較上次成長2%，無論席次或得票率，民進黨仍為國會第一大黨；國民黨斬獲32.8%，較上次成長4%；親民黨13.8%，則較上次少了近5%；台聯7.7%，和上次比起來，維持平盤，四大黨均跨過不分區席次分配門檻；無黨聯盟僅獲3.63%，無法跨過不分區政黨門檻。區域立委加上原住民立委的176席中，國民黨61席、親民黨27席、新黨1席，泛藍共佔89席；民進黨70席、台聯7席，泛綠合計77席，無黨聯盟及其他為10席。若計入不分區及僑選立委，國民黨79席、親民黨34席、新黨1席，泛藍共114席，國民黨則是再加上張麗善及曹爾忠，宣稱已達116席；民進黨89席、台聯12席，泛綠共計101席，與民進黨選前在101摩天大樓造勢的樓層完全相同。

2004年12月12日中國時報在社論中指出：「……再看泛藍的得票情形，國民黨得到三百一十九萬多票，得票率32.8%，較之第五屆兩百九十四萬多票與28.6%的得票率，總共成長了5%左右，算是止住了近幾年一路下挫的氣勢，如果再配合親民黨的得票情形看就更有意思了，親民黨得到一百三十五萬多票與13.9%的得票率，對照上屆的一百九十多萬票與18.6%得票率，下挫大約5%，從這兩黨的得票消長不難發

現，親民黨流失的選票泰半回流到國民黨了。」

【第十一節】
親民黨第六屆立委席次何以遽頹？

一、宋楚瑜預言泛綠過半將導致2005年3月中共攻打台灣

　　據報載，宋楚瑜說服選民把票投給藍軍的方式很另類，他以非常肅殺的語氣指出：「如果今年藍軍輸了，加上陳水扁、李登輝不斷公開表明要制憲建國的立場；明年3月，中共盟軍將開始轟炸台灣，屆時就看台灣會有什麼樣的劫難了。」看到這段報導，筆者突然聯想到一個大家都耳熟能詳的童話故事〈北風與太陽〉：

　　有一天，北風和太陽相遇，兩個人打賭，北風提議說：「我們兩個人各憑己力，各顯神通，看誰能讓路上的行人，先把衣服脫下來，誰就獲勝。」太陽說：「好！你先來。」於是北風施展威力，猛烈颳了起來。狂風乍起，路上行人紛紛把衣服裹得更緊，行色匆匆地趕路，沒有人脫下衣服，最後北風無可奈何，只好說：「我承認我不行，太陽，換你來，看你是否有辦法讓路上的行人脫衣服？」

　　這時候，太陽就大顯身手，剎那間撥雲見日，陽光普照，行人們逐漸感覺到暖熱，便一件又一件地脫下衣服。北風見識到太陽的威力，終於俯首認輸。

　　這段故事其實是啟示我們，待人處事不是給人壓力就能成功，疾言厲色或者使用暴力是無法令人心服口服的，反而

應該給人溫暖、尊重，讓人心生歡喜、心悅誠服才是勝利的關鍵。人與人之間是無須如北風與太陽般比賽的，只要一聽言語，馬上就能輸贏立見。

二、上台看謀略，下台看智慧

識者認為，由於宋採「北風戰術」，以至於有不少中間選民認為宋楚瑜的預言是「詛咒」，投給綠營又怕「詛咒應驗」，因此把選票投給同為泛藍的國民黨。甚至有部分「賭爛票」反而把選票投給民進黨。「數字會說話」良有以也！

有人說「上台看風範，下台看尊嚴」，也有人說「上台看機遇，下台看智慧」，更有人說「上台看身段，下台看風度」，我卻要說「上台看謀略，下台看智慧」。

「敗仗並不可怕，可怕的是在敗仗之後，不知為何落敗，亦不知如何汲取教訓，喪失了東山再起的契機！」

親民黨立委席位雖然大幅衰退，但仍為國內第三大黨，國民黨如果想在2008年取得政權，絕對不可能漠視被認定是「一人政黨」的親民黨的影響力，就像民進黨絕對不可能漠視同為「一人政黨」的台聯黨相擬。

三、性格決定九五大位之更迭

宋楚瑜既已公開宣示不再擔任連戰副手，2008年總統大選，不管國親是否能再整合成功，我認為在政治倫理、執政經驗及能力方面，宋楚瑜的實力不容忽視，以宋楚瑜強烈的企圖心來看，勢必第三度問鼎總統寶座。至於張繼高的預言是否成真，其關鍵只在宋楚瑜的「性格」而已！

【附錄】
「兩顆子彈」與「一份文件」威力孰大？

　　以下是筆者親身經歷的真實故事。有一份重達一、兩公斤的卷宗，其中有一紙文件，有人認為是蘇貞昌的罩門，但也有人認為不足一提，到底它對2004年的總統大選甚至2008年蘇貞昌競逐大位，是否具足影響勝負的關鍵？就讓讀者們來下判斷吧！

【第一節】
總統府祕書長蘇貞昌的「罩門」

　　依台灣省政府四十七年府建字第14258號令所示，新舊違章建築劃分日期以四十七年二月十日為劃分日期。本案陳情人所述該建造日期為七十二年間，非台灣省政府所示之舊違章建築，應不得修繕。

台北縣縣長　蘇貞昌

一、蘇貞昌下令民國47年2月10日後起造的違建不得修繕！
　　2004年總統大選綠營總指揮官、陞任總統府祕書長又轉任民進黨主席的蘇貞昌，在台北縣長任內，因採授權分層負責的方式，因此前台北縣政府工務局局長、現任台北縣副縣長吳澤成曾以縣長蘇貞昌的名義，於民國89年8月18日發出前揭八九北府工拆字第314844號令。

98

　　據了解，台北縣長蘇貞昌頒發的前揭行政命令，是引用四、五十年前台灣省政府為解決日益氾濫的違章建築問題，曾於民國47年2月7日，以府建土字第14258號令，新舊違章建築以47年2月10日為劃分基準日，47年2月10日之後起造的屬新違章建築，47年2月10日以前既存的違建稱之為舊違章建築。舊違章建築如非在道路公共設施等用地的話，即輔導就地合法，不予拆除。新違章建築則採「即報即拆」的政策，以遏阻新違章建築的蔓延！但由於執行拆除工作的地方政府，因經費及人員不足，拆除速度遠不如新建速度，台灣地區違建戶不減反增，據報導在民國85年間，即已超過百萬戶。

二、違章建築在未依規定拆除或整理之前，得准予修繕

　　由於自民國47年2月10日以來，這些被定位為新違章建物，歷經近半世紀的日曬雨淋，以及數度大地震的侵襲，幾乎家家戶戶都有屋頂漏水的現象，如不准其修繕顯然不近人情。因此以行政院台內字第6154號函核定違章處理辦法。其間共八次修正，最後一次修正日期，是民國88年6月26日以內政部台內營字第8873670號修正。

　　基於體恤近百萬違建戶的家居安全起見，乃特別在前揭違章處理辦法第十二條規定：違章建築在未依規定拆除或整理之前，得准予修繕，但不得新建、增建、改建、修建。前項違章建築的修繕，得由直轄市、縣、市政府訂定辦法行之。由於中央政府位階較台灣省政府為高，依法省府前揭行政命令乃失去效力。

三、違章建築修繕申請受理單位為台北縣政府工務局

　　從而，台北縣政府乃依前揭處理辦法第十二條之規定，於民國62年8月2日六二北府建十字第84142號令發佈了「台北縣違章建築修繕申請辦法」。其中第七條明文規定，違章建築修繕申請受理單位為台北縣政府工務局。由於此項規定與日後本件的行政訴訟判決是否違背法令息息相關，乃特別說明如上。

　　民國82年11月27日，台北縣政府又以八二北府法一字第424688號重新修正。制訂本辦法時，有鑑於房屋漏水等修繕行為確有其急迫性，為杜絕承辦人員怠忽職守，或部分不肖人員乘機中飽等有違官箴情事而影響縣民權益，乃在第七條後段，特別增加規定：工務局於受理申請「十日之內」，應派員赴現場勘察核對相符後，核發修繕證。

　　可見本條後段的規定，用意是在約束台北縣政府所屬工務局承辦人員，不致藉機違法擴權。而此項與日後本件的行政訴訟判決也息息相關。從以上各項法規的歷史沿革可清楚了解，前揭台灣省政府的行政命令早已失效多年。

　　不料前工務局長、現任副縣長吳澤成，竟以台北縣長蘇貞昌的名義，頒佈八九北府工拆字第314844號行政令令，禁止含本系爭建物在內的台北縣境多達數萬違建戶，修繕破舊的房屋。

【第二節】
台北縣工務局入民於罪的具體事證

一、包商依違章建築管理辦法第十二條提出書面修繕申請

筆者於民國87年末,購入起造於民國72年間的楓丹白露社區十二樓及屋頂加建之兩層樓中樓,給財團法人重仁文化教育基金會作為永久會址。

由於屋齡已近二十年,頂樓屋頂漏水情況相當嚴重。裝潢包商乃在進行室內重新裝潢時,依違章建築管理辦法第十二條及台北縣違章建築修繕申請辦法第七條之規定,以書面正式向台北縣政府工務局申請修繕。

唯承辦人賴東琳指出,應向建物所在地提出修繕申請,筆者乃遵其指示,於88年5月17日,改向淡水鎮公所提出修繕申請。但為慎重起見,乃將一式三份之修繕申請書副本,以雙掛號向台北縣政府工務局報備。此有加蓋前揭受理單位收文章的副本足按。

二、修繕受理單位工務局及淡水鎮公所受理後均未准駁!

依「台北縣違章建築修繕申請辦法」第七條規定,工務局於受理申請十日之內,應派員赴現場勘察核對相符後,核發修繕證。不料申請已超過十日,受理單位竟未做出准駁的回覆。由於雨季將臨,而尚未驗收的室內新裝潢若遇雨將全部泡湯,而負責裝潢的承包商,雖曾以電話催促受理單位,但卻如石沉大海,未收到准駁的覆文。因此,不得不在提出申請近半個月之後,才開始進行屋頂防水工程。換句話說,承包商開始進行屋頂防水工程時,已超過「台北縣違章建築修繕申請辦法」第七條規定,工務局於受理申請十日內,應派員赴現場勘察的規定時限達五天以上。

三、工務局指控筆者未向淡水鎮公所申請核准即進行修繕！

不料承包商才將屋頂舊有失去效用的油毛氈及瀝青紙去除，正開始鋪設新式PU防水材料時，台北縣政府工務局竟以民國88年6月3日八八北縣淡工字第88116193號查報單，指控筆者未向淡水鎮公所申請核准，即在屋頂加蓋三十平方公尺違章建築為由，而以八八北工使（違）字第E甲460號拆除通知單，下令將系爭建物執行強制拆除。

四、淡水鎮公所以公文正式答覆：該所非核准權責單位！

由於承包商確曾以筆者名義向淡水鎮公所申請修繕，因此乃向公所陳情，請該所出具筆者確已事先提出修繕申請的事實。

待經該所以北縣淡建字第89122368號最速件，分別致工務局以及筆者，證實筆者已在88年5月17日即已向該所提出修繕申請的事實，並證明系爭建物屬既存之舊有違章建物。

這裡特別要提出說明的，淡水鎮公所在緊急函之中，曾特別提醒工務局，修繕的受理及核准單位為台北縣政府工務局，所以該所無法核發修繕證。台北縣政府工務局雖收到淡水鎮公所的緊急公文，不但堅持系爭房屋為最近新建造的新違章建築，而且修繕的受理及核准單位均為淡水鎮公所。

五、拆除範圍從原查報的三十平方米，擴增為二百平方米！

適由於民國86年間，即筆者買受本系爭建物之前一兩年，行政院原子能委員會為澈查國內輻射鋼筋流向，曾對本系爭建物社區逐戶實施偵測，並寄發輻射偵測報告。

該偵測報告明文指出，本系爭建物偵測範圍含屋頂加蓋

二層建物在內。因此筆者乃將此份具有公信力的輻射偵測報告作為證據，向台北縣政府提出陳情。但工務局承辦人賴東琳仍堅持筆者在進行修繕之前，未向淡水鎮公所申請核准，甚至將拆除面積從原查報單的三十平方米，「更正」為十二樓以上共二百平方米的兩層樓中樓。

六、議長許再恩的祕書林正流建議筆者「入鄉問俗」！

筆者曾透過立委羅福助，請託議長許再恩的祕書林正流私下了解，何以賴東琳竟敢曲解法令入民於罪。深入了解的結果是：筆者不懂台北縣政府工務局某些不肖承辦人員的「規矩」所致，因此建議筆者入鄉問俗，以免價值超過三千萬元的系爭建物被拆得只剩下第十二樓。

筆者認為林正流所指的規矩代價雖並不高，只有五萬元而已，但每戶若以五萬元計算，十萬戶就有五十億元，一百萬戶就有五百億的天文數字。如果確是興建中的新違建也罷，但對於合法申請修繕的「既存舊有違建」也一視同仁，筆者不願讓「部分」的不肖承辦人藉「莫須有」的罪名壓榨「民脂民膏」。

七、行政院原子能委員會出具公文證實是舊有違建！

筆者因此打電話給舊識，即時任行政院原子能委員會主任委員胡錦標先生，請他調出原案，並找到當年實施輻射偵測的兩名技術員作證：二百平方米的兩層系爭房屋在85年底已存在之事實，而並非筆者在三天內所「搶建」的「超大新違建」！但承辦員賴東琳仍堅持系爭建物是興建中的新違章建物，必須執行強制拆除。

【第三節】
總統府出面及時制止執行拆除系爭房屋

一、「電火球」提早拆除同屬民進黨黨員的超大違建！

筆者不得已，乃打電話給夙為舊識、當年仍擔任立法委員的張俊雄先生（筆者英文名字就是由他與合夥律師張英傑共同取的），將前揭事實一一詳細稟報。

張俊雄表示，過去曾受同為民進黨黨員之請託，希望能暫緩拆除某電視公司的超大型攝影棚違建案，曾以電話要求與蘇貞昌晤面，就前揭違建案協調緩拆事宜。不料蘇貞昌知道張俊雄將關切某電視公司的超大型攝影棚違建案時，乃在雙方預定的見面時間之前，下令出動警方及機具，在傳播媒體的公開見證之下，以「迅雷不及掩耳」的行動，提早拆除，以避免雙方見面時，答應也不是、拒絕也不是的尷尬場面；再者也可藉此樹立行政中立、鐵面無私的形象。

二、基於「比例原則」，不得以個案拆除本系爭建物

張俊雄表示，由於有前車之鑑，因此不便直接再出面關切此案，以免越幫越忙。但基於與筆者多年情誼，願透過黨團運作，間接告知工務局局長吳澤成，要求親自或派國會助理會同勘驗系爭建物，以了解系爭建物是否屬興建中的新違建，或是屬於存在多年的舊有老違建。

如果是前者，即應依法執行強制拆除，如果屬後者，基於「比例原則」，在全面拆除縣境之內所有違建之前，應不得以個案拆除本系爭建物；至於筆者拒絕依陋規給付「紅包」一事，亦深表贊同！

三、工務局長吳澤成指示以共同會勘的結果，據以處理本案

工務局局長吳澤成接獲民進黨團反應後，乃指示本件承辦人賴東琳：為釐清本件案情，應函請關切本件之各級民意代表派員，於民國88年11月23日，集合現場參與共同會勘，並以共同會勘的結果，據以處理本案。並特別請淡水鎮公所提具上開地址之「修繕證明」，現場憑辦。

四、工務局本件承辦人賴東琳竟三度拒絕到場主持會勘

到了民國88年11月23日，工務局本件承辦人賴東琳竟拒絕到場主持會勘，以致羅福助的國會助理劉子平、許再恩的祕書林正流、自立晚報董事長陳錦錠本人、淡水鎮公所承辦員蔡文彬等枯坐良久而告流會。

兩天之後，該局又於民國88年11月25日，再度發函表示，「因業務關係，原定本八十八年十一月廿三日上午十時卅分之會勘，更改於本八十八年十一月卅日上午十時卅分『現場集合認定』，屆時請派員配合」云云。不料，屆期原承辦人賴東琳又告缺席；在議長許再恩的祕書林正流電話催促之下，工務局長吳澤成連忙改派其他人員到場主持會勘。

根據民國88年11月30日的會勘記錄顯示：與會人員含羅立委福助先生所指派其國會助理劉子平先生、台北縣議會許議長再恩先生暨林主任祕書新欣先生共同指派林正流先生，自立晚報董事長陳錦錠議員則親自到場、淡水鎮公所建設課指派蔡文彬以及工務局拆除大隊四、五位人員等。

五、共同實地會勘所得結論為：本建物應屬舊有違章建築

根據淡水鎮公所蔡文彬提具筆者曾於民國88年5月18日，

向該公所提出修繕申請書原本。具足證明本建物乃依法申請修繕之舊有違建。而與會人員共同實地會勘所得結論為：「本建物應屬舊有違章建築」。

以上事實有該局發文字號八八北工使違字第D11179號邀請函足按外，並有參與該次會勘的自立晚報董事長陳錦錠、劉子平、林正流以及蔡文彬等人足證。

六、承辦人員賴東琳偽造88年12月30日會勘記錄

筆者原以為本件已撤銷結案。不料事隔四個多月，即89年3月17日該局竟又函知：「本案經八十八年『十二』月卅日現場會勘，仍應依『本縣違章建築拆除優先次序表』分類為A類一組（即報即拆）。」

筆者接奉該通知時，大感駭異，蓋該局除民國88年11月30日順利完成本建物現場共同會勘，並做成「本系爭建物應屬舊有違章建築」結論之後，從未另行召開其他會勘動作。基於此，參與會勘的民意代表或被指派參與的國會助理等，都有被縣府「擺了一道」的感覺。

此乃該局既正式邀請各級民意代表參與現場會勘。並以書面表示本違建疑案，「將以會勘結果認定之」，且有該邀請函足按。迺該局竟片面廢棄十一月卅日之會勘結論，並杜撰曾於同年十二月卅日舉行所謂共同「現場會勘」，並逕依所謂十二月卅日會勘記錄，做成「即報即拆」的結論，顯已構成偽造文書罪責。

七、工務局無法提示民國88年12月30日的會勘記錄

由於接奉工務局通知，擇定於民國89年5月10日起執行拆

除本建物，筆者乃透過情治單位友人，請求索閱本次執行拆除命令的資料，即所謂「民國八十八年十二月卅日現場會勘紀錄」。正如原先預期，該局根本無法提出所謂「八十八年十二月卅日會勘紀錄」，從而，工務局不得不再度下令暫緩執行拆除本建物。

八、經會勘人簽字的88年11月30日現場會勘紀錄不翼而飛？

筆者依法索閱的「民國八十八年十一月卅日現場會勘紀錄」時，該次會勘紀錄竟不翼而飛。從以上事實足以證明，承辦人賴東琳涉嫌湮滅前揭會勘紀錄之外，並涉嫌杜撰「民國八十八年十二月卅日會勘紀錄」。該局並依據所謂「民國八十八年十二月卅日會勘紀錄」，寄發八九北工使違字第88C-458號違章建築拆除時間通知單，並向拆除大隊下達執行拆除本建物之命令。其構成瀆職、湮滅證據、偽造文書等罪責至為明確。

九、第三度會勘認為系爭建物為舊有違建無誤

工務局為「亡羊補牢」，解決前揭先後兩次會勘紀錄「一併遺失」的棘手問題，乃於民國89年6月7日上午，指示拆除大隊「認定組」人員，偕同許議長及林主任祕書共同指定的代表人林正流先生，逕赴現場直接進行勘察。當日共有該組人員五、六人，分別自現場四周進行觀察，同時丈量本建物舊有違章建築的總面積，並列入勘察紀錄。

當時即發現，本建物剛好位於本棟大樓邊間，因此可從本大樓側牆所貼設的馬賽克，其風化泛黃的程度判斷「均屬同期建物」，由此足以證明本建物確為舊有違章建築。再從

本建物頂樓向左右觀察，即可發現本社區頂樓二十四家住戶之中，除兩戶小套房之外，其餘二十二戶均加蓋有一或二層違建。經現場拍照存證，並向陳情人索取本建物的「修繕證明」後離去。特別值得一提的是，承辦人員賴東琳仍第三度拒絕參與會勘！

十、賴東琳指筆者未於修建前向淡水鎮公所「申請核准」

　　事隔一個月之後，筆者又接到工務局來函，全文照謄如後：「本案違建物業經本局八十八年六月三日派員配合公所現場勘察後，發現該址建築物，並『未於』修建前逕向淡水鎮公所『申請核准』，即擅自動工修建工程。本局依據淡水鎮公所八八北縣淡工字第88116193號查報單，本局業已以八八北工使違字第E甲『406』號違章建築拆除通知單，認定在案，並依『本縣違章建築拆除優先次序表』分類組別依序排定日期執行拆除並無違誤，故本案違章建築仍應依法處理。」

　　以上事實有該局八九北工拆字第F4892號函足按。從而下令於89年7月17日執行強制拆除！

十一、基於「比例原則」，工務局不得拆除系爭建物

　　當時張俊雄已陞任為總統府祕書長，獲悉前情後，乃交代總統府公共事務室，以總統府名義發出最速函給台北縣政府，請該府依違章建築處理辦法第十二條規定處理。以「勸阻」台北縣政府工務局強制執行拆除房屋。

　　因此89年7月17日上午，當工務局拆除隊在現場正準備執行拆除時，總統府以8900180570號最速函，由專人送至現

場，因而暫時制止拆除系爭建物，筆者也以為總統府既出面關切，本案應告結案。

十二、蓄意入民於罪，至為明顯

89年8月18日，一個月後，筆者竟又接到台北縣政府工務局長吳澤成以台北縣長蘇貞昌名義，發出前揭八九北府工拆字第314844號公文。筆者接到此函時驚駭萬分，蓋縣長蘇貞昌竟引用四十五年前早已失效的行政命令，其蓄意入民於罪至為明顯。

當時張俊雄適轉任行政院副院長，不久即陞任行政院院長，但筆者以「大夫無私交」，不願再以個人的芝麻小事相煩，乃依法由財團法人重仁文化教育基金會義務律師董安丹提出訴願。

十三、拆除大隊長張廖萬益說：「找議員打電話就可以緩拆了」！

不料台北縣政府訴願委員會竟未予以處理，即將原件轉呈內政部訴願委員會。特別要提出的，本件自88年6月3日起，工務局先後發出十餘次拆除通知書。筆者亟思了解，本案既已進入訴願程序，為何還苦苦窮追不捨，亟欲提早拆除本系爭建物。

筆者因此乃由自立晚報董事長陳錦錠陪同去找工務局局長吳澤成，吳澤成表示，本案既已進入訴願程序，本系爭建物是否為「興建中」的新違建，自應由台北縣政府訴願委員會調查認定，因此工務局在此時已無權置喙。但在場的台北縣政府拆除大隊隊長張廖萬益，則將筆者拉到一旁，指點筆

者可以找縣議員出面打一通電話，即可壓案暫不執行拆除。

十四、官越做越大的祕訣：「賣人情」給民意代表

日後，筆者平均一個月，即會定期收到拆除大隊發出的拆除通知書。筆者不得已透過關係，從議長以下，含自立晚報系董事長陳錦錠議員等，各黨各派至少十名以上的議員出面打電話。因此本系爭建物，自88年6月起，至今將近五年才能保持現況而未遭拆除。

由上述可見，台北工務局吳澤成並未「依法行政」，其真正目的，乃在「賣人情」給朝野政黨議員。難怪出了這天大的紕漏之後，仍然扶搖直上，成為一人之下，三百多萬人之上的「台北縣副縣長」。此乃典型的「官場現形記」，而近百萬違建戶可是「點滴在心頭」的見證者。

【第四節】
蘇貞昌知錯必改，絕不護短嗎？

一、蘇貞昌兩度回信，系爭建物確定可以聲請修繕！

本案繫屬期間，筆者在國外求學的小女蘇瑩發現台北縣長蘇貞昌在網際網路上設有「台北縣長信箱」，乃從國外以電子信箱，直接向縣長蘇貞昌提出陳情，內容為：

「爸爸在淡水的房子常常漏水，木製的地板都翹起來了，這房子有七十二年間建造的樓中樓，他們都說樓中樓是舊違章建築，請問蘇縣長，可以申請修理屋頂漏水嗎？謝謝！」

注重公眾形象的蘇貞昌縣長並不知道，小女陳情的與本繫屬案乃同一事件，因此以電子信箱公開答覆：「惠請依違章建築處理辦法第十二條規定，舊有違章建築在未依規定拆除或整理之前，得准予修繕。」

二、筆者點明系爭建物地點起造日期，蘇貞昌回函「曰可」！

因此，筆者旋即又以個人名義（前揭訴訟係以財團法人重仁文化教育基金會名義為之）以電子函件向縣長蘇貞昌提出陳情。直接指明系爭房屋之坐落地點，以及建造日期。

台北縣長蘇貞昌果然立刻以電子信箱以34249號函回覆，其內容為：

「惠請依違章建築處理辦法第十二條規定，舊有違章建築在未依規定拆除或整理之前，得准予修繕。」

筆者乃將蘇貞昌之34249號電子信箱覆函，與先前工務局長吳澤成，以縣長蘇貞昌名義發佈的八九北府工拆字第314844號公文，再向縣長信箱提出陳情，希望蘇貞昌重視屬下曲解法令入民於罪的事實。

【第五節】
曾任推事的吳秉叡精明幹練嫻熟法令！

一、吳秉叡請筆者勿將本案政治化

2001年11月間，時值蘇貞昌與泛藍提名的王建煊角逐第十四屆台北縣長選戰正熱時。筆者請舊識台東縣議長吳俊

立，親自向其曾任法院推事的台東縣鄉親，亦即曾擔任蘇貞昌縣長室機要祕書、目前參選第六屆立委的吳秉叡，請他轉致縣長蘇貞昌，務必慎重處理本案，否則擬將台北縣政府工務局處理本案經過，向王建煊競選總部陳情。

　　精明幹練且嫻熟各項法令規章的吳秉叡立即向蘇貞昌提出報告。蘇貞昌深入了解本案後，已明白工務局曲解法令以及入民於罪的事實，乃透過吳秉叡向台東縣議長吳俊立表示，筆者既能請出前總統府祕書長張俊雄關切此案，可見應是「咱家人」，蘇縣長一定會妥善保障縣民權益。請筆者勿將本案政治化。

　　　「秉」誠足「立」信，
　　　「叡」哲可「委」託！

二、但蘇貞昌對本案並未明快處理

　　蘇貞昌縣長連任之戰，以得票數874,495票對王建煊的820,808票，僅以53,687票之差數低空掠過而能倖得連任！但蘇貞昌對本案並未明快處理，轉而採取「鋸箭法」，然而中箭的並非蘇貞昌自己，而是同姓蘇的筆者蘇仁宗！

【第六節】
蘇貞昌與現任副縣長吳澤成見解不同！

一、駁回訴願的理由：縱為七十二年建造完成，亦不得修繕

在內政部訴願委員會訴願期間，筆者曾以書狀申請，進行雙方言詞辯論在案。不料內政部訴願委員會並未通知雙方進行辯論，主任委員林中森即於2001年1月31日以台（90）內訴字第8909005號裁定駁回訴願。

林中森在裁定書中主張：本系爭房屋縱使為七十二年建造完成，但依省府所示，並非舊有違建，因此不得修繕。從而認定台北縣政府依法拆除並無違誤，因此裁定駁回訴願在案。

換句話說，內政部訴願委員會接受台北縣政府工務局的說法，即凡起造於民國47年2月10日之後的新違章建築，均不得修繕，只有47年2月10日之前的舊違建才可申請進行修繕。

但台北縣政府工務局的上級即縣長蘇貞昌卻認為：在七十二年建造完成的系爭建物，適用於違章建築處理辦法第十二條，即舊有違章建築在未依規定拆除或整理之前，得准予修繕。

二、比陋規高兩倍的代價聘請羅明通律師提出行政訴訟

因此，經陳新民教授的介紹，筆者花了十萬元的律師費，用比陋規高了兩倍的錢，聘請台英律師事務所羅明通律師提出行政訴訟。不料台北行政法院以「筆者未進行訴願，即提出行政訴訟」為由，尚未開庭，即逕自駁回本件行政訴訟。筆者乃自行撰狀，以曾向工務局提出陳情，同時台北縣政府訴願委員會亦未予處理為由，向最高行政法院提出上訴。經最高行政法院認為上訴有理，又發回更審在案，筆者決定親自出庭。

【第七節】
台北高等行政法院的「離奇」判決？

一、傅偉諦作證47年2月10日以後起造的違建均不得修繕

　　筆者為了讓審判長不必再費神翻查帙幅浩繁的行政法規，並可作為日後筆者提出民、刑事告訴的證據，因此在進行證據調查時，即請求台北高等行政法院對台北縣政府訴訟代理人陳游信、傅偉諦，本件承辦人賴東琳，以及淡水鎮公所承辦人蔡文彬，以證人身分具結作證，請他們說清楚講明白，到底修繕受理及核准的權責機關是那一個單位，並請記載於筆錄。

二、陳游信明確表示修繕申請受理單位為淡水鎮公所

　　根據台北縣政府訴訟代理人陳游信以證人身分作證時，明確表示：修繕申請受理及核准單位為淡水鎮公所。

　　工務局傅偉諦則以證人身分作證：指出系爭建物起造日期為七十二年間，並非台灣省政府所之舊違章建築，應不得修繕。筆者縱然已提出修繕申請，還是要依法拆除，並無違誤！

三、賴東琳作證從三十平方公尺到二百平方公尺是目視誤差

　　因為前揭證人已完成具結證詞，筆者乃請求審判長姜素娥再以證人身分傳訊本件承辦人賴東琳，並請庭上就為何本件違章建築查報單，所載的違建面積為三十平方公尺，但強制執行拆除時竟變成二百平方公尺。

　　承辦人賴東琳具結作證時，指出查報時，由於當天忘了

攜帶丈量工具，因此是以目視及跨步約略丈量所產生的誤差。事後重新依實際建物丈量，本系爭建物面積確實近兩百平方公尺。

四、蔡文彬作證：修繕受理單位是工務局不是淡水鎮公所

　　筆者乃請審判長姜素娥傳訊淡水鎮公所承辦員蔡文彬。蔡文彬作證時指出：依照台北縣違章建築修繕申請辦法第七條明文規定，違章建築修繕申請受理單位為台北縣政府工務局，淡水鎮公所僅是違章建築的查報單位而已，並非受理及核准權責機關。可見陳游信顯然已構成刑法偽證罪責。

五、蔡文彬作證：系爭建物為既有舊違章建築

　　審判長姜素娥又訊問蔡文彬：為何淡水鎮公所會出具公文，認定本系爭房屋為舊有違章建築？

　　蔡文彬又具結作證指出：筆者在被查報興建違章建築之前半個多月即向淡水鎮公所提出修繕申請。當時所附呈的文件，即包含了八十七年間的系爭建物買賣契約書，並載有買賣標的含屋頂第十三及十四層的樓中樓在內，因此認定系爭建物為既有舊違章建築。

六、淡水鎮公所並非修繕申請及核准的權責機關

　　從前揭證人具結的證詞可以明確指出，本系爭建物是存在多年的舊有違建，筆者在進行修繕之前已分別向工務局及淡水鎮公所提出修繕申請。而前揭受理單位均未予准駁，因此筆者在辯論終結時指出，台北縣政府工務局若堅持強制拆除本系爭建物，則必須具備以下要件：

（1）筆者在購入本系爭房屋時，屋頂第十三、十四層的「樓中樓」並未存在。換句話說，是筆者最近才建造的新違章建築。

（2）本系爭建物確為既存舊有違章建築，但是在進行修繕前未「逕向」淡水鎮公所（或工務局）提出修繕申請。

（3）淡水鎮公所確為修繕申請及核准的權責機關。

只要略具法律常識或普通判斷力的讀者，對於本件訴訟過程及調查的證據，很容易就可以了解，強制執行拆除本系爭建物的三個要件均不存在，因此一定認為是筆者勝訴無疑。

七、法院竟以未獲淡水鎮公所核准即進行修繕判決筆者敗訴！

不料台北高等法院審判長姜素娥以及陪審法官林文舟、陳國成等三位法官，在九十二年度訴更字第21號判決書之中指出：

依據行政院原子能委員會出具的輻射偵測報告，以及證人蔡文彬的證詞，筆者主張系爭建物為既有舊違建應為可採。但筆者在進行修繕之前，未獲淡水鎮公所核准即進行修繕，從而台北縣政府依法執行拆除並無違誤為由，判決應將系爭建物予以拆除。

八、台北高等行政法院審判長姜素娥的判決明顯違背法令！

台北高等行政法院審判長姜素娥，既已認定本系爭建物確為舊違章建築，竟無視於「台北縣違章建築修繕申請辦法」

第七條的明文規定，違章建築修繕申請受理單位為工務局，淡水鎮公所只不過是查報單位而已，因此無權核准。審判長姜素娥竟仍採信陳游信的證詞，其判決違背法令至為灼然。

在此筆者呼籲有正義感的律師們組團，控告台北縣政府工務局本案承辦人賴東琳等人「偽造文書」、「湮滅證據」、「瀆職」等罪嫌。

【第八節】
「蝴蝶效應」是否影響九五大位之更迭？

一、酷吏無法出任民選首長

根據報載資料，全台違章建築近百萬戶，其中僅台北縣的違建戶至少有五萬戶以上，如一戶平均有三個投票人，就有十五萬票，一來一往最少有三十萬票以上。如當年台北縣縣長候選人王建煊，或居住在台北縣的宋楚瑜能看到本案原始文件，在投票前三天將工務局長吳澤成以縣長蘇貞昌名義公告的八九北府工拆字第314844號公文，在各新聞媒體頭版刊出：「如果您的住家是起造於民國47年2月10日之後的所謂『新』違章建築，即使屋頂嚴重漏水，但台北縣政府卻不准您修繕。」那麼，不管您是泛藍選民或是中間選民，甚至是綠營支持者，您家中的選票以及外縣市親友的選票，將會投給誰呢？

元「貞」利亨蘇萬物，
鼎「昌」九五須一心！

二、台北高等法院的判決波及「綠色執政品質保證」的形象

　　而其他縣市近百萬的違章建築戶，看到中央主管機構內政部訴願委員會亦認定，凡民國47年2月10日之後的所謂「新違章建築」均不得修繕的訴願駁回裁定書，以及台北高等法院的「離奇」判決書的話，對於所謂綠色執政品質保證還有信心嗎？

　　那麼全國違建戶，具有選舉權的兩、三百萬張以上的選票將會投給誰呢？即使蘇貞昌看到泛藍有關不准修繕近半世紀的老舊違建巨幅廣告時，其危機處理可能是立即將縣長信箱第34249號覆函作為消毒工具。

　　但是同屬綠營的內政部訴願委員會主任委員林中森的「烏龍」裁定書，覆水又如何收拾呢？台北高等法院姜素娥「離奇」的判決書還來得及平反嗎？是否又會造成當年與伍澤元競選屏東縣長時的「賽嘉樂園碑石案」再版呢？

　　不過，值得特別聲明的，賽嘉樂園碑石案乃當年國民黨文宣部硬拗成是蘇貞昌工程舞弊案，並以粗糙簡化的選舉語言誤導屏東選民，指出蘇貞昌浪費一百五十萬元的公帑購買碑石。但是本案有其曲解法令入民於罪的真憑實據，如宋楚瑜能將以上事實經過，披露給全國選民，此事實是否將造成本屆總統大選「九五易位」呢？

三、公開印證此份文件之「蝴蝶效應」！

　　讀者一定很有興趣知道它的答案。宋楚瑜若願在媒體面前，以前揭文件為比對模型公開進行占卜的話，如抽中他當年當選省長的那一張撲克牌「鑽石4」（權力當局），或是由媒體記者指定的任何一張牌的話：即代表縱非能夠以當年一

百三十萬票以上的差距擊敗對手，但至少也不會以不到三萬票的差距落選。而此文件，為何未在2004年選戰中發酵，以下聯對應可透露其玄機！

　　早知道未開「金」口，竟成此「生」憾事！
　　早知道勝負「關」鍵，豈能留「中」不發？

———紅心

第二章　何事問卜？

——— 黑桃

——— 鑽石

———梅花

　　在筆者曾經接觸過的問卜者中，有不少的案例我認為具足給一般大眾作參考，這些人之中不乏政商名流、達官顯要之士，他們的問卜經過及成敗經驗，相信也可帶給讀者惕勵及反思。

　　筆者依據問卜者親筆填寫的出生年月日、地址、聯絡電話、介紹人等原始「命盤」資料，有系統建檔，留存至今超過三千人，近萬份星圖。以下是曾向筆者問卜的各界人士：

1. 政界有國內外正副元首，總統府含祕書長及祕書室主任等。
2. 傳播界有各大報（含兩大報系）創辦人之一及其家屬。
3. 行政院有院長、副院長祕書長以及各部會首長。
4. 立法院有院長、副院長祕書長以及立委。
5. 考試院有副院長及考試委員。
6. 監察院有院長以及監委。
7. 司法院有院長、各級法院院長及推事。
8. 檢察系統有檢察長及各級檢察官。
9. 國民代表大會有議長、副議長、國大代表。
10. 省府含省長及各廳處長。
11. 各縣市有縣長、市長。
12. 民意代表機構有議長、副議長以及議員。
13. 黨政有黨主席、正副祕書長。
14. 軍界有參謀總長、三軍總司令以及中科院院長。
15. 情治界有國安局局長及調查局局長。
16. 警界有警政正副署長、各縣市局長、分局長。
17. 財經界有各公私立銀行董事長及總經理、國內外各大財團之創辦人、總裁、執行長。
18. 學術界有各公私立大學校長、院長以及教授。

19.「大家族」（幫派組織）之中，有最高領導人以及重要成員。

20.其他有由當事人輾轉介紹的一般社會賢達之士。

【第一節】

總統府祕書長蔣彥士不恥下問！

一、德高望重的蔣祕書長，亦對筆者以老師相稱！

在筆者問卜的經驗中，無論問卜者身分多高，十之八、九都會尊稱筆者為「老師」，德高望重的前總統府祕書長蔣彥士，也對筆者以老師相稱。

「彥」碩接踵至，

「士」紳爭相來！

二、蔣祕書長立下減輕體重的切結書

蔣祕書長一向心寬體胖，他的體重一度超過九十公斤，這樣的體重對健康並不利，圓山診所的崔玖博士是他的健康顧問，有一次他與崔玖博士一起來看我，崔玖直指蔣祕書長不忌口，運動量也不足，顯然是一個不太合作的病人。她認為蔣祕書長的體重至少要減到八十四公斤，才可維持良好的體能。為此，筆者半開玩笑地即席寫下「本人保證將體重減至八十四公斤，恐口說無憑，特立此據」。

蔣祕書長也不以為忤，笑吟吟地簽下「蔣彥士」三個字，並由崔玖以及蔣祕書長隨扈，即現任高階警官楊春鈞副

124　署簽字見證。

蔣祕書長並要筆者在影印本上簽字為證，日後蔣祕書長與朋友吃飯時，常出示這張切結書影印本，以警惕不可大快朵頤，以期減輕體重。

此次見面到蔣祕書長往生時，就很少再來看我，據蔣祕書長隨扈楊春鈞透露，由於蔣祕書長體重雖略有減輕，但一直無法達到承諾的八十四公斤，因此在體重未減到八十四公斤時，實在「不好意思」來看「大師」。從這個小地方，不難看出蔣祕書長為人處世重然諾的原則。

三、一生一死，掌握在當事人一念之間！

前調查局長沈之岳，自檢查出身體有惡性腫瘤後，堅決拒絕手術開刀，因此由潤泰集團總裁尹衍樑陪同到北京，由自稱《本草綱目》作者李時珍的後裔李姓女中醫療治，但不久即往生，如今墓木已拱。

而總統府祕書長蔣彥士雖於數年前往生，但他接受筆者的建議，在台北榮總泌尿科權威張心湜醫師的悉心治療之下，執行手術開刀合併化學治療，壽緣至少增加五年以上，因而能將餘生為國家政局穩定做出相當貢獻。

四、宋恭源善於掌握成功契機

蔣彥士在未出任總統府祕書長之前，即常為寒舍座上賓。目前富甲一方的光寶集團總裁宋恭源，三十年前在中和圓通路的小公寓開始以LED產品切入市場，未發跡前曾兩度陪同蔣祕書長向我問卜未來事業的走向，由於宋恭源的統御風格以及善於掌握成功的契機，目前已是數百億級的鉅富！

可見如何掌握時勢發展的先機，再加上當事人的能力，乃是成就大業的不二法門！

【第二節】
飲水思源的前法務部長廖正豪！

一、有機會替國家做事，筆者的占卜協助他邁開第一步！

某些幽默的微祕儀占卜家會自擬是「夜壺」。為什麼呢？因為夜壺通常是當事人有急用時，才不得不急急忙忙找它，不用時則把它藏在床底下，原因是此物乃不登大雅之堂也。

換句話說，問卜者在面臨疑難時，會向占卜家問卜，才能擬定妥善的戰略及戰術，但在公開場合卻一概否認。

不過，夜壺理論之中也有兩個特例，第一個例子就是前調查局局長、後來陞任法務部長的廖正豪先生，在他剛上任法務部長不久，在中央研究院歸國學人宿舍大樓開工典禮中，他對著中央研究院院長李遠哲以及近百名黨、政、商界重要人士致詞時指出，籌建中央研究院歸國學人宿舍大樓近億元經費的募款靈魂人物就是筆者。

廖部長竟然又透露他之所以能夠擔任調查局局長，乃至於陞任法務部長，關鍵在於他因故離開新聞局後，本準備辭卸公職，返回學術界重執教鞭，當時筆者勸他「忍一時之氣」，並協助他邁開「第一步」所致！

二、是正人君子，就要能飲水思源，絕不可忘本！

當時我與募款主任委員，即太子建設公司副董事長莊南田先生，就分別就坐在李遠哲院長兩側。在廖部長致詞完畢回座時，我輕聲向他勸阻，此後切勿在公開場合論及與筆者的結緣，除避免有損他的官威之外，並可減少筆者個人問卜者門庭若市的困擾。

但廖部長卻很自在地回答：「募款的起源，是我來請託你的。並由你與周文龍敦請莊董事長玉成其事。事實就是事實，如是正人君子，就要能飲水思源，絕不可忘本！」

「正」人君子人間少，
「豪」傑英雄世上稀！

三、中央研究院歸國學人宿舍大樓的工程，係由莊南田善後

事實上，籌募中央研究院「歸國學人宿舍大樓」近六、七千萬元經費的實際工作是太子建設的莊南田先生、台北市不動產投資公會理事長陳居德先生，以及廣信開發公司周文龍先生三人努力奔走的成果，並非筆者一人之力可以完成的。

日前筆者與莊南田先生參加郭光雄校長百歲母親仙逝的告別式時，才得知當年募款時，由於房地產業已經走下坡，因此有不少原承諾捐款的同業，臨時打退堂鼓，實際只募到三千萬元而已。其餘均由他負責完成中央研究院歸國學人宿舍大樓的工程。

「遠」瞻襟「廣」兼「文」武，

「哲」理足「信」一「龍」才。

「太」上仙「居」聞「南」摩，

「子」孫承「德」福「田」多！

127

（聯對中嵌有李遠哲院長，以及出錢出力的太子建設莊南田、廣信開發周文龍、台北市不動產投資公會理事長陳居德，以表敬意！）

【第三節】
前立法院副院長饒穎奇之「成也蕭何敗也蕭何」

　　前立法院副院長饒穎奇，出生台東初鹿農村客家子弟。1981年擔任台東區域立委，至今共八屆二十四年。後兩屆為國民黨及全國不分區立委，曾任宜蘭縣長陳進車暨台北市長高玉樹機要。立委任內擔任黨團書記長、政策會執行長、立法院副院長，是國內重量級的政界大老。饒穎奇並不介意與筆者的結識，而且坦然提及他與我曾親身經歷的四件真實事件。

一、仿效孔明「茅船借箭」反間計，高票連任第三屆立委

　　1989年，在他競選連任第三屆立委時，經由自立晚報台東特派員張躍贏的介紹與筆者結識。一開始，他只是因為好奇才向筆者問卜參選的結果。當時筆者告訴他，競選總部總指揮官心有二志（據悉此人目前已過世）。由於這位曹姓總幹事是他多年的老友，因此他根本不敢置信這位老友會出賣他。

　　不過,行事謹慎的饒穎奇基於「寧可信其有,而不可信其無」的哲理,由其弟透過某情治單位的友人,私下從旁協助調查,果然發覺確有具體事證。饒穎奇為免陣前換將影響士氣,乃不動聲色,仍將這位「仁兄」拱為上賓,但其實核心幹部早已在其他祕密地點開會,並將會議資料做上註記,提供尚待開拓的假名單,依例交給這位仁兄處理。

　　這是仿效孔明「茅船借箭」的反間計,不久競選對手果然中計,竟然在饒穎奇死忠的鐵票區內,大做「功夫」。當然饒穎奇最後即以懸殊得票數成功連任。

二、預言得票數不超過三萬票,開票結果果然只有29,999票!

　　第二件事情是饒穎奇在第六屆區域立委之戰時,有一次筆者也被邀請參加他們的核心幹部祕密會議,會議中他再度請我占卜問策,占卜結果,我告訴他,階段性立委選舉可以告一段落,下屆應交棒給年輕人,且應轉而爭取出任中國國民黨提名的不分區立委,如此必可名列前茅。而本屆雖尚可連任,但得票數一定「不高」,甚至連三萬票都拿不到。

　　政壇長青樹饒穎奇聞罷,臉色鐵青地表示,若是連三萬票都拿不到,乾脆不要選算了。聽說饒穎奇夫人事後曾勸他,只要勤跑基層,選票自然就會有。政治人物應只問「蒼生」(即選民),何苦問「鬼神」!

　　上述的祕密會議中,在場的還有饒穎奇的胞弟饒正奇、饒達奇等核心幹部,由於他們均實際負責選務的運作,一致認為爭取開拓南橫高速公路的政見,數屆以來或遭環保團體牽制,或因政府財政收入銳減,以致無法編列預算去執行,確實已成為競選對手攻擊的目標。這雖然會影響選票,不過

得票數應還不至於「慘」到連三萬票都拿不到吧！眾人雖然都對占卜結果有所懷疑，但仍由負責文宣工作的張躍贏，將此項占卜結果正式做成紀錄在案，作為存證。

第六屆立委選舉開票結果，饒穎奇只是低空掠過當選連任。得票數為29,999票，果然不超過三萬票。

三、微祕儀占卜術數量的推算原則

我之所以能夠「預知」饒穎奇得票數不會超過三萬票，或爭取不分區立委排名第一，是根據微祕儀占卜術數量的推算原則推估得來，並非具有預知的特異功能。所謂數量推算原則，指的是必須先有一個「比對模型」為基礎，然後以此比對模型，與日後將要發生的事物數量相比較。如比對模型與日後數量完全相同，其值為「1」；與日後數量較弱的，其值小於「1」；與日後數量較強的，其值大於「1」。因此只要得到日後數量「勢」之強弱指標，即可運算出結果。

例如某候選人參選某項選舉，參選人有五位，應選席位有二位，因此其當選率為40%。候選人只要抽中的牌，是事先指定的花色，而且是5號牌的話（亦即在黃道中的第五宮），必可當選（5÷12＝41.66%，41.66%大於40%）。換句話說，如居於第十二宮，則將以榜首當選。饒穎奇若轉而爭取不分區立委，由於運星兩度均落在第十二宮，當然是兩屆不分區立委排名均屬第一。

參選人若是企圖連任的話，他的得票數則以上屆得票數為比對模型，如是捲土重來的敗將或新秀，他的得票數則以上屆當選吊車尾的得票數為比對模型。例如某一位企圖連任的候選人，首先要確定他是否能當選，如答案為是，那麼就

可以從勢之強弱，推斷得票數。如候選人只要抽中事先指定的花色Q號牌的話（即代表是落在最高的第十二宮），則意味著此屆得票數將大於或等於上屆得票數。如落在第十一宮則開始遞減。例如某候選人上屆得票數為36,000票，但得票參數落在第十宮，那麼本屆得票數將小於30,000票，誤差為一七二八分之一（12×12×12），亦即僅17票之差而已。

再以「得票參數」來看，所謂「得票參數」，指的是吊車尾兩人的得票數均和。如問卜人指定鑽石7號為「得票參數」的話，男性候選人抽中鑽石8號到Q牌必定當選，越大的牌代表領先的強度越強，如抽中Q牌表示將以第一名當選，如不幸抽中鑽石6號以下到A牌則必定落選，如抽中A牌表示以殿後落選。女性候選人則完全相反。

四、連續以榜首名列中國國民黨推薦的不分區立委

第三件事是，饒穎奇第六屆立委任滿後，在第七屆立委大選時，轉而爭取中國國民黨推薦的不分區立委，果然榮獲排名第一，並出任立法院副院長之崇隆政治地位。第四件事是，第八屆立委大選時，他仍以不分區立委排名首位再度連任成功！

> 七屆連任皆脫「穎」，
> 兩度掄元何足「奇」？

五、成也蕭何，敗也蕭何！

饒穎奇掌握「早知道」的特殊優勢條件，得以成為連任八屆立委的政壇長青樹。但據熟悉國民黨內部生態的前高級

黨工指出，饒穎奇在立法院副院長任內，當年連宋政爭時，曾擔任「打宋」急先鋒，2004年泛藍整合成功，連宋蜜月期間饒穎奇處境之尷尬，應不難想像。

「成也蕭何，敗也蕭何」，饒穎奇連任第五屆立法院副院長寶座本屬順理成章，未料提名前幾天竟因某人的杯葛，而臨時被撤換下來，由江丙坤取而代之。甚至國民黨第六屆全國不分區立委提名，也從前兩屆的榜首，變成孫山之後。從絢爛遽歸山林，政壇生涯的無常，饒穎奇想必體會更深！

【第四節】
台東縣議長吳俊立與「君無戲言乎？」

一、吳俊立如參與地方選舉，必然一鳴驚人

1989年饒穎奇競選第二屆區域立委時，經自立晚報台東特派員張躍贏的介紹，認識了建築商人吳俊立，他向我問卜在大陸的投資案是否可行。

占卜結果是「肉包子打狗」有去無回，但官祿宮高居第十二宮，換句話說，如果參與地方選舉，必然一鳴驚人，甚至可在極短期間內掌議會龍頭之位；不過4鑽石（政治人物）及5黑桃（官司纏身）6鑽石（入不敷出）9鑽石（後繼無力）一吉三凶星連袂臨空半輪（六年）以上，因此提醒吳俊立應特別留意財務調度，以及避免喝酒傷身。

當時占卜結束時，我即以「副議長」相稱。不過，張躍贏認為吳俊立名不見經傳，口才也不出色，聽完占卜結果，

只與吳俊立相視莞爾一笑。

二、吳俊立果然以新人出任副議長寶座，一年後即扶正！

事隔八、九年，吳俊立居然也真的參與台東第十四屆縣議員選舉，選民對於這個兼營「台東人」KTV的年輕人，似乎情有獨鍾，1998年1月24日開票結果，以4,142票，得票率9.24%勇奪冠軍。這個票數比吊車尾的邱英三的931票，足足有四倍半之多，因此當年執政的中國國民黨即主動邀請吳俊立入黨，並承諾提名邱清華與他搭檔參選正副議長。

至此吳俊立果然以新人出任副議長的寶座。當時我曾指出他甚至可能在極短期間內，即可掌議會龍頭之位。果然，邱清華擔任議長不到一年，即不幸因肝癌去世，吳俊立因而扶正。

「俊」彥出頭豈倖致，
「立」足政壇非阿蒙。

三、國民黨徵召吳俊立競逐第十四屆台東縣長寶座

吳俊立在台東政壇為國民黨政治新星，一任議長未滿，國民黨又徵召他與親民黨現任立法委員徐慶元以及民進黨提名的現任台東市長賴坤成競逐第十四屆台東縣長寶座，希望在國民黨甫失去中央政權之際，能夠在地方選舉扳回一城，但占卜的結果卻是「執政的民進黨為親民黨助選」。

「坤」乾難扭轉，助徐登寶座。
「成」事雖不足，敗吳則有餘！

四、國民黨因未「力挺」吳俊立，致失去後山重要據點！

　　台東縣歷屆縣長當選人的政黨背景，絕大多數屬國民黨籍。宋楚瑜參選2000年總統時，在台東縣一舉拿下過半的選票。宋敗選之後成立了親民黨，徐慶元退出國民黨加入親民黨，在宋楚瑜親自站台以及背書的大力加持之下，選民對於宋楚瑜的移情效果，尚可凝聚。

　　民進黨提名的賴坤成，為現任台東市長，以現有中央與地方資源，掌握近五成全台東縣選舉人數，氣候雖未成，但將拉走部分吳俊立的選票，為吳種下敗因。

　　吳俊立因四年之內歷經縣議員、副議長、議長以及縣長四項選舉，所費不貲，後繼已顯無力，在選戰後期曾數度向黨中央告急，請求在選舉經費予以支援。除非中國國民黨願以「某種力量加持」吳俊立，否則吳俊立勢必回鍋再任下屆縣議長。但國民黨卻未力挺吳俊立，以致失去後山重要據點……。

五、果然應驗了執政黨為親民黨間接助選的預言

　　執政的民進黨在選戰開打不久，即從不超過20%的民意支持度了解勝選無望，不過民進黨卻以不能擊敗國民黨提名的吳俊立，也可以拉走部分支持國民黨選票的「敗事有餘」戰術，纏戰到底。

　　選舉結果，代表親民黨出戰的徐慶元，果然為親民黨奪下全國唯一一席縣市長寶座。獲得44,084票，得票率44.39%。國民黨亦因此失去蟬連多年的後山政權。

　　吳俊立獲得36,727票，得票率36.91%。民進黨提名的賴坤成獲得17,237票，得票率17.32%。是可見如吳俊立若能與賴坤成合作，應能以過半數得票率出線。

親民黨額手稱「慶」，
百里侯唯一掄「元」！

六、官司纏身不幸應驗

2002年8月17日報載：台東縣第十二、十三、十四屆四十一位縣議員，涉嫌利用享有指定台東縣政府補助特定社團經費的權力，詐領補助款，以及收取台東縣政府撥給縣議員的小型工程款和機關設備補助款回扣，台東地檢署檢察官楊大智接獲檢舉後，指揮法務部台東縣調查站偵辦。

偵辦中，擔任小型工程款回扣白手套的台東縣議會祕書林義力，和普優瑪社團負責人陳志隆，在檢察官曉以大義後，願意擔任污點證人，使得全案得以順利偵辦，並且於2000年底一舉起訴四十一位前後任縣議員。案件起訴後，接連縣市長和立委選舉、縣市議員選舉，直到2002年7月初，台東地方法院採取交互詰問方式，連續五天開庭予以宣判。四十一位前後任縣議員均判處重刑。

2003年8月7日台東縣議會涉及小型工程款的貪瀆案，花蓮高分院7日進行二審宣判，其中議長吳俊立獲得減刑。這起案件由於涉案被告多達四十六名前後任台東縣議員，所有被告的刑期超過四百年，也創下了東部司法史上的紀錄。

1989年我在吳俊立參選議員時，即預言有官司纏訟的凶兆。待他擔任議長時，仍不時告誡他特別注意。但吳俊立仍身陷官司纏訟之中。

七、「那件官司有要緊嘸？」

議長吳俊立雖官司纏訟，但他的政治影響力仍不可小

覷。2004年總統大選期間，阿扁曾專程由台北飛抵台東，以一國元首之尊，參加地方政治領袖吳俊立長女潤慈的生日宴，初見面時，阿扁即將這位國民黨籍的吳議長拉到一旁，親切的關心：「那件官司有要緊嘸？」

慧心的吳俊立當然聽得懂阿扁的弦外之音，因此阿扁巡視台東地方建設時，即以議長身分全程陪同。據報載，吳俊立夫人鄺麗貞接受記者訪問時表示：自1998年吳俊立加入國民黨後，「一連五次吃暗虧」，但仍不可能改投綠營。不過，另據報導，由吳俊立擔任理事長的「台南同鄉會」的政治取向，不難理解阿扁參與吳俊立長女的生日宴，似乎並沒有白跑這一趟。只是「君無戲言」的預言是否應驗，由於人心難測，且讓大家拭目以待吧！

據報導，台東縣立委選情在縣長徐慶元退出親民黨並公開挺綠之後，地方傳出阿扁總統極力拉攏議長吳俊立，可能再引發徐慶元效應；11月23日立法院長王金平由立委饒穎奇陪同至台東，拉著吳俊立陪同幫忙國民黨立委候選人黃健庭在台東市中央市場拉票。王金平說，吳俊立是最堅定、最真誠、忠貞的黨員，不會跑到對方陣營。

但是國民黨籍的吳俊立陪同掃街時，走在後面，沒有穿上黃健庭的競選背心，有人問他會不會公開挺綠？他笑笑未答，只說是因為立法院長來台東，禮貌上陪同走走，並不是來拉票。他認為現在地方建設擺第一、選舉暫時放一邊，沒有正面回答敏感問題。

黃健庭事後回應各方的關心，強調他了解吳議長的苦衷，雖然在表態上有困難，但他永遠相信吳議長是好同志，站在自己這一邊。當天下午王金平轉到縣議會和十六位議員

136

及一位鄉長見面，請議員支持黃健庭，有人問王金平對吳俊立有無信心？王回答說：「百分之百絕對有信心」，吳俊立則接口表示，會讓院長順心，在旁有議員則要吳議長講清楚，吳回答：「我支持王金平」，態度還是模糊。

　　吳俊立目前仍掛名黃健庭競選後援會會長，她太太鄺麗貞則擔任助選團隊的重要幹部，但日前阿扁總統到台東為民進黨立委候選人許瑞貴站台助選之前，吳俊立到志航空軍機場接機後曾有短暫密談，吳婉拒總統邀請他上台露面，但答應暗中幫忙綠營候選人。

【第五節】
國民黨組發會主委陳健治力挽狂瀾！

一、吳俊立以最高票再度當選縣議員，並蟬聯議長

　　吳俊立在縣長選戰敗北之後，立即重整旗鼓，投入下屆議員選戰。當時筆者與家人赴知本度假，路過台東順道拜訪吳俊立競選總部時，適逢前台北市議會議長、時任中國國民黨組發會主委陳健治環島視察，湊巧也來到吳俊立競選總部為吳加油打氣。

　　陳健治經吳俊立慫恿之下，也請我為他占卜。首先問卜吳俊立議長連任選情，占卜答案是4紅心（東山再起）。開票結果，果然以最高票當選縣議員，並蟬聯議長。

二、由陳健治擔綱的全國鄉、鎮、市長、議員選戰成果豐碩

　　陳健治又問卜由他擔綱輔選的全國鄉、鎮、市長以及地方議會議員選戰成果如何，占卜答案是「如您所願」！

　　開票結果，由陳健治擔綱的全國鄉、鎮、市長共319席，國民黨推薦當選的有195位，經國民黨同意以無黨籍參選的有31人當選。全部為225席，當選率高達70.85%。895位縣市議員共有396位是國民黨籍，經國民黨同意以無黨籍參選的有42人當選，全部為438席。當選率48.94%。

三、陳健治力挽狂瀾，遏止了國民黨兵敗如山倒的頹勢！

　　國民黨當選率雖然並未過半，但執政的民進黨縱使有中央政府執政的充沛政治資源，也僅當選147席而已，當選率僅16.97%；親民黨47席，當選率5.42%；台聯7席，當選率0.8%；新黨3席，當選率0.34%，其他則屬無黨籍人士當選。國民黨在地方選舉的選戰成果十分豐碩，果真應驗了占卜結果「如您所願」的預言！在國民黨剛失去中央政權之際，不啻打了一針強心劑，而陳健治以草根性的領導風格力挽狂瀾，遏止了國民黨兵敗如山倒的頹勢！

　　占卜結束之後，陳健治又特別提及返北之後，再專程就個人健康私事問卜。待陳健治與夫人親赴寒舍問卜後，不久即赴大陸換腎成功。日前從他在立法院問政的表現，以及充沛的體力來做觀察，手術後情況應屬良好。

　　「健」康應比仕途「重」，
　　「治」病難免見血「光」！

四、不少國民黨員希望他在2004總統敗選後重掌兵符

　　陳健治草根性的領導風格，在2008年總統大選時，若能重掌兵符，應可發揮相當程度的戰力。至於何方勝出，就看誰犯的錯誤較少了。

　　　　馬「健」「英」姿現，
　　　　大「治」「九」五登！

【第六節】
嶺南派大師歐豪年失竊百幅名畫如何尋回？

一、當年捐款額可以在台北市區買下一個小套房

　　1983年間，經畫家陳牧雨的介紹，認識了出生於1935年的嶺南畫派畫家歐豪年教授。歐豪年教授出生於中國廣東省茂名縣（今吳川市）。早年離鄉赴港，十七歲即師事嶺南畫派巨擘趙少昂先生，力學精研，卓然自成大家。

　　歐氏於1970年由香港來台，執教中國文化大學美術系迄今，對美術教育及藝文發展，貢獻良多，且數十年來不斷應邀在海外各地展出畫作，備受國際藝壇的肯定與推崇，他於1993年榮膺法國國家美術學會巴黎大宮博物館雙年展特獎，又於1994年及1995年，先後獲頒韓國圓光大學榮譽哲學博士與美國印地安那波里大學榮譽文學博士，其藝術成就之卓著可見一斑。歐教授從事藝術創作，極重視師法造化的寫生功夫，作品多取材於現實生活，講究寫實的技巧，他也重視作品內在的氣質、意境、情趣，堅持中國畫應具備有自己的民

族風格，此種立足本土，而同時兼備西畫技法的創作方式，大大豐富了嶺南畫派的藝術表現力，為嶺南畫派探索出新的藝術道路，並將此一畫派真正帶入東方藝術的主流。

當年歐教授擔任私立中國文化大學美術系系主任時，歐教授知道筆者所主持的財團法人重仁文化教育基金會，每年都有提供清寒優秀學生獎學金，因此向筆者申請五個名額，每名每學期三萬五千元，每年共三十五萬元。這筆金額在二十多年前，每年可以在台北市區買下一個小套房。而財團法人重仁文化教育基金會的成立基金也才一百萬元，每年孳息至多也不過五、六萬元而已。

歐教授既然已開金口了，我又不好拒絕，因此頗為傷透腦筋。剛好台北建築投資公會常務理事，亦即廣信建設公司董事長周文龍先生聘任我為顧問，顧問費每月三萬元，每年共三十六萬元。我徵得周文龍同意，將此筆顧問費全部捐贈中國文化大學美術系交由歐教授全權處理，從此與歐教授結下緣分。

二、歐豪年多年收藏的名畫及親作悉數被竊一空

日後，歐教授曾找筆者問卜，請教益壽延年之道，筆者建議歐教授早上五時起床慢走一小時後，再上床補「回籠覺」。他依我的建議，開始作晨間運動，精神與體力果然煥發，功效十分卓著。

與歐教授結識之後，我們一直保持來往，一日，同為名畫家的歐夫人清晨突然打電話給我，以十分緊張的香港腔，說他們的畫室「遭劫」了。當時才上午六點左右，我睡意未消，聽到歐夫人說畫室遭劫，頓時嚇了一大跳，急忙問歐教

授夫婦有沒有受傷。歐夫人說沒人受傷，但歐教授收藏的名畫及親作近百幅畫「被竊」了。歐教授運動還沒回來，不知如何處理是好，只好先打電話向我求救。我馬上囑咐歐夫人保持現場不要動，我立即趕到。

三、「台灣鑑識之父」翁景惠奉署長盧毓鈞之命蒐證破案

有「台灣鑑識之父」之譽的翁景惠先生是國際級鑑識大師李昌鈺的得意門生，也是財團法人重仁文化教育基金會董事翁景藩的胞弟，與筆者素為舊識。因此我馬上打電話告訴他，歐教授家中遭竊之事，並請他轉告當時的警政署署長盧毓鈞。翁景惠知道我是前任警政署署長莊亨岱的朋友，歐大師也是盧署長朋友，因此立刻向署長盧毓鈞報告，署長接到國際級大畫家遭竊的消息，立刻要他火速會同組員到現場蒐集證據，以利破案。

當筆者抵達歐教授畫室時，見還穿著運動服的歐教授氣急敗壞地呆坐一旁。現場十分凌亂、滿地碎玻璃。經清點後，歐教授收藏價值連城的名畫及親作逾百幅全部失竊。

四、卦象指出竊賊應有留下指紋，或其他足以破案的線索

未久，翁景惠即偕同組員到現場蒐集證據。翁景惠看到筆者也在場，立刻將筆者拉到一旁，低聲問有何建議，我說依卦象，竊賊應有留下指紋，或其他足以破案的線索。因此翁景惠篤定地交代組員從破壞的門窗仔細蒐集竊賊指紋或掌紋等微物證據。

不料竟發現竊賊是著手套作案的。因此現場所蒐集的指紋，全是歐教授夫婦及雇傭所留下來的。但翁景惠對於筆者

的占卜功力極具信心，因此不放棄所有線索。當時發現在現場地上有一幅歐教授的親作，是以兩片壓克力，採真空黏著方式裝框。竊賊以為是玻璃裝框，所以曾將手套取下，本想將該張國畫捲成畫卷一起偷走。

但後來發現該幅國畫是由兩面壓克力以真空黏著方式裝框，除非用鋸子鋸開，否則根本無法拆下。可能時間不允許，因此仍棄之現場，不過卻已在壓克力上留下一個完整的指紋。

五、歐教授主動表示將贈送四幅巨畫給筆者致謝

翁景惠表示為迅速找到竊賊以追回歐大師名畫，是否可以指點一個大方向，以免從龐大的兵役指紋資料檔案中大海撈針，筆者建議從有前科犯的計程車司機中著手比對。三四天之後警方果然藉這個指紋將竊賊逮獲。

據歐教授指出：盧姓主謀畢業於師範大學，乃兄也是畢業於師範大學，當時因案尚繫獄之中。盧姓主謀夥同一位有前科素行的計程車司機，以及一位目前仍在逃的嫌犯，三人趁歐教授不在「挹翠山莊畫室」的機會破窗進入，進行所謂的「大搬家」，將歐大師剛結束畫展的參展畫作，以及多年收藏的名家作品逾百幅全部偷走。

歐大師透露，其夫人是在遭竊第三天之後，返回畫室才發現被盧姓竊賊「大搬家」。由於夫人立刻致電筆者，因此能保持現場之完整，始能破案並追回價值連城的名畫。歐大師為感謝筆者以占卜術及人脈協助破案，因此主動表示將贈送四幅名畫致謝。

其實能追回歐大師價值連城的百餘幅名畫並非筆者，而

是2003年英年早逝的「台灣鑑識之父」翁景惠先生。筆者何德何能敢居此功，決定將這些畫轉捐財團法人重仁基金會義賣，用來購置基金會永久會址。

另將其中一幅的義賣所得，成立翁景惠先生子女教育基金，因此，特以歐大師「豪年」及「台灣鑑識之父」翁景惠名字，撰此聯為誌：

大師「豪」氣捐名畫，畫中「景」物仍依舊；
善士「年」年皆有餘，有緣「惠」心開運新！

【第七節】
入院三、四年的「精神病患」爲何霍然痊癒？

一、服役期間遭受性侵犯擬以精神不正常理由逃離軍營

1982年間，旅居美國的房屋預鑄工法專家秦必韜先生，返台與唐榮鋼鐵公司合作，在林口以預鑄工法建造大樓，經友人的介紹與筆者結緣。

秦必韜與某交通部長夙稱莫逆。某部長的祕書從秦必韜口中得知筆者常以微祕儀占卜術助人渡過難關，因此透過秦必韜懇求筆者協助乃兄能從精神病院痊癒出來。

當筆者聽到這項請求時，頓時傻了眼，由於筆者既不是神，也不是心理醫師，在二十多年前，只不過是一個略為涉獵「微祕儀占卜術」的初階微祕儀占卜者而已。

但秦必韜一再相求，只好硬著頭皮從高雄開車到台南某

教會主辦的療養病院與這位病患見面。

筆者從某部長祕書口中得知乃兄個性內向，求學時成績極為優異，曾以高分考入台大電機系，但讀了半學期之後，發現與志趣不合，重考的結果竟然跨組考進台大醫學系，不過註冊沒多久又發現與志趣不合，又輟學在家準備重考時，接到入伍通知，不得不服役去了。

服役期間不知道發生了什麼事，就以精神官能異常，被送到某軍醫院治療，住院療養了一年多，即通知家裡辦理解役手續。由於病患回家時仍有幻聽及偶爾有暴力傾向，不得不再送到這家療養病院，一住又是一年多。

二、為保護病患的自由，乃姑隱其名！

我與病患見面時，可能是某部長祕書事先已告知我的身分，因此乃兄竟以流利的英語，說他曾從國外報章雜誌看過有關撲克牌占卜介紹，而且也知道盟軍祕密緝拿希特勒參謀本部占星師的新聞。他要我能夠證明自己確是微祕儀占卜家，否則沒有空與我閒扯。

我的外語能力一向不好，聽到他以流利的英語交談時，一時臉紅耳赤，正準備打退堂鼓時，旅居美國多年的秦必韜一見狀，立即以同樣流利的英語說服了他，病患才願意以國語和我溝通。當他很不情願地填妥命盤後，我立即清楚這位病患在軍中發生了什麼事情。為保護病患以後可以在社會中生活得自由自在，請容許我在此隱匿相關人士的姓名。

三、占卜揭開事實真相後，醫師也同意病患出院

因為病患後天運星的「紅心7」（秀麗標致）與「黑桃6」

（越乎常軌）及「鑽石9」（軍事或軍火）「三星連袂」。推測出這位長得細皮白肉、外貌俊秀的內向小男生，應是在軍中遭人「雞姦」，因此不得不裝瘋賣傻以求解脫，不料，弄假成真竟被關了一年多。除役後因無所事事，竟也產生幻聽的現象，因此不自覺地開始亂擲家中書籍、破壞家具，後來甚至拿菜刀作勢要家人不要靠近他，因此被送到這裡來了。

我當時要求主治醫師在旁參與占卜過程，占卜的結果顯現他被性侵犯的往事。這位病患看到占卜結果不禁抱頭痛哭，承認確有此事，這也是他不得不裝瘋逃離軍營的方法。醫師駭異之餘，也同意病患出院，因此當天即辦妥自願出院手續。但之後我們便中斷聯絡，所以也不知他的近況如何！

早占勿藥，「必」有其預「兆」，
生活自在，「韜」略須背「陽」！

【第八節】
劉泰英、張平沼、尹衍樑三人聯手終結「郭婉容事件」祕辛！

1990年俞國華受命組閣後，由前立法院長倪文亞夫人郭婉容出任財政部長，為廣闢稅基，宣佈開徵「證券所得稅」，因而造成國內股市崩跌十八天的慘劇，數十萬股民為之傾家蕩產，股市謂之「郭婉容事件」。

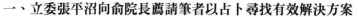

一、立委張平沼向俞院長薦請筆者以占卜尋找有效解決方案

　　當年兼任潤泰集團關係企業的光華投信董事長張平沼立法委員，為立院財政委員會召集人，為了郭婉容事件乃晉見行政院長俞國華，向俞院長薦請筆者以占卜尋找出有效的解決方案，為了解決股市崩跌的「慘」況，俞揆確實也束手無策，因此不得不首肯。

二、張平沼、劉泰英、尹衍樑分別獻策由我彙整決策方案

　　由於筆者是潤泰集團的「最高永久顧問」，因此接獲俞揆的指示後，乃由張平沼立法委員擔任召集人，並由潤泰集團總裁尹衍樑敦請他的授業恩師、台灣經濟研究院院長劉泰英等三人，聚集在筆者敦化北路寒舍，舉行緊急會議。會議中，分別由劉泰英、尹衍樑、張平沼各獻己策，集思廣益，以因應股市無量下跌的對策，在大家同意之下錄音存證：

　　（1）劉泰英之策：

　　A.建請高層立即宣佈撤銷開徵證所稅之議，以及證金公司暫停追繳保證金。

　　B.立刻提高融資成數，並大幅提高融券保證金額度。

　　（2）張平沼之策：

　　A.建請證管會迅即派員分訪上市董、監事，促其補足董監事持股。

　　B.同時建請情治單位及稅務單位，派員分訪股市超級大戶以及作手，以「道德勸說」及「查稅手段」，雙管齊下，制止繼續拋單以及迅速回補空單。

　　（3）尹衍樑之策：

　　建請當局應由郵政儲金、勞退基金、行政院開發基金，

甚至動用外匯存底等國家資源，趁谷底進場護盤（亦即日後國安基金的濫觴）。

三、郭婉容事件若未即時解決，安知日後十年盛況能否復在？

經微祕儀占卜術進行沙盤推演的結果為3黑桃（成功戰略），確認前揭因應措施，若能同步採行，必能中止股市崩盤之局。除尹衍樑建議的動用國家資源，趁谷底護盤的策略，由於茲事體大，須費時審慎規劃之外，由我作成四點結論：

（1）建請高層立即宣佈撤銷開徵證所稅之議，以及證金公司暫停追繳保證金。

（2）立刻提高融資成數，並大幅提高融券保證金額度。

（3）建請證管會迅即派員分訪上市董、監事，促其補足董監事持股。

（4）同時建請情治單位及稅務單位，派員分訪股市超級大戶以及作手，以「道德勸說」及「查稅手段」，雙管齊下，制止繼續拋單以及迅速回補空單。

正本由立委張平沼連夜面呈俞揆參酌處理，影本則留存至今以為紀念。俞揆連夜批示如擬，翌日一早行政院迅即正式宣佈前揭因應政策。因此，盤中行情立即止跌回穩，買盤再現，次日並迅速回升！一場「政經大風暴」，頃刻化解於無形。

傷痕撫「平」藉問卜，
脫離泥「沼」須良方！

四、台灣經濟發展奇蹟的歷史是否要重寫？

　　「郭婉容事件」平息不久，旋即發生震驚全世界的華爾街黑色星期五事件，且迅速連鎖波及全球股市。以台股市場為例，其後竟遽挫萬點，股市哀鴻遍野，此事件散戶應有深刻印象！

　　假如俞揆在「華爾街黑色星期五事件」發生之前，未能接受張平沼的建議，請筆者以「微祕儀占卜術」尋求因應之道，並藉由劉泰英等三人的獻策，使得台股市場能暫獲喘息的機會；台灣經濟在此雙重打擊之下，政局動盪、百業蕭條、民生凋敝，安知日後十年的盛況能否復在？台灣經濟發展奇蹟的歷史是否要重寫？答案也只有上帝才知道！

　　「國」士須「婉」轉獻策，學界「泰」斗未敷「衍」；
　　「華」廈豈「容」恁崩圮，政商「英」材有棟「樑」！

【第九節】
海基會董事長辜振甫先生與「良醫不外求」

一、良醫不外求

　　1990年台灣經濟研究院院長劉泰英，曾陪同台灣經濟研究院創辦人、亦即海峽兩岸基金會董事長辜振甫先生，到筆者在敦化北路的寓所，問卜其腎臟宿疾的醫療方式。

　　占卜抽到「正」3鑽石（良醫）以及「負」10鑽石（不必遠赴國外），結論是「良醫不外求」，辜老把這五個字珍藏起來。

辜老於告辭時表示身體痊癒之後，日後若有需要他幫忙的事不必客氣，儘管交代劉泰英轉告他，或逕自打電話給他也可以。

二、由張心湜教授親自操刀，果然順利痊癒出院

之後，辜老毅然決定放棄赴美就醫的計劃，改由台北榮總外科部主任張心湜教授親自操刀，果然如願痊癒出院。

而我也不敢讓辜老費神，所以自此並未再與辜老見面！我想小事不須勞煩辜老，如真的有大事，辜老可能也幫不上忙，因此多年來只在聖誕節以賀年卡互相致意外，並未再有正式聯絡！

「振」振有其「道」，「惠」心海峽無戰事。
「甫」甫具內「涵」，「祐」庇兩岸永和平！

【第十節】
辜夫人嚴倬雲女士與屏東農場所有權之爭

一、請求占卜指示回復農場所有權，事成必有厚謝

曾經陪同辜老一起來看筆者的辜夫人嚴倬雲女士，曾向筆者提及，屏東縣有一個面積數百甲的祖傳農場，數十年前因被海水淹沒流失，而遭主管官署註銷土地所有權。後來又因流沙堆積，這塊祖傳農場近年來又浮出海面，成為所謂的海埔新生地。她雖曾多次向有關單位力爭回復所有權，「因盛名所累」均告受挫，請求占卜指示回復所有權的方向，事

成必有「厚謝」。

二、日後辜夫人未再主動聯絡

我淡然一笑，建議改期再占卜，以免顧此失彼，影響辜家兩代財壽雙星！不料，辜夫人隔日即由最近英年早逝的長子辜啟允、女婿張安平等家屬陪同，前來占卜，結果占卜顯示，可以依法索回所有權，並做成某些具體建議。

當時辜夫人十分客氣地表示，會將實際進度告知我，若過程中發生了阻礙，再請我費神指點。但日後事情的發展，因辜夫人並未再主動聯絡，想必已「原壁歸趙」了吧！

【第十一節】
姚嘉文繫獄時周清玉爲何返鄉競逐百里侯？

一、建議周清玉返鄉參選縣長

1983年筆者擔任台北家扶中心扶幼委員，經家扶中心主任郭東曜介紹，認識熱心公益事業的國大代表周清玉女士。

當年周清玉的先生姚嘉文因美麗島事件，仍繫獄之中。周清玉找筆者問卜，她曾透過長老教會系統轉交陳情函給李登輝，請他向蔣故總統代為陳情，懇求經國先生大赦她先生姚嘉文，不知後果如何？

占卜結果，當時內斂低姿態的李登輝，根本不可能把此訊息直接稟報層峰，因此姚嘉文短期內不可能釋放出獄。

筆者建議周清玉應返鄉參與縣長選舉，將可擊敗執政的

國民黨所推出的任何人選，若保有政治影響力，說不定在縣長任內夫婦即可團圓。

二、周清玉一語不發，但淚下沾襟，一切盡在不言中

周清玉是否接受筆者的建議，或本來就有意返鄉競逐百里侯我並不知道。但筆者要強調，周清玉在極度困境之中，能走出「第一步」，以「強烈的信心」參與彰化縣長選舉，果然擊敗國民黨推出的候選人且獲蟬聯，應與「占卜」有相當的因果關係。

筆者本身也是彰化人，某年清明節返鄉祭祖，路過彰化縣政府時，臨時起意順道去拜訪周清玉縣長。

雙方雖然數年未見面，也未有任何聯絡，事先更未曾預訂會面時間，但她知道我這個「不速之客」來訪時，仍摒除所有公務接見筆者。雙方見面時，外表堅強的周清玉，即緊握我雙手，一語未發，淚下沾襟，一切盡在不言中。

但自此我也未再與周清玉見面，目前姚嘉文已貴為考試院長，滄海桑田福禍相倚，又得一印證。

「清」澈甘泉蘊「嘉」禾，
「玉」函金匱藏「文」章！

【第十二節】
遠流出版公司王榮文胞姊之「生與死」

一、王榮文同胞姊妹將在十天內尋短！

　　1982年間，筆者在中國時報任職記者，被派駐南部負責財經新聞線。北上述職時經前國立藝術大學校長劉思量博士的介紹，認識了遠流出版公司負責人王榮文，溫文儒雅的王榮文知道筆者曾習微祕儀占卜術，基於好奇心曾向筆者問卜。當王榮文填妥星盤，並完成召靈儀式之後，筆者即根據星盤特徵，預見王氏家族在數年內，不但有兄長將英年殞落，甚至有同胞姊妹，將在十天之內尋短。由於兄長將英年殞落屬大凶不言的先天命星，因此，當年我遵守誡律，並未事先透露（之後王榮文的長兄及三兄果然一一於英年因肝癌殞落），但同胞姊妹將在十天內尋短一事，則屬後天運星，她的大限仍有十二年以上，因此鄭重提出警訊。

二、王榮文寧可信其有，不可信其無

　　頗具慧根的王榮文聞罷，雖半信半疑，但基於「寧可信其有，不可信其無」的古訓，立即返家尋找同住在一起的胞姊，不料竟遍尋不著，經通知公司各同仁及家屬全力尋找，始在台南故鄉山上某廟宇之中，找到已數天未進食的胞姊。當時王榮文火速以專車陪同胞姊北上與筆者見面。

　　筆者曉以她人間壽緣未盡，如採絕食自盡，下輩子必在未了的壽限內飢餓而死的因果相勸。但她仍然不信，待筆者請她隨機指定一張撲克牌，若抽中時即可證實此一因果論。果然占卜結果，雙度抽中她所指定的紅心4，因此得以勸阻

她尋短的念頭。王榮文胞姊因此多活了十餘年，直到最近才因肝癌過世。

　　素魂歸天上，
　　月魄在人間。

　　本書截稿之前，筆者看到《男人誌》總編輯袁哲生上吊自殺的新聞，以及中國時報頭版頭條的報導，指出台灣地區平均每天有七起自殺死亡案例，看到這些現象，令人感觸良多。若不是我已封盤，不再接受陌生問卜者的問卜，倒是很願意撥出時間，與這些有自殺傾向的優秀人才談一談，或許可以像王榮文胞姊一樣，打消自殺念頭，延續寶貴生命！

　　至於有些因貧病交迫而自殺的人，由於世界已沒有值得他們留戀的地方，就是神仙也很難超渡他們，更不要說個人能力極為有限的微祕儀占卜家了！

　　有錢難買命，
　　無藥可醫貧！

（王榮文和我之間的淵源，與日後我的微祕儀占卜家生涯有極為重要的關聯。1985年8月5日，詹宏志夫人王宣一時任《時報週刊》記者，已就前揭王榮文胞姊的真實故事，在388期《時報週刊》做過大幅報導。更早在1983年《皇冠》雜誌4月份350期，名作家鄭羽書也做過類似專文報導。否則以筆者與王榮文的交情，絕無可能在十餘年後，再重提王榮文之傷心往事。）

【第十三節】
王榮文險些栽在廟祝「神諭」之中？

一、廟祝藉「神諭」傳遞噩耗企圖斂財！

　　所謂君子之交淡如水，多年來筆者與王榮文之間雖然接觸不多，但卻彼此互相關懷。1983年他以出版業者的專業立場，曾鼓勵筆者將占卜術撰寫成書，以防失傳之外，也可能一出版即洛陽紙貴。筆者雖隨口應允，但一直沒有強烈的動機想寫，直到二十年後的今天，才有心情完成此書。

　　話說王榮文自乃姊獲救後，事隔近十年，有一天突然親自到筆者敦北寓所造訪。

　　當時他面容慘淡似罹重疾，並向我問卜他個人的吉凶。我頗為驚駭，因為印象中王榮文雖因「念舊」的赤子之心將導致破財，但仍不至於影響其穩固事業基礎，且壽限未至，何以致此？

　　因此，我請他在我的私人浴室沐淨之後再行占卜。填妥命盤後，我見他的命宮四煞同至，且皆屬人禍，換句話說，是被設局入彀所致。畢業於國立政治大學的王榮文，在出版大眾心理學書籍上銷路頗廣，但這次卻幾乎栽在「惡意暗示」的神棍騙局之中。

　　原來他高中時代認識的一個好友，某日邀他到北部某廟宇向某「得道高僧」請求開示，這位所謂「得道高僧」從王榮文自己透露長兄因肝癌往生，三兄亦罹患肝癌且至末期後，竟指出這是王氏家族的厄運所致，不久可能將輪到年近四十九歲的王榮文本身，因此必須破財求生。由於王榮文肝功能亦欠佳，聽到此神諭所傳遞的噩耗，未及數日即病倒。

　　有關以惡性暗示而致人於死的具體案例，事實上是有的，二次世界大戰期間，德軍有項「人體試驗」即可證明「惡性暗示」的確可促使被暗示者死亡。據了解，德軍將遭俘虜的美軍飛行員，以注射器針頭穿入其手肘動脈，讓鮮血自橡皮管流入有刻度的大型透明玻璃瓶中。據盟軍未銷毀的實驗數據指出，以一個體重約九十一公斤（約二百磅）的美軍飛行員為例，當他失血1,850cc左右時，即會因失血過多而陷入休克，有部分失血未到2,000cc時即告死亡。

　　德軍將這一項實驗的過程，刻意讓另一批參與實驗的俘虜全程目睹。用意在讓他們確信，依每位受實驗者不同的體重，被放血至某程度時即會因失血死亡。德軍再將被實驗的俘虜綑綁在手術床上，以注射器針頭穿入手部動脈，讓俘虜親眼看到自己的鮮血沿著引管流入透明的大型玻璃瓶。而這具有容量刻度的玻璃瓶，則故意放在俘虜視線餘光可及的位置。

　　事實上，輸血的橡皮管是一條Y形橡皮管，兩端分別接到A、B兩組受實驗者身上。而實驗者可以利用遙控方式夾緊A組或B組其中一條，或A、B兩條引管同時夾緊，讓兩組受實驗者立刻停止失血。德軍也可以藉這項遙控方式，打開B引管，將B組俘虜的鮮血，引入A組俘虜的玻璃瓶之中。

　　由於此項裝置是裝設在俘虜看不到的地方。正式實驗時，德軍藉遙控方式，隨機選擇將其中一組的橡皮管夾緊，再引入另一組俘虜的鮮血。因此A組受實驗者雖已停止失血，但仍誤以為自己還在繼續失血中。

　　隨著時間的消逝，A組受實驗者的臉色開始慘白，在看到盛血的玻璃瓶達1,500cc至1,700cc時，竟告休克甚至死亡。事實上他們真正的失血量，竟然少於一般捐血量的250cc。

二、筆者決定以「仙拚仙」的戰術，終止廟祝的惡意暗示！

王榮文的案例讓筆者聯想到惡意暗示，筆者認為必須立即拆穿神棍騙局，以重建王榮文「生」之信心，否則王榮文的生命之火，將因受到神棍的惡意暗示而逐漸熄滅，甚至真的在四十九歲以前就死亡。

至於如何去拆穿神棍騙局呢？筆者決定藉由微祕儀占卜術的驗證性，證明當事人確實受到神棍的惡意暗示而導致身心崩潰，若王榮文清楚看到此卦象，應可立即破除惡性暗示的精神壓力，脫離險境。

三、王榮文果然不藥而癒

因此，筆者請王榮文從一副新牌之中，指定兩張撲克牌。其中一張代表「得道高僧」的神諭是真的，若王榮文抽中此牌，則應即遵照神諭所說將財產捐出，以求性命的安全。如果抽中另外一張的話，即表示神棍是惡意暗示，即使不予理會，仍可迅速恢復健康。王榮文當時指定的是和他姊姊一樣的紅心4，此紅心4代表神棍是設局詐騙，黑桃10代表神諭所言為真。王榮文將自己帶來的全新撲克牌親自洗勻之後，隨機抽出一張，翻開一看，居然就是乃姊當年所抽中的紅心4。經過這樣的歷程之後，王榮文果然不藥而癒，並迅速恢復健康！

「遠」道平安竹報至，
「流」年細數到期頤！
「榮」枯焉可問廟祝？
妄定生死藏「文」章！

【第十四節】

御醫董玉京及大師蔣碩傑如何解除「魔咒」？

一、御醫也上當

其實並不是只有心理學專業出版家王榮文上當，即使先總統蔣公的御醫、心臟內科名醫董玉京大夫，也幾乎栽在所謂「命理大師」的騙局之中。

1982年，近四十九歲的董大夫因婚姻不順，經友人的介紹，曾向某所謂命理大師求教。不料這位命理大師竟指出他在四十九歲即有大災禍，若未設法化解，可能家破人亡。

由於命理大師頗具名氣，因此董大夫意志開始消沉，且身體健康日趨敗壞。剛好當時筆者北上返回報社述職，經外交耆宿顧維鈞哲嗣顧德昌先生的介紹，認識了董玉京新婚夫人張志偉女士。張女士便偕同董大夫向筆者問卜。

筆者採取與王榮文相同的模式，讓董玉京大夫脫離「惡性暗示」的魔掌，恢復了健康。董大夫事後檢討此事時也不禁毛骨悚然。因此與筆者維持長期的密切友誼關係。

二、中華經濟研究院院長蔣碩傑先生也曾親歷此噩夢！

與董玉京醫師遇到相同騙局的還有前中華經濟研究院院長蔣碩傑先生，筆者再次以同樣的處理方式，中止他被「惡意暗示」的心理威脅，因此董玉京的著作出版時，由蔣碩傑親筆題款書名《生命在紅燈邊緣》。董玉京將此書贈予財團法人重仁文化教育基金會義賣。3,000冊印製費用全數由遠流出版集團王榮文個人捐贈，在此特表謝意！

「碩」德堪宏渭水猷，
「傑」雄問命反召凶。
「玉」樹長含萬里風，
「京」華隱居百歲翁！

【第十五節】
占卜指出楊順聰博士肺部病灶多年前即已存在？

　　陽明大學校長張心湜最得力的研究團隊成員楊順聰博士，在例行的體檢時，竟發現肺部有陰影，他隨即請求筆者為他占卜吉凶。占卜結果顯示病灶在多年前應已存在，筆者建議他應盡速手術開刀切除病灶，以免繼續蔓延。由於楊博士在過去每年都進行例行性體檢，筆者的建議，楊博士起初仍半信半疑。

　　為謹慎起見，他調出歷年體檢資料，果然發現在出國留學之前進行的那次體檢，報告還未出爐時，楊博士便出國了，因此根本沒有看到這份體檢報告。而這份報告之中，已提醒受檢者肺部的病灶。院方將多年前的X光片與最近的X光片予以對照，結果顯示病灶確有擴大的跡象。因此決定進行手術切除病灶。楊博士目前安然健在並完全脫離險境。

「順」其自然反召禍，
「聰」慧決定引來福！

【第十六節】
陳由豪敗在未能壯士斷腕！

一、預卜房地產景氣持續衰退十年，須壯士斷腕免信用破產

1995年間，東帝士集團總裁陳由豪經潤泰集團總裁尹衍樑的介紹，夫婦相偕來找筆者問卜，首先問卜的事項是集團建設部門的未來發展。

占卜答案竟是應立即「壯士斷腕」3黑桃（具遠見的）及9黑桃（持續衰退），6鑽石（立刻停止新的投資案）。已購入的土地應削價求現，以免沉重利息拖垮整個集團的資金周轉能力，甚至破壞到陳由豪個人的信用。陳由豪看到占卜結果整個臉色都沉下來，一語未發。

陳由豪夫人、東帝士建設公司董事長林富美聽了之後說，依景氣循環以及過去的統計經驗值，國內房地產業每波循環為五年左右，再長也不會超過七年。若自1990年3月起至今也已超過五年，若現在就縮減營運，是否會造成「兵敗如山倒」的惡果？屆時銀行肯定會縮緊銀根，反而不利整個集團的運作，也可能喪失反敗為勝的機會。

因此她再度要求占卜房地產回春的時限。但占卜的結果，竟然是「長達十年」之久。換句話說，房地產業回春將在2004年之後，此波不景氣將持續十五年，為過去不景氣循環平均值的三倍左右。陳由豪看到占卜結果，以不敢置信的懷疑態度，要求重新占卜，結果仍然抽到「黑桃9」，亦即確認景氣將持續衰退十年之久。

二、第三度抽到「黑桃9」，表示景氣持續衰退

隔天，陳由豪在他經營的晶華飯店單獨邀宴筆者，又要求占卜房地產業回春的年限，他同樣又是抽到「黑桃9」。陳由豪隨後又占卜大陸重大投資案的吉凶，由於此項占卜是陳由豪能否東山再起的契機，因此不便透露。

三、並未採取縮減業務的因應措施

陳由豪就「房地產業何日回春」一事連卜三次全是「黑桃9」，東帝士集團對於建設部門竟未採取縮減業務的因應措施，反而投入龐大資金在新店「達觀鎮」開發案，不但拖垮了整個東帝士集團的財務，又因銷售狀況不理想，無法如期支付工程款，使得承包營建工程的「東怡營造」亦隨之信用破產。陳由豪雖「早知道」房地產業須2004年才能回春，但因投鼠忌器，竟遭大挫敗，淪為「十大通緝要犯」！

忠言逆耳「由」他去，導致「富」不過三代，
誠信待人「豪」傑來，因而「美」談傳四方。

【第十七節】
身體語言所透露的玄機遠勝過占卜術！

一、接受尹衍樑的打賭

1995年，潤泰集團總裁尹衍樑邀我到大陸主持光華獎學金頒獎典禮，在中正機場出境廳樓梯轉角，尹衍樑與我同時看到素為舊識的某企業家與他的祕書，在航空公司櫃台前低

頭交談。

我與尹登機後，尹衍樑就對我神祕一笑：「我跟老師打賭，某董與他的祕書有一腿。如果猜錯，我就送老師一部賓士敞篷高級跑車，如果老師輸了，就隨老師的意思了。」

由於某董多年前曾找我問卜，印象中某董為人風趣且心地善良，雖多金又風流倜儻，但不至於吃窩邊草吧。何況這位十分孝順，而且不是俏麗性感型的已婚女祕書，那有可能會與老闆產生婚外情呢？因此我相當有把握地接受了尹衍樑的打賭。

二、尹衍樑的敏銳觀察力竟然比占卜家還高明！

返台之後，我調出某董多年前的原始命盤，比對與其祕書兩者的「鑽石5」（祕密）以及「紅心7」（畸情）的交叉位置，比對結果，赫然發現尹衍樑的猜測完全正確。

這件事情讓我感觸良深。並不是因為我打賭輸了，而是這個受過感化教育的集團老闆，其敏銳的觀察力竟然比占卜家還高明。如果他觀察其他事物也能如此、加上能有開闊的心胸的話，必然是個頂級的大企業家。

三、身體語言透露玄機

我因此向尹衍樑請教何以知道某董不欲人知的祕密。他很自豪地引經據典，從祕書情結談到身體語言，並透露當天出境大廳的旅客並不擁擠，但女祕書與某董交談時，不但深情款款，而且兩人之間言談的距離，絕對不會超過三十公分。從這些小動作，即可確定他們之間早已有親密關係了（因此各大企業家要特別注意這一點哦，否則將漏餡了）。我

回憶起當天的情境確實如此，但我並未看出他們「不欲人知」的天大祕密。

四、捐贈八千三百萬元左右，作為筆者誠心服輸的代價

為表示誠心服輸，我向大舟造船廠陳文淵訂購由他向俄羅斯進口的兩部「拉達」吉普車、六部拉達轎車共八部汽車，此八部車價與一部賓士敞篷轎車售價大致相當，約在十萬美金左右。其中一部吉普車送給尹衍樑，另六部也交給尹衍樑轉贈給北京大學光華管理學院及法學院，作為教授專用交通車。最後一部吉普車，則給羅福助作為立委選舉掃街的先導車。除此之外，又撥付人民幣伍拾萬元交尹衍樑轉贈北京大學編印《北京大學法學院百科全書》。

除此之外，我又買下坐落在台北市陽明山永公路245巷34號、價值七千兩百萬元的花園別墅捐贈給「書田醫學中心」，指定供執行長張心湜教授作為專用宿舍。以上捐贈合計八千三百萬元左右，作為我誠心服輸的代價。之後，尹衍樑雖然打賭贏了，還是把他心愛的賓士敞篷高級跑車送給我當座車。

（日後由於尹衍樑中止書田醫學中心的建造，因此，張心湜教授拒絕遷入執行長專用宿舍，並將之歸還給我。）

　　身體語言，透露的祕密，
　　遠勝占卜，指點之玄機！

【第十八節】
新光集團吳東賢挽回健康的重大關鍵！

一、透過張心湜請求爲吳東賢病情占卜

　　十多年前筆者在台北榮總做定期健康檢查時，院長彭芳谷先生向筆者表示，新光集團的吳東賢，因檢查出患有鼻咽癌，近日將在榮總開刀，他的母親吳桂蘭女士放心不下，是否可以請筆者幫忙占卜吉凶。筆者當時以病厄乃屬先天命星，不可洩漏天機為由婉拒。

　　不料，他的長兄吳東進因籌設新光醫院，聘請當時尚擔任榮總外科部主任、後來陸任陽明大學校長的張心湜為該醫院的董事，他得知張教授與筆者私交甚篤，因此吳東進和他的母親吳桂蘭及該財團元老吳家祿等人，由張教授陪同一起到病房拜訪筆者，並請求占卜。礙於情面不得不應允。

二、占卜結果吳東賢的病情遠較醫師研判的嚴重

　　占卜結果，2鑽石（成長）及8黑桃（恍惚），竟是吳東賢的病情遠較醫師研判的狀況嚴重，顯示病灶已向上蔓延，從原先診斷的鼻咽癌，擴散到腦部，變成初期的「腦癌」了。我除建議下刀部位應作改變之外，醫療單位也依卦象10鑽石（遠赴國外），建議應改往國外的大醫療中心開刀。這決定經醫療小組及吳東賢的家屬共同商議後，隔日即將吳東賢轉赴美國就醫。

　　不久之後，吳東賢夫人孫若男及吳東亮夫人彭雪芬，一起到寒舍向筆者表示，如果吳東賢果能因此痊癒，一定厚厚答謝之外，他們夫婦也將發願終身做社會公益的志工。孫若

男並虔誠地請求占卜，請筆者告知吳東賢癒後存活年限。

我因此又卜一卦，在人類壽限的黃道十二宮之中，至少還有一至兩個宮位。因此斷定吳東賢至少還有一百個月（七至八年）的壽緣。

如加上2黑桃（廣積善緣）而能越過四煞星臨空的劫關，將依發願人還願的程度，至少仍能再享五十個月左右的壽緣。

三、筆者婉拒吳東亮夫人彭雪芬致贈的一百萬元「束脩」

孫若男聽說先生至少還有七、八年的壽緣，並可依行善結果增壽時，高興地熱淚盈眶。彭雪芬也為吳東賢高興地紅了眼睛。隔日，彭雪芬親自帶一百萬元現金到寒舍，表示答謝。筆者請她告知收據抬頭以作為報稅憑據，她微笑未答，旋即表示，這是她的私房錢，請筆者代為幫她先生做功德！五行吉卦「金生水」，我以台新金控賢伉儷芳名嵌聯為誌：

「東」風吹煖「雪」化水，
「亮」節自有「芬」譽生。

四、四百萬元禮金，轉捐台北榮總作為醫學研究經費

由於微祕儀占卜家不得於占卜時或事未成之前收受束脩，何況吳東亮夫人彭雪芬自始並未占卜，因此我將彭雪芬的一百萬贈金及吳東進親贈的三百萬現金共四百萬元悉數轉捐台北榮總，作為「高血壓研究經費」。

另五萬元新光三越百貨公司的禮券則折合現金，我再另添九倍，共伍拾萬元轉捐台北家扶中心。

164 四百萬元捐款是交給內科部「部主任」張茂松教授（即後來也曾藉「微祕儀占卜術」的占卜，而能掌握機會出任台北榮總院長），作為與美國霍普金斯大學合作，研究台灣地區高血壓病症追蹤的研究經費配合款。張茂松教授並指定購買數十部二十四小時全自動血壓計。此有台北榮總心臟內科的內部刊物報導之外，也有榮總正式的捐款收據可證。

「東」風駿業「茂」，
「進」德不老「松」。

五、為何腦癌患者是「爛病人」？

至於吳東賢後來狀況如何？據張心湜表示，吳東賢取消原先在台北榮總開刀的計劃，並於隔日迅即赴美國某醫療中心，經以先進精密儀器檢查確定病灶已向上蔓延至腦部，因為並非單純的鼻咽癌，因此下刀部位，確實做了更改，先後歷經數次手術，不但挽回吳東賢的生命，而且幸未有重大後遺症。張教授表示，此鼻咽癌若擴散到腦部組織時，切除病灶並不簡單。若切除略少未久又會復發，並危及病患性命；若稍切除過多，必然造成腦部功能永久性傷害；而切除範圍的拿捏，並無絕對標準，因此在醫界私下稱這一類的病患為「爛病人」。

張教授說，視病猶親本是醫師的信條，但一般剛執業的外科醫師，最怕這種爛病人，尤其病患如果是自己的親人或友人時，心中的壓力更大。病患如果是要人或要人的親人時，則盡可能不接這類Case，以免增加操刀者的心理壓力。

張教授指出，我常鼓勵同仁或學生，要成為良醫就要克

服這種心理壓力。養成平常心才能發揮最高的醫技，以挽回
病患的性命。

　　醫德須大愛，
　　醫術平常心。

六、吳東賢夫婦均能還願，並成爲慈濟知名榮譽董事

　　張教授再透露，當時醫療小組原本的計劃是依鼻咽癌開
刀的傳統方式，沿著病患鼻側下刀。若此，勢必無法徹底清
除癌細胞，其結果，可能是今人與古人之分。

　　因此吳東賢及其家族都很感謝筆者的占卜預警，並說等
吳東賢痊癒後，必定帶他來當面致謝！但自此事發生，多年
以來從未與吳東賢見面。不過，從報端大幅的報導可以得
知，吳東賢夫婦均能履行當年許的願，從事社會公益志工，
現並已成為慈濟的知名榮譽董事，每次的善款捐贈則以億元
為單位。

　　吳東賢夫婦甚至自願拋頭露面在台北鬧區公開勸募，因
此頗受社會各界敬重！筆者也頗受感動，因此打算在吳東賢
下一個劫關到來之前，研究如何幫助他再度安然渡過。

　　「東」方日出開天眼，
　　「賢」子才高將出頭。
　　「若」無爆竹難言節，
　　「男」兒襟廣易奠基！

七、吳東賢囑五家關係企業捐贈新台幣五十萬元！

166

「921」大地震之後，基於「人溺己溺，人飢己飢」的精神，在筆者經營的事業中，特別交代也要加入賑災行列，當時筆者的公司剛好有一批剛進口、市價近五千萬元的嬰兒奶粉，筆者一一分配，交給不同單位分批送往災區。有些由筆者的好友雇車直接送到災區，有些透過新竹客運，免費分批運交南投縣政府於災區發放，有些交由親民黨主席宋楚瑜直接送往災區發放，有些由淡水鎮公所發放給台北縣的災民。

（現在筆者手邊還留有新竹客運「急難救助免費運送單」、行政院921救災委員會黃榮村具名的感謝函、南投縣政府的精美獎狀、淡水鎮公所及親民黨中央黨部的感謝函。）

筆者認為吳東賢夫婦一向樂於行善，而且孫若男亦曾承諾吳東賢痊癒後，將致筆者厚禮以及還願。因此，筆者希望藉此為吳東賢第二段五十個月的「劫關」，事先播種善因，所以透過張心湜校長請吳東賢務必共襄盛舉。不久，財團法人重仁文化教育基金會果然同時收到該財團五家關係企業（新光紡織股份有限公司、惠普企業股份有限公司、台灣投信、新光產物保險股份有限公司、台北麗娜股份有限公司）的捐款。這五家企業每家各捐贈壹拾萬元，佔此次捐款總額的1％，其他99％的捐款再由筆者個人單獨捐贈。

八、吳桂蘭老夫人至今仍真心感念十年前的占卜結緣

日前見到報上刊載，得知吳東賢夫婦有子克紹箕裘，特此祝福，並誠摯希望在每個人一生必然遭遇的四凶星臨空時，都能有貴人適時出現，協助渡過劫關。

張心湜教授特別提起2004年6月19日曾與吳東進陪吳桂蘭老夫人到花東一遊，當時八十五歲高齡思路仍清晰的吳老夫

人主動提起，當年若非請筆者以占卜術為東賢指出明路，後果可能不堪設想，因此特別請張校長向筆者致謝。

九、彼此內耗殊不智，敵長我消為那樁？

原盼桂蘭咸騰芳，無奈兄弟竟鬩牆！
長幼有序為古訓，先達為尊亦同樣。
如月東昇進賢亮，火獅命名早知詳，
彼此內耗殊不智，敵長我消為那樁？
股價破百上千日，家產上兆可想像。
專業經理各有司，老母持家三弟忙，
新光台新雙金控，若成一家財祿強！

我將本書初稿及前揭長詩於2004年10月22日電子函件給張心湜校長、郭光雄校長以及吳桂蘭老夫人、吳東進、吳東賢、吳東昇三兄弟，希望吳家能參透前揭長詩玄機。一個月之後即2004年11月22日國內各大報頭版下刊有全版「聲明書」如後：

這次東亮、東昇兩人因新光合纖經營權未達共識，三個多月來造成社會困擾，本人深感抱歉，對各界的關切，本人亦極為感謝；如今新纖經營權問題，終於在親情及友人勸解下，東亮、東昇已同意聽從本人的安排；兄弟四人對專責經營的企業，亦達成家族協定，今後四兄弟全力互相支持各兄弟專責經營的企業。

吳東進經營新光金融控股公司、新光人壽保險公司、大台北瓦斯公司、財團法人新光吳火獅紀念醫院；吳東賢經營

新光紡織公司、新光產物保險公司、新光證券投資信託公司；吳東亮經營台新金融控股公司、台証綜合證券公司、台新票券公司；吳東昇經營新光合纖公司。

十二月三日召開的台新金控股東臨時會，各兄弟將全力配合支持吳東亮主導經營；至於十二月二十日之新纖公司股東臨時會，各兄弟亦決定配合由原召集人主導召開，但支持由東昇主導經營。

本人已經八十五歲了，這個年齡理應安享清福，何以還要拋頭露面，固執地處理兄弟間的問題？原因是如不趁我還在的時候，將兄弟的問題處理清楚，萬一我不在了，兄弟間的糾紛將會更沒完沒了，我做母親的不願見爭執一直持續，我只希望親情和諧，四個優秀兄弟如能親情團結，才能對股東、社會、國家做出貢獻，對先夫及社會也才能交代，如果每天吵吵鬧鬧，對股東和社會的傷害將會更大。因此在兩人爭執期間，我苦心勸導兩兄弟，並且忍痛對東亮有說了一些重話，希望東亮能了解母親的心意，無非是為了親情，為孩子好，也是為兄弟的團結；而東亮終是我的孩子，基本上還是孝順，最後還是聽媽媽的話，達成協定；四兄弟能夠重新團結協力為公司、社會、國家盡一份力量，本人極為高興，也有充分的信心四兄弟都能將他們負責的公司經營好，還請各界繼續給予支持。

在新纖的經營上，說不定有人認為東昇較無經驗，不過我了解東昇，他從小聰明，不只是哈佛的法學博士，也是哈佛的企業管理碩士。在企業經營上，他創立台証綜合證券公司，從成立起經營到成為市值400億元的上市公司，已有成功的經營經驗，對於他的經營能力，本人很有信心，況且他已

決定棄政從商，加上新纖擁有眾多忠實的幹部，新纖交給他經營，我十分放心，也希望各界多予支持鼓勵。

這段期間承蒙許多值得尊敬的人士，非常熱心的參與勸勉與協助，本人深覺感激，謹此再度向各界致上最大的歉意和感謝。

吳桂蘭 敬啟　　93年11月20日

十、新光集團吳家兄弟鬩牆

據了解，自2004年7月底開始的三個多月期間，包括前總統李登輝、華新麗華榮譽董事長焦廷標及中信金董事長辜濂松等重量級人物，都當過吳家兄弟調人，甚至主管機關金管會主委龔照勝也多次表示要出面協調，而台新金、新纖的股價則隨著雙方人馬出招，出現極大波動。最近更進一步引發委託書爭奪戰。現在暫時以四分天下之局收場，應是吳家昆仲孝心所致，筆者所贈長詩，可能僅是巧合吧！

【第十九節】
林桂陽何以有信心接受大手術？

一、細心的林敏雄大夫發現林桂陽隱藏的病灶

1938年生、肖虎的林桂陽先生，其經營的聯電電器股份有限公司的電器引線及插頭，產能約佔全世界七分之一。

我曾建議他由專業人士規劃公司財務，以便能定期上

市。除了可以提高公司知名度外，還可以使產品銷路倍增。

　　如果以該公司多年來維持兩位數的ROE紀錄，還可將公司市值提高六倍至十倍。只是由於林桂陽多年前所種下之因，因此一、二十年來，其下游廠商已身價百億，但是聯電電器股份有限公司的上市計劃，至今仍未付諸實行。因此錯失了1994至2000年間，長達六年迅速成長的良機。

　　十餘年前筆者在為某次擴廠計劃占卜時，竟發現林桂陽本命宮烏雲遮掩壽星。依此星象來看，問卜人身體上已有潛伏的病灶在開始滋長。由於林桂陽自二十年前至今，每月固定支付顧問車馬費，我再將此車馬費轉捐財團法人重仁文化教育基金會，作為辦公室租賃費用的一部分。因此以顧問身分建議林桂陽，立刻進行全身體檢。林桂陽福至心靈地接受筆者建議，到國泰醫院由家醫科主任林敏雄大夫安排全身體檢。體檢報告出來，除膝蓋老毛病之外，一切正常。當林桂陽放心準備告辭時，一向細心的林敏雄大夫又將林桂陽的體檢X光片仔細觀察一遍，竟然從林桂陽鎖骨下方看到一條細長陰影。因為此病灶與鎖骨平行，若非特別仔細觀察，很難察覺這個腫瘤正在孳生。

二、占卜能給予問卜者無比的信心

　　外科手術對於此部位的下刀極為困難，因為無法從病患正面下刀，而必須由背部開刀，且傷口長達五十公分以上，是一項難度相當高的大手術。心思敏銳的林桂陽對於是否實施手術猶豫不決，因此他立即赴美，在醫術頗為先進的醫學中心再做複檢。其結果是即使是良性腫瘤，由於逐漸增長，勢必壓迫到身體其他器官，因此建議予以切除。

三、由台北榮總「外科聖手」黃敏雄大夫操刀痊癒！

　　但林桂陽仍遲疑未定，便再度向我問卜。我告訴他，只要抽中自己事先指定的幸運牌，即可平安痊癒。林桂陽在當時即指定紅心3為幸運牌，一掀開果然是紅心3，心中陰霾乃一掃而空。林桂陽即毅然決定以手術切除腫瘤。為方便醫療照顧，林桂陽便決定返台，由台北榮總經驗豐富的胸腔外科主任黃敏雄大夫親自操刀，而告痊癒。

　　「敏」手醫術湛，杏林黃中譽；
　　「雄」心醫德良，桂枝猶朝陽！

【第二十節】
政大商學院長林英峰母親往生日期預測！

一、預測林英峰教授母親於百日之內往生

　　壽緣及生死轉捩點，均屬先天命星，筆者恩師曾再三告誡，嚴禁洩漏天機，否則將對自己不利。不過戒律歸戒律，被前國民黨大掌櫃劉泰英評為自始至終懷著「赤子之心」的筆者，還是在不得已的情況下，違反戒律了。至於我為何違反了戒律而洩漏天機，其緣由乃十餘年前，潤泰集團總裁尹衍樑博士陪同其授業恩師，即國立政治大學商學院院長林英峰教授向筆者問卜，侍母至孝的林院長請求為其母親健康占卜。筆者雖然以健康問題乃屬「先天命星」，切忌洩漏天機為由，而予以婉拒，唯尹衍樑博士曾聘筆者為「最高永久顧

172 問」，經其再三懇求，才不得已破例，為其進行占卜。

二、占卜確定林老夫人僅是回光返照的現象而已

　　不料，占卜結果是黑桃10（死神召喚），且已四凶星臨空，換句話說，林老夫人壽緣最多僅剩百日。因此，筆者乃建議林院長：老人家平常喜歡吃什麼東西，盡量滿足她，不用再忌口了。最重要的是，林院長目前暫時不宜遠行，盡量在家中陪侍母親走完她人生的最後旅途，才不致產生永遠無法彌補的憾事。

　　林院長看到占卜結果，無法接受，因此透露他的母親不久前，確實因為多年宿疾入院治療，在經過細心照料後健康已逐漸復元，且經醫師的同意辦理出院在家靜養，狀況還算穩定。

　　林院長心中既然還有疑慮，尹衍樑便建議林院長重抽一次，並事先言明如又抽中「黑桃10」，即可確定老夫人只是迴光返照的現象而已。

三、重抽的結果，果然又抽中黑桃10（死神召喚）

　　林院長同意重抽，果然又抽到「黑桃10」。因此，林院長表示，寧可信其有，不可信其無，決定取消一些預定出國拜訪的計劃，盡量在家陪侍老人家。三個多月之後，尹衍樑博士致電筆者，表示林老夫人正好在第一百天安詳往生，希望能透過筆者與總統府高層的關係，請求賜予輓聯，以增林老夫人身後哀榮。

四、往生日期推算原則

　　讀者或許對我何以能「預知」死期感到不可思議，其實我並沒有預知的特異功能，而是微祕儀占卜術對於日期有其推算公式可循。由於「微祕儀占卜術」對於時間觀念，是以微祕儀占卜家的生日為基準推算的。微祕儀占卜家會牢記自己出生之日到占卜之日是第幾天，將占卜結果的天數減去自己已活了多少天，就能求得占卜者所要知道某事的應驗日期。

　　以筆者為例，2004年12月31日的參數是21,185日，如問卜者在2005年3月3日占卜，其參數則增加到21,434日，如大限之日為一百天即21,534日，亦即在2005年6月11日必定應驗。林院長為其母親健康占卜時，其父母宮先天運星將殞落，因此推算自占卜日起一百天內，其母親必往生。所以筆者才會做前揭建議。

　　　　落「英」有其日，
　　　　登「峰」未訂時！

【第廿一節】
陳慶昌體檢一切正常，占卜透露肝部已長癌！

一、問卜時，顯示人體最大臟器病變

　　1991年5月間，筆者計劃赴美度假。出國前夕，居住於台北縣新莊市的陳慶昌先生來訪，占卜某個購地興建大樓投資案。筆者為其占卜時，竟然發現出生於1943年11月15日、時

年四十九歲肖羊的問卜者，其人體最大臟器產生病變，如不趕緊檢查出病灶所在，並立即動手術切除，恐怕生命之火不久將熄滅。由於陳慶昌先生喜結善緣，且與我夙具交情，因此我決定介入這次的生死因果，協助陳慶昌度過生死劫數。

二、占卜指出可能將遭三次以上的血光之災

但此事涉及「先天命星」，我不便明言，否則將徒增其心理壓力，反而不利於當事人的健康。因此囑咐他「務必」到台北榮總進行全身健診。如健康無恙，才決定是否購地興建大樓。

陳慶昌身體壯碩，毫無自覺的病症。只是多年來因占卜決定的投資案皆有斬獲，累積了上億的家產，所以在半信半疑的情況下，仍決定實施全身健康檢查。我便打電話給台北榮總時任外科部主任張心湜的祕書王必行女士，請她盡速安排陳慶昌做健診。

三、斷層掃描，果然發現肝臟有小於一公分的腫瘤

筆者在夏威夷度假時，接獲陳慶昌來電，指出「中心診所」健診結果指出「胎兒蛋白略高」，而台北榮總的健診結果，僅尿酸略微偏高而已，其他項目一切正常。

但多年來，我以微祕儀占卜術占卜的經驗，除了「人心難測」之外，其他有關財、祿、壽、喜均未看走眼。尤其是有關生、老、病、死四大限，更可精確推算到往生日期。因此，直覺該份健診報告必然有誤，並請他重新體檢。

經台北榮總施以電腦斷層掃描，果然發現肝臟有0.7公分的腫瘤，而當年主治醫師乃當今台北榮總副院長雷永耀。陳

慶昌問他開刀的癒後比率如何，雷永耀指出由於病灶小於一公分，因此有75％的把握。陳慶昌便決定於1991年7月18日執行手術。

陳慶昌住院期間，經過其他病患家屬介紹，指出日本東京馳名於世的癌症專科「珠光診所」，曾以尿療法治癒不少癌症患者。而所謂「尿療法」，是「珠光診所」醫師取自病患的尿液，經「特殊技術處理」濃縮成一西西之後，再輸回病患身體，以增加病患免疫力。只是「珠光診所」的尿療法並未通過日本醫事法規，因此其醫療行為都是在所謂「病患自願」的情況下，進行人體試驗。

據了解，中國國民黨前中央黨部副祕書長鄭心雄發現罹患肝癌時，除採「栓塞法」之外，也曾赴「珠光診所」接受治療。所以陳慶昌決定赴日接受珠光診所的尿療法。我知道「性格決定命運」，所以無法勸止當事人為求生所做的各種努力。因此再三建議陳慶昌開刀後，應定期回診，以了解珠光診所尿療法的治療效果。一個月後陳慶昌回診，果然發現肝癌復發，主治醫師雷永耀認為必須立即再開刀，否則病灶將迅速蔓延。

四、三個孝順的子女，願每人折壽五年換得父親十五年陽壽

陳慶昌夫人及其兒子陳盈瑞登門請求占卜再度手術的吉凶，占卜結果認為除了開刀之外，別無他途。陳慶昌乃同意二度手術，手術後在醫院觀察期間，竟發現病灶再度擴散，不得不第三度實施手術。據陳慶昌日後表示，在實施第三度手術時，醫院已發出病危通知單，而且在觀察室時，已認定陳慶昌生機渺茫。

但求生意志堅強的陳慶昌，硬是從鬼門關前重返人間。只是尚未出院又發生腸道沾黏，只得再動第四度手術，才挽回生命。其間孝順的盈瑞甚至提到是否可以將自己折壽，以求父親安然渡過劫關。但我告訴他，所謂以折壽抵雙親的延壽之說，如從微祕儀占卜術的角度來看，並不可信。不過，倒有不少神棍利用子女孝心，自稱可以放生召福，或代為祈求神明准以子女折壽，換取雙親渡過生死難關，其實是藉此方式斂財。

據說，陳慶昌三個孝順的子女，已向佛祖許願，願每人折壽五年，換得父親十五年陽壽。而此項願力似乎有效，截至本書截稿時，陳慶昌自1991年5月至今，戒煙戒酒已近十五年，健康狀況尚稱良好！

五、陳慶昌因禍得福！

陳慶昌不僅挽回寶貴的生命，甚至因為他長期進出醫院求診，已無法照顧事業，不得不將經營的建設公司暫時歇業，將所有投資案撤回，甚至合夥購買的土地，亦忍痛以成本或略低於成本的價格全部出售。想不到因此得以躲開不動產業長達十五年不景氣的打擊，此乃不幸中的大幸。

2003年10月26日，優游山林以打高爾夫球練身養生的陳慶昌，在長庚林口高爾夫球場參加王永在舉辦的「會長杯」比賽中，在中區距離長達一百八十碼的第八洞居然一桿進洞，打破數十年來會長杯紀錄。因此王永慶夫婦在2004年1月16日設宴款待長庚球場貴賓時，特別邀請陳慶昌夫婦出席。

「慶」賀一桿即進洞，「永慶」嘉宴座上賓。
「昌」運四度遠死神，「永在」善念心中間！

【第廿二節】
國民黨大掌櫃劉泰英之福禍相倚

一、劉泰英被聲請羈押禁見，關鍵之一竟然是尹衍樑的證詞

據2003年8月17日聯合報報導，兩個多月前，當時還是中華開發董事長的劉泰英被台北地檢署提起公訴，移審法院裁定六千萬元交保。劉泰英的學生、潤泰集團總裁尹衍樑漏夜奔走幫忙籌措保釋金，令人印象深刻。

誰也沒想到，劉泰英再度被聲請羈押禁見，關鍵原因之一竟然是尹衍樑的證詞！2004年2月14日，劉泰英因為新瑞都弊案，被台北地檢署主任檢察官林錦村聲請羈押禁見獲准。「泰公」帶著佛經到看守所，一待就是四個月，曾「權傾一時」的金錢網絡，變成他的緊箍咒，讓很多「泰公黨」從此睡不安穩。其實早在新瑞都大股東蘇惠珍2003年底揭發弊案時，調查局就全面清查劉泰英的相關帳戶，完成一份巨細靡遺的洗錢報告。當時調查局的高層說劉泰英很難過這一關。

到了5月，中廣購地弊案扯出佣金流入台綜院的內幕，箭靶移轉，問題更嚴重了。檢調開始查台綜院的帳，發現國安局當年運用密帳款項以「鞏案」名義替外交部金援南非，事後外交部歸還的代墊款也流入台綜院。

二、潤泰集團總裁尹衍樑居間扮演洗錢角色

令人驚訝的是，舊政府的「紅頂商人」潤泰集團總裁尹衍樑，居間扮演洗錢角色。6月7日，劉泰英被起訴移審交保。追查國安密帳洩密案的台灣高檢署檢察官李金定，認為劉泰英、尹衍樑和密帳有關，請北檢的林錦村以尹衍樑捲入劉泰英洗錢案的案由，向法院聲請搜索票，同月18日搜索尹衍樑的辦公室和住處。

6月查密帳挪用扯出尹衍樑、徐炳強，這其中還有插曲。林錦村擔心搜索潤泰集團會引起外界注意，還請檢察官舒瑞金出面，向法院聲請搜索票，藉此「混淆視聽」。搜索結果，顯示國安密帳的錢被挪用，弊端一如前國安局出納組長劉冠軍的「犯罪事實」，高層於是指示將全案移由承辦劉冠軍案的主任檢察官薛維平偵辦。

自此追查國安密帳的動作，和新瑞都案脫鉤，尹衍樑和前國安局會計長徐炳強都成為重要的約談對象。7月徐拿不出收據，徐炳強羈押禁見。7月3日，北機組首次約談尹衍樑和劉泰英。尹的證詞幾乎一面倒向他的老師劉泰英。辦案人員沒轍，將偵辦箭頭轉向徐炳強。7月8日，北機組先到台北市士東路前國安局會計長徐炳強的住處「拜訪」。

簡單訪談過程中，調查員詢問徐炳強，88年2月，是否以國安局正式公函向外交部說明已收到「鞏案」的代墊款，且是否事先要求外交部歸還時，將款項兌成每張面額一千美元的旅行支票。

徐炳強當時很乾脆表示，沒錯，而且說這都是前局長殷宗文交辦的。調查員接著問，這些旅行支票後來為何交給劉泰英？徐炳強解釋，據「老長官」殷宗文的說法，是層峰要

把錢交給台綜院成立「第四所」。他強調自己奉命行事，有什麼錯？北機組接著出示搜索票，表明要搜徐炳強的住處，雖然沒有搜出相關物證，卻查出徐炳強把外交部的墊還款交給台綜院時，既沒有簽收據，也不是直接交付，顯然要掩人耳目。7月18日，徐炳強因為拿不出收據，被羈押禁見。

三、尹終於承認提供潤泰集團一批員工帳戶讓劉泰英使用

之後，北機組再度約談尹衍樑。尹終於鬆口，承認在88年2月提供潤泰集團一批員工帳戶讓劉泰英使用，先將三百五十萬美元匯到新加坡，再匯三百萬美元回台灣，存入潤泰集團的相關帳戶，最後轉到台綜院。最關鍵的是，尹衍樑首度證稱，這一切都是劉泰英的指示；但他也聲稱，不知道劉泰英要他「處理」的美金是國安密帳的錢。

四、尹衍樑的證詞「坐實」了劉泰英的洗錢罪名

由於這筆錢是國安局的公款，流入台綜院由劉泰英私人運用，劉的行為又涉嫌貪污。北機組認為案情獲得重大突破，立即向薛維平報告。為求慎重，薛維平當天親自趕到北機組複訊，要求尹衍樑具結。隔天北機組借提徐炳強，補強劉泰英的「犯罪事證」。檢調至此收網，用尹衍樑的證詞問得劉泰英一臉錯愕，沒想到被自己的學生「咬死」。

五、「大掌櫃」如今頭上光環褪盡，前路已是荊棘叢生

劉泰英人稱「泰公」，曾經叱咤台灣政、商、學三界，風光無限。然而時移事往，這位李登輝時代國民黨千億黨產的大掌櫃，如今頭上光環褪盡，前路已是荊棘叢生。

劉泰英交納六千萬元巨額保釋金之後獲釋出獄。不久宣佈接受「財政部」解除其在中華開發及其最重要的子公司中華開發工業銀行所有職務的決定，告別董事長、總經理、常務董事、董事等職位。至此劉泰英的顯赫歲月宣告終結。

六、劉泰英在康乃爾大學攻讀博士時與李登輝訂交？

據報導，權傾一時的劉泰英是台灣苗栗縣卓蘭的客家人，出身貧寒，雙親早逝，全由大姊一手帶大。劉天資聰穎，少年時以優異的成績考入台大經濟系，師從台灣著名計量經濟學者劉大中，深得恩師寵愛。1966年，在劉大中的推薦下，劉泰英公費赴美國的康乃爾大學攻讀博士學位，並在那裡遇到了早他一年赴美的李登輝。

根據劉泰英說，當年留美求學期間生活貧苦，李登輝便常邀劉夫婦到李家吃飯，飯後兩人把酒論政從此訂交。劉泰英與李登輝的這些因緣際會，也極大地改變他此後的人生。

留美歸來後相當長的一段時間內，劉泰英歷任台灣淡江大學商學院院長、台灣經濟研究院院長，在政界也曾出任財務部關務署副署長等職，但都難言顯赫。

1988年，李登輝接任國民黨主席後，劉泰英的前途開始峰迴路轉。為了控制國民黨的財政大權，李登輝著手改組國民黨財務委員會。1993年國民黨中央財務委員會主委徐立德離職前，曾做過全面清查，當時的國民黨黨產淨值逾千億元。如此龐大的家當，自然要找一個心腹來好好打理。李登輝的人選便是與其夙有淵源、時任台灣經濟研究院院長的劉泰英。

1992年在李登輝的支持下，劉泰英出任持有數百家公司

股票的國民黨黨營事業——中華開發的董事長，次年由他負責籌組國民黨黨營事業管理委員會，該委員會於1996年改稱為國民黨投資事業管理委員會（以下簡稱投管會）。最終，劉泰英掌控了中華開發及國民黨控制的七大投資公司，以及遍及金融、建築、傳媒、高科技等領域的六百多家公司，總資產超過二千億元，成為名副其實的國民黨「大掌櫃」。

當時李登輝在台灣大搞政治「民主化」，所有的政客都要經過民選。選舉耗資巨大，其費用要從那裡來？一時間官商勾結、選舉中進行內幕交易、黑道人物漂白從政，以及以錢換權等各種手段大行其道。

同時，政客們通過貸款、投資等手段向特定的集團輸送利益，換取他們的政治效忠，並從中以政治捐贈、回扣等形式中飽私囊。這便是李登輝當權年代著名的「黑金政治」。而掌握龐大財權的劉泰英成為聯結政商兩界的樞紐，自然成了「黑金政治」的關鍵人物。

七、六年內，從原來虧損的一百多億元，接手之後竟賺進七百八十多億元

劉泰英接手國民黨財政時，其帳面已出現一百多億元的虧損。其後的六年內，劉為國民黨賺進七百八十多億元，為國民黨當時上上下下所稱道。而中華開發在他上台後九年內，其淨值也從三十四億元擴張到一千一百多億元，劉泰英儼然成了最會賺錢的「大掌櫃」。

與此同時，劉泰英更成為國民黨各級競選的私房金庫，政商勾結的樞紐，國民黨通過他來維繫與商界的關係，獲取政治捐贈，維持政商版圖，並利用各項投資拉攏地方勢力。

李登輝認為「他對國民黨和國家經濟貢獻良多」。而劉泰英對一手提拔他的李登輝自然也不敢忘恩,「李總統的話,我唯命是從」,一時間劉泰英權傾朝野。

八、幾乎所有發生財務危機的企業都曾上門向「泰公」求救

因為並無公職,他不必像其他政府要員那樣受立法院的監督;由於其所運用的並非「國庫」,不必通過議會預算。再加上深得李登輝的信任,劉泰英實際上是一人之下,萬人之上。黨庫通私庫,以劉泰英當時的身分地位,自然而然有許多人千方百計與他拉關係。他也樂得慷黨之慨,四下投資,扶危紓困。特別是亞洲經濟危機期間,泰公儼然已成救世主。據說幾乎所有發生財務危機的企業都曾上門求救,劉泰英則透過這些投資、紓困獲得相應的佣金和回報。

法庭查明,劉泰英在投管會主委任內,將旗下中廣公司所擁有的位於台北市仁愛路黃金地段上的一塊土地,以低於市值二十一億元的價格賣給同屬自己轄下的中央投資公司,然後由中央投資公司出售給宏盛建設,價格比購入價低三億六千萬元。經過這番曲折,宏盛建設以低於市價二十四億六千萬元的價格拿下了這塊地皮,劉泰英則進帳二億九千萬元。劉泰英類似的生財之道極多。

九、與劉泰英長期不和的胡定吾是馬永成學長

2000年政黨輪替,李登輝下台,形勢開始發生微妙的變化。劉泰英辭去了投管會的職務,但仍牢牢把持著中華開發。當時中華開發的總經理胡定吾是陳水扁的祕書馬永成大學時的學長,關係匪淺,因此得到陳水扁的信賴,一度是財

政部長的候選人，且長期與劉泰英不和。

　　一石激起千層浪，劉泰英的地位在其鼎盛時期不可撼動，故此他雖然涉案甚多，但一直穩如泰山。然而在陳水扁當政期間，形勢開始不斷朝著對劉泰英不利的方向發展。

十、導致劉泰英被徹底清算的導火線是新瑞都案

　　2002年9月14日，新瑞都公司的大股東蘇惠珍向媒體披露，指稱前國民黨投管會主委劉泰英收受自己提供的賄賂十億元，大有「拚得一身剮，敢把皇帝拉下馬」的氣勢。

　　蘇惠珍生於高雄，年輕時曾當選過高雄縣議員，但之後因仕途一直不順而轉戰商場。1998年，她組建新瑞都，計劃在高雄開發「大湖工商綜合園區」。不過，預定開發案所需資金高達一百一十五億元，但該公司自有資金僅二十億元。為了籌措資金，蘇惠珍使出了渾身解數。她透過李明哲與劉泰英接洽，希望引進國民黨黨產。

十一、李明哲是「黑金政治」的專職「白手套」？

　　據稱，李明哲是「黑金政治」的專職「白手套」（即代人收錢者），專門負責在政商之間穿針引線。恰逢劉泰英當時正急於在南部建立新的政商網絡，兩人一拍即合，並達成協定，由劉泰英自己負責募集二十億元新瑞都資本，其餘九十五億元由中華開發為主導，聯合銀行團貸款，而蘇惠珍則允諾向劉支付一成的佣金。

　　劉泰英透過旗下建華投資，先行認購新瑞都股票三億元，之後，蘇預付一千五百萬元至李明哲的帳戶，作為支付劉泰英配合購股的前金。但由於劉泰英未能依約在1998年3月

底協助蘇惠珍募集到二十億元，蘇惠珍要求劉泰英向她簽訂保證合約，自己則承諾支付一成佣金，並陸續付給劉泰英八千萬元。

其後劉泰英指揮轄下的華夏投資、德輝開發等國民黨黨營事業認購新瑞都股票，總金額約十億元。為了推動新瑞都開發計劃，蘇惠珍還在劉泰英等人的授意下，參與台肥、台鳳兩大炒股案，幫忙打點立委，並透過各種方式向劉泰英集團及相關人士支付了數額不等的佣金。

十二、法庭認為劉泰英雖符合羈押的條件，但無羈押的必要

但這一次蘇惠珍在政客上的投資沒有取得預期的回報。因為新瑞都計劃本身專業不足，土地價格又過於昂貴，銀行團不願跟進聯貸，致使貸款案一直未能通過。而新瑞都因資金不能到位，銀行又追繳短期貸款，造成工程停工。為拯救新瑞都，蘇惠珍向劉泰英等人求援，但巨額資金一直不見蹤影。失望之餘，蘇不得不在後來的三個月內動用她過去長期資助的「台灣獨立聯盟」人士、民進黨立委及黨政官員等各種關係，向劉泰英等人追討佣金，但一直未果。

最後蘇惠珍走投無路，便上演了一幕前女議員、商場女強人淚灑記者會，手握多年來保留的相關證據，向媒體披露「劉泰英涉嫌收取新瑞都公司超過十億元賄款」的場景。同時蘇的矛頭也指向多名立委和黨政高級人士，指證他們涉及多宗弊案，收受賄賂和非法佣金，詐騙公司錢財。之後蘇幾乎是每日一爆，日日新鮮，一時間橫掃政商兩界，受牽連者不計其數。

由於新瑞都案牽涉到李登輝的心腹劉泰英，及包括內政

部長的母親、總統府資政余陳月瑛在內的眾多黨政商界要人，在台灣引起了軒然大波。

該案一時間被各界視為陳水扁當局是否當真打擊「黑金」的指標性案子。台北地方檢察署前後約談相關證人、關係人一千多人次，調閱案卷六百多宗，蒐集到證據四百多頁，並對劉泰英進行了長達四個多月的審訊。最終在新瑞都案件的第二波檢控中，以劉泰英涉嫌十二件大案、十項罪狀為由，將其押上法庭，並要求法庭對其判刑十六年。

庭審當日，劉泰英當庭否認了檢方所有指控。不過，最後法庭認為劉泰英雖符合羈押的條件，但無羈押的必要，在限制其出境的條件下，同意他交保候審。法庭要求的六千萬元的保釋金，創下了台灣歷史紀錄。而劉泰英憑其廣大的關係網絡，在短短一個小時內就籌得這筆現款。據說點收這筆鉅款所用的時間比劉家籌款的時間還要長，而之後法警為看管這筆錢更傷透了腦筋。

十三、尹衍樑臨時撒手示意陳志全請辭，劉泰英董座難保

劉泰英獲得假釋後，有關他在中華開發及中華開發工業銀行的多項重要職務的去留問題，一時成為人人關注的焦點。財政部一開始採取「冷處理」的態度，只說讓中華開發召開董事會討論劉泰英的去留問題。但據媒體猜測，當局實則希望他能主動請辭。

不料劉泰英竟以「請辭就等於認罪」為由，對此問題一拖再拖。財政部因此對劉泰英一度「逼宮」，態度強硬地暗示劉泰英：「一個位子都不留」，並希望中華開發及中華開發工業銀行的董事會選舉新的董事長。

　　鳳凰衛視6月20日消息：中華開發金控常務董事陳志全已請辭，由於他是潤泰集團負責人尹衍樑的代表，他的去職將使隔天的常董會明朗化。由於尹衍樑是劉泰英的學生，少了這張支持票，劉泰英的董座幾乎已確定不保。至此，劉泰英被迫接受既成的事實，表示願意接受財政部的要求，同意辭掉中華開發和中華開發工業銀行的所有職務，包括董事長、總經理、常務董事、董事等。這場糾纏數日的鬥法，最後以劉泰英失守、黯然離開自己一手發展起來的金融王國而告終。

十四、徐立德指示尹衍樑斥資蒐購股東大會出席委託書

　　以上均是從報端公開報導的資料內容整理而來。前揭報導指出，劉泰英在康乃爾大學攻讀博士學位時與李登輝訂交，而國民黨黨產淨值逾千億元。如此龐大的家當，自然要找一個心腹來好好打理。李登輝的人選便是與其夙有淵源、時任台灣經濟研究院院長的劉泰英一節，則與事實有相當大的出入。

　　據了解，徐立德為翦除中華開發信託股份有限公司（以下簡稱為華開）原董事長江萬寧，並安排自己人馬進駐，乃指示尹衍樑斥資蒐購股東大會出席委託書，徐立德並透過黨政運作，聯合台灣銀行、中國國際商銀、交通銀行、上海商業儲蓄銀行，以及國民黨黨營事業啟聖實業公司，含光華投信等握股，在改選董、監事時，成功取得該公司的經營權。

十五、尹衍樑向徐立德推薦劉泰英出任華開董事長！

　　當年尹衍樑如有意出任「華開」董事長，本是易如反

掌。但尹衍樑認為「華開」內部江萬寧班底勢力仍在，因此向徐立德推薦劉泰英，以潤泰金融集團之中「復華建築經理股份有限公司」法人代表身分，出任華開董事長，擔任開路的「掃雷部隊」。

同時尹衍樑也指定他的特助徐志漳出任華開常務董事，以掌控該公司內部業務機密，事先取得各項商機。因此，尹衍樑夫人王綺帆曾抗議，她身為潤泰董事長，但收入竟不如徐志漳特殊績效獎金的一半呢！

十六、李前總統認為他被羈押是劉泰英向情治單位告密所致

其中有一樁不足為外人道的政壇祕辛。劉泰英擔任台灣經濟研究院院長任內，曾向筆者訴苦，震驚一時的「刺蔣案」發生之前，李前總統剛好在康乃爾大學做研究，而他還在該校攻讀博士學位。由於李前總統與「刺蔣案」的主角黃竹雄夙為舊交，黃竹雄經常在李前總統宿舍出入。李前總統學成返國時，旋即遭時任調查局局長的沈之岳羈押偵訊，幸好經農復會蔣彥士力保才釋放。因此李前總統就被羈押一節，一直耿耿於懷，並認為他之所以被羈押，乃是劉泰英向情治單位告密所致。

十七、李前總統從沈之岳口中直接證實了劉泰英絕非告密者

因此，在李前總統仕途一帆風順，由政務委員、台北市長、台灣省府主席以至副總統時，均堅決排斥劉泰英參與康乃爾大學在台同學會的各項活動。經國先生病逝，由李前總統接任之後，劉泰英在一次由新莊股商陳慶昌作東的酒宴中，再度要求筆者設法化解他與李前總統的誤會。

筆者曾從總統府某極高層官員口中獲悉，李前總統當年回國遭羈押偵訊的過程，並明確知悉承辦人乃是被尊稱為「調查局之父」、也是尹衍樑義父的沈之岳先生。嗣經尹衍樑的精心策劃，李前總統才從沈之岳先生的口中，直接證實告密者並非劉泰英，而是另有其人（當年告密者已逝），李前總統對劉泰英多年的誤會乃告冰釋。

十八、尹衍樑躍居兩岸「和平統一密使」

李前總統初掌政權，尚缺足以信賴的財經班底。由於尹衍樑向徐立德力薦劉泰英出任「華開」董事長，而劉泰英出色的經營能力，獲得層峰賞識，而賦予兼掌國民黨黨營事業委員會主任委員的重任。尹衍樑亦獲劉泰英之邀，成為黨營事業委員會中舉足輕重的委員之一，而登上「炙手可熱」的紅頂商人寶座，進而成為兩岸和平統一密使，在國民黨執政期間叱咤風雲。

十九、劉泰英助張平沼獲准「報備參選」連任立委

1989年間，時任光華投資信託股份有限公司董事長張平沼因違紀參選台灣省商會會長，以至於遭受國民黨黨紀處分，連帶的立委的連任提名也遭擱置，因此向筆者問策。筆者乃偕張平沼向已掌權的劉泰英求助，劉泰英也很給筆者面子，在娜邦鋼琴酒店當場打電話給層峰，隨即再打電話給負責提名的高級黨部主管，准其報備參選，使張平沼達成連任立委的願望。

二十、張平沼亦同意依其持股比例贈與筆者作為謝禮

　　張平沼為感謝筆者協助他爭取立法委員連任成功，曾指出：「尹先生曾表示對您的感恩，尹先生一再強調若非蘇教授昔日的鼓勵與協助策劃，就沒有今天的尹衍樑。」因此，張委員主動表示，擬於競選連任成功之後，請尹衍樑履行承諾，依比例將光華投信的股份過戶給筆者，張委員亦同意依其持股比例贈與筆者作為謝禮（之後張平沼也忘了依其持股比例贈與筆者作為謝禮）。

廿一、劉泰英被通知在二十四小時之內辦理移交？

　　話說，劉泰英兼任國民黨黨營事業委員會主任委員後，平均每年為國民黨賺取一百億元以上的盈餘，間接鞏固了李前總統長達十二年的政權。2000年連蕭敗選後，李前總統遭逼宮，黯然辭卸國民黨主席之後，劉泰英亦被通知在二十四小時內辦理移交，此事劉泰英一直引為奇恥大辱。

廿二、國民黨連支付黨工薪水都感捉襟見肘！

　　續任者的經營能力，竟使國民黨連支付黨工的薪水都感到捉襟見肘，不得不「釜底抽薪」，大量資遣黨工，以免拖垮國民黨財政。這批不滿的黨工群起抗爭，或「帶槍投靠」其他政黨陣營，有的以「死諫」的方式抗議，其連鎖反應的後遺症，不可小覷。因此在「新瑞都」疑案爆發，劉泰英遭聲押獲准，李登輝也不避諱地公開說出心中的感受：「劉泰英對國民黨有很大的貢獻。」

廿三、劉泰英望日後能入閣擔任財經部會首長或經建會主委

　　還記得劉泰英於接掌國民黨黨營事業委員會主任委員前

後，某日一早攜帶一副撲克牌到我位於台北敦化北路的寒舍，就是否可以參與競選國民黨中央委員會中央委員進行占卜。劉泰英表示希望藉此敲門磚，日後能入閣擔任財經部會首長或經建會主委，替兩千萬同胞做些貢獻。占卜結果竟是：

1. 第一張牌（4鑽石），日月垂拱；
2. 第二張牌（8紅心），身不由己；
3. 第三張牌（5黑桃），官府訟累；
4. 第四張牌（8梅花），甚至有囹圄之災或流落天涯。

筆者據卦象直言，求名求利皆順，唯稍有不慎，輕者身敗名裂，重者甚至身罹囹圄之災或流落天涯。劉泰英一聽，衝口而出：「貓頭鷹（尹衍樑為我所起的綽號），你這烏鴉嘴！」即拂袖而去，從此未再找我問卜！

廿四、劉泰英本性雖不失善良，唯人在江湖，身不由己

劉泰英以一介學者，率性且不拘小節，本性雖不失善良，唯置身在左右逢迎的權利核心，果然是「人在江湖，身不由己」。「新瑞都」疑案成了「壓倒駱駝的最後一根稻草」，劉泰英終究遭到聲押獲准繫獄四個月。

劉泰英不知是否仍記得當年占卜的警示？當年他未予重視，才導致日後被求刑十八年，並一度繫獄四個月。所謂福禍相倚，這又是一樁實例。

廿五、投資必有風險，焉能以「掏空公司資產」污名相繩？

2004年12月5日，我驅車上陽明山，將本書初稿請劉泰英

指正謬誤時，當著十多位賓客面前，他表示本書有關引用新聞報導部分，很多是捕風捉影，並非全然是事實。但就我所提曾為大韓民國大統領盧泰愚競選時獻策、化解李前總統對他的誤解，以及勸阻他介入政治之占卜，雖身為公眾人物，但事實就是事實，並不需要遮遮掩掩去否認。至於是否涉及「掏空公司資產」之罪責，在他接手中華開發時，公司淨資產才三十四億元，經他勵精圖治，已迅速成長到一千一百多億元，成長率高達三十二倍以上。

　　他為中華開發每年平均賺入一百多億元，以由他親自主持的子公司「建華投資公司」為例，資本額才一億多元，第一年就賺了八、九億元。眾所周知，「投資必然有其風險」，因此是否掏空「轉投資之子公司」資產，理應以整體盈虧相抵來做檢視標準。

　　只是檢調單位選擇性的挑一些虧損的「子公司」，羅織「掏空公司資產」的罪名，對於有盈餘的其他「子公司」則視而不見，天下寧有是理？

　　「泰」山登臨睥天下，
　　「英」雄落難悔當初！

廿六、向來只有人負我，我絕不負他人

　　至於在報載2003年6月19日尹衍樑示意潤泰集團法人代表陳志全，突然辭卸華開常董職位，少了關鍵的支持票，基於現實環境的考量，劉泰英不得不辭卸由他一手扶持成長的華開金控所有職位的看法時，劉泰英恬淡的表示，「依尹衍樑當時對華開金控的持股而言，連一席董事都當不上。陳志全

可以當上華開金控的常務董事，不說也可知是由本人一手安排的。

「向來只有人負我，我絕不負他人。此事已成為過去，不談也罷。再說，在檢調數度搜索尹衍樑住處及公司的風聲鶴唳下，以尹衍樑當時的處境而言，自保乃成為唯一的選項。」

「我可以在眾賓客面前，說一句公道話。就是重申一項事實，尹衍樑當年若沒有你用心的輔弼，絕對沒有目前的成就。尹衍樑也一再肯定，若沒有您的協助，那可能有目前的基業。

「關於你和尹衍樑之間的糾葛，我想說的是，人生是短暫的，是非名利轉眼成空，誰教你的個性又是如此倔強，我一再奉勸你退一步海闊天空，張心湜校長也勸你好漢不吃眼前虧，你就是聽不下去，既然是你的選擇，這當然是你人生旅途中的試煉！」

劉泰英特別指出：「財政部財稅中心、國民黨投管會、台灣經濟研究院都是由我一手促成或經營茁壯的，又何嘗有我劉泰英的名字在上面？後人又有誰知道本人篳路藍縷草創的艱辛？目前訟累未得解決前，即使知道我草創或經營的事實，也避之唯恐不及。這就是人性，也是我的人生試煉。」

劉泰英最後向筆者表示：你有著作的權利，但是事實歸事實，我當然不能要求你不要寫這些。

【第廿三節】
胡定吾為何與財政部長擦肩而過？

一、胡定吾透過周平德向蘇惠珍表示願與她合作打擊劉泰英

　　2002年12月11日據聯合報記者羅曉荷報導指出：新瑞都大股東蘇惠珍昨天表示，她公開揭發新瑞都弊案後，前中華開發總經理胡定吾透過一位雙方熟識的友人，在9月間向她表示，「劉泰英看來會出事」，胡定吾願與她合作，一方面協助打擊劉泰英，取回她的錢；另方面胡定吾也有可能「更上一層樓（成為中華開發董事長）」，屆時有機會讓新瑞都案起死回生。

二、蘇得知胡定吾破壞新瑞都案後，就決定揭發胡定吾惡行

　　蘇惠珍說，上述說法，民進黨周姓高層人士可以作證。與蘇惠珍親近的人士也透露，蘇惠珍一開始並沒有打算咬胡定吾，蘇惠珍許多打擊劉泰英的資料還是來自胡定吾；但是當蘇惠珍得知胡定吾在背後破壞新瑞都案後，就決定揭發胡定吾的「惡行」。

　　至於蘇惠珍所指的「民進黨周姓高層人士」，指的是總統府國策顧問周平德。蘇惠珍舉行記者會指出，11月27日劉泰英遭約談當日，胡定吾的祕書與她的祕書聯絡，表示鄭士豪的律師隔日要與她碰面，到時候「會給她滿意的答覆」。蘇惠珍又說，28日下午鄭士豪的洪姓律師與她見面。洪律師表示，鄭士豪願意還她三百五十萬元；她認為鄭士豪「欺人太甚」，洪律師則希望她再與胡定吾聯絡；她請祕書打電話給胡定吾，胡定吾表示30日面議。不過，當天晚上，她看到

媒體報導，胡定吾說新瑞都九十五億元聯貸案是他擋下來的，她對於胡定吾的兩面手法相當憤怒，因此取消了30日的會面。

蘇惠珍說，胡定吾毫無道義可言，不可原諒。她與胡定吾的恩怨，已非退還四千二百萬元可以解決的，她決定切斷與胡定吾的聯繫，並對外公佈真相。至於她與總統府資政余陳月瑛的紛爭，蘇惠珍說，她聽說余陳月瑛將會有書面聲明，除非余陳月瑛告她誹謗，否則她不會對余陳再做任何回應；她對余陳雖「有怨有恨」，但還是有感情，而她該講的已經都講了。

三、劉泰英與胡定吾紛紛打出總統牌企圖營造自己優勢地位

被視為新舊政權「經濟大作戰」指標的中華開發董事會爭奪戰在6月20日登場，最後劉泰英以多數董事席次，取得壓倒性的勝利。這場從新政府上台以來，角力一年多的股權爭奪戰，董事長劉泰英與總經理胡定吾紛紛打出「總統牌」，企圖營造自己的優勢地位，而雙方人馬透過外資機構、黨政勢力、媒體操控的激烈場景，高潮迭起的三部曲，堪稱是戰況空前、戰術最複雜的一次經營權爭奪戰，而陳水扁在開發改選案也首度展現直升機式的凌空操控手法，讓劉胡兩人都必須向他靠攏。

四、吳乃仁喝酒吐實，劉泰英提高警覺！

幫阿扁兩邊通吃拉開中華開發股權爭奪戰序幕的人，其實是民進黨祕書長吳乃仁，他在2001年10月一次與媒體消夜，酒酣耳熱之際透露了民進黨將結合外資搶下中華開發的

主導權，當時開發總經理胡定吾透過瑞士信貸第一波士頓銀行台灣區總裁龔照勝的居中牽線，與吳乃仁接觸。當初雙方打的算盤是拉下劉泰英，讓胡定吾接任董事長，而總經理則是由外資機構擔任。

民進黨新潮流系一向對劉泰英沒有好感，認為曾身兼國民黨大掌櫃的劉泰英是國民黨黑金勢力的串連者。由於新潮流系的倒劉動作提早在股東會召開的八個月前引爆，加速了劉泰英的危機意識，也讓他有更充裕的時間進行佈局。

在市場上，他除了原已在開發的沈慶京、尹衍樑……等班底，還廣邀宏碁施振榮、宏國集團林家入主中華開發；在政治操作上，劉泰英也透過李登輝強化與新政府之間的互動。事後證明，劉泰英這種政商雙邊強化的經營手法，不但讓他穩住了董事長寶座，也讓胡定吾對中華開發朝向全然「總經理制」的期望落空。

至於胡定吾方面，早先是鎖定新潮流為合作對象，原本想透過黨政壓力，讓總統府把劉泰英排除在外。不過，由於新潮流從券商公會改選到財政部長顏慶章去留風波中，在在都與總統府不搭調，所以，事後證明，胡定吾剛開始把新潮流當作進軍新政府的管道，顯然選錯對象。

到了2002年初，胡定吾除了持續掌握新潮流管道之外，也開始拉攏外資機構，透過龔照勝等親扁外資人士，與總統府及財政部長顏慶章等人建立關係。另一方面，由於台大政治系畢業的胡定吾在商界與蔡宏圖、殷琪、辜仲諒等企業第二代，都是ＹＰＯ（青年企業總裁）協會的成員，他也曾透過這個管道，與陳水扁及總統府祕書馬永成保持接觸。

由於胡定吾對於外資生態的了解與商界人脈都是陳水扁

所欠缺的,因此總統府對於胡定吾的親近動作,也有善意的回應,包括陳水扁出席中華開發所舉辦的圓桌論壇,還有把胡定吾聘為無任所大使等等,讓胡定吾在第二回合時,有水漲船高的聲勢。

五、李登輝力挺劉泰英,胡定吾手中沒王牌?

雖然劉、胡兩人的角力賽從2001年年底就開打,但是總統府一直保持觀望態度,一是新政府國事繁忙,沒時間理會中華開發的經營爭奪戰;二是劉胡兩人都是重量級人士,任何一方都得罪不起,總統府也想等時間逼近,看看兩人最後的佈局,再決定把籌碼押在那一邊。尤其政府可控制的官股只有五席,總統府想把這五席官股設定為「流動式」而非「固定式」。

不過,由於當時兩方實力相差不大,兩人開始在總統府身上大作文章,製造自己是「國王人馬」的行情。

六、李庸三取代胡定吾坐上財政部長寶座!

2002年1月25日報導:游錫堃24日舉行記者會,宣佈中國商銀董事長李庸三出任財政部長、華航總經理宗才怡出任經濟部長、林陵三出任交通部長等最後一波內閣人選。

財政部長原定扁系人馬前中華開發總經理胡定吾出任,一夜之間變成李庸三,外界揣測與劉泰英反彈、李登輝介入有關。對此,游錫堃說,李登輝、中華開發董事長劉泰英(胡定吾的老冤家)都曾對此表示意見。財政部長人選,陳水扁原定自己人胡定吾出任,到前天傍晚為止,都還是胡定吾,但因雜音太多,當局才會臨時換人,找了李庸三。

七、劉泰英動用李登輝阻止胡定吾的任用，以免遭到報復

消息來源指出，胡定吾接財政部長的消息出來後，即開始出現雜音，包括台聯與民進黨內部，這樣的雜音持續擴散，即使公佈前一、二天晚間當局還證實是胡定吾。但從新上任的行政院副院長林信義親自去機場接胡定吾的不尋常動作開始，就確定發生變化，人選換人，但為消除尷尬，當事人一律對外表示是胡個人的意願問題。

據悉，胡定吾在之前中華開發董事長競爭一役之中，與李登輝人馬劉泰英結下樑子。消息人士指出，劉泰英動用李登輝，阻止了胡定吾的任用，以免遭到報復。可能接任財政部長的中華開發工業銀行前總經理胡定吾，原本預定下週一回國，但在聯合報事先披露可能接任財長的消息後，胡定吾返台時間提前。

胡定吾在卸任中華開發工業銀行總經理後，先轉任中華開發科技公司，目前擔任中華開發資產管理公司董事長職務，之後被聘為無任所大使。2001年曾隨現任財政部長顏慶章到歐洲進行招商，因此在傳出胡將出任財政部長的消息後，也就格外的引人注意。

八、劉泰英請辭，並提名胡定吾出任開發工銀董事長

據中央社記者吳孟雯台北20日電：劉泰英請辭開發金控及工銀董事長，並提名胡定吾出任開發工銀董事長，胡定吾表示，今早劉泰英提名他當開發工銀董事長，證明他與劉泰英之間的恩怨情仇就此打住。

開發金控今天舉行常董會後，開發金控新任董事長陳敏薰及開發工銀董事長胡定吾同時舉行記者會，胡定吾作以上

的表示。 胡定吾說,他對今天早上發生的事情,感到非常訝異。今天一早開發金這邊通知他要早一點到場,十點半的董事會,他提前在十點到場。到開發金之後,劉泰英請他到辦公室,表示有事相談。

胡定吾說,劉泰英當面親口告訴他,將在常董會中提名陳敏薰當金控董事長,提名他當工銀董事長。他轉述劉泰英的話說,「你跟著我八年,在開發目前的現況之下,由你來擔任工銀董事長,最能讓開發工銀渡過難關。」

胡定吾說,當他聽到劉泰英這麼說,雖然很訝異,但仍答應劉泰英的託付。兩年前,劉泰英與胡定吾為了爭開發工銀董事長,兩人正面交手,最後胡敗下陣來,連開發工銀總經理寶座都被拔掉。胡定吾說,他與劉泰英過去的種種,很多事情是媒體製造出來的,他與劉泰英沒有那麼多的衝突,他說,彼此的恩怨情仇就此打住;從劉泰英提名他擔任開發工銀董事長,就是明證。

九、胡定吾並經總統府聘任為「無任所大使」

據自由時報6月21日報導,接任中華開發工銀董事長寶座的胡定吾,兩年前與劉泰英因董座之爭鬧翻,演變至最後不得不離開中華開發總經理一職,在離開之際還說了一句名言:「感謝劉董事長對我的設計。」當初自比天涯淪落人的胡定吾,在新政府的加持下,兩天前即得知會成功上演一場「王子復仇記」,並坐上兩年前擦肩而過的開發工銀董事長寶座。

對於胡定吾,大家印象最深刻的,應該是兩年前他和劉泰英的爭權風暴。扁系人馬的胡定吾,對上劉泰英,原本外界認為新政府支持的胡定吾穩操勝券,沒想到劉泰英收購委

託書，並取得民股的支持，在官股與民股大戰下，新政府支持的胡定吾敗下陣來，但是他的能力仍獲扁政府的賞識。

胡定吾此次能上演一場復仇記，關鍵仍是新政府，胡定吾與總統府祕書馬永成是好朋友，加上胡定吾本身與新政府高層的友好關係，雖然上次新政府扶植胡定吾坐上開發董座馬失前蹄，但此次在劉泰英遭起訴的不利因素下，總統府即相當關切此次劉泰英的適任問題。

6月18日開發召開的董事會中，雖然仍由擁劉泰英派佔上風，但此舉也激化了新政府要採取強烈的動作，除了財政部高分貝喊話外，檢調單位也大動作地搜索潤泰集團尹衍樑、約談陳敏薰等，雙管夾攻下，擁劉人士態度軟化，總統府已有把握，能讓胡定吾坐上董座。

事實上，台大政治系畢業的胡定吾過去一直在金融業發展，在中華開發總座期間更打下數場膾炙人口的光榮戰役，不僅讓開發榮登最賺錢的金融機構美譽，並經總統府聘任為無任所大使，而其促成台積電與世大積體電路合併一事也轟動業界，展現其與張忠謀等高科技人士交情之深厚，如今擔任開發工銀董事長，也算是實至名歸。

十、胡定吾與劉泰英之間的恩怨情仇是否「就此打住」？

胡定吾的父親是前總統蔣中正侍衛長、前駐新加坡大使胡忻，胡定吾大學讀的是台大政治系，然而政治系畢業的他，卻投入金融圈，先後歷任國際投信副總經理、中華投信總經理、董事長，後來又獲劉泰英賞識進入中華開發。擔任中華開發總經理時期，可說是胡最發光發亮的一段日子，之後從開發總經理退居開發資產管理公司董事長。

　　如今胡定吾失而復得，完成了「王子復仇記」，但他與劉泰英之間的恩怨情仇，是否真如他所言「就此打住」，可能還須觀察。而現階段他要面對的，還有一位一直緊咬他不放的蘇惠珍，蘇惠珍的新瑞都案指控胡定吾背信，並求償百億元，雖然胡定吾也控告蘇惠珍，但是官司纏身的胡定吾，即使坐上董座，也難免紛擾不斷。

十一、性格決定命運！

　　前揭報導可以清清楚楚看到胡定吾與劉泰英之間兩虎相鬥的結果，胡定吾是丟掉「開發金控」總經理以及「財政部長」寶座，劉泰英則是丟掉「開發金控」所有職位，兩者皆官司纏身。如時光可以倒流，相信無論是誰，都不至於採取此兩敗俱傷的下策。

　　不過，在胡定吾取代張孝威出任總經理，劉泰英兼任中國國民黨大掌櫃未久，胡定吾曾透過中華開發常董、即潤泰集團尹衍樑的介紹，就其事業前途向筆者問卜，第一個問題就是何時可以升任中華開發董事長職位。

　　答案是A鑽石（獲利了結）與4鑽石（掌權當局）皆在5鑽石（祕密行動）之後，而警示為5黑桃（官司纏身），此卦象明白表示厚利薄名，如求實名將「吃緊弄破碗」，甚至身陷囹圄。

　　因此，筆者曾奉勸胡定吾應該有耐心，與大而化之的劉泰英好好相處，共同努力使中華開發成長茁壯後，以此卓越經營能力為後盾，力拱劉泰英入閣，說不定一掌經濟之長，一掌財政之長（之後胡定吾果然被內定為財政部長，卻因政治角力而中箭下馬；而中華開發副總經理楊子江則受財政部

長林全之邀，入閣擔任財政部政務次長）。

　　如劉泰英未向仕途發展，將固守中華開發的地盤。一旦察覺胡定吾有取而代之的野心時，必定演變成內鬥，到時將是雙敗之局，因此不可不慎；胡定吾當時則表示：「受教。」

　　不久，胡定吾與英年早逝的味全黃南圖以及股市名人「阿丁」連袂向筆者問卜時，胡定吾的問題竟又是「何時可以接掌中華開發董事長職位」，筆者知道「性格決定命運」，因此笑而不答，自此即未再接受胡定吾之問卜。

　　胡定吾為人口才便給、精明幹練，學經歷均佳，如能接任財政部長，應能發揮所長，為國家做一些貢獻，於公於私皆屬兩利。可惜未能記取當年占卜的警示，日後果遭劉泰英幾乎「掃地出門」之辱，以及與財政部長擦肩而過之憾。綜前所述，胡定吾可不能感慨「早知道……」，而是應仔細玩味其本家胡適名言：「要怎麼收穫，先那麼栽」！

　　　休咎非天「定」，
　　　福禍本由「吾」！

【第廿四節】
遠雄集團總裁趙藤雄為何撤銷菲國投資案？

一、趙藤雄經營企業的能力並不亞於「管理學博士」

　　李登輝總統主政時期，主張「戒急用忍」，鼓勵台商往東南亞投資，以取代往大陸投資的「西進政策」。一般房地

產開發商,若審視菲律賓政府為鼓勵台商引進資金,在馬尼拉灣的「填海造城優惠辦法」,可以在山明水秀的基地上設立合法賭城,遊樂休憩之附屬設施亦一應俱全,必認定是千載難逢的投資良機。但只有小學畢業程度的趙藤雄,其經營企業的能力,並不亞於所謂「管理學博士」。

二、決定撤銷「南進計劃」中的所有投資案

趙藤雄為求謹慎,在決定投入鉅資之前,透過廣信開發公司周文龍,邀請筆者到菲律賓蘇比克灣一遊,並考察當地投資環境。

筆者與遠雄集團總裁趙藤雄到了馬尼拉後,由當地房地產開發商提供直升機,由空中鳥瞰計劃開發的「落日大道」,即馬尼拉灣填平計劃的預定地之後,占卜結果竟是大凶。占卜時指出,不只菲律賓的投資案因政治不穩定導致營運產生重大危機;而且因治安堪虞,造成投資案難以收拾的後果。因此趙藤雄乃決定撤銷南進計劃中的所有投資案。

三、劉泰英帛琉觀光飯店開發案則鎩羽而歸

之後菲律賓政局果然不穩,軍警竟夥同綁匪共同作案,綁架台商勒贖鉅款,稍有不從立即撕票,當地台商不得不逃離避禍,已投入的資金當然化為烏有;而趙藤雄則因「早知道」菲律賓的投資環境惡化,幸而逃過一劫。尤其值得一提的是中華開發公司劉泰英為響應政府「南進計劃」,而主導的帛琉觀光飯店開發案則鎩羽而歸,同為「泰公黨」的國內某財團因參與共同開發而蒙受重大損失。禍福本相倚,在此又得一實證。

鳴「藤」鼓本擬「南」進，占卜預見將敗「北」。

須「雄」心始可「西」移，遠矚高瞻盼旭「東」！

【第廿五節】
東怡營造總裁楊金村爲何悒鬱以終？

一、東怡錯過營造「中永和捷運工程」競標案的領標日期

1990年間，台北捷運局對於中永和之間的「中永和捷運工程」，決定開國際標之外，並採取總量管制的投標消極條件。

換句話說，如投標廠商已承包台北捷運局其他工程者，均不得參與此項投標。因此包括大林、青木以及鹿島等國際級的大營造廠，均因已承包台北捷運局其他工程，而不得參與此項投標。由於地下路段將穿越新店溪河底，其工程難度相當高，因此只有日本「熊谷組」一家參與投標。

由於熊谷組對於工程期間，賠償因損及民宅的風險係數訂得相當高，因此熊谷組的投標金額竟超過工程底價一倍以上，所以連續造成兩度流標。台北捷運局在進行第三次決標時，東怡營造總裁楊金村才找來德國B&B集團在泰國曼谷的技術團隊爲合作夥伴，但已錯過領標的截止日期。

二、楊金村看不慣日商「予取予求」的囂張行爲！

楊金村透過與筆者夙爲舊識的東怡建設公司副總陳百棟之介紹，相偕來看筆者。初次見面時，遭強酸嚴重毀容的楊

金村，毫無一絲自卑感，泰然自若之餘，甚至流露出充分的自信心。

他侃侃而談，強調經過仔細評估「中永和捷運工程」的總工程費，不要兩百億元即有合理的利潤，而日商自恃具有「海底隧道」的工程經驗，竟將投標金拉抬到超過工程底價一倍以上，亦即超過四百五十億元。對業主——中華民國政府「予取予求」的囂張行為，他實在看不下去了，基於一個中華民國國民並兼「工程人」的身分，一定要討回公道。因此已找來同樣有海底隧道施工經驗的德國B&B集團共同合作，而決定與日商競標。再者，該工程重要參與者周禮良亦同意跨刀相助（周禮良曾任東怡營造總經理。東怡營造出事後，轉任高雄捷運工程局局長，因鼓山地區工程塌陷主動辭職負責）。

三、楊金村希望藉筆者的政治人脈取得「投標單及工程圖說」

楊金村表示，雖領標日期已截止，但自消息管道獲悉中華工程公司領取兩份投標單又決定放棄參與投標。因此希望藉筆者的政治人脈，向中華工程公司購買該公司已決定不使用的投標單及工程圖說。由於中華工程公司總經理亦為筆者舊識，如果該公司決定放棄參與投標，筆者要向中華工程公司索取投標單及工程圖說，照理說應不會太難。

不過，筆者認為東怡營造能否順利完工以及確有利潤才是關鍵所在，否則以資本額不過十億元的東怡營造，承包此兩百億元的工程，只要百分之五出了差錯，整個東怡營造即將解體。陪同他一起來看筆者的陳百棟則建議楊金村進行占卜，這也是楊金村此生唯一的占卜。

四、提早一年完工，竟仍虧損一億美元以上！

占卜的結果是鑽石A（成果實現）及鑽石6（入不敷出）。「中永和捷運工程」雖然可以順利完工，甚至可以提早完工，不過如依工程底價或較底價為低的價格得標，不但毫無利潤可言，甚至可能發生巨額虧損。換句話說，本案的風險係數偏高。楊金村看到占卜結果前段，認為既然可以提早完工，乃代表工程順利，應該不可能發生巨額虧損，因此執意參與競標。對筆者勸阻之言，當作耳邊風。之後透過台北縣某王姓立委，向中華工程公司取得投標書及工程圖說，而依原計劃參與競標。

決標的結果，東怡營造以一百八十八億八千萬元正得標，與競爭對手亦即次標「熊谷組」的三百四十五億元，相差達一百五十六億二千萬元，但與工程底價的一百九十億元，才相差兩千萬元而已。德國B&B並將放置於曼谷堪用的舊「潛盾機」拆解運送來台灣，使用在暗挖的新店溪地底隧道工程，果然工程進行十分順利，而且進度一直超前。

五、東怡營造將短期周轉金移用長期投資造成全面潰敗！

東怡營造前財務總管沈秋華日前透露：楊金村眼看工程超前的程度相當大，如依此進度，極可能提前一年完工。在順勢時不免鬆懈警覺心，因此將約三成的工程預付款近五十四億元的短期資金，移用到「長期投資」項目之中。尤其是與陳由豪合作開發的新店「達觀鎮」的龐大造鎮計劃，那裡知道業主陳由豪並未依約如期支付工程款，以至於整個東怡營造的資金調度陷入困境。再者投資三芝鄉「佛朗明哥」的開發案等，初期銷售尚稱順利，唯隨後房地產業陷入長達十

餘年的不景氣時，即有不少訂戶放棄繼續繳納分期付款的工程費。東怡鎮及日若山莊的開發案亦卡死楊金村不少資金，在雪上加霜的打擊下，楊金村終於病倒。

六、楊金村等不及肝臟移植即悒鬱以終！

　　楊金村在過世之前不久，曾打電話到美國找筆者，表示一個人在逆向時，可促使自己警惕而不至於迷失，順向時，反而容易使自己輕忽！當年未接受筆者的勸阻，才造成如今的局面，一切只能責怪自己自信心太滿，只是後悔已嫌遲。

　　楊金村在電話中要求透過筆者在醫界的人脈，向醫療機構爭取「肝臟」移植的機會，但未明說自己就是病患，而推說是某長輩之需。筆者明知器官移植應是嗜酒如命的楊金村自己需要，但筆者仍不予拆穿，而要楊金村請其長輩到台北榮總進行數項基因檢查以建立檔案，等候捐贈器官機會。之後就再也沒有接到楊金村的電話，不久楊金村便因肝癌過世。而據沈秋華表示，中永和捷運工程雖提早一年完工，但地底工程之難度，果然使得工程結算時，與持股各半的德國B&B分攤了近一億美元的虧損。

　　楊董甚至未及看到中永和捷運工程竣工典禮即不幸往生。事後檢討楊董應是敗在低價搶標中永和捷運工程，以至於財務周轉失靈，悒鬱之餘，甚至賠上一條寶貴的生命！可見即使「早知道」低價得標後必然虧損，由於楊金村自許為工程人的「強烈使命感」，竟決定冒險一搏，以至於「東怡營造」金字招牌因而破產，還賠上自己的寶貴性命。

　　「中永和捷運工程」雖提早一年完工，品質也確實通過業主台北捷運公司以及「921大地震」大自然威力的雙重嚴苛

檢驗。蓋棺論定，如捨「成敗論英雄」之世俗觀念，楊金村確是令人折服、異於常人的「工程硬漢」！

東怡「金」字招牌立，
北海「村」酒鐵漢傾！

【第廿六節】
東和鋼鐵侯博文爲何放棄財神酒店重建案？

一、李正宗占卜結果房地產業2004年之後才能恢復景氣

台北市建築商鉅子與不動產研究學界，在每月7日都會定期輪流作東聚餐聯誼，並交換市場情報。

1999年3月7日，由前台北縣政府工務局長宋銘鏞作東時，係在侯博文經營的「豪景飯店」舉辦「七日會」，並邀請筆者列席為來賓。聚餐時，「海華建設公司」董事長李正宗已攜帶一副未開封的撲克牌，請求占卜國內房地產業回春年份。占卜結果為「五年之後始略見買氣」，亦即在2004年之後才能恢復景氣。

由於占卜時，國內房地產業已持續九年低迷，與會房地產業者看到占卜結果，頓時傻了眼。剛接手財神酒店基地的東和集團侯博文也嚇了一大跳，因此在餐會結束時，藉送筆者回家的機會，到筆者家中問卜。

二、侯博文將持股轉讓給股東台新銀行

　　據了解財神酒店坐落台北東區繁華地段，拆除重建時，面臨舊法規建蔽率及新法規容積率的問題。以每坪土地成本加上營建費用、管銷成本以及合理利潤，每建坪至少要賣一百萬元以上。當年是否有此客層，誰也沒有把握。因此侯博文要求占卜確認房地產業回春日期。

　　占卜結果再度確認是2004年，侯博文心裡已有定案。因此，不久之後他就將土地轉讓給股東台新銀行，並未繼續參與投資。七年前侯博文因「早知道」國內房地產業於2004年始漸回春，得以逃過不景氣的衝擊。

　　「博」得財神顧，必須心術「正」，
　　「文」名高北斗，聞道其有「宗」！

【第廿七節】
占卜銷售率僅三成，但預售竟達七、八成？

一、占卜結果，預售屋的銷售量只有三成多

　　1990年春天，新東陽集團麥寬成承接淡水「海誓山盟」開發案時，經廣信開發公司周文龍的介紹，就已承接的淡水海誓山盟開發案的銷售結果進行占卜，答案是只有三到四成之間的銷售率。業界都知道，工地預售屋的推出，至少要達六成以上，建設公司心中才能篤定，否則不管是銀行建築融資的額度，或承買客戶按期繳納的分期付款，在在都影響建商的財務運作。因此，麥寬成看到占卜結果，預售屋的推出

只有三成多時，即感悶悶不樂。　　　　　　　　　　209

二、在動土之前即創下七至八成的銷售成績

　　預售屋公開推出首日，麥寬成一早即與周文龍一起親自接筆者到工地參觀。當日訂購戶十分踴躍，在動土之前即創下七、八成的銷售成績。此與占卜的結果出入極大。因此，周文龍即透露麥寬成曾表示，事在人為，占卜並不可盡信。筆者對占卜的結果與實際訂戶率相差如此懸殊，亦頗感納悶。由於多年來占卜的驗證性，雖使筆者信心未遭受打擊，但不可諱言，心頭仍有壓力！

三、退屋率十分驚人，最後只剩三到四成

　　1991年初麥寬成又來占卜，據其透露，海誓山盟自預售創下近八成左右的銷售率之後，由於國內房地產景氣急遽下降，退屋率十分驚人，只剩三到四成之間。餘屋如降價求售，恐怕又會引發新一波退屋風潮，因此前來問策。筆者這才驚覺1990年問卜時，早已知道銷售率僅三到四成，公開銷售時的訂戶率只是假象而已。

　　「寬」宏大量留餘地，
　　「成」事小心看蒼天。

【第廿八節】

「天道盟」精神領袖羅福助立委兩戰皆捷!

一、占卜結果預言其當選名次居中

話說「天道盟」的精神領袖羅福助先生,1995年有意出馬競選第三屆立法委員時,前總統李登輝大不以為然,因此,曾透過管道勸阻羅福助投入立委選戰。

羅福助在投入選戰之前,曾向筆者問卜。筆者初次見到經常笑容滿面的羅福助先生時,見其並無江湖霸主的傲氣,倒像是個態度謙和的鄰家「歐吉桑」,因此雙方頗為投緣。進行占卜的結果,羅福助選擇A為後天運星,依星辰語言的詮釋:

1.若抽中紅心A,須投入物力(買票),始能吊車尾。

2.若抽中黑桃A,須貫徹執行原先參選意志,必高票當選,當選名次居中。如選十七席,則應在第八名或第九名之間。

3.若抽中鑽石A,不但順利當選,並有機會問鼎副院長。

4.若抽中梅花A,入榜無望,倒不如做個順水人情,退出選戰。

結果羅福助抽中了黑桃A,再請董娘(羅福助夫人)重抽印證,結果又是「黑桃A」!由於抽中當選名次居中的撲克牌,羅福助乃透過筆者邀請劉泰英及謝深山在北投「吟松閣」聚餐,由他們向層峰報告羅福助參選立委之決心,並承諾必要時,將支持國民黨的政策。

立委選舉開票結果,羅福助得票51,878票,得票率3.67%,果然名列台北縣區域立委十七名當選名單的第九名。

二、張晉城間接幫助陳水扁登九五大位？

當年中國國民黨提名劉松藩連任立法院長，民進黨則提名前民進黨主席施明德競選立法院長。

據悉由於當今貴為中華民國總統的陳水扁的師弟張晉城，不滿施明德經常在各種場合對陳水扁明嘲暗諷，因此雖將票投給施明德，但在選票之上故意簽上「張晉城」三個字。

張晉城也明知此票將成為廢票，但表面上是：我已遵照黨的指示將票投給施明德，並且有簽字為證。從而張晉城的關鍵性廢票，竟使劉松藩以一票之差險勝施明德，而連任立法院長。

阿扁後來雖提名張晉城為監察委員候選人，但泛藍對張晉城昔日的關鍵「廢票」似乎也並未領情，加上張晉城與羅福助夙有嫌隙，在羅福助全力運作下，張晉城竟未獲立院半數立委支持，而慘遭滑鐵盧。

三、民進黨力邀羅福助為施明德副手？

據可靠的消息來源指出，其實該屆立法院長選戰有曲折內幕。當年民進黨決策核心，基於拉攏次要敵人打擊主要敵人的戰略考慮，曾透過管道力邀羅福助為施明德副手，共同拿下立法院正副院長寶座，此亦即高雄市議會之翻版。只是當時羅福助未置可否。消息來源透露：在立法院院長選戰呈拉鋸戰時，前總統李登輝即透過劉泰英及謝深山，向羅福助表示希望他遵照諾言，能支持劉松藩連任立法院院長。

四、羅福助言而有信！

羅福助在「立法院副院長寶座」及「諾言」兩者之間，

幾經天人交戰後，即毅然決定投桃報「李」，不但言而有信的將自己的一票投給劉松藩，甚至以他個人的影響力，含「瓦歷斯‧貝林」在內的原住民立委選票，全部投給劉松藩，此乃劉松藩得以連任院長寶座的重要關鍵。

五、羅福助仁勇並具，唯缺地位崇高的「智囊」予以襄贊

守信亦即廣義的「仁」，羅福助其「勇」有目共睹，只是由於羅福助身邊缺乏足以完全信任的智囊予以襄贊，加上他本人未卸江湖草莽英雄的率直個性，竟然發生轟動一時的「廖學廣狗籠事件」。雖事後證實與羅福助沒有直接關聯，但之後與同仁之間的肢體衝突，使得羅福助爭議不斷。

六、羅福助力量一分爲二，不免氣勢稍弱！

第四屆立委選舉時，當時台北縣劃分為三個選區，羅福助在第二選區競逐連任。國民黨則提名其公子羅明才初披戰袍，在第三選區出馬競選。

羅福助再行問卜，其結果為父子同科，羅明才則取代其父得票率居中的原格局，而羅福助力量則一分為二，不免氣勢轉弱。開票結果，羅明才果然承續乃父的原格局，得到43,298票，在九席應選名額之中名列第四，和其哥哥羅明旭一樣步上政壇。羅福助在十席應選名額之中名列第九，僅比吊車尾的郭素香略高一席而已。羅福助得到35,504票，比上屆得票數的68.43%，足足少了16,374票。但其子羅明才則勝過廖學廣的票數16,998票。由此可證實占卜時，羅福助力量一分為二不免氣勢轉弱的預言。

眼「明」心「明」，兄弟皆從政。

俊「才」東「旭」，父子亦同科！

七、各媒體批評為好漢不打弱女子，以至於形象受損

此屆任內羅福助為無黨籍聯盟實際操盤人，如有高人指點，本應可掌握關鍵少數，成為執政黨及在野黨爭相拉攏、甚至共同尊重的「杜月笙第二」。不料，羅福助因小不忍而亂大謀，竟與在野黨之中形象尚稱清新的親民黨立委李慶安發生衝突。

羅福助以電視公開轉播的現場錄影帶，慢動作中足以證明是李慶安蓄意挑釁，先以紙杯中的飲料潑向他，他才按捺不住脾氣，並爆發嚴重肢體衝突，而被各媒體批評為好漢不打弱女子，以至於形象嚴重受損。

八、王金平院長曾勸他急流勇退，千萬不可再度企圖連任

據報導，阿扁總統甚至以一國元首之尊，不忌諱「行政干涉司法」之嫌，竟在南部公開場合指出：北部有「某大哥」級中央民意代表，即將繩之以法。在輿論及婦女界的口誅筆伐下，竟成掃除黑金的祭禮。此時羅福助從原本可以左右逢源的優勢，陷入四面楚歌的困境，其是否再度出馬競選連任第五屆立委，已成為痛苦的抉擇。

因此羅福助在登記參選最後一天的上午十時左右，第三度向筆者問卜，在場的吉祥證券公司副董事長許瑞芬建議占卜的方向：乃應否接受王金平院長之勸告，退出政壇。羅福助本人未置可否，因此係由許瑞芬代為洗牌，但仍由羅福助親自抽牌。

那裡知道占卜的答案竟答非所問，原來問卜的內容為是否應接受立法院長王金平的「建議」。但答案卻是紅心4（再度）及鑽石4（掌權），即「再度角逐仍能連任上榜」。此時羅福助乃主動要求再卜一次，其結果仍然相同是黑桃A。

九、「讓他一尺又何妨」？

但羅福助最後仍以君子一言既出，駟馬難追為由，表示既已承諾退出政壇即應遵守。何況基於「民不與官鬥」之古訓，因此以「讓他一尺又何妨」為題，在登記截止之日中午宣佈退出政壇。

誰知道羅福助出國散心，並自動返國接受檢察官陳宏達偵訊時，果然被聲押獲准，身繫囹圄四個月。承辦檢察官具體求刑三十年，但初審僅判刑四年。目前羅福助及原承辦檢察官均不服上訴。

十、「蝴蝶效應」是否影響日後九五大位之更迭？

因為筆者早已預言「自廢武功」的後果，羅大哥出獄不久，特別邀請筆者聚餐，感慨由於聽信某人的保證，因而才會聲明退出政壇。不過悔恨亦無益，這些後果，應由自己來承擔。

依事後孔明之見，若羅福助當年選擇出任立法院副院長，應是水到渠成。若羅福助在當年與施明德聯手拿下立法院正副院長，王金平即不可能扶正。而且依民進黨內部的遊戲規則，「中國曼德拉」施明德既已貴為立法院長，在政治倫理之中，可能還輪不到陳水扁代表民進黨角逐2000年總統大選；施明德及許信良亦不至於含怨離開民進黨。

再者，羅福助若以立法院副院長之尊，當不至於發生日後與立委同僚之全武行的憾事。退一步而言，如羅福助選擇再度連任第五屆立委，依前立委周伯倫之往例，冗長的訴訟程序，拖個十來年亦不無可能。而此項蝴蝶效應是否影響日後九五大位之更迭？答案應讓聰明的讀者自己來回答吧！

　　法施大位可智取，
　　明理崇德即仁心！

【第廿九節】
好康公司李昭平躲過「火災」，逃不了「水災」？

一、筆者囑李昭平注意倉庫的淹水及防火問題

　　1999年，筆者購入楓丹白露辦公室，作為財團法人重仁文化教育基金會永久辦公室時，與筆者交往超過二十年的好康企業公司及真贊企業公司負責人李昭平先生，也以成本價為基金會裝設窗簾及地毯。

　　二十年來，筆者家中使用的洗衣粉及清潔劑都由他贈送。一向樂善好施的李昭平於工程結束時，突然要筆者對他的事業進行占卜。筆者占卜結果是9鑽石（灰燼）及負3梅花（過量的水）水火同臨。因此我提醒他特別注意倉庫的淹水及防火問題。

二、倖逃火災！

216　之後不久，李昭平便去台北縣泰山鄉儲放地毯及壁紙的第一號倉庫，打算檢查一下防火設備，順便盤點庫存。正在盤點時，突然發現電線走火，李昭平立即用新添的防火設備予以撲滅。因為「早知道」倉庫會發生火災，因此特別注意防火設備，才使得數千萬元的庫存能夠免於祝融之災。為此他還特別打電話向筆者致謝。

三、躲不開水患！

　　李昭平雖然「早知道」倉庫也會因水災受損，但「泰山倉庫」地勢高亢，且又已度過火災，應該算是應驗了，而稍懈防範之心。

　　誰曉得沒多久，由馬英九主政的台北市政府於颱風來臨時，水門竟因管理員的疏忽而未關閉，導致台北市東區淪為水鄉澤國。

　　李昭平坐落在台北市民生東路的地下室倉庫，完全泡水，儲放在倉庫裡的地毯及壁紙全部毀損。損失約三、四百萬元。

　　馬英九除了透過里長每戶發放五千元慰問金之外，當年營業稅則僅同意沖抵不到八十萬元，實際損失超過三百萬元。筆者雖已提出水火之災的警告，還是無法完全避開水災的損失。

　　　誠信可「昭」應「真贊」，
　　　崎路已「平」將「好康」。

【第卅節】
堂堂皇皇毀許諾，海海人生重新來！

一、明確告知高榮輝許姓道親居心叵測

　　2000年間，基金會辦公室水電工委託高榮輝先生承包。高榮輝是長年吃素的虔誠佛教徒，為人正直。有一天向筆者表示，經由道場師父介紹，認識一位許姓道親。這位道親邀他到大陸投資藝品製造業，因此請求占卜吉凶。筆者便請高榮輝邀許姓道親一起來。

　　隔天高榮輝就和許姓道親來到筆者家中進行占卜。筆者於占卜過後，即建議許姓道親應將他所主張的施工技術申請專利之後，再談合作。當天晚上，筆者以電話邀高榮輝一談，明確告知高榮輝他這位許姓道親居心叵測，絕對不可以和他共事。

二、高榮輝長男滯留大陸幾乎淪為人質

　　高榮輝這時才透露已交付二十四萬元頭期款，筆者於是嚴正提出警告，能索回就索回，不能索回也不要計較，千萬不要和他到大陸投資事業，以免遭受更大的損失，嚴重的還會惹來其他禍端。但高榮輝因相信道場師父的眼光，而且據這位許姓道親的規劃，只要投資兩三百萬元，由大陸方面提供廠房及通路，不用半年便可回本。高榮輝十分心動，便和長子「達達」一起赴大陸，與許姓道親合資做生意。之後又投入兩百萬元時，才發現自己與大陸資方都遭許姓道親詐騙。當時其長子達達仍滯留大陸幾乎淪為人質。

218

三、許姓道親向高榮輝恐嚇：將死得很難看！

高榮輝只得再向我請教如何善後，我建議他的長子應該火速回台，以免遭受不測。其長子連銀行存款及工廠設備都未處理，就匆匆祕密返台。許姓道親並不知道「達達」已在返台途中，還打電話向高榮輝恐嚇，如不再匯款到大陸，其長子「將死得很難看」。幸而「達達」已在回程的飛機上，當晚安抵台北。高榮輝事後表示，雖有占卜事先提出警告，與許姓道親合作將遭受重大損失，但人類心理弱點，除了捨不得已支付的二十四萬元頭期款之外，對於尚未發生的災難，還是會存著僥倖的心理，認為自己不會這麼倒楣。當我要出版這本書時，他的第一句話是「這攏是金A」！第二句話則是：「咦？這個騙子怎麼連名帶姓，都出現在這副對聯中呢？」

堂堂皇皇毀許諾，
海海人生重新來！

【第卅一節】
張心湜校長藉占卜確定有個抱錯的弟弟！

一、除從事婦產科的弟弟之外，三兄弟外表確實長得很相像

張心湜教授四個兄弟之中，有三個是醫師，老大心湜是泌尿科權威，老二張心澂是老師，老三張心澈是婦產科醫師，老四張心涪則是齒顎矯正醫師。張心湜表示，朋友都認

為他們兄弟除了在屏東從事婦產科的弟弟之外，外表都長得很像。

二、護士小姐對張心湜說：我先生長得跟您太相像了

1978年間，我參加高雄聯青社活動時，每個社員皆有英文名字，而我的英文名字，就是由前行政院長張俊雄及其合夥律師張英傑共同取的。因此在台北會稱呼筆者英文名字"Stone"的人，只有前行政院長張俊雄和張心湜教授等少數兩三個人而已。

張心湜教授雖然經常介紹好友向筆者問卜，但他自己卻很少來找我問卜。有一天張教授特地到寒舍找我，見面就說：Stone！今天發生一件離奇的事情。早上我為病患開刀時，有位護士小姐一直盯著我看，甚至有點失神。我想她大概有話要跟我說，因此在手術完畢後，我就主動問這位初見面的護士小姐說：有事嗎？不料這位護士竟十分鄭重地說：張主任，我先生長得跟您好像。我問她說：哦！是嗎？那麼妳先生幾歲？那裡人？目前做什麼事呢？原來她先生與在屏東擔任婦產科醫師的弟弟心澈同齡，現在擔任某大電子公司的工程師。

三、占卜的結果張心湜與這位護士的先生果然有血緣關係

張心湜表示：「當這位護士說她先生和我長得很像時，第六感即告訴我，該不會是她先生出生時，和我弟弟心澈放錯了床位。」經過占卜，結果是「正」8鑽石（血緣），也就是說這位護士的先生和他果然有血緣關係，應是同胞兄弟。

四、在大陸湘亞醫學中心附屬醫院生產時換錯了床位

2004年5月5日，張心澈在接受筆者電話訪問時表示，當年因為戰亂逃亡，兩位母親剛巧同時在大陸湘亞醫學中心附屬醫院生產。當年醫療制度沒有現在健全，因此嬰兒出生時，並沒有打上掌印及手印的出生紀錄，也沒有像目前一律要套上塑膠手環藉以辨識。可能是護士為小嬰兒洗澡後，不小心放錯了床位。雖然只要做DNA檢驗就可釐清真相，不過張心澈很平靜地表示，事隔五十年，兩人各自在目前的父母親呵護之下順利成長，因此應以平常心看待，尤其是對於目前的父母親更是應該感恩。所以並沒有認祖歸宗的想法，也不打算和這位抱錯的兄弟見面。

張心澈說，這是亂世裡不幸中的大幸。他知道自己的親生父親早已在多年前往生，而母親則和這位抱錯的兄弟移民美國，因此雙方從未見面。張心湜的兩位弟弟（心澈及那位不知姓名的電子工程師），雖因命運安排，在不同的家庭長大，幸而在學業及事業皆有成就。

不過遺憾的是，目前九十多歲的張老夫人並不能接受這個事實，而近百歲的張老先生也不便勉強夫人，因此這位失散的孩子一直未能認祖歸宗。而我個人力量有限，也無法說服老人家接受這個事實。

天下父母心，徹（澈）悟何其難？
能具平常心，是（湜）多得一子！

【第卅二節】
李濤如何成爲眞正的「十億元」鉅富？

一、李濤說筆者是他的「救命恩人」？

　　1996年春節， TVBS總經理李濤邀請筆者到他淡水山居別墅聚餐。李濤家中經常高朋滿座，眾賓客享受由李濤親自燒烤、確具職業水準的小牛排。席間李濤講了一段他畢生難忘的小故事。

　　李濤說：他就讀道明中學時，因細故和左營眷村的「太保學生」結怨，這一群同樣就讀道明中學的太保學生，曾公開揚言要好好「教訓」他。到了高一學期末，果然被一群眷村的太保學生堵上，他們一言不發出手就狠打，李濤一看苗頭不對，好漢不吃眼前虧，因此拔腿就跑。

　　但這群太保學生卻窮追不捨，眼看就快要被追上時，救星突然出現。原來李濤在同班同學之中，有位個頭不大，平常深藏不露，但在國術界卻赫赫有名的白鶴拳高手，獨自一人推著一部單車準備回家。李濤上氣不接下氣地大聲呼救：「老大，老大，救救命！」

　　李濤這位同學回頭一看，將單車往地上一拋，轉身迎向這群太保學生大喝一聲：「各位兄弟！李濤是我同學，看在薄面，大家可以做做朋友，如果不賞臉，你們盡可以對著我來。」

　　這群太保學生可能對李濤這位同學的大名早已如雷貫耳，因此大家就各自鳥獸散。李濤此時才透露這位同學就是筆者。

　　其實我在道明中學只讀了一學年，就因為穿喇叭褲上

學，被教官連記幾個小過，學期末就被校長馮觀濤面諭自動
轉學，否則將勒令退學。所以和李濤僅同班一年而已。我對
這件近三十多年前的往事，沒什麼深刻的印象。因此，當李
濤在敘說這個故事時，我還沒意會到李濤說的這位同學居然
就是我。

二、李濤希望達到CNN主播的社會地位，以及能擁有逾十億
的身價

　　接著李濤在席間要求我為他占卜。李濤占卜時，坦言占
卜就是要求名與求利，求名部分，是希望能製作出具有CNN
水準的節目，獲得社會的共鳴與認同，甚至自己也能成為世
界級的主播；求利則希望在有生之年，身價能超過一個billion
（十億元）。

　　據了解，CNN是美國俄克拉荷馬州億萬富翁泰納爾於
1980年所創辦的，其全稱為AOL, TIME－WARNER公司，是
世界最大的媒體公司。CNN是美國第一家全天候播放新聞節
目的電視台，在美蘇冷戰時期，CNN擁有許多觀眾，並成為
美國最大的電視台。

　　在八○年代後期，冷戰結束後，伊拉克前總統海珊入侵
科威特，緊接著以美國為首的多國部隊於1991年向伊拉克發
動襲擊，這時CNN再次大顯身手創造了機遇。因此李濤希望
達到有如CNN對社會的影響力。

　　占卜的結果是梅花10（返璞歸真）鑽石4（熱門流行），
可能僅是針對李濤個人主持的「2100全民開講」而言，意即
「由於曝光率太高，製作品質相對稀釋」，若求鑽石7（確定
不變的永續地位），應減低曝光率，每週一次，乃有機會能

與CBS「六十分鐘」的製作水平匹敵。

　　至於求利部分，占卜結果仍是梅花10（海市蜃樓）鑽石4（權力當局），但同宮不同位，表示五十歲前後即可有超過十億元的財富，但並非屬於個人財產。李濤對於占卜答案似乎並不十分滿意。

　　1999年9月21日，台灣中部發生慘絕人寰的「921大地震」，李濤在2100全民開講節目中，大聲疾呼國人應發揮「人溺己溺，人飢己飢」的人道精神。因此各方大小捐款，紛紛匯到TVBS，其總額超過十二億元。李濤把這筆捐款拿來成立「財團法人TVBS關懷台灣文教基金會」。

　　921震災後，在一次聚會中李濤說：「四年前的占卜，顯示我五十歲前後就可掌有十億的財富，但並非屬於個人財產一節，果然應驗。但我在有生之年，是否可以擁有屬於個人的十億元財產呢？」筆者笑而未答。蓋「名之所至，利亦隨之」，但非指「暴利亦隨之」，反而因「盛名之累，謗亦隨之」的則不乏其例。

三、《壹周刊》質疑李濤濫用921民間捐款？

　　根據《壹周刊》172期報導，921民間捐款有三百億元經費，遭到TVBS關懷台灣文教基金會等團體濫用，包括在中寮國小蓋了沒有人用的游泳池與獨幢音樂館、不避嫌的補助關係企業主辦的棒球活動等。

　　根據《壹周刊》報導指出，TVBS基金會共募得十二億元，僅次於慈濟和紅十字會，居於第三名，這些錢足以讓四千戶災民重建家園，而TVBS卻花了一億五千萬元蓋一所小學，其中包含了空著養蚊子的游泳池和獨幢的音樂館，依據

一般行情，全校師生僅三百多人的學校，大約只要五千萬元就夠了，TVBS卻花了三倍之多。

四、李濤提出反駁，並控告《壹周刊》惡意譭謗

　　李濤則表示，這些報導都不是事實，將提出告訴，並將求償金額捐給弱勢團體。 TVBS不單發聲明稿駁斥，在新聞中也特別讓當家主播方念華播了一則近三分鐘長的新聞，內容一一回應《壹周刊》對921重建經費的質疑。

　　李濤則指出，中寮國小的重建經費是南投縣政府提出，經教育部核准的，TVBS執行重建案時比預算省了一千六百萬元。至於游泳池，聲明稿指稱是家長會和社區提出，獨幢音樂館是為配合地形，避免上課干擾，都沒有《壹周刊》所報導奢華浪費的情形。

五、善款是否善用，此與李濤個人是否能擁有十億資產有重大關係

　　921震災發生時，各界在李濤大聲疾呼之下，踴躍捐款十二億元到TVBS設立的捐款專戶，捐款總額僅次於慈濟功德會及紅十字會。慈濟功德會及紅十字會將921震災各界捐款是否專款專用以及如何運用，並未引起各界質疑；只有「財團法人TVBS關懷台灣文教基金會」將捐款的四分之一即約三億元，拿去「認養」了只有三百四十四位學童的「中寮國小」，以及本應由政府編列預算建造的「地震博物館」，才惹來閒話。

　　我想提醒老同學，三億元善款，去「認養」只有三百四十四位學生的學校，以及建造可有可無的「地震博物館」的

作法，未來台灣若再遇到類似的天災等急難，不但「財團法人TVBS關懷台灣文教基金會」將很難再向各界募到善款，甚至連一般慈善機構也會受到波及，而發生排擠效應。老同學希望在有生之年，個人能擁有十億資產的願望，必將落空！

其實這十二億元的善款的捐款人皆經電匯或郵政劃撥轉入，因此都可以追查到所有捐款人的姓名地址，謹建議老同學如以「大公無私」自許，應由具公信力的機構，或由大額捐款人排序組成的委員會主持，向全體捐款人發出徵詢函，對數年來的善款用途做出說明，並對捐款人對善款是否善用，以是非題勾選方式予以統計。無論其結果如何，均坦然公諸社會。如獲得捐款人認同，老同學大可心安理得地仍依自己善款善用的準則進行。

若否，則應改弦易轍，直接使用在政府一時無法編列預算有效救助的災區災民身上。譬如目前還有不少災民仍住在鐵皮屋之中，其中有部分災民甚至因絕望而自殺，何不蓋一些堅固耐用的國宅，以市價之半出租給這些災民居住，以台塑重建十五所災區學校為例，每坪成本只要二萬七千元，土地則應由政府無償撥付或低價租用。

「財團法人TVBS關懷台灣文教基金會」剩下的九億元基金，至少可以蓋三萬三千三百三十三建坪的國宅，以每戶三十三坪計算，至少有一千戶。以每二百戶為規模，可以分成五個「財團法人TVBS關懷台灣文教基金會社區」或簡稱TVBS基金會社區。

據信義房屋張欣民所提供的數據，每戶三十至三十五坪的租金行情如下：台中市八千到一萬元，台中縣六千五百至九千元，南投縣五千至七千五百元。

226

　　若以每戶每月租金二千五百元租給災民遮風避雨，等災民經濟改善後，再供一般低收入者租用。如有部分災民連每月二千五百元租金都付不起時，則政府即應編列預算補助。

　　以「財團法人TVBS關懷台灣文教基金會」立場而言，基金資產仍在，每月超過二百五十萬元租金收入，租金所得約佔基金的2.77%，遠比基金放在銀行孳息還高。行善兼有固定收入，除此之外，將不至於與老同學之個人財祿互為消長，一舉三得何樂而不為？

【第卅三節】
李艷秋孝思如願以償

一、希望父母和好，不要再吵著要離婚了！

　　當天，李艷秋在進行占卜時，指出她的父母年齡加起來將近一百五十歲了，但就像冤家一樣，兩老爭吵了幾十年，最近竟然吵到要離婚。李艷秋為此事相當傷心，希望父母能和好，不要再吵著要離婚了。問卜此項新年的新願望是否能夠如願。

二、下輩子仍是爭吵不休的怨偶，而且造成人丁單薄

　　占卜結果是鑽石8（激烈衝突）、黑桃3（具遠見的或成功戰略）以及黑桃2（磁場契合）。因此，筆者告訴李艷秋，今明兩天之內，趕快去告訴兩老，說「蘇大師」指出兩老命格是「七世夫妻」，此世剛進入第二世而已，因為前世爭爭

吵吵至老，以致無法與老伴共享晚年含飴弄孫之樂。如兩老今世仍不能徹悟停止爭吵，下輩子仍是爭吵不休的怨偶，還會造成人丁單薄。

三、「如此這般」即化解怨偶！

後來李艷秋表示：她將筆者之言向兩老轉述後，便很少再看到兩老爭得臉紅脖子粗，也罕見「冷戰」情況，當然也沒有再發生吵著要「離婚」的熱戰了。

讀者也許很好奇，李艷秋兩老未向筆者問卜，為什麼能化解兩老幾十年冤家爭吵之局？答案很簡單，彼此爭吵的結果，沒有一個是贏家，箇中滋味只有當事人能夠體會。這輩子已受夠了，所以才會在七、八十歲之後，還吵著要離婚。

四、寧信其有，不信其無，兩老從此不得不和平相處！

如果一個被公認的「大師」已經鐵口直斷兩老是七世夫妻，而且此世才第二世，雙方如不和解，不僅今世子孫單薄，剩下的五世真的很難想像如何相處。因此在「寧信其有，不信其無」的觀念下，兩老「不得不」和平相處了。

何況開始和平相處以後，也發現確比從前三天冷戰、五天熱戰的日子好太多了，日後會發生激烈衝突的情形自不多見。至於李艷秋的老父老母今生是否第二世夫妻，就無關宏旨了，您說呢？

【第卅四節】

財施向來皆兩敗，此債清償似無期？

以下各節屬財施者均雙敗的慘痛心路歷程，事實上，微祕儀占卜家不是神，在經濟上施以援手者，不但無一成功之例，同時也失去這些朋友！

一、建議施向青返台東投入縣議員選戰，唯應防範訟累！

1990年間，經友人介紹認識了退伍職業軍人、且當時正從事多層次傳銷生意的施向青。筆者見他個性豪爽，因此也向他訂購了幾個他推銷的自動沖洗馬桶蓋，並請友人訂購了幾套捧場。之後施向青向筆者問卜，希望知道是待在台北發展還是返回台東另覓他途。占卜結果，是應返回台東參與地方政治事務方為上策，但應防範官府訟累。

因此他以劉姓股東支票向我要求暫時周轉一千萬元，三個月後一定拿現金來換回。由於筆者手頭正好有筆現金，就毫不考慮地把一千萬元借給他。施向青返回台東首次參與縣議員選舉，便因他能言善道，且挨家挨戶拜票，而高票當選，並連任成功。但是這張一千萬元的支票至今已超過十五年，仍然還沒兌現。此乃財施失敗第一件例子。

二、施向青一審遭判處有期徒刑十三年，褫奪公權六年！

值得一提的是，施向青於議員任內，與議長吳俊立同涉及地方小型工程補助款及詐領社團補助費弊案，一審遭判處有期徒刑十三年，褫奪公權六年。施向青占卜時只見占卜之吉象，未防範其凶兆，是否與積欠筆者一千萬元未還，以至

於無顏再問卜防範之道，也只有施向青心中明白！

　　財施向來皆兩敗！
　　此債清償似無期？

明知無力挽頹勢，勳業西山怎再起？

一、宋明勳臨終前託孤，盼日後有機會筆者能夠拉拔孩子

　　十餘年前，力山鋼鐵公司創辦人宋明勳有一天偕夫人黃女方來占卜力山鋼鐵公司上市的可能性。豈知占卜的結果竟發現「四凶星臨空」，且不幸正與壽星互沖。換句話說，本命星即將殞落。

　　只是宋明勳年僅四十九歲，平日樂善好施，與筆者非常投緣。筆者基於私人情誼，便違反「大凶不言」的最高戒律，強烈暗示他先暫緩推動上市計劃，務必先到醫院做體檢，希望藉當下進步的醫學，可以挽回宋明勳的生命。不料此項建議仍然無法挽回宋明勳的生命，反而使筆者損失了七千多萬元。

　　身體一向硬朗的宋明勳，立即遵照筆者建議到醫院做體檢。果然發現是骨癌末期，並已擴散至肺部。因此從入院檢查到逝世為止，只歷時數月而已。宋明勳往生之前幾天，曾囑咐夫人黃女方請筆者去看他，因此筆者立刻趕到醫院探視宋明勳。

　　還記得當時戴著口罩、臉色蠟黃的宋明勳，以感傷的語氣說：「蘇教授，我一輩子沒有做過任何虧心事，但是老天還是要我回去了。我最放心不下的，就是幾個少不更事的孩子。希望蘇教授能答應我，日後有機會能夠拉拔孩子一下。」

二、董安丹律師曾提醒筆者千萬不可作爲連帶保證人

　　筆者毫不猶豫地答應了他，不久宋明勳就往生了。事隔七、八年，宋明勳遺孀黃女方帶著長子坤霖、次子威震以及三子阿堂來看筆者。黃女方女士並未進行占卜，即開門見山地懇求說，自先生宋明勳走了以後，在國外求學的孩子，都中輟學業返國，承接父親留下的力山鋼鐵公司。七、八年來加以擴廠，成為北部唯一的專業冷軋鍍鋅鋼板廠。工廠設備即逾數億元。希望筆者能看在往生的宋明勳份上，暫借一百萬美金供開狀進料，使公司順利營運。

　　但我以手頭並沒有這麼多的現金，只有一幢原指定供執行長張心湜教授作為宿舍的陽明山永公路別墅，因張心湜教授以財團法人紀念尹書田醫學中心既然中止籌建，乃將此價值七、八千萬元的宿舍歸還給我。因此我同意將它提供給宋明勳遺孀黃女方用以開狀。黃女方女士為表示慎重起見，主動將其家族持有力山鋼鐵公司六千萬元面額股票質押給我，作為相對的保證，並由財團法人重仁基金會義務律師董安丹見證。

　　董安丹律師曾私下勸阻我，並提醒我千萬不可作連帶保證人。只是黃女方需款孔急，我雖「早知道」後患無窮，不過為履行對故人的承諾，不但提供這幢別墅，甚至在撥款前

夕，也應放款機構中賢投資公司的要求，成為借款三千多萬
元的連帶保證人，以及分期付款支票的背書人。

三、宋明勳遺孀黃女方竟要求拿回律師保管的力山公司股票

　　嗣黃女方分期償還了兩千多萬元之後，由黃世惠主持的
中賢投資公司在未照會筆者的情形下，又第二度借款給黃女
方，不久力山公司即因經營不善而倒閉。中賢投資公司竟以
筆者為連帶保證人提起訴訟，致筆者損失了七千多萬元。

　　沒想到在永公路花園別墅遭中賢公司聲請法院執行拍賣
之後，宋明勳遺孀黃女方竟以存證信函，要求拿回由律師保
管、但實際上已形同廢紙的力山公司股票。筆者除頗感錯愕
之外，也為宋明勳先生惋惜。此乃「財施雙敗」典型的第二
個例子！

　　「明」知無「力」挽頹勢，
　　「勳」業西「山」怎再起？

【第卅六節】
換骨文章不多見，填滿淵壑本少聞！

一、法施罕見敗，財施全盤輸

　　1994年間，筆者避居淡水楓丹白露社區韜光養晦，在尚
未租到適合房子之前，曾受陳文淵夫婦之邀暫時借住在他的
家中。

　　由於他進口蘇俄的「拉達」汽車以及拖曳傘快艇的引擎等，開具的支票到期無力支付，因此向筆者求助，筆者乃先後支付四百五十萬元供其周轉。陳文淵又向筆者友人薛姓教授借用「退休人員優惠存款」二百萬元，言明一個月就可返還，亦由筆者作為保證人。誰知道事經多年，均未能履行還款的諾言。

二、不要說是支付利息，就是本金也不應向他催討

　　我在1998年時，向陳文淵提醒他欠款已超過五年了，他竟表示他確有向筆者借錢去做生意，但是生意並未賺錢，因此不要說是支付利息，就是本金也不應向他催討。如要還錢，可以原價向他買下當年在房地產景氣時，高價買進的房子抵債。筆者出於無奈，只好依他當年房地產高檔時的買價，承購了屋頂漏水極為嚴重的楓丹白露房子的十二樓及屋頂加蓋的樓中樓，並花了一千多萬元裝潢好，之後再將這房子給財團法人重仁文化教育基金會作為永久辦公室。

　　不過截至目前為止，由我作為擔保向薛姓教授借用的二百萬元，則仍未清償，由於是年息18%的退休人員優惠存款，我只好先行代為還清。甚至他放在海關多年無法提領的六部拉達轎車，我也乾脆花了近十萬美元全部買下，交潤泰集團總裁尹衍樑，直接轉運大陸捐給北京大學。這也是財施雙敗的第三件例子。

　　只要是人都會犯錯，可見我也會因感情因素，做出錯誤的決定。微祕儀占卜家也是人，在占卜之外，因性格使然，因此所犯的錯誤絕對不會比一般人少。不過，我竟未記取「法施罕見敗，財施全盤輸」的教訓，先後大大小小的損失

超過一億元。性格決定命運，因此讀者千萬要以筆者之教訓
為誡。

　　換骨「文」章不多見，
　　填滿「淵」壑本少聞！

————紅心

。

第三章　致富祕笈

————黑桃

————鑽石

————梅花

　　「有錢真好！」雖然說金錢不是萬能的，不過若沒有錢卻是萬萬不能的！西班牙名作家塞萬提斯更提出一個非常現實，但也是很實際的理論，他主張：「人的價值取決於他的財富。」美國企業界甚至認為投資卻賺不了錢，是件「罪惡」的行為！那麼我們要如何遠離此項不可原諒的罪惡，並能成為億萬富翁？讓筆者來揭開這扇法門吧！

【第一節】
複合成長是成為億萬鉅富的不二法門

一、印第安人認為最寶貴的東西是晶瑩剔透的七彩珠子！

　　十八世紀英國有個父親退休時，將畢生的積蓄，約四百英鎊均分給兩個兒子，作為他們的創業基金。哥哥湯姆的個性十分外向，且勇於冒險，弟弟傑克的個性則偏於內向，且較為保守。

　　1754年間，湯姆隨著當年的移民潮，來到目前的美國東岸發展。湯姆認為「有土斯有財」，因此看中了地主為原住民印第安人的曼哈頓島。當年這些印第安人並沒有所謂的金錢觀念，他們認為最寶貴的就是晶瑩剔透的七彩珠子飾品。這就像在文明社會之中，大家都把鑽石視為珍寶的心態如出一轍。

　　湯姆了解到印第安人的財產價值觀之後，馬上寫了一封信，拜託認識的商船船員，將這封信轉交給尚住在英國的父親。請父親把給他的二百英鎊，全部用來買進一批晶瑩剔透

的七彩珠子飾品。不久，湯姆即以這批珠子飾品向印第安人換到了曼哈頓島，而成為該島新島主。

二、地價在二百五十年後升值了一億倍以上！

根據美國最近的地價稅收紀錄來看，整個曼哈頓島的公告地價，超過了二百億美元。當然這是島上各地主自行申報的總價格。很多人都知道，真正的市值，約為地主自行申報地價的兩倍以上。因此，曼哈頓島的市值，最少也應有四百億美元的價值。

如以2004年12月9日的匯率計算，即一英鎊可換得1.9372美金。四百億美元則為206.48億英鎊，亦即升值了一億倍以上。因此，這樁以價值二百英鎊的珠子飾品，換到曼哈頓島的故事，多年來一直被白人社會引為趣譚。

三、年利率複利10%拖垮了夙具信譽的老銀行

不過，另一件與前揭趣譚有關的奇譚，也在英國流傳出來。原來，當年弟弟傑克是把父親給他的二百英鎊，存入一家信用卓著的銀行。精打細算的傑克在存款之前，曾以書面與銀行約定，要求排除靜止戶不予計息的條款；每年定存到期應自動延約外，同時以當年的10%定期存款年利率複利計算本息的存款條件。在銀行方面，認為多年來長期存款利率，至少都維持在10%至15%之間，當然樂於接受當年的存款條件，以吸收各階層客戶的存款。

傑克與銀行簽妥存款條件之後，將存摺小心收藏在閣樓中隱祕之處，不久竟因意外事故過世，而未向家人提起存摺收藏的地方。最近其後裔在拆除舊居，準備重新改建時，才

發現這本塵封了近二百五十年的銀行存摺。

　　傑克的後裔個性也是十分謹慎。他先以書信向這家銀行詢問，是否能以繼承人的身分，繼承先人的二百英鎊存款。

　　據悉，承辦人是一個剛受完到職訓練課程、畢業於某名校法律系的年輕人。他以自己法學專業知識，認為繼承人應享有法律上所保障的繼承權。再說，被繼承人原始存款額才兩百英鎊而已，即逕以銀行名義正式回函。主旨略以：「台端如能提出繼承權之證明，本行歡迎隨時前來提領。」

四、銀行竟然無法支付二百英鎊存款本息?!

　　傑克的後裔接到銀行回函後，為慎重起見，由律師陪同，向該銀行辦理提領手續。經核對繼承權的證明及存摺無誤後，即同意傑克的後裔辦理提領該存款本息。

　　不料，就在結算本息時，竟發現縱使把這家幾百年歷史老字號知名銀行的資產變現，再加上所有客戶的存款，也不夠供傑克的後裔提領。讀者也許會納悶，只有區區二百英鎊存款，銀行怎麼會付不出本金及利息呢？

　　就讓筆者來揭開這個謎底吧！請讀者先將電腦打開，點選程式集的Excel，將存款額兩百英鎊，先乘上年利率1.1（含本金），同時再按shift及6號的「＾」鍵（此鍵為自乘功能），自乘249次後，就會明白箇中緣由了。因為，這筆存款本利將高達4,053,298,612,736元。若以2004年12月9日的匯率一英鎊比1.9372美金計算，即為7,287,425,575,838美金，而這項金額足足可以買下二百零九個曼哈頓島。

　　我們都知道，以目前低利率的時代，要爭取到年複利率10%的存款條件，似乎是不太容易的。不過，大家也不要忘

記，在不久之前，即1992年9月15日的黑色星期三，當天為金融妖魔喬治‧索羅斯聯合世界炒家齊步聯手大量放空英鎊，以至於摧毀英格蘭銀行之日。英國政府為抵制此沉重賣壓，乃採取在同一天兩度調升存款利率，來因應英鎊貶值的壓力。因此在當天上午先從原來的10%年利率，調升為12%。不料發現英鎊賣壓仍源源不斷，不得已又在同日下午，再從12%調升為15%的紀錄呢！再說，目前美國二十年期國庫債券利息，換算年利率也仍然高達16%以上。是可見存款年息10%並非完全不可能的。

五、和解條件乃由英格蘭銀行支付曼哈頓島等值現金給傑克的後裔

英國政府為避免發生擠兌的金融風暴，乃設法與傑克的後裔達成和解：

（1）和解條件之一，將該銀行的所有權含債務悉數移轉給傑克的後裔。

（2）和解條件之二，英國政府為避免發生金融風暴，乃指定英格蘭銀行先行接管該銀行。所提和解條件係由英格蘭銀行出具保證，依當時曼哈頓島地主申報的地價，亦即等值的二百億美元現金給傑克的後裔，但英國政府同意傑克的後裔免繳因繼承所發生的各項稅賦。

之後根據傑克的後裔透露，雖然祖先存款本利總額，足足可以買下二百零九個曼哈頓島。但是如果由自己來經營這家銀行，恐怕也難免遇到類似自己案例的風險，因此決定接受第二項的和解條件，而與銀行達成和解。

【第二節】
一萬美元在四十五年內成長爲一億四千萬美元的實例

從以上兩個故事,足以證明複合成長的威力,顯然遠勝於土地的增值速度。不過,銀行存款年利率10%的複合成長,或是土地逾一億倍的增值,均須歷經二百五十年的漫長時間,此對人類短短百年以內的生命而言,在實值上並無太大的意義!

一、華倫·巴菲特主持的伯克希爾公司股價上漲了一萬四千倍

前一節當然是個虛構的故事。但在現實社會之中,確實也有頂尖的投資經理人,運用複合成長的策略,在四十五年內,將投資人託付的一萬美元,變成一億四千萬美元實際成功的案例。

如果投資人能趕得上在1956年,將手上一萬美元,投資在華倫·巴菲特所主持的巴菲特合夥公司的話,該公司雖然在1965年就解散,但主持人巴菲特同意,投資人可以選擇領取現金,或選擇重新投資於同樣由他主持的伯克希爾公司。

如投資人是選擇重新投資於伯克希爾公司的話,到2001年為止,伯克希爾公司原始股東一千張十美元面額的股票,市價竟逾一億四千萬美元,亦即上漲了一萬四千多倍!換算其年複利率高達23.5%。究其成功祕訣之一,乃該公司自成立迄今,從未發放過股息,亦未分配過股利。華倫·巴菲特係將公司的盈餘,全數再做轉投資,甚至購回自家股票。他運用複合成長的特性,使得初期投資他的奧哈瑪鄉親們,若繼續持有一萬美元的原始股票者,都成為《億萬富翁就在隔壁》

（*The Billionaire Next Door*）此書作者的鄰居！

二、伯克希爾公司的ROE，平均竟高達23.5%以上

據統計，從1929年道瓊工業指數的高點248點，一直到1982年的1,046點，道瓊花了五十三年才上漲四點二一倍而已。最近隨著股價越漲越高，上漲的速度也增加了。從2,500點上漲一倍到5,000點，只用了不到八年光陰。從5,000點穿越10,000點，也只花了三年半的時間而已。

從1995年到1999年，在這股價飛升的五年之中，道瓊「股東權益年報酬率」（ROE）平均也僅為20%而已。但伯克希爾公司自成立四十五年來，該公司的ROE平均竟高達23.5%。這項夢幻複合成長的紀錄，迄今尚無人能出其右。因此巴菲特在華爾街被業界尊稱為「世紀股神」，是可見其受到尊崇的程度。

三、巴菲特轉進匯市後ROE自23.5%暴增到94%！

值得特別提出的，2004年3月8日中國時報財經版B4頭條新聞標題：「巴菲特轉進匯市」。副標題：「巴菲特感嘆目前股票及債券價值已被過分高估！」報導中指出「世紀股神」華倫·巴菲特承認，他未能在股市鼎盛時，將股票全部出脫而深感懊悔！

不過，巴菲特也指出，有鑑於目前股票及債券價值，已被市場過分高估，因此，他不動聲色地，將投資策略做了重大修正。即從現貨市場轉戰至期貨市場。巴菲特透露，2002年乃是他此生首度進軍遠期匯市，迄2003年底為止，已持有外匯總值一百二十億美元的部位。

巴菲特轉戰「期貨交易市場」，此項投資策略的轉向，使得該公司的業績，較前一年同期成長了102.54%之鉅。尤其是股東最關心的ROE，從原來平均的23.5%，一下子就暴增為94%，ROE的成長率高達400%上下！

很多人沒有辦法享受優裕生活的原因，是因為沒有學到發財的祕訣，或者沒有實用的致富方法，因此造成現在的貧窮。所以夢想成為富翁，就是要趕快找到正確的發財祕訣，並好好地學以致用。而複合成長的魔力正是成為鉅富最迅速的捷徑！

夢想永遠不會傷人，但應持續為達成夢想而努力，盡其所能使之成真！

—— 法蘭克·伍爾渥斯

【第三節】
國安基金在一個月內即被坑殺近十億元之鉅！

一、平均每口每天只要淨賺6點，股東年權益報酬率將高達2,703.8%

據資料顯示：台指期貨指數，每一點值兩百元。一買一賣之間，必須負擔的期貨交易稅是成交值的0.5%，加上手續費約為八百元到一千元之間，換算台指期指數4到5點。

根據自2002年7月8日起至2004年12月17日之間統計，每日行情從最高價到最低價，其平均振幅約96.3點。若能每天

每口都能賺得平均振幅的10%即約10點的話，扣除前揭交易成本4點之後，即可淨賺6點，即每天淨賺一千二百元，在保證金每口十二萬元時，此項盈餘佔保證金的0.01%。以每年平均二百四十九個營業日計算，每年股東年權益報酬率將高達1,191%，較諸巴菲特的ROE 94%勝過十二點六七倍。

二、五年的時間，即能買下一個曼哈頓島而有餘！

如在保證金九萬元、且台指期貨市場交易胃納量可以接受時，以此項複利率計算，只需要經過一千二百四十五天，即五年整，就可複合成長為新台幣一兆三千零五億九百零一萬二千二百一十一元。若以2004年12月10日當天新台幣對美元的匯率1：32.335計算，則為四百零二億一千九百八十五萬五千零二十四美元，此項複合成長的金額，可足足買下一個曼哈頓島而有餘（見書末光碟中的附表Excel之「ROE」）。

「夢想」是人類財富的神祕「龐大蓄水池」！

——穆迪·法蘭德森

一個人若想要致富，先決條件就是必須「愛錢」！

——松下幸之助

三、國安基金在一個月之內即賠了九億兩千萬元

不過，投資人要做到每口每天都能從平均約100點的振幅中，確實淨賺6點，表面看來好像很簡單，實際執行起來，卻沒那麼容易。據政治大學政治系教授兼興國管理學院院長朱浩民指出，台灣的股票市場，散戶雖然佔了極大的比

例，但專業法人、大股東尤其是外資，卻對市場有著絕對的影響力。外資在現貨與期貨兩邊操作，甚至蓄意拉抬、打壓，已成為市場屢見不鮮的現象，不僅一般散戶投資人常被坑殺，連國安基金在2000年11月16日於台期市場也慘遭修理，賠了九億兩千萬元。

由於國安基金有新台幣五千億元的授權，在台灣股市是從未有過的超級大戶，一般直覺認為應該具有相當威力來推升股市，於是一路透過各銀行設立的證券商，大筆大筆地敲進股票。但萬萬沒有想到股市不但沒有往上推升，反而急轉直下，於2000年10月19日現貨跌到5,074點，台指期更是跌到4,983點！

據指出，負責替國安基金操盤的經理人當時一看，發現原來股市除現貨股票之外，還有期指市場。而且當時期指市場，均呈現頗大的逆價差，造成社會上投資人悲觀的氣氛。

國安基金操盤經理人認為股市下跌，期指的逆價差應為罪魁禍首，故一口氣在台指臨收前，以一筆兩千口買單，從很大的逆價差拉至正價差。此後國安基金操盤人連續大筆買進台指期貨。

此種情勢維持至2000年11月15日台指期到期日為止。但翌日台指期貨依證交所第一盤價結算時，發現台積電、國壽等權值股，第一盤均以跌停開出；因此，國安基金不但在現貨虧損很大，而且期貨多頭部位亦虧損了近九億二千多萬元之鉅。

四、國安基金沒有去護證交所現貨第一盤價，竟功虧一簣

事後證期會、調查局立刻出動調查機制，深入調查到底

是誰在2000年11月16日以跌停價賣出台積電與國壽等大型權值股，一清查的結果竟然是國外法人！但國外法人是否故意讓國安基金難堪呢？答案是否定的。

此乃為國外法人深諳現貨與期貨之間的套利手法。當台指期貨有2%以上的正價差時，而且再過幾天就到期結算，所以國外法人就可以不斷買進一組高權值現貨投資組合，並同時放空等值的本土台指期貨。

到2000年11月16日開盤前，只要將所買進的所有現貨投資組合，全部以市價拋售，而原來的本土台指期貨空頭部位不平倉，等待現金結算。外資就可以沒有風險地，在短短幾天就賺取2%左右價差的超高利潤。如以一比一百的高槓桿財務操作而言，其暴利平均達兩個資本額（保證金）之鉅！

國安基金操盤經理人沒有去護證交所現貨第一盤價，可說是功虧一簣。日後主管當局發現此嚴重「漏洞」之後，乃將原來以第一盤價作為結算價的規定，修正為開盤後十五分鐘的全部均價作為結算價。

五、期貨的操作，並不是一門簡單的學問！

依常理推論，會被政府指定為國安基金的操盤人，除了誠信考核要件外，其現貨及期貨的操盤經驗，則應屬上上人選。但以五千億雄厚資金的條件，竟在一個月之內，僅期貨多頭部位，即被坑殺了近十億元之鉅。是可見期貨的操作，並不是一門簡單的學問！

六、全國總開戶數逾一百萬戶，只有一千個自然人是贏家！

再者，根據台灣期貨交易所公佈的全國總開戶數，截至

2004年11月18日為止，全國總開戶數共一百萬八千零三十七戶，其中自然人即散戶佔一百萬零二千七百二十三人，法人機構為五千三百一十四個。如不列入投資人可能在不同號子重複開戶的因素，在零和競局之中，經期貨商業者統計各客戶的戰績，平均只有5%為贏家。

所謂贏家乃指投資人原始存入的保證金，在經過至少半年以上的操作，其帳戶中所留存的保證金，要大於原始保證金5%以上方屬贏家，其他則全歸為輸家。

仔細分析這五千零四十位贏家之中，約80%左右、即近四千個贏家是專業的法人機構。換句話說，散戶只有一千人左右是贏家。因此，從事期貨交易的散戶，每千人只有一人是贏家而已。是可見散戶投資人企圖在台指期貨市場上獲利，並不是一件容易的事情！

若無意嘗試，就永遠不會成功！

—— 奧維德

如果不知道自己要尋找的是什麼，或是需求不夠殷切，便難以成功！

—— 法蘭克·克蘭

【第四節】
想要鑿穿孔竅，就得先確定孔竅何在

一、想要成為億萬鉅富，須從渾沌中尋找秩序！

　　金融妖魔索羅斯曾不客氣地抨擊，幾乎所有的經濟學家對於金融界的經濟運作方式，欠缺實務上的理解。他們只管做表面很偉大、但卻是不切實際的夢。這些經濟學家，只空談理想情況，而誤以為這個世界的股市或期貨市場中的投資人都是很有理性的。

　　事實上，在整體投資者之中佔絕對多數的散戶，他們的預期心理，才是市場走勢的決定因素。因此，索羅斯主張：包括他在內，投資者如想要成為億萬鉅富，首要任務，應該「從渾沌（Chaos）之中尋找秩序」。

　　而所謂「渾沌」乃指天地未形成之前，陰陽未分，是一團迷濛渾濁的狀態。據《淮南子·詮言訓》：「洞同天地，渾沌為樸，未造而成物，謂之太一。」又釋文：「崔云：渾沌無孔竅也」，是以，孔竅如一旦鑿通，將豁然開朗，秩序亦必頓然顯現。那麼渾沌的孔竅到底在那裡呢？

二、被海盜移置的假燈塔，無疑是渾沌孔竅之所在！

　　筆者曾看過一部電影，它是描述一群以劫掠海上商船為生的海盜故事。情節中指出，自從政府海軍軍力日趨強盛後，海盜船即一一被圍捕殲滅。被捕的海盜均被處以死刑，漏網的海盜則攜家帶眷，逃亡至某貧瘠的半島上落戶，由於收入銳減，海盜們的生活都相當困苦。

　　這些海盜們，眼睜睜看著一艘艘滿載貨物及珠寶的商船，日夜不停地繞過這個半島朝遠方駛去，但只能望洋興嘆而已。不過，所謂窮則變，變則通，這些表面已經成為一般良民的海盜們，竟然生出一計。

248　　原來當時尚未發明電力，所以夜間導航船隻的燈塔，全部是以燃燒沾上油脂的火把來作為光源。

由於守燈塔的，也是海盜同夥之一。因此他們選擇在沒有月光的日子，趁著烏雲密佈的時候，將坐落在半島尖端燈塔上的光源予以熄滅，另一批海盜同時點燃預置在半島腰部制高點的火把，佈置成為假燈塔。

過往的船隻，並不知道原來燈塔已遭海盜們蓄意改變了位置。因此仍朝著假燈塔的方向，張帆全速前進。但事實上船隻卻是筆直駛向暗礁區。待船長發現船底觸礁時，都已難逃沉沒的厄運了。

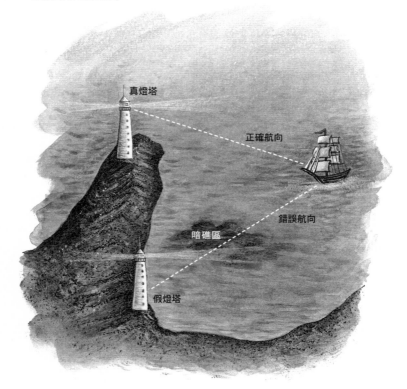

真燈塔

正確航向

錯誤航向

暗礁區

假燈塔

　　「守株待兔」的海盜們，只要看到有商船觸礁，就立刻點燃原燈塔上的火把，同時將假燈塔的光源迅速熄滅，俾湮滅犯罪的證據。等到天色微明，再從岸邊去撿拾商船上的漂流貨物。若看到還有怒海餘生、奄奄一息的商船船員時，仍會將他們一一救起。不知內情的生還船員，竟然還向海盜們再三致謝呢！

　　從以上這一段電影情節，使筆者頓悟到船隻夜間行駛在茫茫大海中，若沒有察覺導航的燈塔已被惡意改變地點的話，觸礁沉沒乃成為必然的結果。而投資人身陷波濤洶湧的「股海」之中，面臨的處境亦復如此。筆者乃認為被海盜移置的假燈塔，無疑是渾沌孔竅之所在！

【第五節】
顛覆傳統思維，才能發現真正的多空方向

一、以昨日收盤為基準的傳統思維模式，像是被海盜移置的假燈塔！

　　目前股市或指數期貨的漲跌方向是以昨日收盤的價格為基準。但這個以昨日收盤為基準的傳統思維模式，其實就像是被海盜蓄意移置的假燈塔一樣，會讓投資人在股海中觸礁！這可從以下這個小故事得到證明：

　　從事期貨交易的老手都應知道，開盤價與昨日收盤價之間，時有跳空情形。例如某日台期指數昨日收盤價為5,840點，本日開盤價為5,910點，即跳空上漲了70點。某當沖客依

過去操盤累積的經驗，研判當日行情既能跳空上漲70點，此現象應是市場的多方所產生的大量「買氣」（市場預掛而尚未穿價成交的「多單」大於「空單」，反之謂之「賣氣」）所致，因此認為將有一段上漲空間。所以這個「當沖客」（當天所建立之部位，在收盤前不計盈虧全部平倉，謂之「當沖」，採取當沖交易策略的投資人即謂之「當沖客」）決定看多，並迅即掌握時機，以均價5,915點，建立了十口的多單部位。

據了解，這位當沖客，依過去操盤經驗，所訂定之止損忍受程度為虧損50點（止損點，Stop，即看錯多空方向時，在一定範圍內必須平倉出場），首波止利滿足點則訂定為賺取25點。因此：

止損為5,865點，即（5,915－50＝5,865）。

止利為5,940點，即（5,915＋25＝5,940）。

當他建倉之後，行情果然往上漲。不料僅往上漲至5,925點，尚未到預定的止利價位，行情就折頭下挫。甚至穿越止損點的5,865點。盤中更一度挫低到5,825點。在收盤時，始回升到5,850點，較昨收小漲10點。期貨老手都知道，作為一個當沖客，其生存要件乃係嚴格執行止損。因此，在行情逆向穿破Stop警戒線時，即毫不遲疑執行止損。

這位當沖客幸而能斷然止損而全部平倉出場，否則這位當沖客的損失將更擴大。計算當日損益，含期交稅手續費等交易成本，每口約虧損了55點，十口共損失550點，亦即虧損了十一萬元左右。

二、行情看多且收紅，竟然大虧，原因何在？

在開盤時，該當沖客妻子因為尚未出門，所以知道先生

對當日行情決定「看多」。當她返家途中，從車上廣播節目收聽到今日台指期收小紅。因此妻子一進門，就興匆匆地問先生：「老公！今天早上開盤，我們是看多，回家途中我在車上收聽新聞播報時，知道今天收紅，因此我們到底贏了多少錢呢？」該當沖客一時竟不知道如何作答。

　　沒錯，行情收紅而且當沖客是建立多單，但實際上這位當沖客卻虧損了十一萬元。何以當沖客的太太會發生此項誤會？乃是因為財經媒體播報商品行情時，全以昨日收盤與今日收盤為基礎所致。如改以今日開盤價為基礎，則不至於發生前揭誤會。

　　試將昨日收盤為漲跌基準改為今日開盤的話，以當天行情為例，新聞播報員對今日行情應播報：

　　1. 今日開盤為5910點。

　　2.「開高力」（簡稱「OH」，即今高減去開盤）為15點。

　　3.「開低力」（簡稱「OL」，即開盤減去今低）為85點。

　　4.「開收力」（簡稱「OS」，即開盤減去收盤）負60點。

　　本文所謂的多空方向，是以今日開盤價為基準，開盤時，往上衝的力道若大於向下挫的力道，即屬「看多」，反之則屬「看空」（須先特別說明的，向下挫的力道有時雖大於往上衝的力道，但由於行情先往上衝，而且達「止利區」穿價平倉出場，甚至反手看空，因此仍屬「看多」，反之亦然）。

　　若以昨收分多空，進場時機難掌控。

　　如改開盤為基礎，衝高挫低易尋蹤！

【第六節】
期貨市場是可以預測其多空方向的嗎？

一、巴菲特認為任何人都不具備能夠準確預測市場未來漲跌的能力

期貨的英文是 "Future"，也就是「未來」的同義詞，世紀股神巴菲特認為，投資股票就是購買「未來」，不過所謂的「未來」是無法預測的。因此這位常勝軍說：人們不應該花太多精力去分析經濟形勢，也不必擔心經濟是否穩定成長或趨向蕭條，利率是否上揚或下跌，通貨是否膨脹或緊縮。

只要投資人能在最悲觀的低檔時，慎選個股，並長期持有這些股票，總有一天，這些股票都應該反應出它們應有的價值，這就是「伯克希爾公司」成功的祕訣。因此，巴菲特的結論是：任何人，都不具備能夠準確預測市場未來漲跌的能力。

二、林區說到目前為止還是辦不到，好像也沒有人能做得到

被譽為「最成功的投資大師」彼得‧林區如是說：假設能夠預測市場之漲跌，預知經濟之盛衰，我當然是很高興。不過到目前為止，我個人還是辦不到，好像也沒有人可以證實他有能力做得到。

林區說，那麼就把它當作是抬槓吧！即使有位「先知」能準確預測到，鋼鐵股會在1981年絕地大反攻，於是乎，你把幾家大鋼廠名單全部貼在飛鏢靶上，結果，射中了LTV公司，當時該公司的股價是二六‧五美元。同一時期也是大鋼廠的紐可公司只有十美元。

　　林區透露：事實上當時這兩支股票，都在他的投資組合之中。五年後，紐可公司真的飆漲五倍，來到五十美元，而你射中的LTV公司竟折損了95.75%，只剩下不到一美元而已。

　　林區幽默的說，讓我悄聲地透露一個祕密，由於五年時間實在並不短，所以我並未等到漲到五十美元就把紐可公司賣掉了。不過，最糟糕的是，我竟然保留了LTV公司，還在等待它絕地大反攻呢。唉，我大概跟你一樣，選股的方法也是全靠擲飛鏢的！

　　林區接著又說，這位先知於1983年，在耳畔輕聲告訴你，航空業即將起飛，於是乎，你又把幾家大航空公司名單貼在飛鏢靶上。這回射中了「泛美航空」，一年後，泛美航空從九美元腰斬為四美元。其他同業除人民快遞公司之外，果然全部起飛了。像這樣的實例實在是不勝枚舉。儘管先知已向您透露了個別行業的興衰，而你卻沒有能力去分析個股，結果還是可能讓你破產呢！

　　林區的結論是：想預測股市短期漲跌方向將是徒勞無功的。如不做深入研究分析的投資，就像玩梭哈撲克牌，只看桌面的明牌，卻忘了看看自己的底牌，就開始下注一樣的荒唐。

　　不過林區也承認，如果這位先知預測的是大盤漲跌方向的話，那麼，我就可以改戰期貨市場，並且保證一定可以發大財了。

三、喬治‧索羅斯認為它是永遠測不準的

　　摧毀英國英格蘭銀行、狙擊墨西哥披索、掀起東南亞風暴以及香港金融大決戰的量子基金創辦人喬治‧索羅斯認

為：數學公式從未主宰金融市場，股市中從沒有見過兩次完全一樣的情況。這是一個人類社會所特有、而且變化不定的領域，它是永遠測不準的。

所謂「測不準原理」是德國名物理家海森堡在測量「量子」的時候，所歸納出的一條物理學原理。也是哥本哈根學派對於現代物理學重要的貢獻之一。簡單的說，這個原理表明，人不可能預測「次原子粒子」的行動軌跡。換句話說，人們也不可能預測金融市場的多空走向！

綜合世紀股神巴菲特、投資大師林區以及金融鬼才索羅斯三個人的主張，都一致認定金融市場是不可能被人類所預測的！

不過，樂觀進取的人卻主張：在「不可能」三個字之中，就有兩個字是「可能」。因此讓筆者試試看，是否有可能預測出台指期貨的多空方向！

成功之鑰在於別人都放棄之後，而您仍肯堅持到底！
——威廉・費瑟

【第七節】
能夠見人所未見，乃成功的最大祕訣！

一、哲學除教導我們理論知識之外，更重要的還有教導我們思維方法

綽號為金融鬼才的喬治・索羅斯曾指出，經濟學和哲學

兩者之間最大的差異乃在於，前者教導人們的除了知識以外還是知識；而後者教導人們的，除了理論知識之外，更重要的還有教導我們思維方法。

不過，索羅斯雖然主張市場是永遠測不準的，但索羅斯在募集資金的說明會中，甚至在其他公開演講的場合裡，他又承認，由於哲學的思維方法，可使他能根據甲地所發生的情況，預見到乙地可能發生的連鎖反應。他再根據這種相互關聯的變化，精確地判斷出乙地股市和金融市場將發生的狀況。索羅斯坦承由於這項預見能力，使得他能早一步掌握契機，而締造了規模達三百一十億美元的量子基金王國。

二、美股與台指期市場之間漲跌方向的相關連動性

雖然喬治‧索羅斯這項因預見而致成功的經驗，是指能從甲地股市和金融市場之漲跌，預見乙地的股市和金融市場，未來中長期波段之漲跌，並非每日股市和金融市場的漲跌狀況。

不過，仍引起筆者從國際金融重鎮、科技產業王國──美國華爾街股市，它每天收盤時的漲跌方向，與四個半小時之後的台灣股市或台指期市場之間，其漲跌方向的相關連動性，希望藉此能預見台期指的多空方向。

據報載，由於以美國為主的外資法人機構，持有台股現貨逾兩兆元，約佔台股市值四分之一以上；再者，含台積電、聯電等各電子產業產品，絕大部分是輸往美國，因此美台之間資金及產品供需，互相依存程度相當緊密。

基於此項邏輯，筆者對美股各商品之取樣含那斯達克、道瓊工業指數、標準普爾500、費城半導體指數、羅素2000、

256　CRB指數、NBI生技指數、美國長短期公債等，為數逾二十項以上的重要市場指數在內。

　　筆者自1998年起逐日統計美股收盤方向，與台指期當日走向的連動性，赫然發現從1998年起，其正相關連動性自原來的75%逐年遞減。

　　從2002年7月8日到2004年12月17日為止，台指期與美股重要市場指數的統計數據如下：

　　1.台指期當日收盤與道瓊工業指數收盤方向58.2%相同。

　　2.台指期當日收盤與那斯達克收盤方向57.9%相同。

　　3.台指期當日收盤與標準普爾500收盤方向57.5%相同。

　　4.台指期當日收盤與費城半導體指數收盤方向57.5%相同。

　　5.台指期當日收盤與羅素2000收盤方向59.5%相同。

　　6.台指期當日收盤與CRB指數收盤方向45.4%相同。

　　台股市場收盤方向與前揭美股市場重要指數收盤方向正相關連動性平均有56%相同，所謂「正相關連動性」，即美股收高即看多台指期，反之則看空台指期；而所謂「負相關連動性」即美股收高即看空台指期，反之則看多台指期。　那麼以此項正相關連動性56%（見書末光碟中的「相互關聯統計」），到底是否有助於判定台指期市場的多空方向而造成勝果呢？

【第八節】
要「猜」對多空方向75%以上才有利可圖！

一、期貨市場賭多空之勝率遠比Casino賭大小的賠率低！

據華爾街一位擁有統計學博士學位的著名分析師齊威格博士指出，不論是股市的波段操作，或期指市場的漲跌多空方向的當沖交易，務必要猜對多空方向75%以上才有勝算！至於為什麼每百次交易，要猜對多空方向的正確率，至少要達七十五次以上才有勝算呢？

道理其實非常簡單，期貨市場的賭多空與賭場的賭大小類似。期貨交易只有多或空，賭大小顧名思義也只有大或小而已。不過，賭場的賠率是1：1，但是期貨市場的賠率則不同。因為一般投資人的止利點，若設定在25點，止損點至少設定在50點。因此期貨交易賠率約為1：2。

二、美股與台股間負相關連動性的56%，必定無利可圖

兼之，投資人每次交易，都必須負擔期貨交易稅（全世界只有台灣課徵期貨交易稅）、手續費等交易成本，換算為台指期貨指數的4至5點。

若您每百次交易，都能猜對多空方向達七十五次，並能穿價止利點且順利執行止利者，共可獲得1,875點。不過，老手都應知道，在實戰時，必須「讓點」（止利平倉時少賺一些，止損平倉時多賠一些）才能順利建倉或安全平倉。為此，即使一買一賣之間，僅各讓1點而已，每百次交易至少就要讓200點。再扣除交易成本每回4點，七十五次共300點，淨利只剩下1,375點而已。

　　另外，則是猜錯的二十五次，因必須執行止損，共損失了1,250點，加上交易成本每回4點，二十五次共為100點，以上共損失了1,350點。盈虧相抵後僅小賺25點，換算僅盈餘五千元而已。從而要猜中75%以上才有勝果可言。因此美股與台股之間，其正相關連動性的56%顯然是無利可圖的。

【第九節】
以實戰取得多空方向參數

一、不能靠「猜」來預測每日的多空方向

　　只要曾經參與期指市場的投資人都能體會到，如能「早知道」每日期指市場的多空方向，甚至如能「早知道」今日行情高低點的話，必然能成為期指市場的大贏家。不過，人不是神，當然無法早知道期指市場開盤之後的多空方向，更別說可以「早知道」今日行情的高低點了。

　　如果是靠猜的方法，第一天要猜對開盤之後「多空方向」的機率是二分之一，要連續兩天都能猜對的機率，則降至四分之一，要連續三天都能猜對的機率則降至八分之一，要連續四天都能猜對的機率，則降至十六分之一，以下類推。一個週營業日有五天，要在兩週即十天的營業日之中都能猜對多空方向，其「或然率」僅為0.000976，亦即小於千分之一而已。

　　在數學統計中，只要或然率小於百分之一，即已稱之為「近乎不可能」，何況是千分之一。因此當然不能靠「猜」來

預測每日的多空方向！

二、依開盤價定局型，依局型定正負相關連動性，再覓得多空方向！

（1）筆者為了從實戰經驗中取得參數，曾以自己的名義，在金華信銀證券公司忠孝分行設立2-007347-5MMA帳戶。在這裡也向讀者透露一件十分丟臉的祕密，雖然筆者進行交易時，手續費可享有MMA終生兩折的優惠，平均每個月退佣就逾二十萬元以上。

但在這三年的熊市（大波段持續下跌謂之「熊市」，反之謂之「牛市」）中，先後虧損的本金金額竟逾八千萬元，如計入退佣（所謂退佣，是指號子將手續費部分退給投資人）的差額，其虧損幾乎近億元大關！

（2）科學家牛頓曾經說過：我會計算天體的運動計算公式，卻不會計算投資人的瘋狂程度，因為這些瘋狂的投資人，竟然會癡想在熊市買到最低點。除了最後不得不認賠之外，其他則一事無成。

（3）不過對筆者而言，認賠雖是事實，但是在其他方面，並不是一事無成。因為筆者在此實戰的過程之中，採用錯誤排除法（所謂「錯誤排除法」指的是嘗試接受錯誤的試煉，但記取錯誤發生的原因，下回不犯同樣的錯誤）。逐項長期比對，因此業已取得數項重要參數，在茫茫股海之中，已「覓得」燈塔的正確位置，亦即揚棄傳統以昨收為漲跌基礎，改為以今日開盤價作為漲跌基礎，並以開盤落點，歸納出三種「局型」，並藉局型的判定，預測出行情正確率頗高的多空方向。

（4）自2002年7月8日起至2004年12月17日為止，將六百

一十個連續營業日的開盤價，依其落點與虛擬的「股海燈塔」相對位置，局型歸納細分成三個局型：

A.「日型」（有二百一十八天即佔35.74%）。

B.「月型」（有一百九十九天即佔32.62%）。

C.「星型」（有一百九十三天即佔31.64%）。

經逐日統計的資料顯示，「月局」屬正相關連動性，正確率為85.42%；另外，「日局」只有12.39%與台股走勢相同，「星局」只有21.76%與台股走勢相同，如均採反向思考，月局多空正確率竟高達87.61%，星局多空正確率也有78.24%，因此屬負相關連動性（見書末光碟局型連動性統計）。

（5）連續共六百一十個營業日之中，依預測的方向建立倉位，有五百四十五天可以穿價成交，達成毛利10點（或純利6點）最起碼止利的目標。換句話說，因局型之確立乃將多空方向正確率，從56%提升到89.34%。由於多空正確率較齊威格博士所主張的75%高過14.34%。因此，筆者在當時誤認為已打開致富的法門了。

（6）不過，筆者與期貨專家侯青志將之運用在實戰時，仍然慘遭市場「修理」且損失不貲。原因是：雖然在十個營業日的當沖交易之中，「試單」（以總資金的1%下單謂之「試單」）的結果，往往可以連續贏六至七天，另一至兩天為小贏或小負而成為和局，獲勝時平均每口每日淨得23點左右，因此每兩週平均盈餘約為200點。

但若遇到止損並採取建立反向新單時，首次止損已折損了50點，若不幸建立反向新單後，行情又返回原來方向並穿越新止損點，不得不再執行止損時，同一天先後兩次止損的

總虧損，每口竟高達100點以上。

由於「倒限新單」（止損之後建立反向的新部位）的建倉部位至少為平時「試單」的四倍，因此全部損失將高達400點以上。也由於這一次的損失，就可以把以前累積的勝果，一下子就完全賠掉，甚至造成嚴重虧損。

（7）是可見如僅看表面勝率的「量」，而未估計敗率隱含的「質」的話，數字雖然會說話，但說的並非「實話」！因此筆者不得不放棄「倒限新單」的戰術，止損之後即認賠出場，不再冒險建立「大部位反向新單」，並設法再提高「勝率」！

三、仿地理學家虛擬的經緯度以及海圖，繪製成功股海海圖

（1）地理學家以經緯度的標示，來確定目標物坐落的地點。經線是通過南北兩極的假想線，每條經線都是大圓，都可以把地球均分成兩個等大的半圓。在地球儀上經線是每格十五度畫一條，從格林威治線的零度開始，往東稱為東經，往西稱為西經，東西經各一百八十度。

（2）緯線是平行於赤道的假想線，每條緯線的長短不一。赤道是最長的緯線。可把地球平分成兩個等大的南北兩半球。緯度的訂定，是以赤道為起始點，將之訂為零度，往兩極度數漸增。在南極點及北極點的緯度為九十度。在地球儀上緯度的標示，是每隔十度畫一條。一直到九十度為止。因此船隻航行在茫茫大海之中，均可知道它目前的位置。

（3）基於前揭地圖經緯度的繪製原理，筆者將「大祕儀」共有二十二個阿爾卡那（Arcana）作為緯度。

  A.先將0號「愚者」安置在赤道正中央，以赤道為分界，向上到21號「正世界」，或向下到「負世界」共

分為四十三個區間。

B.筆者再將預測的今天行情最高點安置在9號（正隱者），即赤道往上第九區間，預測的今天行情最低點安置在負9（負隱者）號，即赤道往下第九區間，以上振幅佔四十三個區間的十八個區間。在連續六百一十個營業日中，此十八個區間的振幅平均約96點。

C.筆者最後將預測的本日「近高點」往上四個區間為賣區，及「近低點」往下四個區間為買區。根據自2002年7月8日起至2004年12月17日為止共連續六百一十個營業日之中，有五百七十三天在買區或賣區建立部位，可以順利平倉出場。其多空正確率已突破「大祕儀」正確率89.34%的「貝蒙障礙」，而創下94%左右的正確率。

（4）筆者此時乃捨棄原「開盤價建倉法」，改為Fuzzy建倉法。所謂Fuzzy建倉法，亦即待行情進入「近高點區」（即賣區）或「近低點區」（即買區）之後，才建立多或空的部位。這裡要特別說明的是，過去以開盤價建倉常面臨無法建立大部位的困擾，但修正為相對高低區才建立空單或多單的戰術後，法人機構須大量建倉的困擾乃迎刃而解。

（5）至於經度的繪製，筆者係將台灣期貨交易所的所有商品，含「台股期貨」、「電子期貨」、「金融期貨」以及新加坡摩根台指期等作為東經，美國及歐洲經濟大國約二十項期貨商品為西經，全部二十四種中外期貨商品，成功繪製成「股海海圖」。

（6）至於「暗礁區」須止損反向的Stop警示線，亦可明確的標示出來，其反向操作的成功率高達75%以上。雖然不

免仍有連挨左右兩巴掌的 "Double Loss" 窘事，但就整體而言，「倒限新單」或是「順向加碼」的戰術已臻成熟。如以保守的戰略，以二敗八勝的戰果，加上敗時輸二，勝時贏一的賠率而言，經長期統計勝分至少有四。此時才真正開啟了成為贏家的「法門」！

（7）以2004年9月24日為例，筆者於當天上午八時四十九分三十三秒以電子信件傳送給「期貨天王」張松允、「期貨專家」侯青志、「期貨公司經理」林夢鵬以及香港、新加坡等投資法人，當日預測方向「看空」，近高點為5,931點，實際高點則為5,930點，兩者僅相差一點而已。近低點是5,859點，實際低點是5,862點，兩者僅相差三點。不過，即使以如此精準的預測效果，交由不同的操盤人，獲利能力及獲利總數，竟是雲壤之別。

據悉，有人每口淨賺到59點，但僅做了十口而已，獲利590點，換算淨賺一十一萬八千元。有人每口平均淨賺到41點，但做了三百五十四口，獲利14,391點，淨賺二百八十七萬八千二百元；甚至還有人仍不相信高低點可以預測出來，而失之交臂呢！在本書出版後，如有時間再把金融期及電子期資金的排擠效應（即現貨之中金融股與電子股，股價互為消長的比例）具象化，可能還有寸進的空間！

【第十節】

預買保險，有備無患！

一、在倉量每口每月總保證金的1.33%到3%之間爲保險費

本操盤模組嚴格執行當沖，但為預防盤中突發新聞事件，而當時是持多單部位（如101摩天大樓遭基地組織攻擊、台海危機、地震襲擊等事件），引發連續「無量跌停」的天災人禍事件；乃提撥每日平均「在倉量」每口40點，共八千元的資金作為「保護費」，約佔總保證金的1.33%到3%之間。在換月時，依每口期貨，買進一口200點價外「買權」（Buy Call）以及三口「賣權」（Buy Put）。

何以建立不平衡倉位？原因是盤中突發事件99%以上是無量跌停板，甚至連續數根跌停板；盤中若有漲停板的話，不久即被打開，更別提會有連續數根無量漲停板的先例。

二、付保險費反而加快獲利速度

只要不是盤整行情的話，在選擇權有效的期間，即一個月之中，從價外變成價內，扣除時間價值後，竟然足供下月的保險費的情形也不乏其例。不過，投資人在付出保險費時，要先有「歸零」的最壞打算，才不會有患得患失的心理壓力！

以2004年9月20日為例，台指期報價5,858點時，6,100點的買權應付出的權利金為40點左右，5,600點的賣權則須37點。一套保險為一口買權及三口賣權全部須151點，每點為五十元共要七千五百五十五元。如以作一口留四口錢的資金風險控管準則，保險費僅佔期貨總保證金的1.258%而已。

三、養軍千日，用兵一時

　　如一旦發生連續「無量跌停」時，不但可完全彌補逆向在倉部位的損失，甚至可能因禍得福。以「319兩顆子彈事件」之後，原賣權一度增值六十倍，此可獲取超高暴利。尤其是在突發新聞造成無量跌停時，可在跌停將打開之際，把三口賣權先行平倉一口至兩口，因而達成「養軍千日，用兵一時」之功。如付「保護費」的操作策略運用嫻熟之後，即可將「作一口要留四口錢」的風險控管，遞減為留三口錢，可藉增加在倉量的戰術加快獲利速度。

【第十一節】
可否採用「當沖戰術」？

一、期貨市場坑人洞，追高殺低白費工

　　全世界只有台灣及芬蘭有課稅，稅率同樣是0.05%，即每萬元扣稅五元。但芬蘭課的是「期貨交易所得稅」，只有贏家才扣所得。但是在台灣不管投資人盈虧，都要課期貨交易稅，使得輸家雪上加霜。兩者之間的差異可說是十倍以上！

　　有一項統計，即每口期貨每一次交易，若再加上手續費，須負擔台幣一千元左右，亦即指數之中4至5點的成本。目前每口保證金為新台幣九萬元整，換句話說，　即使每次交易都不賺不賠的話，只要交易九十次之後保證金就歸零了。因此切忌採取當沖的作法。再者依國內外期貨長期統計數據及交易的經驗，由於沒有嚴格執行止損，從而八、九次成功

的短線買賣所得，居然還不夠一次被軋所賠的。

　　　期貨市場坑人洞，追高殺低白費工。
　　　台灣獨課期交稅，千萬不可做當沖！

二、即使順向的隔夜倉，亦非全然有利！

　　不過，筆者認為這項觀念，實在有待商榷。按，任何交易都需要負擔或多或少的交易成本。因此，不管這些交易的頻繁度，也不論交易的成本考量，只要每次交易，在扣除前揭交易成本後，仍有相當淨盈餘者，即值得進行這項交易。

　　自2002年7月8日以來連續六百一十天的統計資料顯示，只有二百九十四天能延續前一天的多空走勢，其正確率只有48.19%。如延長到第三天，只有三百零一天能延續首日的多空走勢，其正確率也只有49.34%而已。其正確率皆小於50%。竟然比「拋銅板」猜多空的機率還低。是可見即使順向的隔夜倉亦非全然有利，何況是軋單的逆向部位？

【第十二節】
獻給投資人的良心建議

一、對年輕股市新手的良心建議

　　（1）停：如果您是年輕股市新手，請務必停止您的腳步。
　　（2）聽：可否聽聽過來人良心的建議。您應先找個正當的職業，維持有恆的積蓄習慣，然後慢慢地累積自己的財富。

（3）看：至少應先買下了房子，且已有閒錢之際，如果您還是冀盼成為鉅富時，可以先精研本操盤模組，並通過自我考驗之後，才可以用自己輸得起的款項，來進行期貨交易！看看自己的「賭運」如何！

將自己的目光注視繁星，但應將腳跟站穩大地
　　　　　　　　　　　　　——柴都瑞・羅斯福

二、對投資現貨市場的常敗軍的良心建議

（1）如您屬現貨市場的常敗軍，更應馬上停止投資，因為：

在現貨交易場上，永遠沒有一檔股票叫作「快樂」！
　　　　　　　　　　　　　——亨利・梵・卻克

（2）根據經驗，股市老手要轉戰期指市場，比較容易進入狀況。如已反敗為勝，並已累積個五、六千萬元的勝果時，即應急流勇退，趕緊去享受餘生，千萬不可沉迷於當沖客的生涯。

三、對於年過半百的新手的良心建議

（1）筆者提出嚴重警告，期指交易是以當沖為主，而作為當沖客，每日看著市場行情上上下下振盪，情緒隨之波濤起伏！順向時雖雀喜，但在尚未獲利了結之前，一顆心永遠是懸在半空中的。逆向時，必驚懼將有所失，從而投資人的情緒，時時刻刻均處於緊張狀態。這個賺錢方法，說實在並不利於養生。

（2）西諺有云，眾鳥在林，不如一鳥在手，如讀者既已有了房子，也有了相當的積蓄，又何苦在半百之後，仍貿然躍入驚濤駭浪的期指市場之中，冒險和那些年輕力壯的老手對抗？因此謹建議讀者，最好停止在股市或期貨市場之中再增加財富的念頭！

四、對有錢有閒的壯年中產階級的良心建議

（1）如讀者是有錢有閒的壯年中產階級，也想投資在期貨市場，增加生活上的「刺激與樂趣」時，筆者先告訴讀者一個真實故事，再做是否介入期貨交易的決定：

1965年9月間，年僅二十六歲的索羅斯隻身自倫敦搭乘駛向美國的客輪。當辦理入境手續時，入境官員認為他太年輕了，除非他的專業為美國所亟須而且無法替代，才有可能允許他入境。索羅斯的友人勞勃・梅爾找到一個著名作家給索羅斯出了一份證明：「期貨套利及當沖業務人員必須很年輕，因為據統計資料顯示，他們和外科醫師一樣，平均壽命都活不長！」入境官員接受了是項觀點，因而允許索羅斯入境。

（2）從以上故事，可以證明從事「期貨交易」確實不利於投資人的健康！這也是筆者極不願意、也不敢天天待在操盤室的最重要理由！

本操盤模組雖然統計其預測正確率在88%至94%之間，因此有10%錯誤率，會在毫無警兆的情形下突然造訪。也就是說，每個月平均會有一、兩天是「猜錯」的。例如索羅斯的量子基金，於2000年4月間，在那斯達克泡沫化衝擊事件之中，僅遭受一次打擊就全面垮了！

（3）即使具備88%以上的正確率，但因預測的方向，是

在盤中甚至在臨收盤之前才出現。因此，投資人不得不忍受長達五小時的煎熬。箇中滋味相信只有擁有本操盤模組操盤經驗的人，才能充分體會。

（4）做期貨的人，多半必須有過人膽識。「輸贏就是要看得開，不然很快就被刷掉了。」聯邦期貨董事江淵舟是十七年老經驗的期貨作手，回憶起從前在寶來期貨訓練自營部的交易員時，有人明明贏了錢，卻說什麼也不願意再待下去。

「那是連贏錢的人都做不下去的工作啊。」因為期貨市場波動大、輸贏快，加上自營部動輒上億元的資金進出，不是膽子大的人，根本待不下去。

（5）如果讀者知道以上事實及真實故事，還是想在生命中增加一點刺激和樂趣的話，那麼不妨也先聽聽筆者的建議，您可準備大約三十口的保證金，即三百萬元為限。

每天進行三口左右的期貨交易。待熟悉規則後，才逐漸放大倉量，唯仍以三口至九口為限。這筆極有可能輸去的錢，在可預見的未來，以不致影響自己的日常生活為先決條件。須百分之百遵照本操盤模組預測的方向，止利、逃命以及止損價位操課，切忌加入個人主觀判斷。若讀者自忖已符合前揭條件，才可下海試試自己的賭運如何！

要成功則你先要能夠失敗，只有冒著失敗的危險才能成就大業！

——法蘭克‧泰格與威廉‧費瑟

五、對靠退休金生活的人的良心建議

（1）如果讀者是賴微薄退休金生活的人，而您也正打算

介入股市或期指市場，更應立即止步，因為這類讀者們連失敗的條件也無法具備。因此請聽聽筆者鄭重的警告：萬一操作失敗，不幸將退休金全部或部分輸光，那麼以後全家生計，子女教育經費到那裡去籌措？天作孽猶可違，自作孽不可活之警語，可應隨時謹記在心！

（2）至於，已確實做好失敗的準備條件的投資人，筆者慎重地做以下建議：在進場之前，應上網取得本操盤模組預測之台指期方向。先做一個月的模擬單，並統計本操盤模組之預測準確度是否確實達到88%以上。當讀者確實建立了十足的信心之後，才可以開始實戰。

一個人成功最大的祕訣：就是當機會來臨時，他已做好準備！

——班傑明・法拉利

（3）首先以一天一口的單量試單，等完全適應市場的節奏，且認為確實已得心應手時，才放大為兩口。累積兩個月以上的操作經驗，才逐漸放大單量。應切記：「做多做空都會賺，只是千萬不可貪。」下單量應控制在總保證金額度20%以內，亦即「作一口留四口錢」，絕對不可超過25%以上，以免若在行情暴漲暴跌，又碰到逆向，兼之網路塞車，而未能及時執行止損時，勢必會連本帶利一次就完全輸光。

（4）在實務上，當發生漲跌停時，即使通知營業員執行止損，仍然無法成交。以「期貨天王」張松允在2004年3月20日總統大選之後，連跌兩根停板即損失近四億元即可證明。

如張松允遭逢的是郭婉容事件無量連挫十八天慘況，即使

有逾十一億的身價，在第四根跌停板時，即已近破產！

成功的八字訣是「徹底思考，貫徹執行！」

——愛德華‧瑞克貝克

【第十三節】
有五百個「億萬富翁」將在十年內誕生！

一、指數期貨市場仍有二十五倍以上的成長空間

再者，筆者須特別強調，由於國內指數期貨市場每日成交量，平均僅在三萬口至四萬口之間，以每口保證金十二萬元計算，成交值僅四十億元左右而已，還不到現貨市場的10%。此與歐美國家期貨市場成交值，平均為現貨市場成交值的250%以上的情形迥然不同。換句話說，指數期貨市場仍有二十五倍以上的成長空間。

二、每天建倉部位以不超過每日總成交量月線的15%爲宜

本操盤模組採「當沖」策略，依目前的成交量而言，每天建倉部位，以不超過成交量月線的15%為宜。亦即每日當沖建倉總部位，目前以不超過五千口為限。每口保證金在九萬元時，約為四‧五億交易值，超過此上限，在實務上將發生在建倉區不容易建滿倉位，以及在平倉區亦無法全部順利平倉的問題。

基於總量管制，如每位投資人建立十口部位，也只有五百

位投資人可以在零和競局中一圓「億萬富翁」的美夢而已！

三、佛亦無法渡無緣之人！

相信一定有不少人會質疑說，「假使真的有那麼神準的話，自己在期貨市場下單進行實戰就得了！又何必出書呢？」對此，筆者的答覆是：「您說的話很有道理，非常謝謝您的指教！」

「佛亦無法渡無緣之人」，何況筆者僅是肉體凡胎的「微祕儀占卜家」而已。說實在，筆者不願意去理會這些鐵齒硬牙者。

因為多年來，筆者曾冷眼旁觀這些不信邪的人，大部分是缺乏慧根的凡夫俗子，也有部分是不能掌握機會的「小聰明人」。

這些人常使成功契機錯身而過，甚至連機會來臨時，亦懵然不知。以至於庸庸碌碌，僅為衣食之溫飽奔波一輩子；因此絕不能怪老天爺沒給他們成功的機會！「夏蟲不可語冰」，良有以也！

四、合法的印鈔機

在筆者決定將此項研究結果出書公諸於世時，有位政界極高層的老友說，筆者既能破解台指期多空方向及振幅的天機，不啻已擁有一部合法的印鈔機了，為什麼不珍藏自用，竟決定與散戶共享這項難得的成果？筆者借用哲學家欽莫的名言作為答案：

「只有把成功的經驗貢獻給他人，您才能擁有真正的成功！」

　　當然，最好是能夠將過去把持期貨市場的外資法人予取予求、所坑殺的數以千億元台灣股民的錢再贏回來。

　　不過容筆者坦言以陳，若外資法人學有專長、經驗豐富的操盤手，一旦發現本操盤模組的驗證性及其威力，將以本操盤模組預測之方向建立部位時，那些鐵齒硬牙者，只有輸得更慘的份了！因此筆者謹聲明在先，日後筆者不願聽到那些鐵齒硬牙者的怨言。

五、「本操盤模組」需要定期微調參數

　　再者「本操盤模組」需要定期微調參數，筆者今年已屆耳順，在未覓得弟子之前，相信有此耐心或者願以實戰虧損近億元的代價，用以破解天機的「占卜者」可能不多。

　　在筆者退休或回去的時候，本操盤模組可能就成為絕響了！因此有緣的讀者，應好好把握這個機會，實現您成為億萬富翁的願望吧！茲仿岳武穆衣冠塚聯，特撰此長聯為誌。

撼山抑何易？	看空抑何易？
撼軍抑何難！	看多抑何難！
願忠魂常鎮荊湖，	盼智慧永盈胸懷，
護持江漢威風！	締造「期貨」勝績！
大業先從三戶起。	大業先從三口起。
文官不愛錢，	投資要賺錢，
武官不怕死！	投機必定死！
奉讜論復興家國，	按操典建立部位，
留得乾坤正氣，	留意多空轉折，
新猷端自四維張！	平倉應自四階讓！

以下是截稿當天2004年9月24日的預測

台指期					
預測高點	實際高點	誤差率	預測低點	實際低點	誤差率
5931	5930	-0.0002	5859	5862	0.00051
金融期					
預測高點	實際高點	誤差率	預測低點	實際低點	誤差率
987.9	986.8	-0.0011	975.9	971.2	-0.0048
摩台指					
預測高點	實際高點	誤差率	預測低點	實際低點	誤差率
248.4	248.5	0.0004	245.3	244.6	-0.0029
電子期					
預測高點	實際高點	誤差率	預測低點	實際低點	誤差率
223.9	224.6	0.00312	221.2	220.5	-0.0032

【第十四節】

生命只有一次機會

在人生旅途上，不論是多麼聰明，總會需要睿智的朋
友提供建言！

——布勞特斯

一、醫界對勝率的見解

有一位素為筆者所敬重的大師級的泌尿科醫師，亦即前
陽明大學校長張心湜先生對本操盤模組的看法，頗值所有投
資人仔細聆聽。

2003年8月的某個星期三，筆者在書田診所向張校長求診
時，特別向張校長透露已破解台指期多空方向的參數。並以

統計數據證明，勝率高達88%以上，筆者想聽聽他對於出版本書的看法。

二、即使存活率不高，病患及家屬仍不放棄治療

張校長表示：以一個醫學臨床教授身分而言，歷史統計的數據資料，雖然可以協助醫師本身作為醫療方法的參考，但對於患者而言，並不具任何意義。例如某些癌症病患經手術開刀之後，縱使合併施以化學治療，經統計其五年存活率，最多也不超過30%。但鮮少有癌症患者或其家屬，會因聽到治癒率偏低而放棄治療。換句話說，縱使治癒率降至10%以下，患者及其家屬也莫不為爭取這一線生機而努力。

三、真正結果只有上帝才知道！

張校長又另舉一個相反的例子，癌症在零期至第一期時，若能及時實施手術，其治癒率甚至比筆者的「V88操盤模組」的勝率還要高。有位夙有深交的長者，在定期體檢時，發現有癌細胞正逐漸形成，幸而還是在初期階段，因此決定手術切除，以遏止癌細胞之蔓延。

在尚未實施手術之前，這位患者忐忑不安地問張醫師，是否可以平安治癒？這位患者首先聲明，希望聽到的是真實的答案，而不是善意的謊言。

張校長神情凝重地回答：生命只有一次機會而已，縱使治癒率高達99%，如病患遇到其餘的1%時也會不幸死亡。即使是由經驗老到的名醫親自操刀，連割除盲腸的小手術也有病患因體質特異，在麻醉時竟然下不了手術台（手術中猝死）的意外例子發生。

　　張校長說：您是否屬於99%的幸運者，只能坦白地告訴您，治癒相對機率很高，但真正結果，只有上帝才知道。

　　歷史之統計資料僅能作為醫師（即投資人）的參考，未來任何事情的發展，未必會完全循著歷史軌跡前進。

　　　　　　　　　　　　　　——前陽明大學校長張心湜

四、在六百一十個連續營業日之中，投資人至少將面臨三十次破產危機！

　　筆者與張校長的一席話，促使筆者有必要鄭重提醒讀者。期指投資只要是在輸的那一次是違例滿倉，又巧遇逆向大行情，一天上下振幅逾450點，如又不能斷然止損（實務上在漲跌停時即使要執行止損，也沒有辦法認賠出場），甚至勉強攤平者，必定連本帶利全部都吐回去！此與生命只有一次機會的意義相同！

　　自2002年7月8日起至今，在短短六百一十個連續營業日之中，投資人將面臨三十次左右，如不斷然執行止損，即可能被逼斷頭的厄運！筆者謹建議，若讀者已訂購了這本書，那麼請把它放置在床頭櫃，臨睡前隨便翻閱一下，但有關張校長對於機率的看法，一定要每天詳讀。俾提醒當沖客生存及成為鉅富之道有二要件：

　　第一條就是務必執行止損！
　　第二條就是千萬不要忘了第一條！

【附錄一】
張松允大作《從20萬到10億》讀後感言

本書截稿前夕，洪祕書買了彰化鄉親張松允先生《從20萬到10億》一書，筆者立刻停止校正本書，一口氣先把被國內譽稱為「期貨天王」張松允的大作看完。

自古以來之戒律，財不露白乃為其一，鄉親張松允先生出書披露在股市及期貨市場累積了超過十億身價，其勇氣令人感佩。

筆者較鄉親癡長二十一歲，唯「聞道無先後，先達者為尊」，因此懇請鄉親願就以下問題予以解惑：

一、財富累積不是靠複利嗎？

（1）第一點，鄉親在本書第22頁指出「財富累積不是靠複利」。

「世紀股神」巴菲特曾一度名列世界首富，後來才被「微軟」的比爾‧蓋茲追過。巴菲特曾公開承認，他所以能成為世界首富，乃是遵循「複合成長的原理」，亦即複利的特性，才能累積目前的龐大財富。

根據統計數字顯示，巴菲特在現貨市場的投資，平均每年以ROE23.5%複合成長。巴菲特把投資人交付給他的一萬美金（折合新台幣三十三萬八千四百元），在四十五年之內，成長到一億四千萬美元（約新台幣四十七億三千七百六十萬元）即一萬四千倍。轉入匯市指數期貨之後，ROE即遽升為94%左右。再者，鄉親在十六年之內「從二十萬到十億」，換算其ROE為71.3%。

（2）書上首頁即表列出鄉親十六年來，投資報酬率高達五千五百倍之鉅。

以每年平均有五十二週，過去每週營業日為六天，一年未扣除國定假日颱風假，頂多只有三百一十二天。即使不計入週休二日之後，目前營業日已降為二百四十九天的事實。十六年來均以每年三百一十二天計算，其間營業日至多為四千九百九十二天。損益兩平之後，因此，每天獲利能力平均在110%以上。

（3）但據倍利證券公司林洸興表示，十六年來融資成數在四成至六成之間，漲跌停限制則從3.5%到7%之間。若投資在現貨市場者，其獲利率即使每天都在跌停買進、漲停賣出者，獲利能力最多也只有14%，即使以融資持股每天獲利能力頂多也是35%而已。

以四千九百九十二個營業日計算，也只有一千七百四十七倍而已。是可見在現貨市場，不管是牛市或熊市，如非以複利成長，要在十六年內累積五千五百倍，在理論上是完全無法成立的！

（4）台灣期貨交易所自1998年7月21日推出台指期貨，迄今約一千七百個營業日左右。如依鄉親「作一口要留一口錢」的建倉準則，據統計，只要每口從每天平均振幅100點之中，賺到10%，即賺取10點的話，手續費以每口4點計算，就可以淨賺6點，也就是一千二百元，就可以複利成長近五千倍。

因此鄉親在第48頁也以「進軍期貨如魚得水」為標題，是可見高財務槓桿以及「複利成長策略」的期貨市場，乃是鄉親成為十億鉅富的重要關鍵之一。從而鄉親認為「財富累積不是靠複利成長」的理論，是否有其修正的空間？

二、可以作一口留一口錢嗎？可以採取賭單邊隔夜倉嗎？

　　鄉親主張財富的累積應該是：「全面加快賺錢的速度，減低賠錢的速度與機率，並著重投資操作賺錢的重力加速度，而不是求一個平均投資報酬率……」

　　鄉親係採取「隔夜倉戰術」，並未全面採取「當沖策略」。尤其是採「作一口要留一口錢」的資金風險控管準則，如遭遇到「2004總統大選槍擊事件」、「921大地震」、「郭婉容事件」、「911恐怖攻擊事件」，甚至「基地組織」揚言對台灣發動攻擊等等突發之天災人禍，只要不幸遭遇到其中一次，所有基業將毀於一旦。

　　（1）以書上第21頁，引用報載之新聞為例；「選前押寶選後傷心，期貨散戶賠慘，逾億資金全投入，風險未控管，320之後，股票狂跌兩天，保證金被追繳，還遭斷頭殺出，只能無語問蒼天……」

　　文中指出，總統大選的政治爭議，導致台股選後連續兩天狂挫。期貨市場更面臨前所未有的跌停危機，國內某大型期貨商劉姓散戶向媒體爆料，選前看好連宋當選，押寶近七千萬元於台指期貨多頭部位，選後短短兩天被期貨商無情斷頭，最後不僅血本無歸，還倒欠期貨商四千多萬元。累計慘賠逾一億元，是市場上單一散戶選後虧損最大的案例。

　　（2）書中第177頁鄉親更進一步指出：這位「女英豪」，由於堅信連宋當選，於是她在選前兩天大舉買進六百零六口台期指及五十七口金融期指，準備在選後一搏，如果以當時台期指一口原始保證金九萬元，金融七萬五千元計算，所須投入的原始保證金就高達六千萬元。豈料人算不如天算，由於沒有做好資金控管的結果，選後的政治爭議，讓台股陷入

赤色風暴當中，讓她領略到市場的無情與殘酷。台期指選後首個交易日狂挫455點，以一點台期指契約價值二百元計算，當日帳上就出現淨虧損逾五千五百萬元。而且馬上還要面臨保證金追繳的危機，但因為她選前全數壓寶，選後已無力補足保證金。使得選後第二天，只好以跌停價5,908點含淚殺出，因此又虧損五千五百萬元，短短兩天就出現累計損失逾一億一千萬元之多，受傷情況可說相當慘重。

從以上事實足以證明，鄉親建議讀者應以採「作一口要留一口錢」，並無法倖免「破產」的危機。

（4）由於鄉親主張：財富的累積應該是「全面加快賺錢的速度，減低賠錢的速度與機率，並著重投資操作賺錢的重力加速度，而不是求一個平均投資報酬率」，因此加重倉位到總保證金的50%，亦即書中所指「作一口要留一口錢」（第115頁第7行起），尤其是採隔夜倉的留倉戰術，據鄉親接受《商業》週刊專訪時透露：總統大選前，鄉親對後市一片看好，在選擇權市場上賣出一萬兩千口的6,500點到6,600點賣權（認為股市會超過6,600點，結果3月22日當天掉到6,359點）。

當天台股在開盤的第一分鐘內狠狠下跌455點，超過一千檔股票直接跌停鎖住。這是鄉親十六年操盤生涯中，賠錢最多的一天。第二天台股繼續慘跌，當天未斷頭的選擇權部位，又讓鄉親賠掉了一億元，因此累積慘賠了四億元左右。

據鄉親曾明白指出歷年賺取的資金十億之中，有三成用於購買不動產，有七成投入金融遊戲，換句話說，七億資金已虧損逾半。如非第三天止跌回穩，其後果只有「斷頭」唯一選項！

眾所周知，在倉量佔保證金的比例，與獲利能力成正

比。但從另一個角度來看，其風險程度也是成正比。筆者係採取當沖戰術，並採作一口要留四口錢，甚至作一口留十口錢的保守風險控管，猶覺戰戰兢兢、如臨深淵如履薄冰，何況是「作一口要留一口錢」的風險控管模式？

三、是否「知行合一」呢？

不過，從鄉親在書中178頁第5行又指出：2004年總統大選後的突發性利空，讓台股連續性崩跌。市場情緒陷入極度不理性的恐慌，「……我的手上部位有一百多口期指及選擇權多頭部位，總共被追繳的金額就高達兩億元以上……」。

（1）鄉親在同頁書中又表示，因為堅持一貫良好的資金控管，因此在補足的保證金後，並未感到恐懼，也沒有隨著市場起舞追殺（空頭）部位，反而積極尋找前所未有的進場良機。在台期指第二根跌停板出現時，委賣掛單一路被消化，跌停被打開的機率不小，因此，又加碼建立了台指期多單以及賣出選擇權之「賣權」。一連串維持看多的因應措施，彌補了原有看多部位的潛在虧損。從而結論是「沒有良好的資金控管」也就無法化危機為轉機。

（2）據了解，巴菲特、林區以及索羅斯等三位世界頂尖的「投資經理人」都承認，凡是「投資」都有其「風險」，尤其是投資在股市及期貨市場就是「賭博」。只不過這些大師及鄉親的「賭技」高超，所以能建立自己的「金融王國」。

不過，容坦言以陳，既是「賭」，即難免有「運氣」的成分在。如2004總統大選時，「那兩顆子彈」之一，既能擊穿強化的汽車擋風玻璃，如不巧擊中陳呂頭部等致命部位時，鄉親能保證國內股市及期貨交易市場無量跌停，不會超

過四根或五根嗎？

（3）鄉親對自己事先建立的多單部位，即使以「作一口留四口錢」的風險控管模式，如逢此類難以逆料的「政治謀殺事件」，被追繳的保證金必然超過十億以上。鄉親從「二十萬到十億」花了十六年的時間，像筆者從「十億到二十萬」才兩、三天而已（註），相信鄉親至多在四、五天之中，也必然重蹈筆者覆轍。

（註：以筆者與潤泰集團總裁尹衍樑博士各佔50%股份，並由筆者主持，在芝加哥期貨交易所公開上市的Pole Star Mutual Fund為實例，1995年結束時，筆者將個人名下財產典售一空，委由此間「全理律師事務所」董安丹律師，分期全額賠償所有客戶的原始投資金額。）

（4）以筆者之見，自己的資金輸掉了還好，可當作只將從市場贏到的錢又吐回去，因此只輸去了十六年前原始的二十萬元本金而已，「億」金散盡還復來，隨時都可以準備東山再起。若因未嚴格執行風險控管，導致客戶的資金血本無歸，還要客戶補繳保證金的話，鄉親「期貨天王」的一世英名，就毀於「2004年3月19日」之役了！

四、鄉親連答四次「沒有辦法」！但真的沒有辦法嗎？

《理財》週刊社長梁碧霞即以鄉親的持倉部位比例，以及由鄉親負責操盤的元京期經公司客戶受傷慘重的傳聞，「開門見山」地向鄉親查證，鄉親就代客操作時，是否嚴格執行風險控管乙節，並未見說明，鄉親只強調：「那時候建議客戶『補錢』，當時客戶是有錢，但是會怕，那就沒有辦法了，內心的恐懼，這點沒有辦法幫人家的。

「我們所能做的只是給正確性、可能性最高的建議，可

是他不聽，也就沒有辦法了。畢竟每個人，命裡成敗是他自己決定的，我們只能做出良心的建議。今天若建議錯了，我們負責，但今天建議是正確的，他不聽，也就沒有辦法了！」（請參閱《理財》週刊第210期42頁）

五、願借箸代籌，以「亡羊補牢」的善意立場，提出淺見

　　鄉親在此項問題的答覆中，一再重複提到四次「沒有辦法」，以上說詞，對於鄉親與富邦金控籌組「富邦期貨經理公司」時，未來的營運，必然產生極為深遠的影響。為避免再度發生「沒有辦法」的兩敗慘劇，願借箸代籌，以「亡羊補牢」的善意立場，提出淺見：

　　（1）不可揣測委託人當時是否有錢可以「補錢」！

　　平心而論，投資人就是承認自己不夠專業，才慕名委託由鄉親領軍的團隊代為操作。至於資金風險的控管、下單方向、止利止損等操作策略，並沒有能力判斷其正確與否。

　　因此期經操盤人斷不可逸出專業的範疇，去揣測委託人是否「當時有錢」，更不必揣測委託人面臨一千多檔股票全面崩盤「應不應該怕？」或「會不會怕？」這個問題。

　　坦白說，筆者曾遭遇到在三天內「從十億到二十萬」的恐怖經驗，就因會怕才使人產生惕勵之心，才能避開危機！

　　（2）「信託」兩字的真正意涵

　　一個四平八穩的操盤者，應樹立的正確觀念以及標準操典精髓是；必須假設客戶已傾囊將畢生養老金，基於信任張松允操盤團隊的專業能力，全權委託投資在高槓桿、高風險、高利潤的三高指數期貨市場。此也是「信託」兩字的真正意涵。

（3）母公司或祖公司願意為鄉親的承諾背書嗎？

鄉親在接受《理財》週刊發行人兼社長梁碧霞訪問之時透露：

當時在元京期貨經理公司的時候，因為有些「東西」沒有堅持，例如說責任不用鄉親扛，相對的鄉親就沒有權力，有時鄉親所提出的一些建議，對方（元京集團總裁馬志玲）不採納。從元京到富邦最大的不同是，從「作單人」變成一個事業的「經營者」，把它當成個人在創業。我們母公司是富邦期貨，而富邦期貨對鄉親充分授權。換句話說，母公司富邦期貨將為鄉親對客戶的承諾背書。不過容筆者事先警示，「今天若建議錯了，我們負責」的說法，將使未來的「富邦期經公司」面臨潛伏的致命危機。

由於鄉親素採「隔夜倉」戰術，其勝率再高明也不可能是100%，因此，必然有建議錯的時候。如不幸遇到連續數根無量跌停，在實務上根本無法執行止損。而如果客戶以鄉親公開宣示「今天若建議錯了，我們負責」的承諾，已白紙黑字公開刊載在《理財》週刊之中，誠信乃金融業之磐石，屆時資本額門檻僅為兩億元的期經公司如何能負全責呢？

（4）任何建議均可能出錯，那麼如何界定其負責範疇？

即使鄉親以不負責「隔夜倉多空方向的建議錯誤與否」，只負責「補繳保證金」的建議，那麼也會涉及資金風險控管的建議（即「作一口要留一口錢」的建議）是否有錯，如果建議錯了，是要由母公司「富邦金控」來負責呢？還是由公司「富邦期經公司」負責？還是由鄉親自己負責「補錢」呢？

（5）如果投資人以鄉親之矛攻鄉親之盾，提出損害賠償

的話⋯⋯

　　以上勢必發生的糾紛姑且不論，讓我們以投資人的立場來考慮，其是否有能力在二十四小時湊足兩、三支甚至四、五支跌停板的保證金，來維持原部位方向呢？

　　退萬步言之，如果投資人有此能力補錢，如逢1990年2月曾創下12,625點的紀錄，但同年10月竟遽跌至2,525點。短短八個月之中，其上下振幅竟高達10,100點。殷鑑不遠，怎可保證「今天的建議如果錯了，我們負責」呢？

　　再者，怎麼去解釋捨鄉親主張的「順勢操作，多空皆宜、資金控管、克服心魔」（亞當理論）之操盤心法，遽爾變成「逆勢攤平」？如投資人以鄉親之矛攻鄉親之盾，提出損害賠償之訴的話⋯⋯

世界上沒有所謂的「絕對安全」，只有「機會」而已！

──欽莫

　　（6）知行合一是成敗的重大關鍵！

　　特別值得一提的，從鄉親個人第一次被追繳的保證金兩億元以上去推算，在倉量佔鄉親七億資金的三成左右，或佔身價十億的二成，亦即筆者採行的「作一口留四口錢」的資金風險控管戰術，此與鄉親以「作單人」（即操盤人）身分，建議委託人所採行「作一口要留一口錢」的資金風險控管準則，似未相符。

　　是可見，知行合一是成敗的重大關鍵，因此，不得不再度提醒鄉親以及投資人：賭單邊隔夜倉戰術將遭遇到的致命危機！

286

我曾經失敗過；在未來，肯定也會再遭受失敗。但我每
次失敗後，能很快地汲取教訓，並思考出成功的對策！

——華倫·巴菲特

（7）有一天會全部賠光的機率，應該和彗星撞地球一樣小吧？

當《商業》週刊記者胡采蘋問到這次鄉親賠了三億元，
怕不怕有一天會全部賠光？報導中指出，鄉親回答以「……
那樣的機率，應該和彗星撞地球一樣小吧？」

作為排行第三的大行星地球，誕生比恆星略晚，它有一個
伴星（姊妹星）月球幾乎是同時生成。月球繞地球轉，地球
繞太陽轉，整個太陽系繞銀河系中心，隨銀河系圓盤轉動。

諾貝爾獎得主L·W·阿爾瓦雷教授和他的同事認為：
太陽似乎有一顆伴星，每隔二千六百萬年至三千萬年在距離
太陽系外圍的一團為數眾多的彗星相當近的空域經過，受這
顆陰暗物質「死星」的引力儀動，每次可能有十億顆彗星組
成的特大流星雨進入太陽系，如此推算肯定不止一顆彗星擊
中地球、月球，造成地球上大批生物滅絕，月球增加新的環
形山。

再者，國內股市遠自「郭婉容事件」，近自「319兩顆子
彈事件」，其間穿雜著「921大地震」、「911自殺攻擊事件」
等重大人禍天災，短短十餘年內多起的意外事件，其「豬羊
變色」的機率，相信比「彗星撞地球」高過百萬倍。

因此筆者不揣冒昧，以曾遭受「從十億到二十萬」慘痛
教訓的「過來人」立場，提出以上淺見。並借用鄉親書中的
俚語——「互相漏氣求進步」，盼在交流中，能百尺竿頭更進

一步！

　　最後以奧斯汀‧菲普斯的名言共勉之：一個大企業集團的執行長，觀察機會時要警覺，機會不多時，攫取機會要膽大機敏，處處都是機會時，更要以全部的精力，了解各種機會的內涵，以追求極致的成就，此乃執行長在商場上制勝的必備美德！

　　　　　　　　　　　　彰化鄉親 蘇仁宗 2004.09.09

【附錄二】
「期貨天王」張松允先生回函

頃收到張松允先生回函全文如後：

　　首先感謝蘇先生的指教。從以前我就一直樂於與投資人分享我的投資經驗，適逢時報出版來邀稿，因此讓我決定著書記錄我的投資心路歷程與心得。蘇先生所關注大選後的危機處理，書中記錄的只是一部分著墨不深，不過《商業》週刊第863期有我的專訪，或許可解蘇先生之疑惑。

　　美國名作家馬克・吐溫說：「因為意見不同，才會有賽馬。」這句話同樣可以在股市中得到印證。股市之所以這麼吸引人，就在於大家的看法不會一致，有人作多有人放空，從而造就行情的起伏波動。投資是一種藝術不是科學，需要全心全意的投入，不管行情如何我都樂在其中，但我一向不與人爭辯投資邏輯，因股市作戰沒有絕對的對與錯。每個人都有其賺錢的模式與方法，反正目的就是這麼簡單，目標達成後，事實自然會說話。投資成功的方法有很多，所以實在不需要與人爭辯論戰。謝謝。

張松允　Tue, 14 Sep 2004

———紅心

第四章　國內外股市面面觀

———黑桃

———鑽石

———梅花

　　由於股市是經濟櫥窗，更是投資人對於台灣未來經濟發展的「信心指標」，專家認為股市是築夢之處，但數百萬散戶卻為之萬劫不復，到底它的真相如何？頗值得深入探討！

【第一節】
外資真的有那麼神準嗎？

一、股市回春，看空者一一遭到斷頭！

　　根據元大京華期貨公司總經理李文興就外資長期操控點出下列案例：時間發生在2001年「911」恐怖攻擊之後，台灣投資人在股市跌至3,400多點後的大回升行情中，當指數到達4,000點時，台灣投資人屈指一算，大盤指數已反彈600點，接近兩成，心想已反彈完成，故不斷出脫股票。當指數達到4,200點時，想賣的現股大概已賣完，但大盤漲勢依然凶猛，許多投資人就以融券來因應。到4,500點時融券的氣焰高張。

　　當指數到達5,000點時，台灣投資人可說是傾全力放空，當時所有的綜合券商客戶，願意融資的人很少，但融券放空的人卻大有人在，故投資人拚命要券商調券，以達成其融券放空的目的，但所有的現貨空頭，在指數到5,500點時，幾乎均遭斷頭的命運！

二、外資兩兆元的現貨，其動向與台股漲跌息息相關

　　之後，台灣股市還持續漲到2002年4月底的6,400多點！就過去台灣的股市，投資人在大多頭來臨時，均能賺到不錯

的財富，但這一段大多頭，從3400多點漲到6400多點，幾近一倍，大部分台灣投資人不但沒有賺到錢反而受傷很重！

　　這股軋現貨空頭的主要力量，就是來自外資。外資至2003年6月，已有約新台幣兩兆元的現貨總市值，佔台灣股市總市值的兩成左右，如果外資再買新台幣兩千億元，則台股將漲翻天；相反的，外資如果拿出其中的兩千億元股票來拋售，則台股將連續破底！有長聯為證：

　　　外資資訊管道通，兩兆資金實力宏。
　　　台股盤跌三千四，研判已處谷底中。
　　　都採摩台先發動，悄悄進行難覓蹤。
　　　低檔買進多部位，現貨專挑權值重。
　　　台股市場猶嚴冬，低價現貨無限供。
　　　耐心默默吃現貨，建妥倉量春意濃。
　　　利多消息漸傳送，新傷未癒尚驚恐！
　　　散戶觀望那敢買，坐視行情往上衝。
　　　四千突破勢如虹，多空看法各不同：
　　　四千兩百出現貨，四千五百融券空。
　　　那知五千輕舟過，五千五百未稍弱；
　　　空單追繳保證金，現貨空頭已斷頭！
　　　老手止損反做多，新手驚惶又失措！
　　　外資漸把摩台平，再空台指之期貨！
　　　六千關卡甫突破，外資現貨已不多。
　　　期貨空單再建妥，齊步市價空現貨。
　　　六千四百應聲挫，下跌重回三千多。
　　　須俟外資回補時，市場始能空翻多！

【第二節】
散戶投資之前，應否聽聽「專家」的建議？

一、分析師能讓聽信的投資人下單，就一定能發大財

世紀股神巴菲特如是說：我最討厭那些證券分析師了，這種人根本沒有存在的必要。我在投資時是要將自己視為企業分析師，不是市場分析師或是總體經濟分析師。

巴菲特說，你可曾見過那些口若懸河的證券分析師，曾鼓勵自己的親人，依照自己的分析結果，去買那些股票嗎？你曾見過這些說得頭頭是道的證券分析師，親自以自己名義開戶下單，並由證券公司將實際進出時間、數量、金額逐日公佈的例子？

巴菲特說證券分析師的致富祕訣就是：分析師自己千萬不可投入，而能讓聽信的投資人下單，就一定能發大財。他曾幽默的說：坐勞斯萊斯到公司上班的老闆，如還是常聽取搭地鐵上班的人的意見（指證券分析師的分析），不久自己也可能要改搭地鐵上班了。

二、只有5%的專家選股的表現可以打敗大盤

「投資大師」林區如是說：若要在股市投資成功，第一條準則就是千萬不可以聽信專家的投資建議。林區指出，除了少數成功專業基金經理人之外，據華爾街所做的統計資料：所謂專家有40%以上選股的表現，已造成投資人大小不一的虧損。有30%的選股略遜於大盤表現，有25%的選股與大盤相當，其中能打敗大盤的不到5％。林區表示，散戶（Dumb Money）之所以被嘲稱為愚笨錢，往往是跟在專家

（Smart Money，聰明錢）屁股後面才會變得如此一無是處。散戶之所以常遭坑殺，往往都是自己沒有主見，而一味聽信專家之言所致。

三、索羅斯曾經指華爾街的分析師或專業經理人是技術驢們

「金融妖魔」索羅斯指出，成功的股市炒作，靠的是靈感和直覺，真正能賺錢的是那些與眾不同的意見，如果大家的意見都一致了，賺錢的機會就不大了。這時再投資，得到的結果只能是賠本或被套牢。因此，絕對不可以聽信所謂專家的建議。

索羅斯曾經指華爾街的分析師或專業經理人是技術驢們，這些所謂的專家，不可能了解什麼才是真正的投資組合概念。他們只會莫名其妙地把幾個公司的股票湊合在一起，然後自豪地說：「你看！我不會把所有的雞蛋都擺在一個籃子裡」。

其實，真正的投資組合，是需要配合其他金融衍生工具的戰術安排，那是一種藝術，最後的勝利，是來自精心準備的組合拳。索羅斯認為，凡事盛極必衰、否極泰來；狂漲必暴跌，暴跌必孕育著大漲。要徹悟形勢的轉變，是不可能避免的，要想從中取利，重要的是要能找出轉捩點。華爾街那些頭腦僵化的證券技術分析師的分析，在我看來根本沒有理論依據。

四、分析師把「看多建議買進」的公司，形容為「垃圾」！

「散戶守護神」前美國證管會主席李維特則爆料指出：2002年4月，美國司法部、證管會及州政府主管當局，開始聯

合調查華爾街主要券商的分析師行為是否失當。紐約州檢察長史匹澤（Eliot Spitzer）查扣了美林證券「天王級」網路類股分析師布洛吉特（Henry Blodget）致友人的電子郵件，該電子郵件中，把一家他「看多建議買進」的公司形容為「垃圾」，其他被他推薦買進的股票變成「廢物」或沒用的東西。史匹澤公佈類似文件後，上當的投資人的激憤可以想見。

五、美林在「不承認犯錯下公開道歉」，並支付一億美元賠償費

李維特表示，在這個「無信不立」的行業，美林證券的市值，在史匹澤公佈文件後四週之內，即跌掉了八十億美元之鉅。史匹澤在2002年5月和美林證券達成和解，美林在「不承認犯錯下公開道歉」，並同意支付一億美元給受害的投資人。

李維特更揭發，美國上市企業執行長知道提供某些小惠給分析師有助於間接控制公司股價，會巧妙地經過財務長將新產品以及尚未正式公佈的實際盈餘數據，透露給特定的分析師，這位分析師取得這些內幕消息時，再以看圖說故事的方式做成利多分析報告。該公司未久所公佈的季報，一一證實該分析師的先見之明。

這種選擇性透露的目的，乃在傳達正確資訊給退休基金以及共同基金等重量法人的基金經理人，可以在第一時間進場。其次是能夠受到主力大戶信任的超級營業員，最後才是能夠賣出大量股票給一般散戶的營業員。

至於企業執行長與特定財團密商，早已以表面不相干之法人或一般自然人，趁相對低檔吃足相當「籌碼」（即買進自家股票），於宣佈超額盈餘、發表新產品，和調高財務預

測後，股價飛升之際，再分批將籌碼釋出獲利了結。此堪稱
「天衣無縫」的內線交易，則給投資人留下無限想像空間。

六、很多分析師在鈔票及專業道德的天平上，早已失衡了

　　李維特表示，只要分析師的飯票來自他研究的企業，利
益衝突就無法根絕。只要分析師的待遇，和他們爭取的投資
銀行業務有關，就很難對現有客戶或未來潛在客戶，發表負
面評論！李維特指出，在二十年前，美國一流分析師年薪十
萬美元已是天價，現在拿到一千五百萬美元，其中最大的收
入竟然是替同一集團的投資銀行招攬到業務。是可見大部分
的分析師在鈔票以及專業道德的天平上，早已失衡了。

七、電視台為了自身業績，反而變成坑殺散戶的幫兇

　　蘋果日報2004年9月10日記者陳建彰以一篇〈電視台成坑
殺散戶幫兇〉的報導中指出：

　　股市行情逐漸由冷轉熱，投顧老師為了多招收幾個會
員，紛紛在電視台購買時段，以報明牌方式推薦股票。但投顧
老師口中的明牌大多數屬於冷門股或投機股，部分投顧甚至與
公司派或主力掛鉤，在股價高檔時慫恿會員搶進把股票套給
散戶，電視台為了自身業績，反而變成坑殺散戶的幫兇。

八、比較有錢的投顧公司會向電視台包下時段

　　客戶入會費分等級。一般小型的投顧公司，市場俗稱股
友社，股友社大都以CALL機或傳真方式，向會員分析行情或
報明牌，且每家投顧公司會依據客戶層級有不同收費標準，
普通會員每月收費二至三萬元，金鑽會員甚至收費達五萬元

以上。而比較有錢的投顧公司會向電視台包下時段。

　　目前在投顧老師經常包時段的各家有線電視頻道中，以非凡新聞台價碼最高，一般來說，包月的廣告價格高達三百萬元，每個時段半小時，一週播出六天，平均一小時要價二十五萬元，熱門時段甚至高達五百萬元包月價的高價。也有電視台以交換廣告的方式，可以在盤中進行連線解盤，讓投顧老師曝光。

　　至於台視、中視等四家無線電視台，平均包月要價約一百五十萬元上下。羊毛出在羊身上的道理不變，投顧公司要負擔如此高昂的廣告費用，投顧老師招收會員的費用也十分可觀。

九、盤後分析——馬後炮

　　曾任投顧老師的許先生表示，投顧老師幾乎都會在電視台買時段，向會員或散戶推薦股票，並且吹噓自己報的股票有多準，天天漲停板，不過他說：不少老師在盤後分析頭頭是道，根本都是馬後炮，真正能在盤中分析行情的人並不多，如果他們真的那麼準，光炒股票就賺翻了，還要那麼辛苦在電視台講得口沫橫飛？

十、投顧老師良莠不齊

　　尤其在股市狂飆的1990年代，投顧老師還會與公司派或主力結合，強力喊進某檔股票，吸引會員及散戶進場，再讓公司派或主力順利出場，將股票套給小散戶。業者表示，雖然投顧界良莠不齊，但是近兩三年由於投資人賠慘了，繳了不少學費，終於較能分辨出那些投顧老師是不是耍嘴皮。

十一、會員階級越高通知越快，可以享受坐轎的樂趣

另據指出，某自稱財經博士的「投顧老師」，其訂定的招收會員收費辦法，金卡月費三十萬元，銀卡月費十五萬元。一般會員年費三十萬元，月費兩萬五千元。繳費有不同，服務當然也各異。金卡會員可在第一時間接到投顧公司的明牌，甚至可以跟「老師」直接通電話（天曉得電話那端到底是誰？），事先被告知進場及出場的目標價為多少。低階者僅能從「語音」、「傳真」、「PDA」或「手機簡訊」單向受訊。會員階級越高通知越快，可以享受坐轎的樂趣。其實他們也兼著初期抬轎者的雙重角色，階級越低者，越慢收到訊息。

十二、「特別會員」成為主力與投顧老師出貨的工具

有一個現象相當有意思。就是付費會員在買進股票後，為了要其他散戶抬轎，會故作神祕將所謂的明牌在各種場合有意無意地散播出去。不少被戲稱為「特別會員」的未付會費的散戶，居然會跟進抬轎。未久投顧老師在第四台果然公開推薦這支明牌。當時股價確實有上漲，但在散戶未能及時賣出時，股價即開始微跌，散戶捨不得虧損賣出，不料竟一路盤跌而遭套牢，甚至被追繳保證金，而成為主力與投顧老師出貨的工具。

十三、外資分析師一般來說，報告品質都凌駕本地研究員

目前擔任某上市公司財務長的林群先生也出書指出：外資分析師可以串聯全球動態，領先看對趨勢。因為外資分析師在公司龐大資源的支援下，一般來說，報告品質都會凌駕本地研究員。以TFT-LCD和DRAM產業為例，最強的國家是

韓國，外資分析師很容易取得韓國相關產業報告，與同公司的韓國分析師討論；如果是PC產業，他們可以直接與在美國的PC分析師對話，串聯全球產業的動態，再從全球看台灣，研究報告的深度即凸顯出來。

十四、紅包外資分析師發表連自己都無法認同的投資評等

不過，林群也坦承，外資分析師有時為了幫助同集團投資銀行取得國內上市上櫃公司發行ECB或DR的生意，即使明知發行海外公司債選擇權（ECB）或「存託憑證」（DR）的公司股價，目前已高估了，還是不得不違反職業道德，在分析報告中發表連自己都無法認同的投資評等：買進！

外資投資銀行再將同集團外資分析師的買進分析報告，向發行公司招攬發行ECB或DR承銷權。對於外資分析師而言，一旦同集團的投資銀行爭取到ECB或DR發行承銷權時，會給外資分析師一筆豐厚的獎金，那是額外的收入，卻有損個人聲譽。除了已建立超然地位的TOP10外資分析師，以凜然的專業知識回拒之外，一般外資分析師，尤其是菜鳥分析師，在聲譽及金錢的選擇上，往往做了無奈的選擇：金錢。

這些分析師縱使曾為外資券商立下汗馬功勞，但只要日後有一次推薦ECB或DR發行公司股價表現不佳，其分析師生涯即告終止。

謹慎的人從自己的經驗中獲益，智者從專家的經驗中學習，不過讀者要有能力去分辨所謂「專家」是否能力比自己強！

——約瑟夫・高林

【第三節】
「金融圈金童」外資分析師也會看走眼！

一、地雷遍佈，連外資分析師也被炸翻！

　　被外資分析師推薦的股票有「希華」（2484），當希華從掛牌上市的三八·五元突破一百元心理關卡時，推薦這檔股票的外資分析師，認為尚可漲升一倍。但希華突破兩百元心理關卡時，不少外資分析師還是建議"Buy"，甚至將目標價提高至四百元以上。不久當希華到兩百六十三元後，即邊跌至十八·七元，跌幅高達92.89%。

二、博達董事長葉素菲遭檢察官聲押獲准

　　「博達」（2398）是以八十元掛牌上市。2000年一整年，外資不停地買進四萬兩千多張。不料博達自2000年3月漲至三百六十八元以後，也同樣慘跌至七十元，跌幅達80.97%。CD-R龍頭錸德（2349）於1999年7月創下三百五十元的天價之後，頭也不回一下，跌到2002年10月的十三元才停下來，跌幅達96%。2004年爆發「掏空疑案」，董事長葉素菲遭檢察官聲押獲准，目前尚處羈押之中。2004年6月28日記者侯受君報導中指出：博達案已經進入司法程序，面對將近四萬名股東求償無門，證券投資人及期貨交易人保護中心可望進行團體訴訟，在相關事證資料齊全後，便可開始受理受害投資人求償登記。

　　財政部次長陳樹在參加2004年稅務節暨表揚優秀及資深稅務關務人員大會後表示，根據規定，只要符合條件，不管利用什麼方式，包括團體訴訟、調節和仲裁等方式，相關單

位都會盡速處理。陳樹指出，根據投資人保護相關規定，若投資人提出符合規定的法律方式，財政部相關單位會盡速處理，但目前博達資金流向仍不清楚，有關單位還要根據投資人保護中心資料掌握的情況再作處理。

投資人保護中心則表示，博達科技股東將近四萬人，為博達案最大受害者，每天都有上百通電話湧入投保中心投訴，但依規定，以司法途徑保障投資人權益時，必須先確定原告、被告、求償金額，而博達案的被告除董事長葉素菲外，是否包括相關財務人員、財報的簽證會計師，均須進一步查證。目前已經進入司法階段，投保中心蒐集相關事證齊全後，才可接受受害投資人登記求償。

三、「國巨」是外資遭到最慘的滑鐵盧之役

「國巨」（2327）自從1997年7月創下一百四十二元天價後，即一路下跌，外資竟一路承接，已完全忘了「千萬不可以接住掉下來的刀子」的股市名言，持有國巨從10%增加到50%左右。

國內投資人應了解，國巨股價是跌破○‧六倍淨值，即股價跌至九元時，礙於基金操作之內規限制，才不得不忍痛停損拋售。外資之止損拋售，更引發另一波跌勢，至2003年5月2日竟僅剩六‧三五元。跌幅達95.52%，這是外資遭到最慘的滑鐵盧之役。

四、「華通」跌幅達96.94%，可見外資受傷之重

市場認定的績優股華通，2002年以前也是外資的最愛之一。華通從1998年2月的三百三十七元一路跌到2003年5月2日

的一〇‧三元，跌幅達96.94%。外資從兩百元起，不停加碼攤平一路買到二十元為止。可見外資受傷之重。

五、外資法人「退休基金」以及「共同基金」受傷最重！

自2000年4月NASDAQ從5,000點崩跌下來，三、四年來持續抱股至今的，反而都成為大輸家；而受傷最重的，反而是外資法人之中，以長期持有為主的退休基金（Pension Fund）以及共同基金（Mutual Fund）。

絕大多數的外資法人都不相信空頭市場真的來臨了。即使是美國基金經理人雖然看到許多科技股股價腰斬，但是仍以為是短期拉回整理，沒人料想到這回熊市會持續兩、三年之久。

2000年熊市打破的不只是Internet Bubble，還有許多基金經理人，及那些推薦下跌股票的外資分析師的職場生涯。

【第四節】
常勝軍也會失敗嗎？

一、巴菲特說：當然我曾經失敗過！

世紀股神巴菲特如是說：當然！我曾經失敗過；在未來，肯定也會再遭受失敗。但我每次失敗後，能很快地汲取教訓，並思考出成功的對策。從1989年開始，巴菲特在公司年度報表中，開始列舉過去這一年來，自己所犯的各項錯誤，甚至包括因為處理失誤所喪失的各種機會。

　　巴菲特認為，徹底坦承，對企業負責人或是一般投資人雙方都有好處。如用不實的數據誤導公眾的企業負責人，最終將誤導到自己。而巴菲特將此項卓見，完全歸功於他最得力的副手查理・芒格。認為是他幫助自己徹悟、了解失敗的原因，遠較在意成功的結果，更為重要的道理。

　　但也有評論家認為巴菲特持有「伯克希爾・哈維特」公司42%以上的股份，因此，即使公開坦承自己所犯的錯誤，也不會有被股東大會「炒魷魚」的顧慮。巴菲特坦承自己也曾因失敗繳納了許多學費，但遭遇失敗使他立即獲取經驗，日後將不會再犯類似的錯誤，因而逐漸樹立了自己的投資觀念與原則。

二、要記得千萬不可孤注一擲！

　　在投資市場上，也許自己手上暗牌拿到三張A，但一掀開全部底牌，對手竟然是同花大順。因此，千萬要記得不要孤注一擲，只能投資讀者輸得起的金額。再者，只要我挑的十支股票有六支正如我所料，就能在華爾街創造傲人的成績。如果有七支是按照我預期的發展，「富達麥哲倫共同基金」，由二千萬美元的資產增值為九十億美元的事實，即為明證。

　　不過換一個角度來說，林區同時持有一千四百支不同比例的股票，其中有三分之一左右的股票（即有近五百支股票），雖採中長期投資策略，但顯然都是失敗的投資。跌幅90%以上者比比皆是。甚至還有不在股票報價範圍即已不幸下市、目前已幾乎一文不值的股票。

三、索羅斯認為：人不是神，總會有判斷錯誤的時候

「金融妖魔」索羅斯曾警惕自己：一個成功的投機家，絕對不可以過分自信，畢竟人不是神，因此總會有判斷錯誤的時候。他指出：「關注政策制訂者的一舉一動，應該是每一個投資人的必修課。」

索羅斯坦承在俄羅斯的各項投資，沒有注意到此，這也是他在俄羅斯遭到慘重損失的主因。他說：「人們往往被我的常勝所誤導，我可以毫不介意地坦承，我和其他人一樣會犯錯。

「但我在事後，能冷靜地仔細檢討自己所犯的錯誤，找出何以發生錯誤的原因，以及解決的方案，這就是我能夠比別人成功的祕訣。因此，大家必須明瞭一個重要事實，只要是人，就一定會犯錯，只是程度不同而已！」因此，索羅斯在另一個場合曾指出，「著迷於混亂。那正是我的生財之道」。

他認為，在金融市場上和量子理論一樣，不存在平衡的狀態。如果金融市場是在不平衡的狀態大運轉，任何聰明的投資者都難免失誤；任何有充分理由的判斷，都不敢保證最後的結果一定是正確的。

四、巴菲特說：奪冠者之要件，乃務必要能跑完全程！

2000年上半年，首先是由著名投資經理人朱利安·羅伯森主持，獲利能力及業績成長皆令人歆羨的「老虎基金」關門結束營運。「老虎基金」投資標的，大部分是被投資人認為屬於相對安全的傳統產業。

巴菲特說，從前揭令人震撼的實際案例，去探討是傳統產業的傳統股或科技產業的新經濟股，誰值得投資誰會變成

泡沫，根本沒有掌握成功投資策略的重點。投資就像馬拉松比賽，奪冠者的要件，乃為務必跑完全程，量子基金及老虎基金，在比賽進行中，曾經交互領先，可惜無力跑完全程。

【第五節】
會計師會幫上市公司做假帳嗎？

一、會計師竟然和法人客戶「暗通款曲」，降低會計標準

李維特指出：我在華爾街工作了二十八年，深知華爾街文化。例如，有許多上市企業執行長，越來越在意該公司股價表現，卻疏於整頓公司內部的管理。公司在「技術上」完全遵照會計原則，實際上卻刻意盡量不揭露真正的經營績效。

原應秉持超然專業立場的聯合會計師事務所，也為了爭取業務，竟然和這些法人客戶「暗通款曲」，降低會計標準，而這已是見怪不怪的普遍現象。有一個非常容易檢驗這家聯合會計師事務所是否能「秉持超然的專業立場」的方法，乃原本應該獨立監察帳務的聯合會計師事務所，如其營收有相當比例是來自所謂「管理諮詢費用」的話，就能證明已和企業經營階層同流合污。

二、會計師協助企業以「表面合法」的財報數字隱瞞真相

李維特根據政府統計的正式資料顯示，當他剛接任證券管理委員會主席時，即1993年全美會計師事務所的收入，有三分之一左右是管理諮詢費用，到1999年竟然有超過一半是

管理諮詢費用。其中尚未包含所謂道高一尺，魔高一丈，企業經營階層以不同方式，提供物質利潤以買通承辦會計師個人，協助企業以「表面合法」的財報數字隱瞞真相。

此現象一直到爆發震驚全球金融界的能源貿易公司「恩隆案」（Enron）以後，包括長途電話供應商「世界通訊」（Worldcom）、「艾迪費亞通訊」（Adelphia）、「環球通訊」（Global Crossing）到「泰科國際」（Tyco International）等一連串上市企業假帳醜聞時，才為各界所注視並嚴重傷害投資人的信心。至於國內會計師與上市公司之間的關係十分微妙，依會計師的天職，本應謹守專業道德，替「投資人」把關。但是否能爭取到簽證的業務，其決定權則由「公司派」掌握。而公司派不管其持股多寡，也是「投資人」之一，簽證會計師如何自持呢？以下是幾個實際發生的案例，可以就前揭問題，提供答案。

三、英業達毛利率幾乎掉了一半，理由是財務人員算錯了？

林群先生指出：2000年第三季外資開始注意「英業達」，因為大家發現英業達第三季與第二季的營收竟然成長了將近一倍，而營收之所以會有巨幅的成長，乃因首次大量出貨伺服器（Server）所致，不少外資分析師看到這項數據，都調升其評等為買進。不料第三季季報出來時，毛利率幾乎掉了一半。外資法人向英業達提出質疑時，公司的答案居然是「財務人員算錯了」。由於上市公司的季報是需要財務人員依照生產及業務部提供產銷數據之後，才能核算。核算完成後再經財務主管、會計師雙重審核，以及總經理最後確認，才能公開向投資人發佈。如確是財務人員算錯了，無異表示公司

管理有重大的失誤。若不是財務人員算錯了，那問題更嚴重，因為已涉及違反誠信的基本原則。

四、外資券商幾乎沒有分析師願意追蹤「英業達」？

不管是那一種問題，外資第一個反應就是斷然拋售英業達持股。10月25日外資法人尚持有34,858張，11月20日減少為21,559張，在一個月內股價從四十八元遽跌為二十八‧六元。

因此經營團隊若誠信出了問題，外資絕對不再列為「投資組合」，且一旦被貼上標籤，大概也很難重獲信賴。雖然英業達力爭上游，在2002年時營收接近九百億元，排名在Top100的第十六名，已具外資投資組合的高權值股，但在外資聯合抵制因素未消除之前，到目前為止，外資券商幾乎沒有分析師願意追蹤這支股票，可見其影響之深遠。

五、吳乃仁指出，「皇統不會是最後一家地雷股」

以上例子並非特例，近年來國內上市公司所爆發掏空案，如皇統、訊碟等地雷股之引爆，連證期會吳乃仁都指出，「皇統不會是最後一家地雷股」，證期局為進一步掌握財務不良或異常上市公司狀況，因此要求證交所提出特別名單，數量約佔上市公司的10%，估計逼近七十家照例抽查。

六、會計師是否涉及蓄意為上市公司做假帳？

山雨欲來風滿樓，只要1%的上市公司「出事」，大盤至少挫低10%，此正是現貨市場哀鴻遍野，期貨空方磨刀霍霍的時機了。因此負責簽證出事上市公司的會計師，是否涉及蓄意為上市公司做假帳乙節，司法單位應給投資者一個答案。

　　根據2004年9月17日中國時報財經焦點報導指出，勤業眾信及安侯建業因博達掏空案，兩位會計師遭受停業處分、致遠會計師事務所捲入訊碟案。2004年9月15日爆發的「皇統科技」更橫跨「勤業眾信」、「資誠」以及「安侯建業」。國內四大會計師事務所悉數捲入弊案。只要求會計師扮演吹哨人的角色不切實際。在一次又一次現金增資與發債流程裡，證期局、承銷商也難辭其咎。

　　公司派引君入甕？
　　會計師為虎作倀！

【第六節】
揭發「那斯達克」交易的大醜聞！

一、那斯達克也受創頗深，部分明星股股價慘跌九成以上

　　「那斯達克」（Nasdaq）的意思是全國證券交易商報價系統，如今它已成為一個挑戰甚至超越紐約證交所的名詞。九〇年代的高科技狂潮對那斯達克更是有利，許多散戶都來擁抱高科技類股。當熱情退潮，那斯達克也受創頗深，部分明星股股價慘跌九成以上。2002年3月為止，那斯達克仍有三千九百一十四家會員公司，高於紐約證交所的二千七百八十四家；平均每日成交量為十七億股，也高於紐約證交所的十二億股。但是市值卻輸給紐約證交所，那斯達克為二兆七千億

美元，紐約證交所則達十二兆美元。

二、那斯達克沒有中央交易大廳，而是透過電子網路聯結

　　那斯達克不像紐約證交所是透過專業交易員撮合的拍賣市場，而是由多位自營商彼此競價，每人提出兩個價錢，一個是願意買進的價格，另一個是願意賣出的價格。

　　這些自營商通常稱為造市者，專門負責特定幾檔股票。他們提供買賣報價，並沒有中央交易大廳，而是透過電子網路聯結。總之，紐約證交所是一個拍賣公司，買賣雙方在特定地點會面交易、彼此出價，由拍賣員（專業交易員）擔任裁判。

　　相反地，那斯達克就像跳蚤市場，一群獨立的自營商透過那斯達克的網路聚在一起，客戶是和這些自營商交易。那斯達克有75%的交易來自造市者，他們的功能在於讓市場交易順暢。造市者目前約為五百位，每檔股票至少有三位造市者同時報價，有時候多到四十位。他們不收取管理費或佣金，而是從價差賺錢。價差越大造市者的利潤就越大。

三、價格鎖定行為違反了反托拉斯法更傷害了投資人

　　李維特指出：「三十歲的那斯達克由於靈活年輕，對勢力龐大的紐約證交所構成不小的威脅，但是它在九○年代差點夭折。1993年，我聽到市場傳聞，那斯達克有些交易員以人為方式拉大價差。

　　「當我在1978年到1989年間擔任美國證交所董事長時，大家都知道投資人付出非常不合理的代價，但沒有人能夠證明其中的不法。美國證交所曾算出那斯達克的投資人每年因為價差多付了二十億美元，那斯達克當然斷然否認，但是傳聞

不止。克里斯提（William G. Christie）和舒茲（Paul H. Schultz）分析多年的交易資料，在1994年5月發表學術報告指出，分子為奇數的分數價位很少出現，例如三十又八分之三美元。造市者以分子為偶數的價位報價，至少可以賺到四分之一美元的價差。這項報導加上後續幾則新聞報導，引發了一場集體訴訟，司法部也展開反托拉斯調查。

「我到證管會上任後，知道自己必須調查交易員是否在剝削投資人。調查結果讓我們覺得丟臉與震驚。我們找到紀錄，證明有些造市者的確私下協議維持一定的價差。這種價格鎖定行為違反了我們的反托拉斯法，更傷害了投資人。」

四、那斯達克的報價程序相當敗壞

李維特又說：「有心把價差縮小的造市者會遭到同僚的口頭騷擾和排斥。有些造市者會一起串通，坑殺自己的客戶。客戶如果以限價單來限制買賣價差，造市者會刻意不讓這筆委託單進入市場。許多造市者甚至怠忽職守，未誠實報價，或在交易完成後幾個小時才回報以誤導市場。這些現象都可證明那斯達克的報價程序相當敗壞。

「證管會負責監管交易所的市場法規組，起初不願相信上述指控。當時我們太過放鬆，以為自己管理得當。我們沒有發現NASD已逐漸被少數交易員把持，他們利用自律機制來處罰特定的市場人士例如當沖者。

「對於自己的亂紀卻不聞不問。當證管會執法組查扣交易員之間的電話錄音裝置（以在交易糾紛時作為證明），仍然大剌剌地彼此勾結，可見大家根本目無法紀。」

五、交易員恣意妄為：鐵證如山！

以下就是一捲錄音帶的對話。我們把一位造市者稱為交易員甲，他希望賣掉大筆參數科技公司的股票。幾分鐘前另外一位造市者剛提高買價到二十六又四分之一美元。但交易員甲希望另一個造市者跟進，造成需求增加的假象。交易員甲希望在行情上揚中出貨，因此打電話給交易員乙，請他提高買價。交易員乙願意配合，並同意在場外交易二千股，以免洩漏行跡。以下是他們的對話：

交易員甲：你有做指數嗎？

交易員乙：老哥，有做一點。

交易員乙：我怎麼幫你？

交易員甲：你能不能幫我拉高買價四分之一？

交易員乙：好！沒問題。

交易員甲：如果你要，我以二十六又四分之一美元賣你兩千股，你把價錢做上去就好。我現在做多，希望股價繼續上。

交易員乙：好。

交易員甲：好，我賣給你……

交易員乙：2000，那就太好了。

交易員甲：我以二十六又四分之一美元賣你兩千股。拉上去，好嗎？

交易員乙：我在拉了。

交易員甲：謝了。

六、股市崩盤時，散戶打電話卻找不到營業員

除了證實交易員之間的勾結，上述調查更發現那斯達克已經成為兩級市場。第一級是價差偏高的那斯達克正式網

路,對象通常是成交量不大的散戶,算是傻瓜的市場。另外一種則是稱為Instinet的電子市場,由英商路透持有多數股權。Instinet的價差較小,成為共同基金及其他機構投資人的最愛,但散戶卻不得其門而入。

Instinet也禁止當沖者,後者常用那斯達克的小額委託執行系統。這個系統成立於1984年,可讓散戶一千股以下的委託單快速成交。1987年股市崩盤時,散戶打電話卻找不到營業員,那斯達克的造市者也無法遵守報價,此後造市者就被規定要接受小額委託執行系統的委託單。

而當沖者知道造市者在市場出現大波動時往往無法及時更新報價,就以這套系統迅速買賣,佔到造市者的便宜。券商的造市者一氣之下,把這批當沖者稱為「SOES搶匪」,希望將他們趕盡殺絕。造市者甚至透過NASD的自律程序,修理交易最積極的當沖者。

但SOES搶匪知道造市者彼此串通的內幕,因此和司令部、證管會及原告律師合作揪出勾結者。當沖者不僅揭發了那斯達克的弊端,也刺激出許多新技術。島嶼及群島等各種ECN應運而生,就是為了滿足當沖者迅速成交的要求。

七、美林及摩根銀行等被告,最後雙方以十億美元和解

經過兩年的調查,司令部在1996年與二十四家造市者公司針對反托拉斯民事訴訟達成和解。但接下來三年,對那斯達克、其母公司NASD、二十四家造市者公司和五十位交易員而言簡直是一場噩夢。

首先原告律師代表投資人向券商提出集體訟訴,對象包括美林、所羅門美邦、潘韋伯及摩根銀行。最後雙方在1998

314 年以十億美元和解。證管會當時也懲戒了NASD，對涉案的
公司及個人提起民事訴訟，制定新法規以防杜弊案。

八、券商和交易員都否認犯錯，罰金計二千六百萬美元

　　李維特指出：「那斯達克弊案最令人失望的是，NASD
身為那斯達克的母公司和主要管理當局，多年來卻對許多違
法亂紀視而不見。為什麼呢？因為那斯達克的造市者已經掌
控NASD的監督及紀律委員會，自律功能蕩然無存。

　　「每個證交所都是負責執行證券法規的自律組織，因為
交易所最了解市場的運作情形，較容易查察弊端。資源有限
的證管會則督導自律組織，確保後者訂有防範投資人詐欺和
操縱市場的法規，以促進公平交易。

　　「自律組織也必須確保報價公平正確、未誤導投資人。
如果有人可能違規，自律組織必須能夠著手調查，必要時採
取懲戒。可惜，NASD的自律功能嚴重衰退。協會指派一個
委員會來研究措施，我認為只是粉飾太平。

　　「NASD的董事不承認組織已經自腐蟲生。到NASD董事
會宣讀一份預先寫好的聲明，說明證管會發現的違規事項和
希望NASD如何改善。我表示NASD應該全面改革，如果拒
絕，證管會只好祭出罰酒。他們很客氣地聽完我的話，問了
一些問題，然後還是拒絕。」

　　李維特說：「NASD拒絕接受我的提議，我只好認定這個
組織缺乏自我改革的能力。1996年8月，我們根據1934年證券交
易法授予的調查權，公開調查結果。接著我們譴責NASD，並
詳細說明改進措施，要求NASD在三年內持續接受外來監督。

　　「部分NASD會員擔心，一旦承認自己犯錯，可能會面臨

金額高昂的官司，因此不願妥協。美林執行長杜利後來介入協調。在證管會總部一場二十四小時的馬拉松會談後，雙方終於達成協議。NASD願意清除積弊。

「除了更換NASD和那斯達克董事會的成員，他們也成立獨立的NASD管理公司，把市場監督和證券交易一分為二。我們嚴格要求每位董事與主持紀律案的聽證官都沒有利益衝突，也要求他在五年內投入一億美元，建立新的查核制度。

「我也堅持NASD和那斯達克的管理階層必須改組，並聘請查伯擔任董事長。六〇年代時，我和查伯曾在協森海登史東共事，我信得過他。擔任董事長的期間是1997到2001年，我們密切合作，讓這個形象及士氣嚴重受創的組織為之氣象一新。

「由於錄音帶的證據確鑿，我們對二十八家券商和五十名交易員提出民事訴訟。所有案件都在1998年同一天達成和解，潘韋伯支付的和解金最高近七百萬美元。券商和交易員都不承認或否認犯錯，罰金計二千六百萬美元。」

【第七節】
共同基金是否眞正低風險，高報酬？

一、不少基金經理人會先與上市企業達成默契：「先跑」

李維特指出，美國全國銀行存款額在2002年有六兆美元，但退休基金及共同基金的資產已逾六兆六千億美元之鉅，如今大大小小各種基金總數已超過上市公司總數。

其投入世界各國股市，已對該國股市產生助漲助跌之效

應。美國證管會已證實有不少基金經理人會先與上市企業達成默契，替自己親人或人頭買該企業股票，然後挾基金龐大資力大舉敲進同一檔股票，甚至是與其他基金經理人集體行動，此乃所謂先跑行為。

先跑不但可以拉抬個人持股的價值，也可以使該上市企業股價竄升，在股價上漲至某一幅度、回檔整理之前，基金經理人或企業經營階層的人頭戶，早已悄悄獲利了結出場了，這是違反證券法規的「內線交易」，但被舉發的件數並不多。

二、基金業者每年要向散戶收取超過一千億美元的管理費

除此之外，你最近什麼時候算過自己支付的基金管理費？由於管理費是從基金的報酬項目中自動扣除，投資人看不到發票也不需要簽發支票，幾乎感覺不到管理費的存在。

因此大部分的投資人甚至連想都沒有想過，業者就是希望如此。先鋒集團創辦人、發明指數型基金的波格認為，投資股票型基金，每年基金管理費平均高達2.5%。

亦即基金業者每年要向散戶收取超過一千億美元的管理費。如散戶是投資在彼得‧林區主持的「富達麥哲倫共同基金」，該基金在二十年之內從二千萬美元的資產，增值為九十億美元，每年支付2%管理費尚稱值得！

三、「共同基金」整體平均績效落後於標準普爾五百種的股票績效

根據一項正式的統計資料顯示，共同基金整體平均績效落後於標準普爾五百種股票績效。其中有一半共同基金甚至淨值低於原始投資金額，換句話說，共同基金已造成投資人

的虧損。可見大部分的共同基金投資人是賠了夫人又折兵！

而對高於原始投資金額的另外一半基金來說，如你買進一萬美元的股票型基金，管理費為2%，手續費3%至5%，接下來二十年每年投資報酬率如能達到7.5%的話（投資人可以從網站上下載台灣本地投信的平均績效予以比較），投資人的資產二萬七千五百零八美元，先不提尚有一筆後收手續費，二十年來基金將收取一萬四千九百七十美元的管理費，佔投資人投入資金近150%。

四、公司派透過不同管道釋放利多消息！

根據統計資料顯示，國內股票型基金漲跌是跟著大盤走，多頭時基金上漲，空頭時十之七八跌破發行價，能打敗大盤的基金並不多。前中時晚報財經組組長鄭弘儀即出書揭發，有某上市公司和投信基金的經理人共謀達成協議，由投信聯手敲進該公司股票，但該公司則以人頭來買投信債券型或股票型基金作為回報。

還有一種方式更是直截了當，就是給基金經理人佣金，講好鎖單若干金額就給一成佣金。公司派透過不同管道釋放利多消息，直到鎖十幾支漲停板為止，雙方皆大歡喜。至於散戶呢？由於鎖單的運作，大家很難買到這家公司的股票。

五、主管官署的心態是出了事再說

鄭弘儀又指出，台鳳案就是基金經理人、公司派以及不肖立法委員共謀的典型範例，而主管官署的心態是出了事再說，甚至也是利益共同體的共犯之一呢！鄭弘儀再指出，某兼任東港信用合作社理事長的立法委員，後來也成立了一家

318

投信，同樣是與上市公司勾串，出事後這家投信就倒閉了，投資人的錢當然都賠光了，此乃最惡劣的典型範例。

六、投信為了不坐以待斃，只好在海外避稅天堂成立子公司

政府對於基金也有頗多不合理的限制，例如持股比例不得少於70％，此項規定在多頭市場還好，但在空頭市場只有挨打的份。而在股市盤跌趨勢未止，大家皆看壞後市時，政府為護盤，第一個念頭就是要求投信進場做多。

由於政府又規定投信不能投資於期指避險，投信為了不坐以待斃，只好在哈曼群島等海外避稅天堂成立子公司，再以外資名義在台指期貨市場進行避險或套利。

【第八節】
現貨的投資，可以把雞蛋都放在一個籃子裡嗎？

一、巴菲特忠告如下：最好將注意力集中在幾家公司上

「世紀股神」巴菲特如是說：我的投資之所以成功，就是把大部分的資金，集中投入精挑細選的少數公司，然後長期持有這些公司的股票。但是很多散戶片面地認為：不把雞蛋放在一個籃子裡，才算保險。

因此這些散戶未能集中資金，反而拿有限的資金四處出擊。今天看這支股票好就買進，明天又聽說那支股票是黑馬就趕快追，結果不多的資金，投資在自己不了解的多支股票上。手中股票少則三、五支，多則十餘支。輪漲輪跌進進出

出，一年從頭忙到尾。不過十之八九都是輸家居多。

　　大部分的散戶都歸咎於自己運氣不好。其實，散戶是犯了一個投資者的大忌。分散投資不等於使風險也能得到分散。集中投資雖然有風險集中的弊端，但只要把握得當，堅守一定的操盤紀律，風險還是得以控制的。

　　巴菲特將集中投資的精髓簡要地概括為：選擇少數幾種可以在長期拉鋸戰中，產生高於平均收益的股票，將你的資本集中在這些股票上，不管股市短期跌升，堅持長期持股，穩中取勝。為此，巴菲特的大部分精力都用於分析企業的經濟狀況，以及評估它的管理狀況，而不是用於跟蹤股價。巴菲特對投資「門外漢」忠告如下：最好將注意力集中在幾家公司上。

二、當你握有一手對你非常有利的牌時，你必須下大注

　　因此，巴菲特說：從撲克牌的賭局中，你可以明白，當你握有一手對你非常有利的牌時，你必須下大注。集中投資是一個簡單的概念，因為集中投資，所以你可以蒐集彼此相關的邏輯學、數學甚至心理學原理的精華。

　　不過，筆者也提醒投資人，1999年3月1日到2000年2月29日，美國股市五大市值虧損公司名單之中，巴菲特的投資組合中，最重要的兩隻金雞母──可口可樂竟然虧損排名居首，另外，吉列刮鬍刀亦排名殿後。是可見集中投資還是存在著相當的風險！

三、投資大師林區佈哨之戰術運用

　　投資大師林區如是說，當我接掌富達麥哲倫共同基金

320

時，整個投資組合只有四十支股票。富達集團的大頭頭「奈德」建議我再縮小戰線為二十五支，並採取集中投資策略。當時，我客氣地把他的交代聽完，但是一走出奈德的大辦公室，我馬上把股票提高為六十支，半年後增加兩倍到了一百支，不久又增加三倍，到了一百五十支，最多幾乎達到三十倍，一千四百多支。

而資產也從接手時的二千萬美元，增加為九十億美元，並成為全美國最大的共同基金。林區特別指出，我不是故意跟大頭頭「奈德」唱反調，而是在當時好股票（高ROE）簡直遍地都是，而心胸十分開闊的奈德，只是在旁遠遠地密切觀察，並不時給予鼓勵。奈德傾向於巴菲特式的集中投資法，但是不妨礙他接納我分散投資，沙中再淘金的作法。——只要有好成績就可以了。

雖然林區主持的富達麥哲倫共同基金的投資組合有一千四百多支股票，但仔細統計，全部資金的50%押在前一百支股票上。另外的50%，有40%是平均分佈在八百多支股票上，1%則分散投資到五百支股票上，可以說是佈哨之戰術運用；另9%為現金部位以備加碼用途。

林區會定期追蹤這一千四百多支股票，表現好的隨時進場加碼，表現不好的，在觀察一段時間後，如果仍無起色，就予以割捨再轉成現金部位。

四、索羅斯經過近十年經驗，在投資決策中加入了宏觀策略

金融妖魔索羅斯如是說：首先我是採取「二維法」，即僅選擇一個有爆發力題材的行業來進行投資。而且精挑細選一家管理最完善、獲利最優的龍頭企業，同時也選擇一家條

件與龍頭企業相反的同業（當然需要先行評估該公司還有藥可救），以同等之資金，同時進行投資。索羅斯說之所以挑選Top One的龍頭，乃因它的股票必定會受投資大眾的青睞而經常購買，使得該企業的股價不斷上漲。購買這樣的公司股票，不管是短期或中長期，都可獲得穩定的收益，由於Top One股價較昂，所以持股相對較少。

另外，當他以相對較低價購入大量的「相對較差的公司」時，持股必然較大，因此會受到各界的重視，尤其是這家公司的高級管理階層，在危機意識的驅策之下，將會主動與我溝通，並設法改善營運條件。加上我對Top One龍頭企業又持續加重持股時，將使大家關注兩者是否有購併之題材。

索羅斯透露：當購併之題材發酵時，投資者必定開始分頭搶購較便宜的最差公司，而使最差公司的股價急遽上漲。這家最差公司因市值大幅增加，員工待遇將提高，進而吸引優秀管理及技術人才，參與改善營運狀況。最差公司設備一更新，品質再提升的結果，必導致ROE巨幅增加，當股價與Top One公司股價價差縮小到某一程度，我已將兩家公司的股票分批出脫，悄悄出場了。

不過，索羅斯承認，購買最差公司的股票畢竟還是有風險的。如原管理階層不能痛下決心，虛心向Top One公司取經，而仍一味墨守成規，抗拒改革的話，我將會放出可能會採反手壓低出貨方式的風聲，一則止損，甚至是在最差公司崩盤時，以超低價格承接其經營權。

原管理階層一得到訊息的反應，大都會誠心配合，共同找出轉機途徑。但不可諱言，兩極策略還是存在相當大的風險。為了避免兩敗俱傷的風險，再進一步試圖找出更合理、

更有效的管理辦法。

經過近十年的經驗，我在投資決策中加入了宏觀策略。所謂宏觀策略乃在考慮某項投資時，要先從總體經濟發展的宏觀角度著眼，在能把握宏觀經濟形勢的前提下，才以具體專案入手，落實具體的投資。

自此，量子基金的投資活動，從原來二維選擇提升為三維思考。索羅斯自豪地說：運用三維思考，我們就能在各層面施展才能，可以從容地考慮投資方向，這也使我們在千變萬化的投資環境中，掌握機會，並作出正確的抉擇！索羅斯係以選擇熱門行業，再從該行業之中精選最差公司及該行業Top One公司的兩極交叉運用。既有龐大資本為後盾，又具群眾號召之魅力，還能透視最差公司管理階層心靈深處，此影響力乃造成三利：

1.即最差公司力爭上游，股價漲幅遠勝Top One公司。

2.Top One公司錦上添花，股價再破新高。

3.索羅斯獲利出場時，原投資於最差公司的投資人，或追隨索羅斯投資於最差公司的新投資人，不管離場與否，皆是獲利者。

1934年英國經濟學家約翰‧凱因斯主張：通過撒大網捕捉更多公司來降低投資風險的想法，是嚴重的錯誤。因為投資者對這些公司知之甚少，甚至完全不了解，因此對這些公司的未來根本無法產生信心。再者，人類的知識和經驗，絕對是有其限度的，在某一特定的時段中，我能徹底了解的企業為數不多，從而有信心實際去進行的投資者，也不過兩三家而已。世紀股神及金融妖魔索羅斯，都是凱因斯見解的堅定奉行者。

五、台灣上市企業中應避免投資的產品公司，幾乎俯拾皆是

巴菲特也主張，對於難懂的企業絕對不碰。反觀一般投資人居然對難懂的行業冒險投資，其失敗之機率當然偏高。

世紀股神巴菲特的擇股成功經驗，指出品牌的壟斷性消費性產品公司才是他集中投資組合的標的。根據此項定義明確的積極擇股條件，衡諸國內一千多家上市公司，似乎尚未發現有符合世紀股神的擇股標準的企業。

至於工業產品公司，則是避免投資的消極擇股條件，環視各上市公司，除金融、航運、生化之外，無一不是工業產品公司，所以很難從台股市場中找到適合投資的標的。

六、無法循林區方式，從台股市場中找到適合的投資標的

林區曾說，如果投資人在三十秒鐘之內，無法說明他們所投資的公司是在做些什麼的，那麼這項投資的成功率必然不高。

至於林區所指出，公司管理階層大量購進自家股票的公司，在台股市場不但資訊難以同步掌控，而且公司管理階層若因掌握公司內部利多之消息，而決定大量購進自家股票時，大都透過足以信任的人頭出面承購，以規避在六個月之內出售時，將遭證券交易法歸入權的限制。

因此除了增資股不得不以自己名義認購外，鮮少見到企業負責人以自己名義認購自家股票的資訊。相反的，不管行情正在走高或下跌，幾乎每週都可以看到公司董監事申報賣出自家股票。此也無法循林區的方式，從台股市場中找到適合投資的標的。金融妖魔索羅斯的兩極投資法，需要龐大資金作為後盾。而股匯市雙向操作的聲東擊西策略，即使國家

324

中央銀行都敗在他手中，因此絕非一般散戶可東施效顰的。

應該把所有雞蛋全部放在一個籃子裡，然後好好看住
那個籃子。

——卡內基

如何判別一家企業值不值得投資？

一、消費者還是寧可花兩倍的價格選擇喝慣的品牌

世紀股神如是說：投資在品牌公司（Name-brand
companies），尤其是消費壟斷的品牌公司。例如經過實驗證
明，可口可樂、百事可樂和「沃瑪集團」（Wal-mart）自行調
製的汽水，把商標拿掉後，絕大部分的試飲者，都無法確實
分辨出是那一個牌子。因此沃瑪集團乃信心滿滿的在它擁有
的幾千家連鎖店，擺設自家牌子 "Sam's Choice" 的汽水自動
販售機，同時只以前揭兩家名牌競爭者的半價出售。

結果呢？這兩家品牌的消費者，還是寧可花兩倍的價
格，選擇喝慣的品牌。沃瑪集團還是攻不進可口可樂和百事
可樂這兩個世界名牌的市佔率，頂多只是瓜分其他無名品牌
汽水的少量市場而已。

二、成功的投資與投資者，對投資企業的了解成正比

至於什麼性質的公司應避免投資呢？巴菲特認為：成功

的投資與投資者，對投資企業的了解成正比。技術深奧的工業公司，他的顧客並非一般消費群，而是其他工業公司，這些工業公司不可能跟一般消費者一樣，對品牌能具忠誠度。相反的，他們採購的優先次序，是產品的品質、價格、供貨速度，品牌的考量則是居末的。

　　以一般投資人的角度，事實上不可能了解多個工業公司的同業競爭者，何況利潤越高銷路越看好，技術越提升新加入的競爭者越多，其競爭勢必越激烈。競爭越激烈勢必導致價格競爭，因此利潤縮減乃成為必然。

三、公司的命運並不是由自己主宰的，價格才是成敗關鍵

　　利潤一縮減，甚至有可能導致虧損，因此對於所謂掌握有深奧技術的工業公司之投資，顯然不利於長期持有。更嚴重的，工業公司的命運並不是由自己主宰的，價格才是成敗的關鍵。

　　由於勞工成本佔相當比重，從某些高科技工業的興衰史即可明證。他們通常先從美國移到發展中的台灣、韓國等地，再移到較為落後的中國大陸。

　　在競相以高薪挖角的風氣下，技術製程落差越來越小。尤其中國大陸，產能一提升，待其內需迅速滿足後，必削價爭取外銷市場，如此一來，全球需求將相對自然減弱，供需一不平衡，價格競爭造成惡性循環。這就是巴菲特不願意、也不敢投資高科技工業公司的原因。

四、巴菲特指出：最有價值的商品就是「品牌」

　　巴菲特指出，如果你擁有數百億美元的資金，且擁有選

擇頂尖經理人的權力，就能夠開創一個新企業，並且成功地取代競爭企業的市佔率嗎？如果答案為「不」，那麼這家競爭企業，就具有某類型的消費者壟斷，而這企業發行的股票，就值得讀者長期投資。

還有一種與傳統不同的股票，它既沒有工廠，也沒有土地，甚至沒有硬體資產。實際上，它唯一最有價值的商品，就是「品牌」，也就是它的名字。例如美國運通公司。

巴菲特認為，無現金社會已來臨，率先發行旅行支票、而且普遍被各階層接受的美國運通，將是這場革命的導航燈。因此美國運通這塊金字招牌的特許權價值，意味著獨佔市場的權力，沒有任何競爭者可以撼動它的地位。

五、當年投資美國運通公司的股票至少增值了一百倍

當美國運通公司涉入提諾·德·安吉利牌沙拉油醜聞事件，面臨一場責任未定、勝負未卜的官司，股價從原六十美元跌至三十五美元時，巴菲特將公司40%的資產約一千三百萬美元買進美國運通公司的股票，佔當時美國運通公司的5%。其後三十年之間，巴菲特又增資到握股為10%，你猜另外5%花了多少錢？答案是十四億美元。當年投資美國運通公司的股票至少增值了一百倍。

六、投資大師林區如是說：快速成長股是我的最愛

快速成長股的特徵是小型而且富爆發力。每年成長在20%至25%之間。只要你眼明手快，它們往往是十壘安打至四十壘（每四壘即一倍獲利）安打的密集區，甚至有兩百壘安打的紀錄呢！

而快速成長股未必是快速成長產業。在緩慢成長行業，只要找到成長空間，照樣可以擠下同業的生存空間。例如啤酒原屬成長緩慢的行業，結果有一家安豪塞－布什公司創立了百威啤酒，它攻城掠地，從競爭品牌吸引了泰半的市佔率。風險是規模較小的企業，則常有破產倒閉的風險；而規模較大的快速成長股，一旦成長趨緩股價將迅速回檔。因此成功的訣竅是要能推估其成長趨平時，在股價尚未下跌之前，即迅速獲利了結。

七、巴菲特的最愛：公司內部人士競相買進自家股票的公司

另一種股票，同樣獲得林區及巴菲特的最愛，那就是公司內部人士競相買進自家的股票，尤其是高階管理人員傾囊從市場上蒐購自家的股票，這樣更能保障公司長期發展的成功率。

相反的例子，就是企業負責人不管是什麼理由，如開始大量拋售自家股票時，該公司股價極可能將開始挫跌。其崩跌理由乃企業負責人及高階管理人員掌握公司第一手業務機密，若是訂貨超過全能生產量，品質符合標準交貨期準且獲利穩定者（超額利潤將招來新競爭者），必定會趕緊從市面蒐購自家股票。

八、對「甜甜圈」的市佔率以及競爭者已經瞭若指掌

林區認為，有兩家同樣財務健全、經營完善的公司，一家是平凡單調，技術已成熟，再進步的空間可能不多，因此競爭顯然不激烈；另一家則是從事高度競爭，產品精密且複雜，如果只能選擇其中一家來投資的話，他將會選擇前者。

328　　　　理由十分簡單，吃了一輩子的甜甜圈，換了一輩子的輪胎，對他們的市佔率以及競爭者，已經瞭若指掌，因此對於這些產品性質，已培養出一種特殊的直覺。假使換成什麼微處理器，或是雷射光束的話，坦白說一定是瞎抓，矇對了才會賺錢，但也有可能不到半年，股價從三位數變成兩位數的也不勝其數，若變成個位數或甚至下市的，亦所在多有。

九、林區說：不敢投資技術深奧的工業公司

　　林區說：我跟巴菲特一樣，不敢投資技術深奧的工業公司，尤其是電腦科技公司。因為這行業不像旅館或零售業，你可以清楚地看到競爭者緩慢地攻進我們原有的市場，你可以在自己市場被競爭者瓜分或取代前，從容抽身而退。反之，一個天賦異稟而且具強烈的成功企圖心的小夥子，躲在書房玩電腦沒多久，完成了新的程式，創造了性能更好、甚至價格更低的新產品，就可以在一夜之間，在你措手不及時將你擊敗。

十、以內部套利為例，就是索羅斯的創新

　　金融妖魔索羅斯則說：「能在金融領域中創新是制勝的祕訣。而創新的機會比野草還多，以內部套利為例，就是我的創新。我的特點就是沒有特別的投資風格，我追求的是使自己的投資方式能隨機應變，只要掌握多空轉折點，股市漲或股市跌，都可以從中獲利。所以『轉機股』是我的最愛，漲過頭的『熱門股』，只要漲勢遲緩，一折頭就是我俟機放空的目標。」

十一、剛出道的索羅斯既可做多又可以放空

在房地產剛剛呈現發展契機，但其股票市價尚低時，他不顧合夥人的反對及不解，大筆敲進。相反地，正當房地產信託股漲勢凌厲，一波波突破新高時，索羅斯又突然把這批股票全部拋空。

不久果然房地產即告崩盤。在既可做多又可以放空的戰術交互使用之下，令當時剛出道的索羅斯逐漸受到矚目。

【第十節】
董監事持股不足者，應立刻拋售該公司股票！

一、董監持股與公司及個人向心力具有高度正相關

國內上市上櫃公司董監持股質押比例超過80%的俯拾皆是。甚至高達99.99%的亦不意外。董監事持股不足的問題更是嚴重。試問，這些以蒐購委託書而掌握整個公司命脈的董監事們，竟然有持股為零張的，顯然是缺乏永續經營的思維。

其持股不足原因有二：其一即放空自家股票之後，整體股市大漲，造成董監事個人財力無法回補。為維持經營權，上焉者散播真真假假的利空消息。股市有句名言：拉抬千斤，崩跌四兩！以求股價挫低回補。因此散戶投資此公司有何勝算？下焉者，掏空公司「落跑」而去，亦屢見不鮮。

2004年1月12日，中國時報財經版有篇文章指出：目前主管機關對於董監持股不足的罰則甚輕，除每次罰款二十四萬元外，亦僅不准於國內外募集資金，對於漠視股東權益的企業而言，根本無關痛癢。董監持股與公司及個人向心力具有

高度正相關。董監持股高的公司，雖說未必一定是績優公司，但營運績效差的公司，董監持股幾乎都呈不足的狀態，主要還是公司利益無法與個人利益平衡。

二、持股比例攸關經營績效

董監持股高的公司，公司經營績效佳，個人受益程度相對提高，董監自然較會用心經營；反之董監持股低的公司，公司經營績效與個人利害關係甚淡，董監事自然難以用心經營，而任憑公司隨勢浮沉。

以鴻海公司為例，該公司近期每年的經營績效無人能出其右，關鍵就在於董事長郭台銘個人名下的持股高達23.9%之多，鴻海的營運績效表現越好，郭台銘本人受惠的程度就越高。試想，一家公司董事持股若不足1%，公司經營績效無論如何卓越，董事受益程度還是很低，又怎能要求董事卯足全力為股東謀福利呢？

三、董監持股不足，遭到市場派挑戰經營權

董監持股不足，所帶來的問題除了是公司經營績效無法充分提升的缺點外，每每到了董監改選年度，一旦市場外圍有心人士對於董監席次覬覦時，就會引來市場收購股權之爭，公司經營權即遭遇嚴重挑戰。過去包括國產車、台鳳、萬有紙業、瑞聯集團、東隆五金、新巨群、國揚實業、中央票、台肥及中櫃等，都是因董監持股不足，遭到市場派挑戰經營權，或是為鞏固自身地位而公開徵求委託書，爆發經營權之爭的典型案例。

四、「徵求委託書」成為大股東或市場人士利用的工具

委託書制度遭到不當濫用：「公開收購股權」與「徵求委託書」是西方先進國家用以制裁、嚇阻經營缺乏效率、責任感不足的經理人及董事成員的兩項利器。但是目前的兩項重要機制卻變相淪為大股東鞏固經營權、漠視小股東權益的魔戒。特別是有心人士利用股東會紀念品當作對價公開徵求委託書，小股東常常只是為了一個價值不到一百元的紀念品而成為大股東或市場人士利用的工具，也喪失自身應有的權利表達。

五、董監事持股不足，最保險的措施就是斷然拋售這支股票

因為委託書制度遭到有心人士不當濫用，證期會於1997年已公佈新的「委託書規口稅則」禁止價購委託書，對於有心人士雖然產生一定的嚇阻功效，但對於持股比例過低的董監事而言，卻仍需要一個強而有力的制裁措施。公司治理是法律、市場機制以及自律等三大功能的展現，若每每董監改選之時，大股東僅靠徵求委託書勉強維持經營權，如此置小股東權益於何處？台股每每遭遇市場利空時，政府總是思考著各種利多措施來激勵台股維持多頭走勢。

其實，強制規定董監持股不足公司全面回補法定持股，或進一步提高法定董監持股比例，這股潛在的強大買盤將是台股走向大多頭市場的最佳票房保證，屆時不論七千、八千甚或萬點都是值得期待的。董監事掌控及監控公司經營，要求其持有一定比例的法定持股，是天經地義的事。

過去主管機關對於公司董監事持股不足過於縱容，相關罰則亦過於輕微，如此損害的不僅是所有大小股東的權益，

更是阻礙公司經營績效進步的重要關鍵。總之若發現董監事持股不足或質押比率過高，最保險的措施就是斷然拋售這支股票。

【第十一節】
美國投資大眾對員工「股票選擇權」的認識

一、股票選擇權反而淪為印鈔機的合法執照

國外高科技公司以爭取人才為理由實施股票選擇權，它是一種對公司員工的獎勵方式。由於企業經營者主張，員工如果不能分享公司的成果，不但不能留住人才，也不利於生產力。

而且當員工實施股票選擇權時，公司不必拿出一毛錢，所以依現行的會計原則，不必從公司盈餘中扣除它的價值。不過自「恩隆醜聞」發生後，精明的散戶發覺當公司經營階層及員工實施股票選擇權時，竟然稀釋全體股東權益，使得EPS（本益比）與ROE（股東權益報酬率）產生嚴重落差。從以下三個具體實際案例，足以證明股票選擇權非但未能產生留住人才的原始目的、並激勵企業經理階層努力提高股東報酬的最終目標，反而淪為印鈔機的合法執照罷了。

二、有權以今日的價格，在未來任何時期購買股票

李維特指出，所謂股票選擇權亦即員工股票分紅權，擁有股票選擇權的經營階層及一般員工，有權以今日的價格，

在未來任何時期購買股票。如果股價上漲，股票選擇權持有人可以執行股票選擇權。以原先的低價購買現股，然後立刻轉手售出，賺取差價。

李維特說，多年來，企業經營階層以股票選擇權之被執行或持有時，公司不必拿出一毛錢，因此不必從公司盈餘中扣除它的價值，其實這些說法乃「似是而非」。

公司發出股票選擇權表面也許不必拿出一毛錢，但是有一個隱藏的重大成本，那就是當員工執行股票選擇權時，現有的股東權益將遭嚴重稀釋。

三、有意隱藏事實，讓投資人無法完整評估應有的股價

例如某公司今年稅後淨利十萬元，在外流通股數為一萬股，每股可分得十元。而你持有一千股，那麼你的股權就是10%，共可分得一萬元。但當這家公司發給執行長二千股的股票選擇權，後者一旦執行股票選擇權，公司就得發行二千股的新股票，使你股權從10%遽降為8.3%，分紅也從一萬元降為八千三百三十元左右。而且發出股票選擇權時，等於放棄在公開市場上賣出這些股票的權利，將少收了許多該收的現金。

李維特指出，企業經營者主張不應該將股票選擇權列入企業的最大理由，乃盈餘會巨幅下降，從而不利於股價。這樣的說法，無異是像在抱怨投資人揭穿企業獲利被嚴重灌水，紛紛賣出股票而使股票遽跌。投資人因發現事實而拋售股票是天經地義的事，而企業經營者有意隱藏事實，讓投資人無法完整評估應有的股價。 只要股東大會同意公司以股票選擇權作為激勵員工的誘因，這項股票選擇權即有存在之必

要，只是希望企業經營者完全揭露這項訊息而已。因為不從
盈餘中扣除股票選擇權的價值，一般股東和市場等於被蒙在
鼓裡。

四、要求上市公司應評估本身股票選擇權的合理價值

被譽為「諾瓦克的守護神」的美國財務會計準則委員會
發現這項嚴重弊端，每次有意緊縮這項現行的會計原則時，
就立刻遭到來自高科技經營者透過國會議員的壓力，甚至會
計業者的反對。

但仍於1993年6月間，無異議通過提案，要求上市公司應
評估本身股票選擇權的合理價值，在向證管會申報損益時列
入費用。

不過後來與高爾在2000年搭檔競選總統失敗的民主黨參
議員李伯曼（Joe Liebermam）帶頭反對此案。他提出對證管
會有拘束力的法案，要求禁止證管會執行財務會計準則委員
會有關股票選擇權的規定，也要求削減財務會計準則委員會
的權力，即該委員會所有決議須先經證管會認可，只保有建
議權。

五、矽谷提供的龐大政治獻金，的確發揮了相當大的效力

由於沒有把握法案會通過，因此他又在參議院推動一項
對證管會並無拘束力的決議案，宣稱：財務會計準則委員會
的提案毫無意義，只會對創業家造成嚴重後果，在政經雙重
目標下，透明財報自然無足輕重。

李伯曼所提對行政部門有拘束力的法案並未過關。對行
政部門無拘束力的決議案竟然以八十九對九票的懸殊比數通

過。是足證明矽谷提供的龐大政治獻金，的確發揮了相當大的效力。在國會介入之下，財務會計準則委員會不得不提出較寬鬆的會計準則，即要求企業在損益表的附註中，應揭露股票選擇權的合理價值的細節。讓精明的投資人一窺究竟，不過，一般投資人則「啥咪碗糕」都無從了解。

六、有近半數的投資人投票反對發行新的股票選擇權

　　企業濫用股票選擇權，已讓退休基金等大型法人機構產生危機意識，紛紛透過代理委託書制度求取反制。當董事會批准發行股票選擇權時，勢必要發行新股，此無異是稀釋在外流通股數。

　　換句話說，股票選擇權的發行必然使股票價值縮水。由於各高科技企業均普遍實施股票選擇權制度，人員跳槽乃家常便飯，學術界早已質疑股票選擇權在留住及激勵人才上還有多少功效。因此，引起散戶的重視，紛紛提案要求企業在發行新的股票選擇權或調整股票選擇權價格時，必須取得股東同意。甚至有近半的投資人投票反對發行新的股票選擇權。

七、股票選擇權反而使高階主管產生操縱自家股價的誘因

　　美國聯準會主席葛林斯班（Alan Greenspan）抨擊高科技企業紛紛採用股票選擇權，最大的原因是會計原則鬆散，管理階層有80%以上的報酬來自股票選擇權。不幸的是，股票選擇權未能使員工與公司真正的老闆，即大至退休基金小至僅有一張持股的散戶的利益一致。不但如此，股票選擇權的行使，反而使高階主管產生了操縱自家股價的誘因。就此，

葛林斯班提出幾個鐵證：

（1）執行長艾利森執行股票選擇權，個人獲利七億餘美元

聯準會成立專案小組進行調查的結果，從1995年至2000年，標準普爾500指數之中，五百家成分股的平均盈餘，從原來公佈的12%，遽降為9.4%，換句話說，五百家成分股企業的總盈餘之中有21.66%是由五百家執行長及其他少數的高階管理階層所獲取。

以甲骨文（Oracle）的執行長艾利森（Larry Ellison）為例，在2001年執行股票選擇權時，個人即獲利七億餘美元。如果股東們也依比率獲利本無可厚非，甚至應予鼓勵才是。但是在同一年度，由於公司未能達成財測目標，致公司股價重挫57%，而在公佈實際盈餘數據之前，甲骨文（Oracle）的執行長艾利森因掌握公司各項機密數據，因此早已行使股票選擇權，並出售獲利了結。尤值一提者，甲骨文並非經營虧損，只是實際盈餘數據與財測目標略有差距而已。

（2）思科系統執行長股票選擇權收入高達一‧五億美元

再舉兩個公司營運虧損、而企業經營階層亦早已行使股票選擇權，並在公開市場分批出售獲利了結的著名例子：首先是思科系統，如果把股票選擇權列入2001年度的費用，思科系統的年度虧損將由原來公佈的十億美元，暴增為二十七億美元！

換句話說，思科系統執行長「錢多斯」的經營能力，事實上已使公司帳面虧損了十億美金，而且股價腰斬又腰斬。思科系統原五千六百億美元的市值折損75%以上，全體投資人損失了四千二百億美元，但投資人尚須支付十七億美元的代價，給已行使股票選擇權的企業經理階層。執行長錢多斯

的年薪加紅利是一百三十萬美元，股票選擇權的收入卻高達一‧五億美元之鉅。

（3）恩隆財務長行使股票選擇權，撈走了十二億美元

　　另一家就是引發美國金融風暴的「恩隆」公司，美國五大聯合會計師事務所之一的「安達信」，既是恩隆公司的內部稽核，也一直是恩隆外部的「獨立查帳公司」。換句話說，安達信一直在審查自己為恩隆所做的帳。做帳取得二千五百萬美元的報酬，但查帳卻能取得二千七百萬美元的查帳費用，以及七千三百萬美元的放水費用。在這種「選手兼裁判」的情況之下，該公司經營階層以「偷天換日」的手法，成立了數百個所謂的「特殊目的個體」（SPE），也是台灣上市公司以多角化經營為名，轉投資所謂的子公司，甚至是子公司又轉投資的孫公司。

　　恩隆公司財務長未迴避利益，竟兼主持部分的SPE公司，而這些SPE公司的做帳及查帳竟然也是安達信。因此，「恩隆」有機會利用這幾百個子公司的假帳，使恩隆盈餘大灌其水，然後乘股價大漲時行使股票選擇權，而撈走了十二億美元。待東窗事發，恩隆股價從2000年第三季的九十美元，跌至2001年12月的幾角以下。2001年12月2日全美排名第七，營收一千億美元，市值逾七百五十億美元的恩隆申請破產，頃刻化為烏有。

【第十二節】
曹興誠首創員工分紅配股制度成為眾矢之的

338

一、曹興誠質疑張忠謀向來自豪的誠信原則

根據2004年11月10日中時晚報陳碧芬的報導，電子業員工分紅制之爭越演越烈，聯電董事長曹興誠在一場演講中，公開批評張忠謀，員工分紅自己拿得最多，但卻批評這項制度，他對張先生的「誠信」打上一個問號；而宏碁董事長施振榮則以較含蓄的方式，強調此制度該如何改進，應該業界共同商討建立共識。

曹興誠與施振榮是在參加「2004台灣創投論壇」的專題演講時，作了以上表示。曹興誠表示，對台灣科技企業的員工分紅制，市場派的說法是認為，分紅配股會造成股本膨脹，進而稀釋股東的權益，因此主張降低甚至取消員工分紅配股，而此配股亦應列為公司的費用支出。

但曹興誠強調，以他與員工的角度來看，這個制度卻是讓員工與股東共患難的最佳制度，同時也是留住人才的方法。接著他話鋒一轉說，員工分紅配股制最大的獲利者是台積電與張忠謀，因此張先生應該出來為此制度辯護，可是他卻沒有，不但沒有，反而扯後腿，批評這個制度是鑽法律漏洞、一失足成千古恨等。本來以為他就不會領，以為他會取消，結果他還是股票照發，自己還領得最多。所以，他對他的誠信，實在是打一個大問號。

「忠」於其事乎？切忌為己「謀」。
「興」於其業也，端在守信「誠」！

二、曹興誠說自己擔任聯電總經理期間，只領八萬元月薪

曹興誠說自己擔任聯電總經理期間，只領八萬元月薪，

從未要求加薪半毛錢，2001年開始，即停止配股及薪資，但張忠謀每年領取上億元高額員工分紅。曹興誠自己不分紅，卻不惜形象捍衛員工分紅；張忠謀支領令人眼紅的分紅，反而嚴詞批評分紅制度，兩巨頭「做一套、說一套」，徒然讓員工分紅爭議越演越烈。商場如戰場，自古皆然，張、曹瑜亮情結，確實帶動國內晶圓代工成長，也拉大雙雄與同業間的競爭優勢，不過，張忠謀與曹興誠如今已貴為電子業龍頭，仍不時隔空喊話、相互叫陣，尤其曹每每主動出擊，激怒張忠謀，兩大巨頭「狂飆少年」式演出，看在股東大眾眼中，真是有點啼笑皆非！

三、中國時報社論以「惡質」的分紅制度視之

2004年11月14日中國時報的社論以「電子業鉅額分紅的制度是該檢討了」為題指出： 電子業員工分紅，究應視為盈餘分配，抑或視為經營費用，過去一年多以來，多次引發各電子業「公司派」與「市場派」兩類股東爭議。日前，聯華電子董事長曹興誠在一項研討會中，公開抨擊台積電董事長張忠謀，使得電子業員工分紅制度，未來究應何去何從，再度引起外界關切。電子業員工享有高比率、高額度的分紅，世界各國皆然，不過只有台灣獨樹一幟，將分紅列為盈餘分配。

台灣之所以如此異於國際趨勢，背後有其歷史背景與時代意義。民國七十年代末期，台灣電子業小有基礎，蓬勃起飛之際，以DRAM為主的業者，為了低價搶攻海外市場，刻意壓低生產成本與費用。亦即，因為帳面上的成本費用低，所以可以在海外市場刻意壓低售價，擊敗競爭對手。為了壓

低成本費用，這些業者所列報的薪資費用極為低廉。年度結束後，收入減去成本與費用，就是大量盈餘，然後，提撥相當大比率的盈餘，以股票股利的方式，分配給員工，作為紅利。

DRAM業者起了頭，其他電子業者紛紛跟進，立刻蔚為風氣，電子業員工低薪資、高紅利，乃成為台灣資訊工業獨特的現象。聯華電子董事長曹興誠即宣稱，他有很長一段時間，月薪台幣八萬元而已，靠的全是分紅。於是，整個電子業約定俗成，每年盈餘當中，有相當大的比率，不對外分配給廣大股東，而用於對內配給員工。

在股市繁榮、電子業火紅竄升的年代，股市投資人有利可圖，對於這種惡質的分紅制度，忍耐力較大。時至今日，股市不復往日雄風，而電子業穩賺不賠的神話也逐漸破滅，地雷電子股接二連三引爆，雞蛋水餃電子股層出不窮。在這種大環境裡，來自市場的廣大投資人對電子業「配股分紅」就不太能接受了。

這種分紅方式，表面上公司賺取大量盈餘，實質上，這些盈餘相當一部分並未分配給股東，而是轉分配給公司員工。若干較極端的例子，甚至出現「虛盈實虧」的假象。在股票市場，除非投資人時時刻刻仔細查閱各電子公司財務報表，否則，即使專業分析師，都無法精確掌握實際的每股盈餘。也因此，證券投資市場當中，不僅小額散戶投資人，對電子業「發放股票股利，分配盈餘」的紅利制度不滿，連國際知名的外商投資機構，都公開質疑這套制度，表示這套制度模糊了電子業實際業績，讓外資格外謹慎，不願輕易買進。在這種氣氛之下，這兩年電子業內部也出現自省思維，

將紅利由盈餘分配改變為經營費用的呼聲，也越來越高。

不過，現行商業會計法第六十四條卻明文規定，紅利不得列為費用。所以，在商業會計法修正之前，業者只得繼續維持以分配盈餘方式，發放紅利的制度。不過，同樣是分配盈餘，業者還是順應形勢，改變了分配方式，減少股票股利，增加現金股利。例如，台積電2004年就極為罕見地發放了現金股利。

就事論事，上述發放股利與轉列費用的論戰，只是電子業各公司之間茶壺裡的風暴。對廣大股市投資人而言，「分配盈餘」分紅，或者「轉列經營費用」分紅，只是「朝三暮四」與「朝四暮三」的形式差異，實質上，都是侵蝕公司盈餘。廣大股東所關心的，不是分配紅利的方式，而是分配紅利的額度。如果電子業還是假「員工與公司共患難共富貴」之名，發放鉅額紅利給全體員工，就算改變形式，由分配盈餘轉列為經營費用，還是一樣侵蝕盈餘，一樣侵蝕股東權益。

以2004年為例，聯發科、晶豪科等高價電子股，平均每名員工可分配股票加上現金，總額高達六百九十三萬元及二百七十八萬元，是各上市櫃公司最高的前兩名。而其他包括鴻海、思源、群光、建興、大立光、廣明、凌陽、智原及瑞昱等公司，每名員工的分紅總值也都在百萬元以上。

電子業應該認清時代與潮流皆已轉變，大環境不再容許業者如當年般，股價呼風喚雨，點石成金，因此，業者過去所慣用的分紅心態，也應該與時俱進，順應變革。亦即，決定員工紅利時，必須適度為之，勿再罔顧廣大股東權益而以鉅額紅利自肥。

四、股市專家謝金河認為員工分紅配股是「劫貧濟富」！

據自由時報記者高嘉和、陳梅英的報導：《財訊》副社長兼執行長謝金河與聯電董事長曹興誠槓上，謝金河抨擊上市櫃公司每年提撥大量的員工分紅配股是劫貧濟富，造就了少數科技新貴卻坑殺了大多數股東，更讓外資法人強烈質疑這些科技公司財報的真實性。

謝金河他強調，員工股票分紅理應帳列費用，決定股票分紅的董事長或董監事，更不應該成為分紅者，假如這些科技業者不改變作法，當市場覺醒時，這些公司股價會跌到只剩十元。

謝金河以上市的面板零元件廠力特為例，力特2003年稅後淨利約十三‧九八億元，但員工分紅配股假如按市價計算，高達十一億餘元，試問假如這些分紅配股帳列費用，那力特只賺一億餘元，每股稅後盈餘從六元掉到剩一元不到，那力特的本益比就高達七、八十倍，而非只有十幾倍。

他說，這情形在科技業十分常見，在科技股股價高檔時，甚至有員工分紅配股市值超過當年度稅後盈餘，這樣公平嗎？如不將員工分紅配股帳列費用，這些公司編列的財報怎麼取信於人？

謝更直接點名晶圓雙雄，他指出，台積電股本十年來膨脹超過十倍，達二千三百億餘元，聯電也有一千七百億餘元的規模，試問這兩家公司每年的營收、獲利有等比例成長嗎？答案是沒有，且每股營收還在逐年下降中。

謝金河強烈建議，金管會應該要求員工分紅配股帳列費用，讓財報真實顯現大量的員工分紅對公司獲利的影響，主導員工分紅的董事長及身兼經理人的董監事，都不應該參與

分紅，且應限制員工分紅股票的發放，至少要在填權後才能發放股票。

對於謝金河的抨擊，工商協進會理事長黃茂雄轉述曹興誠回應，曹興誠說，他個人已不參與員工分紅，但為吸引優秀人才，員工分紅配股還是必要的作法，否則留不住人才，台灣科技產業還有何競爭力可言。力特公司也說，為了吸引優秀人才，這是不得不然的作法，只要每年獲利成長幅度大過於每年股利成長幅度，公司仍會持續這樣的作法。

發「財」須有道，資「訊」應傳真。
語「金」罕不中，懸「河」盡珠璣！

五、外資券商主管建議：應該減少員工配股比例！

根據記者王孟倫台北報導指出，台灣企業的「員工分紅配股制度」，近兩年多來成為外資圈最詬病的議題，外資券商主管表示，不僅員工分紅配股稀釋每股盈餘，更導致財報失真，因此建議應該減少員工配股比例，並在財報科目改列為「費用」。

台灣高科技員工每年動輒百萬元的分紅配股，總是羨煞許多人，但德意志證券台灣區總經理李鴻基則認為，「員工分紅配股制度嚴重傷害股東權益」，因為員工分紅並非是由企業付出，而是由所有股東買單。

美林證券一位分析師指出，許多外資法人客戶對於台灣的高科技員工分紅配股制度，已經到無法忍受、甚至抓狂的地步。

他表示，員工分紅配股讓股本快速膨脹，稀釋了公司的

獲利能力，更重要的是讓財務報表失真。因此他建議，台灣高科技業可先朝向提高現金股息、減少股票股利，來降低外資法人的疑慮。員工分紅配股，其實不一定是壞事，但外資在意的是財報資訊是否真實、是否透明而已！

　　摩根大通（JP Morgan）台灣區研究部主管余婉文表示，透過分紅配股可以激勵員工士氣，這點對企業經營是正面。不過，余婉文更強調，在美國，大多數公司已將員工分紅配股改列為「費用」；如果台灣的資本市場要與國際接軌，就必須比照國際會計準則，將員工分紅改列費用。

　　員工分紅配股改列費用，到底影響有多大？根據台積電財報，2003年台積電全年獲利四百七十二億台幣，但配給員工、經理人的股票紅利市值高達九十九億台幣，加上其他調整項，台積電獲利只剩三百八十六億台幣，馬上縮水18%。聯電方面，2003年原本獲利一百四十億，員工分紅配股市值約二十九億，加上其他調整項，美國會計準則下的聯電獲利只剩下一百零四億元，獲利縮水幅度25.7%。

六、會計師看法：分紅費用化是必然趨勢

　　會計師認為，為了讓一般散戶投資人一目了然公司真正盈餘，並與國際會計準則接軌，分紅費用化是必須走的路。會計師表示，不管是歐洲、亞洲使用的國際會計準則，或是美國的會計準則，都是將分紅列為費用計算，唯獨只有台灣是用盈餘在分配員工分紅，為了和國際的會計準則接軌，將分紅列入費用應是未來趨勢。此外，2005年元月起歐洲國家也將把股票選擇權列入費用計算，讓財報更加透明化。

　　證期局官員指出，員工分紅是否列入費用計算的問題，

涉及到以經濟部為主管機關的商業會計法的修訂，應採取逐步調整的方式進行。

七、所謂盈餘都是未分配董監酬勞和員工分紅的灌水盈餘！

　　會計師指出，外資法人詬病員工分紅已久，其實外資法人還懂財務，要分辨公司實際盈餘不難。財報本來就會在附註中揭露董監酬勞、員工分紅等項目，而主管機關日前也要求各公司必須更為細詳地揭露，例如原本以員工分紅總額揭露，現在必須把副總級以上員工的人數及分紅金額較為詳細地公佈。不過，一般散戶投資人或是沒有時間，或是沒有足夠財務知識解讀財報，可能只有從媒體得知公司獲利狀況，而一般報導的盈餘都是未分配董監酬勞和員工分紅的「灌水盈餘」。

八、張忠謀同意將員工分紅配股，將轉列為員工待遇的「費用化」！

　　高科技公司的員工分紅配股制度，長期被市場批評是「肥了員工、瘦了股東」，近來引起金管會證期局的高度關注，對此，台積電董事長張忠謀首度指出，未來應將員工分紅配股以市值金額計算，轉列為員工待遇的「費用化」作法，才能基本解決員工分紅配股的爭議。

　　在此之前，包括張忠謀等高科技業者，均認為員工分紅配股制度，是台灣科技產業吸引優秀人才的創新經營模式，聯電董事長曹興誠日前更指出，這項制度是台灣科技產業在人事管理方面的一大創新，但市場派卻一天到晚醜化分紅配股制度，曹興誠甚至認為，這個制度對企業成長與公司治理

346　都有很大的貢獻。

　　不過，張忠謀在《天下雜誌》舉辦的一場演講上，公開回答聽眾的提問時，卻出人意表地一反過去捍衛員工分紅配股制度的立場，表示在兼顧保障員工權益以及股東合理報酬的考量下，員工分紅配股制度必須重新在員工及股東兩者之間，尋求新的平衡點，而基本的解決方法則是將應分配給員工的盈餘，改列在員工待遇的項目之內，成為公司人事費用的成本，才不會出現少部分公司，員工分紅配股市值高於公司實質盈餘的不合理現象。

【第十三節】
曹興誠為員工分紅配股制度辯護

一、最重要的是讓員工有用面值轉換成增資股票的權利

　　唯據聯電公司董事長曹興誠表示：台灣IC工業的競爭力，甚至可以講所有電子業的競爭力，都和分紅入股制度很有關係。這是我們聯電從1983年就開始實施的，後來逐漸普及到業界。其實分紅入股是比較簡化的名詞，嚴格說起來，分紅入股並不是分紅，最重要的是讓員工有用面值轉換成增資股票的權利，這個是真正分紅入股制度的精髓，如果你讓員工照市價去買，那就達不到分紅入股的效力了。

　　分紅入股在我看起來，是帶來了管理上的革命，第一，勞資之間的界線消弭了，因為分紅入股之後每個人都是股東，同時也是勞工，像我也是勞工，每天都很勞苦，可是我

也不能去抗議誰，因為我也是資方，所以說勞資的界線就消弭了，股東和員工能夠雙贏。

二、分紅入股制度也讓創業精神大大的增強

另外分紅入股制度也讓創業精神大大的增強。為什麼呢？因為我們有分紅入股制度，所以我們給的薪水大概只有日、美、歐的四分之一，高階幹部的薪水事實上連四分之一都不到，大家主要的收入來源都是靠股票，股票就是看它的價格，所以大家就拚命，也就讓大家都有一種創業的精神。

如果說公司做不好，股票是水餃股，那薪水是很慘的，恐怕不足以養家。這中間還有一點是興利防弊可以兼備，因為大家都是股東，不會像日本很多公司認為花公司的錢是佔便宜的心態。可是分紅入股讓大家都是股東，會認為為什麼要把錢浪費在外面，把盈餘留在公司裡面，這樣大家的股票都可以賺錢，所以這對於興利防弊都可以發揮很大的功效。

三、企業成長與分紅入股可以互相推升

曹興誠強調：「企業成長與分紅入股可以互相推升，另外就是我們可以從世界吸引一流的人才，讓專家治理取代外行股東的干預。在八〇年代以前，政府每次談到科技工業如何發展，第一個面臨的最大困難就是人才，那時候要從國外請一個人才來，非常的辛苦，回來的人也覺得好像上刀山下油鍋，有種一切都放棄了的悲壯心情。現在就不會有這樣的情形。現在國外有很多人都想要回來，所以這徹底改變了我們在人才吸引上的劣勢。」

四、分紅入股制度，比股票選擇權好很多！

曹興誠說：「我認為分紅入股制度，比國外盛行的stock option（股票選擇權）好很多，很多國外回來的人常常喜歡說stock option好，可是stock option去年在矽谷變成是一個陷阱，很多人深受其害，因為stock option並沒有和市價差太多，所以有人去申購，一買了以後就有tax liability（納稅責任），就要繳稅了，可是後來股票跌下來，他把股票賣了都不足以交稅。

「去年在加州矽谷很多人被這個制度陷害了。通常公司經營比較不好、股價很低的公司可以發給你股票選擇權，等以後公司好了、股票漲了，員工可以賺很多錢，可是對於經營狀況非常好、股價已經相當高的公司，股票選擇權就失去動力了，因為股價已經很高了，再漲上去的空間不大，員工拿這個股票選擇權也沒用，反而變成熄火了。

「可是我們的分紅入股制度是公司經營越好，它的火力越強大，好像一列火車跑得越快，它的引擎越有力氣，這一點而言是遠勝於股票選擇權，所以說土產的不一定不好。分紅入股是聯電開始推動的，我認為現在已經成為高科技產業成長的要素之一。」

五、分紅入股會不會厚了員工、薄了股東？

曹興誠再強調：「有人會問，分紅入股會不會厚了員工、薄了股東？我們從1983年開始推動，1984年正式開始分紅入股，到去年為止，原始股東，也就是1984年持有一張股票，一千股的股東，經過不斷的配股，今天已經變成了五萬七千七百八十六股，每股成本從十元變成〇‧一七元，用現在的市價來算，大約賺了兩、三百倍，目前的股價當然委屈

了一點。」

六、員工每年配股只佔目前股本的4.63%，每年平均只有稀釋0.25%

曹興誠又說：「員工每年配股，累計分紅到現在的股數是六億一千七百八十二萬六千六百四十五股，事實上只佔目前股本的4.63%，每年平均只有稀釋0.25%，並不是像大家想像的這麼多，可以說是雙贏。

「當然最近有些設計公司分紅分得很多，我就有點緊張，趕快去做道德勸說，我說分紅入股制度雖然好，可是你們這種分法，會把它給毀了，還是要有點節制，尤其有些設計公司的員工本身就是股東，實在不應該分這麼大的數目。以聯電來講，以前是所有員工沒有一股，是一直慢慢分到現在才有這個數字。我們剛開始章程裡的分紅比例是25%，後來又陸續降到12%、8%，所以可以說分紅入股是雙贏的一個結局。因此中國時報社論中所指，『每年盈餘當中，有相當大的比率，不對外分配給廣大股東，而用於對內配給員工。』並非事實。」

對於員工分紅納入營業費用，曹興誠認為是一項錯誤的觀念。他說，把員工分紅列入營業費用，並不符合會計原則，因為分紅是從公司的盈餘提撥，不應把這筆款項列成營業費用，一旦列入營業費用，所有帳目編列將會出現問題。

至於國外盛行的股票選擇權制度，在費用認列上也有頗多爭議，並不能和實際配股混為一談。曹興誠指出，目前有多數市場派人士強烈批判員工分紅配股制度，並用很牽強的理由將電子股下跌全部歸咎在員工配股上，不斷挑撥投資人

敵視、仇恨電子公司，根本就是把這項好的制度污名化；而很多人認為員工分紅配股後公司資本將會持續膨脹，直接影響獲利能力，因此應該將利潤以現金發還給股東，如果高科技廠商屈從這種論調，是相當危險的。

曹興誠表示，今天國家為什麼要提供高科技業免稅，就是希望業者能透過不斷投資、不斷成長，並帶動國家經濟同步成長，如此一來就算失去課稅利基，對國家來說也是利大於弊，因此免稅對高科技業而言是一種優惠，但是相對來說，業者也肩負著要投資、要成長的使命。

曹興誠說，一旦高科技業停止擴張資本，就沒有相對的利基進行重大投資，可能導致「小本經營，高度負債」的危機，甚至成為「地雷股」，這是相當危險的。

對於市場建議透過調高員工實際薪資，取代分紅配股方式，曹興誠也認為這種方式並不完美。他指出，當初公司法訂立員工得以就公司盈餘分得配股，其中一大考量就是希望透過一般化的薪資，吸引外資投資高科技產業，一旦薪水調漲得太高，相對來說人力資本支出增加，對外資而言則會失去投資吸引力。

曹興誠舉近年來中國IC設計業和印度軟體業蓬勃發展為例，主要就是因為當地員工薪資所得較低，因此可以吸引投資，但若公司有獲利，這些地方的員工待遇並不會太差。

曹興誠強調，如果在員工分紅配股時間點及比例上權宜得當，員工分紅配股制度絕對是正面影響居多。他表示，現行員工分紅配股，只有一種情況對股東最為不利，也就是股票在除權交易時，股東持有股票雖然增加，但股價也因除權交易向下調整，因此股東不但沒有得利，反而還要負擔員工

分紅而造成虧損。

　　曹興誠說，過去電子股填權時間短，因此爭議較小，但是近來電子股填權腳步趨緩，這一點就頗為人詬病，因此他建議未來員工分紅股票在適當填權前，應該先暫時鎖住，以後的發放，也應視填權情況而定。

　　至於比例原則方面，曹興誠表示，相關規定都明載於公司章程內，以聯電為例，5%就是5%，一切都很透明；至於多少的比例才算合理，則視公司不同而定，依他的看法，如果公司股本越大，以透過設備產出的獲利較多者，分紅比例可以減少，而傳統產業勞力密集，員工相對比較辛苦，則可以考慮以較大的分紅比例回饋員工，一切都可視狀況彈性調整。

　　從而中國時報社論中的觀點：「年度結束後，收入減去成本與費用，就是大量盈餘，然後，提撥相當大比率的盈餘，以股票股利方式，分配給員工，作為紅利。」與事實顯然有所出入！

　　曹興誠表示，聯電二十多年前以五微米技術及新台幣五億元的資本起家，當時許多廠商與聯電規模相當，卻堅持不實行員工分紅配股，結果二十年下來都沒什麼成長，如果當時聯電也秉持著「小本經營」的態度，根本不會有現在的成就，因此如果能兼顧到配股時間點及比例原則，其實員工分紅配股並不是問題。他強調，員工分紅配股並非強制規範，各公司可以自主決定是否要實施。如果某些公司經過考量後決定不實行或減少發放比例，也不要一味地批評或將這項制度污名化，甚至攻擊實行員工分紅配股的公司，因為這樣只是徒增社會的對立而已，並沒有任何好處。

【第十四節】
巴菲特與張忠謀的經營哲學的比較！

　　茲將「世紀股神」巴菲特，與近兩年收入逾七億元紅利的張忠謀先生的經營哲學兩相比較：

一、巴菲特把醜話說在前頭

　　巴菲特認為市場是非理性的，未來都是不確定、不可預測的，因此將中國「醜話說在前頭」的哲理充分應用在年報上，巴菲特一再警告投資人，未來一年ROE可能不如今年，而不像國內上市公司季報，美化帳面是唯一選項！

二、股價折損近半時，巴菲特曾「下詔罪己」

　　巴菲特的A股，在1998年6月時，市值每股高達八萬四千美元，1999年3月那斯達克指數創歷史新高5,400點時，竟跌至四萬零八百美元，腰斬一半以上。當股價折損過半時，他泰然地下詔罪己：「即使烏龍偵探克魯索（指電影中的低能偵探），也能一眼看出你們的主席有過失，我的資產分配一科不及格，頂多也只有D級。」但2000年底，股價又戲劇性的攀升回七萬一千美元。

三、巴菲特指出大多數企業的年度報表是虛假的！

　　巴菲特認為大多數企業的年度報表是虛假的，幾乎每個公司都會犯錯，只是程度大小而已。大多數企業負責人在報告財測時樂觀有餘，誠信穩重則不足。此一作風，或許可以滿足企業負責人自己短期的利益，就長遠宏觀的角度來看，

對企業負責人或眾多投資人都沒有好處，企業負責人賠上無價的誠信風評，投資人賠上有價的資金。企業負責人誠信一有瑕疵，終生相隨，投資人股值若有折損，隨時可以選擇撤回投資，孰輕孰重極易分辨。

四、張忠謀的「第一隻春燕」，竟啄瞎了外資的眼睛！

台積電（2330）自從2000年2月11日創下二百二十二元的歷史天價後，股價即一路下跌。2001年4月間，竟跌破一百元的重要心理關卡。台積電董事長張忠謀為了穩住投資人信心，乃公開發表談話，指出他已看到：「第一隻春燕。」但聯電曹興誠卻公開「吐槽」，不但表示看不到燕子，還率先宣佈獲利減弱的警訊，兩巨頭對景氣看法不同調。

值得特別一提的，剛獲准開業的外資券商「德意志證券」（Deutsche Bank），在2001年9月卻獨排眾議，以PC電腦產業不振、網路泡沫化、半導體需求衰退、IBM加入晶圓代工業、中國大陸產能逐漸出來等理由，認為在僧多粥少的情況下，晶圓代工業勢必走下坡。因此率先將台積電調降投資評等為賣出。

等大家發覺台積電走勢開始疲軟時，甚至再調降投資評等為強烈賣出（Strong Sell）。由於此卓見，德意志證券這位新生的市佔率竟從榜外躍居TOP10之內。由於當年德意志證券還是外資券商的新生，研究團隊尚在整合之中，因此並未引起外資法人跟進。

但事實上，不但國內分析師、投顧老師及一般投資人相信張忠謀先生看到的第一隻春燕說，紛紛採取攤平或買進，甚至連被譽為投資圈金童、年薪逾千萬元、一向以「鷹眼犬

鼻」自許的外資分析師也看走了眼，紛紛建議「強烈買進」，最差的也只有中立（Neutral）而已。

不少外資證券分析師認為營收的成長，將促使股東權益報酬率的提升，何況張忠謀現身說法，「春燕說」必將發酵。因此外資「退休基金」以及「共同基金」等法人投資機構乃採加碼攤平。國內很多投資法人及一般散戶，見外資大幅加碼台積電，因此紛紛跟進加碼或攤平。

一向以外資動向馬首是瞻的國內散戶，亦爭先恐後地搶進台積電，結果呢？股價仍一路挫跌，同年10月5日，即半年不到，竟腰斬到四十三・六元，造成內外資法人及散戶均遭嚴重損失。

五、張忠謀表示要讓ROE長期平均超過20%，結果僅爲個位數

2002年第二季，台積電舉辦法人說明會時，張忠謀強調：一個世界級的大企業，將竭力讓ROE長期平均超過20%以上。由於外資法人中的「退休共同基金」規模大，投資策略係以長期持有為主，因此頗多採加碼再攤平。對外資法人動向亦步亦趨的國內一般投資人也隨之進場買進。不料到10月間，竟破底來到三十四・九元，跌幅擴大到84.13%。台積電ROE不但未達到20%以上，甚至僅為個位數而已。

六、第一次上當是對方錯，第二次再上當應該就是自己笨

平心而論，一個企業最高負責人，如因不可抗拒的天災意外事件，或其他任何理由，導致原公開宣示的股東權益報酬率無法達成者，有義務以各種方式告知投資人，由投資人依主客觀條件，自行判斷繼續握股與否。如今，一個企業最

高領導人，對ROE作出前揭宣示之後，竟任其跳票，事先未採預警措施，令人扼腕，事後就何以跳票亦未提出任何讓投資人信服的理由。

這位外資共同基金經理人說，「第一次上當是對方錯，第二次再上當，應該就是自己笨」的教訓，對於這外資分析師根據企業負責人信心喊話即予推薦者，今後將敬謝不敏。如已握股者，不得不修正長期持有的策略，改為波段操作。

七、投資人應即對其領航能力提出質疑，以維護投資者權益

張忠謀的「ROE跳票事件」頗受一般投資人的訾議，尤其是素以ROE能力為選股要件的外資，更是難以諒解。據一位曾經接連兩次「吃悶虧」的外資共同基金經理人指出，張忠謀先生除非被財務、業務、製造、企劃、稽核等相關部門聯手一起矇蔽，不然既公開宣示將竭力讓ROE長期平均超過20%以上，事前一定有相當具體數據，否則張忠謀先生應不至於在春燕芳蹤甫杳，威信新傷未癒之敏感時刻，無由地做此宣示。

這位外資共同基金經理人進一步指出，股價之漲跌，係由市場所決定，因此股價暴跌，尚不應歸責於企業最高負責人。但股東權益報酬率之增減，一個企業最高負責人應可隨時掌握，如果無法掌握股東權益報酬率的增減變化，投資人應即對其領航能力提出質疑，以維護投資者權益。

八、股市七字眞言：萬般拉抬只爲「出」？

更有位對前一節「員工分紅入股制度」有豐富的實務經驗，以及國外ADR及GDR之發行有操作經驗的作手表示，

356

「德高望重」的張忠謀，為何連續以第一隻春燕以及「極力追求長期ROE維持在20%以上」的信心喊話？其目的無非是希望拉抬自家股票的股價而已。

這位市場人士說，以2003年第一金控所發行的「海外存託憑證」為例，董事長陳建隆因同意解除閉鎖期規定，馬上引來國內特定財團以外資名義買進「第一金控海外存託憑證」之後，再肆無忌憚地以借券的方式放空第一金控個股，造成第一金控融券大幅竄高，然後以事先認購的「海外存託憑證」轉換成現股債券。

待多家外資券商再聯手連續大幅賣超第一金控個股，而造成第一金控在定價之前，即大幅挫跌，使得散戶嚴重受損，這些都是外資及本土法人常玩的「套利」金錢遊戲。報導中對陳建隆「丟官」的重要關鍵，乃是同意解除閉鎖期規定所致。

這位作手說，所謂套利，就是利用同一個標的所發行的金融商品出現不合理價差的時候，賣出被高估的，或買進被低估的，進而套取近乎沒有風險的利潤。比如說，每單位台積電海外存託憑證為十美元，因台積電海外存託憑證與現股的轉換比例為5：1，以目前匯率美元比新台幣約1：33計算，換算實際轉換價格為六‧一六元。

若台積電當時股價為七十三元，這時候台積電的海外存託憑證與現股就出現將近10%的折價，海外存託憑證被低估，現股則被高估，所以外資可以放空台積電現貨，買進海外存託憑證來進行套利。

據報導，參與員工配股最大的董事長及經營階層，唯恐部位太大，一時難以在國內市場消化，因此在美國發行「海

外存託憑證」(ADR)；雖折價發行，以近兩年來執行員工分紅配股，即逾七億餘元的可觀利潤！

九、慘遭斷頭或套牢的投資人只能「無語問蒼天」！

台積電自2000年2月11日創下二百二十二元的歷史天價後，股價即一路下跌，2002年10月甚至跌到三十四‧九元。比腰斬又腰斬還低很多，台積電股價的邊挫與經營階層折價在美國發行「海外存託憑證」的因果關係，實不容忽視！如果投資人明白，張忠謀在美國折價發行的「海外存託憑證」對台積電股價的負面衝擊，若徹悟股市名言「萬般拉抬只為出」的真義，再加上了解古諺「人不為己，天誅地滅」的哲理，那會捨「基本面」的利空，技術面籌碼的流竄，誰會貿然相信張忠謀的信心喊話呢？

十、投資人指責張忠謀：「營運創新高，股價接連破底」

2004年5月11日正逢台積電股東大會召開之日，從電視上看到所謂「小股東」抱怨台股漲時台積電漲不動，台股跌時即率先狂瀉，一年多來台積電像隻老牛一般，連動都不動。小股東接二連三在股東大會之中，公開抨擊年薪兩千萬、分紅兩億三千萬元的張忠謀「營運創新高，股價連破底」，一向溫文儒雅的張忠謀也不禁動怒。

2004年員工分紅272,651,363股，股本稀釋度達1.35%，如果以除權參考價四十三‧三三元來計算，價值為一一八‧一四億元。台積電股本二○二六‧六億元，2003年稅後盈餘四七二‧五九億元。EPS為23.31%，ROE僅為14%而已。此與張忠謀原先長期維持ROE20%以上的宣示，也再度「跳票」。國

358　內法人及一般投資者當然也無法倖免。所謂「一葉知秋」，此可從1998年台積電一位電子工程師每年平均分紅逾一千萬元，2003年竟未達四十萬元，跌幅高達95%以上的事實即可明白，僅靠代工，沒有自己品牌的企業，縱使規模及市佔率均階段性曾名列第一，終究像無根的浮萍，必然隨波逐流，匯沖至茫茫股海。

【結論】
張忠謀與曹興誠若扮演「半導體業」分析師，誰較稱職？

　　2004年11月間台積電辦法說會，張忠謀在現場表達「保守看待」半導體前景符合盤面看法，不如前三季那般樂觀，結果是「看空不空」，四十二元的台積電連拉六根紅線來到四十八元，漲幅15%，台積電成為5,597點反攻以來的多頭總司令。反觀曹興誠日前在公開場合談到，半導體景氣明年下半年開始復甦，然後連續三年成長，樂觀的看法，數字會說話，晶圓雙雄從企業經營者的立場，扮演「半導體業未來景氣分析師」的角色，請讀者評評張忠謀及曹興誠的得分吧！

360

【附錄】
投資人了解自己的實力嗎？

　　以下一百個有用的投資名詞，關係到每位投資者的權益，或作為投資之前判斷的依據。而這些投資名詞，只不過是投資入門的基本門檻而已。依統計數據顯示，如果讀者能全部了解以下這些投資名詞，讀者的投資成功率至多也只有60%；而每錯一題，讀者的成功率將遞減1%，讀者可以自我測驗以了解自己的實力。

如果您有實力和才智您就會自己爬上岸，否則即使有人願意拉您一把，反而會把誠心幫助您的人，一起拉下掉入泥淖！

——莫札特‧派洛韋‧穆索斯基

1. **攤銷（amortization）**：將專利、商標和著作權等無形資產的部分成本提列並登錄為費用。

2. **分析師（analyst）**：研究特定產業的上市公司並提出買賣建議的人。如果是任職於證券公司，稱為賣方分析師；如果是被共同基金公司聘用，則稱為「買方」分析師。

3. **升值（appreciation）**：資產的價值增加。

4. **資產（asset）**：具有貨幣價值的財產，例如不動產、存貨或應收帳款。企業資產負債表上的資產可分為有形（建築物、設備和現金）及無形（著作權專利或商譽等非具體的資產）兩種。

5. **資產配置（asset allocation）**：決定投資人的資金應該如何分配到股票、債券、不動產、現金或其他投資標的的過程，通常根據投資人的年齡、目標、時間架構及對風險的承受能力。

6. **資產負債表（balance sheet）**：企業的財務報表之一，列出特定期間內的資產、負債及股東權益。

7. **參考指數（benchmark）**：當作基準的一組股票或債券，其整體表現可用來評估共同基金或其他投資標的的報酬。美國一般常用的參考指數包括代表大型企業的標準普爾500指數、道瓊指數，代表中小企業的羅素2000指數（Russell 2000），以及代表所有上市公司的威爾夏5000指數（Wilshire 5000）。

8. **債券（bond）**：企業或政府部門發行的債務證券。投資人借錢給債券發行者，後者承諾在預定日期前償還債務，並在特定期間內支付利息。大多數債券都有獨立評等機構給予的債信評等，當公司債債信低於投資評等時，通常被稱為垃圾債券。美國聯邦政府（或其他國家的中央政府）發行的債券稱為公債，由市政府或地方政府機關發行的債券則稱為市政公債。

9. **營業員（broker）**：提供投資人有關股票、債券、共同基金或其

他投資標的的建議,並代表投資人買賣證券。大多數營業員是以每筆交易金額的固定比率收取佣金,小部分營業員收取固定金額的管理費,或根據帳戶餘額收取管理費。

10.**資本利得(capital gain)**:投資標的的原始購買價格和賣出價格的差價。

11.**資本額(capitalization)**:企業的股票、長期負債及保留盈餘(未以股利分配給股東的盈餘)的總額。

12.**現金流動(cash flow)**:一季或一年內流入或流出一家公司的現金數量,記載於現金流量表上。是扣除折舊、攤銷及其他非現金費用之前的盈餘。

13.**炒單(churning)**:營業員為增加佣金收入,利用客戶帳戶過量買賣證券。

14.**封閉型基金(closed-end fund)**:發行股數固定、公開交易的共同基金。基金價格和公司股價一樣會隨投資人的供需起伏。

15.**佣金(commission)**:投資人付給營業員的費用,後者會提供建議並協助買賣股票、債券、共同基金或其他投資標的。

16.**普通股(common stock)**:上市公司發行的股票,具有一般的投票權(通常一股一票)及分享股利的權利。

17.**複利(compounding)**:一種數學函數,指投資所得的獲利可以繼續獲利,長期下來大幅提升資產價值。

18.**當日沖銷者(day trader)**:試圖抓住股價小幅波動來獲利的散戶,買賣股票通常透過網路券商。當沖者不從事長期投資,通常在每個交易日結束前出場。

19.**信用債券(debenture)**:沒有特定資產擔保的債券,僅依據債務人的一般還款能力而發行。

20.**負債與股東權益比率(debt-to-equity ratio)**:企業的長期負債除

以股東權益（資產扣除負債）之值。一般來說，比率越高，投資這家公司的風險越大。

21. **折舊（depreciation）**：有形資產的價值會隨時間而損耗，損耗的部分即列為企業的折舊費用。

22. **衍生性金融商品（derivative）**：選擇權期貨等金融工具，其價值衍生自另外一個標的證券價值。

23. **管銷費用（distribution fee）**：共同基金為了支付廣告和行銷活動，每年向基金投資人收取的費用；法源是證管會投資公司法第十二條b款一項，故也稱為12b-1費用。若是不含手續費的基金，管銷費用不得超過基金資產的0.25%。

24. **分散投資（diversification）**：投資不同類型的證券和產業以降低風險，換句話說，就是不要把所有的雞蛋放在同一個籃子裡。

25. **股利（dividend）**：分配給股東的盈餘，通常是每季發放。

26. **平均成本法（dollar-cost averaging）**：定期投資固定金額，不管市場走高或走低。財務顧問通常會在低價買進證券。

27. **盈餘（earnings）**：企業在支付帳單、稅金、薪資及其他費用後所剩的資金。企業通常在每季和會計年度結束時發表盈餘報告。向證管會申報的淨利都符合一般公認會計原則。

28. **每股盈餘（earnings per share）**：企業盈餘除以在外流動的普通股股數之值。「稀釋後的每股盈餘」則是將盈餘除以包含可執行股票選擇權在內的所有股數。

29. **未計利息、稅項、折舊及攤銷前的盈餘（EBITDA）**：一種「擬制」或「假設」盈餘，不符合一般公認會計原則。高負債的企業傾向於發表盈餘數字，因為可使財報比較好看。

30. **電子網路交易系統（ECN）**：撮合買賣委託的電子市集，很類似股票交易所，但交易成本通常較低，不到一秒鐘即可成交。

31.電子資料蒐集、分析及存取資料庫（EDGAR）：美國證管會的資料庫，可透過網路進入取得上市公司申報資料，包括季報與年報。

32.股權（equity）：持有上市公司股票的權利，也代表股東權益的價值，會列在資產負債表上。

33.管理費率（expense ratio）：共同基金的年度費用，以基金資產的百分比表示。基金公開説明書中會載明投資人的年度持有成本，包含所有管理費用，但不包括只支付一次的手續費。

34.財務會計準則委員會：負責解釋一般公認會計原則的民營機構。證管會要求企業申報財報時必須符合一般公認會計原則。

35.受託人（fiduciary）：負責替別人制定投資決策的個人，其任何決定必須基於客戶的最佳利益。

36.財務規劃師（financial planner）：受過專業訓練以協助他人決定如何投資，並以此收費的人。

37.固定收益證券（fixed-income securities）：債券的代名詞，因為債券出售後，支付的利息通常是固定的。

38.場內經紀人（floor broker）：在證交所交易大廳內工作的專業人士。「券商」的場內經紀人是由證券公司（例如美林）聘用，執行券商和客戶的委託。「獨立」的場內經紀人則是為自己、共同基金、小型券商或旺季時的大券商處理交易。

39.一般公認會計原則（GAAP）：證管會要求企業申報財報時必須遵守的會計原則。

40.商譽（goodwill）：企業取得其他公司資產所支付的價格超出公平市價的部分，經常代表企業品牌、市佔率與顧客關係的價值。

41.成長股（growth stock）：成長速度高於平均水準的企業的股票。這類股票通常不支付股利。

42.**保證投資合約（guaranteed investment contract）**：保險公司提
供的投資工具，通常賣給企業的退休金或分紅計劃，保證在合約
期滿時享有一定的投資報酬率。

43.**避險基金（hedge fund）**：有錢人的私募型投資基金，不受美國
證管會監督。能運用更投機的策略，例如放空和融資。由於不必
公佈持股明細和投資策略，因此很難評估其風險。

44.**避險（hedging）**：降低風險的策略，即放棄未來潛在的獲利，只
求鎖定目前的利潤。

45.**損益表（income statement）**：財務報表之一，說明企業過去一
季或一年的績效。也稱為收益表或營運報告，主要項目為營收和
費用，報表最後會顯示淨利。

46.**指數型基金（index fund）**：投資某參考指數之全部或部分成分股
的基金，以試圖達到參考指數的報酬率。

47.**什麼是快市（Fast Market）？什麼是不保證成交（Not Held）？**
市價單從下單至回報成交的時間快者幾十秒，慢者二、三分鐘，
這是很正常的事，但突然有特殊消息、傳聞或報告公佈，抑或行
情突破重要關卡價，則場內交易顯混亂，步驟加快。投資者接受
到相同的訊息可能會有相同的舉動出現，大量買賣委託單將湧入
場內，造成電話線路大塞車，交易所會適時發佈快市訊息。這時
場內經紀人忙著接單，無法將成交的訊息回報，部分已成交的買
賣委託單也會被場內經紀人扣住，為的是怕在忙亂中造成失誤，
待行情稍稍平靜才查證。在這種情況下投資者也無從查證成交情
形，可能延遲一、二個鐘頭，甚至收盤後才會得到回報。　如果投
資者下的是市價單或停損單，對快市過後所回報的價位往往會大
吃一驚，不過只要成交價是在快市的範圍之內均屬合理；發生快市
時，由於行情混亂，可能發生價位有穿越投資者所設定的限價單價

位,但回單時沒有成交的情況,即不保證成交。原因是該價位可能來得急去得快,場內經濟人來不及執行價位又出現變動。 因此,操作期貨時遇大行情或快市的情況,不應貿然採取市價單之類,以免因行情波動過大造成損害。快市發生後,如果客戶對回單價位有疑問或缺點,可以要求交易所出示其成交證明,如果交易所出的證明顯示當時該價位有成交,則此價確有成交,交易所的成交證明必須當場或當天向期貨商要求,時間隔太久不易要到。

48.**機構法人(institutional investor)**:指退休或共同基金。

49.**投資顧問(investment adviser)**:退休基金或共同基金聘用的個人或組織,提供選股買賣及配置資產的建議,也稱為財務規劃師。

50.**投資銀行(investment bank)**:協助企業出售股權或債權給一般大眾的銀行,也協助企業之間的購併,針對上市公司發表研究報告。許多投資銀行都設有證券經紀部門,為自己、法人客戶和散戶買賣股票和債券。

51.**發行者(issuer)**:對大眾銷售債券或證券的企業政府機關。

52.**財務槓桿(leverage)**:利用舉債來增加投資能力。

53.**負債(liability)**:未償債務。

54.**限價單(limit order)**:指定股票買賣價格的委託單。

55.**流動性(liquidity)**:對投資人來說,就是迅速取得投資資金的能力。在股市是指特定股票的成交量。

56.**手續費(loads)**:投資人購買共同基金時所繳的一次性費用。手續費通常由營業員估算。前收手續費是在買進基金時從初期投資的金額中扣除;後收手續費又稱延遲手續費,是在賣出基金時支付。

57.**融資帳戶(margin account)**:向券商借錢買更多的股票。帳戶內的股票便是融資的擔保品,所以如果帳戶淨值下降,券商可以

不經你同意就賣出股票。

58.**市場價值（market capitalization）**：企業在外流通股票的總價值，即以在外流通股數乘以市價，簡稱為市值。

59.**造市者（market-maker）**：在那斯達克扮演中間人，以自己的帳戶向賣方買進股票、向買方賣出股票。造市者稱為自營商，會針對特定股票訂出買賣價格，且必須依照這個價格交易。

60.**市價單（market order）**：未指定股票買賣價格的委託單，只要求營業員依照市場上現有的價格來買賣。

61.**隨勢操作（market timing）**：主要在於預測市場的上下起伏，搶先在起漲前進場下跌前出場，但很少人能靠此穩定獲利。

62.**逐日結算（mark to market）**：根據最新市價計算資產現值。

63.**共同基金（mutual fund）**：各種證券的組合，投資人可購買股份。基金持有的股票、債券或貨幣市場工具都由專業投資顧問挑選，以符合特定目標。

64.**那斯達克（Nasdaq）**：美國的櫃檯市場。股票交易是透過電腦網路，而非傳統的交易大廳，並由那斯達克的自營商或造市者充當買賣雙方的中間人。許多高科技公司都在那斯達克掛牌。

65.**淨值（net asset value）**：簡稱為NAV，是共同基金扣除負債後的每股市價。買賣基金均須根據每日淨值。

66.**淨利（net income）**：企業每季或每年的財務盈虧，是損益表上最後呈現的數字，必須符合一般公認會計原則。

67.**開放型基金（open-end fund）**：隨時可贖回的共同基金。

68.**營業利益（operating earnings）**：沒有扣除特定成本（如企業的非經常性費用）的淨利。不符合一般公認會計原則。

69.**營業支出（operating expenses）**：企業營運的成本。

70.**選擇權（option）**：一種投資工具，持有人有權在特定日期前以固

定價格買賣股票，但可以不執行。投資人可以賣出本身持有股票的買進或賣出選擇權；賣出選擇權（put option）代表買方認為股價會下跌，買進選擇權（call option）代表買方相信股價會走高。

71.**水餃股（penny stock）**：通常是指股價低於一美元的投機股。

72.**優先股（preferred stock）**：沒有投票權的股票，股東比普通股有優先權可定期獲得股利，公司清算時也可優先分得資產。

73.**本益比（price/earnings ratio）**：當期股價除以每股盈餘之值。透過本益比和公司的獲利能力，可評估適當的股價水準。

74.**擬制盈餘**：也稱為營業利益，是不符合一般公認會計原則的假設盈餘，用來美化公司績效。通常不計入折舊和攤銷等成本，因為管理階層認定這類成本不影響核心部門的體質。

75.**準備金（reserves）**：企業為組織再造（如關閉工廠或裁減員工）而保留的資金，以抵作未來的再造費用。銀行也必須提撥準備金，作為未來的貸款損失。準備金有時是基於誇大的預測，也可能為未來的盈餘灌水。

76.**資產報酬率（return on assets）**：淨利除以總資產之值，是評估獲利力的標準。

77.**股東權益報酬率（return on equity）**：未發放股利前的淨利除以股東權益之值，是衡量普通股投資額的賺錢能力的指標。

78.**營收（revenue）**：產品或勞務出售給客戶時，預計收到或已經收到的金額。

79.**股東權益（shareholders' equity）**：股東可對企業資產主張的權利。在資產負債表中，總資產扣除負債就是股東權益。

80.**價差（spread）**：自營商買進一檔股票或債券的價格，和他們願意出售這檔股票或債券的價格，兩者的差別稱為價差。

81.**股票選擇權（stock options）**：可用固定價格購買一家公司固定

數量股票的權利，此價格通常是股票選擇權發行日的市價。

82.**總報酬（total return）**：假設股利可以再投資的情形下，投資標
的價值經過一段時間（通常至少一年）後的變化率。

83.**雙重交易（dual trading）**：客戶下單之後，期貨經紀商或場內經
紀人執行客戶委託時，也乘機為自己本身利益，建立等量同向部
位。較低價位的多單或較高價位的空單留給自己的人頭帳號，較
佳價位的平倉單則分配給自己的人頭帳號，由於差價不是很離
譜，一般投資人較難察覺。

84.**價值型股票（value stock）**：失去投資人青睞而比同類便宜的股
票，可能帶來絕佳的報酬。

85.**波動率（volatility）**：股票、債券、共同基金或參考指數的價格波
動幅度。一般而言，交易頻繁的證券較不會有劇烈的波動。

86.**華爾街（Wall street）**：原指紐約下曼哈頓某區，是紐約證交所、
美國證交所與許多投資銀行所在地。現泛指整體投資界。

87.**沖銷（write-down）**：在資產負債表上揭示某項資產的價值已經
低於原先的價值。

88.**殖利率（yield）**：支付給普通股股東的股利或者支付給債券持有
人的利率。

89.**隨機漫步理論（Random walk hypothesis）**：主張股市無論是漲
或是跌，其振幅是大或是小，都是非理性的，完全不可預測的。

90.**效率市場假設說（Efficient-market hypothesis）**：亦即假設股市
無論是漲或是跌，其振幅是大或是小，永遠都是合理的甚至是已
知的。換句話說，是理性的，因為有邏輯可循，所以是可以預測
的。所謂效率市場，是指該市場的任何投資人，都無法持續擊敗
市場賺得超額利潤。主要的三項假設是：投資人皆理性、訊息即
時公開、任何人都無法單獨影響股價變動。而不效率市場是上述

三項假設的相反情況。

91.對作（bucker）：客戶下單之後，期貨經紀商接受交易委託，但未至期貨交易所進行交易，而直接或間接私自承受該筆委託。

92.宏觀策略：乃在考慮某項投資時，要先從總體經濟發展的宏觀角度著眼，在能把握宏觀經濟形勢的前提下，始以具體專案入手，落實具體的投資，亦稱「三維投資法」。

93.魚鉤理論：遵守投資市場的一句名言：「不要接掉下來的刀子。」他們會等到觸底反彈後才開始買，也就是所謂的魚鉤理論。簡單的說，寧可放棄前面一段賺錢的機會，也不要造成後面的持續虧損。

94.投機者（speculator）：為期貨市場中專門在行情波動中，尋找賺取差價機會的客戶。投機者的貢獻為使期貨交易的流動性加大，而讓避險者可順利規避因價格波動而產生的風險。因此，在國外金融市場是以較為中性的「市場潤滑者」稱之。

95.避險者（Hedger）：如果說套利交易是矛，則避險就是盾。套利在期貨交易中屬極主動，避險則保守收斂。避險交易將風險由避險者轉移至有能力或有意願承擔風險的人，也稱為對沖交易。對沖交易可分為：保護資產價值──賣方避險（Shore Hedge）：又稱為空頭避險。因為擔心未來價格下挫所帶來的損失，因此在期貨市場放空，以鎖住現貨部位價值，操作策略除賣出期貨外，還可買進放空的指數賣權，及賣出指數買權。鎖定買進價格──買方對沖（Long Hedge）：使用買進期貨或是買進買權或賣出賣權的方式，鎖定未來在現貨的買進成本。

96.未沖銷契約量：未沖銷契約量又稱為未平倉合約（Open Interest，簡稱OI），這是期貨交易中特有的術語；未沖銷契約量就是指市場中尚未了結期貨契約單邊力量的合計，代表著等量的多頭部位與空頭部位，亦即目前還留在市場中尚未了結的倉位。

97.亞當理論：一代宗師韋特（Wilder）發明了後世奉為圭臬的RSI，而且還有許許多多的技術指標可供參考，但最後他卻放棄這些技術指標，返璞歸真，而推出亞當理論來全部取代它們。所謂亞當理論，其理論基礎及精義在於八個字，即「尊重趨勢，順勢操作」，也就是說，每一套分析工具都有其缺陷，沒有任何一個分析工具可以絕對準確地預測行情，與其嘗試摸頂撈底，還不如順勢而行，這就是亞當理論迷人的地方，沒有艱澀的理論基礎，卻有凌駕於眾多技術指標的效果，它輕視技術面和基本面的作用，強調「順勢者昌，逆勢者亡」的理念，要大家放棄所有主觀的分析工具，只要順應趨勢就好。從亞當理論順勢操作的精義之中，就可以衍生出許多的操作觀念和心法。

98.群羊效應：資訊管道不暢通的散戶的情緒，極易受到市場的影響，而散戶的情緒對市場又會產生推波助瀾的作用。也就是散戶讓自己陷入盲目的狂躁，或類似的獸性情緒之中，此乃索羅斯所指的「群羊效應」。而區域經濟一體化的特徵是「榮共榮，枯全枯」，尤其是不成熟的一體化，極易為群羊效應提供了極佳的醞釀環境。

99.倒限新單（stop new order）：不但在同一價位止損，而且建立新的反向部位。其用意在行情穿越某特定價位時，其後將有另一段行情。

100.開盤市價單（market on the open）：市價單指在現行市價水準之上，以最快速和盡可能爭取到的價格成交。而開盤市價單乃投資者以開盤第一價平倉或建立新倉位。如果發生漲跌停的情形時，開盤市價單則不一定會全部成交。

台灣期貨四種商品預測表

先多		台指期			57	摩台指			2.4	金融期			12.8	電子期			3			
4	昨收	開盤	今高	今低	收盤	昨收	開盤	今高	今低	收盤	昨收	開盤	今高	今低	收盤	昨收	開盤	今高	今低	收盤	昨收
930826	5606	5722	5813	5700	5783	239.9	245.0	248.9	244.7	247.4	904.0	923.8	941.6	917.0	937.2	220.2	224.0	228.3	224.0	226
	10	振幅	預測	實際	反向	0.4	振幅	預測	實際	反向	1.6	振幅	預測	實際	反向	0.4	振幅	預測	實際	反向

		開盤	今高	今低	收盤		開盤	今高	今低	收盤		開盤	今高	今低	收盤		開盤	今高	今低	收盤
15	15	5846	5690	5813	5762	15	250.2	243.5	248.9	246.7	15	942.8	917.9	941.6	930.3	15	229.6	223.2	228.3	225
14	14	5788	5690		5783	14	247.7	243.5	4.0	247.4	14	933.3	917.9	4.0	937.2	14	227.3	223.2	4.0	226
13	13	5749	5690	4	5783	13	246.0	243.5	4.0	反向	13	927.0	917.9	4.0	反向	13	225.7	223.2	4.0	225
12	12	5729	5690	4	反向	245	245.2	243.5	4.0	反向	923.8	922.3	917.9	4.0	反向	12	225.0	223.2	4.0	反向
11	5722	5719	5690	4	反向	11	244.7	243.5	4.0	反向	11	922.3	917.9	4.0	反向	11	224.6	223.2	4.0	反向
10	10	5709	5690	4	反向	10	244.3	243.5	244.7		10	920.7	917.9	4.0	反向	10	224.2	223.2	4.0	反向
9	9	5700	5690	5700	反向	9	243.9	243.5	244.7		9	919.1	917.9	4.0	反向	224	223.8	223.2	224.0	反向
8	8	5690	12	5700	反向	8	243.5	12.2	244.7	反向	8	917.5	12.6	4.0	反向	8	223.4	223.2	224.0	反向
7	7	5680	12	5700	5682	7	243.1	12.2	244.7	243.3	7	915.9	12.6	917.0	917.2	7	223.1	10.0	224.0	反向
6	6	5670	12	5700	5682	6	242.6	12.2	244.7	243.3	6	914.4	12.6	917.0	917.3	6	222.7	10.0	224.0	反向
5	5	5660	12	5700	5682	5	242.2	12.2	244.7	243.3	5	912.8	12.6	917.0	917.3	5	222.3	10.0	224.0	222
4	4	5651	12	5700	5682	4	241.8	12.2	244.7	243.3	4	911.2	12.6	917.0	917.3	4	221.9	10.0	224.0	222
3	3	5641	12	5700	5682	3	241.4	12.2	244.7	243.3	3	909.6	12.6	917.0	917.3	3	221.5	10.0	224.0	222
2	2	5631	12	5700	5682	2	241.0	12.2	244.7	243.3	2	908.0	12.6	917.0	917.3	2	221.1	10.0	224.0	222
1	1	5621	12	5700	5682	1	240.6	12.2	244.7	243.3	1	906.5	12.6	917.0	917.3	1	220.8	10.0	224.0	222
0	0	5612	12	5700	5682	0	240.1	12.2	244.7	243.3	0	904.9	12.6	917.0	917.3	0	220.4	10.0	224.0	222
-1	-1	5602	5607	5700	5682	-1	239.7	240.0	244.7	243.3	-1	903.3	904.6	917.0	917.3	-1	220.0	10.0	224.0	222
-2	-2	5592	5607	5700	5682	-2	239.3	240.0	244.7	243.3	-2	901.7	904.6	917.0	917.3	-2	219.6	220.0	224.0	222
-3	-3	5582	5607	5700	5682	-3	238.9	240.0	244.7	243.3	-3	900.1	904.6	917.0	917.3	-3	219.2	220.0	224.0	222
-4	-4	5572	5607	5700	5682	-4	238.5	240.0	244.7	243.3	-4	898.6	904.6	917.0	917.3	-4	218.8	220.0	224.0	222
-5	-5	5563	5607	5700	5682	-5	238.0	240.0	244.7	243.3	-5	897.0	904.6	917.0	917.3	-5	218.4	220.0	224.0	222

先多		台指期			6	摩台指			5.3	金融期			3.4	電子期			0			
4	昨收	開盤	今高	今低	收盤	昨收	開盤	今高	今低	收盤	昨收	開盤	今高	今低	收盤	昨收	開盤	今高	今低	收盤
930827	5783	5800	5818	5758	5810	247.4	248	248.4	247.4	937.2	939.8	946	931	943.8	226.7	227.6	228.0	225.3	228	
	7	振幅	預測	實際	反向	0.3	振幅	預測	實際	反向	1.1	振幅	預測	實際	反向	0.3	振幅	預測	實際	反向

		開盤	今高	今低	收盤		開盤	今高	今低	收盤		開盤	今高	今低	收盤		開盤	今高	今低	收盤
13	13	5848	5805	5818	5841	13	250.2	248.3	248.4	249.7	13	947.7	940.8	946.0	946.4	13	229.2	227.7	228.0	229
12	12	5834	5805	5818	反向	12	249.6	248.3	248.4	反向	12	945.5	940.8	3.1	反向	12	228.7	227.7	228.0	反向
11	11	5827	5805	5818	反向	11	249.3	248.3	248.4	反向	11	944.4	940.8	3.1	反向	11	228.4	227.7	228.0	反向
10	10	5820	5805	5818	反向	10	249.0	248.3	248.4	反向	10	943.3	940.8	3.1	943.8	10	228.2	227.7	228.0	反向
9	9	5814	5805	3	反向	9	248.7	248.3	248.4	反向	9	942.2	940.8	3.1	反向	9	227.9	227.7	3.1	228
8	8	5807	5805	3	5810	8	248.4	248.3	248.4	反向	8	941.1	940.8	3.1	反向	227.6	227.6	3.4	3.1	反向
7	5800	5800	3	反向	248	248.1	2.1	3.1		939.8	940.0	2.4	3.1	7	227.3	3.4	3.1	反向	
6	6	5793	3	反向	6	247.8	2.1	3.1	反向	6	938.8	2.4	3.1	反向	6	227.1	3.4	3.1	反向
5	5	5786	3	反向	5	247.5	2.1	3.1	247.4	5	937.7	2.4	3.1	反向	5	226.8	3.4	3.1	反向
4	4	5780	3	反向	4	247.3	2.1	3.1	反向	4	936.6	2.4	3.1	反向	4	226.6	3.4	3.1	反向
3	3	5773	3	反向	3	247.0	2.1	3.1	反向	3	935.5	2.4	3.1	反向	3	226.3	3.4	3.1	反向
2	2	5766	3	反向	2	246.7	2.1	3.1	反向	2	934.4	2.4	3.1	反向	2	226.0	3.4	3.1	反向
1	1	5759	5762	3	5759	1	246.4	246.5	3.1	反向	1	933.3	933.8	3.1	反向	1	225.8	226.0	3.1	226.
0	0	5752	5762	5758	5759	0	246.1	246.5	3.1	246.3	0	932.2	933.8		933.2	0	225.5	226.0	3.1	226.
-1	-1	5745	5762	5758	5759	-1	245.8	246.5	3.1	246.3	-1	931.1	933.8	3.1	933.2	-1	225.2	226.0	225.3	226.
-2	-2	5739	5762	5758	5759	-2	245.5	246.5	245.7	246.3	-2	930.0	933.8	931.0	933.2	-2	225.0	226.0	225.3	226.
-3	-3	5732	5762	5758	5759	-3	245.2	246.5	245.7	246.3	-3	928.9	933.8	931.0	933.2	-3	224.7	226.0	225.3	226.

◎本書所附圖表僅供讀者參考。部份圖表未能完整清晰,實屬截取畫面作業所致,懇請見諒。

先空		台指期		21		摩台指		1.9		金融期		0.5		電子期		2.0
-2	昨收	開盤	今高	今低	收盤	昨收	開盤	今高	今低	收盤	昨收	開盤	今高	今低	收盤	昨收	開盤	今高	今低	收盤
930830	5810	5810	5819	5777	5785	246.7	247.5	247.5	244.2	245.5	943.8	944.0	947.0	938.0	944.0	228.0	227.2	227.5	225.1	225.1
6	振幅	預測	實際	反向		0.3	振幅	預測	實際	反向	1.0	振幅	預測	實際	反向	0.2	振幅	預測	實際	反向

idx		昨收	開盤	今高	收盤	idx	摩台指				idx	金融期				idx	電子期			
5	5	5862	5836	5819	5851	5	248.9	248.1	247.5	反向	5	952.3	948.2	947.0	950.6	5	230.0	228.8	227.5	228.8
4	4	5856	5836	5819	5851	4	248.7	248.1	247.5	反向	4	951.3	948.2	947.0	950.6	4	229.8	228.8	227.5	228.8
3	3	5850	5836	5819	反向	3	248.4	248.1	247.5	反向	3	950.3	948.2	947.0	反向	3	229.6	228.8	227.5	228.8
2	2	5844	5836	5819	反向	2	248.1	248.1	247.5	反向	2	949.3	948.2	947.0	反向	2	229.3	228.8	227.5	228.8
1	1	5838	5836	5819	反向	1	247.9	3.0	247.5	反向	1	948.3	948.2	947.0	反向	1	229.1	228.8	227.5	228.8
0	0	5832	0	5819	反向	247.5	247.6	3.0	247.5	反向	0	947.3	0.1	947.0	反向	0	228.9	228.8	227.5	228.8
-1	-1	5826	0	5819	反向	-1	247.4	3.0	3.4	反向	-1	946.3	0.1	3.4	反向	-1	228.6	-3.5	227.5	反向
-2	-2	5820	0	5819	反向	-2	247.1	3.0	3.4	反向	-2	945.3	0.1	3.4	反向	-2	228.4	-3.5	227.5	反向
-3	-3	5814	0	3	反向	-3	246.9	3.0	3.4	反向	944	944.4	0.1	3.4	944.0	-3	228.1	-3.5	227.5	反向
-4	5810	5807	0	3	反向	-4	246.6	3.0	3.4	反向	-4	943.4	0.1	3.4	反向	-4	227.9	-3.5	227.5	反向
-5	-5	5801	0	3	反向	-5	246.3	3.0	3.4	反向	-5	942.4	0.1	3.4	反向	-5	227.7	-3.5	227.5	反向
-6	-6	5795	0	3	反向	-6	246.1	246.3	3.4	反向	-6	941.4	0.1	3.4	反向	-6	227.4	-3.5	3.4	反向
-7	-7	5789	5794	3	反向	-7	245.8	246.3	3.4	反向	-7	940.4	941.3	3.4	反向	227.2	227.2	-3.5	3.4	反向
-8	-8	5783	5794	3	5785	-8	245.6	246.3	3.4	245.5	-8	939.4	941.3	3.4	反向	-8	226.9	227.1	3.4	反向
-9	-9	5777	5794	3	反向	-9	245.3	246.3	3.4	245.8	-9	938.4	941.3	3.4	反向	-9	226.7	227.1	3.4	反向
-10	-10	5771	5794	5777	反向	-10	245.0	246.3	3.4	245.8	-10	937.5	941.3	938.0	反向	-10	226.5	227.1	3.4	反向
-11	-11	5765	5794	5777	5769	-11	244.8	246.3	3.4	245.8	-11	936.5	941.3	938.0	937.4	-11	226.2	227.1	3.4	反向
-12	-12	5759	5794	5777	5769	-12	244.5	246.3	3.4	245.8	-12	935.5	941.3	938.0	937.4	-12	226.0	227.1	3.4	反向
-13	-13	5747	5794	5777	5769	-13	244.0	246.3	244.2	245.8	-13	933.5	941.3	938.0	937.4	-13	225.5	227.1	3.4	225.1
-14	-14	5722	5794	5777	5769	-14	243.0	246.3	244.2	245.8	-14	929.6	941.3	938.0	937.4	-14	224.6	227.1	225.1	225.6

WTX& 台指期&(5分) 開 5810 高 5819 低 5777
成 5785 漲跌 -25 量 18023 時間 13:45:01

K線

5800
5750
5700
5650
5600

26　　　27　　　30

STWU4 摩台指U4(5分) 開 247.50 高 247.50 低 244.20
成 245.50c 漲跌 -1.20 量 12453 時間 13:45:45

K線

247.5

245.0

242.5

240.0

26　　　　　27　　　　　30

精業　　　　　　技術分析　　　　　2004/08/30 17:29

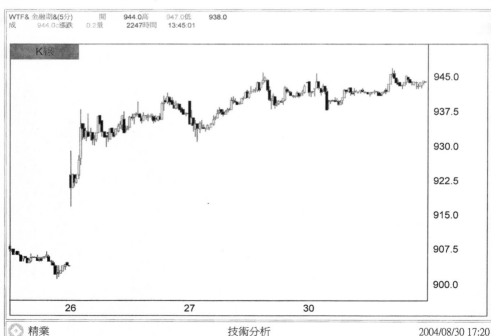

WTF& 金融期&(5分) 開 944.0 高 947.0 低 938.0
成 944.0c 漲跌 0.2 量 2247 時間 13:45:01

K線

945.0

937.5

930.0

922.5

915.0

907.5

900.0

26　　　　　27　　　　　30

精業　　　　　　技術分析　　　　　2004/08/30 17:20

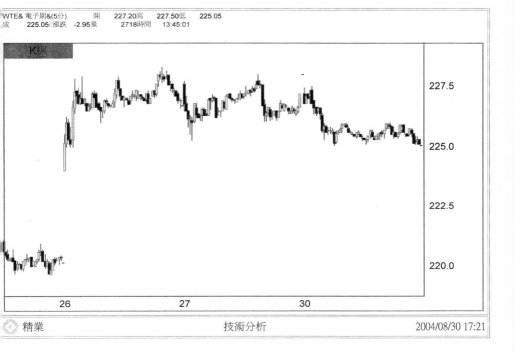

WTE& 電子期&(5分)　　　開　227.20高　227.50低　　225.05
成　　225.05漲跌　-2.95量　　2718時間　13:45:01

K線

227.5
225.0
222.5
220.0

26　　　　　　27　　　　　　30

精業　　　　　　　　技術分析　　　　　　2004/08/30 17:21

多		台指期		75		摩台指		3.1		金融期		8.5		電子期		3.6	
	昨收	開盤	今高	今低	收盤	昨收	開盤	今高	今低	收盤	昨收	開盤	今高	今低	收盤	昨收	開盤	今高	今低	收盤
930831	5785	5766	5875	5734	5763	245.5	244.5	249.0	242.6	244.4	944.0	938.0	952.0	928.0	936.0	225.1	224.0	228.9	222.0	222.3
11	振幅	預測	實際	反向		0.5	振幅	預測	實際	反向	1.8	振幅	預測	實際	反向	0.4	振幅	預測	實際	反向

		開盤	今高	今低	收盤		開盤	今高	今低	收盤		開盤	今高	今低	收盤		開盤	今高	今低	收盤
12	12	5888	5807	5875	5829	12	249.9	246.4	249.0	247.2	12	960.8	946.6	952.0	948.3	12	229.1	225.8	228.9	226.5
11	11	5877	5807	5875	5829	11	249.4	246.4	249.0	247.2	11	959.0	946.6	952.0	948.3	11	228.6	225.8	3.4	226.5
10	10	5866	5807	3	5829	10	248.9	246.4	3.4	247.2	10	957.2	946.6	952.0	948.3	10	228.2	225.8	3.4	226.5
9	9	5855	5807	3	5829	9	248.5	246.4	3.4	247.2	9	955.3	946.6	952.0	948.3	9	227.8	225.8	3.4	226.5
8	8	5843	5807	3	5829	8	248.0	246.4	3.4	247.2	8	953.5	946.6	952.0	948.3	8	227.3	225.8	3.4	226.5
7	7	5832	5807	3	5829	7	247.5	246.4	3.4	247.2	7	951.7	946.6	3.4	948.3	7	226.9	225.8	3.4	226.5
6	6	5821	5807	3	反向	6	247.0	246.4	3.4	反向	6	949.9	946.6	3.4	948.3	6	226.5	225.8	3.4	反向
5	5	5810	5807	3	反向	5	246.6	246.4	3.4	反向	5	948.1	946.6	3.4	反向	5	226.0	225.8	3.4	反向
4	4	5799	-2	3	反向	4	246.1	-2.1	3.4	反向	4	946.3	-3.3	3.4	反向	4	225.6	-2.4	3.4	反向
3	3	5787	-2	3	反向	3	245.6	-2.1	3.4	反向	3	944.4	-3.3	3.4	反向	3	225.1	-2.4	3.4	反向
2	2	5776	-2	3		2	245.1	-2.1	3.4	反向	2	942.6	-3.3	3.4	反向	2	224.7	-2.4	3.4	反向
1	5766	5765	-2	3	5763	244.5	244.7	-2.1	3.4	反向	1	940.8	-3.3	3.4	反向	1	224.3	-2.4	3.4	反向
0	0	5754	-2	3	反向	0	244.2	-2.1	3.4	244.4	0	938.9	-3.3	3.4	反向	224	223.8	-2.4	3.4	反向
-1	-1	5743	-2	3	反向	-1	243.7	-2.1	3.4	反向	938	937.1	-3.3	3.4	反向	-1	223.4	-2.4	3.4	反向
-2	-2	5732	5733	5734	反向	-2	243.2	243.2	3.4	反向	-2	935.3	-3.3	3.4	936.0	-2	223.0	-2.4	3.4	反向
-3	-3	5720	5733	5734	反向	-3	242.8	243.2	3.4	反向	-3	933.5	934.6	3.4	反向	-3	222.5	222.9	3.4	反向
-4	-4	5709	5733	5734	反向	-4	242.3	243.2	242.6	反向	-4	931.6	934.6	3.4	反向	-4	222.1	222.9	3.4	222.3
-5	-5	5698	5733	5734	5703	-5	241.8	243.2	242.6		-5	929.8	934.6	3.4	反向	-5	221.7	222.9	222.0	反向
-6	-6	5687	5733	5734	5703	-6	241.3	243.2	242.6	241.8	-6	928.0	934.6	928.0	反向	-6	221.2	222.9	222.0	221.5
-7	-7	5676	5733	5734	5703	-7	240.9	243.2	242.6	241.8	-7	926.2	934.6	928.0	927.7	-7	220.8	222.9	222.0	221.5

先空 | 台指期 173 | 摩台指 8.6 | 金融期 45.0 | 電子期 11.8

	昨收	開盤	今高	今低	收盤		振幅	預測	實際	反向
台指期	5763	5800	5867	5785	5856	930901 (-4)				0.5
摩台指	244.4	246.0	248.7	245.0	247.8	(12)				2.0
金融期	936.0	941.2	958.6	940.6	958.4					0.5
電子期	222.3	223.6	227.7	223.2	226.4					

先空	idx	台-昨收	台-開盤	台-今高	台-今低	台-收盤	摩idx	摩-昨收	摩-開盤	摩-今高	摩-今低	摩-收盤	金idx	金-昨收	金-開盤	金-今高	金-今低	金-收盤	電idx	電-昨收	電-開盤	電-今高	電-今低	電-收盤
14	14	5937	5810	5867	5841		14	251.8	246.4	248.7	247.7		14	964.3	943.4	958.6	947.8		14	229.0	224.1	227.7	225.2	
13	13	5889	5810	5867	5841		13	249.7	246.4	248.7	247.7		13	956.4	943.4	3.0	958.4		13	227.1	224.1	3.0	225.2	
12	12	5864	5810	3	5841		12	248.7	246.4	3.0	247.7		12	952.4	943.4	3.0	947.8		12	226.2	224.1	3.0	226.4	
11	11	5852	5810	3	5856		11	248.2	246.4	3.0	247.7		11	950.5	943.4	3.0	947.8		11	225.7	224.1	3.0	225.2	
10	10	5840	5810	3	反向		10	247.7	246.4	3.0	247.8		10	948.5	943.4	3.0	947.8		10	225.3	224.1	3.0	225.2	
9	9	5828	5810	反向			9	247.1	246.4	3.0	反向		9	946.5	943.4	3.0	反向		9	224.8	224.1	3.0	反向	
8	8	5816	5810	3	反向		8	246.6	246.4	3.0	反向		8	944.5	943.4	3.0	反向		8	224.3	224.1	3.0	反向	
7	5800	5803	3	3	反向		246	246.1	2.9	3.0	反向		7	942.5	2.5	3.0	反向		7	223.9	2.6	3.0	反向	
6	6	5791	3	3	反向		6	245.6	2.9	3.0	反向		941.2	940.6	2.5	940.6	反向		6	223.6	223.4	2.6	反向	
5	5	5779	3	5785	反向		5	245.1	2.9	3.0	反向		5	938.6	2.5	940.6	反向		5	222.9	2.6	223.2	反向	
4	4	5767	3	5785	反向		4	244.6	2.9	245.0	反向		4	936.6	2.5	940.6	反向		4	222.4	2.6	223.2	反向	
3	3	5755	3	5785	5759		3	244.0	2.9	245.0	244.3		3	934.6	2.5	940.6	934.6		3	222.0	2.6	223.2	222.0	
2	2	5742	3	5785	5759		2	243.5	2.9	245.0	244.3		2	932.7	2.5	940.6	934.6		2	221.5	2.6	223.2	222.0	
1	1	5730	5735	5785	5759		1	243.0	243.2	245.0	244.3		1	930.7	931.2	940.6	934.6		1	221.0	221.2	223.2	222.0	
0	0	5718	5735	5785	5759		0	242.5	243.2	245.0	244.3		0	928.7	931.2	940.6	934.6		0	220.6	221.2	223.2	222.0	
-1	-1	5706	5735	5785	5759		-1	242.0	243.2	245.0	244.3		-1	926.7	931.2	940.6	934.6		-1	220.1	221.2	223.2	222.0	
-2	-2	5694	5735	5785	5759		-2	241.5	243.2	245.0	244.3		-2	924.7	931.2	940.6	934.6		-2	219.6	221.2	223.2	222.0	
-3	-3	5681	5735	5785	5759		-3	240.9	243.2	245.0	244.3		-3	922.8	931.2	940.6	934.6		-3	219.2	221.2	223.2	222.0	

WTX& 台指期&(5分)　開 5800高 5867低 5785
成 5856c漲跌 93量 34567時間 13:45:00

K線

5875
5850
5825
5800
5775
5750
5725

31　　　09/01

精業　　　　　技術分析　　　　　2004/09/01 20:58

WTE& 電子期&(5分)　　開　223.60高　227.70低　223.20
成　226.40c漲跌　4.10量　5081時間　13:45:00

K線

				229
				228
				227
				226
				225
				224
				223
				222

31　　　　　　　　　09/01

先空		台指期		22		摩台指		2.6		金融期		2.9		電子期	
-2	昨收	開盤	今高	今低	收盤	昨收	開盤	今高	今低	收盤	昨收	開盤	今高	今低	收盤	昨收	開盤	今高	今低	收盤
930902	5856	5850	5860	5794	5840	247.8	249.0	249.1	245.0	247.0	958.4	958.6	966.4	954.6	955.0	226.2	226.2	226.4	222.5	224.5
	11	振幅	預測	實際	反向	0.5	振幅	預測	實際	反向	1.8	振幅	預測	實際	反向	0.4	振幅	預測	實際	反向
4	4	5965	5909	5860	5891	4	252.4	250.5	249.1	250.7	4	976.3	967.4	966.4	965.3	4	230.6	228.4	226.4	227.8
3	3	5954	5909	5860	5891	3	251.9	250.5	249.1	250.7	3	974.4	967.4	966.4	965.3	3	230.2	228.4	226.4	227.8
2	2	5943	5909	5860	5891	2	251.5	250.5	249.1	250.7	2	972.6	967.4	966.4	965.3	2	229.8	228.4	226.4	227.8
1	1	5932	5909	5860	5891	1	251.0	250.5	249.1	250.7	1	970.8	967.4	966.4	965.3	1	229.3	228.4	226.4	227.8
0	0	5920	5909	5860	5891	0	250.5	250.5	249.1	250.7	0	968.9	967.4	966.4	965.3	0	228.9	228.4	226.4	227.8
-1	-1	5909	5909	5860	5891	-1	250.0	2.6	249.1	反向	-1	967.1	0.2	966.4	965.3	-1	228.5	228.4	226.4	227.8
-2	-2	5898	0	5860	5891	-2	249.6	2.6	249.1	反向	-2	965.3	0.2	3.7	反向	-2	228.0	-0.4	226.4	227.8
-3	-3	5887	0	5860	反向	249	249.1	2.6	249.1	反向	-3	963.4	0.2	3.7	反向	-3	227.6	-0.4	226.4	反向
-4	-4	5876	0	5860	反向	-4	248.6	2.6	3.7	反向	-4	961.6	0.2	3.7	反向	-4	227.2	-0.4	226.4	反向
-5	-5	5864	0	5860	反向	-5	248.2	2.6	3.7	反向	-5	959.8	0.2	3.7	反向	-5	226.7	-0.4	226.4	反向
-6	5850	5853	0	4	反向	-6	247.7	2.6	3.7	反向	958.6	957.9	0.2	3.7	反向	226.2	226.3	-0.4	3.7	反向
-7	-7	5842	0	4	5840	-7	247.2	2.6	3.7	247	-7	956.1	0.2	3.7	反向	-7	225.9	-0.4	3.7	反向
-8	-8	5831	0	4	-8	246.7	246.8	3.7	247.3	-8	954.3	0.2	954.6	955	-8	225.4	-0.4	3.7	反向
-9	-9	5820	5820	4	反向	-9	246.3	246.8	3.7	247.3	-9	952.4	952.9	954.6	951.9	-9	225.0	225.0	3.7	反向
-10	-10	5808	5820	4	5809	-10	245.8	246.8	3.7	247.3	-10	950.6	952.9	954.6	951.9	-10	224.6	225.0	3.7	224.5
-11	-11	5797	5820	4	5809	-11	245.3	246.8	3.7	247.3	-11	948.8	952.9	954.6	951.9	-11	224.1	225.0	3.7	224.6
-12	-12	5786	5820	5794	5809	-12	244.8	246.8	245.0	247.3	-12	946.9	952.9	954.6	951.9	-12	223.7	225.0	3.7	224.6
-13	-13	5764	5820	5794	5809	-13	243.9	246.8	245.0	247.3	-13	943.3	952.9	954.6	951.9	-13	222.8	225.0	3.7	224.6
-14	-14	5719	5820	5794	5809	-14	242.0	246.8	245.0	247.3	-14	935.9	952.9	954.6	951.9	-14	221.1	225.0	222.5	224.6

先空	台指期			84		摩台指			5.5		金融期			11.3		電子期			6.1	
	昨收	開盤	今高	今低	收盤	昨收	開盤	今高	今低	收盤	昨收	開盤	今高	今低	收盤	昨收	開盤	今高	今低	收盤
30903	5840	5850	5870	5746	5762	247.0	248.0	248.0	241.1	242.4	955.0	959.0	963.4	946.0	947.0	224.5	224.1	224.5	217.2	217.8
8	振幅	預測	實際	反向	0.3	振幅	預測	實際	反向	1.3	振幅	預測	實際	反向	0.3	振幅	預測	實際	反向		

先空	台指期	開盤	今高	今低	收盤	摩台指	開盤	今高	今低	收盤	金融期	開盤	今高	今低	收盤	電子期	開盤	今高	今低	收盤
10	10	5930	5888	5870	5891	10	250.8	249.2	248.0	250.7	10	969.6	963.7	963.4	969.5	10	227.9	226.1	224.5	225.6
9	9	5922	5888	5870	5891	9	250.4	249.2	248.0	反向	9	968.3	963.7	963.4	反向	9	227.6	226.1	224.5	225.6
8	8	5913	5888	5870	5891	8	250.1	249.2	248.0	反向	8	967.0	963.7	963.4	反向	8	227.3	226.1	224.5	225.6
7	7	5905	5888	5870	5891	7	249.8	249.2	248.0	反向	7	965.7	963.7	963.4	反向	7	227.0	226.1	224.5	225.6
6	6	5897	5888	5870	5891	6	249.4	249.2	248.0	反向	6	964.4	963.7	963.4	反向	6	226.7	226.1	224.5	225.6
5	5	5889	5888	5870	反向	5	249.1	3.0	248.0	反向	5	963.1	3.1	4.4	反向	5	226.4	226.1	224.5	225.6
4	4	5881	1	5870	反向	4	248.7	3.0	248.0	反向	4	961.8	3.1	4.4	反向	4	226.1	226.1	224.5	225.6
3	3	5873	1	5870	反向	3	248.4	3.0	248.0	反向	3	960.5	3.1	4.4	反向	3	225.8	-1.4	224.5	225.6
2	2	5865	1	4	反向	248	248.1	3.0	248.0	反向	959	959.1	3.1	4.4	反向	2	225.5	-1.4	224.5	反向
1	1	5857	1	4	反向	1	247.7	3.0	4.4	反向	1	957.8	3.1	4.4	反向	1	225.2	-1.4	224.5	反向
0	5850	5849	1	4	反向	0	247.4	3.0	4.4	反向	0	956.5	3.1	4.4	反向	0	224.9	-1.4	224.5	反向
-1	-1	5841	1	4	反向	-1	247.1	3.0	4.4	反向	-1	955.2	3.1	4.4	反向	-1	224.5	-1.4	224.5	反向
-2	-2	5833	1	4	反向	-2	246.7	3.0	4.4	反向	-2	953.9	3.1	4.4	反向	-2	224.2	-1.4	4.4	反向
-3	-3	5825	1	4	反向	-3	246.4	3.0	4.4	反向	-3	952.6	3.1	4.4	反向	224.1	223.9	-1.4	4.4	反向
-4	-4	5817	1	4	反向	-4	246.0	246.0	4.4	反向	-4	951.3	951.4	4.4	反向	-4	223.6	-1.4	4.4	反向
-5	-5	5809	5813	4	反向	-5	245.7	246.0	4.4	反向	-5	949.9	951.4	4.4	反向	-5	223.3	-1.4	4.4	反向
-6	-6	5801	5813	5809	反向	-6	245.4	246.0	4.4	反向	-6	948.6	951.4	4.4	反向	-6	223.0	223.2	4.4	反向
-7	-7	5793	5813	5809	反向	-7	245.0	246.0	4.4	245.3	-7	947.3	951.4	4.4	947	-7	222.7	223.2	4.4	反向
-8	-8	5785	5813	5809	反向	-8	244.7	246.0	4.4	245.3	-8	946.0	951.4	4.4	948.5	-8	222.4	223.2	4.4	222.5
-9	-9	5777	5813	4	5809	-9	244.3	246.0	4.4	245.3	-9	944.7	951.4	946.0	948.5	-9	222.1	223.2	4.4	222.5
-10	-10	5769	5813	4	5809	-10	244.0	246.0	4.4	245.3	-10	943.4	951.4	946.0	948.5	-10	221.8	223.2	4.4	222.5
-11	-11	5761	5813	4	5762	-11	243.7	246.0	4.4	245.3	-11	942.1	951.4	946.0	948.5	-11	221.5	223.2	4.4	222.5
-12	-12	5753	5813	4	5809	-12	243.3	246.0	4.4	245.3	-12	940.7	951.4	946.0	948.5	-12	221.1	223.2	4.4	222.5
-13	-13	5737	5813	5746	5809	-13	242.6	246.0	4.4	242.4	-13	938.1	951.4	946.0	948.5	-13	220.5	223.2	4.4	222.5
-14	-14	5705	5813	5746	5809	-14	241.3	246.0	4.4	245.3	-14	932.9	951.4	946.0	948.5	-14	219.3	223.2	4.4	222.5
-15	-15	5656	5813	5746	5809	-15	239.2	246.0	241.1	245.3	-15	925.0	951.4	946.0	948.5	-15	217.4	223.2	4.4	217.8
-16	-16	5592	5813	5746	5809	-16	236.5	246.0	241.1	245.3	-16	914.5	951.4	946.0	948.5	-16	215.0	223.2	217.2	222.5

VTX& 台指期&(5分)　開 5850 高 5870 低 5746
戈　5762 c 漲跌 -78 量 45361 時間 13:45:22

K線

5875
5850
5825
5800
5775
5750

02　　03

精業　　技術分析　　2004/09/03 13:56

STW& 摩台指&(5分)　開　247.70高　248.00低　241.10
成　242.40漲跌　-4.60量　21302時間　13:45:58

K線

249
248
247
246
245
244
243
242
241

02　　　　　　　　03

精業　　　　　　技術分析　　　　　2004/09/03 13:5

WTF& 金融期&(5分)　開　959.0高　963.4低　946.0
成　947.0c漲跌　-8.0量　6114時間　13:45:22

K線

967.5
965.0
962.5
960.0
957.5
955.0
952.5
950.0
947.5
945.0

02　　　　　　　　03

精業　　　　　　技術分析　　　　　2004/09/03 13:5

WTE& 電子期&(5分)　　開　224.05高　224.50低　217.20
成　217.80c漲跌　-6.70量　8535時間　13:45:22

K線

227.5
225.0
222.5
220.0
217.5

02　　　　　　03

精業　　　　　　技術分析　　　　　　2004/09/03 13:57

先多		台指期		23		摩台指		8.7		金融期		4.1		電子期		1.0
4	昨收	開盤	今高	今低	收盤	昨收	開盤	今高	今低	收盤	昨收	開盤	今高	今低	收盤	昨收	開盤	今高	今低	收盤
930906	5762	5753	5788	5715	5780	242.5	242.4	243.2	239.9	242.3	947.0	949.2	956.2	942.0	954.0	217.8	217.0	219.2	214.7	218.2
18	振幅	預測	實際	反向	0.8	振幅	預測	實際	反向	3.0	振幅	預測	實際	反向	0.7	振幅	預測	實際	反向	

14	14	5945	5800	5788	5793	14	250.2	244.2	243.2	244.1	14	977.1	954.4	956.2	955.8	14	224.7	219.1	219.2	218.5
13	13	5872	5800	5788	5793	13	247.1	244.2	243.2	244.1	13	965.1	954.4	956.2	955.8	13	222.0	219.1	219.2	218.5
12	12	5836	5800	5788	5793	12	245.6	244.2	243.2	244.1	12	959.1	954.4	956.2	955.8	12	220.6	219.1	219.2	218.5
11	11	5818	5800	5788	5793	11	244.8	244.2	243.2	244.1	11	956.1	954.4	3.2	955.8	11	219.9	219.1	219.2	218.5
10	10	5799	0	5788	5793	10	244.1	0.1	243.2	反向	10	953.1	1.0	3.2	954	10	219.2	219.1	219.2	218.5
9	9	5781	0	3	5780	9	243.3	0.1	243.2	反向	949.2	950.1	1.0	3.2	反向	9	218.5	-0.9	3.2	218.2
8	8	5763	0	3	反向	242.4	242.5	0.1	3.2	242.3	8	947.1	1.0	3.2	反向	8	217.8	-0.9	3.2	反向
7	5753	5745	0	3	反向	7	241.8	0.1	3.2	反向	7	944.1	1.0	3.2	反向	217	217.1	-0.9	3.2	反向
6	6	5726	0	3	反向	6	241.0	0.1	3.2	反向	6	941.1	1.0	942.0	942.6	6	216.5	-0.9	3.2	反向
5	5	5708	0	5715	5713	5	240.2	0.1	3.2	240.7	5	938.1	1.0	942.0	942.6	5	215.8	-0.9	3.2	215.5
4	4	5690	0	5715	5713	4	239.5	0.1	239.9	240.7	4	935.1	935.8	942.0	942.6	4	215.1	-0.9	3.2	215.5
3	3	5672	5686	5715	5713	3	238.7	239.4	239.9	240.7	3	932.1	935.8	942.0	942.6	3	214.4	214.8	214.7	215.5
2	2	5653	5686	5715	5713	2	237.9	239.4	239.9	240.7	2	929.1	935.8	942.0	942.6	2	213.7	214.8	214.7	215.5
1	1	5635	5686	5715	5713	1	237.2	239.4	239.9	240.7	1	926.1	935.8	942.0	942.6	1	213.0	214.8	214.7	215.5
0	0	5617	5686	5715	5713	0	236.4	239.4	239.9	240.7	0	923.1	935.8	942.0	942.6	0	212.3	214.8	214.7	215.5
-1	-1	5599	5686	5715	5713	-1	235.6	239.4	239.9	240.7	-1	920.1	935.8	942.0	942.6	-1	211.6	214.8	214.7	215.5

先多	台指期					65	摩台指					2.7	金融期					22.3	電子期					2.3
4	昨收	開盤	今高	今低	收盤		昨收	開盤	今高	今低	收盤		昨收	開盤	今高	今低	收盤		昨收	開盤	今高	今低	收盤	
930907	5780	5771	5842	5763	5840	242.4	242.6	246.0	242.0	245.5		954.0	954.0	977.6	952.2	977.0		218.2	217.6	220.3	216.6	220.0	
18	振幅	預測	實際	反向		0.8	振幅	預測	實際	反向		3.0	振幅	預測	實際	反向		0.7	振幅	預測	實際	反向		

		台指期					摩台指					金融期					電子期			
14	14	5964	5818	5842	5811	14	250.1	244.2	246.0	244.3	14	984.3	960.7	977.6	960.7	14	225.1	219.5	220.3	219.1
13	13	5891	5818	5842	5811	13	247.0	244.2	246.0	244.3	13	972.3	960.7	3.2	977	13	222.4	219.5	220.3	219.1
12	12	5854	5818	5842	5811	12	245.5	244.2	3.2	245.5	12	966.2	960.7	3.2	960.7	12	221.0	219.5	220.3	219.1
11	11	5836	5818	3	5840	11	244.7	244.2	3.2	244.3	11	963.2	960.7	3.2	960.7	11	220.3	219.5	220.3	220.0
10	10	5817	0	3	5811	10	244.0	0.5	3.2	反向	10	960.2	0.3	3.2	反向	10	219.6	219.5	3.2	219.1
9	9	5799	0	3	反向	9	243.2	0.5	3.2	反向	9	957.2	0.3	3.2	反向	9	218.9	-0.7	3.2	反向
8	8	5781	0	3	反向	242.6	242.4	0.5	3.2	反向	954	954.1	0.3	3.2	反向	8	218.2	-0.7	3.2	反向
7	5771	5762	0		5763	反向	7	241.7	0.5	242.0	反向	7	951.1	0.3	952.2	反向	217.6	217.5	-0.7	3.2	反向
6	6	5744	0		5763	反向	6	240.9	0.5	242.0	240.9	6	948.1	0.3	952.2	947.3	6	216.8	-0.7	3.2	反向
5	5	5726	0		5763	5731	5	240.1	0.5	242.0	240.9	5	945.1	0.3	952.2	947.3	5	216.2	-0.7	216.6	216.0
4	4	5708	0.		5763	5731	4	239.4	239.4	242.0	240.9	4	942.0	942.0	952.2	947.3	4	215.5	-0.7	216.6	216.0
3	3	5689	5704	5763	5731	3	238.6	239.4	242.0	240.9	3	939.0	942.0	952.2	947.3	3	214.8	215.2	216.6	216.0
2	2	5671	5704	5763	5731	2	237.8	239.4	242.0	240.9	2	936.0	942.0	952.2	947.3	2	214.1	215.2	216.6	216.0
1	1	5653	5704	5763	5731	1	237.1	239.4	242.0	240.9	1	933.0	942.0	952.2	947.3	1	213.4	215.2	216.6	216.0
0	0	5634	5704	5763	5731	0	236.3	239.4	242.0	240.9	0	930.0	942.0	952.2	947.3	0	212.7	215.2	216.6	216.0
-1	-1	5616	5704	5763	5731	-1	235.5	239.4	242.0	240.9	-1	926.9	942.0	952.2	947.3	-1	212.0	215.2	216.6	216.0

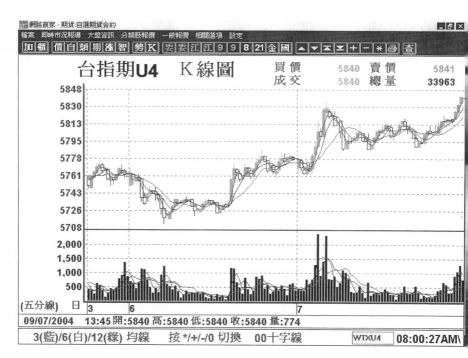

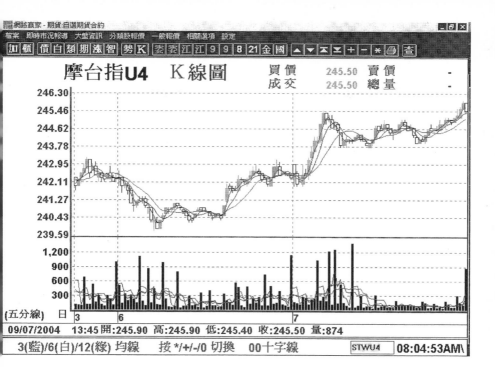

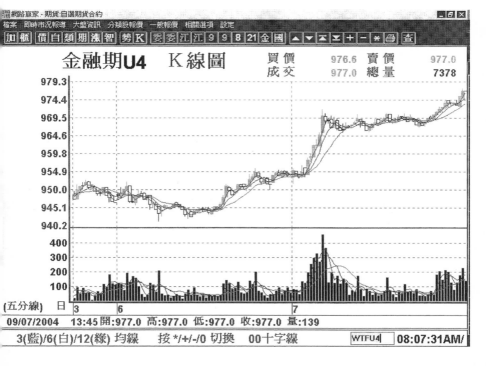

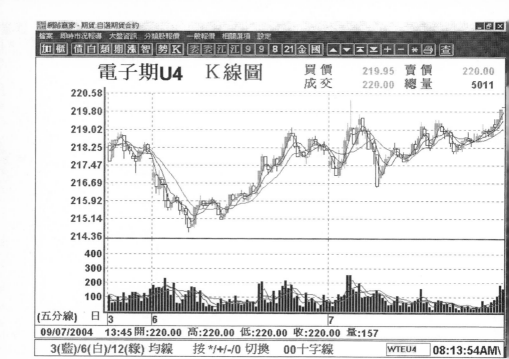

檔案　即時市況報導　大盤資訊　分類股報價　一般報價　相關選項　設定

加 櫃 價 自 類 期 漲 智 勢 K 委 委 江 江 9 9 8 21 金 國 ▲ ▼ ⊼ ⊻ ＋ － ＊ 🖵 查

電子期U4　　K線圖　　買價　219.95　賣價　220.00
　　　　　　　　　　　　成交　220.00　總量　5011

(五分線)　日　3　6　7

09/07/2004　13:45 開:220.00　高:220.00　低:220.00　收:220.00　量:157

3(藍)/6(白)/12(綠) 均線　按 */+/-/0 切換　00十字線　　WTEU4　08:13:54AM\

先空		台指期		18		摩台指		0.7		金融期		0.9		電子期		1.7
-4	昨收	開盤	今高	今低	收盤	昨收	開盤	今高	今低	收盤	昨收	開盤	今高	今低	收盤	昨收	開盤	今高	今低	收盤
930908	5840	5850	5879	5810	5828	245.5	245.5	247.3	244.3	244.6	977.0	977.6	984.0	971.0	976.2	220.0	220.0	222.4	217.4	218.1
	10	振幅	預測	實際	反向	0.4	振幅	預測	實際	反向	1.7	振幅	預測	實際	反向	0.4	振幅	預測	實際	反向

11	11	5931	5886	5879	5914	11	249.3	247.3	247.3	247.2	11	992.2	984.3	984.0	984.4	11	223.4	221.6	222.4	221.5
10	10	5921	5886	5879	5914	10	248.9	247.3	247.3	247.2	10	990.6	984.3	984.0	984.4	10	223.1	221.6	222.4	221.5
9	9	5911	5886	5879	反向	9	248.5	247.3	247.3	247.2	9	988.9	984.3	984.0	984.4	9	222.7	221.6	222.4	221.5
8	8	5901	5886	5879	反向	8	248.1	247.3	247.3	247.2	8	987.3	984.3	984.0	984.4	8	222.3	221.6	3.8	221.5
7	7	5891	5886	5879	反向	7	247.7	247.3	247.3	247.2	7	985.6	984.3	984.0	984.4	7	221.9	221.6	3.8	221.5
6	6	5881	1	5879	反向	6	247.2	-0.3	3.8	247.2	6	983.9	0.1	3.8	反向	6	221.6	-0.3	3.8	221.5
5	5	5872	1	4	反向	5	246.8	-0.3	3.8	反向	5	982.3	0.1	3.8	反向	5	221.2	-0.3	3.8	反向
4	4	5862	1	4	反向	4	246.4	-0.3	3.8	反向	4	980.6	0.1	3.8	反向	4	220.8	-0.3	3.8	反向
3	5850	5852	1	4	反向	3	246.0	-0.3	3.8	反向	3	979.0	0.1	3.8	反向	3	220.4	-0.3	3.8	反向
2	2	5842	1	4	反向	245.5	245.6	-0.3	3.8	反向	977.6	977.3	1	3.8	反向	220	220.1	-0.3	3.8	反向
1	1	5832	1	4	5828	1	245.2	-0.3	3.8	反向	1	975.6	0.1	3.8	976.2	1	219.7	-0.3	3.8	反向
0	0	5822	1	4	反向	0	244.7	-0.3	3.8	244.6	0	974.0	0.1	3.8	反向	0	219.3	-0.3	3.8	反向
-1	-1	5812	1	4	反向	-1	244.3	-0.3	3.8	反向	-1	972.3	0.1	3.8	反向	-1	218.9	-0.3	3.8	反向
-2	-2	5802	5808	5810	反向	-2	243.9	244.0	244.3	反向	-2	970.7	971.3	971.0	970.8	-2	218.6	218.7	3.8	反向
-3	-3	5792	5808	5810	反向	-3	243.5	244.0	244.3	243.8	-3	969.0	971.3	971.0	970.8	-3	218.2	218.7	3.8	218.1
-4	-4	5782	5808	5810	5786	-4	243.1	244.0	244.3	243.8	-4	967.4	971.3	971.0	970.8	-4	217.8	218.7	3.8	218.5
-5	-5	5772	5808	5810	5786	-5	242.7	244.0	244.3	243.8	-5	965.7	971.3	971.0	970.8	-5	217.5	218.7	3.8	218.5
-6	-6	5763	5808	5810	5786	-6	242.2	244.0	244.3	243.8	-6	964.0	971.3	971.0	970.8	-6	217.1	218.7	217.4	218.5

先空	台指期	133	摩台指	3.7	金融期	4.3	電子期	7.1
-4	昨收 開盤 今高 今低 收盤		昨收 開盤 今高 今低 收盤		昨收 開盤 今高 今低 收盤		昨收 開盤 今高 今低 收盤	
930909	5828 5812 5854 5785 5843		244.6 244.0 246.0 243.5 244.7		976.2 977.0 983.4 967.0 981.2		218.1 218.0 221.0 217.7 219.6	
7	振幅 預測 實際 反向	0.3	振幅 預測 實際 反向	1.2	振幅 預測 實際 反向	0.3	振幅 預測 實際 反向	

先空	昨收	開盤	今高	今低	收盤	idx	昨收	開盤	今高	今低	收盤	idx	昨收	開盤	今高	今低	收盤	idx	昨收	開盤	今高	今低	收盤
10	10	5911	5850	5854	5876	10	248.1	245.5	246.0	246.7		10	990.1	981.1	983.4	983.8		10	221.2	219.1	221.0	219.5
9	9	5904	5850	5854	5876	9	247.8	245.5	246.0	246.7		9	988.9	981.1	983.4	983.8		9	220.9	219.1	3.6	219.5
8	8	5897	5850	5854	5876	8	247.5	245.5	246.0	246.7		8	987.7	981.1	983.4	983.8		8	220.7	219.1	3.6	219.5
7	7	5889	5850	5854	5876	7	247.2	245.5	246.0	246.7		7	986.5	981.1	983.4	983.8		7	220.4	219.1	3.6	219.5
6	6	5882	5850	5854	5876	6	246.9	245.5	246.0	246.7		6	985.2	981.1	983.4	983.8		6	220.1	219.1	3.6	219.5
5	5	5875	5850	5854	反向	5	246.6	245.5	246.0			5	984.0	981.1	983.4	983.8		5	219.9	219.1	3.6	219.6
4	4	5868	5850	5854	反向	4	246.3	245.5	246.0			4	982.8	981.1	3.6			4	219.6	219.1	3.6	219.6
3	3	5860	5850	5854	反向	3	246.0	245.5	3.6			3	981.6	981.1	3.6	981.2		3	219.3	219.1	3.6	
2	2	5853	5850		4	反向	2	245.6	245.5	3.6	反向		2	980.4	0.8	3.6	反向	2	219.0	-0.2	3.6	
1	1	5846	-2	4	5843	1	245.3	-1.8	3.6			1	979.2	0.8	3.6	反向		1	218.8	-0.2	3.6	
0	0	5839	-2	4	反向	0	245.0	-1.8	3.6	反向		0	978.0	0.8	3.6	反向	0	218.5	-0.2	3.6	
-1	-1	5831	-2	4	反向	-1	244.7	-1.8	3.6	244.7	977	976.7	0.8	3.6	反向		-1	218.2	-0.2	3.6	
-2	-2	5824	-2	4	反向	-2	244.4	-1.8	3.6	反向		-2	975.5	0.8	3.6	反向	218	218.0	-0.2	3.6	
-3	-3	5817	-2	4	反向	244	244.1	-1.8	3.6	反向		-3	974.3	0.8	3.6	反向	-3	217.7	-0.2	217.7	
-4	5812	5809	-2	4	反向	-4	243.8	-1.8	3.6	反向		-4	973.1	0.8	3.6	反向	-4	217.4	-0.2	217.7	
-5	-5	5802	-2	4	反向	-5	243.5	-1.8	3.6	反向		-5	971.9	0.8	3.6	反向	-5	217.1	-0.2	217.7	
-6	-6	5795	-2	4	反向	-6	243.2	-1.8	243.5			-6	970.7	971.7	3.6	反向	-6	216.9	217.0	217.7	
-7	-7	5788	5794	4	反向	-7	242.9	243.2	243.5			-7	969.5	971.7	3.6	970.2		-7	216.6	217.0	217.7	
-8	-8	5780	5794	5785	反向	-8	242.6	243.2	243.5			-8	968.2	971.7	3.6	970.2		-8	216.3	217.0	217.7	216.5
-9	-9	5773	5794	5785	反向	-9	242.3	243.2	243.5			-9	967.0	971.7	3.6	970.2		-9	216.1	217.0	217.7	216.5
-10	-10	5766	5794	5785	反向	-10	242.0	243.2	243.5			-10	965.8	971.7	967.0	970.2		-10	215.8	217.0	217.7	216.5

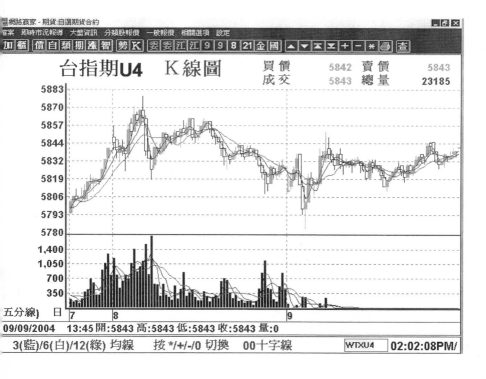

網路贏家 - 期貨:自選期貨合約

備案 即時市況報導 大盤資訊 分類股報價 一般報價 相關選項 設定

加 櫃 價 自 類 期 漲 智 勢 K 委 江 江 9 9 8 21 金 國 ▲ ▼ ▲ ▼ ＋ － ＊ 查

台指期U4　　K線圖

	買價	5842	賣價	5843
	成交	5843	總量	23185

5883
5870
5857
5844
5832
5819
5806
5793
5780

1,400
1,050
700
350

五分線)　日　7　　8　　　　　　9

09/09/2004　13:45 開:5843 高:5843 低:5843 收:5843 量:0

3(藍)/6(白)/12(綠) 均線　按 ＊/＋/－/0 切換　00十字線　　WTXU4　02:02:08PM/

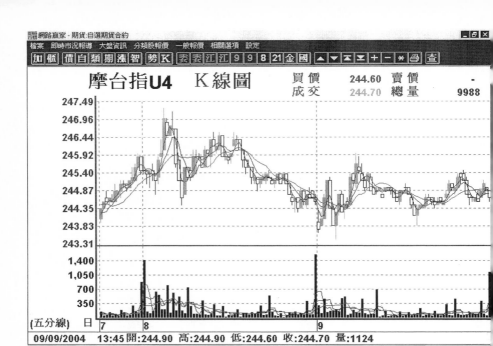

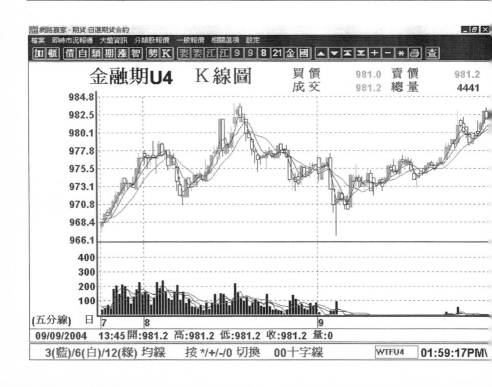

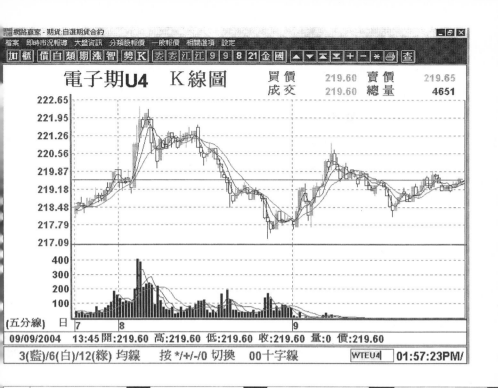

檔案　即時市況報導　大盤資訊　分類股報價　一般報價　相關選項　設定

電子期U4　　K線圖　　買價　219.60　賣價　219.65　成交　219.60　總量　4651

```
222.65
221.95
221.26
220.56
219.87
219.18
218.48
217.79
217.09
400
300
200
100
```

(五分線)　日　7　　8　　　　　9

09/09/2004　13:45開:219.60　高:219.60　低:219.60　收:219.60　量:0　價:219.60

3(藍)/6(白)/12(綠) 均線　按 */+/-/0 切換　00十字線　　WTEU4　01:57:23PM/

先空		台指期		120		摩台指		10.1		金融期		1.5		電子期		0.4
-4	昨收	開盤	今高	今低	收盤	昨收	開盤	今高	今低	收盤	昨收	開盤	今高	今低	收盤	昨收	開盤	今高	今低	收盤
930910	5843	5845	5875	5815	5841	244.7	243.1	247.4	243.1	245.4	981.2	979.8	982.6	973.6	977.6	219.6	220.7	222.4	219.0	220.5
	22	振幅	預測	實際	反向	0.9	振幅	預測	實際	反向	3.6	振幅	預測	實際	反向	0.8	振幅	預測	實際	反向

1	1	6035	5922	5875	5886	1	252.7	247.5	247.4	244.8	1	1013.5	993.9	982.6	986.7	1	226.8	222.9	222.4	223.1
0	0	6013	5922	5875	5886	0	251.8	247.5	247.4	244.8	0	1009.8	993.9	982.6	986.7	0	226.0	222.9	222.4	223.1
-1	-1	5992	5922	5875	5886	-1	250.9	247.5	247.4	244.8	-1	1006.2	993.9	982.6	986.7	-1	225.2	222.9	222.4	223.1
-2	-2	5970	5922	5875	5886	-2	250.0	247.5	247.4	244.8	-2	1002.5	993.9	982.6	986.7	-2	224.4	222.9	222.4	223.1
-3	-3	5948	5922	5875	5886	-3	249.1	247.5	247.4	244.8	-3	998.9	993.9	982.6	986.7	-3	223.6	222.9	222.4	223.1
-4	-4	5927	5922	5875	5886	-4	248.2	247.5	247.4	244.8	-4	995.2	993.9	982.6	986.7	-4	222.7	1.2	222.4	反向
-5	-5	5905	0	5875	5886	-5	247.3	-1.9	3.0	244.8	-5	991.6	-0.5	982.6	986.7	-5	221.9	1.2	3.0	反向
-6	-6	5883	0	5875	反向	-6	246.4	-1.9	3.0	244.8	-6	988.0	-0.5	982.6	986.7	-6	221.1	1.2	3.0	反向
-7	-7	5862	0	3	反向	-7	245.5	-1.9	3.0	245.4	-7	984.3	-0.5	982.6	反向	220.7	220.3	1.2	3.0	220.5
-8	5845	5840	0	3	5841	-8	244.6	-1.9	3.0	反向	979.8	980.7	-0.5	3.0	反向	-8	219.5	1.2	3.0	反向
-9	-9	5818	0	3	反向	-9	243.7	-1.9	3.0	反向	-9	977.0	-0.5	3.0	977.6	-9	218.7	1.2	219.0	反向
-10	-10	5796	5797	5815	5804	243.1	242.8	-1.9	243.1	反向	-10	973.4	-0.5	973.6	反向	-10	217.9	218.2	219.0	218.3
-11	-11	5775	5797	5815	5804	-11	241.8	242.2	243.1	反向	-11	969.7	972.9	973.6	972.9	-11	217.0	218.2	219.0	218.3
-12	-12	5753	5797	5815	5804	-12	240.9	242.2	243.1	241.4	-12	966.1	972.9	973.6	972.9	-12	216.2	218.2	219.0	218.3
-13	-13	5710	5797	5815	5804	-13	239.1	242.2	243.1	241.4	-13	958.8	972.9	973.6	972.9	-13	214.6	218.2	219.0	218.3
-14	-14	5623	5797	5815	5804	-14	235.5	242.2	243.1	241.4	-14	944.2	972.9	973.6	972.9	-14	211.3	218.2	219.0	218.3

先多	台指期		26	摩台指		1.7	金融期		14.7	電子期		1.0
2	昨收	開盤	今高	今低	收盤	昨收	開盤	今高	今低	收盤	昨收	開盤	今高	今低	收盤	昨收	開盤	今高	今低	收盤
930913	5841	5900	5939	5892	5930	245.4	248.5	250.5	247.8	250.4	977.6	981.0	997.6	981.0	996.4	220.5	222.6	224.9	222.6	223.7
	15	振幅	預測	實際	反向	0.6	振幅	預測	實際	反向	2.4	振幅	預測	實際	反向	0.6	振幅	預測	實際	反向

#	昨收	開盤	今高	今低	收盤	#	昨收	開盤	今高	今低	收盤	#	昨收	開盤	今高	今低	收盤	#	昨收	開盤	今高	今低	收盤
4	4	5989	5915	5939	5941	4	251.6	248.7	250.5	250.2	4	1002.4	987.9	997.6	991.8	4	226.1	223.3	224.9	224.2					
3	3	5975	5915	5939	5941	3	251.0	248.7	250.5	250.2	3	1000.0	987.9	997.6	991.8	3	225.5	223.3	224.9	224.2					
2	2	5960	5915	5939	5941	2	250.4	248.7	3.3	250.4	2	997.5	987.9	3.3	996.4	2	225.0	223.3	224.9	224.2					
1	1	5945	5915	5939	5941	1	249.8	248.7	3.3	反向	1	995.1	987.9	3.3	991.8	1	224.4	223.3	3.3	224.2					
0	0	5931	5915	3	5930	0	249.2	248.7	3.3	反向	0	992.6	987.9	3.3	991.8	0	223.9	223.3	3.3	223.7					
-1	-1	5916	5915	3	反向	-1	248.5	248.6	5.0	3.3	反向	-1	990.2	987.9	3.3	反向	-1	223.3	223.3	3.3	反向				
-2	5900	5902	4	3	反向	-2	247.9	5.0	3.3	反向	-2	987.7	1.4	3.3	反向	222.6	222.8	3.8	3.3	反向					
-3	-3	5887	4	5892	反向	-3	247.3	5.0	247.8	反向	-3	985.3	1.4	3.3	反向	-3	222.2	3.8	222.6	反向				
-4	-4	5872	4	5892	反向	-4	246.7	5.0	247.8	246.8	-4	983.0	1.4	3.3	反向	-4	221.7	3.8	222.6	221.0				
-5	-5	5858	4	5892	5859	-5	246.1	5.0	247.8	246.8	981	980.4	1.4	981.0	反向	-5	221.1	3.8	222.6	221.0				
-6	-6	5843	4	5892	5859	-6	245.5	5.0	247.8	246.8	-6	978.0	1.4	981.0	反向	-6	220.6	3.8	222.6	221.0				
-7	-7	5829	4	5892	5859	-7	244.9	5.0	247.8	246.8	-7	975.5	1.4	981.0	反向	-7	220.0	3.8	222.6	221.0				
-8	-8	5814	5820	5892	5859	-8	244.3	244.7	247.8	246.8	-8	973.1	1.4	981.0	反向	-8	219.5	219.7	222.6	221.0				
-9	-9	5800	5820	5892	5859	-9	243.7	244.7	247.8	246.8	-9	970.7	971.9	981.0	970.2	-9	218.9	219.7	222.6	221.0				
-10	-10	5785	5820	5892	5859	-10	243.0	244.7	247.8	246.8	-10	968.2	971.9	981.0	970.2	-10	218.4	219.7	222.6	221.0				
-11	-11	5770	5820	5892	5859	-11	242.4	244.7	247.8	246.8	-11	965.8	971.9	981.0	970.2	-11	217.8	219.7	222.6	221.0				
-12	-12	5756	5820	5892	5859	-12	241.8	244.7	247.8	246.8	-12	963.3	971.9	981.0	970.2	-12	217.3	219.7	222.6	221.0				
-13	-13	5727	5820	5892	5859	-13	240.6	244.7	247.8	246.8	-13	958.5	971.9	981.0	970.2	-13	216.2	219.7	222.6	221.0				

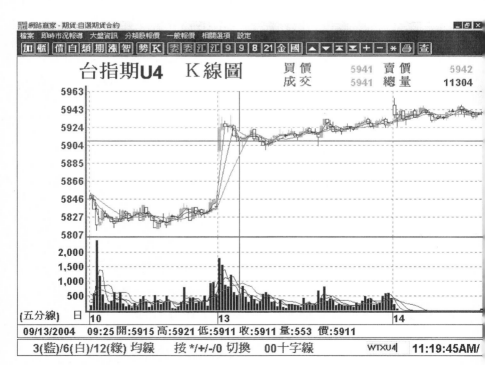

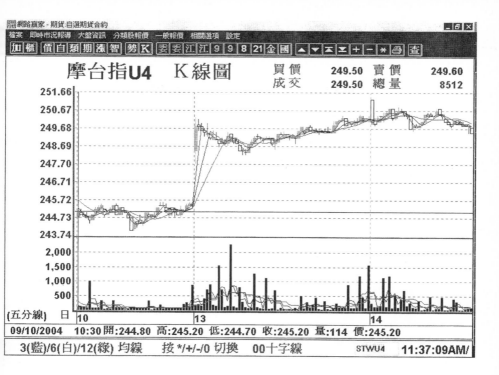

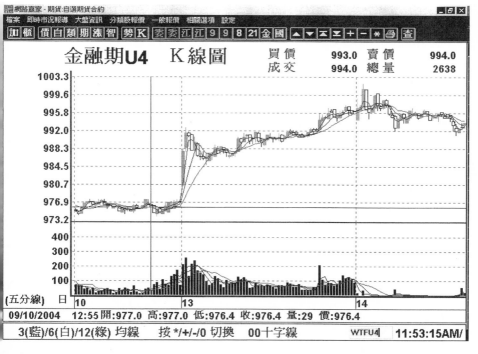

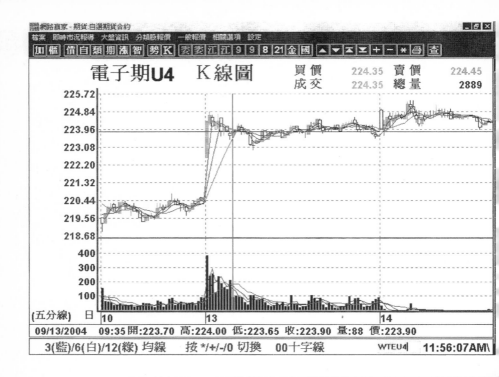

電子期**U4**　　K線圖　　買價　224.35　賣價　224.45
　　　　　　　　　　　　　成交　224.35　總量　　2889

| 225.72 |
| 224.84 |
| 223.96 |
| 223.08 |
| 222.20 |
| 221.32 |
| 220.44 |
| 219.56 |
| 218.68 |
| 400 |
| 300 |
| 200 |
| 100 |

(五分線)　日　　10　　　　13　　　　14

09/13/2004　09:35開:223.70　高:224.00　低:223.65　收:223.90　量:88　價:223.90

3(藍)/6(白)/12(綠) 均線　　按 */+/-/0 切換　　00十字線　　WTEU4　　11:56:07AM

先空		台指期		**10**		摩台指		**1.3**		金融期		**4.9**		電子期		**0.9**
-4	昨收	開盤	今高	今低	收盤	昨收	開盤	今高	今低	收盤	昨收	開盤	今高	今低	收盤	昨收	開盤	今高	今低	收盤
930914	5929	5943	5945	5916	5929	250.3	251.3	251.3	249.2	249.8	996.4	994.6	1002.0	988.2	989.0	223.7	225.0	225.4	223.7	223.9
	14	振幅	預測	實際	反向	0.6	振幅	預測	實際	反向	2.3	振幅	預測	實際	反向	0.5	振幅	預測	實際	反向

1	1	6054	5987	5945	6008	1	255.6	252.9	251.3	254.1	1	1017.3	1004.7	1002.0	1002	1	228.3	226.1	225.4	227.4
0	0	6040	5987	5945	6008	0	255.0	252.9	251.3	254.1	0	1015.0	1004.7	1002.0	1002	0	227.8	226.1	225.4	227.4
-1	-1	6026	5987	5945	6008	-1	254.4	252.9	251.3	254.1	-1	1012.8	1004.7	1002.0	1002	-1	227.3	226.1	225.4	反向
-2	-2	6013	5987	5945	6008	-2	253.8	252.9	251.3	反向	-2	1010.5	1004.7	1002.0	1002	-2	226.8	226.1	225.4	反向
-3	-3	5999	5987	5945	反向	-3	253.3	252.9	251.3	反向	-3	1008.2	1004.7	1002.0	1002	-3	226.3	226.1	225.4	反向
-4	-4	5985	1	5945	反向	-4	252.7	1.6	251.3	反向	-4	1005.9	1004.7	1002.0	1002	-4	225.8	2.4	225.4	反向
-5	-5	5972	1	5945	反向	-5	252.1	1.6	251.3	反向	-5	1003.6	-0.9	1002.0	1002	-5	225.3	2.4	3.0	反向
-6	-6	5958	1	5945	反向	-6	251.3	251.5	1.6	251.3	-6	1001.3	-0.9	3.0	反向	225	224.7	2.4	.3.0	反向
-7	5943	5944	1	3	反向	-7	251.0	1.6	3.0	反向	-7	999.0	-0.9	3.0	反向	-7	224.2	2.4	3.0	反向
-8	-8	5931	1	3	5929	-8	250.4	1.6	3.0	反向	-8	996.7	-0.9	3.0	反向	-8	223.7	2.4	3.0	223.9
-9	-9	5917	1	3	反向	-9	249.8	1.6	249.8	994.6	-9	994.4	-0.9	3.0	反向	-9	223.2	2.4	223.7	反向
-10	-10	5904	5905	5916	反向	-10	249.2	249.4	3.0	反向	-10	992.1	-0.9	3.0	反向	-10	222.7	223.0	223.7	反向
-11	-11	5890	5905	5916	反向	-11	248.7	249.4	249.2	反向	-11	989.8	991.1	3.0	989	-11	222.2	223.0	223.7	222.5
-12	-12	5876	5905	5916	5878	-12	248.1	249.4	249.2	248.5	-12	987.5	991.1	988.2	987.6	-12	221.7	223.0	223.7	222.5
-13	-13	5849	5905	5916	5878	-13	246.9	249.4	249.2	248.5	-13	983.0	991.1	988.2	987.6	-13	220.6	223.0	223.7	222.5
-14	-14	5794	5905	5916	5878	-14	244.6	249.4	249.2	248.5	-14	973.8	991.1	988.2	987.6	-14	218.6	223.0	223.7	222.5

先多	台指期			100	摩台指			5.9	金融期			12.0	電子期			3.7
4	昨收	開盤	今高	今低	收盤	昨收	開盤	今高	今低	收盤	昨收	開盤	今高	今低	收盤	昨收
930915	5929	5910	5932	5870	5871	249.9	249.2	249.5	246.3	246.3	983.2	981.0	982.8	973.2	975.8	223.5
6	振幅	預測	實際	反向	0.3	振幅	預測	實際	反向	1.0	振幅	預測	實際	反向	0.2	振幅

開盤 今高 今低 收盤 (電子期): 223.0 224.0 221.7 222.1 / 預測 實際 反向

		台指期					摩台指					金融期					電子期		
10	10	5967	5942	5932	5951	10	251.5	250.5	249.5	250.9	10	989.5	985.6	982.8	987.9	10	224.9	224.0	224.0
9	9	5961	5942	5932	5951	9	251.2	250.5	249.5	250.9	9	988.5	985.6	982.8	987.9	9	224.7	224.0	224.0
8	8	5955	5942	5932	5951	8	251.0	250.5	249.5	250.9	8	987.4	985.6	982.8		8	224.4	224.0	224.0
7	7	5948	5942	5932	反向	7	250.7	250.5	249.5	反向	7	986.4	985.6	982.8	反向	7	224.2	224.0	224.0
6	6	5942	5942	5932	反向	6	250.5	-2.6	249.5	反向	6	985.4	-2.1	982.8	反向	6	223.9	-1.9	3.2
5	5	5936	-3	5932	反向	5	250.2	-2.6	249.5	反向	5	984.3	-2.1	982.8	反向	5	223.7	-1.9	3.2
4	4	5930	-3	3	反向	4	249.9	-2.6	249.5	反向	4	983.3	-2.1	982.8	反向	4	223.5	-1.9	3.2
3	3	5923	-3	3	反向	3	249.7	-2.6	249.5	反向	3	982.3	-2.1	3.2		3	223.2	-1.9	3.2
2	2	5917	-3	3	反向	2	249.4	-2.6	3.2	981	981.2	-2.1	3.2		223	223.0	-1.9	3.2
1	5910	5911	-3	3	反向	249.2	249.1	-2.6	3.2	1	980.2	-2.1	3.2		1	222.8	-1.9	3.2
0	0	5905	-3	3	反向	0	248.9	-2.6	3.2	0	979.2	-2.1	3.2		0	222.5	-1.9	3.2
-1	-1	5898	5899	3	反向	-1	248.6	248.7	3.2	-1	978.1	978.6	3.2		-1	222.3	222.4	3.2
-2	-2	5892	5899	3	反向	-2	248.3	248.7	3.2	-2	977.1	978.6	3.2		-2	222.1	222.4	3.2
-3	-3	5886	5899	3	反向	-3	248.1	248.7	3.2	-3	976.0	978.6	3.2	975.8	-3	221.8	222.4	3.2
-4	-4	5880	5899	3	反向	-4	247.8	248.7	3.2	-4	975.0	978.6	3.2		-4	221.6	222.4	221.7
-5	-5	5873	5899	3	5871	-5	247.6	248.7	3.2	-5	974.0	978.6	3.2	974.1	-5	221.4	222.4	221.7
-6	-6	5867	5899	5870	5869	-6	247.3	248.7	3.2	247.5	-6	972.9	978.6	973.2	974.1	-6	221.1	222.4	221.7
-7	-7	5861	5899	5870	5869	-7	247.0	248.7	3.2	247.5	-7	971.9	978.6	973.2	974.1	-7	220.9	222.4	221.7
-8	-8	5855	5899	5870	5869	-8	246.8	248.7	3.2	247.5	-8	970.9	978.6	973.2	974.1	-8	220.6	222.4	221.7
-9	-9	5848	5899	5870	5869	-9	246.5	248.7	3.2	247.5	-9	969.8	978.6	973.2	974.1	-9	220.4	222.4	221.7
-10	-10	5842	5899	5870	5869	-10	246.2	248.7	246.3	246.3	-10	968.8	978.6	973.2	974.1	-10	220.2	222.4	221.7

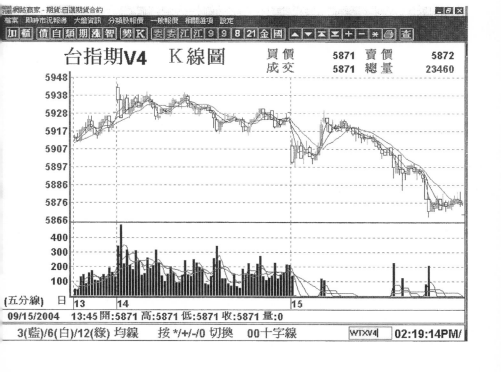

網路贏家 - 期貨:自選期貨合約
檔案　即時市況報導　大盤資訊　分類股股價　一般報價　相關選項　設定

台指期V4　　K線圖　　買價 5871　賣價 5872　成交 5871　總量 23460

5948 5938 5928 5917 5907 5897 5886 5876 5866

400 300 200 100

(五分線)　日　13　14　15
09/15/2004　13:45 開:5871 高:5871 低:5871 量:0

3(藍)/6(白)/12(綠) 均線　按 */+/-/0 切換　00十字線　WTXV4　02:19:14PM/

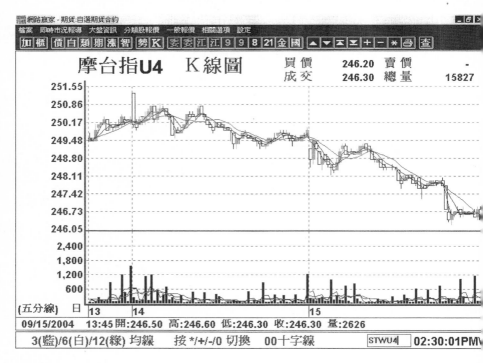

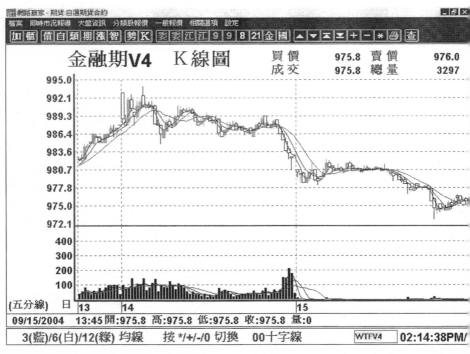

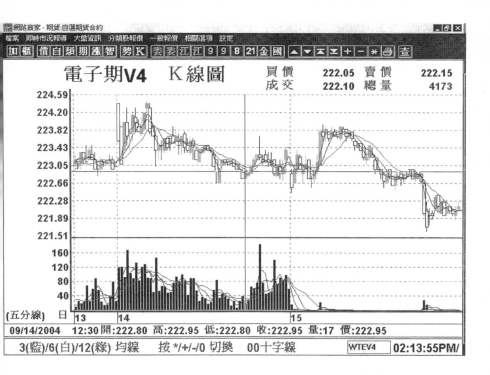

檔案　即時市況報導　大盤資訊　分類股價報價　一般報價　相關選項　設定

加 框 價 自 類 期 漲 智 勢 K 委 委 江 江 9 9 8 21 金 國 ▲ ▼ ⊼ ⊻ + - * 尋 查

電子期V4　　K線圖	買價	222.05	賣價	222.15
	成交	222.10	總量	4173

224.59
224.20
223.82
223.43
223.05
222.66
222.28
221.89
221.51
160
120
80
40

(五分線)　日　13　　14　　　　　　　　15

09/14/2004　12:30開:222.80　高:222.95　低:222.80　收:222.95　量:17　價:222.95

3(藍)/6(白)/12(綠) 均線　按 */+/-/0 切換　00十字線　WTEV4　02:13:55PM/

先多		台指期		14		摩台指		0.8		金融期		12.1		電子期		2.4
4	昨收	開盤	今高	今低	收盤	昨收	開盤	今高	今低	收盤	昨收	開盤	今高	今低	收盤	昨收	開盤	今高	今低	收盤
930916	5871	5850	5888	5814	5868	246.4	245.3	247.2	243.2	246.3	975.8	974.0	974.4	967.4	971.8	222.1	221.0	224.4	219.5	223.6
	12	振幅	預測	實際	反向	0.5	振幅	預測	實際	反向	2.1	振幅	預測	實際	反向	0.5	振幅	預測	實際	反向

14	14	6000	5890	5888	5914	14	251.8	247.1	247.2	248	14	997.2	979.5	974.4	980.8	14	227.0	222.7	224.4	223.4
13	13	5951	5890	5888	5914	13	249.7	247.1	247.2	248	13	989.0	979.5	974.4	980.8	13	225.1	222.7	224.4	223.4
12	12	5926	5890	5888	5914	12	248.7	247.1	247.2	248	12	984.9	979.5	974.4	980.8	12	224.2	222.7	3.2	223.4
11	11	5913	5890	5888	反向	11	248.2	247.1	247.2	248	11	982.9	979.5	974.4	980.8	11	223.7	222.7	3.2	223.6
10	10	5901	5890	5888	反向	10	247.7	247.1	247.2	反向	10	980.8	979.5	974.4	反向	10	223.2	222.7	3.2	反向
9	9	5889	-2		5888	反向	9	247.1	247.1	3.2	反向	9	978.8	-0.7	974.4	反向	9	222.8	222.7	3.2	反向
8	8	5876	-2	3	反向	8	246.6	-2.0	3.2	反向	8	976.7	-0.7	974.4	反向	8	222.3	-2.2	3.2	反向
7	7	5864	-2	3	5868	7	246.1	-2.0	3.2	246.3	974	974.7	-0.7	974.4	反向	7	221.8	-2.2	3.2	反向
6	5850	5852	-2	3	反向	6	245.6	-2.0	3.2	反向	6	972.6	-0.7	3.2	971.8	6	221.4	-2.2	3.2	反向
5	5	5839	-2	3	反向	245.3	245.1	-2.0	3.2	反向	5	970.6	-0.7	3.2	反向	221	220.9	-2.2	3.2	反向
4	4	5827	-2	3	反向	4	244.6	-2.0	3.2	反向	4	968.5	-0.7	3.2	反向	4	220.4	-2.2	3.2	反向
3	3	5815	-2	3	反向	3	244.0	-2.0	3.2	反向	3	966.5	966.8	967.4	967.2	3	220.0	-2.2	3.2	反向
2	2	5802	5814	5814	反向	2	243.5	243.9	3.2	反向	2	964.4	966.8	967.4	967.2	2	219.5	219.8	3.2	反向
1	1	5790	5814	5814	反向	1	243.0	243.9	243.2	反向	1	962.4	966.8	967.4	967.2	1	219.0	219.8	219.5	反向
0	0	5778	5814	5814	5786	0	242.5	243.9	243.2	242.6	0	960.3	966.8	967.4	967.2	0	218.6	219.8	219.5	反向
-1	-1	5765	5814	5786	5786	0	242.0	243.9	243.2	242.6	-1	958.3	966.8	967.4	967.2	-1	218.1	219.8	219.5	218.6
-2	-2	5753	5814	5786	-2		241.5	243.9	243.2	242.6	-2	956.2	966.8	967.4	967.2	-2	217.6	219.8	219.5	218.6

先空	台指期	59			摩台指	3.2			金融期	15.3			電子期	2.7		
-4	昨收	開盤	今高	今低	收盤	昨收	開盤	今高	今低	收盤	昨收	開盤	今高	今低	收盤	昨收
930917	5868	5860	5871	5797	5797	246.3	246.5	246.8	242.3	243.1	971.8	970.0	971.0	953.2	954.0	223.6
7	振幅	預測	實際	反向	0.3	振幅	預測	實際	反向	1.2	振幅	預測	實際	反向	0.3	振幅

(續) 開盤 今高 今低 收盤 ; 電子期 223.6 224.1 220.8 220.8 ; 預測 實際 反向

	台指期					摩台指					金融期					電子期				
5	5	5927	5897	5871	5901	5	248.8	247.7	246.8	248.2	5	981.6	976.4	971.0	976.8	5	225.9	224.8	224.1	225.2
4	4	5920	5897	5871	5901	4	248.5	247.7	246.8	248.2	4	980.4	976.4	971.0	976.8	4	225.6	224.8	224.1	225.2
3	3	5913	5897	5871	5901	3	248.2	247.7	246.8	248.2	3	979.2	976.4	971.0	976.8	3	225.3	224.8	224.1	225.2
2	2	5906	5897	5871	5901	2	247.9	247.7	246.8	反向	2	978.0	976.4	971.0	976.8	2	225.0	224.8	224.1	反向
1	1	5898	5897	5871	反向	1	247.6	0.6	246.8	反向	1	976.8	976.4	971.0	976.8	1	224.8	-0.1	224.1	反向
0	0	5891	-1	5871	反向	0	247.3	0.6	246.8	反向	0	975.7	-1.6	971.0	反向	0	224.5	-0.1	224.1	反向
-1	-1	5884	-1	5871	反向	-1	247.0	0.6	246.8	反向	-1	974.5	-1.6	971.0	反向	-1	224.2	-0.1	224.1	反向
-2	-2	5877	-1	5871	反向	-2	246.7	0.6	3.3	反向	-2	973.3	-1.6	971.0	反向	-2	223.9	-0.1	3.3	反向
-3	-3	5870	-1	3	反向	246.5	246.4	0.6	3.3	反向	-3	972.1	-1.6	971.0	反向	223.6	223.7	-0.1	3.3	反向
-4	5860	5863	-1	3	反向	-4	246.1	0.6	3.3	反向	-4	970.9	-1.6	3.3	反向	-4	223.4	-0.1	3.3	反向
-5	-5	5856	-1	3	反向	-5	245.8	0.6	3.3	反向	970	969.7	-1.6	3.3	反向	-5	223.1	-0.1	3.3	反向
-6	-6	5848	5849	3	反向	-6	245.5	245.7	3.3	反向	-6	968.6	-1.6	3.3	反向	-6	222.9	223.0	3.3	反向
-7	-7	5841	5849	3	反向	-7	245.2	245.7	3.3	反向	-7	967.4	968.4	3.3	反向	-7	222.6	223.0	3.3	反向
-8	-8	5834	5849	3	反向	-8	244.9	245.7	3.3	反向	-8	966.2	968.4	3.3	反向	-8	222.3	223.0	3.3	反向
-9	-9	5827	5849	3	反向	-9	244.6	245.7	244.8		-9	965.0	968.4	3.3	反向	-9	222.0	223.0	3.3	反向
-10	-10	5820	5849	反向		-10	244.3	245.7	244.8		-10	963.8	968.4	3.3	反向	-10	221.8	223.1	3.3	222.0
-11	-11	5813	5849	5819		-11	244.0	245.7	244.8		-11	962.6	968.4	3.3	反向	-11	221.5	223.1	3.3	222.0
-12	-12	5806	5849	5819		-12	243.7	245.7	244.8		-12	961.5	968.4	963.2		-12	221.2	223.1	3.3	222.0
-13	-13	5791	5849	5797	5797	-13	243.1	245.7	3.3	243.1	-13	959.1	968.4	963.2		-13	220.7	223.1	220.8	220.8
-14	-14	5763	5849	5797	5819	-14	241.9	245.7	242.3	244.8	-14	954.3	968.4	954		-14	219.6	223.1	220.8	222.0

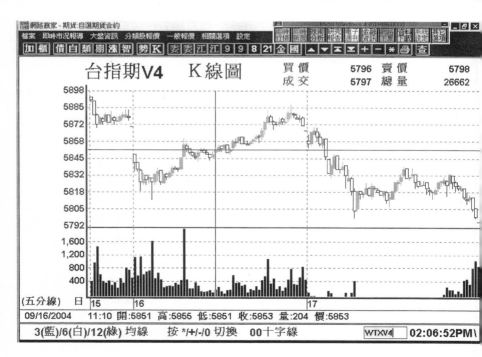

網路贏家 - 期貨:自選期貨合約　Midst Windows 4301RU64000

檔案　即時市況報導　大盤資訊　分類股報價　一般報價　相關選項　設定

加 檔 價 自 類 期 漲 智 勢 K 委 委 江 江 9 9 8 21 金 國

台指期V4　　K線圖　　買價　5796　賣價　5798　　成交　5797　總量　26662

5898 / 5885 / 5872 / 5858 / 5845 / 5832 / 5818 / 5805 / 5792

1,600 / 1,200 / 800 / 400

(五分線)　日　15　16　17

09/16/2004　11:10　開:5851　高:5855　低:5851　收:5853　量:204　價:5853

3(藍)/6(白)/12(線) 均線　按 */+/-/0 切換　00十字線　WTXV4　02:06:52PM

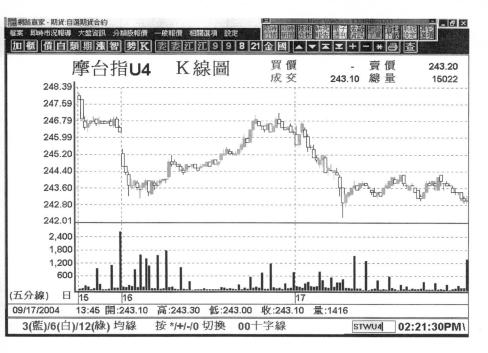

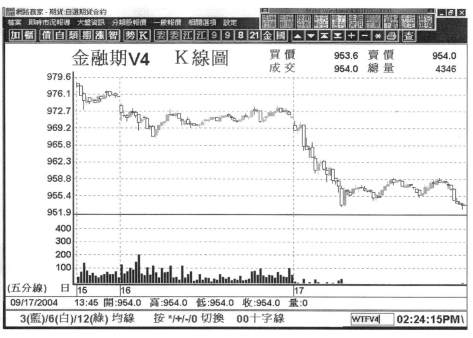

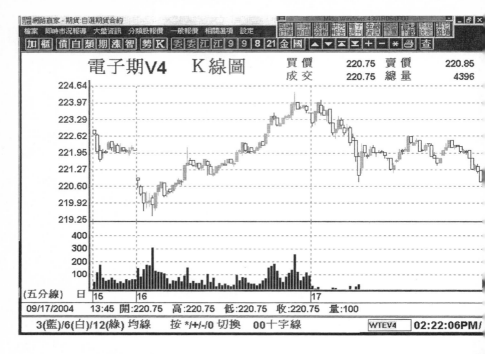

先空		台指期		93			摩台指		7.3			金融期		15.4			電子期		1.1
-4	昨收	開盤	今高	今低	收盤	昨收	開盤	今高	今低	收盤	昨收	開盤	今高	今低	收盤	昨收	開盤	今高	今低	收盤
930920	5797	5813	5875	5812	5840	243.1	243.9	247.5	243.9	245.8	954.0	957.0	966.6	956.0	966.0	220.8	221.0	222.6	219.3	219.7
	9	振幅	預測	實際	反向	0.4	振幅	預測	實際	反向	1.5	振幅	預測	實際	反向	0.3	振幅	預測	實際	反向

9	9	5908	5836	5875	5877	9	247.8	244.8	247.5	246.6	9	972.3	960.6	966.6	967.5	9	225.0	222.1	222.6	222.5
8	8	5899	5836	5875	5877	8	247.4	244.8	3.2	246.6	8	970.8	960.6	966.6	967.5	8	224.6	222.1	222.6	222.5
7	7	5890	5836	5875	5877	7	247.0	244.8	3.2	246.6	7	969.3	960.6	966.6	967.5	7	224.3	222.1	222.6	222.5
6	6	5881	5836	5875	5877	6	246.6	244.8	3.2	246.6	6	967.9	960.6	966.6	967.5	6	224.0	222.1	222.6	222.5
5	5	5873	5836	3	反向	5	246.3	244.8	3.2	反向	5	966.4	960.6	3.2	966	5	223.6	222.1	222.6	222.5
4	4	5864	5836	3	反向	4	245.9	244.8	3.2	245.8	4	965.0	960.6	3.2	反向	4	223.3	222.1	222.6	222.5
3	3	5855	5836	3	反向	3	245.5	244.8	3.2	反向	3	963.5	960.6	3.2	反向	3	223.0	222.1	222.6	222.5
2	2	5846	5836	3	反向	2	245.2	244.8	3.2	反向	2	962.1	960.6	3.2	反向	2	222.6	222.1	222.6	222.5
1	1	5837	5836	3	5840	1	244.8	2.1	3.2	反向	1	960.6	960.6	3.2	反向	1	222.3	222.1	3.2	反向
0	0	5828	2	3	反向	0	244.4	2.1	3.2	反向	0	959.2	2.0	3.2	反向	0	221.9	0.6	3.2	反向
-1	-1	5820	2	3	反向	-1	244.1	2.1	3.2	243.9	957	957.7	2.0	3.2	反向	-1	221.6	0.6	3.2	反向
-2	5813	5811	2	5812	反向	-2	243.7	2.1	243.9	反向	-2	956.2	2.0	3.2	反向	-2	221.3	0.6	3.2	反向
-3	-3	5802	2	5812	反向	-3	243.3	2.1	243.9	反向	-3	954.8	2.0	956.0	反向	221	220.9	0.6	3.2*	反向
-4	-4	5793	2	5812	反向	-4	242.9	2.1	243.9	反向	-4	953.3	2.0	956.0	反向	-4	220.6	0.6	3.2	反向
-5	-5	5784	2	5812	反向	-5	242.6	2.1	243.9	反向	-5	951.9	2.0	956.0	反向	-5	220.3	0.6	3.2	反向
-6	-6	5775	5779	5812	反向	-6	242.2	242.4	243.9	反向	-6	950.4	951.1	956.0	反向	-6	219.9	219.9	3.2	反向
-7	-7	5766	5779	5812	反向	-7	241.8	242.4	243.9	反向	-7	949.0	951.1	956.0	反向	-7	219.6	219.9	3.2	219.7
-8	-8	5758	5779	5812	反向	-8	241.4	242.4	243.9	反向	-8	947.5	951.1	956.0	反向	-8	219.3	219.9	219.3	219.5
-9	-9	5749	5779	5812	5749	-9	241.1	242.4	243.9	241.2	-9	946.1	951.1	956.0	946.5	-9	218.9	219.9	219.3	219.5

渾沌		台指期		196		摩台指		12.9		金融期		86.1		電子期		9.2
0	昨收	開盤	今高	今低	收盤	昨收	開盤	今高	今低	收盤	昨收	開盤	今高	今低	收盤	昨收	開盤	今高	今低	收盤
930921	5840	5866	5945	5856	5945	245.7	245.2	250.1	245.1	249.7	966.0	966.2	991.0	963.2	991.0	219.7	221.0	224.4	220.6	224.2
16	振幅	預測	實際	反向	0.7	振幅	預測	實際	反向	2.7	振幅	預測	實際	反向	0.6	振幅	預測	實際	反向	

		台指期				摩台指					金融期					電子期				
5	5	6015	5897	5945	5907	5	253.1	247.6	250.1	246.9	5	995.0	974.0	991.0	976.8	5	226.3	221.9	224.4	222.5
4	4	5999	5897	5945	5907	4	252.4	247.6	250.1	246.9	4	992.3	974.0	991.0	991	4	225.7	221.9	224.4	222.5
3	3	5982	5897	5945	5907	3	251.7	247.6	250.1	246.9	3	989.5	974.0	2.9	976.8	3	225.1	221.9	224.4	222.5
2	2	5966	5897	5945	5907	2	251.0	247.6	250.1	246.9	2	986.8	974.0	2.9	976.8	2	224.4	221.9	224.4	224.2
1	1	5949	5897	5945	5945	1	250.3	247.6	250.1	246.9	1	984.1	974.0	2.9	976.8	1	223.8	221.9	2.9	222.5
0	0	5933	5897	3	5907	0	249.6	247.6	2.9	249.7	0	981.4	974.0	2.9	976.8	0	223.2	221.9	2.9	222.5
-1	-1	5916	5897		5907	-1	248.9	247.6	2.9	246.9	-1	978.6	974.0	2.9	976.8	-1	222.6	221.9	2.9	222.5
-2	-2	5900	5897		反向	-2	248.2	247.6	2.9	246.9	-2	975.9	974.0	2.9	反向	-2	222.0	221.9	2.9	222.5
-3	-3	5883	2	3	反向	-3	247.5	-0.6	2.9	246.9	-3	973.2	0.2	2.9	反向	-3	221.3	2.2	2.9	反向
-4	5866	5867	2	3	反向	-4	246.8	-0.6	2.9	反向	-4	970.4	0.2	2.9	反向	221	220.7	2.2	2.9	反向
-5	-5	5850	2		5856	-5	246.1	-0.6	2.9	反向	-5	967.7	0.2	2.9	反向	-5	220.1	2.2	220.6	反向
-6	-6	5834	2		5856	245.2	245.4	-0.6	2.9	反向	966.2	965.0	0.2	2.9	反向	-6	219.5	2.2	220.6	反向
-7	-7	5817	2		5856	5825	-7	244.7	-0.6	245.1	反向	-7	962.3	0.2	963.2	反向	-7	218.8	2.2	220.6	219.5
-8	-8	5801	5803	5856	5825	-8	244.0	-0.6	245.1	反向	-8	959.5	0.2	963.2	反向	-8	218.2	218.4	220.6	219.5
-9	-9	5784	5803	5856	5825	-9	243.4	243.6	245.1	243.5	-9	956.8	958.5	963.2	反向	-9	217.6	218.4	220.6	219.5
-10	-10	5768	5803	5856	5825	-10	242.7	243.6	245.1	243.5	-10	954.1	958.5	963.2	955.6	-10	217.0	218.4	220.6	219.5
-11	-11	5751	5803	5856	5825	-11	242.0	243.6	245.1	243.5	-11	951.3	958.5	963.2	955.6	-11	216.4	218.4	220.6	219.5
-12	-12	5735	5803	5856	5825	-12	241.3	243.6	245.1	243.5	-12	948.6	958.5	963.2	955.6	-12	215.7	218.4	220.6	219.5
-13	-13	5702	5803	5856	5825	-13	239.9	243.6	245.1	243.5	-13	943.2	958.5	963.2	955.6	-13	214.5	218.4	220.6	219.5

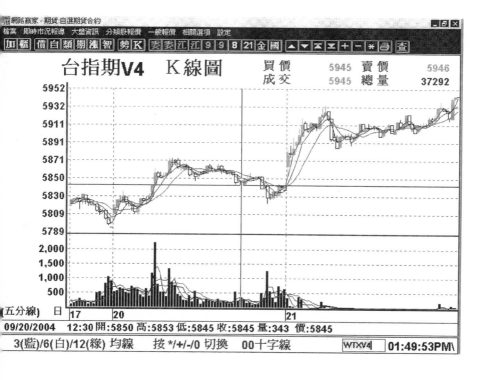

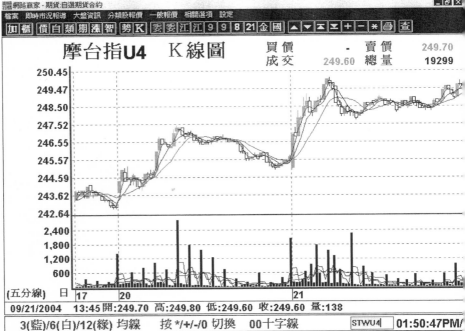

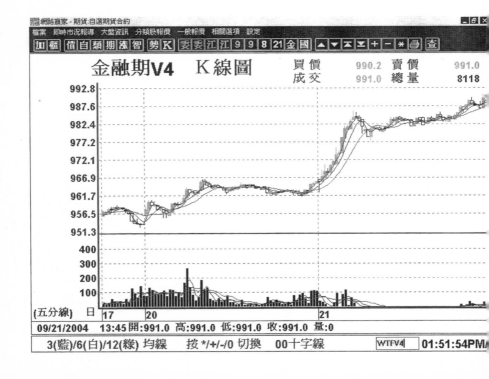

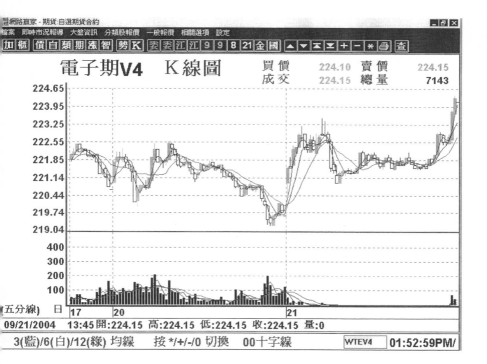

網路贏家 - 期貨:自選期貨合約

檔案 即時市況報導 大盤資訊 分類股報價 一般報價 相關選項 設定

加 櫃 價 自 類 期 漲 智 勢 K 委 委 江 江 9 9 8 21 金 國 ▲ ▼ ↟ ↡ + - * 🖨 查

電子期V4　K線圖

	買價	224.10	賣價	224.15
	成交	224.15	總量	7143

224.65
223.95
223.25
222.55
221.85
221.14
220.44
219.74
219.04

400
300
200
100

(五分線)　日　17　20　21

09/21/2004　13:45開:224.15　高:224.15　低:224.15　收:224.15　量:0

3(藍)/6(白)/12(綠) 均線　按 */+/-/0 切換　00十字線　　WTEV4　01:52:59PM/

先空	台指期				15	摩台指				4.4	金融期				4.3°	電子期				0.8
-4	昨收	開盤	今高	今低	收盤	昨收	開盤	今高	今低	收盤	昨收	開盤	今高	今低	收盤	昨收	開盤	今高	今低	收盤
30922	5945	5955	5959	5918	5936	249.6	249.2	250.5	248.3	249.2	991.0	991.0	991.2	981.4	986.0	224.2	224.8	225.2	223.1	223.8
6	振幅	預測	實際	反向	0.2	振幅	預測	實際	反向	1.0	振幅	預測	實際	反向	0.2	振幅	預測	實際	反向	
4	4	6017	5988	5959	5997	4	252.6	251.1	250.5	250.9	4	1003.0	997.7	991.2	997.9	4	226.9	225.9	225.2	反向
3	3	6011	5988	5959	5997	3	252.4	251.1	250.5	250.9	3	1002.0	997.7	991.2	997.9	3	226.6	225.9	225.2	反向
2	2	6005	5988	5959	5997	2	252.1	251.1	250.5	250.9	2	1001.1	997.7	991.2	997.9	2	226.4	225.9	225.2	反向
1	1	6000	5988	5959	5997	1	251.9	251.1	250.5	250.9	1	1000.1	997.7	991.2	997.9	1	226.2	225.9	225.2	反向
0	0	5994	5988	5959	反向	0	251.7	251.1	250.5	250.9	0	999.2	997.7	991.2	997.9	0	226.0	225.9	225.2	反向
-1	-1	5988	2	5959	反向	-1	251.4	251.1	250.5	250.9	-1	998.2	997.7	991.2	997.9	-1	225.8	2.8	225.2	反向
-2	-2	5982	2	5959	反向	-2	251.2	251.1	250.5	250.9	-2	997.2	-0.2	991.2	反向	-2	225.6	2.8	225.2	反向
-3	-3	5977	2	5959	反向	-3	250.9	-1.9	250.5	反向	-3	996.3	-0.2	991.2	反向	-3	225.3	2.8	225.2	反向
-4	-4	5971	2	5959	反向	-4	250.7	-1.9	250.5	反向	-4	995.3	-0.2	991.2	反向	-4	225.1	2.8	4.7	反向
-5	-5	5965	2	5959	反向	-5	250.4	-1.9	4.7	反向	-5	994.4	-0.2	991.2	反向	-5	224.9	2.8	4.7	反向
-6	-6	5959	2	5959	反向	-6	250.2	-1.9	4.7	反向	-6	993.4	-0.2	991.2	反向	224.8	224.7	2.8	4.7	反向
-7	5955	5954	2	5	反向	-7	250.0	-1.9	4.7	反向	-7	992.5	-0.2	991.2	反向	-7	224.5	2.8	4.7	反向
-8	-8	5948	2	5	反向	-8	249.7	-1.9	4.7	反向	-8	991.5	-0.2	991.2	反向	-8	224.3	2.8	4.7	反向
-9	-9	5942	2	5	反向	-9	249.5	-1.9	4.7	反向	991	990.5	-0.2	4.7	反向	-9	224.0	2.8	4.7	反向
-10	-10	5937	2	5936	249.2	-10	249.2	-1.9	4.7	249.2	-10	989.6	-0.2	4.7	反向	-10	223.8	2.8	4.7	223.8
-11	-11	5931	2	5	反向	-11	249.0	-1.9	4.7	反向	-11	988.6	-0.2	4.7	反向	-11	223.6	223.7	4.7	反向
-12	-12	5925	5930	5	反向	-12	248.8	-1.9	4.7	反向	-12	987.7	988.0	4.7	反向	-12	223.4	223.7	4.7	反向
-13	-13	5914	5930	5918	反向	-13	248.3	248.7	248.3	反向	-13	985.8	988.0	4.7	986	-13	223.0	223.7	223.1	反向
-14	-14	5891	5930	5918	5913	-14	247.3	248.7	248.3	247.5	-14	981.9	988.0	4.7	984.1	-14	222.1	223.7	223.1	222.3
-15	-15	5856	5930	5918	5913	-15	245.9	248.7	248.3	247.5	-15	976.2	988.0	981.4	984.1	-15	220.8	223.7	223.1	222.3

先多	台指期					23	摩台指					1.1	金融期					5.5	電子期					1.6
4	昨收	開盤	今高	今低	收盤		昨收	開盤	今高	今低	收盤		昨收	開盤	今高	今低	收盤		昨收	開盤	今高	今低	收盤	
930923	5936	5890	5933	5886	5917		249.2	246.6	248.7	246.4	247.9		986.0	979.8	989.2	978.0	986.0		223.8	221.5	224.0	221.0	223.	
12	振幅	預測	實際	反向	0.5		振幅	預測	實際	反向	2.0		振幅	預測	實際			0.5	振幅	預測	實際	反向		

先多	台指期				先多	摩台指				先多	金融期				先多	電子期			
12	6008	5953	5933	5955	12	252.2	249.7	248.7	249.3	12	997.9	989.3	989.2	990.6	12	226.5	224.3	224.0	223.
11	5995	5953	5933	5955	11	251.7	249.7	248.7	249.3	11	995.9	989.3	989.2	990.6	11	226.0	224.3	224.0	223.
10	5983	5953	5933	5955	10	251.2	249.7	248.7	249.3	10	993.8	989.3	989.2	990.6	10	225.6	224.3	224.0	223.
9	5971	5953	5933	5955	9	250.7	249.7	248.7	249.3	9	991.8	989.3	989.2	990.6	9	225.1	224.3	224.0	223.
8	5959	5953	5933	5955	8	250.1	249.7	248.7	249.3	8	989.7	989.3	989.2	反向	8	224.6	224.3	224.0	223.
7	5946	-4	5933	反向	7	249.6	-4.8	248.7	249.3	7	987.7	-2.8	4.0	反向	7	224.1	-4.7	224.0	223.
6	5934	-4	5933	反向	6	249.1	-4.8	248.7	反向	6	985.7	-2.8	4.0	986	6	223.7	-4.7	4.0	反向
5	5922	-4	4	5917	5	248.6	-4.8	4.0	反向	5	983.6	-2.8	4.0	反向	5	223.3	-4.7	4.0	223.
4	5909	-4	4	反向	4	248.1	-4.8	4.0	247.9	4	981.6	-2.8	4.0	反向	4	222.8	-4.7	4.0	反向
3	5897	-4	4	反向	3	247.6	-4.8	4.0	反向 979.8	3	979.5	-2.8	4.0	978.0	3	222.3	-4.7	4.0	反向
2	5885	-4	5886	反向	2	247.1	-4.8	4.0	反向	2	977.5	-2.8	978.0	反向	2	221.9	-4.7	4.0	反向
1	5873	-4	5886	反向	1	246.6	246.5	-4.8	4.0 反向	1	975.5	-2.8	978.0	反向	221.5	221.4	-4.7	4.0	反向
0	5860	-4	5886	反向	0	246.0	-4.8	246.4		0	973.4	-2.8	978.0	反向	0	220.9	-4.7	221.0	反向
-1	5848	5855	5886	反向	-1	245.5	245.6	246.4		-1	971.4	973.0	978.0	反向	-1	220.5	220.6	221.0	反向
-2	5836	5855	5886	反向	-2	245.0	245.6	246.4		-2	969.3	973.0	978.0	反向	-2	220.0	220.6	221.0	反向
-3	5823	5855	5886	5825	-3	244.5	245.6	246.4		-3	967.3	973.0	978.0	969	-3	219.6	220.6	221.0	反向
-4	5811	5855	5886	5825	-4	244.0	245.6	246.4		-4	965.3	973.0	978.0	969	-4	219.1	220.6	221.0	反向
-5	5799	5855	5886	5825	-5	243.4	245.6	246.4	243.9	-5	963.2	973.0	978.0	969	-5	218.6	220.6	221.0	219.

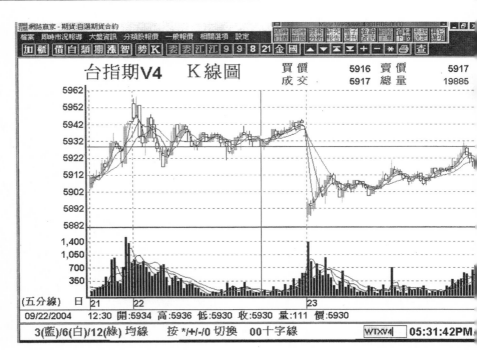

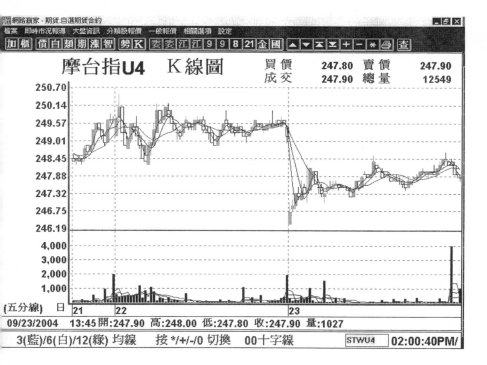

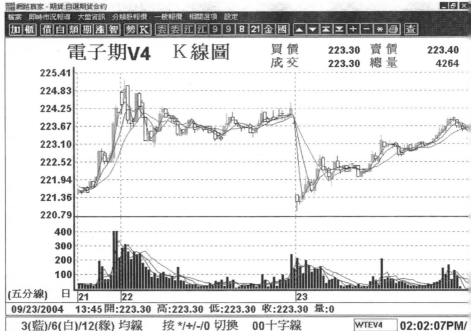

網路贏家 - 期貨:自選期貨合約

檔案 即時市況報導 大盤資訊 分類股報價 一般報價 相關選項 設定

電子期V4　　K線圖

| | 買價 | 223.30 | 賣價 | 223.40 |
| 成交 | 223.30 | 總量 | 4264 |

225.41
224.83
224.25
223.67
223.10
222.52
221.94
221.36
220.79

400
300
200
100

(五分線)　日　21　　22　　23

09/23/2004　13:45 開:223.30　高:223.30　低:223.30　收:223.30　量:0

3(藍)/6(白)/12(綠) 均線　按 */+/-/0 切換　00十字線　WTEV4　02:02:07PM

渾沌	台指期			23	摩台指			1.8	金融期			6.9	電子期			2.8
0	昨收	開盤	今高	今低	收盤	昨收	開盤	今高	今低	收盤	昨收	開盤	今高	今低	收盤	昨收	開盤	今高	今低	收盤
930924	5917	5915	5930	5862	5888	247.9	247.3	248.5	244.6	245.3	986.0	983.8	986.8	971.2	976.4	223.3	223.6	224.6	220.5	220.6
	8	振幅	預測	實際	反向	0.3	振幅	預測	實際	反向	1.3	振幅	預測	實際	反向	0.3	振幅	預測	實際	反向

7	7	5984	5941	5930	5980	7	250.7	248.7	248.5	249	7	997.1	989.3	986.8	990.7	7	225.8	224.3	224.6	225.2
6	6	5976	5941	5930	反向	6	250.4	248.7	248.5	249	6	995.8	989.3	986.8	990.7	6	225.5	224.3	224.6	225.2
5	5	5968	5941	5930	反向	5	250.0	248.7	248.5	249	5	994.5	989.3	986.8	990.7	5	225.2	224.3	224.6	225.2
4	4	5960	5941	5930	反向	4	249.7	248.7	248.5	249	4	993.2	989.3	986.8	990.7	4	224.9	224.3	224.6	反向
3	3	5952	5941	5930	反向	3	249.4	248.7	248.5	249	3	991.9	989.3	986.8	990.7	3	224.6	224.3	224.6	反向
2	2	5944	5941	5930	2	249.0	248.7	248.5	249	2	990.6	989.3	986.8	反向	2	224.3	224.3	3.0	反向
1	1	5936	0	5930	反向	1	248.7	248.7	248.5	反向	1	989.2	-1.7	986.8	反向	1	224.0	1.0	3.0	反向
0	0	5929	0	3	反向	0	248.4	-1.8	3.0	反向	0	987.9	-1.7	986.8	反向	223.6	223.7	1.0	3.0	反向
-1	-1	5921	0	3	反向	-1	248.1	-1.8	3.0	反向	-1	986.6	-1.7	3.0	反向	-1	223.4	1.0	3.0	反向
-2	5915	5913	0	3	反向	-2	247.7	-1.8	3.0	反向	-2	985.3	-1.7	3.0	反向	-2	223.1	1.0	3.0	反向
-3	-3	5905	0	3	反向	247.3	247.4	-1.8	3.0	反向	983.8	984.0	-1.7	3.0	反向	-3	222.8	1.0	3.0	反向
-4	-4	5897	0	3	反向	-4	247.1	-1.8	3.0	反向	-4	982.7	-1.7	3.0	反向	-4	222.5	1.0	3.0	反向
-5	-5	5889	5891	3	5888	-5	246.7	-1.8	3.0	-5	981.3	-1.7	3.0	-5	222.2	222.5	3.0	反向
-6	-6	5881	5891	3	反向	-6	246.4	246.7	3.0	-6	980.0	981.1	3.0	-6	221.9	222.5	3.0	222.0
-7	-7	5873	5891	3	反向	-7	246.1	246.7	3.0	-7	978.7	981.1	3.0	-7	221.7	222.5	3.0	222.0
-8	-8	5865	5891	3	反向	-8	245.7	246.7	3.0	反向	-8	977.4	981.1	反向	-8	221.4	222.5	3.0	222.0
-9	-9	5857	5891	5862	反向	-9	245.4	246.7	3.0	245.3	-9	976.1	981.1	976.4	-9	221.1	222.5	3.0	222.0
-10	-10	5850	5891	5862	5850	-10	245.1	246.7	3.0	245.6	-10	974.8	981.1	976.9	-10	220.8	222.5	3.0	222.0
-11	-11	5842	5891	5862	5850	-11	244.7	246.7	3.0	245.6	-11	973.5	981.1	976.9	-11	220.5	222.5	220.5	220.0
-12	-12	5834	5891	5862	5850	-12	244.4	246.7	244.6	245.6	-12	972.1	981.1	3.0	976.9	-12	220.2	222.5	220.5	222.0
-13	-13	5818	5891	5862	5850	-13	243.8	246.7	244.6	245.6	-13	969.5	981.1	971.2	976.9	-13	219.6	222.5	220.5	222.0

尤多	台指期				79	摩台指			5.7	金融期				6.5	電子期				6.0
4	昨收	開盤	今高	今低	收盤	昨收	開盤	今高	今低	收盤	昨收	開盤	今高	今低	收盤	昨收	開盤	今高	今低	收盤
80927	5888	5879	5884	5843	5870	245.2	244.5	245.3	242.3	243.8	976.4	974.8	982.6	972.2	982.0	220.6	219.9	220.5	217.5	218.2
	13	振幅	預測	實際	反向	0.6	振幅	預測	實際	反向	2.2	振幅	預測	實際	反向	0.5	振幅	預測	實際	反向

		台指期					摩台指					金融期					電子期			
13	13	5995	5921	5884	5944	13	249.6	246.5	245.3	247.2	13	994.1	981.8	982.6	985.5	13	224.6	221.7	220.5	222.3
12	12	5968	5921	5884	5944	12	248.5	246.5	245.3	247.2	12	989.6	981.8	982.6	985.5	12	223.6	221.7	220.5	222.3
11	11	5955	5921	5884	5944	11	248.0	246.5	245.3	247.2	11	987.4	981.8	982.6	985.5	11	223.1	221.7	220.5	222.3
10	10	5941	5921	5884	反向	10	247.4	246.5	245.3	247.2	10	985.2	981.8	982.6	反向	10	222.6	221.7	220.5	222.3
9	9	5928	5921	5884	反向	9	246.9	246.5	245.3	反向	9	983.0	981.8	982.6	982	9	222.1	221.7	220.5	反向
8	8	5915	-1	5884	反向	8	246.5	-1.3	245.3	反向	8	980.8	-0.8	2.9	反向	8	221.6	-1.4	220.5	反向
7	7	5901	-1	5884	反向	7	245.7	-1.3	245.3	反向	7	978.6	-0.8	2.9	反向	7	221.1	-1.4	220.5	反向
6	6	5888	-1	5884	反向	6	245.2	-1.3	2.9	反向	6	976.4	-0.8	2.9	反向	6	220.6	-1.4	220.5	反向
5	5879	5875	-1	3	5870	244.5	244.6	-1.3	2.9	243.8	974.8	974.2	-0.8	2.9	982.0	219.9	220.1	-1.4	2.9	218.2
4	4	5861	-1	3	反向	4	244.1	-1.3	2.9	反向	4	972.0	-0.8	972.2	反向	4	219.6	-1.4	2.9	反向
3	3	5848	-1	3	反向	3	243.5	-1.3	2.9	243.8	3	969.7	-0.8	972.2	反向	3	219.1	-1.4	2.9	反向
2	2	5835	5843	5843	反向	2	243.0	243.2	2.9	反向	2	967.5	969.0	972.2	反向	2	218.6	218.8	2.9	反向
1	1	5821	5843	5843	反向	1	242.4	243.2	2.9	反向	1	965.3	969.0	972.2	反向	1	218.1	218.8	2.9	218.2
0	0	5808	5843	5843	5814	0	241.9	243.2	242.3	反向	0	963.1	969.0	972.2	964.1	0	217.6	218.8	2.9	反向
-1	-1	5795	5843	5843	5814	-1	241.3	243.2	242.3	241.8	-1	960.9	969.0	972.2	964.1	-1	217.1	218.8	217.5	217.5
-2	-2	5781	5843	5843	5814	-2	240.8	243.2	242.3	241.8	-2	958.7	969.0	972.2	964.1	-2	216.6	218.8	217.5	217.5

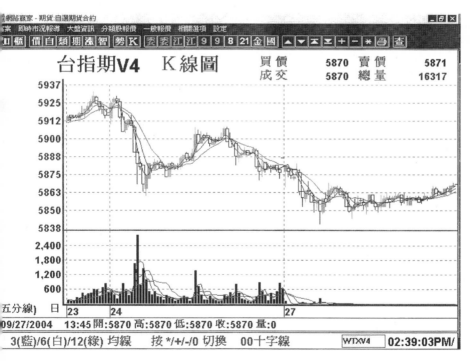

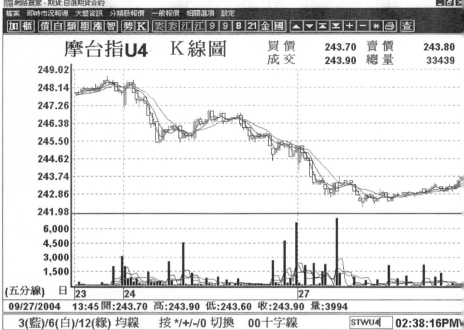

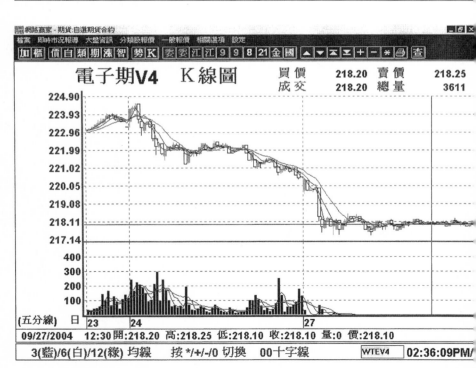

檔案　即時市況報導　大盤資訊　分類股報價　一般報價　相關選項　設定

加 櫃 價 自 類 期 漲 智 勢 K 委 委 江 江 9 9 8 21 金 國 ▲ ▼ ⏫ ⏬ ＋ － ＊ 尋 查

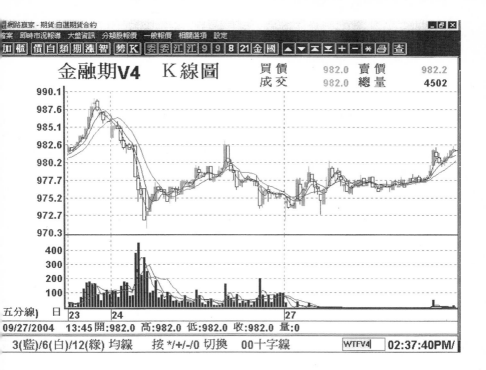

金融期V4　　K線圖　　買價　982.0　賣價　982.2
　　　　　　　　　　　成交　982.0　總量　4502

990.1
987.6
985.1
982.6
980.2
977.7
975.2
972.7
970.3

400
300
200
100

五分線) 日 23　24　27
09/27/2004　13:45開:982.0　高:982.0　低:982.0　收:982.0　量:0

3(藍)/6(白)/12(綠) 均線　按 */+/-/0 切換　00十字線　　WTFV4　02:37:40PM/

先空		台指期			14		摩台指			1.3		金融期			44.9		電子期			0.6
-2	昨收	開盤	今高	今低	收盤	昨收	開盤	今高	今低	收盤	昨收	開盤	今高	今低	收盤	昨收	開盤	今高	今低	收盤
30929	5870	5875	5900	5845	5857	243.7	244.8	245.0	242.5	243.3	982.0	982.0	993.8	979.2	981.8	218.2	218.3	219.5	216.4	217.9
	15	振幅	預測	實際	反向	0.6	振幅	預測	實際	反向	2.5	振幅	預測	實際	反向	0.6	振幅	預測	實際	反向
11	11	5977	5910	5900	5940	11	248.2	245.7	245.0	246.5	11	999.9	988.5	993.8	992.8	11	222.2	219.7	219.5	220.7
10	10	5962	5910	5900	5940	10	247.5	245.7	245.0	246.5	10	997.4	988.5	993.8	992.8	10	221.6	219.7	219.5	220.7
9	9	5947	5910	5900	5940	9	246.9	245.7	245.0	246.5	9	995.0	988.5	993.8	992.8	9	221.1	219.7	219.5	220.7
8	8	5933	5910	5900	反向	8	246.3	245.7	245.0	反向	8	992.5	988.5	2.9	反向	8	220.5	219.7	219.5	反向
7	7	5918	5910	5900	反向	7	245.7	245.7	245.0	反向	7	990.0	988.5	2.9	反向	7	220.0	219.7	219.5	反向
6	6	5903	1	5900	反向	244.8	245.1	2.2	245.0	反向	6	987.5	0.4	2.9	反向	6	219.4	0.6	2.9	反向
5	5	5888	1	3	反向	5	244.4	2.2	2.9	反向	5	985.0	0.4	2.9	反向	5	218.9	0.6	2.9	反向
4	5875	5873	1	3	反向	4	243.8	2.2	2.9	反向	982	982.5	0.4	2.9	981.8	218.3	218.3	0.6	2.9	反向
3	3	5858	1	3	5857	3	243.2	2.2	2.9	243.3	3	980.0	0.4	2.9	反向	3	217.8	0.6	2.9	217.9
2	2	5843	1	5845	反向	2	242.6	2.2	2.9	243.1	2	977.6	0.4	979.2	反向	2	217.2	0.6	2.9	反向
1	1	5829	5830	5845	反向	1	242.0	242.3	242.5	243.1	1	975.1	0.4	979.2	反向	1	216.7	216.7	2.9	反向
0	0	5814	5830	5845	反向	0	241.4	242.3	242.5	243.1	0	972.6	975.0	979.2	反向	0	216.1	216.7	216.4	反向
-1	-1	5799	5830	5845	5810	-1	240.7	242.3	242.5	243.1	-1	970.1	975.0	979.2	971.2	-1	215.6	216.7	216.4	215.9
-2	-2	5784	5830	5845	5810	-2	240.1	242.3	242.5	243.1	-2	967.6	975.0	979.2	971.2	-2	215.0	216.7	216.4	215.9
-3	-3	5769	5830	5845	5810	-3	239.5	242.3	242.5	243.1	-3	965.1	975.0	979.2	971.2	-3	214.5	216.7	216.4	215.9
-4	-4	5754	5845	5845	5810	-4	238.9	242.3	242.5	243.1	-4	962.6	975.0	979.2	971.2	-4	213.9	216.7	216.4	215.9

document id: 9789868121904 — page 410 of 550

先空	台指期				95	摩台指				7.7	金融期				9.1	電子期				1.1
-2	昨收	開盤	今高	今低	收盤	昨收	開盤	今高	今低	收盤	昨收	開盤	今高	今低	收盤	昨收	開盤	今高	今低	收盤
930930	5857	5888	5918	5861	5889	243.3	245.0	247.2	243.8	245.5	981.8	988.6	991.0	983.0	989.8	217.9	219.6	220.8	217.2	218.
9	振幅	預測	實際	反向	0.4	振幅	預測	實際	反向	1.5	振幅	預測	實際	反向	0.3	振幅	預測	實際	反向		

		台指期					摩台指					金融期					電子期			
5	5	5970	5913	5918	5953	5	248.0	245.8	247.2	247.7	5	1000.8	991.8	991.0	999.5	5	222.1	220.1	220.8	221.
4	4	5961	5913	5918		4	247.6	245.8	247.2		4	999.2	991.8	991.0		4	221.7	220.1	220.8	221.
3	3	5952	5913	5918	反向	3	247.2	245.8	247.2	反向	3	997.7	991.8	991.0	反向	3	221.4	220.1	220.8	221.
2	2	5943	5913	5918	反向	2	246.9	245.8	3.8	反向	2	996.1	991.8	991.0	反向	2	221.0	220.1	220.8	反向
1	1	5933	5913	5918	反向	1	246.5	245.8	3.8	反向	1	994.6	991.8	991.0	反向	1	220.7	220.1	3.8	反向
0	0	5924	5913	5918	反向	0	246.1	245.8	3.8	反向	0	993.1	991.8	991.0	反向	0	220.3	220.1	3.8	反向
-1	-1	5915	5913		4	反向 -1	245.7	4.3	3.8	反向	-1	991.5	4.3	991.0	反向	-1	220.0	4.8	3.8	反向
-2	-2	5906	3		4	反向 -2	245.3	4.3	3.8	245.5	-2	990.0	4.3	3.8	989.8	219.6	219.7	4.8	3.8	反向
-3	-3	5897	3		3	反向 245	244.9	4.3	3.8	反向 988.6	988.4	4.3	3.8	反向	-3	219.3	4.8	3.8	反向	
-4	5888	5887	3		3	5889 -4	244.6	4.3	3.8	反向	-4	986.9	4.3	3.8	反向	-4	219.0	4.8	3.8	反向
-5	-5	5878	3		4	反向 -5	244.2	4.3	3.8	反向	-5	985.4	4.3	3.8	反向	-5	218.6	4.8	3.8	反向
-6	-6	5869	3		4	反向 -6	243.8	4.3	243.8	反向	-6	983.9	4.3	3.8	反向	-6	218.3	4.8	3.8	218.
-7	-7	5860	3	5861	反向	-7	243.4	4.3	243.8	反向	-7	982.3	4.3	983.0	反向	-7	218.0	4.8	3.8	218.
-8	-8	5851	3	5861	反向	-8	243.0	4.3	243.8	反向	-8	980.7	4.3	983.0	反向	-8	217.6	4.8	3.8	218.
-9	-9	5841	5842	5861	反向	-9	242.7	242.8	243.8	反向	-9	979.2	979.9	983.0	反向	-9	217.3	217.5	3.8	218.
-10	-10	5832	5842	5861	反向	-10	242.3	242.8	243.8	242.3	-10	977.6	979.9	983.0	977.7	-10	216.9	217.5	217.2	218.
-11	-11	5823	5842	5861	5823	-11	241.9	242.8	243.8	242.3	-11	976.1	979.9	983.0	977.7	-11	216.6	217.5	217.2	218.
-12	-12	5814	5842	5861	5823	-12	241.5	242.8	243.8	242.3	-12	974.6	979.9	983.0	977.7	-12	216.2	217.5	217.2	218.
-13	-13	5795	5842	5861	5823	-13	240.7	242.8	243.8	242.3	-13	971.5	979.9	983.0	977.7	-13	215.6	217.5	217.2	218.

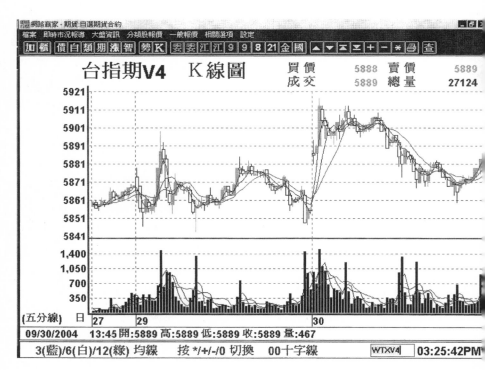

台指期V4　K線圖　　買價 5888　賣價 5889　成交 5889　總量 27124

(五分線)　日　　27　29　30

09/30/2004　13:45 開:5889 高:5889 低:5889 收:5889 量:467

3(藍)/6(白)/12(綠) 均線　　按 */+/-/0 切換　　00十字線　　WTXV4　03:25:42PM

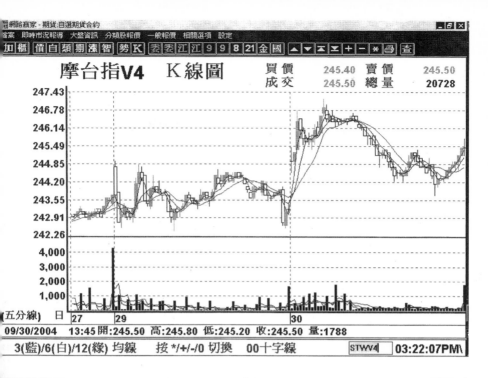

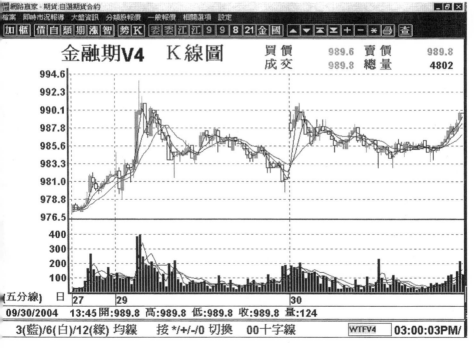

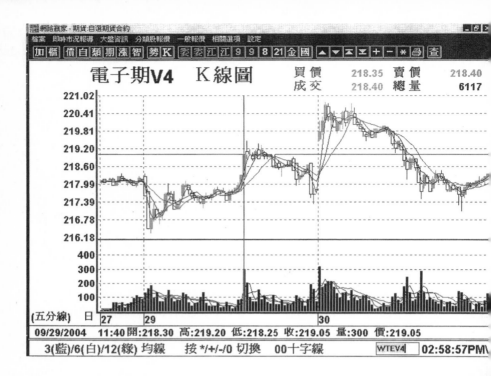

檔案 即時市況報導 大盤資訊 分類股票報價 一般報價 相關選項 設定

電子期V4　　K線圖　　買價　218.35　賣價　218.40　成交　218.40　總量　6117

221.02
220.41
219.81
219.20
218.60
217.99
217.39
216.78
216.18

400
300
200
100

(五分線)　日　27　　29　　　　　　　30

09/29/2004　11:40開:218.30　高:219.20　低:218.25　收:219.05　量:300　價:219.05

3(藍)/6(白)/12(綠) 均線　　按 */+/-/0 切換　　00十字線　　WTEV4　02:58:57PM

先多		台指期		42			摩台指		1.1			金融期		9.5			電子期		0.3
2	昨收	開盤	今高	今低	收盤	昨收	開盤	今高	今低	收盤	昨收	開盤	今高	今低	收盤	昨收	開盤	今高	今低	收盤
931001	5889	5901	5957	5871	5947	245.3	248.0	249.6	244.9	249.3	989.8	994.8	1005.8	991.0	1005.0	218.4	218.5	219.4	216.5	218.
	11	振幅	預測	實際	反向	0.5	振幅	預測	實際	反向	1.8	振幅	預測	實際	反向	0.4	振幅	預測	實際	反向
6	6	5997	5927	5957	5942	6	249.8	247.6	249.6	249.7	6	1007.9	997.1	1005.8	1002	6	222.4	219.7	219.4	220.
5	5	5986	5927	5957	5942	5	249.3	247.6	2.8	249.3	5	1006.0	997.1	1005.8	1002	5	222.0	219.7	219.4	220.
4	4	5975	5927	5957	5942	4	248.9	247.6	2.8	反向	4	1004.2	997.1	2.8	1005	4	221.6	219.7	219.4	220.
3	3	5964	5927	5957	5942	3	248.4	247.6	2.8	反向	3	1002.4	997.1	2.8	1002	3	221.2	219.7	219.4	220.
2	2	5953	5927	3	5942	248	248.0	247.6	2.8	反向	2	1000.5	997.1	2.8	反向	2	220.8	219.7	219.4	反向
1	1	5942	5927	3	5947	1	247.5	6.0	2.8	反向	1	998.7	997.1	2.8	反向	1	220.4	219.7	219.4	反向
0	0	5931	5927		反向	0	247.0	6.0	2.8	反向	0	996.8	997.1	2.7	2.8	0	220.0	219.7	219.4	反向
-1	-1	5920	1	3	反向	-1	246.6	6.0	2.8	反向	994.8	995.0	2.7	2.8	反向	-1	219.5	0.3	219.4	反向
-2	-2	5909	1	3	反向	-2	246.1	6.0	2.8	246.3	-2	993.2	2.7	2.8	反向	-2	219.1	0.3	2.8	反向
-3	5901	5898	1	3	反向	-3	245.7	6.0	2.8	246.3	-3	991.3	2.7	2.8	反向	-3	218.7	0.3	2.8	218.
-4	-4	5887	1	3	反向	-4	245.2	6.0	2.8	246.3	-4	989.5	2.7	991.0	反向	218.5	218.3	0.3	2.8	反向
-5	-5	5876	1	3	反向	-5	244.8	245.1	244.9	246.3	-5	987.6	2.7	991.0	987.8	-5	217.9	0.3	2.8	反向
-6	-6	5865	5866	5871	反向	-6	244.3	245.1	244.9	246.3	-6	985.8	986.9	991.0	987.8	-6	217.5	0.3	2.8	反向
-7	-7	5854	5866	5871	5860	-7	243.9	245.1	244.9	246.3	-7	984.0	986.9	991.0	987.8	-7	217.1	217.4	2.8	反向
-8	-8	5843	5866	5871	5860	-8	243.4	245.1	244.9	246.3	-8	982.1	986.9	991.0	987.8	-8	216.7	217.4	2.8	反向
-9	-9	5832	5866	5871	5860	-9	242.9	245.1	244.9	246.3	-9	980.3	986.9	991.0	987.8	-9	216.3	217.4	216.5	反向
-10	-10	5822	5866	5871	5860	-10	242.5	245.1	244.9	246.3	-10	978.5	986.9	991.0	987.8	-10	215.9	217.4	216.5	216.
-11	-11	5811	5866	5871	5860	-11	242.0	245.1	244.9	246.3	-11	976.6	986.9	991.0	987.8	-11	215.5	217.4	216.5	216.

事沌	台指期			180		摩台指			4.9		金融期			87.5		電子期			6.4
0	昨收	開盤	今高	今低	收盤	昨收	開盤	今高	今低	收盤	昨收	開盤	今高	今低	收盤	昨收	開盤	今高	今低
1004	5947	6040	6115	6030	6105	249.3	252.5	255.5	252.5	254.9	1005.0	1016.8	1043.6	1015.0	1040.0	218.9	223.0	225.6	222.5
18	振幅	預測	實際	反向		0.7	振幅	預測	實際	反向	3.0	振幅	預測	實際	反向	0.7	振幅	預測	實際

idx	台指期 開盤	今高	今低	收盤	摩台指 開盤	今高	今低	收盤	金融期 開盤	今高	今低	收盤	電子期 開盤	今高	今低	收盤
7	6193	6060	6115	6082	259.6	253.8	255.5	255.3	1046.6	1022.8	1043.6	1028	228.0	223.3	225.6	224.6
6	6175	6060	6115	6082	258.9	253.8	255.5	255.3	1043.5	1022.8	3.5	1028	227.3	223.3	225.6	224.6
5	6157	6060	6115	6082	258.1	253.8	255.5	255.3	1040.5	1022.8	3.5	1040	226.6	223.3	225.6	224.6
4	6140	6060	6115	6082	257.4	253.8	255.5	255.3	1037.5	1022.8	3.5	1028	226.0	223.3	225.6	224.6
3	6122	6060	6115	6082	256.6	253.8	255.5	255.3	1034.5	1022.8	3.5	1028	225.3	223.3	3.5	225.6
2	6104	6060	4	6105	255.9	253.8	255.5	255.3	1031.5	1022.8	3.5	1028	224.7	223.3	3.5	224.6
1	6086	6060	4	6082	255.1	253.8	3.5	254.9	1028.5	1022.8	3.5	1028	224.0	223.3	3.5	反向
0	6069	6060	4	反向	254.4	253.8	3.5	反向	1025.5	1022.8	3.5	反向	223.4	223.3	3.5	反向
-1	6051	5	4	反向	253.6	4.1	3.5	反向	1022.5	3.7	3.5	反向	223 / 222.7	6.1	3.5	反向
-2	6040 / 6033	5	4	反向	252.9	4.1	3.5	反向	1019.5	3.7	3.5	反向	222.1	6.1	222.5	反向
-3	6015	5	6030	反向	252.5 / 252.2	4.1	252.5	反向	1017 / 1016.5	3.7	3.5	反向	221.4	6.1	222.5	221.4
-4	5997	5	6030	5998	251.4	4.1	252.5	反向	1013.5	3.7	1015.0	反向	220.8	6.1	222.5	221.4
-5	5980	5	6030	5998	250.7	4.1	252.5	反向	1010.5	3.7	1015.0	反向	220.1	6.1	222.5	221.4
-6	5962	5	6030	5998	249.9	4.1	252.5	反向	1007.5	3.7	1015.0	反向	219.4	6.1	222.5	221.4
-7	5944	5	6030	5998	249.2	4.1	252.5	249.7	1004.5	3.7	1015.0	1006	218.8	6.1	222.5	221.4
-8	5926	5936	6030	5998	248.4	248.6	252.5	249.7	1001.5	1001.8	1015.0	1006	218.1	218.7	222.5	221.4
-9	5909	5936	6030	5998	247.7	248.6	252.5	249.7	998.5	1001.8	1015.0	1006	217.5	218.7	222.5	221.4
-10	5891	5936	6030	5998	246.9	248.6	252.5	249.7	995.5	1001.8	1015.0	1006	216.8	218.7	222.5	221.4
-11	5873	5936	6030	5998	246.2	248.6	252.5	249.7	992.5	1001.8	1015.0	1006	216.2	218.7	222.5	221.4
-12	5855	5936	6030	5998	245.5	248.6	252.5	249.7	989.5	1001.8	1015.0	1006	215.5	218.7	222.5	221.4

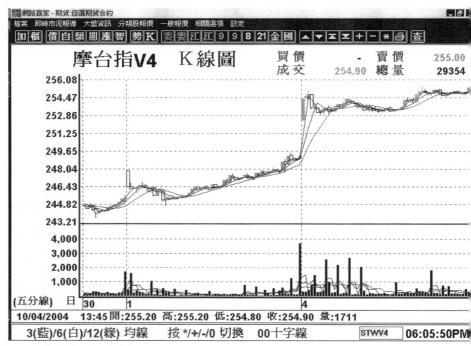

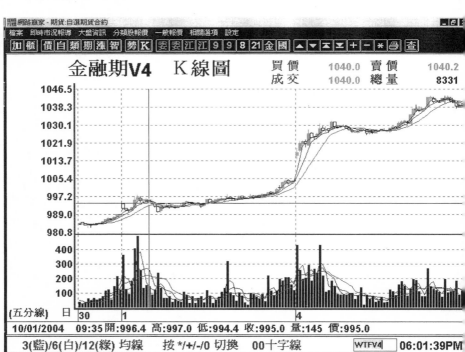

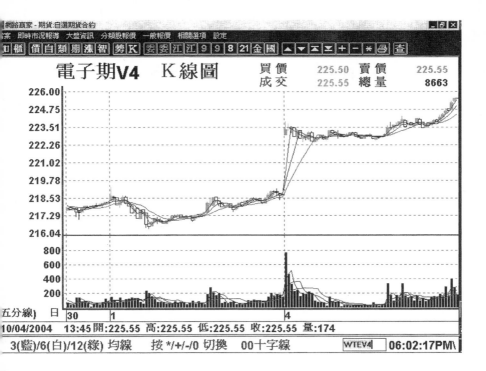

電子期V4　　K線圖

	買價	225.50	賣價	225.55
	成交	225.55	總量	8663

226.00
224.75
223.51
222.26
221.02
219.78
218.53
217.29
216.04

800
600
400
200

五分線) 日　30　　1　　　　　　　4

10/04/2004　13:45開:225.55　高:225.55　低:225.55　收:225.55　量:174

3(藍)/6(白)/12(綠) 均線　　按 */+/-/0 切換　　00十字線　　WTEV4　06:02:17PM\

元空		台指期		-11		摩台指		3.2		金融期		21.0		電子期		0.2
-2	昨收	開盤	今高	今低	收盤	昨收	開盤	今高	今低	收盤	昨收	開盤	今高	今低	收盤	昨收	開盤	今高	今低	收盤
1005	6105	6103	6124	6088	6123	254.9	254.7	256.7	254.4	255.5	1040.0	1040.0	1047.0	1035.6	1046.8	225.6	226.0	226.4	225.0	225.7
	14	振幅	預測	實際	反向	0.6	振幅	預測	實際	反向	2.4	振幅	預測	實際	反向	0.5	振幅	預測	實際	反向
5	5	6219	6155	6124	6146	5	259.7	257.0	256.7	256.5	5	1059.4	1048.6	1047.0	1047	5	229.8	227.6	226.4	227.6
4	4	6205	6155	6124	6146	4	259.1	257.0	256.7	256.5	4	1057.0	1048.6	1047.0	1047	4	229.2	227.6	226.4	227.6
3	3	6191	6155	6124	6146	3	258.5	257.0	256.7	256.5	3	1054.6	1048.6	1047.0	1047	3	228.7	227.6	226.4	227.6
2	2	6176	6155	6124	6146	2	257.9	257.0	256.7	256.5	2	1052.2	1048.6	1047.0	1047	2	228.2	227.6	226.4	227.6
1	1	6162	6155	6124	6146	1	257.3	257.0	256.7	256.5	1	1049.7	1048.6	1047.0	1047	1	227.7	227.6	226.4	227.6
0	0	6148	0	6124	6146	0	256.7	-0.6	2.9	256.5	0	1047.3	-0.2	1047.0	1047	0	227.1	0.6	226.4	反向
-1	-1	6134	0	6124	反向	-1	256.1	-0.6	2.9	反向	-1	1044.9	-0.2	2.9	反向	-1	226.6	0.6	226.4	反向
-2	-2	6120	0	3	6123	-2	255.5	-0.6	2.9	255.5	-2	1042.5	-0.2	2.9	反向	226	226.1	0.6	2.9	反向
-3	6103	6106	0	3	反向	254.7	254.9	-0.6	2.9	反向	1040	1040.1	-0.2	2.9	反向	-3	225.6	0.6	2.9	225.7
-4	-4	6091	0	3	反向	-4	254.3	-0.6	254.4	反向	-4	1037.7	-0.2	2.9	反向	-4	225.0	0.6	2.9	反向
-5	-5	6077	0	6088	反向	-5	253.7	-0.6	254.4	反向	-5	1035.3	-0.2	1035.6	反向	-5	224.5	224.6	225.0	反向
-6	-6	6063	6073	6088	反向	-6	253.2	253.5	254.4	反向	-6	1032.9	1034.7	1035.6	反向	-6	224.0	224.6	225.0	224.4
-7	-7	6049	6073	6088	6060	-7	252.6	253.5	254.4	252.9	-7	1030.5	1034.7	1035.6	1033	-7	223.5	224.6	225.0	224.4
-8	-8	6035	6073	6088	6060	-8	252.0	253.5	254.4	252.9	-8	1028.0	1034.7	1035.6	1033	-8	223.0	224.6	225.0	224.4
-9	-9	6021	6073	6060	6060	-9	251.4	253.5	254.4	252.9	-9	1025.6	1034.7	1035.6	1033	-9	222.4	224.6	225.0	224.4
-10	-10	6007	6073	6088	6060	-10	250.8	253.5	254.4	252.9	-10	1023.2	1034.7	1035.6	1033	-10	221.9	224.6	225.0	224.4

先空	台指期	18		摩台指	0.7		金融期	9.1		電子期	0.

Header table

先空	昨收	開盤	今高	今低	收盤	昨收	開盤	今高	今低	收盤	昨收	開盤	今高	今低	收盤	昨收	開盤	今高	今低	收
-4																				
931006	6123	6110	6180	6072	6088	255.5	255.1	257.7	253.8	254.2	1046.8	1041.8	1053.6	1031.0	1032.0	225.7	225.7	228.3	224.5	225
9	振幅	預測	實際	反向	0.4	振幅	預測	實際	反向	1.5	振幅	預測	實際	反向	0.3	振幅	預測	實際	反	

Price ladder (五檔)

先空	昨收	開盤	今高	今低	收盤	昨收	開盤	今高	今低	收盤	昨收	開盤	今高	今低	收盤	昨收	開盤	今高	今低	收
9	9	6197	6147	6180	6153	9	258.6	256.5	257.7	256.9	9	1059.4	1050.0	1053.6	1049	9	228.4	226.7	228.3	228
8	8	6188	6147	6180	6153	8	258.2	256.5	257.7	256.9	8	1057.9	1050.0	1053.6	1049	8	228.1	226.7	3.1	反	
7	7	6179	6147	3	6153	7	257.8	256.5	257.7	256.9	7	1056.4	1050.0	1053.6	1049	7	227.8	226.7	3.1	反	
6	6	6170	6147	3	6153	6	257.5	256.5	3.1	256.9	6	1054.9	1050.0	1053.6	1049	6	227.4	226.7	3.1	反	
5	5	6162	6147	3	6153	5	257.1	256.5	3.1	256.9	5	1053.4	1050.0	3.1	1049	5	227.1	226.7	3.1	反	
4	4	6153	6147	3	6153	4	256.8	256.5	3.1	反向	4	1051.9	1050.0	3.1	1049	4	226.8	226.7	3.1	反	
3	3	6144	-1	3	反向	3	256.4	-1.0	3.1	反向	3	1050.4	1050.0	3.1	1049	3	226.5	0.1	3.1	反	
2	2	6136	-1	3	反向	2	256.0	-1.0	3.1	反向	2	1048.9	-3.3	3.1	反向	2	226.2	0.1	3.1	反	
1	1	6127	-1	3	反向	1	255.7	-1.0	3.1	反向	1	1047.4	-3.3	3.1	反向	225.7	225.8	0.1	3.1	反	
0	0	6118	-1	3	反向	0	255.3	-1.0	3.1	反向	0	1046.0	-3.3	3.1	反向	0	225.5	0.1	3.1	反	
-1	6110	6109	-1	3	反向	255.1	254.9	-1.0	3.1	反向	-1	1044.5	-3.3	3.1	反向	-1	225.5	0.1	3.1	225	
-2	-2	6101	-1	3	反向	-2	254.6	-1.0	3.1	反向	-2	1043.0	-3.3	3.1	反向	-2	224.9	0.1	3.1	反	
-3	-3	6092	-1	3	6088	-3	254.2	-1.0	3.1	254.2	1042	1041.5	-3.3	3.1	反向	-3	224.6	224.7	3.1	反	
-4	-4	6083	6090	3	反向	-4	253.8	254.2	3.1	反向	-4	1040.0	1040.3	3.1	反向	-4	224.2	224.7	224.5	反	
-5	-5	6074	6090	3	反向	-5	253.5	254.2	253.8	反向	-5	1038.5	1040.3	3.1	反向	-5	223.9	224.7	224.5	反	
-6	-6	6066	6090	6072	6067	-6	253.1	254.2	253.8	253.3	-6	1037.0	1040.3	3.1	反向	-6	223.6	224.7	224.5	223
-7	-7	6057	6090	6072	6067	-7	252.7	254.2	253.8	253.3	-7	1035.5	1040.3	3.1	反向	-7	223.3	224.7	224.5	223
-8	-8	6048	6090	6072	6067	-8	252.4	254.2	253.8	253.3	-8	1034.0	1040.3	3.1	1035	-8	222.9	224.7	224.5	223
-9	-9	6039	6090	6072	6067	-9	252.0	254.2	253.8	253.3	-9	1032.5	1040.3	3.1	1032	-9	222.6	224.7	224.5	223
-10	-10	6031	6090	6072	6067	-10	251.6	254.2	253.8	253.3	-10	1031.0	1040.3	3.1	1035	-10	222.3	224.7	224.5	223
-11	-11	6022	6090	6072	6067	-11	251.3	254.2	253.8	253.3	-11	1029.5	1040.3	1031.0	1035	-11	222.0	224.7	224.5	223

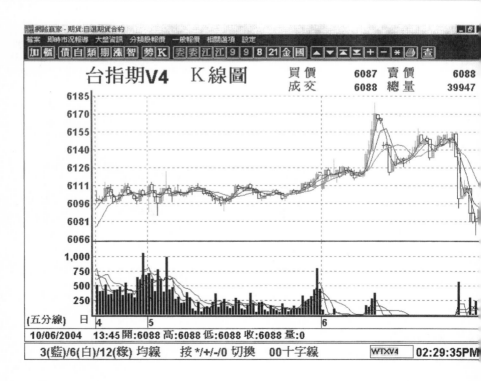

網路贏家 - 期貨:自選期貨合約

檔案　即時市況報導　大盤資訊　分類股價報價　一般報價　相關選項　設定

加 櫃 價 自 類 期 漲 智 勞 K 委 委 江 江 9 9 8 21 金 國 ▲ ▼ ⊿ ⊾ ＋ － ＊ 🖶 查

台指期V4　　K線圖　　買價 6087　賣價 6088
　　　　　　　　　　　　　成交 6088　總量 39947

6185
6170
6155
6140
6126
6111
6096
6081
6066

1,000
750
500
250

(五分線)　日　　4　　5　　6

10/06/2004　13:45 開:6088 高:6088 低:6088 收:6088 量:0

3(藍)/6(白)/12(綠) 均線　按 */+/-/0 切換　00十字線　WTXV4　02:29:35PM

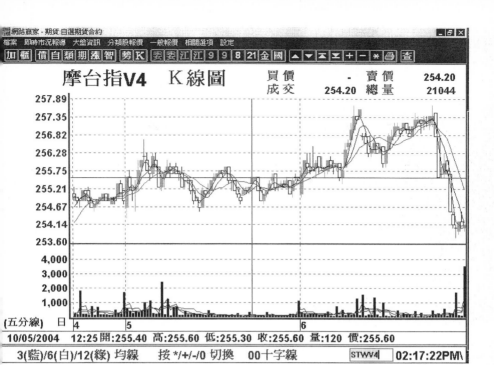

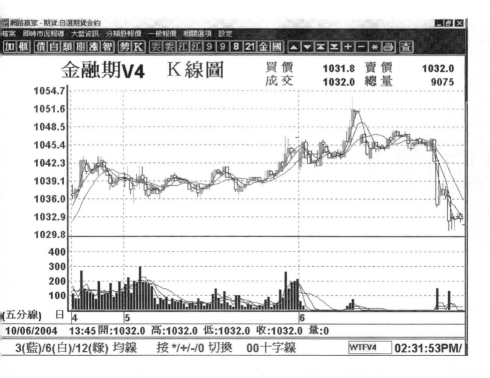

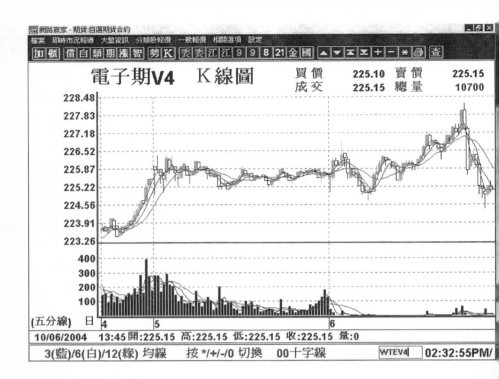

電子期V4　K線圖　買價 225.10　賣價 225.15
成交 225.15　總量 10700

網路贏家 - 期貨:自選期貨合約

檔案　即時市況報導　大盤資訊　分類股報價　一般報價　相關選項　設定

(五分線) 日　4　5　6

10/06/2004　13:45 開:225.15　高:225.15　低:225.15　收:225.15　量:0

3(藍)/6(白)/12(綠) 均線　按 */+/-/0 切換　00十字線　WTEV4　02:32:55PM/

先多	台指期				7	摩台指			1.7	金融期			7.1	電子期			5.2
2	昨收	開盤	今高	今低	收盤	昨收	開盤	今高	今低	收盤	昨收	開盤	今高	今低	收盤	昨收	開盤	今高	今低	收盤
931007	6088	6123	6144	6093	6134	254.2	254.6	257.2	254.3	256.5	1032.0	1039.8	1049.0	1037.0	1047.6	225.2	226.5	227.0	224.3	225.5
	8	振幅	預測	實際	反向	0.3	振幅	預測	實際	反向	1.3	振幅	預測	實際	反向	0.3	振幅	預測	實際	反向
14	14	6214	6132	6144	6166	14	259.5	255.7	257.2	257.4	14	1053.3	1040.1	1049.0	1047	14	229.8	226.8	227.0	228.1
13	13	6182	6132	6144	6166	13	258.1	255.7	257.2	257.4	13	1048.0	1040.1	3.6	1048	13	228.6	226.8	227.0	228.1
12	12	6167	6132	6144	6166	12	257.5	255.7	257.2	257.4	12	1045.3	1040.1	3.6	反向	12	228.1	226.8	227.0	反向
11	11	6159	6132	6144	反向	11	257.2	255.7	3.6	反向	11	1044.0	1040.1	3.6	反向	11	227.8	226.8	227.0	反向
10	10	6151	6132	6144	反向	10	256.8	255.7	3.6	反向	10	1042.7	1040.1	3.6	反向	10	227.5	226.8	227.0	反向
9	9	6143	6132	4	反向	9	256.5	255.7	3.6	256.5	9	1041.3	1040.1	3.6	反向	9	227.2	226.8	3.6	反向
8	8	6135	6132	4	6134	8	256.2	255.7	3.6	反向	1040	1040.0	6.0	3.6	反向	8	226.9	226.8	3.6	反向
7	7	6127	5	4	反向	7	255.8	255.7	3.6	反向	7	1038.7	6.0	3.6	反向	226.5	226.6	4.8	3.6	反向
6	6123	6120	5	4	反向	6	255.5	1.3	3.6	反向	6	1037.3	6.0	3.6	反向	6	226.3	4.8	3.6	反向
5	5	6112	5	4	反向	5	255.2	1.3	3.6	反向	5	1036.0	6.0	1037.0	反向	5	226.0	4.8	3.6	反向
4	4	6104	5	4	反向	4	254.9	1.3	3.6	反向	4	1034.7	6.0	1037.0	反向	4	225.7	4.8	3.6	反向
3	3	6096	5	4	反向	254.6	254.5	1.3	3.6	反向	3	1033.4	6.0	1037.0	反向	3	225.4	4.8	3.6	225.5
2	2	6088	5	6093	反向	2	254.2	1.3	254.3	反向	2	1032.0	6.0	1037.0	1033	2	225.2	4.8	3.6	反向
1	1	6080	5	6093	反向	1	253.9	1.3	254.3	反向	1	1030.7	6.0	1037.0	1033	1	224.9	4.8	3.6	224.9
0	0	6072	5	6093	6080	0	253.5	1.3	254.3	反向	0	1029.4	1030.0	1037.0	1033	0	224.6	224.6	3.6	224.9
-1	-1	6065	6072	6093	6080	-1	253.2	1.3	254.3	反向	-1	1028.0	1030.0	1037.0	1033	-1	224.3	224.6	3.6	224.9
-2	-2	6057	6072	6093	6080	-2	252.9	253.2	254.3	反向	-2	1026.7	1030.0	1037.0	1033	-2	224.0	224.6	224.3	224.9
-3	-3	6049	6072	6093	6080	-3	252.6	253.2	254.3	反向	-3	1025.4	1030.0	1037.0	反向	-3	223.7	224.6	224.3	224.9
-4	-4	6041	6072	6093	6080	-4	252.2	253.2	254.3	反向	-4	1024.0	1030.0	1037.0	1033	-4	223.4	224.6	224.3	224.9
-5	-5	6033	6072	6093	6080	-5	251.9	253.2	254.3	反向	-5	1022.7	1030.0	1037.0	1033	-5	223.1	224.6	224.3	224.9

先多	台指期					21	摩台指				2.0	金融期				9.3	電子期				2.0
4	昨收	開盤	今高	今低	收盤		昨收	開盤	今高	今低	收盤	昨收	開盤	今高	今低	收盤	昨收	開盤	今高	今低	收盤
931008	6134	6110	6139	6101	6135		256.5	256.0	256.4	254.3	255.2	1047.6	1045.0	1056.8	1041.0	1055.0	225.5	224.3	225.0	223.5	224.2
10	振幅	預測	實際	反向	0.4		振幅	預測	實際	反向	1.6	振幅	預測	實際	反向	0.4	振幅	預測	實際	反向	

		開盤	今高	今低	收盤		開盤	今高	今低	收盤		開盤	今高	今低	收盤		開盤	今高	今低	收盤
9	9	6199	6154	6139	6177	9	259.2	257.5	256.4	257.8	9	1058.8	1051.5	1056.8	1052	9	227.9	226.1	225.0	226.8
8	8	6190	6154	6139	6177	8	258.8	257.5	256.4	257.8	8	1057.1	1051.5	1056.8	1052	8	227.6	226.1	225.0	226.8
7	7	6180	6154	6139	6177	7	258.4	257.5	256.4	257.8	7	1055.5	1051.5	3.7	1055	7	227.2	226.1	225.0	226.8
6	6	6171	6154	6139	反向	6	258.0	257.5	256.4	257.8	6	1053.9	1051.5	3.7	1052	6	226.9	226.1	225.0	226.8
5	5	6161	6154	6139	反向	5	257.6	257.5	256.4	反向	5	1052.2	1051.5	3.7	反向	5	226.5	226.1	225.0	反向
4	4	6152	-2	6139	反向	4	257.2	-1.1	256.4	反向	4	1050.6	-1.5	3.7	反向	4	226.1	226.1	225.0	反向
3	3	6142	-2	6139	反向	3	256.8	-1.1	256.4	反向	3	1049.0	-1.5	3.7	反向	3	225.8	-3.3	225.0	反向
2	2	6133	-2	4	6135	2	256.4	-1.1	256.4	反向	2	1047.4	-1.5	3.7	反向	2	225.4	-3.3	225.0	反向
1	1	6123	-2	4	反向	256	256.0	-1.1	3.7	反向	1045	1045.7	-1.5	3.7	反向	1	225.1	-3.3	225.0	反向
0	6110	6113	-2	4	反向	0	255.6	-1.1	3.7	反向	0	1044.1	-1.5	3.7	反向	0	224.7	-3.3	3.7	反向
-1	-1	6104	-2	4	反向	-1	255.2	-1.1	3.7	255.2	-1	1042.5	-1.5	3.7	反向	224.3	224.4	-3.3	3.7	反向
-2	-2	6094	-2	6101	反向	-2	254.8	-1.1	3.7	反向	-2	1040.8	-1.5	1041.0	反向	-2	224.0	-3.3	3.7	224.2
-3	-3	6085	-2	6101	反向	-3	254.4	254.5	3.7	反向	-3	1039.2	1039.2	1041.0	反向	-3	223.7	-3.3	3.7	反向
-4	-4	6075	6082	6101	反向	-4	254.0	254.5	254.3	254.2	-4	1037.6	1039.2	1041.0	1038	-4	223.3	223.5	223.5	反向
-5	-5	6066	6082	6101	反向	-5	253.6	254.5	254.3	254.2	-5	1035.9	1039.2	1041.0	1038	-5	223.0	223.5	223.5	反向
-6	-6	6056	6082	6101	反向	-6	253.2	254.5	254.3	254.2	-6	1034.3	1039.2	1041.0	1038	-6	222.6	223.5	223.5	反向
-7	-7	6047	6082	6101	反向	-7	252.8	254.5	254.3	254.2	-7	1032.7	1039.2	1041.0	1038	-7	222.3	223.5	223.5	反向
-8	-8	6037	6082	6043	反向	-8	252.4	254.5	254.3	254.2	-8	1031.0	1039.2	1041.0	1038	-8	221.9	223.5	223.5	反向
-9	-9	6027	6082	6101	6043	-9	252.0	254.5	254.3	254.2	-9	1029.4	1039.2	1041.0	1038	-9	221.6	223.5	223.5	221.8

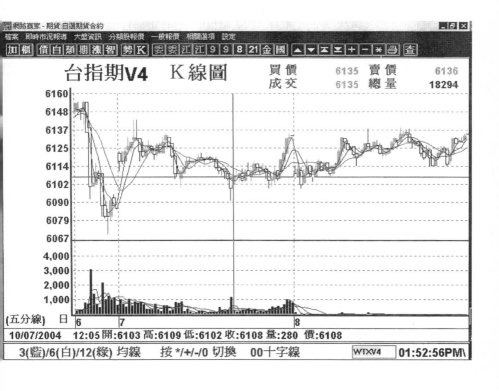

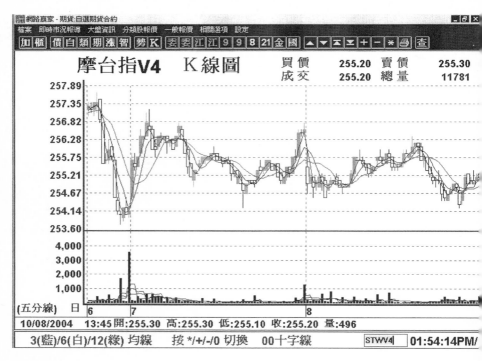

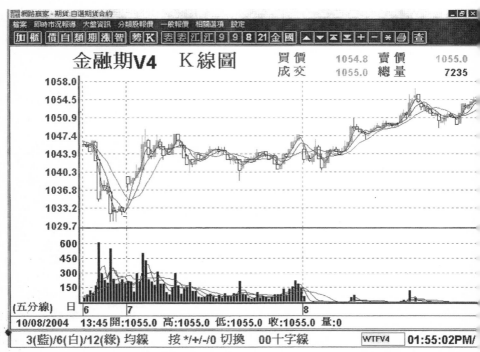

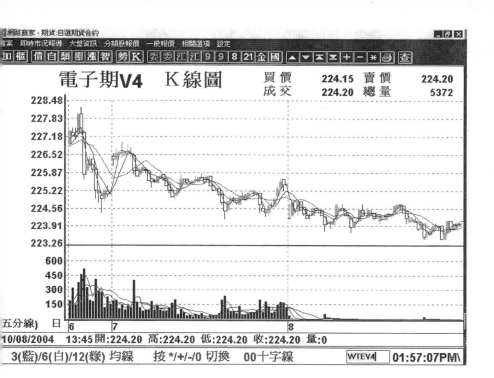

電子期V4　K線圖　買價 224.15　賣價 224.20　成交 224.20　總量 5372

五分線)　日　6　　7　　8
10/08/2004　13:45 開:224.20　高:224.20　低:224.20　收:224.20　量:0
3(藍)/6(白)/12(綠) 均線　按 */+/-/0 切換　00十字線　WTEV4　01:57:07PM\

元多	台指期				6	摩台指				8.5	金融期				2.1	電子期				3.8
4	昨收	開盤	今高	今低	收盤	昨收	開盤	今高	今低	收盤	昨收	開盤	今高	今低	收盤	昨收	開盤	今高	今低	收盤
1011	6135	6108	6135	6062	6118	255.3	253.5	254.6	251.3	253.6	1055.0	1050.2	1055.4	1045.2	1053.0	224.2	223.0	223.0	220.5	221.8
16		振幅	預測	實際	反向	0.7	振幅	預測	實際	反向	2.8	振幅	預測	實際	反向	0.6	振幅	預測	實際	反向
13	13	6260	6166	6135	6175	13	260.5	256.3	254.6	256.3	13	1076.6	1060.2	1055.4	1062	13	228.8	225.2	223.0	225.5
12	12	6228	6166	6135	6175	12	259.2	256.3	254.6	256.3	12	1071.0	1060.2	1055.4	1062	12	227.6	225.2	223.0	225.5
11	11	6212	6166	6135	6175	11	258.5	256.3	254.6	256.3	11	1068.2	1060.2	1055.4	1062	11	227.0	225.2	223.0	225.5
10	10	6196	6166	6135	6175	10	257.8	256.3	254.6	256.3	10	1065.5	1060.2	1055.4	1062	10	226.4	225.2	223.0	225.5
9	9	6180	6166	6135	6175	9	257.1	256.3	254.6	256.3	9	1062.7	1060.2	1055.4	1062	9	225.8	225.2	223.0	225.5
8	8	6164	-2	6135	反向	8	256.5	256.3	254.6	256.3	8	1059.9	-1.6	1055.4	反向	8	225.2	-1.9	223.0	反向
7	7	6147	-2	6135	反向	7	255.8	-2.6	254.6	反向	7	1057.1	-1.6	1055.4	反向	7	224.7	-1.9	223.0	反向
6	6	6131	-2	3	反向	6	255.1	-2.6	254.6	反向	6	1054.4	-1.6	3.3	1053	6	224.1	-1.9	223.0	反向
5	6108	6115	-2	3	6118	5	254.5	-2.6	3.3	反向	5	1051.6	-1.6	3.3	反向	5	223.5	-1.9	223.0	反向
4	4	6099	-2	3	反向	253.5	253.8	-2.6	3.3	253.6	1050	1048.8	-1.6	3.3	反向	223	222.9	-1.9	3.3	反向
3	3	6083	-2	3	反向	3	253.1	-2.6	3.3	反向	3	1046.0	-1.6	3.3	反向	3	222.3	-1.9	3.3	反向
2	2	6067	-2	3	反向	2	252.5	-2.6	3.3	反向	2	1043.3	-1.6	1045.2	反向	2	221.7	-1.9	3.3	221.8
1	1	6051	6062	6062	反向	1	251.8	252.0	3.3	反向	1	1040.5	1042.3	1045.2	反向	1	221.1	221.4	3.3	反向
0	0	6035	6062	6062	6041	0	251.1	252.0	251.3	反向	0	1037.7	1042.3	1045.2	1039	0	220.5	221.4	3.3	220.5
-1	-1	6018	6062	6062	6041	-1	250.4	252.0	251.3	250.7	-1	1034.9	1042.3	1045.2	1039	-1	219.9	221.4	220.5	220.5
-2	-2	6002	6062	6062	6041	-2	249.8	252.0	251.3	250.7	-2	1032.2	1042.3	1045.2	1039	-2	219.3	221.4	220.5	220.5
-3	-3	5986	6062	6062	6041	-3	249.1	252.0	251.3	250.7	-3	1029.4	1042.3	1045.2	1039	-3	218.8	221.4	220.5	220.5-

先空	台指期			85		摩台指			4.5		金融期			21.5		電子期			2.9
-4	昨收	開盤	今高	今低	收盤	昨收	開盤	今高	今低	收盤	昨收	開盤	今高	今低	收盤	昨收	開盤	今高	今低	收盤
931012	6118	6080	6094	5982	5991	253.6	252.6	252.8	247.5	247.9	1053.0	1050.2	1050.2	1024.2	1028.0	221.8	220.4	221.2	217.0	217.
7	振幅	預測	實際	反向	0.3	振幅	預測	實際	反向	1.2	振幅	預測	實際	反向	0.3	振幅	預測	實際	反向	

		台指期					摩台指					金融期					電子期			
8	8	6164	6130	6094	6123	8	255.5	254.3	252.8	254.4	8	1060.9	1056.3	1050.2	1058	8	223.5	222.2	221.2	221.
7	7	6157	6130	6094	6123	7	255.2	254.3	252.8	254.4	7	1059.6	1056.3	1050.2	1058	7	223.2	222.2	221.2	221.
6	6	6149	6130	6094	6123	6	254.9	254.3	252.8	254.4	6	1058.4	1056.3	1050.2	1058	6	222.9	222.2	221.2	221
5	5	6142	6130	6094	6123	5	254.6	254.3	252.8	254.4	5	1057.1	1056.3	1050.2	反向	5	222.7	222.2	221.2	221.
4	4	6135	6130	6094	6123	4	254.3	254.3	252.8	反向	4	1055.9	-2.4	1050.2	反向	4	222.4	222.2	221.2	221.
3	3	6128	-5	6094	6123	3	254.0	-3.5	252.8	反向	3	1054.7	-2.4	1050.2	反向	3	222.2	-5.5	221.2	221
2	2	6120	-5	6094	反向	2	253.7	-3.5	252.8	反向	2	1053.4	-2.4	1050.2	反向	2	221.9	-5.5	221.2	反向
1	1	6113	-5	6094	反向	1	253.4	-3.5	252.8	反向	1	1052.2	-2.4	1050.2	反向	1	221.6	-5.5	221.2	反向
0	0	6106	-5	5982	反向	0	253.1	-3.5	252.8	反向	0	1050.9	-2.4	1050.2	反向	0	221.1	-5.5	221.2	反向
-1	-1	6099	-5	6094	反向	-1	252.8	-3.5	252.8	反向	1050	1049.7	-2.4	3.1	反向	-1	221.1	-5.5	3.1	反向
-2	-2	6092	-5		反向	252.6	252.5	-3.5	3.1	反向	-2	1048.5	1048.6	3.1	反向	-2	220.8	-5.5	3.1	反向
-3	-3	6084	6085	3	反向	-3	252.2	252.4	3.1	反向	-3	1047.2	1048.6	3.1	反向	-3	220.6	220.6	3.1	反向
-4	6080	6077	6085	3	反向	-4	251.9	252.4	3.1	反向	-4	1046.0	1048.6	3.1	反向	220.4	220.3	220.6	3.1	反向
-5	-5	6070	6085	3	反向	-5	251.6	252.4	3.1	反向	-5	1044.7	1048.6	3.1	反向	-5	220.1	220.6	3.1	反向
-6	-6	6063	6085	3	反向	-6	251.3	252.4	3.1	反向	-6	1043.5	1048.6	3.1	反向	-6	219.8	220.6	3.1	反向
-7	-7	6056	6085	3	反向	-7	251.0	252.4	3.1	反向	-7	1042.3	1048.6	3.1	1043	-7	219.5	220.6	3.1	反向
-8	-8	6048	6085	3	反向	-8	250.7	252.4	3.1	250.8	-8	1041.0	1048.6	3.1	1043	-8	219.3	220.6	3.1	反向
-9	-9	6041	6085	3	反向	-9	250.4	252.4	3.1	250.8	-9	1039.8	1048.6	3.1	1043	-9	219.0	220.6	3.1	反向
-10	-10	6034	6085	3	6037	-10	250.1	252.4	3.1	250.8	-10	1038.5	1048.6	3.1	1043	-10	218.8	220.6	3.1	218
-11	-11	6027	6085	3	6037	-11	249.8	252.4	3.1	250.8	-11	1037.3	1048.6	3.1	1043	-11	218.5	220.6	3.1	218
-12	-12	6020	6085	3	6037	-12	249.5	252.4	3.1	250.8	-12	1036.1	1048.6	3.1	1043	-12	218.2	220.6	3.1	218
-13	-13	6005	6085	3	5991	-13	248.9	252.4	3.1	250.8	-13	1033.6	1048.6	3.1	1043	-13	217.7	220.6	3.1	217.
-14	-14	5976	6085	5982	6037	-14	247.7	252.4	3.1	247.9	-14	1028.6	1048.6	3.1	1028	-14	216.7	220.6	217.0	218

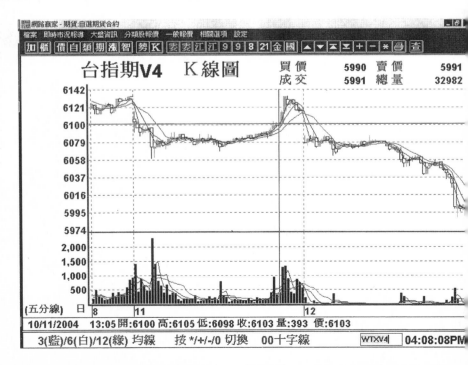

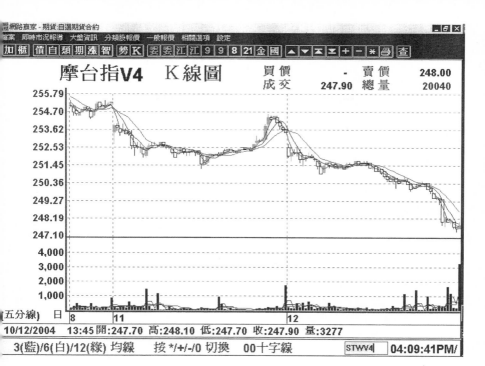

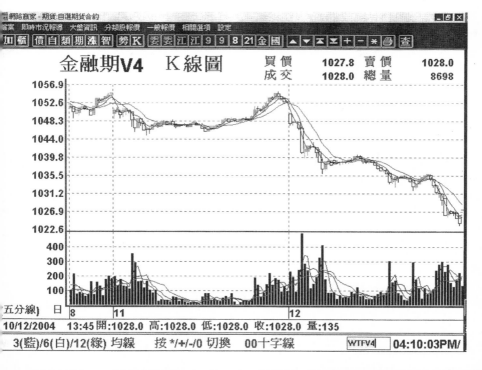

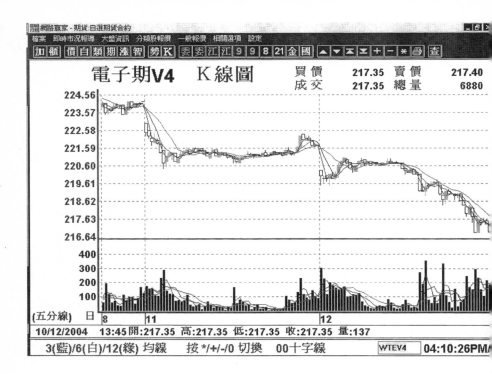

先多		台指期		50		摩台指		4.3		金融期		16.6		電子期		3.1	
4	昨收	開盤	今高	今低	收盤	昨收	開盤	今高	今低	收盤	昨收	開盤	今高	今低	收盤	昨收	開盤	今高	今低	收盤
931013	5991	6020	6036	5985	5994	248.0	249.2	249.7	247.0	247.9	1028.0	1031.0	1034.8	1026.0	1031.0	217.4	219.0	219.0	216.7	217
	10	振幅	預測	實際	反向	0.4	振幅	預測	實際	反向	1.8	振幅	預測	實際	反向	0.4	振幅	預測	實際	反

14	14	6096	6026	6036	6062	14	252.3	249.5	249.7	250.9	14	1046.0	1033.4	1034.8	1038	14	221.2	218.8	219.0	220
13	13	6055	6026	6036	反向	13	250.6	249.5	249.7	反向	13	1038.9	1033.4	1034.8	1038	13	219.7	218.8	219.0	反向
12	12	6034	6026	4	反向	12	249.8	249.5	249.7	反向	12	1035.4	1033.4	1034.8	反向	219	218.9	218.8	3.6	反向
11	6020	6024	3	4	反向	249.2	249.4	3.2	3.6	反向	11	1033.6	1033.4	3.6	反向	11	218.5	4.7	3.6	反向
10	10	6013	3	4	反向	10	248.9	3.2	3.6	反向	1031	1031.8	2.1	3.6	1031	10	218.2	4.7	3.6	反向
9	9	6003	3	4	反向	9	248.5	3.2	3.6	反向	9	1030.1	2.1	3.6	反向	9	217.8	4.7	3.6	反向
8	8	5993	3	5994	反向	8	248.1	3.2	3.6	247.9	8	1028.3	2.1	3.6	反向	8	217.4	4.7	3.6	217
7	7	5982	3	5985	反向	7	247.6	3.2	3.6	反向	7	1026.5	2.1	3.6	反向	7	217.0	4.7	3.6	217
6	6	5972	3	5985	5978	6	247.2	3.2	3.6	247.5	6	1024.8	2.1	1026.0	反向	6	216.7	4.7	216.7	217
5	5	5962	3	5985	5978	5	246.8	3.2	247.0	247.5	5	1023.0	2.1	1026.0	1024	5	216.3	4.7	216.7	217
4	4	5951	3	5985	5978	4	246.4	3.2	247.0	247.5	4	1021.2	2.1	1026.0	1024	4	215.9	216.0	216.7	217
3	3	5941	5948	5985	5978	3	245.9	246.2	247.0	247.5	3	1019.4	1020.0	1026.0	1024	3	215.5	216.0	216.7	217
2	2	5931	5948	5985	5978	2	245.5	246.2	247.0	247.5	2	1017.7	1020.0	1026.0	1024	2	215.2	216.0	216.7	217
1	1	5920	5948	5985	5978	1	245.1	246.2	247.0	247.5	1	1015.9	1020.0	1026.0	1024	1	214.8	216.0	216.7	217
0	0	5910	5948	5985	5978	0	244.7	246.2	247.0	247.5	0	1014.1	1020.0	1026.0	1024	0	214.4	216.0	216.7	217
-1	-1	5900	5948	5985	5978	-1	244.2	246.2	247.0	247.5	-1	1012.4	1020.0	1026.0	1024	-1	214.0	216.0	216.7	217

先空	台指期 **96**					摩台指 **2.9**					金融期 **23.7**					電子期 **1.7**				
-4	昨收	開盤	今高	今低	收盤	昨收	開盤	今高	今低	收盤	昨收	開盤	今高	今低	收盤	昨收	開盤	今高	今低	收盤
931014	5994	5950	5950	5832	5850	247.9	245.1	245.1	241.4	242.0	1031.0	1026.0	1026.4	998.0	1001.6	217.3	216.6	217.0	213.7	215.5
16	振幅	預測	實際	反向		0.7	振幅	預測	實際	反向	2.8	振幅	預測	實際	反向	0.6	振幅	預測	實際	反向
3	3	6103	6037	5950	5992	3	252.4	249.3	245.1	246.8	3	1049.8	1039.2	1026.4	1033	3	221.3	219.2	217.0	218.1
2	2	6087	6037	5950	5992	2	251.7	249.3	245.1	246.8	2	1047.0	1039.2	1026.4	1033	2	220.7	219.2	217.0	218.1
1	1	6071	6037	5950	5992	1	251.1	249.3	245.1	246.8	1	1044.2	1039.2	1026.4	1033	1	220.1	219.2	217.0	218.1
0	0	6055	6037	5950	5992	0	250.4	249.3	245.1	246.8	0	1041.4	1039.2	1026.4	1033	0	219.5	219.2	217.0	218.1
-1	-1	6038	6037	5950	5992	-1	249.7	249.3	245.1	246.8	-1	1038.6	-2.1	1026.4	1033	-1	218.9	-1.5	217.0	218.1
-2	-2	6022	-3	5950	5992	-2	249.1	-4.5	245.1	246.8	-2	1035.9	-2.1	1026.4	1033	-2	218.3	-1.5	217.0	218.1
-3	-3	6006	-3	5950	5992	-3	248.4	-4.5	245.1	246.8	-3	1033.1	-2.1	1026.4	1033	-3	217.7	-1.5	217.0	反向
-4	-4	5990	-3	5950	反向	-4	247.7	-4.5	245.1	246.8	-4	1030.3	-2.1	1026.4	反向	-4	217.1	-1.5	217.0	反向
-5	-5	5974	-3	5950	反向	-5	247.1	-4.5	245.1	246.8	-5	1027.5	-2.1	1026.4	反向	216.6	216.6	-1.5	3.4	反向
-6	5950	5957	-3	5950	反向	-6	246.4	-4.5	245.1	反向	1026	1024.7	-2.1	3.4	反向	-6	216.0	-1.5	3.4	反向
-7	-7	5941	-3	3	反向	-7	245.7	-4.5	245.1	反向	-7	1021.9	-2.1	3.4	反向	-7	215.4	-1.5	3.4	215.5
-8	-8	5925	-3	3	反向	245.1	245.0	-4.5	3.4	反向	-8	1019.1	1019.8	3.4	反向	-8	214.8	215.1	3.4	215.5
-9	-9	5909	5924	3	反向	-9	244.4	244.7	3.4		-9	1016.3	1019.8	1019		-9	214.2	215.1	3.4	215.1
-10	-10	5893	5924	5908		-10	243.7	244.7	3.4		-10	1013.6	1019.8	1019		-10	213.6	215.1	213.7	215.1
-11	-11	5876	5924	5908		-11	243.0	244.7	3.4	243.4	-11	1010.8	1019.8	1019		-11	213.0	215.1	213.7	215.1
-12	-12	5860	5924	5850		-12	242.4	244.7	3.4	242	-12	1008.0	1019.8	1019		-12	212.4	215.1	213.7	215.1
-13	-13	5828	5924	5832	5908	-13	241.0	244.7	241.4	243.4	-13	1002.4	1019.8	998.0	1002	-13	211.3	215.1	213.7	215.1
-14	-14	5763	5924	5832	5908	-14	238.3	244.7	241.4	243.4	-14	991.3	1019.8	998.0	1019	-14	208.9	215.1	213.7	215.1

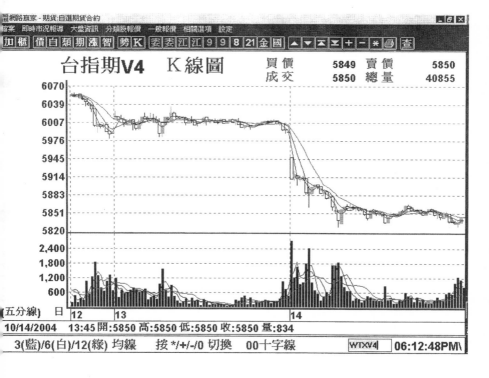

網路贏家 - 期貨:自選期貨合約

檔案 即時市況報導 大盤資訊 分類股報價 一般報價 相關選項 設定

加櫃 價 自 類 期 漲 智 勢 K 麥 委 江 江 9 9 8 21 國 ▲ ▼ ▼ ＋ － ＊ 查

台指期V4　K線圖　　買價 5849　賣價 5850
成交 5850　總量 40855

6070
6039
6007
5976
5945
5914
5883
5851
5820
2,400
1,800
1,200
600

(五分線) 日　12　13　14

10/14/2004　13:45 開:5850 高:5850 低:5850 收:5850 量:834

3(藍)/6(白)/12(綠) 均線　按 */+/-/0 切換　00十字線　WTXV4　06:12:48PM

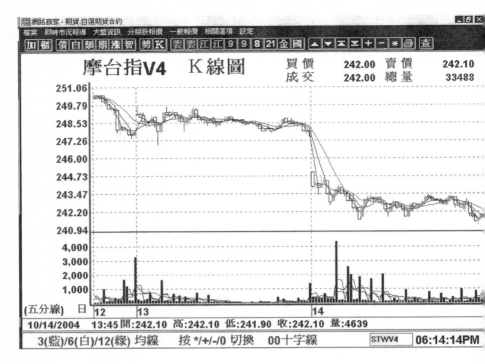

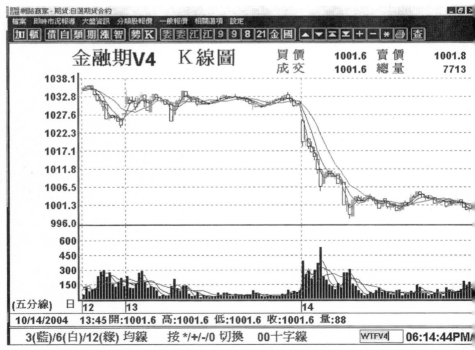

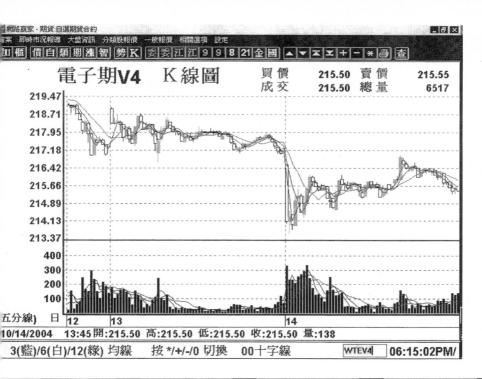

電子期**V4**　　K線圖　　買 價　**215.50**　賣 價　**215.55**
成 交　**215.50**　總 量　**6517**

五分線)　日　|12　|13　　　　　|14

10/14/2004　13:45 開:215.50　高:215.50　低:215.50　收:215.50　量:138

3(藍)/6(白)/12(綠) 均線　　按 */+/-/0 切換　　00 十字線　　| WTEV4 |　06:15:02PM/

元多		台指期		28		摩台指		1.4		金融期		13.7		電子期		0.6
2	昨收	開盤	今高	今低	收盤	昨收	開盤	今高	今低	收盤	昨收	開盤	今高	今低	收盤	昨收	開盤	今高	今低	收盤
1015	5850	5806	5868	5789	5816	242.0	240.5	243.3	239.6	241.0	1001.6	992.0	1010.0	990.4	1006.4	215.5	214.3	216.2	210.4	212.9
	14	振幅	預測	實際	反向	0.6	振幅	預測	實際	反向	2.4	振幅	預測	實際	反向	0.5	振幅	預測	實際	反向
12	12	5936	5869	5868	5870	12	245.6	242.9	243.3	243.1	12	1016.3	1004.2	1010.0	998.9	12	218.7	216.4	216.2	216.7
11	11	5922	5869	5868	5870	11	245.0	242.9	243.3	243.1	11	1013.9	1004.2	1010.0	998.9	11	218.1	216.4	216.2	216.7
10	10	5907	5869	5868	5870	10	244.4	242.9	243.3	243.1	10	1011.4	1004.2	1010.0	998.9	10	217.6	216.4	216.2	216.7
9	9	5893	5869	5868	5870	9	243.8	242.9	243.3	243.1	9	1009.0	1004.2	3.2	998.9	9	217.1	216.4	216.2	216.7
8	8	5879	5869	5868	5870	8	243.2	242.9	3.2	243.1	8	1006.6	1004.2	3.2	1006	8	216.6	216.4	216.2	反向
7	7	5865	-3	3	反向	7	242.6	-2.6	3.2	反向	7	1004.1	-4.0	3.2	998.9	7	216.0	-2.3	3.2	反向
6	6	5851	-3	3	反向	6	242.0	-2.6	3.2	反向	6	1001.7	-4.0	3.2	998.9	6	215.5	-2.3	3.2	反向
5	5	5836	-3	3	反向	5	241.4	-2.6	3.2	反向	5	999.3	-4.0	3.2	998.9	5	215.0	-2.3	3.2	反向
4	4	5822	-3	3	5816	4	240.9	-2.6	3.2	241	4	996.9	-4.0	3.2	反向	214.3	214.5	-2.3	3.2	反向
3	5806	5808	-3	3	反向	3	240.3	-2.6	3.2	反向	3	994.4	-4.0	3.2	反向	3	214.0	-2.3	3.2	反向
2	2	5794	-3	3	反向	240.5	239.7	-2.6	3.2	反向	992	992.0	-4.0	3.2	反向	2	213.4	-2.3	3.2	反向
1	1	5780	-3	5789	反向	1	239.1	239.2	239.6	反向	1	989.6	-4.0	990.4	反向	1	212.9	213.0	3.2	212.9
0	0	5765	5779	5789	反向	0	238.5	239.2	239.6	反向	0	987.1	988.8	990.4	反向	0	212.4	213.0	3.2	反向
-1	-1	5751	5779	5789	反向	-1	237.9	239.2	239.6	反向	-1	984.7	988.8	990.4	985.1	-1	211.9	213.0	3.2	211.9
-2	-2	5737	5779	5789	5742	-2	237.3	239.2	239.6	237.9	-2	982.3	988.8	990.4	985.1	-2	211.3	213.0	3.2	211.9
-3	-3	5723	5779	5789	5742	-3	236.7	239.2	239.6	237.9	-3	979.8	988.8	990.4	985.1	-3	210.8	213.0	3.2	211.9
-4	-4	5709	5779	5789	5742	-4	236.2	239.2	239.6	237.9	-4	977.4	988.8	990.4	985.1	-4	210.3	213.0	210.4	211.9

先空	台指期					27	摩台指					1.4	金融期					9.3	電子期					1.9
-2	昨收	開盤	今高	今低	收盤		昨收	開盤	今高	今低	收盤		昨收	開盤	今高	今低	收盤		昨收	開盤	今高	今低	收盤	
931018	5816	5810	5855	5779	5779		241.0	242.1	242.9	240.1	240.5		1006.4	1008.4	1014.0	993.2	1001.0		212.9	212.0	213.7	210.0	210	
6	振幅	預測	實際	反向		0.2	振幅	預測	實際	反向		1.0	振幅	預測	實際	反向		0.2	振幅	預測	實際	反向			

idx	台指期					idx	摩台指					idx	金融期					idx	電子期				
7	7	5887	5850	5855	5851	7	243.9	242.9	242.9		243.8	7	1018.7	1013.3	1014.0	反向		7	215.5	213.9	213.7	213	
6	6	5881	5850	5855	5851	6	243.7	242.9	242.9		反向	6	1017.7	1013.3	1014.0	反向		6	215.3	213.9	213.7	213	
5	5	5875	5850	5855	5851	5	243.5	242.9	242.9		反向	5	1016.7	1013.3	1014.0	反向		5	215.1	213.9	213.7	213	
4	4	5869	5850	5855	5851	4	243.2	242.9	242.9		反向	4	1015.6	1013.3	1014.0	反向		4	214.9	213.9	213.7	213	
3	3	5863	5850	5855	5851	3	243.0	242.9	242.9		反向	3	1014.6	1013.3	1014.0	反向		3	214.6	213.9	213.7	213	
2	2	5858	5850	5855	5851	2	242.7	4.4	4.3	反向		2	1013.6	1013.3	4.3	反向		2	214.4	213.9	213.7	213	
1	1	5852	5850		4	5851	1	242.5	4.4	4.3	反向	1	1012.6	1.9	4.3	反向	1	214.2	213.9	213.7	213	
0	0	5846	-1	4	反向	0	242.2	4.4	4.3	反向		0	1011.6	1.9	4.3	反向		0	213.8	213.9	213.7	213	
-1	-1	5840	-1	4	反向	242.1	242.0	4.4	4.3	反向		-1	1010.5	1.9	4.3	反向		-1	213.6	-4.3	213.7	213	
-2	-2	5834	-1	4	反向	-2	241.7	4.4	4.3	反向		-2	1009.5	1.9	4.3	反向		-2	213.4	-4.3	4.3	213	
-3	-3	5828	-1	4	反向	-3	241.5	4.4	4.3	反向	1008	1008.5	1.9	4.3	反向		-3	213.3	-4.3	4.3	反	
-4	-4	5822	-1	4	反向	-4	241.3	4.4	4.3	反向		-4	1007.5	1.9	4.3	反向		-4	213.1	-4.3	4.3	反	
-5	-5	5816	-1	4	反向	-5	241.0	4.4	4.3	反向		-5	1006.5	1.9	4.3	反向		-5	212.9	-4.3	4.3	反	
-6	5810	5810	-1	4	反向	-6	240.8	4.4	4.3	反向		-6	1005.4	1.9	4.3	反向		-6	212.7	-4.3	4.3	反	
-7	-7	5805	-1	4	反向	-7	240.5	240.5	4.3	240.5		-7	1004.4	1.9	4.3	反向		-7	212.5	-4.3	4.3	反	
-8	-8	5799	-1	4	反向	-8	240.5	240.5	4.3	240.5		-8	1003.4	1003.6	4.3	反向		-8	212.3	-4.3	4.3	反	
-9	-9	5793	5794	4	反向	-9	240.0	240.5	240.1	240.4		-9	1002.4	1003.6	4.3	反向	212	212.0	-4.3	4.3	反	
-10	-10	5787	5794	4	反向	-10	239.8	240.5	240.1	240.4		-10	1001.4	1003.6	4.3	1001.0	-10	211.8	211.9	4.3	反	
-11	-11	5781	5794	4	5779	-11	239.5	240.5	240.1	240.4		-11	1000.3	1003.6	4.3		-11	211.6	211.9	4.3	反	
-12	-12	5775	5794	5779	反向	-12	239.3	240.5	240.1	240.4		-12	999.3	1003.6	4.3	反向	-12	211.4	211.9	4.3	反	
-13	-13	5763	5794	5779	5769	-13	238.8	240.5	240.1	240.4		-13	997.3	1003.6	4.3	997.3	-13	211.0	211.9	4.3	反	
-14	-14	5740	5794	5779	5769	-14	237.8	240.5	240.1	240.4		-14	993.2	1003.6	4.3	997.3	-14	210.1	211.9	4.3	210	
-15	-15	5704	5794	5779	5769	-15	236.8	240.5	240.1	240.4		-15	987.1	1003.6	993.2	997.3	-15	208.8	211.9	210.0	210	

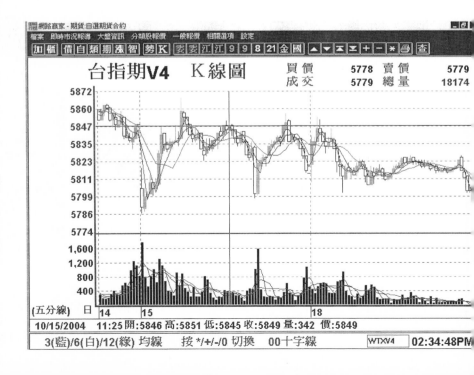

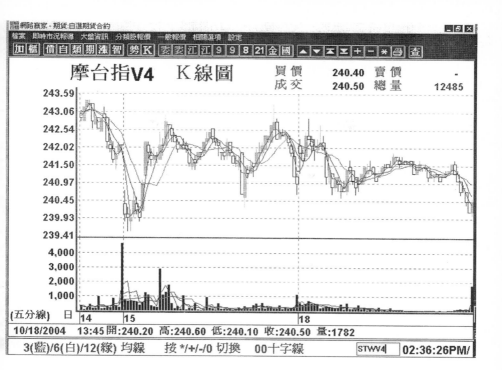

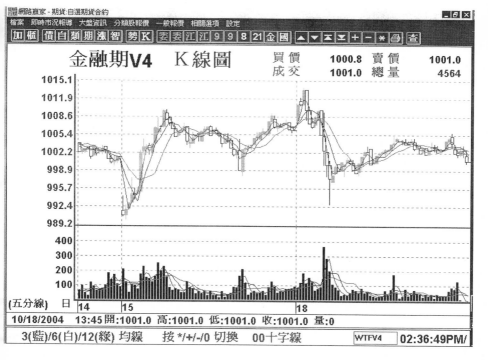

檔案　即時市況報導　大盤資訊　分類股價報價　一般報價　相關選項　設定

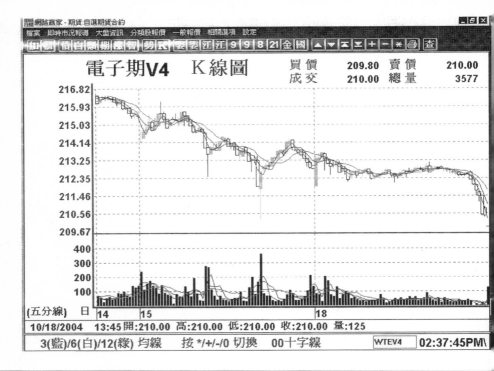

電子期V4　K線圖　買價 209.80　賣價 210.00　成交 210.00　總量 3577

216.82　215.93　215.03　214.14　213.25　212.35　211.46　210.56　209.67
400　300　200　100

(五分線) 日　14　15　18
10/18/2004　13:45 開:210.00　高:210.00　低:210.00　收:210.00　量:125
3(藍)/6(白)/12(綠) 均線　按 */+/-/0 切換　00十字線　WTEV4　02:37:45PM

先空	台指期	30	摩台指	0.3	金融期	5.1	電子期	7.8
-4	昨收 開盤 今高 今低 收盤		昨收 開盤 今高 今低 收盤		昨收 開盤 今高 今低 收盤		昨收 開盤 今高 今低 收盤	
931019	5779 5855 5862 5791 5837		240.5 242.7 243.1 241.0 242.8		1001.0 1006.8 1008.8 995.8 1003.2		210.0 211.7 215.2 211.7 214.6	
	10 振幅 預測 實際 反向		0.4 振幅 預測 實際 反向		1.7 振幅 預測 實際 反向		0.4 振幅 預測 實際 反向	

先空	台昨收	台開盤	台今高	台今低	台收盤	摩昨收	摩開盤	摩今高	摩今低	摩收盤	金昨收	金開盤	金今高	金今低	金收盤	電昨收	電開盤	電今高	電今低	電收盤
13	5904	5839	5862		5896	245.7	242.7	243.1		244.4	1022.6	1009.0	1008.8		1014	214.5	211.8		3.6	214.6
12	5884	5839	5862		反向	244.9	242.7	243.1		244.4	1019.2	1009.0	1008.8		1014	213.8	211.8		3.6	213.2
11	5874	5839	5862		反向	244.5	242.7	243.1		244.4	1017.5	1009.0	1008.8		1014	213.5	211.8		3.6	213.2
10	5864	5839	5862		反向	244.1	242.7	243.1		反向	1015.8	1009.0	1008.8		1014	213.1	211.8		3.6	反向
9	5855	5855	5839	4	反向	243.6	242.7	243.1		反向	1014.1	1009.0	1008.8		1014	212.7	211.8		3.6	反向
8	5845	5839		4	反向	243.2	242.7	243.1		反向	1012.4	1009.0	1008.8		反向	212.4	211.8		3.6	反向
7	5835	8		4	5837	242.7	242.8	242.7	3.6	242.8	1010.7	1009.0	1008.8		反向	212.0	211.8		3.6	反向
6	5825	8		4	反向	242.4	5.4		3.6	反向	1009.0	3.4	1008.8		反向	211.7	211.7		4.8	211.7
5	5815	8		4	反向	242.0	5.4		3.6	反向	1007 1007.3	3.4	3.6		反向	211.3	211.7		4.8	211.7
4	5805	8	5814		4	241.6	5.4		3.6	反向	1005.6	3.4	3.6		反向	211.0		211.7	4.8	
3	5796	8	5814		反向	241.2	5.4		3.6	反向	1003.9	3.4	3.6		1003	210.6		211.7	4.8	210.2
2	5786	8	5791		5814	240.8	5.4	241.0		241	1002.2	3.4	3.6		反向	210.2		211.7	4.8	反向
1	5776	8	5791		5814	240.4	5.4	241.0		241	1000.5	3.4	3.6		反向	209.9		211.7	4.8	210.2
0	5766	8	5791		5814	240.0	5.4	241.0		241	998.8	3.4	3.6		999.8	209.5		211.7	4.8	210.2
-1	5756	5765	5791		5814	239.6	239.6	241.0		241	997.1	3.4	3.6		999.8	209.2		211.7	4.8	210.2
-2	5746	5765	5791		5814	239.1	239.6	241.0		241	995.3	996.2	995.8		999.8	208.8	209.2	211.7		210.2
-3	5737	5765	5791		5814	238.7	239.6	241.0		241	993.6	996.2	995.8		1003	208.5	209.2	211.7		210.2
-4	5727	5765	5791		5814	238.3	239.6	241.0		241	991.9	996.2	995.8		999.8	208.1	209.2	211.7		210.2
-5	5717	5765	5791		5814	237.9	239.6	241.0		241	990.2	996.2	995.8		999.8	207.7	209.2	211.7		210.2

先多		台指期		104		摩台指		0.1		金融期		10.9		電子期		3.9
4	昨收	開盤	今高	今低	收盤	昨收	開盤	今高	今低	收盤	昨收	開盤	今高	今低	收盤	昨收	開盤	今高	今低	收盤
931020	5836	5797	5810	5751	5785	242.8	240.5	241.8	239.6	240.8	999.4	995.0	1008.6	993.2	1006.6	214.3	212.9	213.6	211.3	211.7
13	振幅	預測	實際	反向	0.5	振幅	預測	實際	反向	2.2	振幅	預測	實際	反向	0.5	振幅	預測	實際	反向

3	3	5931	5872	5810	5838	3	246.8	244.1	241.8	242.2	3	1015.7	1006.4	1008.6	1002	3	217.8	215.6	213.6	214.4
2	2	5919	5872	5810	5838	2	246.2	244.1	241.8	242.2	2	1013.5	1006.4	1008.6	1002	2	217.3	215.6	213.6	214.4
1	1	5906	5872	5810	5838	1	245.7	244.1	241.8	242.2	1	1011.4	1006.4	1008.6	1002	1	216.9	215.6	213.6	214.4
0	0	5893	5872	5810	5838	0	245.2	244.1	241.8	242.2	0	1009.2	1006.4	1008.6	1002	0	216.4	215.6	213.6	214.4
-1	-1	5880	5872	5810	5838	-1	244.7	244.1	241.8	242.2	-1	1007.0	1006.4	3.4	1007	-1	215.9	215.6	213.6	214.4
-2	-2	5868	-3	5810	5838	-2	244.1	244.1	241.8	242.2	-2	1004.8	-2.2	3.4	1002	-2	215.5	-3.2	213.6	214.4
-3	-3	5855	-3	5810	5838	-3	243.6	-4.5	241.8	242.2	-3	1002.7	-2.2	3.4	1002	-3	215.0	-3.2	213.6	214.4
-4	-4	5842	-3	5810	5838	-4	243.1	-4.5	241.8	242.2	-4	1000.5	-2.2	3.4	反向	-4	214.5	-3.2	213.6	214.4
-5	-5	5830	-3	5810	反向	-5	242.5	-4.5	241.8	242.2	-5	998.3	-2.2	3.4	反向	-5	214.1	-3.2	213.6	反向
-6	-6	5817	-3	5810	反向	-6	242.0	-4.5	241.8	反向	-6	996.2	-2.2	3.4	反向	-6	213.6	-3.2	213.6	反向
-7	-7	5804	-3	3	反向	-7	241.5	-4.5	3.4	反向	995	994.0	-2.2	3.4	反向	-7	213.1	-3.2	3.4	反向
-8	5797	5792	-3	3	反向	-8	241.0	-3	3.4	240.8	-8	991.8	-2.2	993.2	反向	212.9	212.7	-3.2	3.4	反向
-9	-9	5779	5784	3	5785	240.5	240.4	-4.5	3.4	反向	-9	989.6	991.2	993.2	反向	-9	212.2	212.4	3.4	反向
-10	-10	5766	5784	3	反向	-10	239.9	240.4	3.4	反向	-10	987.5	991.2	993.2	988	-10	211.7	212.4	3.4	211.7
-11	-11	5754	5784	3	5756	-11	239.4	240.4	239.6	反向	-11	985.3	991.2	993.2	988	-11	211.3	212.4	3.4	211.4
-12	-12	5741	5784	5751	5756	-12	238.8	240.4	239.6	反向	-12	983.1	991.2	993.2	988	-12	210.8	212.4	211.3	211.4
-13	-13	5716	5784	5751	5756	-13	237.8	240.4	239.6	238.8	-13	978.8	991.2	993.2	988	-13	209.9	212.4	211.3	211.4

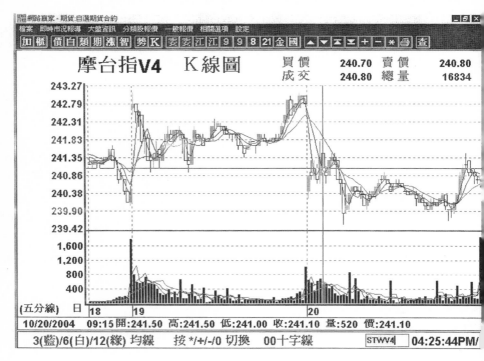

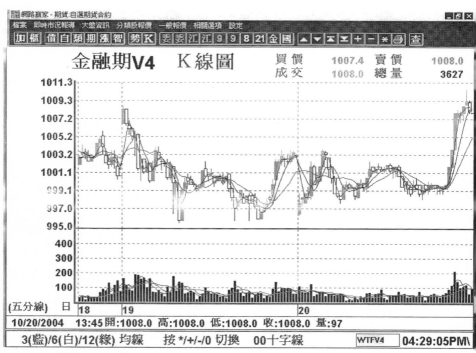

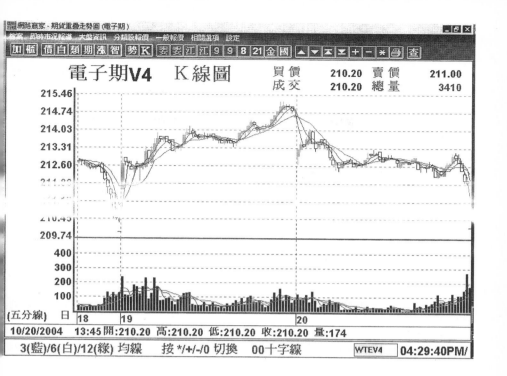

電子期V4　　K線圖　　買價　210.20　賣價　211.00　成交　210.20　總量　3410

- 215.46
- 214.74
- 214.03
- 213.31
- 212.60
- 211.88
- 210.45
- 209.74
- 400
- 300
- 200
- 100

(五分線) 日 | 18 | 19 | 20

10/20/2004　13:45 開:210.20　高:210.20　低:210.20　收:210.20　量:174

3(藍)/6(白)/12(綠) 均線　　按 */+/-/0 切換　　00十字線　　WTEV4　04:29:40PM/

渾沌	台指期		27	摩台指		0.8	金融期		64.6	電子期		7.0
0	昨收	開盤	今高	今低	收盤	昨收	開盤	今高	今低	收盤	昨收	開盤	今高	今低	收盤	昨收	開盤	今高	今低	收盤

	台指期 昨收	開盤	今高	今低	收盤		摩台指						金融期					電子期			
931021	5785	5810	5843	5774	5779	240.8	240.9	243.6	239.8	239.9	1006.6	1010.0	1029.8	1007.0	1013.0	211.7	212.6	214.4	211.5	212.5
11	振幅	預測	實際	反向		0.5	振幅	預測	實際	反向	2.0	振幅	預測	實際	反向	0.4	振幅	預測	實際	反向
10	10	5922	5832	5843	5851	10	246.5	242.5	243.6	242.6	10	1030.4	1014.5	1029.8	1021	10	216.7	213.4	214.4	214.1
9	9	5910	5832	5843	5851	9	246.0	242.5	243.6	242.6	9	1028.4	1014.5	3.3	1021	9	216.2	213.4	214.4	214.1
8	8	5899	5832	5843	5851	8	245.5	242.5	243.6	242.6	8	1026.4	1014.5	3.3	1021	8	215.8	213.4	214.4	214.1
7	7	5887	5832	5843	5851	7	245.1	242.5	243.6	242.6	7	1024.4	1014.5	3.3	1021	7	215.4	213.4	214.4	214.1
6	6	5876	5832	5843	5851	6	244.6	242.5	243.6	242.6	6	1022.4	1014.5	3.3	1021	6	215.0	213.4	214.4	214.1
5	5	5865	5832	5843	5851	5	244.1	242.5	243.6	242.6	5	1020.5	1014.5	3.3	反向	5	214.6	213.4	214.4	214.1
4	4	5853	5832	5843	5851	4	243.6	242.5	243.6	242.6	4	1018.5	1014.5	3.3	反向	4	214.1	213.4	3.3	214.1
3	3	5842	5832	3	反向	3	243.2	242.5	3.3	242.6	3	1016.5	1014.5	3.3	反向	3	213.7	213.4	3.3	3.3
2	2	5830	2	3	反向	2	242.7	242.5	3.3	242.6	2	1014.5	1.8	3.3	反向	2	213.3	2.4	3.3	3.3
1	1	5819	2	3	反向	1	242.2	0.3	3.3	反向	1	1012.5	1.8	3.3	1013	1	212.9	2.4	3.3	反向
0	5810	5808	2	3	反向	0	241.7	0.3	3.3	反向	1010	1010.5	1.8	3.3	反向	212.6	212.5	2.4	3.3	212.5
-1	-1	5796	2	3	反向	-1	241.3	0.3	3.3	反向	-1	1008.5	1.8	3.3	反向	-1	212.1	2.4	3.3	反向
-2	-2	5785	2	3	反向	240.9	240.8	0.3	3.3	反向	-2	1006.6	1.8	1007.0	反向	-2	211.6	2.4	3.3	反向
-3	-3	5773	2	5774	5779	-3	240.3	0.3	3.3	239.9	-3	1004.6	1.8	1007.0	反向	-3	211.2	2.4		211.5
-4	-4	5762	2	5774	5769	-4	239.8	0.3	3.3	239.9	-4	1002.6	1.8	1007.0	反向	-4	210.8	2.4		211.1
-5	-5	5751	5754	5774	5769	-5	239.4	0.3	239.8	反向	-5	1000.6	1000.9	1007.0	反向	-5	210.4	210.5	211.5	211.1
-6	-6	5739	5754	5774	5769	-6	238.9	239.2	239.8	239.2	-6	998.6	1000.9	1007.0	998.9	-6	210.0	210.5	211.5	211.1
-7	-7	5728	5754	5774	5769	-7	238.4	239.2	239.8	239.2	-7	996.6	1000.9	1007.0	998.9	-7	209.6	210.5	211.5	211.1
-8	-8	5716	5754	5774	5769	-8	237.9	239.2	239.8	239.2	-8	994:6	1000.9	1007.0	998.9	-8	209.1	210.5	211.5	211.1
-9	-9	5705	5754	5774	5769	-9	237.5	239.2	239.8	239.2	-9	992.7	1000.9	1007.0	998.9	-9	208.7	210.5	211.5	211.1

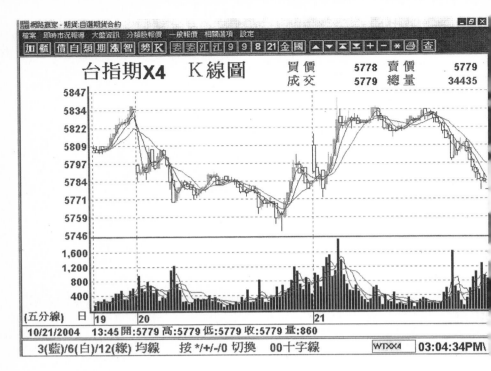

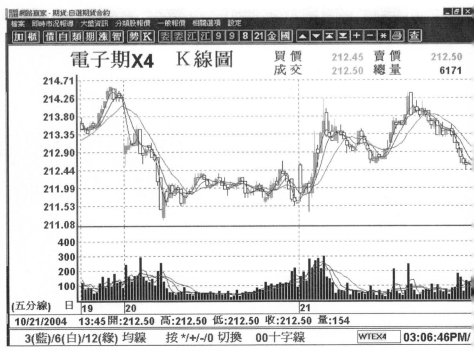

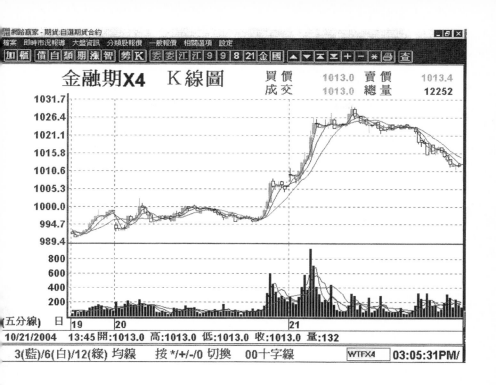

金融期**X4** K線圖 買價 1013.0 賣價 1013.4
成交 1013.0 總量 12252

1031.7
1026.4
1021.1
1015.8
1010.6
1005.3
1000.0
994.7
989.4

800
600
400
200

(五分線) 日 19 20 21

10/21/2004 13:45 開:1013.0 高:1013.0 低:1013.0 收:1013.0 量:132

3(藍)/6(白)/12(綠) 均線 按 */+/-/0 切換 00十字線 WTFX4 03:05:31PM/

渾沌		台指期		20		摩台指		2.9		金融期		0.8		電子期		1.0
0	昨收	開盤	今高	今低	收盤	昨收	開盤	今高	今低	收盤	昨收	開盤	今高	今低	收盤	昨收	開盤	今高	今低	收盤
31022	5779	5820	5831	5776	5796	240.0	242.0	243.3	241.2	242.3	1013.0	1017.0	1018.6	1010.2	1017.2	212.5	215.0	215.4	213.4	213.9
	17	振幅	預測	實際	反向	0.7	振幅	預測	實際	反向	3.0	振幅	預測	實際	反向	0.6	振幅	預測	實際	反向
3	3	5937	5852	5831	5884	3	246.6	243.1	243.3	243.7	3	1040.7	1024.7	1018.6	1028	3	218.3	215.5	215.4	216.5
2	2	5920	5852	5831	5884	2	245.8	243.1	243.3	243.7	2	1037.7	1024.7	1018.6	1028	2	217.7	215.5	215.4	216.5
1	1	5902	5852	5831	5884	1	245.1	243.1	243.3	243.7	1	1034.6	1024.7	1018.6	1028	1	217.0	215.5	215.4	216.5
0	0	5885	5852	5831	5884	0	244.4	243.1	243.3	243.7	0	1031.6	1024.7	1018.6	1028	0	216.4	215.5	215.4	反向
-1	-1	5868	5852	5831	反向	-1	243.7	243.1	243.3	反向	-1	1028.5	1024.7	1018.6	反向	-1	215.8	215.5	215.4	反向
-2	-2	5850	2	5831	反向	-2	243.0	2.7	3.0	反向	-2	1025.5	1024.7	1018.6	反向	215	215.1	3.8	3.0	反向
-3	-3	5833	2	5831	反向	242	242.2	2.7	3.0	242.3	-3	1022.4	1.2	1018.6	反向	-3	214.5	3.8	3.0	反向
-4	5820	5816	2	3	反向	-4	241.5	2.7	3.0	反向	-4	1019.4	1.2	1018.6	反向	-4	213.8	3.8	3.0	213.9
-5	-5	5798	2	3	5796	-5	240.8	2.7	241.2	反向	1017	1016.4	1.2	3.0	1017	-5	213.2	3.8	213.4	213.4
-6	-6	5781	2	3	反向	-6	240.1	2.7	241.2	240.3	-6	1013.3	1.2	3.0	反向	-6	212.6	3.8	213.4	213.4
-7	-7	5763	2	5776	反向	-7	239.4	2.7	241.2	240.3	-7	1010.3	1.2	3.0	反向	-7	211.9	3.8	213.4	213.4
-8	-8	5746	5752	5776	5756	-8	238.6	239.0	241.2	240.3	-8	1007.2	1.2	1010.2	反向	-8	211.3	211.8	213.4	213.4
-9	-9	5729	5752	5776	5756	-9	237.9	239.0	241.2	240.3	-9	1004.2	1007.2	1010.2	1006	-9	210.7	211.8	213.4	213.4
-10	-10	5711	5752	5776	5756	-10	237.2	239.0	241.2	240.3	-10	1001.1	1007.2	1010.2	1006	-10	210.0	211.8	213.4	213.4
-11	-11	5694	5752	5776	5756	-11	236.5	239.0	241.2	240.3	-11	998.1	1007.2	1010.2	1006	-11	209.4	211.8	213.4	213.4
-12	-12	5677	5752	5776	5756	-12	235.7	239.0	241.2	240.3	-12	995.1	1007.2	1010.2	1006	-12	208.7	211.8	213.4	213.4
-13	-13	5642	5752	5776	5756	-13	234.3	239.0	241.2	240.3	-13	989.0	1007.2	1010.2	1006	-13	207.5	211.8	213.4	213.4

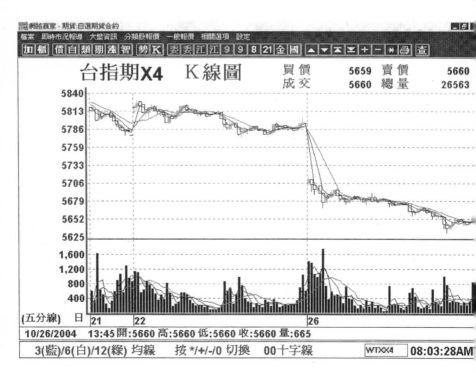

網路贏家 - 期貨:自選期貨合約

檔案　即時市況報導　大盤資訊　分類股報價　一般報價　相關選項　設定

台指期X4　　K線圖　　買價 5659　賣價 5660　成交 5660　總量 26563

(五分線) 日 21 22 26

10/26/2004 13:45 開:5660 高:5660 低:5660 收:5660 量:665

3(藍)/6(白)/12(綠) 均線　按 */+/-/0 切換　00十字線　WTXX4　08:03:28AM

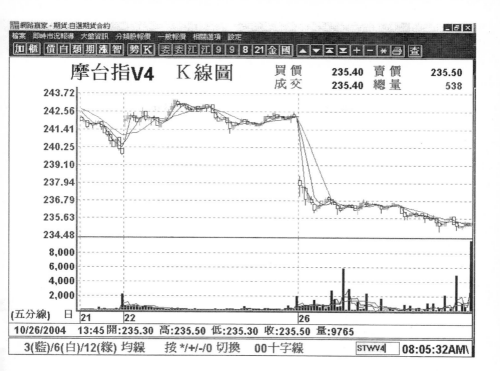

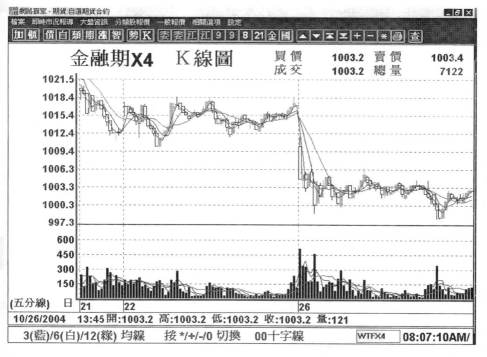

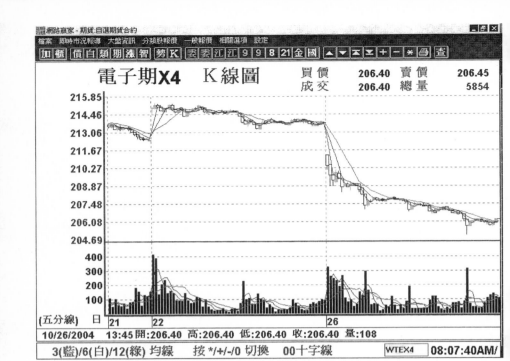

先空		台指期		62		摩台指		4.0		金融期		12.2		電子期		3.0
-2	昨收	開盤	今高	今低	收盤	昨收	開盤	今高	今低	收盤	昨收	開盤	今高	今低	收盤	昨收	開盤	今高	今低	收盤
931027	5660	5682	5692	5598	5616	235.4	237.5	237.8	232.1	233.8	1003.2	1009.2	1009.8	991.0	1002.6	206.4	207.2	207.5	203.4	204.0
	8	振幅	預測	實際	反向	0.3	振幅	預測	實際	反向	1.5	振幅	預測	實際	反向	0.3	振幅	預測	實際	反向

9	9	5744	5709	5692	反向	9	238.9	237.8	237.8	反向	9	1018.1	1012.5	1009.8	反向	9	209.5	208.2	207.5	209.4
8	8	5736	5709	5692	反向	8	238.6	237.8	237.8	反向	8	1016.7	1012.5	1009.8	反向	8	209.2	208.2	207.5	反向
7	7	5728	5709	5692	反向	7	238.2	237.8	237.8	反向	7	1015.2	1012.5	1009.8	反向	7	208.9	208.2	207.5	反向
6	6	5720	5709	5692	反向	6	237.9	237.8	237.8	反向	6	1013.8	1012.5	1009.8	反向	6	208.6	208.2	207.5	反向
5	5	5711	5709	5692	反向	237.5	237.5	6.0	4.1	反向	5	1012.3	4.0	1009.8	反向	5	208.3	208.2	207.5	反向
4	4	5703	3	5692	反向	4	237.2	6.0	4.1	反向	4	1010.8	4.0	1009.8	反向	4	208.0	2.4	207.5	反向
3	3	5695	3	5692	反向	3	236.8	6.0	4.1	反向	1009	1009.9	4.0	4.1	反向	3	207.7	2.4	207.5	反向
2	2	5687	3	4	反向	2	236.5	6.0	4.1	反向	2	1007.9	4.0	4.1	反向	2	207.4	2.4	4.1	反向
1	5682	5678	3	4	反向	1	236.2	6.0	4.1	反向	1	1006.5	4.0	4.1	反向	207.2	207.1	2.4	4.1	反向
0	0	5670	3	4	反向	0	235.8	6.0	235.8	0	1005.0	4.0	4.1	反向	0	206.8	2.4	4.1	反向
-1	-1	5662	3	4	反向	-1	235.5	6.0	4.1	235.8	-1	1003.5	4.0	4.1	反向	-1	206.5	2.4	4.1	反向
-2	-2	5654	3	4	反向	-2	235.1	6.0	4.1	235.8	-2	1002.1	4.0	4.1	反向	1003	-2	206.2	2.4	4.1	反向
-3	-3	5645	3	4	反向	-3	234.8	234.8	4.1	235.8	-3	1000.6	4.0	4.1	反向	-3	205.9	2.4	4.1	反向
-4	-4	5637	3	4	反向	-4	234.5	234.8	4.1	235.8	-4	999.2	999.9	4.1	反向	-4	205.6	2.4	4.1	反向
-5	-5	5629	5637	4	反向	-5	234.1	234.8	4.1	235.8	-5	997.7	999.9	4.1	998.1	-5	205.3	205.6	4.1	反向
-6	-6	5621	5637	4	反向	-6	233.8	234.8	4.1	233.8	-6	996.3	999.9	4.1	998.1	-6	205.0	205.6	4.1	反向
-7	-7	5613	5637	4	5616	-7	233.4	234.8	4.1	235.8	-7	994.8	999.9	4.1	998.1	-7	204.7	205.6	4.1	204.9
-8	-8	5604	5637	4	5619	-8	233.1	234.8	4.1	235.8	-8	993.3	999.9	4.1	998.1	-8	204.4	205.6	4.1	204.9
-9	-9	5596	5637	5598	5619	-9	232.7	234.8	4.1	235.8	-9	991.9	999.9	4.1	998.1	-9	204.1	205.6	4.1	204.0
-10	-10	5588	5637	5598	5619	-10	232.4	234.8	4.1	235.8	-10	990.4	999.9	991.0	998.1	-10	203.8	205.6	4.1	204.9
-11	-11	5580	5637	5598	5619	-11	232.1	234.8	232.1	235.8	-11	989.0	999.9	991.0	998.1	-11	203.5	205.6	4.1	204.9

先多 4　931028

振幅（台指期 25　摩台指 0.3　金融期 13.1　電子期 1.1）

	台指期 昨收	開盤	今高	今低	收盤	摩台指 昨收	開盤	今高	今低	收盤	金融期 昨收	開盤	今高	今低	收盤	電子期 昨收	開盤	今高	今低	收盤
931028	5616	5700	5734	5677	5729	233.6	238.4	239.1	236.1	238.9	1002.6	1017.8	1018.0	1007.2	1012.0	204.0	207.6	209.3	207.0	208.9
15/0.6/2.6/0.5	振幅	預測	實際	反向		振幅	預測	實際	反向		振幅	預測	實際	反向		振幅	預測	實際	反向	
21	21	6009	5714	5734	5740	21	250.0	238.1	239.1	240.1	21	1072.8	1020.2	1018.0	1025	21	218.3	207.8	209.3	209.1
6	6	5780	5714	5734	5740	6	240.4	238.1	239.1	240.1	6	1031.9	1020.2	1018.0	1025	6	210.0	207.8	209.3	209.1
5	5	5765	5714	5734	5740	5	239.8	238.1	239.1	反向	5	1029.3	1020.2	1018.0	1025	5	209.4	207.8	209.3	209.1
4	4	5751	5714	5734	5740	4	239.2	238.1	239.1	238.9	4	1026.7	1020.2	1018.0	1025	4	208.9	207.8	3.8	208.9
3	3	5736	5714	5734	5729	238.4	238.6	238.1	3.8	反向	3	1024.0	1020.2	1018.0	1025	3	208.4	207.8	3.8	反向
2	2	5721	5714	4		2	238.0	7.8	3.8	反向	2	1021.4	1020.2	1018.0	反向	207.6	207.8	3.8	反向	
1	5700	5707	6	4	反向	1	237.4	7.8	3.8	反向	1018	1018.8	5.8	1018.0		1	207.3	6.7	3.8	反向
0	0	5692	6	4	反向	0	236.8	7.8	3.8	反向	0	1016.1	5.8	3.8	反向	0	206.8	6.7	207.0	
-1	-1	5677	6	4	反向	-1	236.1	7.8	3.8	236.7	-1	1013.5	5.8	3.8		-1	206.2	6.7	207.0	
-2	-2	5662	6	5677	反向	-2	235.5	7.8	236.1	236.7	-2	1010.9	5.8	3.8	1012	-2	205.7	6.7	207.0	206.1
-3	-3	5648	6	5677	5660	-3	234.9	7.8	236.1	236.7	-3	1008.2	5.8	3.8	1011	-3	205.1	6.7	207.0	206.1
-4	-4	5633	6	5677	5660	-4	234.3	7.8	236.1	236.7	-4	1005.6	5.8	1007.2	1011	-4	204.6	6.7	207.0	206.1
-5	-5	5618	6	5677	5660	-5	233.7	7.8	236.1	236.7	-5	1003.0	5.8	1007.2	1011	-5	204.1	6.7	207.0	206.1
-6	-6	5603	6	5677	5660	-6	233.1	233.4	236.1	236.7	-6	1000.4	5.8	1007.2	1011	-6	203.5	203.6	207.0	206.1
-7	-7	5589	5601	5677	5660	-7	232.5	233.4	236.1	236.7	-7	997.7	1000.0	1007.2	1011	-7	203.0	203.6	207.0	206.1
-8	-8	5574	5601	5677	5660	-8	231.9	233.4	236.1	236.7	-8	995.1	1000.0	1007.2	1011	-8	202.5	203.6	207.0	208.9
-9	-9	5559	5601	5677	5660	-9	231.2	233.4	236.1	236.7	-9	992.5	1000.0	1007.2	1011	-9	201.9	203.6	207.0	206.1
-10	-10	5545	5601	5677	5660	-10	230.6	233.4	236.1	236.7	-10	989.8	1000.0	1007.2	1011	-10	201.4	203.6	207.0	206.1

先空 -4　931029

振幅（台指期 122　摩台指 8.6　金融期 21.2　電子期 5.9）

	台指期 昨收	開盤	今高	今低	收盤	摩台指 昨收	開盤	今高	今低	收盤	金融期 昨收	開盤	今高	今低	收盤	電子期 昨收	開盤	今高	今低	收盤
931029	5729	5689	5727	5683	5691	238.9	236.0	239.8	235.9	239.4	1012.0	1005.0	1017.8	1005.0	1013.0	208.9	207.7	210.1	207.2	209.0
7/0.3/1.2/0.2	振幅	預測	實際	反向		振幅	預測	實際	反向		振幅	預測	實際	反向		振幅	預測	實際	反向	
4	4	5765	5741	5727	5729	4	240.4	239.0	239.8	237.7	4	1018.3	1014.2	1017.8	1012	4	210.1	209.4	210.1	209.2
3	3	5758	5741	5727	5729	3	240.1	239.0	239.8	237.7	3	1017.1	1014.2	3.6	1012	3	209.9	209.4	3.6	209.2
2	2	5751	5741	5727	5729	2	239.8	239.0	239.8	237.7	2	1015.9	1014.2	3.6	1012	2	209.7	209.4	3.6	209.2
1	1	5744	5741	5727	5729	1	239.5	239.0	3.6	239.4	1	1014.7	1014.2	3.6	1012	1	209.4	209.4	3.6	209.2
0	0	5737	-5	5727	5729	0	239.2	239.0	3.6	237.7	0	1013.5	-5.4	3.6	1013	0	209.2	-4.3	3.6	反向
-1	-1	5730	-5	5727	5729	-1	239.0	-9.8	3.6	237.7	-1	1012.3	-5.4	3.6	1012	-1	208.9	-4.3	3.6	209.0
-2	-2	5724	-5	4	反向	-2	238.7	-9.8	3.6	237.7	-2	1011.0	-5.4	3.6	反向	-2	208.7	-4.3	3.6	反向
-3	-3	5717	-5	4	反向	-3	238.4	-9.8	3.6	237.7	-3	1009.8	-5.4	3.6	反向	-3	208.4	-4.3	3.6	反向
-4	-4	5710	-5	4	反向	-4	238.1	-9.8	3.6	237.7	-4	1008.6	-5.4	3.6	反向	-4	208.2	-4.3	3.6	反向
-5	-5	5703	-5	4	反向	-5	237.8	-9.8	3.6	237.7	-5	1007.4	-5.4	3.6	反向	-5	207.9	-4.3	3.6	反向
-6	-6	5696	-5	4	反向	-6	237.5	-9.8	3.6	237.7	-6	1006.2	-5.4	3.6	反向	207.7	-4.3	3.6	反向	
-7	5689	5689	-5	4	5691	-7	237.2	-9.8	3.6	反向	1005	1005.0	-5.4	3.6	反向	-7	207.4	207.4	3.6	反向
-8	-8	5683	5688	5683	反向	-8	237.0	-9.8	3.6	反向	-8	1003.8	1004.7	1005.0	反向	-8	207.2	207.4	207.2	反向
-9	-9	5676	5688	5683	反向	-9	236.7	236.8	3.6	反向	-9	1002.6	1004.7	1005.0	反向	-9	206.9	207.4	207.2	反向
-10	-10	5669	5688	5683	反向	-10	236.4	236.8	3.6	反向	-10	1001.4	1004.7	1005.0	反向	-10	206.7	207.4	207.2	反向
-11	-11	5662	5688	5683	反向	236	236.1	236.8	3.6	反向	-11	1000.2	1004.7	1005.0	反向	-11	206.4	207.4	207.2	反向
-12	-12	5655	5688	5683	反向	-12	235.8	236.8	235.9	反向	-12	999.0	1004.7	1005.0	998	-12	206.2	207.4	207.2	206.2
-13	-13	5642	5688	5649	反向	-13	235.3	236.8	235.9	反向	-13	996.5	1004.7	1005.0	998	-13	205.7	207.4	207.2	206.2
-14	-14	5614	5688	5683	5649	-14	234.1	236.8	235.9	234.3	-14	991.7	1004.0	1005.0	998	-14	204.7	207.4	207.2	206.2

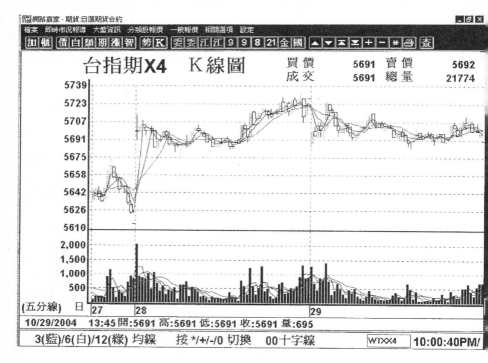

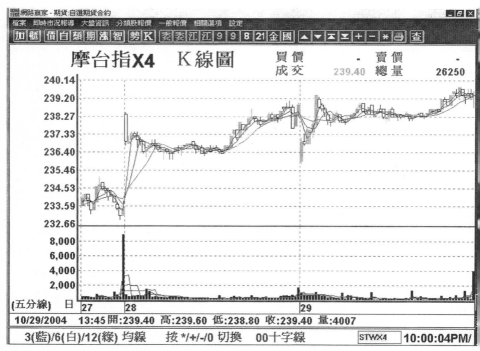

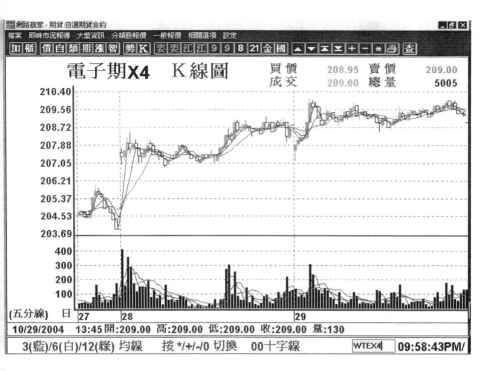

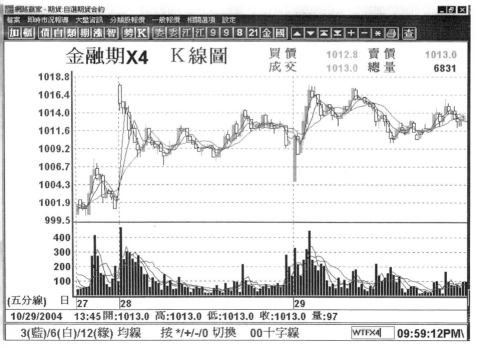

渾沌	台指期				80	摩台指				2.5	金融期				7.7	電子期				3.
0	昨收	開盤	今高	今低	收盤	昨收	開盤	今高	今低	收盤	昨收	開盤	今高	今低	收盤	昨收	開盤	今高	今低	收盤
931101	5691	5701	5726	5610	5617	239.4	238.8	241.1	234.9	236.6	1013.0	1014.4	1017.8	1004.2	1006.0	209.0	209.0	210.9	205.2	205.
5	振幅	預測	實際	反向	0.2	振幅	預測	實際	反向	1.0	振幅	預測	實際	反向	0.2	振幅	預測	實際	反向	
12	12	5746	5715	5726	5741	12	241.7	240.0	241.1	240.5	12	1022.8	1017.1	1017.8	1021.5	12	211.0	209.7	210.9	210.
11	11	5740	5715	5726	反向	11	241.5	240.0	241.1	240.5	11	1021.8	1017.1	1017.8	1021.5	11	210.8	209.7	3.6	210.
10	10	5735	5715	5726	反向	10	241.3	240.0	241.1	240.5	10	1020.8	1017.1	1017.8	反向	10	210.6	209.7	3.6	210.
9	9	5730	5715	5726	反向	9	241.0	240.0	3.6	240.5	9	1019.9	1017.1	1017.8	反向	9	210.4	209.7	3.6	
8	8	5724	5715	4	反向	8	240.8	240.0	3.6	240.5	8	1018.9	1017.1	1017.8	反向	8	210.2	209.7	3.6	
7	7	5719	5715	4	反向	7	240.6	240.0	3.6	240.5	7	1018.0	1017.1	1017.8	反向	7	210.0	209.7	3.6	反向
6	6	5713	2	4	反向	6	240.3	240.0	3.6	240.5	6	1017.0	1.5	3.6	反向	6	209.8	209.7	3.6	反向
5	5	5708	2	4	反向	5	240.1	240.0	3.6	反向	5	1016.0	1.5	3.6	反向	5	209.6	0.0	3.6	
4	5701	5703	2	4	反向	4	239.9	-2.6	3.6	反向	4	1015.1	1.5	3.6	反向	4	209.4	0.0	3.6	
3	3	5697	2	4	反向	3	239.7	-2.6	3.6	反向	1014	1014.1	1.5	3.6	反向	3	209.2	0.0	3.6	
2	2	5692	2	4	反向	2	239.4	-2.6	3.6	反向	2	1013.2	1.5	3.6	反向	209	209.0	0.0	3.6	
1	1	5686	2	4	反向	1	239.2	-2.6	3.6	反向	1	1012.2	1.5	3.6	反向	1	208.8	0.0	3.6	
0	0	5681	2	4	反向	0	238.9	-2.6	3.6	反向	0	1011.3	1.5	3.6	反向	0	208.6	0.0	3.6	
-1	-1	5676	2	4	反向	238.8	238.8	-2.6	3.6	反向	-1	1010.3	1.5	3.6	反向	-1	208.4	0.0	3.6	
-2	-2	5670	2	4	反向	-2	238.5	238.2	3.6	反向	-2	1009.3	1009.4	3.6	反向	-2	208.2	0.0	3.6	
-3	-3	5665	2	4	反向	-3	238.1	238.2	3.6	反向	-3	1008.3	1009.4	3.6	反向	-3	208.0	208.2	3.6	
-4	-4	5659	2	4	5661	-4	237.8	238.2	3.6	反向	-4	1007.3	1009.4	3.6	反向	-4	207.8	208.2	3.6	
-5	-5	5654	2	4	5661	-5	237.6	238.2	3.6	反向	-5	1006.4	1009.4	3.6	1006	-5	207.6	208.2	3.6	207.
-6	-6	5649	2	4	5661	-6	237.4	238.2	3.6	反向	-6	1005.5	1009.4	3.6	1007.3	-6	207.4	208.2	3.6	207.
-7	-7	5643	2	4	5661	-7	237.2	238.2	3.6	反向	-7	1004.0	1009.4	3.6	1007.3	-7	207.2	208.2	3.6	207.
-8	-8	5638	2	4	5661	-8	237.0	238.2	3.6	237.1	-8	1003.5	1009.4	1004.2	1007.3	-8	207.0	208.2	3.6	207.
-9	-9	5632	2	4	5661	-9	236.9	238.2	3.6	237.1	-9	1002.6	1009.4	1004.2	1007.3	-9	206.9	208.2	3.6	207.
-10	-10	5627	2	4	5661	-10	236.7	238.2	3.6	236.6	-10	1001.6	1009.4	1004.2	1007.3	-10	206.5	208.2	3.6	207.
-11	-11	5622	2	4	5661	-11	236.5	238.2	3.6	237.1	-11	1000.7	1009.4	1004.2	1007.3	-11	206.5	208.2	3.6	207.
-12	-12	5616	2	4	5617	-12	236.3	238.2	3.6	237.1	-12	999.7	1009.4	1004.2	1007.3	-12	206.3	208.2	3.6	207.
-13	-13	5605	2	5610	5661	-13	235.8	238.2	3.6	237.1	-13	997.8	1009.4	1004.2	1007.3	-13	205.9	208.2	3.6	205.

先多	台指期				90	摩台指				4.3	金融期				12.1	電子期				5.0
4	昨收	開盤	今高	今低	收盤	昨收	開盤	今高	今低	收盤	昨收	開盤	今高	今低	收盤	昨收	開盤	今高	今低	收盤
931102	5617	5657	5764	5633	5751	236.6	238.1	243.0	236.7	242.6	1006.0	1008.0	1021.2	1000.0	1020.8	205.7	206.9	212.2	206.2	212.
24	振幅	預測	實際	反向	1.0	振幅	預測	實際	反向	4.4	振幅	預測	實際	反向	0.9	振幅	預測	實際	反向	
1	1	5816	5705	5764	5697	1	245.0	240.3	243.0	239.8	1	1041.6	1020.1	1021.2	1015.1	1	212.9	208.8	212.2	208.
0	0	5791	5705	5764	5697	0	243.9	240.3	243.0	239.8	0	1037.2	1020.1	1021.2	1015.1	0	212.0	208.8	2.7	212.0
-1	-1	5767	5705	5764	5697	-1	242.9	240.3	2.7	242.6	-1	1032.8	1020.1	1021.2	1015.1	-1	211.1	208.8	2.7	208.
-2	-2	5743	5705	3	5751	-2	241.9	240.3	2.7	239.8	-2	1028.5	1020.1	1021.2	1015.1	-2	210.2	208.8	2.7	208.
-3	-3	5718	5705	3	5697	-3	240.9	240.3	2.7	239.8	-3	1024.1	1020.1	1021.2	1015.1	-3	209.4	208.8	2.7	208.
-4	-4	5694	2	3	反向	-4	239.8	1.4	2.7	反向	-4	1019.8	0.4	2.7	1020.8	-4	208.5	1.3	2.7	反向
-5	-5	5670	2	3	反向	-5	238.8	1.4	2.7	反向	-5	1015.4	0.4	2.7	1015.1	-5	207.6	1.3	2.7	反向
-6	5657	5645	2	3	反向	238.1	237.8	1.4	2.7	反向	-6	1011.1	0.4	2.7	反向	206.9	206.7	1.3	2.7	反向
-7	-7	5621	2	5633	反向	-7	236.8	1.4	2.7	反向	1008	1006.7	0.4	2.7	反向	-7	205.8	1.3	206.2	反向
-8	-8	5597	2	5633	5617	-8	235.7	1.4	236.7	236.4	-8	1002.3	0.4	2.7	反向	-8	204.9	1.3	206.2	205.
-9	-9	5572	5579	5633	5617	-9	234.7	234.9	236.7	236.4	-9	998.0	0.4	1000.0	1000.9	-9	204.0	204.2	206.2	205.
-10	-10	5548	5579	5633	5617	-10	233.7	234.9	236.7	236.4	-10	993.6	997.4	1000.0	1000.9	-10	203.1	204.2	206.2	205.
-11	-11	5524	5579	5633	5617	-11	232.7	234.9	236.7	236.4	-11	989.3	997.4	1000.0	1000.9	-11	202.2	204.2	206.2	205.
-12	-12	5499	5579	5633	5617	-12	231.6	234.9	236.7	236.4	-12	984.9	997.4	1000.0	1000.9	-12	201.3	204.2	206.2	205.
-13	-13	5451	5579	5633	5617	-13	229.6	234.9	236.7	236.4	-13	976.2	997.4	1000.0	1000.9	-13	199.6	204.2	206.2	205.
-14	-14	5353	5579	5633	5617	-14	225.5	234.9	236.7	236.4	-14	958.8	997.4	1000.0	1000.9	-14	196.0	204.2	206.2	205.

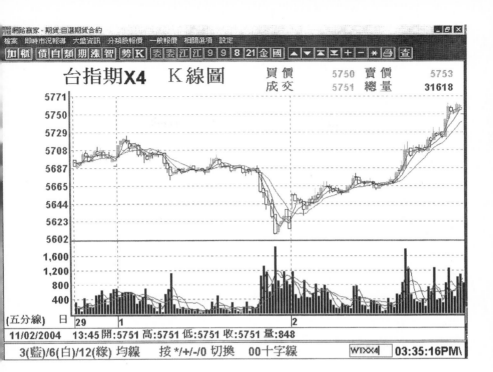

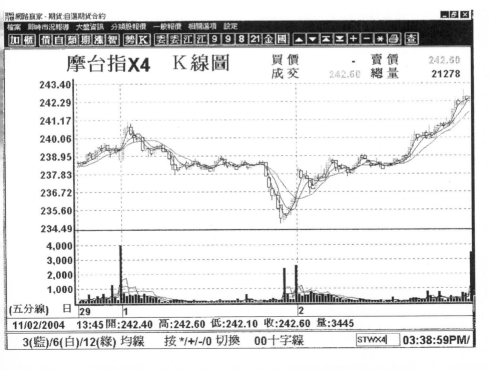

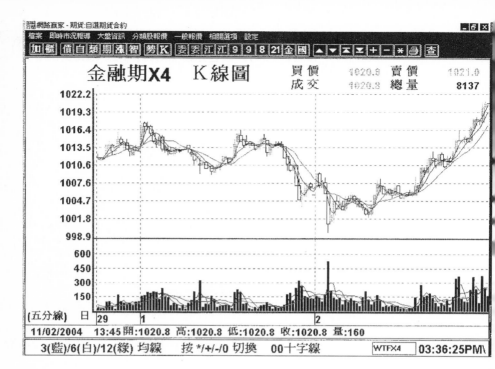

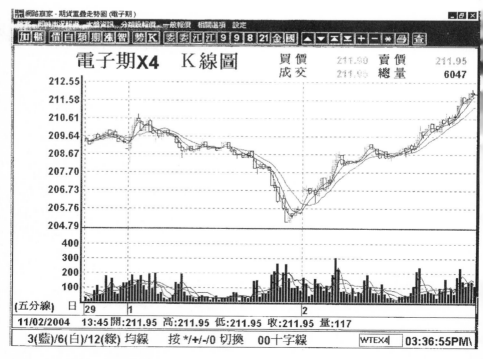

台指期 90 ｜ 摩台指 4.1 ｜ 金融期 8.4 ｜ 電子期 5.8

台指期 90

元多	昨收	開盤	今高	今低	收盤
2	昨收	開盤	今高	今低	收盤
1103	5751	5736	5855	5732	5830
8	振幅	預測	實際	反向	
15	5941	5780	5855		5776
14	5892	5780	5855		5776
13	5859	5780	5855		5776
12	5843	5780		3	5776
11	5834	5780		3	5776
10	5826	5780		3	5830
9	5818	5780		3	5776
8	5810	5780		3	5776
7	5802	5780		3	5776
6	5793	5780		3	5776
5	5785	5780		3	5776
4	5777	-2		3	5776
3	5769	-2		3	反向
2	5760	-2		3	反向
1	5752	-2		3	反向
0	5744	-2		3	反向
-1	5736 / 5736	-2		3	反向
-2	5728	-2		5732	反向
-3	5719	-2		5732	反向
-4	5711	5717		5732	反向
-5	5703	5717		5732	反向
-6	5695	5717		5732	5696
-7	5686	5717		5732	5696

摩台指 4.1

idx	昨收	開盤	今高	今低	收盤
0.3	昨收	開盤	今高	今低	收盤
	242.4	242.3	247.4	241.2	246.6
0.3	振幅	預測	實際	反向	
15	250.4	243.8	247.4		244
14	248.3	243.8	247.4		244
13	247.0	243.8		3.5	244
12	246.3	243.8		3.5	246.6
11	245.9	243.8		3.5	244
10	245.6	243.8		3.5	244
9	245.2	243.8		3.5	244
8	244.9	243.8		3.5	244
7	244.5	243.8		3.5	244
6	244.2	243.8		3.5	244
5	243.8	243.8		3.5	244
4	243.5	-0.3		3.5	反向
3	243.1	-0.3		3.5	反向
2	242.8	-0.3		3.5	反向
1	242.3 / 242.5	-0.3		3.5	反向
0	242.1	-0.3		3.5	反向
-1	241.8	-0.3		3.5	反向
-2	241.5	-0.3		3.5	反向
-3	241.1	241.1		241.2	反向
-4	240.7	241.1		241.2	反向
-5	240.4	241.1		241.2	240.6
-6	240.0	241.1		241.2	240.6
-7	239.7	241.1		241.2	240.6

金融期 8.4

idx	昨收	開盤	今高	今低	收盤
	昨收	開盤	今高	今低	收盤
	1020.8	1018.6	1033.0	1014.4	1027.0
1.5	振幅	預測	實際	反向	
15	1054.6	1026.1	1033.0		1025.7
14	1045.8	1026.1	1033.0		1025.7
13	1040.0	1026.1	1033.0		1025.7
12	1037.1	1026.1	1033.0		1025.7
11	1035.6	1026.1	1033.0		1025.7
10	1034.1	1026.1	1033.0		1025.7
9	1032.7	1026.1		3.5	1025.7
8	1031.2	1026.1		3.5	1025.7
7	1029.8	1026.1		3.5	1025.7
6	1028.3	1026.1		3.5	1025.7
5	1026.9	1026.1		3.5	1027.0
4	1025.4	-1.6		3.5	反向
3	1023.9	-1.6		3.5	反向
2	1022.5	-1.6		3.5	反向
1	1021.0	-1.6		3.5	反向
0	1019.6	-1.6		3.5	反向
-1	1019 / 1018.1	-1.6		3.5	反向
-2	1016.6	-1.6		3.5	反向
-3	1015.2	-1.6		3.5	反向
-4	1013.7	1014.8		1014.4	反向
-5	1012.3	1014.8		1014.4	反向
-6	1010.8	1014.8		1014.4	1011.5
-7	1009.3	1014.8		1014.4	1011.5

電子期 5.8

idx	昨收	開盤	今高	今低	收盤
	昨收	開盤	今高	今低	收盤
	212.0	212.0	218.2	211.5	218.0
0.3	振幅	預測	實際	反向	
15	219.0	213.2	218.2		213.5
14	217.1	213.2		3.5	218.0
13	215.9	213.2		3.5	213.5
12	215.3	213.2		3.5	213.5
11	215.0	213.2		3.5	213.5
10	214.7	213.2		3.5	213.5
9	214.4	213.2、		3.5	213.5
8	214.1	213.2		3.5	213.5
7	213.8	213.2		3.5	213.5
6	213.5	213.2		3.5	213.5
5	213.2	0.1		3.5	反向
4	212.9	0.1		3.5	反向
3	212.6	0.1		3.5	反向
2	212.3	0.1		3.5	反向
1	212 / 212.0	0.1		3.5	反向
0	211.7	0.1		3.5	反向
-1	211.4	0.1		211.5	反向
-2	211.1	0.1		211.5	反向
-3	210.8	210.9		211.5	反向
-4	210.5	210.9		211.5	210.5
-5	210.2	210.9		211.5	210.5
-6	209.9	210.9		211.5	210.5
-7	209.6	210.9		211.5	210.5

台指期 88 ｜ 摩台指 8.3 ｜ 金融期 11.9 ｜ 電子期 0.2

台指期 88

元空	昨收	開盤	今高	今低	收盤
-4	昨收	開盤	今高	今低	收盤
1104	5830	5828	5865	5815	5836
12	振幅	預測	實際	反向	
7	5946	5893	5865		5869
6	5934	5893	5865		5869
5	5922	5893	5865		5869
4	5909	5893	5865		5869
3	5897	5893	5865		5869
2	5885	-1	5865		5869
1	5873	-1	5865		5869
0	5860	-1		4	反向
-1	5848	-1		4	反向
-2	5836	-1		4	5836
-3	5828 / 5823	-1		4	反向
-4	5811	-1		5815	反向
-5	5799	-1		5815	反向
-6	5786	5795		5815	5787
-7	5774	5795		5815	5787
-8	5762	5795		5815	5787
-9	5749	5795		5815	5787
-10	5737	5795		5815	5787

摩台指 8.3

idx	昨收	開盤	今高	今低	收盤
	昨收	開盤	今高	今低	收盤
	246.6	246.4	249.4	245.7	247.8
0.5	振幅	預測	實際	反向	
7	251.5	249.2	249.4		248.1
6	251.0	249.2	249.4		248.1
5	250.5	249.2	249.4		248.1
4	250.0	249.2	249.4		248.1
3	249.4	249.2	249.4		248.1
2	248.9	-1.0		3.8	248.1
1	248.4	-1.0		3.8	248.1
0	247.9	-1.0		3.8	247.8
-1	247.4	-1.0		3.8	反向
-2	246.8	-1.0		3.8	反向
-3	246.4	-1.0		3.8	反向
-4	245.8	-1.0		3.8	反向
-5	245.3	-1.0		245.7	反向
-6	244.8	245.1		245.7	反向
-7	244.2	245.1		245.7	244.7
-8	243.7	245.1		245.7	244.7
-9	243.2	245.1		245.7	244.7
-10	242.7	245.1		245.7	244.7

金融期 11.9

idx	昨收	開盤	今高	今低	收盤
	昨收	開盤	今高	今低	收盤
	1027.0	1028.0	1034.6	1025.2	1030.2
2.2	振幅	預測	實際	反向	
7	1047.5	1038.5	1034.6		1035.2
6	1045.3	1038.5	1034.6		1035.2
5	1043.2	1038.5	1034.6		1035.2
4	1041.0	1038.5	1034.6		1035.2
3	1038.8	1038.5	1034.6		1035.2
2	1036.7	-0.1		1034.6	1035.2
1	1034.5	-0.1		3.8	反向
0	1032.3	-0.1		3.8	反向
-1	1030.2	-0.1		3.8	1030.2
-2	1028 / 1028.0	-0.1		3.8	反向
-3	1025.8	-0.1		3.8	反向
-4	1023.7	-0.1		1025.2	反向
-5	1021.5	-0.1		1025.2	反向
-6	1019.3	1021.3		1025.2	1020.8
-7	1017.2	1021.3		1025.2	1020.8
-8	1015.0	1021.3		1025.2	1020.8
-9	1012.8	1021.3		1025.2	1020.8
-10	1010.7	1021.3		1025.2	1020.8

電子期 0.2

idx	昨收	開盤	今高	今低	收盤
	昨收	開盤	今高	今低	收盤
	218.0	217.4	218.9	216.1	217.1
0.5	振幅	預測	實際	反向	
7	222.3	220.1	218.9		218.9
6	221.8	220.1	218.9		218.9
5	221.4	220.1	218.9		218.9
4	220.9	220.1	218.9		218.9
3	220.5	220.1	218.9		218.9
2	220.0	-1.8		218.9	218.9
1	219.5	-1.8		3.8	反向
0	219.1	-1.8		3.8	218.9
-1	218.6	-1.8		3.8	反向
-2	218.2	-1.8		3.8	反向
-3	217.7	-1.8		3.8	217.1
-4	217.4 / 217.2	-1.8		3.8	217.1
-5	216.8	-1.8		3.8	反向
-6	216.3	216.5		3.8	反向
-7	215.9	216.5		216.1	215.9
-8	215.4	216.5		216.1	215.9
-9	214.9	216.5		216.1	215.9
-10	214.5	216.5		216.1	215.9

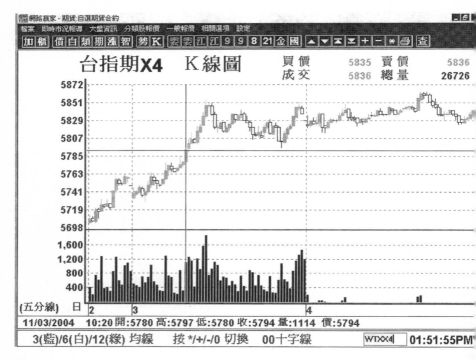

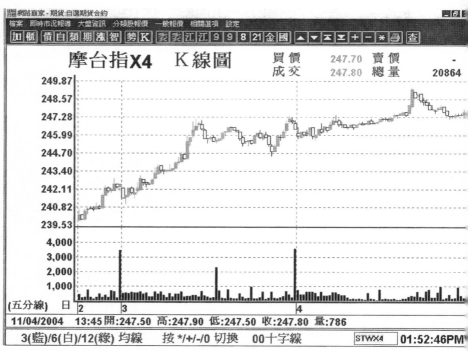

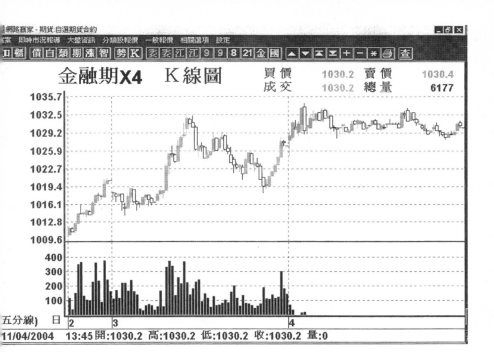

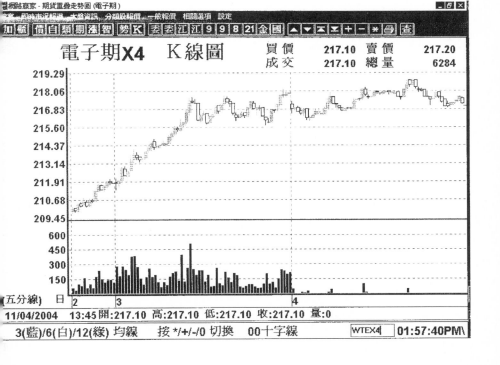

先多

先多	台指期				32	摩台指				8.0	金融期				12.5	電子期				10
4	昨收	開盤	今高	今低	收盤	昨收	開盤	今高	今低	收盤	昨收	開盤	今高	今低	收盤	昨收	開盤	今高	今低	收
931105	5836	5901	5967	5901	5920	247.8	252.0	253.2	249.7	250.6	1030.2	1041.8	1056.2	1041.8	1055.0	217.1	221.0	222.2	218.2	21
11	振幅	預測	實際	反向	0.4	振幅	預測	實際	反向	1.9	振幅	預測	實際	反向	0.4	振幅	預測	實際	反	
13	13	5993	5910	5967	5942	13	254.5	251.4	253.2	253.8	13	1058.0	1043.4	1056.2	1049.1	13	222.9	220.4	222.2	22
12	12	5972	5910	5967	5942	12	253.6	251.4	253.2	反向	12	1054.2	1043.4	4.0	1055.0	12	222.2	220.4	-4.0	
11	11	5961	5910	4	5942	11	253.1	251.4	4.0	反向	11	1052.4	1043.4	4.0	1049.1	11	221.8	220.4	4.0	
10	10	5951	5910	4	5942	10	252.7	251.4	4.0	反向	10	1050.5	1043.4	4.0	1049.1	10	221.4	220.4	4.0	
9	9	5940	5910	4	反向	9	252.2	251.4	4.0	反向	9	1048.6	1043.4	4.0	反向	221	221.0	220.4	4.0	
8	8	5930	5910	4	反向	252	251.8	251.4	4.0	反向	8	1046.7	1043.4	4.0	反向	8	220.6	220.4	4.0	
7	7	5919	5910	4	5920	7	251.3	251.4	4.0	反向	7	1044.9	1043.4	4.0	反向	7	220.2	10.0	4.0	
6	6	5909	6	5967		6	250.9	9.5	4.0		6	1043.0	6.3		反向	6	219.8	10.0		
5	5901	5898	6	5901	反向	5	250.0	9.5	4.0	250.6	1042	1041.1	6.3	1041.8	5	219.4	10.0	4.0	21
4	4	5887	6	5901	反向	4	250.0	9.5	4.0	250.2	4	1039.3	6.3	1041.8	反向	4	219.0	10.0	4.0	21
3	3	5877	6	5901	反向	3	249.5	9.5	249.7	250.2	3	1037.4	6.3	1041.8	反向	3	218.6	10.0	4.0	21
2	2	5866	6	5901	反向	2	249.1	9.5	249.7	250.2	2	1035.5	6.3	1041.8	反向	2	218.2	10.0	4.0	21
1	1	5856	6	5901	5860	1	248.6	9.5	249.7	250.2	1	1033.7	6.3	1041.8	1034.5	1	217.8	10.0	218.2	21
0	0	5845	6	5901	5860	0	248.2	9.5	249.7	250.2	0	1031.8	6.3	1041.8	1034.5	0	217.4	10.0	218.2	
-1	-1	5834	6	5901	5860	-1	247.7	9.5	249.7	250.2	-1	1029.9	6.3	1041.8	1034.5	-1	217.0	10.0	218.2	21
-2	-2	5824	6	5901	5860	-2	247.3	247.6	249.7	250.2	-2	1028.1	6.3	1041.8	1034.5	-2	216.6	217.0	218.2	21
-3	-3	5813	5820	5901	5860	-3	246.8	247.6	249.7	250.2	-3	1026.2	1027.5	1041.8	1034.5	-3	216.3	217.0	218.2	21
-4	-4	5803	5820	5901	5860	-4	246.4	247.6	249.7	250.2	-4	1024.3	1027.5	1041.8	1034.5	-4	215.9	217.0	218.2	21
-5	-5	5792	5820	5901	5860	-5	245.9	247.6	249.7	250.2	-5	1022.5	1027.5	1041.8	1034.5	-5	215.5	217.0	218.2	21
-6	-6	5782	5820	5901	5860	-6	245.5	247.6	249.7	250.2	-6	1020.6	1027.5	1041.8	1034.5	-6	215.1	217.0	218.2	21

先空

先空	台指期				12	摩台指				1.0	金融期				1.9	電子期				1.
-4	昨收	開盤	今高	今低	收盤	昨收	開盤	今高	今低	收盤	昨收	開盤	今高	今低	收盤	昨收	開盤	今高	今低	收
931108	5920	5925	5934	5902	5909	250.6	251.5	251.6	249.6	250.3	1055.0	1056.8	1060.6	1051.2	1054.2	219.0	219.1	219.4	216.9	217
8	振幅	預測	實際	反向	0.4	振幅	預測	實際	反向	1.5	振幅	預測	實際	反向	0.3	振幅	預測	實際	反	
2	2	5999	5964	5934	5966	2	254.0	252.7	251.6	反向	2	1069.2	1063.1	1060.6	1064.2	2	221.9	220.6	219.4	220
1	1	5991	5964	5934	5966	1	253.6	252.7	251.6	反向	1	1067.7	1063.1	1060.6	1064.2	1	221.6	220.6	219.4	2
0	0	5983	5964	5934	5966	0	253.3	252.7	251.6	反向	0	1066.2	1063.1	1060.6	1064.2	0	221.3	220.6	219.4	220
-1	-1	5975	5964	5934	5966	-1	252.9	252.7	251.6	反向	-1	1064.7	1063.1	1060.6	1064.2	-1	221.0	220.6	219.4	2
-2	-2	5966	5964	5934	反向	-2	252.6	2.2	251.6	反向	-2	1063.2	1063.1	1060.6	反向	-2	220.7	220.6	219.4	220
-3	-3	5958	0	5934	反向	-3	252.2	2.2	251.6	反向	-3	1061.8	0.9	1060.6	反向	-3	220.4	0.0	219.4	反
-4	-4	5950	0	5934	反向	-4	251.9	2.2	251.6	反向	-4	1060.3	0.9	3.6	反向	-4	220.1	0.0	219.4	反
-5	-5	5941	0	5934	反向	251.5	251.5	2.2	3.6	反向	-5	1058.8	0.9	3.6	反向	-5	219.8	0.0	219.4	反
-6	-6	5933	0	4	反向	-6	251.2	2.2	3.6	反向	1057	1057.3	0.9	3.6	反向	-6	219.5	0.0	219.4	反
-7	5925	5925	0	4	反向	-7	250.8	2.2	3.6	250.3	-7	1055.9	0.9	3.6	反向	219.1	219.2	0.0	3.6	反
-8	-8	5917	0	4	反向	-8	250.5	2.2	3.6	250.3	-8	1054.4	0.9	3.6	1054.2	-8	218.9	0.0	3.6	反
-9	-9	5908	0	4	5909	-9	250.1	2.2	3.6	250.3	-9	1052.9	0.9	3.6	反向	-9	218.6	0.0	3.6	反
-10	-10	5900	5901	5902	反向	-10	249.8	250.0	3.6	反向	-10	1051.4	1051.8	3.6	反向	-10	218.3	0.0	3.6	反
-11	-11	5892	5901	5902	反向	-11	249.4	250.0	249.6	反向	-11	1050.0	1051.8	1051.2	反向	-11	218.0	218.3	3.6	反
-12	-12	5883	5901	5902	5884	-12	249.1	250.0	249.6	反向	-12	1048.5	1051.8	1051.2	1049.4	-12	217.6	218.3	3.6	217
-13	-13	5867	5901	5902	5884	-13	248.4	250.0	249.6	248.7	-13	1045.5	1051.8	1051.2	1049.4	-13	217.0	218.3	3.6	217
-14	-14	5834	5901	5902	5884	-14	246.9	250.0	249.6	248.7	-14	1039.6	1051.8	1051.2	1049.4	-14	215.8	218.3	216.9	217

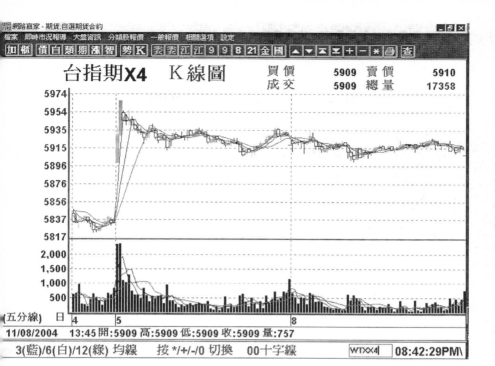

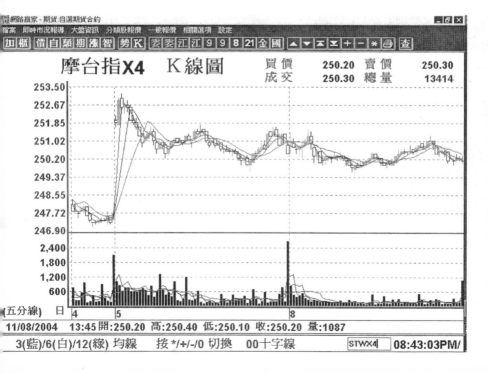

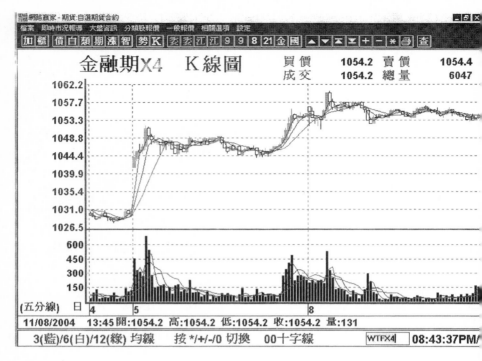

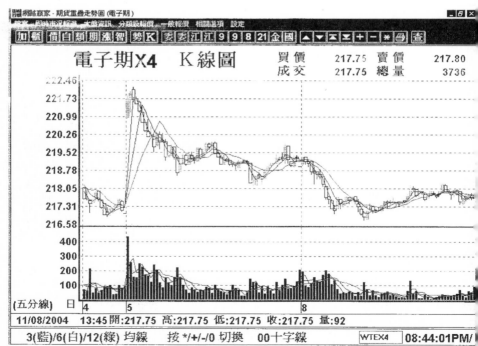

931109

先空	台指期					摩台指					金融期					電子期				
-4	昨收	開盤	今高	今低	收盤 **[1]**	昨收	開盤	今高	今低	收盤 **[0.5]**	昨收	開盤	今高	今低	收盤 **[5.9]**	昨收	開盤	今高	今低	收盤 **[2.2]**
931109	5909	5921	5960	5886	5943	250.3	250.8	252.2	248.9	251.8	1054.2	1055.4	1056.8	1043.4	1053.0	217.8	218.2	219.8	217.8	219.3
4	振幅	預測	實際	反向	**0.2**	振幅	預測	實際	反向	**0.8**	振幅	預測	實際	反向	**0.2**	振幅	預測	實際	反向	
11	11	5968	5931	5960	5962	11	252.8	251.2	252.2	252.6	11	1064.7	1057.8	1056.8	1062.8	11	219.9	218.6	219.8	219.7
10	10	5963	5931	5960	5962	10	252.6	251.2	252.2	252.6	10	1063.9	1057.8	1056.8	1062.8	10	219.7	218.6	3.5	219.7
9	9	5959	5931	3	反向	9	252.4	251.2	252.2	反向	9	1063.1	1057.8	1056.8	1062.8	9	219.6	218.6	3.5	反向
8	8	5954	5931	3	反向	8	252.2	251.2	252.2	反向	8	1062.3	1057.8	1056.8	反向	8	219.4	218.6	3.5	反向
7	7	5950	5931	3	反向	7	252.0	251.2	3.5	反向	7	1061.5	1057.8	1056.8	反向	7	219.3	218.6	3.5	219.3
6	6	5945	5931	3	反向	6	251.8	251.2	3.5	251.8	6	1060.7	1057.8	1056.8	反向	6	219.1	218.6	3.5	反向
5	5	5941	5931	3	5943	5	251.7	251.2	3.5	反向	5	1059.9	1057.8	1056.8	反向	5	218.9	218.6	3.5	反向
4	4	5937	5931	3	反向	4	251.5	251.2	3.5	反向	4	1059.1	1057.8	1056.8	反向	4	218.8	218.6	3.5	反向
3	3	5932	5931	3	反向	3	251.3	251.2	3.5	反向	3	1058.3	1057.8	1056.8	反向	3	218.6	218.6	3.5	反向
2	2	5928	3	3	反向	2	251.1	2.5	3.5	反向	2	1057.5	1.4	1056.8	反向	2	218.4	2.6	3.5	反向
1	1	5923	3	3	反向	1	250.9	2.5	3.5	反向	1	1056.7	1.4	3.5	反向	218.2		2.6	3.5	反向
0	5921	5919	3	3	反向	250.8	250.7	2.5	3.5	反向	1056.0	1.4	3.5	反向		218.1		2.6	3.5	反向
-1	-1	5914	3	3	反向	-1	250.5	2.5	3.5	反向	1055	1055.2	1.4	3.5	反向	-1	217.9	2.6	3.5	反向
-2	-2	5910	3	3	反向	-2	250.3	2.5	3.5	反向	-2	1054.4	1.4	3.5	反向	-2	217.8	2.6	3.5	反向
-3	-3	5906	3	3	反向	-3	250.0	2.5	3.5	反向	-3	1053.6	1.4	3.5	反向	-3	217.6	2.6	217.8	
-4	-4	5901	3	3	反向	-4	250.0	2.5	3.5	反向	1053	1052.8	1.4	3.5	反向	-4	217.3	2.6	217.8	
-5	-5	5897	5897	3	反向	-5	249.8	249.8	3.5	反向	-5	1052.0	1.4	3.5	反向	-5	217.3	217.3	217.8	反向
-6	-6	5892	5897	3	反向	-6	249.6	249.8	3.5	反向	-6	1051.2	1051.8	3.5	反向	-6	217.1	217.3	217.8	反向
-7	-7	5888	5897	3	反向	-7	249.4	249.8	3.5	反向	-7	1050.4	1051.8	3.5	反向	-7	217.0	217.3	217.8	反向
-8	-8	5883	5897	5886	反向	-8	249.2	249.8	3.5	反向	-8	1049.6	1051.8	3.5	反向	-8	216.8	217.3	217.8	反向
-9	-9	5879	5897	5886	5880	-9	249.0	249.8	3.5	249	-9	1048.8	1051.8	3.5	反向	-9	216.6	217.3	217.8	216.7
-10	-10	5874	5897	5886	5880	-10	248.8	249.8	248.9	249	-10	1048.0	1051.8	3.5	反向	-10	216.5	217.3	217.8	216.7
-11	-11	5870	5897	5886	5880	-11	248.6	249.8	248.9	249	-11	1047.2	1051.8	3.5	1048	-11	216.3	217.3	217.8	216.7
-12	-12	5866	5897	5886	5880	-12	248.5	249.8	248.9	249	-12	1046.5	1051.8	3.5	1048	-12	216.1	217.3	217.8	216.7
-13	-13	5857	5897	5886	5880	-13	248.1	249.8	248.9	249	-13	1044.9	1051.8	3.5	1048	-13	215.8	217.3	217.8	216.7
-14	-14	5839	5897	5886	5880	-14	247.3	249.8	248.9	249	-14	1041.7	1051.8	1043.4	1048	-14	215.2	217.3	217.8	216.7

931110

先空	台指期					摩台指					金融期					電子期				
-4	昨收	開盤	今高	今低	收盤 **[33]**	昨收	開盤	今高	今低	收盤 **[1.6]**	昨收	開盤	今高	今低	收盤 **[7.2]**	昨收	開盤	今高	今低	收盤 **[0.2]**
931110	5943	5970	5991	5903	5960	251.8	252.5	253.2	249.5	251.2	1053.0	1052.8	1057.8	1039.6	1049.2	219.3	219.9	221.1	218.4	219.9
6	振幅	預測	實際	反向	**0.3**	振幅	預測	實際	反向	**1.2**	振幅	預測	實際	反向	**0.2**	振幅	預測	實際	反向	
11	11	6005	5974	5991	反向	11	254.4	253.0	253.2	254.3	11	1063.9	1056.8	1057.8	1060.2	11	221.6	220.3	221.1	221.4
10	10	5998	5974	5991	反向	10	254.1	253.0	253.2	反向	10	1062.8	1056.8	1057.8	1060.2	10	221.3	220.3	221.1	反向
9	9	5992	5974	5991	反向	9	253.9	253.0	253.2	反向	9	1061.6	1056.8	1057.8	1060.2	9	221.1	220.3	3.3	反向
8	8	5985	5974	3	反向	8	253.6	253.0	253.2	反向	8	1060.5	1056.8	1057.8	1060.2	8	220.9	220.3	3.3	反向
7	7	5979	5974	3	反向	7	253.3	253.0	253.2	反向	7	1059.3	1056.8	1057.8	反向	7	220.6	220.3	3.3	反向
6	5970	5972	4	3	反向	6	253.0	253.0	3.3	反向	6	1058.1	1056.8	1057.8	反向	6	220.4	220.3	3.3	反向
5	5	5966	4	3	反向	5	252.8	2.6	3.3	反向	5	1057.0	1056.8	3.3	反向	5	220.1	2.4	3.3	反向
4	4	5959	4	3	5960	252.5	252.5	2.6	3.3	反向	4	1055.8	-0.1	3.3	反向	219.9	219.9	2.4	3.3	219.9
3	3	5953	4	3	反向	3	252.2	2.6	3.3	反向	3	1054.7	-0.1	3.3	反向	3	219.7	2.4	3.3	反向
2	2	5946	4	3	反向	2	251.9	2.6	3.3	反向	2	1053.5	-0.1	3.3	反向	2	219.4	2.4	3.3	反向
1	1	5940	4	3	反向	1	251.7	2.6	3.3	反向	1053	1052.4	-0.1	3.3	反向	1	219.2	2.4	3.3	反向
0	0	5933	4	3	反向	0	251.4	2.6	3.3	反向	0	1051.2	-0.1	3.3	反向	0	218.9	2.4	3.3	反向
-1	-1	5927	5930	3	5928	-1	251.1	2.6	3.3	251.2	-1	1050.1	-0.1	3.3	反向	-1	218.7	2.4	3.3	反向
-2	-2	5920	5930	3	5928	-2	250.8	251.1	3.3	反向	-2	1048.9	1049.0	3.3	1049.2	-2	218.5	218.7	3.3	反向
-3	-3	5914	5930	3	5928	-3	250.6	251.1	3.3	250.7	-3	1047.8	1049.0	3.3	反向	-3	218.2	218.7	218.4	218.3
-4	-4	5907	5930	3	5928	-4	250.3	251.1	3.3	250.7	-4	1046.6	1049.0	3.3	反向	-4	218.0	218.7	218.4	218.3
-5	-5	5901	5930	5903	5928	-5	250.0	251.1	3.3	250.7	-5	1045.5	1049.0	3.3	反向	-5	217.7	218.7	218.4	218.3
-6	-6	5894	5930	5903	5928	-6	249.7	251.1	3.3	250.7	-6	1044.3	1049.0	3.3	1045.4	-6	217.5	218.7	218.4	218.3
-7	-7	5888	5930	5903	5928	-7	249.5	251.1	249.5	250.7	-7	1043.2	1049.0	3.3	1045.4	-7	217.3	218.7	218.4	218.3
-8	-8	5881	5930	5903	5928	-8	249.2	251.1	249.5	250.7	-8	1042.0	1049.0	3.3	1045.4	-8	217.0	218.7	218.4	218.3
-9	-9	5875	5930	5903	5928	-9	248.9	251.1	249.5	250.7	-9	1040.9	1049.0	3.3	1045.4	-9	216.8	218.7	218.4	218.3
-10	-10	5868	5930	5903	5928	-10	248.6	251.1	249.5	250.7	-10	1039.7	1049.0	3.3	1045.4	-10	216.5	218.7	218.4	218.3
-11	-11	5862	5930	5903	5928	-11	248.3	251.1	249.5	250.7	-11	1038.5	1049.0	1039.6	1045.4	-11	216.3	218.7	218.4	218.3

先多 2　931111

先多 2	台指期 185					摩台指 16.1					金融期 13.9					電子期 7.4				
	昨收	開盤	今高	今低	收盤	昨收	開盤	今高	今低	收盤	昨收	開盤	今高	今低	收盤	昨收	開盤	今高	今低	收盤
931111	5960	5948	5955	5868	5868	251.4	252.0	252.5	246.8	247.5	1049.2	1046.0	1047.4	1036.8	1036.8	219.9	219.5	219.6	216.2	216.3
12		振幅	預測	實際	反向	0.5	振幅	預測	實際	反向	2.0	振幅	預測	實際	反向	0.4	振幅	預測	實際	反向
12	12	6047	5988	5955	6013	12	255.1	252.9	252.5	253.8	12	1064.5	1053.8	1047.4	1053.3	12	223.9	220.9	219.6	221.9
11	11	6035	5988	5955	6013	11	254.6	252.9	252.5	253.8	11	1062.4	1053.8	1047.4	1053.3	11	222.6	220.9	219.6	221.9
10	10	6024	5988	5955	6013	10	254.1	252.9	252.5	253.8	10	1060.4	1053.8	1047.4	1053.3	10	222.2	220.9	219.6	221.9
9	9	6012	5988	5955	反向	9	253.6	252.9	252.5	反向	9	1058.3	1053.8	1047.4	1053.3	9	221.8	220.9	219.6	反向
8	8	6000	5988	5955	反向	8	253.1	252.9	252.5	反向	8	1056.3	1053.8	1047.4	1053.3	8	221.3	220.9	219.6	反向
7	7	5989	5988	5955	反向	7	252.6	1.3	252.5	反向	7	1054.3	1053.8	1047.4	1053.3	7	220.9	220.9	219.6	反向
6	6	5977	-1	5955	反向	252	252.1	1.3	3.0	反向	6	1052.2	-1.5	1047.4	反向	6	220.5	-0.7	219.6	反向
5	5	5966	-1	5955	反向	5	251.6	1.3	3.0	反向	5	1050.2	-1.5	1047.4	反向	5	220.1	-0.7	219.6	反向
4	4	5955	-1	3	反向	4	251.2	1.3	3.0	反向	4	1048.2	-1.5	1047.4	219.5	4	219.6	-0.7	219.6	反向
3	5948	5943	-1	3	反向	3	250.7	1.3	3.0	反向	1046	1046.1	-1.5	3.0	反向	3	219.2	-0.7	3.0	反向
2	2	5931	-1	3	反向	2	250.2	1.3	3.0	250.2	2	1044.1	-1.5	3.0	反向	2	218.8	-0.7	3.0	反向
1	1	5919	5921	3	反向	1	249.7	250.1	3.0	250.2	1	1042.1	-1.5	3.0	反向	1	218.4	218.4	3.0	反向
0	0	5908	5921	3	反向	0	249.2	250.1	3.0	250.2	0	1040.0	1041.9	3.0	反向	0	217.9	218.4	3.0	反向
-1	-1	5896	5921	3	反向	-1	248.7	250.1	3.0	250.2	-1	1038.0	1041.9	3.0	1038.7	-1	217.5	218.4	3.0	反向
-2	-2	5885	5921	3	反向	-2	248.2	250.1	3.0	250.2	-2	1035.9	1041.9	1036.8	1036.8	-2	217.1	218.4	3.0	217.1
-3	-3	5873	5921	3	5868	-3	247.7	250.1	3.0	247.5	-3	1033.9	1041.9	1036.8	1038.7	-3	216.6	218.4	3.0	217.1
-4	-4	5862	5921	5868	5883	-4	247.2	250.1	3.0	250.2	-4	1031.9	1041.9	1036.8	1038.7	-4	216.2	218.4	3.0	216.3
-5	-5	5850	5921	5868	5883	-5	246.8	250.1	246.8	250.2	-5	1029.8	1041.9	1036.8	1038.7	-5	215.8	218.4	216.2	217.1

先多 4　931112

先多 4	台指期 14					摩台指 1.0					金融期 9.0					電子期 0.2				
	昨收	開盤	今高	今低	收盤	昨收	開盤	今高	今低	收盤	昨收	開盤	今高	今低	收盤	昨收	開盤	今高	今低	收盤
931112	5868	5920	5968	5902	5935	247.5	249.5	251.9	248.4	250.6	1036.8	1045.0	1060.0	1041.0	1054.2	216.3	219.0	220.5	218.4	219.2
9		振幅	預測	實際	反向	0.4	振幅	預測	實際	反向	1.5	振幅	預測	實際	反向	0.3	振幅	預測	實際	反向
9	9	6003	5930	5968	5961	9	253.2	250.0	251.9	251.2	9	1060.6	1047.4	1060.0	1052.3	9	221.3	218.8	220.5	220.5
8	8	5994	5930	5968	5961	8	252.8	250.0	251.9	251.2	8	1059.1	1047.4	3.9	1052.3	8	221.0	218.8	220.5	220.5
7	7	5986	5930	5968	5961	7	252.5	250.0	251.9	251.2	7	1057.6	1047.4	3.9	1052.3	7	220.6	218.8	220.5	220.5
6	6	5977	5930	5968	5961	6	252.1	250.0	251.9	251.2	6	1056.1	1047.4	3.9	1052.3	6	220.3	218.8	3.9	反向
5	5	5969	5930	5968	5961	5	251.7	250.0	3.9	251.2	5	1054.6	1047.4	3.9	1054.2	5	220.0	218.8	3.9	反向
4	4	5960	5930	4	反向	4	251.4	250.0	3.9	251.2	4	1053.1	1047.4	3.9	1052.3	4	219.7	218.8	3.9	反向
3	3	5951	5930	4	反向	3	251.0	250.0	3.9	251.2	3	1051.5	1047.4	3.9	反向	3	219.1	218.8	3.9	反向
2	2	5943	5930	4	反向	2	250.7	250.0	3.9	250.6	2	1050.0	1047.4	3.9	反向	219	219.1	218.8	3.9	219.2
1	1	5934	5930	4	5935	1	250.3	250.0	3.9	反向	1	1048.5	1047.4	3.9	反向	1	218.7	8.4	3.9	反向
0	0	5926	6	4	反向	0	249.9	5.4	3.9	反向	0	1047.0	5.2	3.9	反向	0	218.4	8.4	3.9	反向
-1	5920	5917	6	4	反向	249.5	249.6	5.4	3.9	反向	1045	1045.5	5.2	3.9	反向	-1	218.1	8.4	218.4	反向
-2	-2	5909	6	4	反向	-2	249.2	5.4	3.9	反向	-2	1044.0	5.2	3.9	反向	-2	217.8	8.4	218.4	反向
-3	-3	5900	6	5902	反向	-3	248.9	5.4	3.9	反向	-3	1042.5	5.2	3.9	反向	-3	217.5	8.4	218.4	反向
-4	-4	5892	6	5902	反向	-4	248.5	5.4	3.9	反向	-4	1041.0	5.2	1041.0	反向	-4	217.2	8.4	218.4	217.5
-5	-5	5883	6	5902	反向	-5	248.1	5.4	248.4	反向	-5	1039.5	5.2	1041.0	反向	-5	216.9	8.4	218.4	217.5
-6	-6	5875	6	5902	5879	-6	247.8	5.4	248.4	反向	-6	1037.9	5.2	1041.0	1037.7	-6	216.5	8.4	218.4	217.5
-7	-7	5866	6	5902	5879	-7	247.4	5.4	248.4	247.8	-7	1036.4	5.2	1041.0	1037.7	-7	216.2	216.4	218.4	217.5
-8	-8	5857	5863	5902	5879	-8	247.1	247.2	248.4	247.8	-8	1034.9	1035.6	1041.0	1037.7	-8	215.9	216.4	218.4	217.5
-9	-9	5849	5863	5902	5879	-9	246.7	247.2	248.4	247.8	-9	1033.4	1035.6	1041.0	1037.7	-9	215.6	216.4	218.4	217.5
-10	-10	5840	5863	5902	5879	-10	246.3	247.2	248.4	247.8	-10	1031.9	1035.6	1041.0	1037.7	-10	215.3	216.4	218.4	217.5
-11	-11	5832	5863	5902	5879	-11	246.0	247.2	248.4	247.8	-11	1030.4	1035.6	1041.0	1037.7	-11	215.0	216.4	218.4	217.5

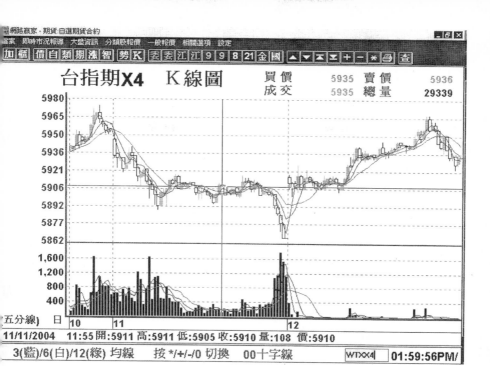

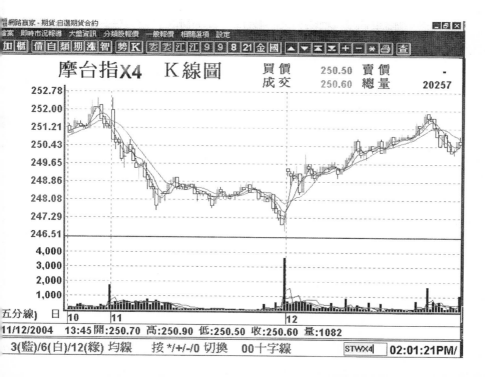

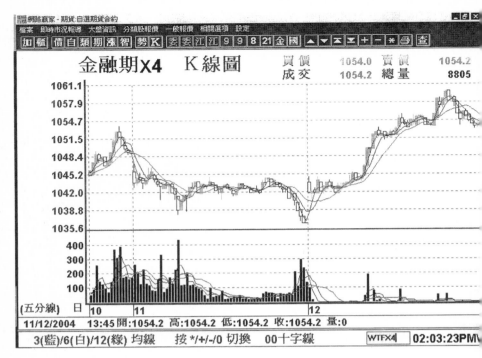

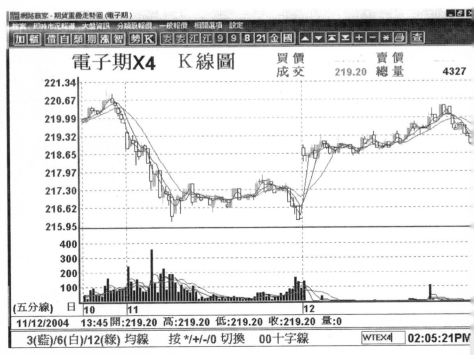

渾沌

渾沌	台指期				33	摩台指				1.5	金融期				6.9	電子期				0.4
0	昨收	開盤	今高	今低	收盤	昨收	開盤	今高	今低	收盤	昨收	開盤	今高	今低	收盤	昨收	開盤	今高	今低	收盤
031115	5935	5978	6006	5927	5941	250.6	252.3	253.9	250.0	250.6	1054.2	1057.6	1062.8	1046.2	1050.0	219.2	221.0	222.5	220.0	220.5
10	振幅	預測	實際	反向	0.4	振幅	預測	實際	反向	1.8	振幅	預測	實際	反向	0.4	振幅	預測	實際	反向	
6	6	6042	5995	6006	6020	6	255.1	253.1	253.9	255.1	6	1073.2	1063.4	1062.8	1069.2	6	223.1	221.5	222.5	222.5
5	5	6032	5995	6006	6020	5	254.7	253.1	253.9	反向	5	1071.4	1063.4	1062.8	1069.2	5	222.8	221.5	222.5	222.5
4	4	6022	5995	6006	6020	4	254.3	253.1	253.9	反向	4	1069.6	1063.4	1062.8	1069.2	4	222.4	221.5	3.7	反向
3	3	6012	5995	6006	反向	3	253.8	253.1	3.7	反向	3	1067.8	1063.4	1062.8	反向	3	222.0	221.5	3.7	反向
2	2	6002	5995	4	反向	2	253.4	253.1	3.7	反向	2	1066.0	1063.4	1062.8	反向	2	221.7	221.5	3.7	反向
1	1	5992	4	4	反向	1	253.0	3.9	3.7	反向	1	1064.2	1063.4	1062.8	反向	1	221.3	4.8	3.7	反向
0	5978	5981	4	4	反向	0	252.6	3.9	3.7	反向	0	1062.5	1.8	3.7	反向	221	220.9	4.8	3.7	反向
-1	-1	5971	4	4	反向	252.3	252.1	3.9	3.7	反向	-1	1060.7	1.8	3.7	反向	-1	220.5	4.8	3.7	220.5
-2	-2	5961	4	4	反向	-2	251.7	3.9	3.7	反向	-2	1058.9	1.8	3.7	反向	-2	220.2	4.8	3.7	反向
-3	-3	5951	4	4	反向	-3	251.3	3.9	3.7	反向	1058	1057.1	1.8	3.7	反向	-3	219.8	4.8	220.0	反向
-4	-4	5941	4	4	5941	-4	250.9	3.9	3.7	反向	-4	1055.3	1.8	3.7	反向	-4	219.4	4.8	220.0	219.5
-5	-5	5931	4	4	5936	-5	250.4	3.9	3.7	250.6	-5	1053.5	1.8	3.7	反向	-5	219.1	4.8	220.0	219.5
-6	-6	5921	4	5927	5936	-6	250.0	3.9	3.7	反向	-6	1051.8	1.8	3.7	反向	-6	218.7	4.8	220.0	219.5
-7	-7	5911	5918	5927	5936	-7	249.6	249.8	250.0	反向	-7	1050.0	1.8	3.7	1050	-7	218.3	218.6	220.0	219.5
-8	-8	5901	5918	5927	5936	-8	249.2	249.8	250.0	249.5	-8	1048.2	1049.7	3.7	反向	-8	218.0	218.6	220.0	219.5
-9	-9	5891	5918	5927	5936	-9	248.7	249.8	250.0	249.5	-9	1046.4	1049.7	3.7	反向	-9	217.6	218.6	220.0	219.5
-10	-10	5881	5918	5927	5936	-10	248.3	249.8	250.0	249.5	-10	1044.6	1049.7	1046.2	1046	-10	217.2	218.6	220.0	219.5
-11	-11	5871	5918	5927	5936	-11	247.9	249.8	250.0	249.5	-11	1042.8	1049.7	1046.2	1046	-11	216.8	218.6	220.0	219.5

先空

先空	台指期				12	摩台指				0.1	金融期				5.3	電子期				2.4
-2	昨收	開盤	今高	今低	收盤	昨收	開盤	今高	今低	收盤	昨收	開盤	今高	今低	收盤	昨收	開盤	今高	今低	收盤
031116	5941	5945	5959	5911	5929	250.6	250.8	251.6	249.8	250.5	1050.0	1055.0	1055.0	1043.8	1049.0	220.5	220.1	222.0	220.0	221.0
9	振幅	預測	實際	反向	0.4	振幅	預測	實際	反向	1.7	振幅	預測	實際	反向	0.3	振幅	預測	實際	反向	
5	5	6027	5978	5959	5987	5	254.2	252.2	251.6	252.6	5	1065.2	1057.9	1055.0	1062.4	5	223.6	221.7	222.0	221.6
4	4	6018	5978	5959	5987	4	253.8	252.2	251.6	252.6	4	1063.5	1057.9	1055.0	1062.4	4	223.3	221.7	222.0	221.6
3	3	6008	5978	5959	5987	3	253.4	252.2	251.6	252.6	3	1061.9	1057.9	1055.0	反向	3	222.9	221.7	222.0	221.6
2	2	5999	5978	5959	5987	2	253.0	252.2	251.6	252.6	2	1060.2	1057.9	1055.0	反向	2	222.6	221.7	222.0	221.6
1	1	5989	5978	5959	5987	1	252.6	252.2	251.6	252.6	1	1058.5	1057.9	1055.0	反向	1	222.2	221.7	222.0	221.6
0	0	5980	5978	5959	反向	0	252.2	252.2	251.6	反向	0	1056.9	3.0	1055.0	反向	0	221.9	221.7	3.3	反向
-1	-1	5970	0	5959	反向	-1	251.8	0.5	251.6	反向	1055	1055.2	3.0	1055.0	反向	-1	221.5	-1.0	3.3	反向
-2	-2	5961	0	5959	反向	-2	251.4	0.5	3.3	反向	-2	1053.5	3.0	3.3	反向	-2	221.2	-1.0	3.3	反向
-3	-3	5952	0	3	反向	-3	251.0	0.5	3.3	反向	-3	1051.9	3.0	3.3	反向	-3	220.8	-1.0	3.3	221.0
-4	5945	5942	0	3	反向	250.8	250.6	0.5	3.3	250.5	-4	1050.2	3.0	3.3	反向	-4	220.5	-1.0	3.3	反向
-5	-5	5933	0	3	5929	-5	250.3	0.5	3.3	反向	-5	1048.5	3.0	3.3	1049.0	220.1	220.1	-1.0	3.3	反向
-6	-6	5923	0	3	反向	-6	249.9	0.5	3.3	反向	-6	1046.9	3.0	3.3	1047.6	-6	219.8	-1.0	220.0	反向
-7	-7	5914	5915	3	反向	-7	249.5	249.5	249.8	反向	-7	1045.2	1046.8	3.3	1047.6	-7	219.4	-1.0	220.0	反向
-8	-8	5904	5915	5911	反向	-8	249.1	249.5	249.8	反向	-8	1043.5	1046.8	1043.8	1047.6	-8	219.1	219.3	220.0	反向
-9	-9	5895	5915	5911	5903	-9	248.7	249.5	249.8	249	-9	1041.9	1046.8	1043.8	1047.6	-9	218.7	219.3	220.0	反向
-10	-10	5886	5915	5911	5903	-10	248.3	249.5	249.8	249	-10	1040.2	1046.8	1043.8	1047.6	-10	218.4	219.3	220.0	218.6
-11	-11	5876	5915	5911	5903	-11	247.9	249.5	249.8	249	-11	1038.5	1046.8	1043.8	1047.6	-11	218.0	219.3	220.0	218.6

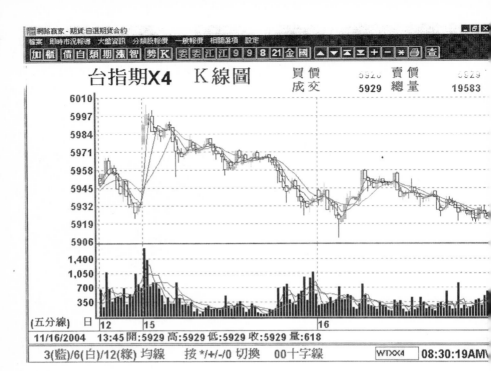

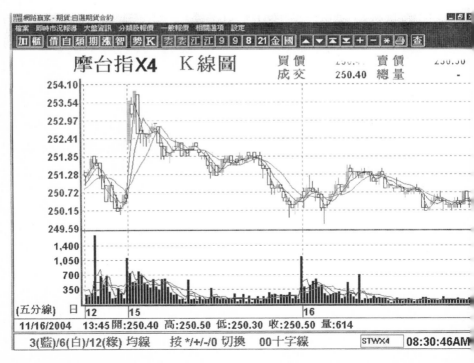

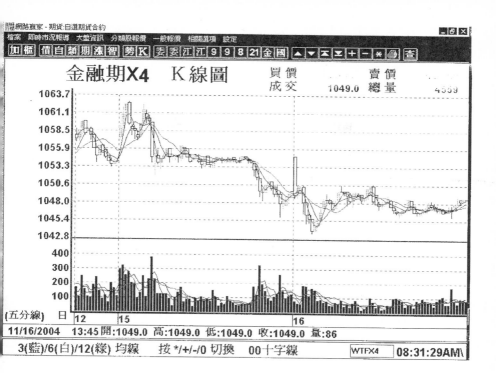

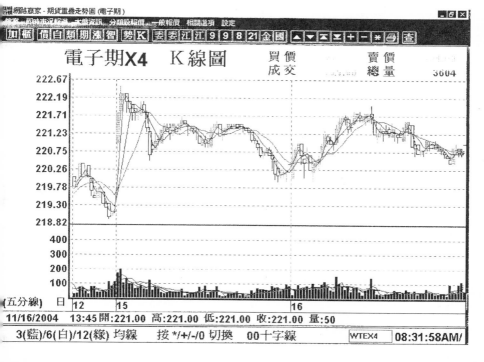

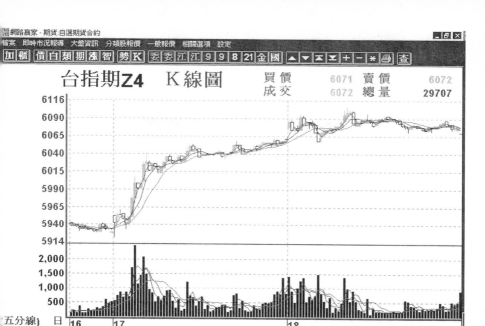

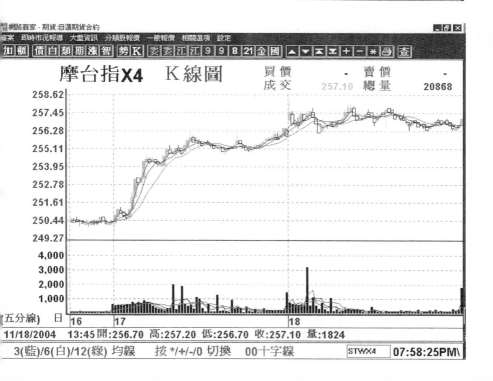

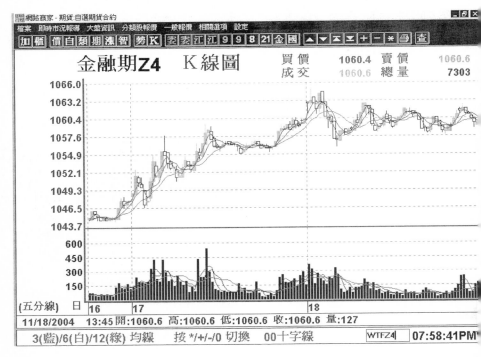

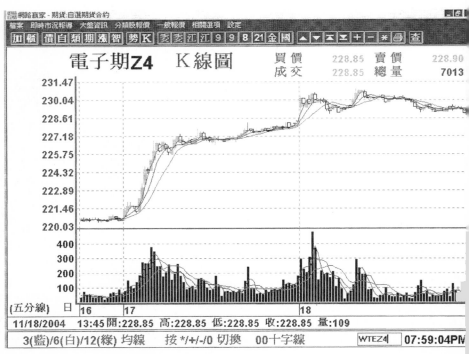

台指期 / 摩台指 / 金融期 / 電子期

先空	台指期 26					摩台指 2.5					金融期 9.3					電子期 1.0				
-4	昨收	開盤	今高	今低	收盤	昨收	開盤	今高	今低	收盤	昨收	開盤	今高	今低	收盤	昨收	開盤	今高	今低	收盤
931119	6072	6086	6093	6044	6056	257.1	258.5	258.5	254.6	255.9	1060.6	1063.0	1067.8	1049.0	1053.0	228.9	229.6	229.9	227.6	228.5
	10	振幅	預測	實際	反向	0.4	振幅	預測	實際	反向	1.7	振幅	預測	實際	反向	0.4	振幅	預測	實際	反向
9	9	6156	6104	6093	6129	9	260.7	258.7	258.5	260.3	9	1075.3	1066.3	1067.8	1070.4	9	232.0	230.1	229.9	231.2
8	8	6146	6104	6093	6129	8	260.3	258.7	258.5	260.3	8	1073.6	1066.3	1067.8	1070.4	8	231.7	230.1	229.9	231.2
7	7	6137	6104	6093	6129	7	259.8	258.7	258.5	反向	7	1071.9	1066.3	1067.8	1070.4	7	231.3	230.1	229.9	231.2
6	6	6127	6104	6093	反向	6	259.4	258.7	258.5	反向	6	1070.2	1066.3	1067.8	反向	6	230.9	230.1	229.9	反向
5	5	6117	6104	6093	反向	5	259.0	258.7	258.5	反向	5	1068.5	1066.3	1067.8	反向	5	230.6	230.1	229.9	反向
4	4	6108	6104	6093	反向	258.5	258.6	3.5	258.5		4	1066.9	1066.3	3.0	反向	4	230.2	230.1	229.9	反向
3	3	6098	1	6093		3	258.2	3.5	3.0		3	1065.2	1.5	3.0	反向	3	229.8	2.1	3.0	反向
2	6086	6089	1	3	反向	2	257.8	3.5	3.0	反向	1063	1063.5	1.5	3.0	反向	229.6	229.5	2.1	3.0	反向
1	1	6079	1	3	反向	1	257.4	3.5	3.0	反向	1	1061.8	1.5	3.0	反向	1	229.1	2.1	3.0	反向
0	0	6069	1	3	反向	0	257.0	3.5	3.0	反向	0	1060.1	1.5	3.0	反向	0	228.7	2.1	3.0	反向
-1	-1	6060	1	3	6056	-1	256.6	3.5	3.0	256.7	-1	1058.4	1.5	3.0	反向	-1	228.4	2.1	3.0	228.5
-2	-2	6050	1	3	反向	-2	256.2	256.3	3.0	256.7	-2	1056.7	1.5	3.0	反向	-2	228.0	2.1	3.0	反向
-3	-3	6040	6046	6044	6043	-3	255.8	256.3	3.0	255.9	-3	1055.1	1056.1	3.0	1055.6	-3	227.7	228.0	3.0	228.0
-4	-4	6031	6046	6044	6043	-4	255.4	256.3	3.0	256.7	-4	1053.4	1056.1	3.0	1053.0	-4	227.3	228.0	227.6	228.0
-5	-5	6021	6046	6044	6043	-5	254.9	256.3	3.0	256.7	-5	1051.7	1056.1	3.0	1055.6	-5	226.9	228.0	227.6	228.0
-6	-6	6011	6046	6044	6043	-6	254.5	256.3	254.6	256.7	-6	1050.0	1056.1	3.0	1055.6	-6	226.6	228.0	227.6	228.0
-7	-7	6002	6046	6044	6043	-7	254.1	256.3	254.6	256.7	-7	1048.3	1056.1	1049.0	1055.6	-7	226.2	228.0	227.6	228.0

渾沌	台指期 147					摩台指 9.4					金融期 31.7					電子期 7.3				
0	昨收	開盤	今高	今低	收盤	昨收	開盤	今高	今低	收盤	昨收	開盤	今高	今低	收盤	昨收	開盤	今高	今低	收盤
931122	6056	5986	5990	5833	5835	255.9	253.5	253.5	243.6	243.9	1053.0	1043.0	1043.0	1010.0	1010.6	228.5	224.5	225.0	216.7	217.0
	12	振幅	預測	實際	反向	0.5	振幅	預測	實際	反向	2.1	振幅	預測	實際	反向	0.5	振幅	預測	實際	反向
12	12	6115	6062	5990	6028	12	258.4	256.4	253.5	256.3	12	1063.2	1054.8	1043.0	1054.5	12	230.7	228.3	225.0	226.1
11	11	6103	6062	5990	6028	11	257.9	256.4	253.5	256.3	11	1061.1	1054.8	1043.0	1054.5	11	230.2	228.3	225.0	226.1
10	10	6091	6062	5990	6028	10	257.4	256.4	253.5	256.3	10	1059.0	1054.8	1043.0	1054.5	10	229.8	228.3	225.0	226.1
9	9	6079	6062	5990	6028	9	256.9	256.4	253.5	256.3	9	1056.9	1054.8	1043.0	1054.5	9	229.3	228.3	225.0	226.1
8	8	6067	6062	5990	6028	8	256.4	-4.5	253.5	256.3	8	1054.9	1054.8	1043.0	1054.5	8	228.9	228.3	225.0	226.1
7	7	6055	-6	5990	6028	7	255.8	-4.5	253.5	反向	7	1052.8	-4.5	1043.0	反向	7	228.4	228.3	-8.5	226.1
6	6	6043	-6	5990	6028	6	255.3	-4.5	253.5	反向	6	1050.7	-4.5	1043.0	反向	6	228.0	-8.5		226.1
5	5	6031	-6	5990	6028	5	254.8	-4.5	253.5	反向	5	1048.6	-4.5	1043.0	反向	5	227.5	-8.5		226.1
4	4	6019	-6	5990	反向	4	254.3	-4.5	253.5	反向	4	1046.6	-4.5	1043.0	反向	4	227.1	-8.5		226.1
3	3	6007	-6	5990	反向	3	253.8	-4.5	253.5	反向	3	1044.5	-4.5	1043.0	反向	3	226.6	-8.5		226.1
2	2	5995	-6	5990	反向	253.5	253.3	-4.5	3.8	反向	1043	1042.4	-4.5	3.8	反向	2	226.1	-8.5	225.0	226.1
1	5986	5983	-6	4	反向	1	252.8	-4.5	3.8	反向	1	1040.3	-4.5	3.8	反向	1	225.7	-8.5	225.0	反向
0	0	5971	5973	4	反向	0	252.3	-4.5	3.8	反向	0	1038.2	1039.2	3.8	反向	0	225.2	-8.5	225.0	反向
-1	-1	5959	5973	4	反向	-1	251.8	252.6	3.8	反向	-1	1036.2	1039.2	3.8	反向	-1	224.8	224.3	224.9	3.8
-2	-2	5947	5973	4	反向	-2	251.3	252.6	3.8	反向	-2	1034.1	1039.2	3.8	反向	224.5	224.3		3.8	反向
-3	-3	5935	5973	5944	反向	-3	250.8	252.6	3.8	反向	-3	1032.0	1039.2	3.8	反向	-3	223.9	224.9	3.8	反向
-4	-4	5923	5973	5944		-4	250.3	252.6	3.8	250.7	-4	1029.9	1039.2	3.8	1031.5	-4	223.4	224.9	3.8	反向
-5	-5	5911	5973	5944		-5	249.8	252.6	3.8	250.7	-5	1027.8	1039.2	3.8	1031.5	-5	223.0	224.9	3.8	222.9
-6	-6	5899	5973	5944		-6	249.3	252.6	3.8	250.7	-6	1025.8	1039.2	3.8	1031.5	-6	222.5	224.9	3.8	222.9
-7	-7	5887	5973	5944		-7	248.8	252.6	3.8	250.7	-7	1023.7	1039.2	3.8	1031.5	-7	222.1	224.9	3.8	222.9
-8	-8	5875	5973	5944		-8	248.3	252.6	3.8	250.7	-8	1021.6	1039.2	3.8	1031.5	-8	221.6	224.9	3.8	222.9
-9	-9	5863	5973	5944		-9	247.8	252.6	3.8	250.7	-9	1019.5	1039.2	3.8	1031.5	-9	221.2	224.9	3.8	222.9
-10	-10	5851	5973	5944		-10	247.3	252.6	3.8	250.7	-10	1017.4	1039.2	3.8	1031.5	-10	220.7	224.9	3.8	222.9
-11	-11	5840	5973	4	5835	-11	246.8	252.6	3.8	250.7	-11	1015.4	1039.2	3.8	1031.5	-11	220.3	224.9	3.8	222.9
-12	-12	5828	5973	5833	5944	-12	246.2	252.6	3.8	250.7	-12	1013.3	1039.2	3.8	1031.5	-12	219.8	224.9	3.8	222.9
-13	-13	5804	5973	5833	5944	-13	245.2	252.6	3.8	250.7	-13	1009.1	1039.2	1010.0	1010.6	-13	218.9	224.9	3.8	222.9
-14	-14	5756	5973	5833	5944	-14	243.2	252.6	243.6	243.9	-14	1000.8	1039.2	1010.0	1031.5	-14	217.1	224.9	3.8	217.0
-15	-15	5684	5973	5833	5944	-15	240.2	252.6	243.6	250.7	-15	988.3	1039.2	1010.0	1031.5	-15	214.4	224.9	216.7	222.9

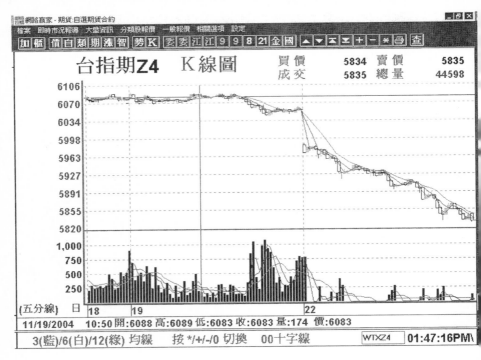

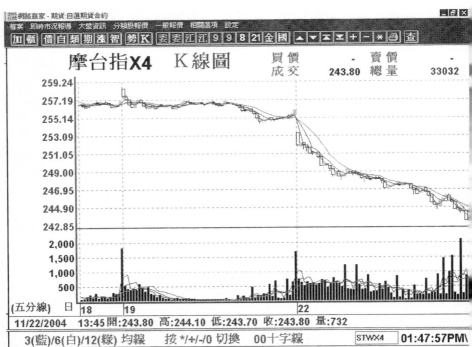

渾沌 / 台指期(25) / 摩台指(1.8) / 金融期(23.4) / 電子期(1.5)

渾沌	台指期					25	摩台指					1.8	金融期					23.4	電子期					1.5
0	昨收	開盤	今高	今低	收盤		昨收	開盤	今高	今低	收盤		昨收	開盤	今高	今低	收盤		昨收	開盤	今高	今低	收盤	
931123	5835	5849	5872	5790	5842		243.9	245.4	246.4	242.2	244.3		1010.6	1011.0	1019.2	1007.0	1015.0		217.0	218.4	219.5	215.6	218.3	
	9	振幅	預測	實際	反向	0.4	振幅	預測	實際	反向	1.5	振幅	預測	實際	反向	0.3	振幅	預測	實際	反向				
10	10	5921	5872	5872	5913	10	247.5	245.8	246.4	247.1	10	1025.5	1016.4	1019.2	1018.1	10	220.2	218.7	219.5	219.9				
9	9	5913	5872	5872	反向	9	247.1	245.8	246.4	247.1	9	1024.0	1016.4	1019.2	1018.1	9	219.9	218.7	219.5	反向				
8	8	5904	5872	5872	反向	8	246.8	245.8	246.4	反向	8	1022.5	1016.4	1019.2	1018.1	8	219.6	218.7	219.5	反向				
7	7	5895	5872	5872	反向	7	246.4	245.8	246.4	反向	7	1021.0	1016.4	1019.2	1018.1	7	219.2	218.7	3.6	反向				
6	6	5887	5872	5872	反向	6	246.1	245.8	3.6	反向	6	1019.5	1016.4	1019.2	1018.1	6	218.9	218.7	3.6	反向				
5	5	5878	5872	5872	反向	5	245.7	4.0	3.6	反向	5	1018.0	1016.4	3.6	反向	5	218.6	4.1	3.6	反向				
4	4	5869	2	4	反向	245.4	245.3	4.0	3.6	4	1016.5	1016.4	3.6	反向	218.4	218.3	4.1	3.6	218.3					
3	3	5861	2	4	反向	3	245.0	4.0	3.6	3	1015.0	0.2	3.6	1015	3	218.0	4.1	3.6	反向				
2	2	5849 5852	2	4	反向	2	244.6	4.0	3.6	2	1013.5	0.2	3.6	反向	2	217.6	4.1	3.6	反向				
1	1	5843	2	4	5842	1	244.2	4.0	3.6	244.3	1	1012.0	0.2	3.6	反向	1	217.3	4.1	3.6	反向				
0	0	5835	2	4	0	0	243.9	4.0	3.6	反向	1011	1010.5	0.2	3.6	反向	0	217.0	4.1	3.6	反向				
-1	-1	5826	2	4	反向	-1	243.5	4.0	3.6	243.7	-1	1009.0	0.2	3.6	反向	-1	216.7	4.1	3.6	216.8				
-2	-2	5817	2	4	反向	-2	243.2	4.0	3.6	243.7	-2	1007.5	0.2	3.6	反向	-2	216.3	4.1	3.6	216.8				
-3	-3	5809	2	4	反向	-3	242.8	243.1	3.6	243.7	-3	1006.0	0.2	1007.0	反向	-3	216.0	216.3	3.6	216.8				
-4	-4	5800	5808	4	反向	-4	242.4	243.1	3.6	243.7	-4	1004.5	1005.2	1007.0	反向	-4	215.7	216.3	3.6	216.8				
-5	-5	5791	5808	4	反向	-5	242.1	243.1	242.2	243.7	-5	1003.0	1005.2	1007.0	1003.9	-5	215.4	216.3	215.6	216.8				
-6	-6	5783	5808	5790	5785	-6	241.7	243.1	242.2	243.7	-6	1001.5	1005.2	1007.0	1003.9	-6	215.1	216.3	215.6	216.8			
-7	-7	5774	5808	5790	5785	-7	241.4	243.1	242.2	243.7	-7	1000.0	1005.2	1007.0	1003.9	-7	214.7	216.3	215.6	216.8			

先多 / 台指期(65) / 摩台指(3.5) / 金融期(7.3) / 電子期(2.5)

先多	台指期					65	摩台指					3.5	金融期					7.3	電子期					2.5
4	昨收	開盤	今高	今低	收盤		昨收	開盤	今高	今低	收盤		昨收	開盤	今高	今低	收盤		昨收	開盤	今高	今低	收盤	
931124	5842	5836	5919	5836	5905		244.3	244.0	247.9	244.0	247.7		1015.0	1014.0	1024.0	1012.4	1022.0		218.3	218.1	221.0	217.9	220.8	
	7	振幅	預測	實際	反向	0.3	振幅	預測	實際	反向	1.2	振幅	預測	實際	反向	0.3	振幅	預測	實際	反向				
14	14	5953	5866	5919	5877	14	249.0	245.3	247.9	245.7	14	1034.3	1019.2	1024.0	1021.1	14	222.5	219.2	221.0	219.6				
13	13	5925	5866	5919	5877	13	247.8	245.3	3.6	247.7	13	1029.4	1019.2	1024.0	1021.1	13	221.4	219.2	221.0	219.6				
12	12	5911	5866	4	5877	12	247.2	245.3	3.6	245.7	12	1026.9	1019.2	1024.0	1021.1	12	220.9	219.2	3.6	220.8				
11	11	5903	5866	4	5905	11	246.9	245.3	3.6	245.7	11	1025.7	1019.2	1024.0	1021.1	11	220.6	219.2	3.6	219.6				
10	10	5896	5866	4	5877	10	246.6	245.3	3.6	245.7	10	1024.4	1019.2	1024.0	1021.1	10	220.3	219.2	3.6	219.6				
9	9	5889	5866	4	5877	9	246.3	245.3	3.6	245.7	9	1023.2	1019.2	3.6	1021.1	9	220.1	219.2	3.6	219.6				
8	8	5882	5866	4	5877	8	246.0	245.3	3.6	245.7	8	1022.0	1019.2	3.6	1022.0	8	219.8	219.2	3.6	219.6				
7	7	5875	5866	4	反向	7	245.7	245.3	3.6	反向	7	1020.7	1019.2	3.6	反向	7	219.5	219.2	3.6	反向				
6	6	5868	5866	4	反向	6	245.4	245.3	3.6	反向	6	1019.5	1019.2	3.6	反向	6	219.3	219.2	3.6	反向				
5	5	5861	-1	4	反向	5	245.1	-0.8	3.6	反向	5	1018.3	-0.6	3.6	反向	5	219.0	-0.5	3.6	反向				
4	4	5854	-1	4	反向	4	244.8	-0.8	3.6	反向	4	1017.0	-0.6	3.6	反向	4	218.7	-0.5	3.6	反向				
3	3	5847	-1	4	反向	3	244.5	-0.8	3.6	反向	3	1015.8	-0.6	3.6	反向	3	218.5	-0.5	3.6	反向				
2	2	5836 5839	-1	4	反向	2	244.2	-0.8	3.6	反向	1014	1014.6	-0.6	3.6	反向	218.1	-0.5	3.6	反向					
1	1	5832	-1	5836	反向	244	243.9	-0.8	244.0	反向	1	1013.4	-0.6	3.6	反向	1	217.9	-0.5	3.6	反向				
0	0	5825	-1	5836	反向	0	243.6	-0.8	244.0	0	0	1012.1	-0.6	1012.4	反向	0	217.7	-0.5	217.9	反向				
-1	-1	5818	-1	5836	反向	-1	243.3	-0.8	244.0	-1	-1	1010.8	-0.6	1012.4	反向	-1	217.4	-0.5	217.9	反向				
-2	-2	5811	-1	5836	反向	-2	243.0	-0.8	244.0	-2	-2	1009.6	-0.6	1012.4	反向	-2	217.1	-0.5	217.9	反向				
-3	-3	5804	5810	5836	反向	-3	242.7	243.0	244.0	反向	-3	1008.4	1009.5	1012.4	反向	-3	216.9	217.1	217.9	反向				
-4	-4	5797	5810	5836	反向	-4	242.4	243.0	244.0	反向	-4	1007.1	1009.5	1012.4	反向	-4	216.6	217.1	217.9	反向				
-5	-5	5790	5810	5836	5795	-5	242.1	243.0	244.0	242.3	-5	1005.9	1009.5	1012.4	1006.9	-5	216.3	217.1	217.9	216.6			
-6	-6	5783	5810	5836	5795	-6	241.8	243.0	244.0	242.3	-6	1004.7	1009.5	1012.4	1006.9	-6	216.1	217.1	217.9	216.6			

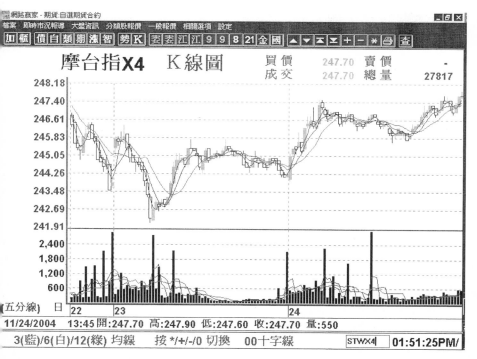

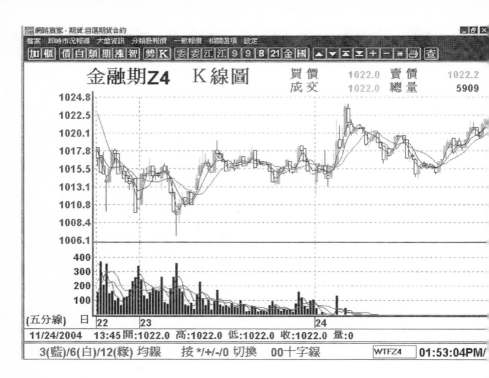

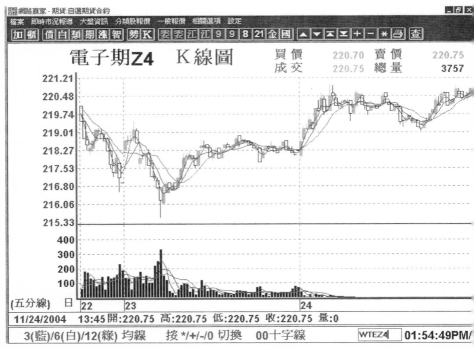

台指期 = 40　摩台指 = 1.7　金融期 = 8.3　電子期 = 2.2

先空	昨收	開盤	今高	今低	收盤	昨收	開盤	今高	今低	收盤	昨收	開盤	今高	今低	收盤	昨收	開盤	今高	今低	收盤
-4	昨收	開盤	今高	今低	收盤	昨收	開盤	今高	今低	收盤	昨收	開盤	今高	今低	收盤	昨收	開盤	今高	今低	收盤
31125	5905	5914	5923	5847	5870	247.7	247.3	248.4	244.6	245.4	1022.0	1023.0	1023.2	1010.0	1014.0	220.8	221.5	221.5	218.2	219.2
5	振幅	預測	實際	反向		0.2	振幅	預測	實際	反向	0.9	振幅	預測	實際	反向	0.2	振幅	預測	實際	反向
5	5	5966	5939	5923	5955	5	250.3	248.9	248.4	249	5	1032.6	1027.8	1023.2	1030.2	5	223.0	222.2	221.5	223.0
4	4	5961	5939	5923	5955	4	250.1	248.9	248.4	249	4	1031.7	1027.8	1023.2	1030.2	4	222.8	222.2	221.5	反向
3	3	5956	5939	5923	5955	3	249.8	248.9	248.4	249	3	1030.8	1027.8	1023.2	1030.2	3	222.7	222.2	221.5	反向
2	2	5951	5939	5923	反向	2	249.6	248.9	248.4	249	2	1030.0	1027.8	1023.2	反向	2	222.5	222.2	221.5	反向
1	1	5946	5939	5923	反向	1	249.4	248.9	248.4	249	1	1029.1	1027.8	1023.2	反向	1	222.3	222.2	221.5	反向
0	0	5941	5939	5923	反向	0	249.2	248.9	248.4	249	0	1028.3	1027.8	1023.2	反向	0	222.1	2.6	221.5	反向
-1	-1	5936	1	5923	反向	-1	249.0	248.9	248.4	反向	-1	1027.4	0.0	1023.2	反向	-1	221.9	2.6	221.5	反向
-2	-2	5931	1	5923	反向	-2	248.8	-3.1	248.4	反向	-2	1026.6	0.0	1023.2	反向	-2	221.7	2.6	221.5	反向
-3	-3	5926	1	5923	反向	-3	248.6	-3.1	248.4	反向	-3	1025.7	0.0	1023.2	反向	-3	221.5	2.6	221.5	反向
-4	-4	5921	1	4	反向	-4	248.4	-3.1	4.4	反向	-4	1024.8	0.0	1023.2	反向	221.5	221.4	2.6	4.4	反向
-5	5914	5916	1	4	反向	-5	248.2	-3.1	4.4	反向	-5	1024.0	0.0	1023.2	反向	-5	221.2	2.6	4.4	反向
-6	-6	5911	1	4	反向	-6	248.0	-3.1	4.4	反向	1023	1023.1	0.0	4.4	反向	-6	221.0	2.6	4.4	反向
-7	-7	5907	1	4	反向	-7	247.8	-3.1	4.4	反向	-7	1022.3	0.0	4.4	反向	-7	220.8	2.6	4.4	反向
-8	-8	5902	1	4	反向	-8	247.6	-3.1	4.4	反向	-8	1021.4	0.0	4.4	反向	-8	220.6	2.6	4.4	反向
-9	-9	5897	1	4	反向	247.3	247.3	-3.1	4.4	反向	-9	1020.5	0.0	4.4	反向	-9	220.4	220.5	4.4	反向
-10	-10	5892	5894	4	反向	-10	247.1	247.0	4.4	反向	-10	1019.7	1020.0	4.4	反向	-10	220.3	220.5	4.4	反向
-11	-11	5887	5894	4	反向	-11	246.9	247.0	4.4	反向	-11	1018.8	1020.0	4.4	反向	-11	220.1	220.5	4.4	反向
-12	-12	5882	5894	4	反向	-12	246.7	247.0	4.4	反向	-12	1018.0	1020.0	4.4	反向	-12	219.9	220.5	4.4	219.9
-13	-13	5872	5894	4	5870	-13	246.3	247.0	4.4	反向	-13	1016.3	1020.0	4.4	反向	-13	219.5	220.5	4.4	219.2
-14	-14	5852	5894	4	5873	-14	245.5	247.0	4.4	245.4	-14	1012.8	1020.0	4.4	1014.0	-14	218.8	220.5	4.4	219.9
-15	-15	5822	5894	5847	5873	-15	244.2	247.0	244.6	245.6	-15	1007.7	1020.0	1010.0	1015.8	-15	217.7	220.5	218.2	219.9

先空	台指期				151	摩台指				6.8	金融期				36.1	電子期			
-2	昨收	開盤	今高	今低	收盤	昨收	開盤	今高	今低	收盤	昨收	開盤	今高	今低	收盤	昨收	開盤	今高	今低
931126	5870	5895	5964	5740	5740	245.4	246.9	249.4	239.5	239.9	1014.0	1017.0	1024.8	980.2	980.2	219.2	220.0	224.0	213.5
5	振幅	預測	實際		反向 0.2	振幅	預測	實際		反向 0.9	振幅	預測	實際		反向 0.2	振幅	預測	實際	
15	6024	5910	5964	5960	15	251.8	247.2	249.4	248.6	15	1040.6	1020.4	1024.8	1024.1	15	224.9	220.6	224.0	
14	5995	5910	5964	5960	14	250.6	247.2	249.4	248.6	14	1035.5	1020.4	1024.8	1024.1	14	223.8	220.6		4.4
13	5975	5910	5964	5960	13	249.8	247.2	249.4	248.6	13	1032.1	1020.4	1024.8	1024.1	13	223.1	220.6		4.4
12	5965	5910	5964	5960	12	249.4	247.2	4.4	248.6	12	1030.4	1020.4	1024.8	1024.1	12	222.7	220.6		4.4
11	5960	5910	4	5960	11	249.2	247.2	4.4	248.6	11	1029.6	1020.4	1024.8	1024.1	11	222.5	220.6		4.4
10	5955	5910	4	反向	10	249.0	247.2	4.4	248.6	10	1028.7	1020.4	1024.8	1024.1	10	222.3	220.6		4.4
9	5950	5910	4	反向	9	248.8	247.2	4.4	248.6	9	1027.0	1020.4	1024.8	1024.1	9	222.1	220.6		4.4
8	5945	5910	4	反向	8	248.6	247.2	4.4	反向	8	1026.2	1020.4	1024.8	1024.1	8	222.0	220.6		4.4
7	5940	5910	4	反向	7	248.3	247.2	4.4	反向	7	1025.3	1020.4	1024.8	1024.1	7	221.8	220.0		4.4
6	5936	5910	4	反向	6	248.1	247.2	4.4	反向	6	1024.5	1020.4	1024.8	1024.1	6	221.6	220.6		4.4
5	5931	5910	4	反向	5	247.9	247.2	4.4	反向	5	1024.5	1020.4	4.4	1024.1	5	221.4	220.6		4.4
4	5926	5910	4	反向	4	247.7	247.2	4.4	反向	4	1023.6	1020.4	4.4	反向	4	221.2	220.6		4.4
3	5921	5910	4	反向	3	247.5	247.2	4.4	反向	3	1022.8	1020.4	4.4	反向	3	221.0	220.6		4.4
2	5916	5910	4	反向	2	247.3	247.2	4.4	反向	2	1021.9	1020.4	4.4	反向	2	220.9	220.6		4.4
1	5911	5910	4	反向	1	247.1	6.1	4.4	反向	1	1021.1	1020.4	4.4	反向	1	220.7	220.6		4.4
0	5906	4	4	反向	246.9	246.9	6.1	4.4	反向	0	1020.2	2.4	4.4	反向	0	220.5	3.5		4.4
-1	5901	4	4	反向	-1	246.7	6.1	4.4	反向	-1	1019.4	2.4	4.4	反向	-1	220.3	3.5		4.4
-2 5895	5896	4	4	反向	-2	246.5	6.1	4.4	反向	-2	1018.5	2.4	4.4	反向	-2	220.1	3.5		4.4
-3	5891	4	4	反向	-3	246.3	6.1	4.4	反向	-3	1017.7	2.4	4.4	反向	220	219.9	3.5		4.4
-4	5886	4	4	反向	-4	246.1	6.1	4.4	反向	1017	1016.8	2.4	4.4	反向	-4	219.8	3.5		4.4
-5	5881	4	4	反向	-5	245.9	6.1	4.4	反向	-5	1016.0	2.4	4.4	反向	-5	219.6	3.5		4.4
-6	5876	4	4	反向	-6	245.7	6.1	4.4	反向	-6	1015.1	2.4	4.4	反向	-6	219.4	3.5		4.4
-7	5872	4	4	反向	-7	245.5	6.1	4.4	反向	-7	1014.3	2.4	4.4	反向	-7	219.2	3.5		4.4
-8	5867	4	4	反向	-8	245.3	245.3	4.4	反向	-8	1013.4	2.4	4.4	反向	-8	219.0	3.5		4.4
-9	5862	5865	4	反向	-9	245.1	245.3	4.4	245.2	-9	1012.6	1012.7	4.4	反向	-9	218.8	218.9		4.4
-10	5857	5865	4	反向	-10	244.8	245.3	4.4	245.2	-10	1011.7	1012.7	4.4	反向	-10	218.7	218.9		4.4
-11	5852	5865	4	反向	-11	244.6	245.3	4.4	245.2	-11	1010.9	1012.7	4.4	反向	-11	218.5	218.9		4.4
-12	5847	5865	4	反向	-12	244.4	245.3	4.4	245.2	-12	1010.0	1012.7	4.4	反向	-12	218.3	218.9		4.4
-13	5837	5865	4	反向	-13	244.0	245.3	4.4	245.2	-13	1008.3	1012.7	4.4	1009.9	-13	217.9	218.9		4.4
-14	5817	5865	4	5830	-14	243.2	245.3	4.4	245.2	-14	1004.0	1012.7	4.4	1009.9	-14	217.2	218.9		4.4
-15	5788	5865	4.403	5830	-15	242.0	245.3	4.4	245.2	-15	999.8	1012.7	4.4	1009.9	-15	216.1	218.9		4.4
-16	5748	5865	4.403	5740	-16	240.3	245.3	4.4	239.9	-16	993.0	1012.7	4.4	1009.9	-16	214.6	218.9		4.4
-17	5699	5865	5740	5830	-17	238.3	245.3	239.5	245.2	-17	984.5	1012.7	4.4	980.2	-17	212.8	218.9		213.5
-18	5640	5865	5740	5830	-18	235.8	245.3	239.5	245.2	-18	974.3	1012.7	980.2	1010	-18	210.6	218.9		213.5

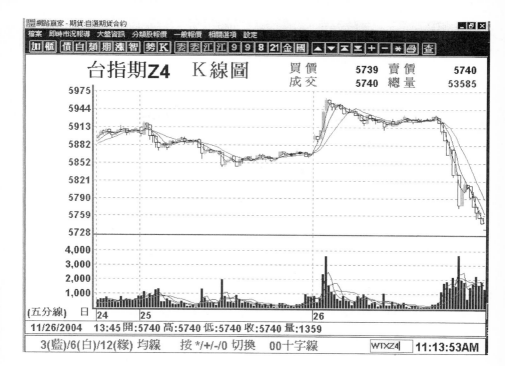

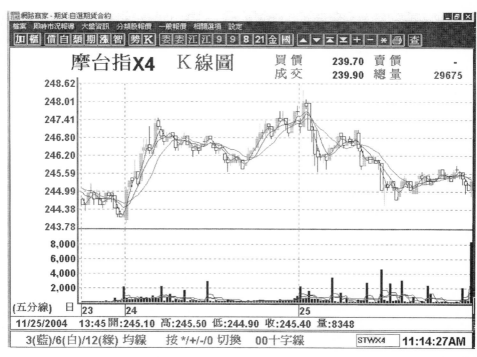

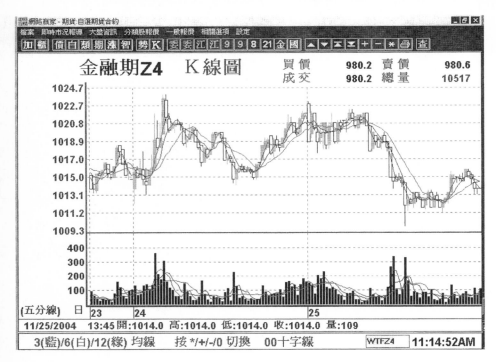

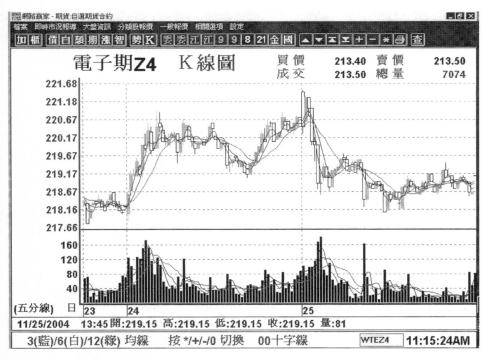

台指期 / 摩台指 / 金融期 / 電子期 (931129)

先空	台指期 昨收	開盤	今高	今低	收盤 (66)	摩台指 昨收	開盤	今高	今低	收盤 (6.4)	金融期 昨收	開盤	今高	今低	收盤 (31.0)	電子期 昨收	開盤	今高	今低	收盤 (4.6)
931129	5740	5784	5813	5760	5810	239.8	241.5	244.0	240.8	242.7	980.2	983.0	992.0	978.2	991.6	213.5	214.6	216.6	214.0	215.8
	振幅	預測	實際	反向	0.2	振幅	預測	實際	反向	0.6	振幅	預測	實際	反向	0.1	振幅	預測	實際	反向	
15	15	5824	5769	5813	反向	15	243.3	241.0	3.4	243.2	15	994.6	983.6	992.0	989.9	15	216.6	214.4	216.6	216.1
14	14	5803	5769	3	5810	14	242.4	241.0	3.4	242.7	14	990.9	983.6	3.4	991.6	14	215.8	214.4	3.4	215.8
13	13	5788	5769	3	反向	13	241.8	241.0	3.4	反向	13	988.4	983.6	3.4	反向	13	215.3	214.4	3.4	反向
12	5784	5781	5769	3	反向	241.5	241.5	241.0	3.4	反向	12	987.2	983.6	3.4	反向	12	215.0	214.4	3.4	反向
11	11	5777	5769	3	反向	11	241.3	241.0	3.4	反向	11	986.5	983.6	3.4	反向	11	214.9	214.4	3.4	反向
10	10	5773	5769	3	反向	10	241.0	241.0	3.4	反向	10	985.9	983.6	3.4	反向	10	214.7	214.4	3.4	反向
9	9	5770	5769	3	反向	9	241.0	241.0	3.4	反向	9	985.3	983.6	3.4	反向	214.6	214.6	214.4	3.4	反向
8	8	5766	12	3	反向	8	240.9	11.2	3.4	反向	8	984.7	983.6	3.4	反向	8	214.5	7.8	3.4	反向
7	7	5763	12	3	反向	7	240.7	11.2	240.8	反向	7	984.0	983.6	3.4	反向	7	214.3	7.8	3.4	反向
6	6	5759	12	5760	反向	6	240.6	11.2	240.8	反向	6	983.4	4.5	3.4	反向	6	214.2	7.8	3.4	反向
5	5	5755	12	5760	反向	5	240.4	11.2	240.8	反向	983	982.8	4.5	3.4	反向	5	214.1	7.8	3.4	反向
4	4	5752	12	5760	反向	4	240.3	11.2	240.8	反向	4	982.2	4.5	3.4	反向	4	213.9	7.8	214.0	反向
3	3	5748	12	5760	反向	3	240.1	11.2	240.8	反向	3	981.6	4.5	3.4	反向	3	213.8	7.8	214.0	反向
2	2	5744	12	5760	反向	2	240.0	11.2	240.8	反向	2	980.9	4.5	3.4	反向	2	213.7	7.8	214.0	反向
1	1	5741	5743	5760	5744	1	239.8	239.9	240.8	239.8	1	980.3	4.5	3.4	反向	1	213.5	7.8	214.0	反向
0	0	5737	5743	5760	5744	0	239.7	239.9	240.8	239.8	0	979.7	4.5	3.4	反向	0	213.4	213.4	214.0	反向
-1	-1	5733	5743	5760	5744	-1	239.5	239.9	240.8	239.8	-1	979.1	979.1	3.4	反向	-1	213.3	213.4	214.0	反向
-2	-2	5730	5743	5760	5744	-2	239.4	239.9	240.8	239.8	-2	978.5	979.1	3.4	反向	-2	213.1	213.4	214.0	反向
-3	-3	5726	5743	5760	5744	-3	239.2	239.9	240.8	239.8	-3	977.8	979.1	978.2	反向	-3	213.0	213.4	214.0	213.0
-4	-4	5722	5743	5760	5744	-4	239.1	239.9	240.8	239.8	-4	977.2	979.1	978.2	反向	-4	212.8	213.4	214.0	213.0
-5	-5	5719	5743	5760	5744	-5	238.9	239.9	240.8	239.8	-5	976.6	979.1	978.2	反向	-5	212.7	213.4	214.0	213.0
-6	-6	5715	5743	5760	5744	-6	238.8	239.9	240.8	239.8	-6	976.0	979.1	978.2	976.1	-6	212.6	213.4	214.0	213.0

台指期 / 摩台指 / 金融期 / 電子期 (931130)

先空	台指期 昨收	開盤	今高	今低	收盤 (37)	摩台指 昨收	開盤	今高	今低	收盤 (2.7)	金融期 昨收	開盤	今高	今低	收盤 (5.8)	電子期 昨收	開盤	今高	今低	收盤 (2.4)
931130	5810	5773	5825	5702	5809	242.6	242.5	243.5	238.4	242.8	991.6	985.4	1003.4	973.8	999.2	215.8	215.3	217.0	211.6	214.5
	振幅	預測	實際	反向	0.4	振幅	預測	實際	反向	1.5	振幅	預測	實際	反向	0.3	振幅	預測	實際	反向	
6	6	5882	5831	5825	5813	6	245.6	244.0	243.5	244.2	6	1003.9	995.3	1003.4	992.3	6	218.5	216.9	217.0	216.8
5	5	5874	5831	5825	5813	5	245.3	244.0	243.5	244.2	5	1002.5	995.3	3.6	992.3	5	218.2	216.9	217.0	216.8
4	4	5865	5831	5825	5813	4	244.9	244.0	243.5	244.2	4	1001.0	995.3	3.6	992.3	4	217.8	216.9	217.0	216.8
3	3	5856	5831	5825	5813	3	244.5	244.0	243.5	244.2	3	999.5	995.3	3.6	999.2	3	217.5	216.9	217.0	216.8
2	2	5848	5831	5825	5813	2	244.2	244.0	243.5	反向	2	998.0	995.3	3.6	992.3	2	217.2	216.9	217.0	216.8
1	1	5839	5831	5825	5813	1	243.8	-0.7	243.5	反向	1	996.5	995.3	3.6	992.3	1	216.9	-2.0	3.6	216.8
0	0	5830	-5	5825	5813	0	243.4	-0.7	3.6	反向	0	995.0	-4.6	3.6	992.3	0	216.5	-2.0	3.6	反向
-1	-1	5821	-5	4	5813	-1	243.1	-0.7	3.6	反向	-1	993.6	-4.6	3.6	992.3	-1	216.2	-2.0	3.6	反向
-2	-2	5813	-5	4	5809	-2	242.7	-0.7	3.6	242.8	-2	992.1	-4.6	3.6	反向	-2	215.9	-2.0	3.6	反向
-3	-3	5804	-5	4	反向	242.5	242.4	-0.7	3.6	反向	-3	990.6	-4.6	3.6	反向	-3	215.6	-2.0	3.6	反向
-4	-4	5795	-5	4	反向	-4	242.0	-0.7	3.6	反向	-4	989.1	-4.6	3.6	反向	215.3	215.3	-2.0	3.6	反向
-5	-5	5787	-5	4	反向	-5	241.6	-0.7	3.6	反向	-5	987.6	-4.6	3.6	反向	-5	214.9	-2.0	3.6	反向
-6	-6	5778	-5	4	反向	-6	241.3	-0.7	3.6	反向	985.4	986.1	-4.6	3.6	反向	-6	214.6	-2.0	3.6	214.5
-7	5773	5769	-5	4	反向	-7	240.9	241.1	3.6	反向	-7	984.7	-4.6	3.6	反向	-7	214.3	214.3	3.6	反向
-8	-8	5761	5763	4	反向	-8	240.5	241.1	240.8	反向	-8	983.2	983.6	3.6	反向	-8	214.0	214.3	3.6	213.8
-9	-9	5752	5763	4	反向	-9	240.2	241.1	240.8	反向	-9	981.7	983.6	3.6	反向	-9	213.6	214.3	3.6	213.8
-10	-10	5743	5763	4	反向	-10	239.8	241.1	240.8	反向	-10	980.2	983.6	3.6	反向	-10	213.3	214.3	3.6	213.8
-11	-11	5735	5763	4	反向	-11	239.4	241.1	240.8	反向	-11	978.7	983.6	3.6	反向	-11	213.0	214.3	3.6	213.8
-12	-12	5726	5763	5733	反向	-12	239.1	241.1	3.6	240.8	-12	977.2	983.6	978.5	反向	-12	212.7	214.3	3.6	213.8
-13	-13	5708	5763	4	5733	-13	238.4	241.1	238.4	240.8	-13	974.3	983.6	3.6	978.5	-13	212.0	214.3	3.6	213.8
-14	-14	5674	5763	5702	5733	-14	236.9	241.1	238.4	240.8	-14	968.3	983.6	973.8	978.5	-14	210.7	214.3	211.6	213.8

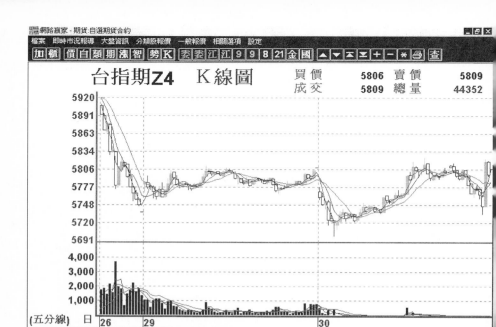

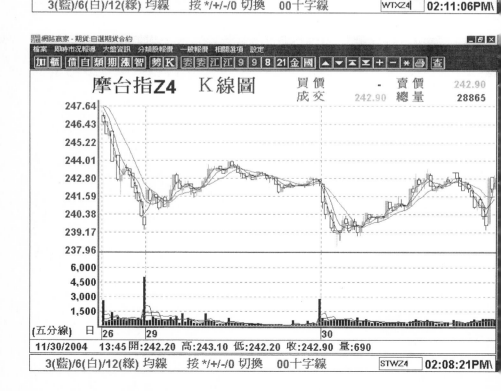

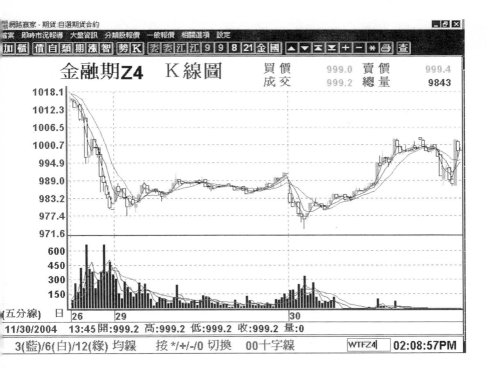

先空 -4

台指期		30	摩台指		25.1	金融期		54.6	電子期		3.2

	昨收	開盤	今高	今低	收盤	昨收	開盤	今高	今低	收盤	昨收	開盤	今高	今低	收盤	昨收	開盤	今高	今低	收盤
931201	5809	5723	5802	5659	5770	242.9	235.0	242.8	234.8	241.0	999.2	979.0	996.2	976.0	991.0	214.5	213.0	215.2	208.5	214
	6	振幅	預測	實際	反向	0.3	振幅	預測	實際	反向	1.0	振幅	預測	實際	反向	0.2	振幅	預測	實際	反向
9	9	5837	5798	5802	5763	9	244.1	241.0	242.8	236.6	9	1004.0	995.5	996.2	985.9	9	215.5	214.6	215.2	
8	8	5831	5798	5802	5763	8	243.8	241.0	242.8	236.6	8	1002.9	995.5	996.2	985.9	8	215.3	214.6	215.2	
7	7	5825	5798	5802	5763	7	243.6	241.0	242.8	236.6	7	1001.9	995.5	996.2	985.9	7	215.1	214.6	3.4	
6	6	5819	5798	5802	5763	6	243.3	241.0	242.8	236.6	6	1000.8	995.5	996.2	985.9	6	214.9	214.6	3.4	
5	5	5812	5798	5802	5763	5	243.0	241.0	242.8	236.6	5	999.8	995.5	996.2	985.9	5	214.6	-7.0	3.4	
4	4	5806	5798	5802	5763	4	242.8	241.0	3.4	236.6	4	998.8	995.5	996.2	985.9	4	214.4	-7.0	3.4	
3	3	5800	5798	3	5763	3	242.5	241.0	3.4	236.6	3	997.7	995.5	996.2	985.9	3	214.2	-7.0	3.4	
2	2	5794	-14	3	5763	2	242.3	241.0	3.4	236.6	2	996.7	995.5	996.2	985.9	2	214.0	-7.0	3.4	
1	1	5788	-14	3	5763	1	242.0	241.0	3.4	236.6	1	995.6	995.5	3.4	985.9	1	213.7	-7.0	3.4	
0	0	5782	-14	3	5763	0	241.8	241.0	3.4	236.6	0	994.6	-19.5	3.4	985.9	0	213.5	-7.0	3.4	
-1	-1	5776	-14	3	5763	-1	241.5	241.0	3.4	236.6	-1	993.5	-19.5	3.4	985.9	-1	213.3	-7.0	3.4	
-2	-2	5770	-14	3	5770	-2	241.3	241.0	3.4	236.6	-2	992.5	-19.5	3.4	985.9	213	213.1	213.1	3.4	
-3	-3	5764	-14	3	5763	-3	241.0	241.0	3.4	241	-3	991.4	-19.5	3.4	991	-3	212.8	213.1	3.4	
-4	-4	5758	-14	3	反向	-4	240.8	-31.2	3.4	236.6	-4	990.4	-19.5	3.4	985.9	-4	212.6	213.1	3.4	
-5	-5	5752	5756	3	反向	-5	240.5	-31.2	3.4	236.6	-5	989.4	-19.5	3.4	985.9	-5	212.4	213.1	3.4	
-6	-6	5746	5756	3	反向	-6	240.3	-31.2	3.4	236.6	-6	988.3	-19.5	3.4	985.9	-6	212.2	213.1	3.4	
-7	-7	5740	5756	3	反向	-7	240.0	-31.2	3.4	236.6	-7	987.3	988.2	3.4	985.9	-7	211.9	213.1	3.4	
-8	-8	5734	5756	3	反向	-8	239.7	-31.2	3.4	236.6	-8	986.2	988.2	3.4	985.9	-8	211.7	213.1	3.4	
-9	-9	5728	5756	3	反向	-9	239.5	-31.2	3.4	236.6	-9	985.2	988.2	3.4	反向	-9	211.5	213.1	3.4	
-10	5723	5721	5756	3	反向	-10	239.2	-31.2	3.4	236.6	-10	984.1	988.2	3.4	反向	-10	211.3	213.1	3.4	
-11	-11	5715	5756	3	反向	-11	239.0	239.2	3.4	236.6	-11	983.1	988.2	3.4	反向	-11	211.0	213.1	3.4	
-12	-12	5709	5756	3	反向	-12	238.7	239.2	3.4	236.6	-12	982.1	988.2	3.4	反向	-12	210.8	213.1	3.4	
-13	-13	5697	5756	3	反向	-13	238.2	239.2	3.4	236.6	979	980.0	988.2	3.4	反向	-13	210.4	213.1	3.4	
-14	-14	5673	5756	3	5683	-14	237.2	239.2	3.4	236.6	-14	975.8	988.2	976.0	反向	-14	209.5	213.1	3.4	
-15	-15	5637	5756	5659	5683	235	235.7	239.2	3.4	反向	-15	969.5	988.2	976.0	972.1	-15	208.1	213.1	208.5	
-16	-16	5588	5756	5659	5683	-16	233.7	239.2	234.8	反向	-16	961.2	988.2	976.0	972.1	-16	206.3	213.1	208.5	
-17	-17	5527	5756	5659	5683	-17	231.1	239.2	234.8	233.4	-17	950.7	988.2	976.0	972.1	-17	204.1	213.1	208.5	

先多 2

台指期		109	摩台指		1.3	金融期		2.7	電子期		5.6

	昨收	開盤	今高	今低	收盤	昨收	開盤	今高	今低	收盤	昨收	開盤	今高	今低	收盤	昨收	開盤	今高	今低	收盤
931202	5770	5858	5878	5822	5855	241.1	244.5	246.5	244.1	246.0	991.0	1002.8	1007.2	1000.0	1006.2	214.0	218.5	219.0	216.6	218.3
	15	振幅	預測	實際	反向	0.6	振幅	預測	實際	反向	2.6	振幅	預測	實際	反向	0.6	振幅	預測	實際	反向
6	6	5947	5870	5878	5899	6	248.5	245.2	246.5	246.2	6	1021.4	1007.0	1007.2	1013.8	6	220.6	218.1	219.0	220.0
5	5	5932	5870	5878	5899	5	247.9	245.2	246.5	246.2	5	1018.8	1007.0	1007.2	1013.8	5	220.0	218.1	219.0	反向
4	4	5917	5870	5878	5899	4	247.2	245.2	246.5	246.2	4	1016.2	1007.0	1007.2	1013.8	4	219.4	218.1	219.0	反向
3	3	5901	5870	5878	5899	3	246.6	245.2	246.5	246.2	3	1013.5	1007.0	1007.2	反向	3	218.9	218.1	3.6	反向
2	2	5886	5870	5878	反向	2	245.9	245.2	3.6	246	2	1010.9	1007.0	1007.2	反向	218.5	218.3	218.1	3.6	218.3
1	1	5871	5870	4	反向	1	245.3	245.2	3.6	反向	1	1008.3	1007.0	1007.2	反向	1	217.7	7.7	3.6	反向
0	5858	5855	6	4	5855	244.5	244.7	5.1	3.6	反向	0	1005.7	4.3	3.6	1006.2	0	217.7	7.7	3.6	反向
-1	-1	5840	6	4	反向	-1	244.0	5.1	244.1	反向	1003	1003.1	4.3	3.6	反向	-1	216.6	7.7	3.6	217.0
-2	-2	5825	6	4	反向	-2	243.4	5.1	244.1		-2	1000.4	4.3	3.6	反向	-2	216.0	7.7	216.6	217.0
-3	-3	5810	6	5822	5817	-3	242.8	5.1	244.1	242.8	-3	997.8	4.3	1000.0		-3	215.5	7.7	216.6	217.0
-4	-4	5794	6	5822	5817	-4	242.1	5.1	244.1	242.8	-4	995.2	4.3	1000.0	反向	-4	214.9	7.7	216.6	217.0
-5	-5	5779	6	5822	5817	-5	241.5	5.1	244.1	242.8	-5	992.6	4.3	1000.0	反向	-5	214.3	7.7	216.6	217.0
-6	-6	5764	6	5822	5817	-6	240.8	5.1	244.1	242.8	-6	989.9	4.3	1000.0	991.8	-6	213.8	214.1	216.6	217.0
-7	-7	5749	5763	5822	5817	-7	240.2	240.7	244.1	242.8	-7	987.3	988.7	1000.0	991.8	-7	213.2	214.1	216.6	217.0
-8	-8	5733	5763	5822	5817	-8	239.6	240.7	244.1	242.8	-8	984.7	988.7	1000.0	991.8	-8	212.6	214.1	216.6	217.0
-9	-9	5718	5763	5822	5817	-9	238.9	240.7	244.1	242.8	-9	982.1	988.7	1000.0	991.8	-9	212.1	214.1	216.6	217.0
-10	-10	5703	5763	5822	5817	-10	238.3	240.7	244.1	242.8	-10	979.5	988.7	1000.0	991.8	-10	211.5	214.1	216.6	217.0
-11	-11	5688	5763	5822	5817	-11	237.7	240.7	244.1	242.8	-11	976.8	988.7	1000.0	991.8	-11	210.9	214.1	216.6	217.0

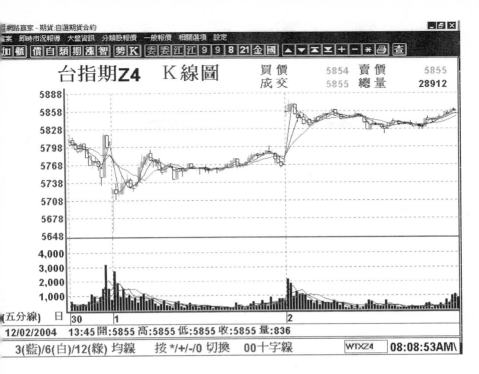

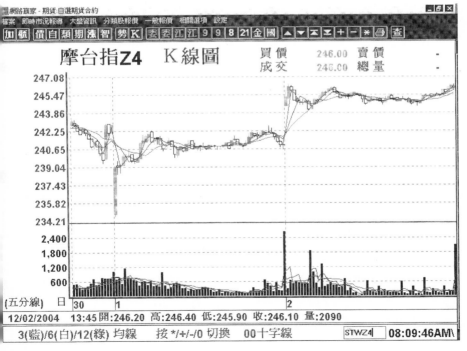

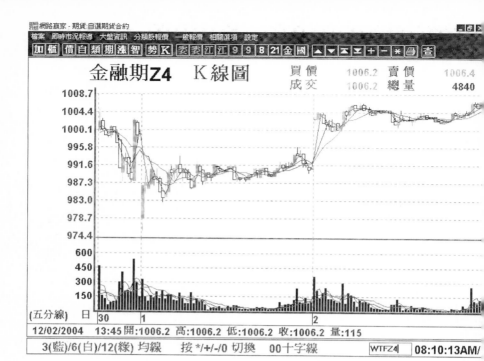

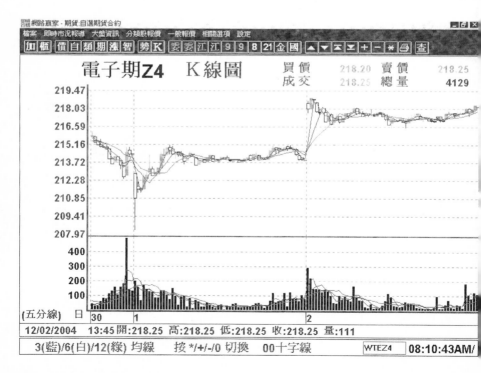

台指期 / 摩台指 / 金融期 / 電子期

先多	昨收	開盤	今高	今低	收盤	摩台指	昨收	開盤	今高	今低	收盤	金融期	昨收	開盤	今高	今低	收盤	電子期	昨收	開盤	今高	今低	收盤
4	台指期	131					摩台指	9.7					金融期	3.1					電子期	4.2			
31203	5855	5885	5905	5841	5880		246.0	249.5	249.5	245.3	247.6		1006.2	1008.8	1012.6	1004.2	1012.6		218.3	220.0	220.5	218.0	219.3
11	振幅	預測	實際	反向	0.4		振幅	預測	實際	反向	1.8		振幅	預測	實際	反向	0.4		振幅	預測	實際	反向	
13		6000	5899	5905	5926	13		252.1	248.6	249.5	251.2	13		1031.1	1012.9	1012.6	1015.9	13		223.6	220.1	220.5	221.5
12		5978	5899	5905	5926	12		251.2	248.6	249.5	反向	12		1027.4	1012.9	1012.6	1015.9	12		222.9	220.1	220.5	221.5
11		5968	5899	5905	5926	11		250.7	248.6	249.5	反向	11		1025.6	1012.9	1012.6	1015.9	11		222.5	220.1	220.5	221.5
10		5957	5899	5905	5926	10		250.3	248.6	249.5	反向	10		1023.7	1012.9	1012.6	1015.9	10		222.1	220.1	220.5	221.5
9		5946	5899	5905	5926	9		249.8	248.6	249.5	反向	9		1021.9	1012.9	1012.6	1015.9	9		221.7	220.1	220.5	221.5
8		5936	5899	5905	5926		249.5	249.4	248.6	3.1	反向	8		1020.1	1012.9	1012.6	1015.9	8		221.3	220.1	220.5	反向
7		5925	5899	5905	反向	7		248.9	248.6	3.1	反向	7		1018.2	1012.9	1012.6	1015.9	7		220.9	220.1	220.5	反向
6		5914	5899	5905	反向	6		248.5	7.9	3.1	反向	6		1016.4	1012.9	1012.6	反向	6		220.5	220.1	3.1	反向
5		5904	5899	3	反向	5		248.0	7.9	3.1	反向	5		1014.6	1012.9	1012.6	反向		220	220.1	4.4	3.1	反向
4		5893	3	3	反向	4		247.6	7.9	3.1	247.6	4		1012.7	1.5	1012.6	1012.6	4		219.7	4.4	3.1	反向
3	5885	5882	3	3	5880	3		247.1	7.9	3.1	247.8	3		1010.9	1.5	3.1	反向	3		219.3	4.4	3.1	219.3
2		5872	3	3	反向	2		246.7	7.9	3.1	247.8		1009	1009.1	1.5	3.1	反向	2		218.9	4.4	3.1	反向
1		5861	3	3	反向	1		246.3	7.9	3.1	247.8	1		1007.2	1.5	3.1	反向	1		218.5	4.4	3.1	反向
0		5850	3	3	反向	0		245.8	7.9	3.1	247.8	0		1005.4	1.5	3.1	反向	0		218.1	4.4	3.1	218.4
-1		5840	3	5841	5844	-1		245.4	245.7	3.1	247.8	-1		1003.6	1.5	1004.2	反向	-1		217.7	4.4	218.0	218.4
-2		5829	5829	5841	5844	-2		244.9	245.7	245.3	247.8	-2		1001.7	1.5	1004.2	1001.7	-2		217.3	217.5	218.0	218.4
-3		5818	5829	5841	5844	-3		244.5	245.7	245.3	247.8	-3		999.9	1000.9	1004.2	1001.7	-3		216.9	217.5	218.0	218.4
-4		5808	5829	5841	5844	-4		244.0	245.7	245.3	247.8	-4		998.1	1000.9	1004.2	1001.7	-4		216.5	217.5	218.0	218.4
-5		5797	5829	5841	5844	-5		243.6	245.7	245.3	247.8	-5		996.2	1000.9	1004.2	1001.7	-5		216.1	217.5	218.0	218.4
-6		5786	5829	5841	5844	-6		243.1	245.7	245.3	247.8	-6		994.4	1000.9	1004.2	1001.7	-6		215.7	217.5	218.0	218.4
-7		5776	5829	5841	5844	-7		242.7	245.7	245.3	247.8	-7		992.6	1000.9	1004.2	1001.7	-7		215.3	217.5	218.0	218.4

先多	昨收	開盤	今高	今低	收盤	摩台指	昨收	開盤	今高	今低	收盤	金融期	昨收	開盤	今高	今低	收盤	電子期	昨收	開盤	今高	今低	收盤
4	台指期	44					摩台指	1.2					金融期	9.5					電子期	1.9			
31206	5880	5835	5909	5830	5883		247.5	246.5	248.2	245.1	247.9		1012.6	1006.4	1020.6	1005.0	1016.6		219.3	217.0	219.8	216.8	219.0
12	振幅	預測	實際	反向	0.5		振幅	預測	實際	反向	2.1		振幅	預測	實際	反向	0.5		振幅	預測	實際	反向	
0		5975	5908	5909	5876	0		251.5	249.0	248.2	248.2	0		1028.9	1017.9	1020.6	1013.4	0		222.8	220.1	219.8	218.5
-1		5962	5908	5909	5876	-1		251.0	249.0	248.2	248.2	-1		1026.8	1017.9	1020.6	1013.4	-1		222.4	220.1	219.8	218.5
-2		5950	5908	5909	5876	-2		250.5	249.0	248.2	248.2	-2		1024.7	1017.9	1020.6	1013.4	-2		221.9	220.1	219.8	218.5
-3		5938	5908	5909	5876	-3		249.9	249.0	248.2	248.2	-3		1022.6	1017.9	1020.6	1013.4	-3		221.5	220.1	219.8	218.5
-4		5926	5908	5909	5876	-4		249.4	249.0	248.2	248.2	-4		1020.5	1017.9	2.7	1013.4	-4		221.0	220.1	219.8	218.5
-5		5914	5908	5909	5876	-5		248.9	-2.9	248.2	248.2	-5		1018.4	1017.9	2.7	1013.4	-5		220.6	220.1	219.8	218.5
-6		5902	-5	3	5876	-6		248.4	-2.9	248.2	248.2	-6		1016.3	-3.9	2.7	1016.6	-6		220.1	-6.0	219.8	218.5
-7		5889	-5	3	5876	-7		247.9	-2.9	2.7	247.9	-7		1014.2	-3.9	2.7	1013.4	-7		219.6	-6.0	2.7	218.5
-8		5877	-5	3	5883	-8		247.4	-2.9	2.7	反向	-8		1012.1	-3.9	2.7	反向	-8		219.2	-6.0	2.7	219.0
-9		5865	-5	3	反向	-9		246.9	-2.9	2.7	反向	-9		1010.0	-3.9	2.7	反向	-9		218.7	-6.0	2.7	218.5
-10		5853	-5	3	反向		246.5	246.4	246.4	2.7	反向	-10		1007.9	-3.9	2.7	反向	-10		218.3	-6.0	2.7	反向
-11	5835	5841	5846		5876	-11		245.8	246.4	2.7	反向		1006	1005.8	1007.2	2.7	反向	-11		217.8	-6.0	2.7	反向
-12		5828	5846	5830	反向	-12		245.3	246.4	2.7	反向	-12		1003.7	1007.2	1005.0	反向		217	217.4	217.8	2.7	反向
-13		5804	5846	5830	反向	-13		244.8	246.4	245.1	244.8	-13		999.5	1007.2	1005.0	反向	-13		216.5	217.8	216.8	反向
-14		5755	5846	5830	5794	-14		242.3	246.4	245.1	244.8	-14		991.1	1007.2	1005.0	999.4	-14		214.7	217.8	216.8	215.5
-15		5682	5846	5830	5794	-15		239.2	246.4	245.1	244.8	-15		978.5	1007.2	1005.0	999.4	-15		211.9	217.8	216.8	215.5

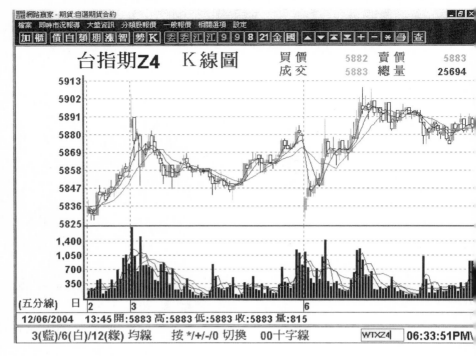

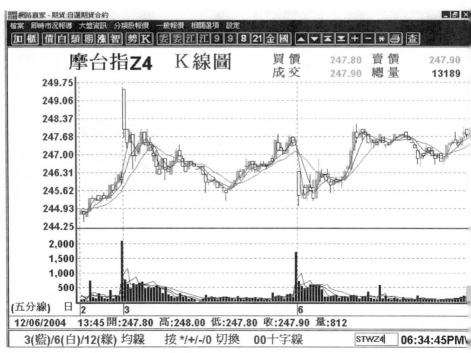

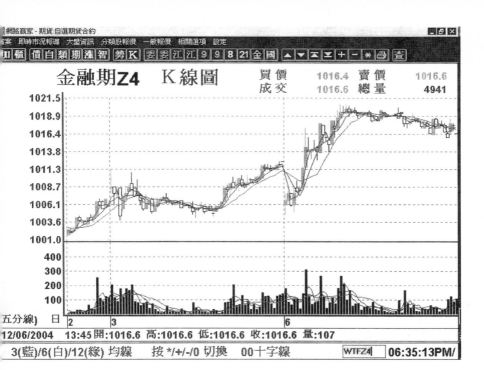

渾沌 — 931207

項目	台指期 (42)	摩台指 (4.0)	金融期 (0.7)	電子期 (0.1)
昨收 開盤 今高 今低 收盤	5883 5880 5908 5866 5890	247.9 247.7 249.0 246.5 248.6	1017 1017 1018 1014 1015.8	219 219 220.1 218.6 220
振幅 預測 實際 反向	6 … … 反向 0.3	… … 反向 1.1	… … 反向 0.2	… … 反向 …

台指期

idx	昨收	開盤	今高	今低	收盤
9		5933	5902	5908	5921
8		5926	5902	5908	5921
7		5920	5902	5908	反向
6		5914	5902	5908	反向
5		5907	5902	3	反向
4		5901	0	3	反向
3		5895	0	3	反向
2		5888	0	3	5890
1	5880	5882	0	3	反向
0		5875	0	3	反向
-1		5869	0	3	反向
-2		5863	0	5866	反向
-3		5856	0	5866	反向
-4		5850	5855	5866	反向
-5		5844	5855	5866	反向
-6		5837	5855	5866	5839
-7		5831	5855	5866	5839
-8		5824	5855	5866	5839

摩台指

idx	昨收	開盤	今高	今低	收盤
9		250.1	248.7	249.0	249.4
8		249.7	248.7	249.0	249.4
7		249.5	248.7	249.0	249.4
6		249.2	248.7	249.0	反向
5		248.9	248.7	3.5	反向
4		248.7	-0.6	3.5	248.6
3		248.4	-0.6	3.5	反向
2		248.1	-0.6	3.5	反向
1		247.8	-0.6	3.5	反向
0	247.7	247.6	-0.6	3.5	
-1		247.3	-0.6	3.5	反向
-2		247.0	-0.6	3.5	反向
-3		246.8	-0.6	3.5	反向
-4		246.5	246.7	3.5	反向
-5		246.2	246.7	246.5	反向
-6		246.0	246.7	246.5	反向
-7		245.7	246.7	246.5	246
-8		245.4	246.7	246.5	246

金融期

idx	昨收	開盤	今高	今低	收盤
9		1025.2	1020.3	1017.8	1024.3
8		1024.1	1020.3	1017.8	反向
7		1023.0	1020.3	1017.8	反向
6		1021.9	1020.3	1017.8	反向
5		1020.8	1020.3	1017.8	反向
4		1019.7	0.7	1017.8	反向
3		1018.6	0.7	1017.8	反向
2	1017	1017.5	0.7	3.5	反向
1		1016.4	0.7	3.5	反向
0		1015.3	0.7	3.5	1015.8
-1		1014.2	0.7	3.5	反向
-2		1013.1	0.7	1013.6	反向
-3		1012.0	1012.1	1013.6	反向
-4		1010.9	1012.1	1013.6	反向
-5		1009.8	1012.1	1013.6	1010.1
-6		1008.7	1012.1	1013.6	1010.1
-7		1007.6	1012.1	1013.6	1010.1
-8		1006.5	1012.1	1013.6	1010.1

電子期 (收盤欄右側裁切)

idx	昨收	開盤	今高	今低	收盤
9		220.9	219.8	220.1	220.
8		220.6	219.8	220.1	220.
7		220.4	219.8	220.1	反向
6		220.1	219.8	220.1	反向
5		219.9	219.8	3.5	220.
4		219.7	0.2	3.5	反向
3		219.4	0.2	3.5	反向
2		219.2	0.2	3.5	反向
1	219	219.0	0.2	3.5	反向
0		218.7	0.2	3.5	
-1		218.5	0.2	218.6	
-2		218.2	0.2	218.6	
-3		218.0	0.2	218.6	
-4		217.8	218.0	218.6	
-5		217.5	218.0	218.6	
-6		217.3	218.0	218.6	217.
-7		217.1	218.0	218.6	218.
-8		216.8	218.0	218.6	218.

先多 — 931208

項目	台指期 (11)	摩台指 (0.2)	金融期 (2.5)	電子期 (1.6)
昨收 開盤 今高 今低 收盤 (4)	5890 5865 5902 5861 5880	248.6 246.8 248.2 246.6 247.2	1015.8 1012.2 1017.6 1012.2 1015.4	220.0 218.8 219.7 218.1 218.
振幅 預測 實際 反向	10 … … 反向 0.4	… … 反向 1.8	… … 反向 0.4	… … 反向 0.4

台指期

idx	昨收	開盤	今高	今低	收盤
11		5969	5918	5902	5930
10		5959	5918	5902	5930
9		5948	5918	5902	5930
8		5938	5918	5902	5930
7		5928	5918	5902	反向
6		5918	-3	5902	反向
5		5908	-3	5902	反向
4		5897	-3	4	反向
3		5887	-3	4	反向
2		5877	-3	5880	反向
1	5865	5867	-3	4	反向
0		5857	-3	5861	反向
-1		5846	-3	5861	反向
-2		5836	-3	5861	反向
-3		5826	-3	5861	反向
-4		5816	5821	5861	反向
-5		5806	5821	5861	反向
-6		5796	5821	5800	反向
-7		5785	5821	5800	反向
-8		5775	5821	5861	5800

摩台指

idx	昨收	開盤	今高	今低	收盤
11		251.9	249.6	248.2	249.5
10		251.5	249.6	248.2	249.5
9		251.1	249.6	248.2	249.5
8		250.6	249.6	248.2	249.5
7		250.2	249.6	248.2	反向
6		249.8	-4.3	248.2	反向
5		249.3	-4.3	248.2	反向
4		248.9	-4.3	4.5	反向
3		248.5	-4.3	248.2	反向
2		248.1	-4.3	4.5	反向
1		247.6	-4.3	4.5	反向
0		247.2	-4.3	4.5	247.2
-1	246.8	246.8	-4.3	4.5	反向
-2		246.3	-4.3	246.6	反向
-3		245.9	-4.3	246.6	反向
-4		245.5	-4.3	246.6	反向
-5		245.0	245.4	246.6	反向
-6		244.6	245.4	246.6	反向
-7		244.2	245.4	246.6	反向
-8		243.8	245.4	246.6	244.1

金融期

idx	昨收	開盤	今高	今低	收盤
11		1029.4	1020.9	1017.6	1023.3
10		1027.6	1020.9	1017.6	1023.3
9		1025.9	1020.9	1017.6	1023.3
8		1024.1	1020.9	1017.6	1023.3
7		1022.4	1020.9	1017.6	反向
6		1020.6	-2.2	1017.6	反向
5		1018.8	-2.2	1017.6	反向
4		1017.1	-2.2	4.5	反向
3		1015.3	-2.2	4.5	1015.4
2		1013.6	-2.2	4.5	反向
1	1012	1011.8	-2.2	1012.2	反向
0		1010.0	-2.2	1012.2	反向
-1		1008.3	-2.2	1012.2	反向
-2		1006.5	-2.2	1012.2	反向
-3		1004.8	-2.2	1012.2	反向
-4		1003.0	1004.1	1012.2	反向
-5		1001.3	1004.1	1012.2	反向
-6		999.5	1004.1	1012.2	1001.1
-7		997.7	1004.1	1012.2	1001.1
-8		996.0	1004.1	1012.2	1001.1

電子期 (收盤欄右側裁切)

idx	昨收	開盤	今高	今低	收盤
11		222.9	221.0	219.7	221.
10		222.6	221.0	219.7	221.
9		222.2	221.0	219.7	221.
8		221.8	221.0	219.7	221.
7		221.4	221.0	219.7	221.
6		221.0	-3.3	219.7	反向
5		220.7	-3.3	219.7	反向
4		220.3	-3.3	219.7	反向
3		219.9	-3.3	219.7	反向
2		219.5	-3.3	4.5	反向
1		219.1	-3.3	4.5	反向
0	218.8	218.8	-3.3	4.5	218.
-1		218.4	-3.3	4.5	反向
-2		218.0	-3.3	218.1	
-3		217.6	-3.3	218.1	
-4		217.2	217.3	218.1	
-5		216.9	217.3	218.1	
-6		216.5	217.3	218.1	
-7		216.1	217.3	218.1	216.
-8		215.7	217.3	218.1	216.

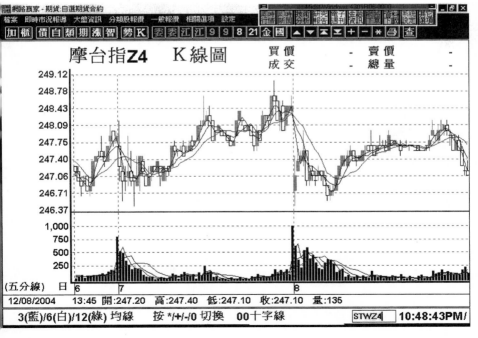

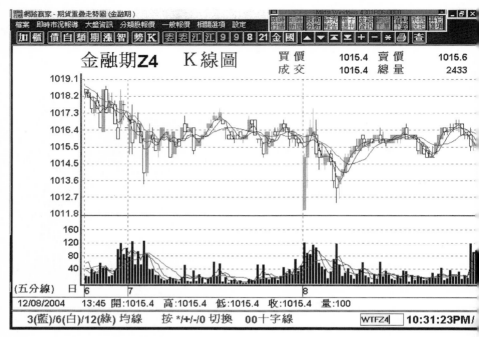

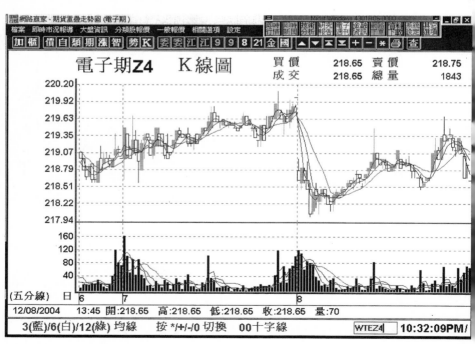

渾沌　台指期 92　摩台指 3.3　金融期 8.9　電子期 3.1

0	台指期 昨收	開盤	今高	今低	收盤	摩台指 昨收	開盤	今高	今低	收盤	金融期 昨收	開盤	今高	今低	收盤	電子期 昨收	開盤	今高	今低	收盤
931209	5880	5884	5907	5870	5880	247.2	246.9	248.3	246.0	247.2	1015.4	1016.0	1021.6	1014.8	1018.0	218.7	218.2	219.4	217.8	218.4
9	振幅	預測	實際	反向	0.4	振幅	預測	實際	反向	1.5	振幅	預測	實際	反向	0.3	振幅	預測	實際	反向	
11		5953	5911	5907	5925		250.3	248.4	248.3	248.6		1027.9	1020.7	1021.6	1023.1		221.4	219.6	219.4	219.7
10		5944	5911	5907	5925		249.9	248.4	248.3	248.6		1026.4	1020.7	1021.6	1023.1		221.1	219.6	219.4	219.7
9		5935	5911	5907	5925		249.5	248.4	248.3	248.6		1024.9	1020.7	1021.6	1023.1		220.7	219.6	219.4	219.7
8		5926	5911	5907	5925		249.1	248.4	248.3	248.6		1023.4	1020.7	1021.6	1023.1		220.4	219.6	219.4	219.7
7		5918	5911	5907	5925		248.8	248.4	248.3	反向		1021.9	1020.7	1021.6	1023.1		220.1	219.6	219.4	219.7
6		5909	0	5907	反向		248.4	248.4	248.3	反向		1020.4	0.4	3.5	反向		219.8	219.6	219.4	反向
5		5900	0	4	反向		248.0	-0.8	3.5	反向		1018.8	0.4	3.5	反向		219.4	-1.6	219.4	反向
4		5891	0	4	反向		247.7	-0.8	3.5	反向		1017.3	0.4	3.5	1018.0		219.1	-1.6	3.5	反向
3	5884	5882	0	4	5880		247.3	-0.8	3.5	247.2	1016	1015.8	0.4	3.5	反向		218.8	-1.6	3.5	反向
2		5874	0	4	反向	246.9	246.9	-0.8	3.5	反向		1014.3	0.4	1014.8	反向		218.5	-1.6	3.5	218.4
1		5865	0	5870	反向		246.6	-0.8	3.5	反向		1012.8	0.4	1014.8	反向	218.2	218.1	-1.6	3.5	反向
0		5856	0	5870	反向		246.2	-0.8	3.5	反向		1011.3	0.4	1014.8	反向		217.8	-1.6	3.5	反向
-1		5847	5848	5870	反向		245.8	-0.8	246.0	反向		1009.7	1009.9	1014.8	反向		217.5	217.3	217.8	反向
-2		5838	5848	5870	5843		245.5	245.7	246.0	反向		1008.2	1009.9	1014.8	1008.9		217.2	217.3	217.8	216.7
-3		5830	5848	5870	5843		245.1	245.7	246.0	245.2		1006.7	1009.9	1014.8	1008.9		216.8	217.3	217.8	216.7
-4		5821	5848	5870	5843		244.7	245.7	246.0	245.2		1005.2	1009.9	1014.8	1008.9		216.5	217.3	217.8	216.7
-5		5812	5848	5870	5843		244.3	245.7	246.0	245.2		1003.7	1009.9	1014.8	1008.9		216.2	217.3	217.8	216.7
-6		5803	5848	5870	5843		244.0	245.7	246.0	245.2		1002.2	1009.9	1014.8	1008.9		215.8	217.3	217.8	216.7

先空　台指期 46　摩台指 1.3　金融期 7.1　電子期 0.9

-4	台指期 昨收	開盤	今高	今低	收盤	摩台指 昨收	開盤	今高	今低	收盤	金融期 昨收	開盤	今高	今低	收盤	電子期 昨收	開盤	今高	今低	收盤
931210	5880	5900	5900	5833	5850	247.2	247.5	247.8	245.2	246.0	1018.0	1019.2	1019.6	1006.6	1011.4	218.4	218.6	219.0	217.3	217.6
16	振幅	預測	實際	反向	0.7	振幅	預測	實際	反向	2.7	振幅	預測	實際	反向	0.6	振幅	預測	實際	反向	
13		5997	5922	5900	5941		252.1	248.8	247.8	249.2		1038.2	1024.4	1019.6	1026.3		222.7	219.8	219.0	220.1
12		5965	5922	5900	5941		250.8	248.8	247.8	249.2		1032.8	1024.4	1019.6	1026.3		221.6	219.8	219.0	220.1
11		5950	5922	5900	5941		250.1	248.8	247.8	249.2		1030.0	1024.4	1019.6	1026.3		221.2	219.8	219.0	220.1
10		5934	5922	5900	反向		249.5	248.8	247.8	反向		1027.9	1024.4	1019.6	1026.3		220.4	219.8	219.0	反向
9		5918	2	5900	反向		248.8	248.8	247.8	反向		1024.6	1024.4	1019.6	反向		219.8	219.8	219.0	反向
8	5900	5903	2	5900	反向		248.2	1.1	247.8	反向		1021.9	1.1	1019.6	反向		219.2	1.0	219.0	反向
7		5887	2	3	反向	247.5	247.5	1.1	3.1	反向	1019	1019.0	1.1	3.1	反向	218.6	218.7	1.0	3.1	反向
6		5871	2	3	反向		246.8	1.1	3.1	反向		1016.5	1.1	3.1	反向		218.1	1.0	3.1	反向
5		5856	2	3	5850		246.2	1.1	3.1	246		1013.8	1.1	3.1	反向		217.5	1.0	3.1	217.6
4		5840	2	3	5859		245.5	1.1	3.1	245.8		1011.1	1.1	3.1	1011.4		216.9	1.0	3.1	217.1
3		5824	5825	5833	5859		244.9	1.1	245.2	245.8		1008.4	1.1	3.1	1012.1		216.3	1.0	217.3	217.1
2		5809	5825	5833	5859		244.2	244.7	245.2	245.8		1005.7	1007.6	1006.6	1012.1		215.8	216.2	217.3	217.1
1		5793	5825	5833	5859		243.5	244.7	245.2	245.8		1002.9	1007.6	1006.6	1012.1		215.2	216.2	217.3	217.1
0		5777	5825	5833	5859		242.9	244.7	245.2	245.8		1000.2	1007.6	1006.6	1012.1		214.6	216.2	217.3	217.1
-1		5762	5825	5833	5859		242.2	244.7	245.2	245.8		997.5	1007.6	1006.6	1012.1		214.0	216.2	217.3	217.1
-2		5746	5825	5833	5859		241.6	244.7	245.2	245.8		994.8	1007.6	1006.6	1012.1		213.4	216.2	217.3	217.1

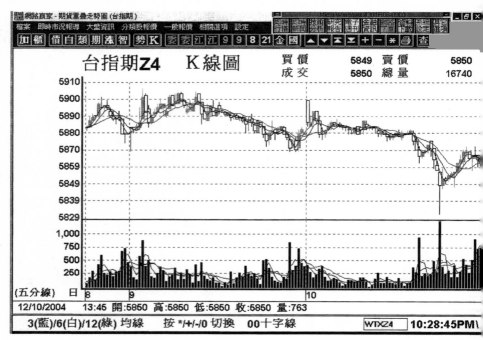

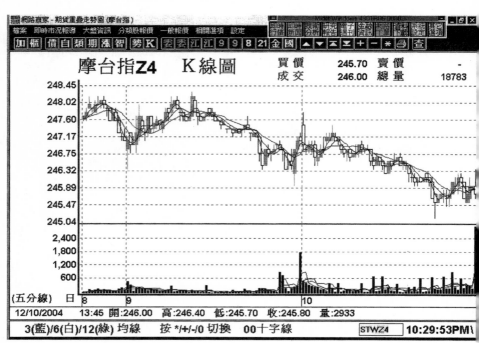

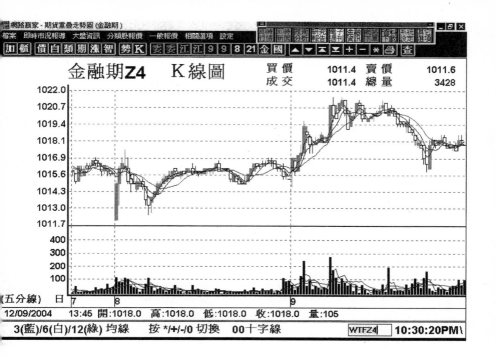

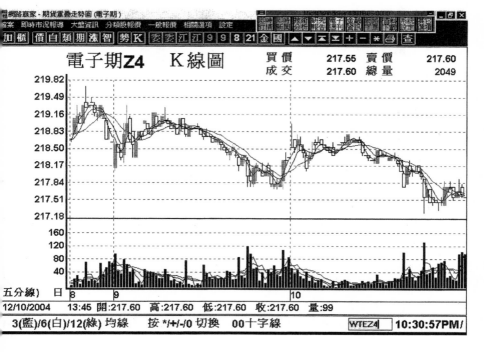

先空 -2　931213　6

	昨收	開盤	今高	今低	收盤
台指期 (69)	5850	5890	6019	5787	5871
摩台指 (6.6)	246.0	250.5	252.7	242.5	244.5
金融期 (9.3)	1011.4	1000.2	1020.0	985.0	1000.0
電子期	217.6	219.5	224.1	216.5	219.5

（台左 6 ／ 摩左 0.2 ／ 金左 1.0 ／ 電左 0.2 — 欄位：振幅 預測 實際 反向）

idx	台:振幅	台:預測	台:實際	台:反向	摩:振幅	摩:預測	摩:實際	摩:反向	金:振幅	金:預測	金:實際	金:反向	電:振幅	電:預測	電:實際	電:反向
17	6079	5885	6019	5931	255.6	248.4	252.7	252.3	1051.0	1011.4	1020.0	1007.2	226.1	219.0	224.1	221.0
16	6022	5885	6019	5931	253.3	248.4	252.7	252.3	1041.2	1011.4	1020.0	1007.2	224.0	219.0	3.7	221.0
15	5977	5885	3.732	5931	251.3	248.4	3.7	反向	1033.4	1011.4	1020.0	1007.2	222.3	219.0	3.7	221.0
14	5943	5885	4	5931	249.9	248.4	3.7	反向	1027.5	1011.4	1020.0	1007.2	221.1	219.0	3.7	221.0
13	5920	5885	4	反向	249.0	248.4	3.7	反向	1023.6	1011.4	1020.0	1007.2	220.2	219.0	3.7	反向
12	5909	5885	4	反向	248.5	248.4	3.7	248.7	1021.6	1011.4	1020.0	1007.2	219.8	219.0	3.7	反向
11	5903	5885	4	反向	248.2	19.3	3.7	248.7	1020.6	1011.4	1020.0	1007.2	219.6	219.0	3.7	反向
10	5898	5885	4	反向	248.0	19.3	3.7	248.7	1019.6	1011.4	3.7	1007.2	219.4	219.0	3.7	反向
9	5892	5885	4	反向	247.8	19.3	3.7	248.7	1018.6	1011.4	3.7	1007.2	219.2	219.0	3.7	反向
8	5886	5885	4	反向	247.5	19.3	3.7	248.7	1017.7	1011.4	3.7	1007.2	218.9	9.5	3.7	反向
7	5881	8	4	反向	247.3	19.3	3.7	248.7	1016.7	1011.4	3.7	1007.2	218.7	9.5	3.7	反向
6	5875	8	4	反向	247.0	19.3	3.7	248.7	1015.7	1011.4	3.7	1007.2	218.5	9.5	3.7	反向
5	5869	8	4	5871	246.8	19.3	3.7	248.7	1014.7	1011.4	3.7	1007.2	218.3	9.5	3.7	反向
4	5864	8	4	反向	246.6	19.3	3.7	248.7	1013.7	1011.4	3.7	1007.2	218.1	9.5	3.7	218.0
3	5858	8	4	反向	246.3	246.5	3.7	248.7	1012.8	1011.4	3.7	1007.2	217.9	9.5	3.7	218.0
2	5852	8	4	反向	246.1	246.5	3.7	248.7	1011.8	1011.4	3.7	1007.2	217.7	9.5	3.7	218.0
1	5847	8	4	5849	245.9	246.5	3.7	248.7	1010.8	-10.9	3.7	1007.2	217.5	9.5	3.7	218.0
0	5841	8	4	5849	245.6	246.5	3.7	248.7	1009.8	-10.9	3.7	1007.2	217.3	217.3	3.7	218.0
-1	5835	5839	4	5849	245.4	246.5	3.7	248.7	1008.8	-10.9	3.7	1007.2	217.0	217.3	3.7	218.0
-2	5830	5839	4	5849	245.1	246.5	3.7	248.7	1007.9	-10.9	3.7	1007.2	216.8	217.3	3.7	218.0
-3	5824	5839	4	5849	244.9	246.5	3.7	248.7	1006.9	-10.9	3.7	反向	216.6	217.3	3.7	218.0
-4	5818	5839	4	5849	244.7	246.5	3.7	248.7	1005.9	-10.9	3.7	反向	216.4	217.3	216.5	218.0
-5	5812	5839	4	5849	244.4	246.5	3.7	244.5	1004.9	-10.9	3.7	反向	216.2	217.3	216.5	218.0
-6	5807	5839	4	5849	244.2	246.5	3.7	248.7	1003.9	-10.9	3.7	反向	216.0	217.3	216.5	218.0
-7	5801	5839	4	5849	243.9	246.5	3.7	248.7	1003.0	1003.5	3.7	反向	215.8	217.3	216.5	218.0
-8	5795	5839	4	5849	243.7	246.5	3.7	248.7	1002.0	1003.5	3.7	反向	215.6	217.3	216.5	218.0
-9	5790	5839	4	5849	243.5	246.5	3.7	248.7	1001.0	1003.5	3.7	反向	215.4	217.3	216.5	218.0
-10	5784	5839	5787	5849	243.2	246.5	3.7	248.7	1000.0	1003.5	3.7	1000.0	215.1	217.3	216.5	218.0
-11	5778	5839	5787	5849	243.0	246.5	3.7	248.7	999.0	1003.5	3.7	反向	214.9	217.3	216.5	218.0
-12	5773	5839	5787	5849	242.8	246.5	3.7	248.7	998.0	1003.5	3.7	反向	214.7	217.3	216.5	218.0
-13	5761	5839	5787	5849	242.5	246.5	242.5	248.7	996.1	1003.5	3.7	993.2	214.3	217.3	216.5	218.0
-14	5739	5839	5787	5849	241.3	246.5	242.5	248.7	992.2	1003.5	3.7	993.2	213.5	217.3	216.5	218.0
-15	5705	5839	5787	5849	239.9	246.5	242.5	248.7	986.3	1003.5	3.7	993.2	212.2	217.3	216.5	218.0
-16	5659	5839	5787	5849	238.0	246.5	242.5	248.7	978.4	1003.5	985.0	993.2	210.5	217.3	216.5	218.0

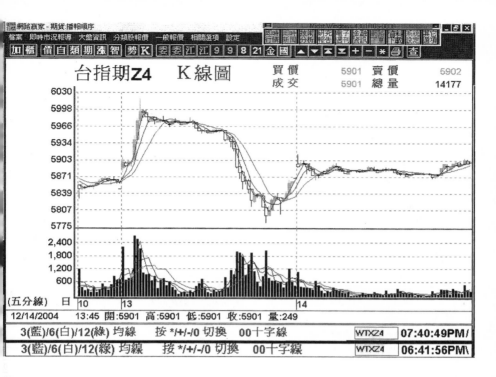

台指期 (52) ｜ 摩台指 (0.3) ｜ 金融期 (3.4) ｜ 電子期 (0.9)

渾沌	台 昨收	台 開盤	台 今高	台 今低	台 收盤	摩 昨收	摩 開盤	摩 今高	摩 今低	摩 收盤	金 昨收	金 開盤	金 今高	金 今低	金 收盤	電 昨收	電 開盤	電 今高	電 今低	電 收盤
931214	5871	5898	5916	5868	5901	244.5	246.9	247.4	245.2	246.6	1000	1007	1007	1004		219.5	220.3	221.5	219.8	221.2
5	振幅	預測	實際	反向	0.2	振幅	預測	實際	反向	0.8	振幅	預測	實際	反向	0.2	振幅	預測	實際	反向	

渾沌	台	開盤	今高	今低	收盤	摩	開盤	今高	今低	收盤	金	開盤	今高	今低	收盤	電	開盤	今高	今低	收盤
10	10	5947	5916	5916	反向	10	247.6	246.8	247.4	反向	10	1012.9	1008.5	1007.2	反向	10	222.3	221.1	221.5	反向
9	9	5942	5916	5916	反向	9	247.5	246.8	5.3	反向	9	1012.1	1008.5	1007.2	反向	9	222.2	221.1	221.5	反向
8	8	5938	5916	5916	反向	8	247.3	246.8	5.3	反向	8	1011.3	1008.5	1007.2	反向	8	222.0	221.1	221.5	反向
7	7	5933	5916	5916	反向	7	247.1	246.8	5.3	反向	7	1010.6	1008.5	1007.2	反向	7	221.8	221.1	221.5	反向
6	6	5929	5916	5916	反向	246.9	246.9	246.8	5.3	反向	6	1009.8	1008.5	1007.2	反向	6	221.7	221.1	221.5	反向
5	5	5924	5916	5916	反向	5	246.7	12.0	5.3	反向	5	1009.0	1008.5	1007.2	反向	5	221.5	221.1	5.3	反向
4	4	5920	5916	5916	反向	4	246.5	12.0	246.6	246.6	4	1008.3	8.6	1007.2	反向	4	221.3	221.1	5.3	反向
3	3	5915	5	5	反向	3	246.3	12.0	5.3	反向	1007	1007.5	8.6	1007.2		3	221.1	221.1	5.3	221.2
2	2	5911	5	5	反向	2	246.1	12.0	5.3	反向	2	1006.7	8.6	5.3	反向	2	221.0	4.0	5.3	反向
1	1	5906	5	5	反向	1	246.0	12.0	5.3	反向	1	1006.0	8.6	5.3	反向	1	220.6	4.0	5.3	反向
0	0	5902	5	5	5901	0	245.8	12.0	5.3	反向	0	1005.2	8.6	5.3	反向	0	220.6	4.0	5.3	反向
-1	5898	5897	5	5	反向	-1	245.6	12.0	5.3	反向	-1	1004.4	8.6	5.3	1004.4	-1	220.3	4.0	5.3	反向
-2	-2	5893	5	5	反向	-2	245.4	12.0	5.3	反向	-2	1003.7	8.6	5.3	反向	220.3	220.3	4.0	5.3	反向
-3	-3	5888	5	5	反向	-3	245.2	12.0	5.3	反向	-3	1002.9	8.6	5.3	反向	-3	220.1	4.0	5.3	反向
-4	-4	5884	5	5	反向	-4	245.0	12.0	245.2	245.2	-4	1002.1	8.6	5.3	反向	-4	220.0	4.0	5.3	反向
-5	-5	5879	5	5	反向	-5	244.8	12.0	245.2	245.2	-5	1001.4	8.6	5.3	反向	-5	219.8	4.0	5.3	反向
-6	-6	5875	5	5	反向	-6	244.6	12.0	245.2	245.2	-6	1000.6	8.6	5.3	反向	-6	219.6	4.0	219.8	反向
-7	-7	5870	5	5	反向	-7	244.5	244.6	245.2	245.2	-7	999.8	8.6	5.3	1000.1	-7	219.5	4.0	219.8	反向
-8	-8	5866	5	5868	反向	-8	244.3	244.6	245.2	245.2	-8	999.1	999.7	5.3	1000.1	-8	219.3	4.0	219.8	反向
-9	-9	5861	5864	5868	反向	-9	244.1	244.6	245.2	245.2	-9	998.3	999.7	5.3	1000.1	-9	219.1	219.2	219.8	反向
-10	-10	5857	5864	5868	反向	-10	243.9	244.6	245.2	245.2	-10	997.5	999.7	998.0	1000.1	-10	219.0	219.2	219.8	反向
-11	-11	5852	5864	5868	反向	-11	243.7	244.6	245.2	245.2	-11	996.8	999.7	998.0	1000.1	-11	218.8	219.2	219.8	反向
-12	-12	5848	5864	5868	反向	-12	243.5	244.6	245.2	245.2	-12	996.0	999.7	998.0	1000.1	-12	218.6	219.2	219.8	反向

台指期 (291) ｜ 摩台指 (14.5) ｜ 金融期 (0.7) ｜ 電子期 (11.6)

渾沌	台 昨收	台 開盤	台 今高	台 今低	台 收盤	摩 昨收	摩 開盤	摩 今高	摩 今低	摩 收盤	金 昨收	金 開盤	金 今高	金 今低	金 收盤	電 昨收	電 開盤	電 今高	電 今低	電 收盤
931215	5903	5929	6033	6015	6015	246.6	248.7	253.6	248.3	253.0	996.8	1000	1006.6	993.6	1006.0	221.5	223.4	227.4	223.0	226.7
8	振幅	預測	實際	反向	0.3	振幅	預測	實際	反向	1.3	振幅	預測	實際	反向	0.3	振幅	預測	實際	反向	

渾沌	台	開盤	今高	今低	收盤	摩	開盤	今高	今低	收盤	金	開盤	今高	今低	收盤	電	開盤	今高	今低	收盤
14	14	6101	5946	6033	5994	14	254.9	248.7	253.6	250.4	14	1030.3	1003.7	1006.6	1011.0	14	228.9	223.4	227.4	225.0
13	13	6070	5946	6033	5994	13	253.6	248.7	3.5	250.4	13	1025.0	1003.7	1006.6	1011.0	13	227.8	223.4	227.4	225.0
12	12	6054	5946	6033	5994	12	252.9	248.7	3.5	253	12	1022.4	1003.7	1006.6	1011.0	12	227.2	223.4	3.5	225.0
11	11	6047	5946	6033	5994	11	252.6	248.7	3.5	250.4	11	1021.1	1003.7	1006.6	1011.0	11	226.9	223.4	3.5	225.0
10	10	6039	5946	6033	5994	10	252.3	248.7	3.5	250.4	10	1019.7	1003.7	1006.6	1011.0	10	226.6	223.4	3.5	226.7
9	9	6031	5946	3	5994	9	251.9	248.7	3.5	250.4	9	1018.4	1003.7	1006.6	1011.0	9	226.3	223.4	3.5	225.0
8	8	6023	5946	3	5994	8	251.6	248.7	3.5	250.4	8	1017.1	1003.7	1006.6	1011.0	8	226.0	223.4	3.5	225.0
7	7	6015	5946	3	6015	7	251.3	248.7	3.5	250.4	7	1015.8	1003.7	1006.6	1011.0	7	225.7	223.4	3.5	225.0
6	6	6008	5946	3	5994	6	251.0	248.7	3.5	250.4	6	1013.1	1003.7	1006.6	1011.0	6	225.4	223.4	3.5	225.0
5	5	6000	5946	3	5994	5	250.6	248.7	3.5	250.4	5	1013.1	1003.7	1006.6	1011.0	5	225.1	223.4	3.5	225.0
4	4	5992	5946	反向		4	250.3	248.7	反向		4	1011.8	1003.7	1006.6	1011.0	4	224.8	223.4	反向	
3	3	5984	5946	反向		3	250.0	248.7	反向		3	1010.5	1003.7	反向		3	224.5	223.4	反向	
2	2	5976	5946	反向		2	249.7	248.7	反向		2	1009.2	1003.7	反向		2	224.3	223.4	反向	
1	1	5968	5946	反向		1	249.3	248.7	反向		1	1007.9	1003.7	1006.6	反向	1	223.9	223.4	反向	
0	0	5961	5946	反向		0	249.0	248.7	反向		0	1006.5	1003.7	3.5	1006.0	0	223.7	223.4	反向	
-1	-1	5953	5946	反向		248.7	248.7	6.5	3.5	反向	-1	1005.2	1003.7	3.5	反向	223.4	223.4	6.5	3.5	反向
-2	-2	5945	3	反向		-2	248.4	6.5	3.5	反向	-2	1003.9	1003.7	3.5	反向	-2	223.1	6.5	3.5	反向
-3	-3	5937	3	反向		-3	248.0	6.5	248.3	反向	-3	1002.6	2.5	3.5	反向	-3	222.8	6.5	223.0	反向
-4	5929	5929	3	反向		-4	247.7	6.5	248.3	反向	-4	1001.3	2.5	3.5	反向	-4	222.5	6.5	223.0	反向
-5	-5	5922	3	反向		-5	247.4	6.5	248.3	反向	1000	999.9	2.5	反向		-5	222.2	6.5	223.0	反向
-6	-6	5914	5920	反向		-6	247.0	6.5	248.3	反向	-6	998.6	2.5	3.5	反向	-6	221.9	6.5	223.0	反向
-7	-7	5906	3	5920	反向	-7	246.7	6.5	248.3	247	-7	997.3	2.5	3.5	反向	-7	221.6	6.5	223.0	221.8
-8	-8	5898	3	5920	反向	-8	246.4	246.5	248.3	247	-8	996.0	2.5	3.5	反向	-8	221.3	221.4	223.0	221.8
-9	-9	5890	5892	5920	反向	-9	246.1	246.5	248.3	247	-9	994.7	2.5	3.5	反向	-9	221.0	221.4	223.0	221.8
-10	-10	5882	5892	5920	反向	-10	245.7	246.5	248.3	247	-10	993.3	994.5	993.6	反向	-10	220.7	221.4	223.0	221.8
-11	-11	5875	5892	5920	反向	-11	245.4	246.5	248.3	247	-11	992.0	994.5	993.6	反向	-11	220.4	221.4	223.0	221.8
-12	-12	5867	5892	5920	反向	-12	245.1	246.5	248.3	247	-12	990.7	994.5	993.6	反向	-12	220.1	221.4	223.0	221.8
-13	-13	5851	5892	5920	5864	-13	244.4	246.5	248.3	247	-13	988.1	994.5	993.6	989.0	-13	219.6	221.4	223.0	221.8

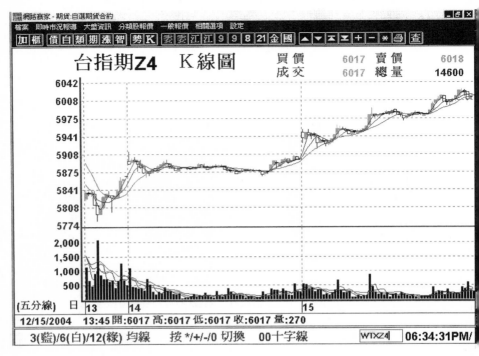

先空 / 台指期 (參數 5), 摩台指 (參數 0.1), 金融期 (參數 31.6), 電子期 (參數 0.6) — 日期 931216

先空	台指期 昨收	開盤	今高	今低	收盤	摩台指 昨收	開盤	今高	今低	收盤	金融期 昨收	開盤	今高	今低	收盤	電子期 昨收	開盤	今高	今低	收盤
-4	昨收	開盤	今高	今低	收盤	昨收	開盤	今高	今低	收盤	昨收	開盤	今高	今低	收盤	昨收	開盤	今高	今低	收盤
931216	6015	6005	6030	5996	6020	253	253.4	254	251.9	253.4	1006	1006	1016	1002	1013	226.7	227.1	227.5	225.4	226.4
9	振幅	預測	實際	反向	0.4	振幅	預測	實際	反向	1.5	振幅	預測	實際	反向	0.3	振幅	預測	實際	反向	
5	5	6097	6047	6030	6047	5	256.4	254.6	254.0	256.2	5	1019.6	1012.0	1016.0	1013.0	5	229.8	228.2	227.5	229.6
4	4	6088	6047	6030	6047	4	256.1	254.6	254.0	反向	4	1018.1	1012.0	1016.0	1013.0	4	229.4	228.2	227.5	反向
3	3	6079	6047	6030	6047	3	255.7	254.6	254.0	反向	3	1016.6	1012.0	1016.0	1013.0	3	229.1	228.2	227.5	反向
2	2	6069	6047	6030	6047	2	255.3	254.6	254.0	反向	2	1015.1	1012.0	3.4	1013.0	2	228.8	228.2	227.5	反向
1	1	6060	6047	6030	6047	1	254.9	254.6	254.0	反向	1	1013.6	1012.0	3.4	1013.0	1	228.4	228.2	227.5	反向
0	0	6051	6047	6030	6047	0	254.5	1.1	254.0	反向	0	1012.1	1012.0	3.4	反向	0	228.1	1.2	227.5	反向
-1	-1	6042	-1	6030	反向	-1	254.1	1.1	254.0	反向	-1	1010.6	0.1	3.4	反向	-1	227.7	1.2	227.5	反向
-2	-2	6033	-1	6030	反向	-2	253.8	1.1	3.4	反向	-2	1009.1	0.1	3.4	反向	-2	227.4	1.2	3.4	反向
-3	-3	6024	-1	3	6020	253.4	253.4	1.1	3.4	253.4	-3	1007.5	0.1	3.4	反向	227.1	227.0	1.2	3.4	反向
-4	-4	6015	-1	3	反向	-4	253.0	1.1	3.4	反向	1006	1006.0	0.1	3.4	反向	-4	226.4	1.2	3.4	反向
-5	6005	6006	-1	3	反向	-5	252.6	1.1	3.4	反向	-5	1004.5	0.1	3.4	反向	-5	226.4	1.2	3.4	226.4
-6	-6	5997	-1	3	反向	-6	252.2	1.1	3.4	反向	-6	1003.0	0.1	3.4	反向	-6	226.0	1.2	3.4	反向
-7	-7	5988	-1	5996	反向	-7	251.9	252.0	251.9	反向	-7	1001.5	0.1	1002.0	反向	-7	225.7	225.8	3.4	反向
-8	-8	5979	5985	5996	反向	-8	251.5	252.0	251.9	反向	-8	1000.0	1001.5	1002.0	反向	-8	225.3	225.8	225.4	反向
-9	-9	5970	5985	5996	反向	-9	251.1	252.0	251.9	反向	-9	998.5	1001.5	1002.0	999.0	-9	225.0	225.8	225.4	反向
-10	-10	5961	5985	5996	5963	-10	250.7	252.0	251.9	反向	-10	997.0	1001.5	1002.0	999.0	-10	224.7	225.8	225.4	反向
-11	-11	5952	5985	5996	5963	-11	250.3	252.0	251.9	250.6	-11	995.4	1001.5	1002.0	999.0	-11	224.3	225.8	225.4	224.6
-12	-12	5943	5985	5996	5963	-12	250.0	252.0	251.9	250.6	-12	993.9	1001.5	1002.0	999.0	-12	224.0	225.8	225.4	224.6

先多 / 台指期 (參數 4), 摩台指 (參數 0.3), 金融期 (參數 0.9), 電子期 (參數 1.4) — 日期 931217

先多	台指期 昨收	開盤	今高	今低	收盤	摩台指 昨收	開盤	今高	今低	收盤	金融期 昨收	開盤	今高	今低	收盤	電子期 昨收	開盤	今高	今低	收盤
4	昨收	開盤	今高	今低	收盤	昨收	開盤	今高	今低	收盤	昨收	開盤	今高	今低	收盤	昨收	開盤	今高	今低	收盤
931217	6020	6011	6029	6001	6019	253.4	252.7	254.1	252.3	253.2	1013.0	1013.0	1019.6	1012.0	1014.0	226.4	225.9	226.4	225.1	225.7
9	振幅	預測	實際	反向	0.4	振幅	預測	實際	反向	1.5	振幅	預測	實際	反向	0.3	振幅	預測	實際	反向	
14	14	6122	6042	6029	6053	14	257.7	254.2	254.1	255.5	14	1030.2	1017.3	1019.6	1020.1	14	230.2	227.2	226.4	228.4
13	13	6086	6042	6029	6053	13	256.2	254.2	254.1	255.5	13	1024.1	1017.3	1019.6	1020.1	13	228.8	227.2	226.4	228.4
12	12	6068	6042	6029	6053	12	255.4	254.2	254.1	反向	12	1021.1	1017.3	1019.6	1020.1	12	228.2	227.2	226.4	228.4
11	11	6059	6042	6029	6053	11	255.0	254.2	254.1	反向	11	1019.6	1017.3	3.6	反向	11	227.8	227.2	226.4	反向
10	10	6050	6042	6029	反向	10	254.7	254.2	254.1	反向	10	1018.1	1017.3	3.6	反向	10	227.5	227.2	226.4	反向
9	9	6041	-1	6029	反向	9	254.4	254.2	254.1	反向	9	1016.6	0.1	3.6	反向	9	227.1	-1.3	226.4	反向
8	8	6032	-1	6029	反向	8	253.9	-1.8	3.6	反向	8	1015.0	0.1	3.6	反向	8	226.8	-1.3	226.4	反向
7	7	6023		4	6019	7	253.5	-1.8	3.6	反向	1013	1013.5	0.1	3.6	1014.0	7	226.5	-1.3	226.4	反向
6	6011	6014		4	反向	6	253.1	-1.8	3.6	253.2	6	1012.0	0.1	1012.0	反向	6	226.1	-1.3	3.6	反向
5	5	6005		4	反向	252.7	252.8	-1.8	3.6	反向	5	1010.5	0.1	1012.0	反向	225.9	225.8	-1.3	3.6	225.7
4	4	5996	4	6001	反向	4	252.4	-1.8	3.6	反向	4	1008.5	0.1	1012.0	反向	4	225.4	-1.3	3.6	反向
3	3	5987	-1	6001	反向	3	252.0	-1.8	252.3	反向	3	1007.4	0.1	1012.0	反向	3	225.1	-1.3	3.6	反向
2	2	5978	-1	6001	反向	2	251.6	-1.8	252.3	反向	2	1005.9	0.1	1012.0	反向	2	224.8	-1.3	225.1	反向
1	1	5969	5974	6001	5969	1	251.2	251.3	252.3	反向	1	1004.4	1005.7	1012.0	1005.9	1	224.4	224.6	225.1	反向
0	0	5960	5974	6001	5969	0	250.9	251.3	252.3	反向	0	1002.9	1005.7	1012.0	1005.9	0	224.1	224.6	225.1	反向
-1	-1	5951	5974	6001	5969	-1	250.5	251.3	252.3	反向	-1	1001.4	1005.7	1012.0	1005.9	-1	223.7	224.6	225.1	反向
-2	-2	5942	5974	6001	5969	-2	250.1	251.3	252.3	反向	-2	999.8	1005.7	1012.0	1005.9	-2	223.4	224.6	225.1	223.4
-3	-3	5933	5974	6001	5969	-3	249.7	251.3	252.3	249.9	-3	998.3	1005.7	1012.0	1005.9	-3	223.1	224.6	225.1	223.4

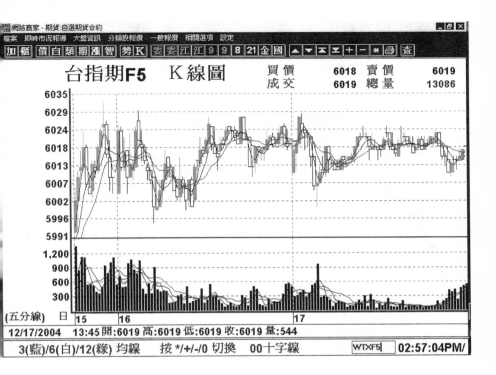

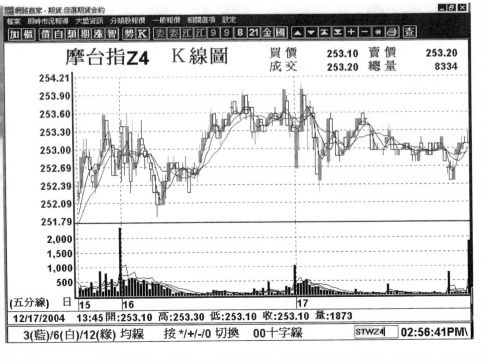

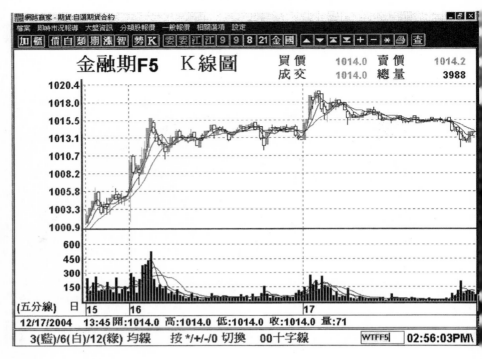

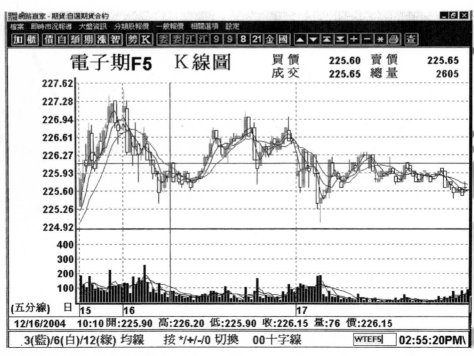

先空

先空	台指期 164					摩台指 10.6					金融期 22.8					電子期 6.0				
-4	昨收	開盤	今高	今低	收盤	昨收	開盤	今高	今低	收盤	昨收	開盤	今高	今低	收盤	昨收	開盤	今高	今低	收盤
31220	6019	5921	5992	5911	5962	253.2	249.0	252.2	248.0	250.5	1014.0	1002.0	1008.6	997.0	1006.0	225.7	223.0	224.9	222.0	224.0
9		振幅	預測	實際	反向	0.4	振幅	預測	實際	反向	1.5	振幅	預測	實際	反向	0.3	振幅	預測	實際	反向
4	6064	6014	5992		5962	255.1	253.0	252.2		250.7	1021.5	1014.7	1008.6		1009.0	227.3	225.8	224.9		224.4
3	6055	6014	5992		5962	254.7	253.0	252.2		250.7	1020.0	1014.7	1008.6		1009.0	227.0	225.8	224.9		224.6
2	6046	6014	5992		5962	254.3	253.0	252.2		250.7	1018.5	1014.7	1008.6		1009.0	226.6	225.8	224.9		224.6
1	6036	6014	5992		5962	253.9	253.0	252.2		250.7	1016.9	1014.7	1008.6		1009.0	226.3	225.8	224.9		224.6
0	6027	6014	5992		5962	253.6	253.0	252.2		250.7	1015.4	1014.7	1008.6		1009.0	226.0	225.8	224.9		224.6
-1	6018	6014	5992		5962	253.2	253.0	252.2		250.7	1013.9	-7.6	1008.6		1009.0	225.6	-7.6	224.9		224.6
-2	6009	-11	5992		5962	252.8	-10.8	252.2		250.7	1012.3	-7.6	1008.6		1009.0	225.3	-7.6	224.9		224.6
-3	6000	-11	5992		5962	252.4	-10.8	252.2		250.7	1010.8	-7.6	1008.6		1009.0	224.9	-7.6	3.3		224.6
-4	5991	-11	3		5962	252.0	-10.8	3.3		250.7	1009.3	-7.6	1008.6		1009.0	224.6	-7.6	3.3		224.6
-5	5982	-11	3		5962	251.6	-10.8	3.3		250.7	1007.7	-7.6	3.3		反向	224.3	-7.6	3.3		反向
-6	5973	-11	3		5962	251.2	-10.8	3.3		250.7	1006.2	-7.6	3.3		1006.0	223.9	-7.6	3.3		224.0
-7	5964	-11	3		5962	250.9	-10.8	3.3		250.7	1004.7	-7.6	3.3		反向	223.6	-7.6	3.3		反向
-8	5954	-11	3		反向	250.5	-10.8	3.3		250.5	1003.1	1004.4	3.3		反向	223.2	223.5	3.3		反向
-9	5945	5953	3		反向	250.1	250.4	3.3		反向	1002	1001.6	1004.4	3.3	反向	223	222.9	223.5	3.3	反向
-10	5936	5953	3		反向	249.7	250.4	3.3		反向	998.5	1004.4	3.3		反向	222.5	223.5	3.3		反向
-11	5927	5953	3		反向	249.3	250.4	3.3		反向	998.5	1004.4	3.3		反向	222.2	223.5	3.3		反向
-12	5921	5918	5953	3	反向	249	248.9	250.4	3.3	反向	997.0	1004.4	997.0		反向	221.9	223.5	222.0		反向
-13	5900	5953	5911		反向	248.2	250.4	3.3		反向	993.9	1004.4	997.0		995.0	221.2	223.5	222.0		221.4
-14	5863	5953	5911	5880		246.6	250.4	248.0		247.3	987.8	1004.4	997.0		995.0	219.8	223.5	222.0		221.4

先多

先多	台指期 50					摩台指 0.7					金融期 3.1					電子期 0.7				
	昨收	開盤	今高	今低	收盤	昨收	開盤	今高	今低	收盤	昨收	開盤	今高	今低	收盤	昨收	開盤	今高	今低	收盤
931221	5962	5976	5989	5961	5978	250.5	250.0	251.9	250.0	250.9	1006.0	1008.0	1012.0	1005.0	1011.8	224.0	224.0	224.5	223.5	223.9
8		振幅	預測	實際	反向	0.3	振幅	預測	實際	反向	1.3	振幅	預測	實際	反向	0.3	振幅	預測	實際	反向
10	6032	6000	5989		6018	253.4	251.7	251.9		251.8	1017.8	1012.6	1012.0		1015.1	226.6	225.3	224.5		226.5
9	6024	6000	5989		6018	253.1	251.7	251.9		251.8	1016.5	1012.3	1012.0		1015.1	226.3	225.3	224.5		反向
8	6017	6000	5989		反向	252.8	251.7	251.9		251.8	1015.3	1012.3	1012.0		1015.1	226.1	225.3	224.5		反向
7	6009	6000	5989		反向	252.5	251.7	251.9		251.8	1014.0	1012.3	1012.0		反向	225.8	225.3	224.5		反向
6	6002	6000	5989		反向	252.2	251.7	251.9		251.8	1012.7	1012.3	1012.0		反向	225.5	225.3	224.5		反向
5	5994	1	5989		反向	251.9	251.7	3.8		251.8	1011.4	1.0	3.8		1011.8	225.2	-0.6	224.5		反向
4	5987	1		4	反向	251.5	-2.1	3.8		反向	1010.2	1.0	3.8		反向	224.9	-0.6	224.5		反向
3	5976	5979	1	4	5978	251.2	-2.1	3.8		反向	1008.9	1.0	3.8		反向	224.6	-0.6	224.5		反向
2	5972	1		4	反向	250.9	-2.1	3.8		250.9	1008	1007.6	1.0	3.8	反向	224.3	-0.6	3.8		反向
1	5964	1		4	反向	250.6	-2.1	3.8		反向	1006.3	1.0	3.8		反向	224.1	-0.6	3.8		反向
0	5957			5961	反向	250.3	-2.1	3.8		反向	1005.1	1.0	3.8		反向	223.8	-0.6	3.8		223.9
-1	5949			5961	反向	250	250.0		250.0	反向	1003.8	1.0		1005.0	反向	223.5	-0.6		223.5	反向
-2	5941	1		5961	反向	249.6	-2.1		250.0	反向	1002.5	1.0		1005.0	反向	223.2	-0.6		223.5	反向
-3	5934	5938		5961	5934	249.3	249.1		250.0	反向	1001.3	1001.9		1005.0	反向	222.9	-0.6		223.5	反向
-4	5926	5938		5961	5934	249.0	249.1		250.0	反向	1000.0	1001.9		1005.0	1000.9	222.7	222.9		223.5	反向
-5	5919	5938		5961	5934	248.7	249.1		250.0	反向	998.7	1001.9		1005.0	1000.9	222.4	222.9		223.5	反向
-6	5911	5938		5961	5934	248.4	249.1		250.0	反向	997.4	1001.9		1005.0	1000.9	222.1	222.9		223.5	反向
-7	5904	5938		5961	5934	248.0	249.1		250.0	248.3	996.2	1001.9		1005.0	1000.9	221.8	222.9		223.5	反向
-8	5896	5938		5961	5934	247.7	249.1		250.0	248.3	994.9	1001.9		1005.0	1000.9	221.5	222.9		223.5	221.5

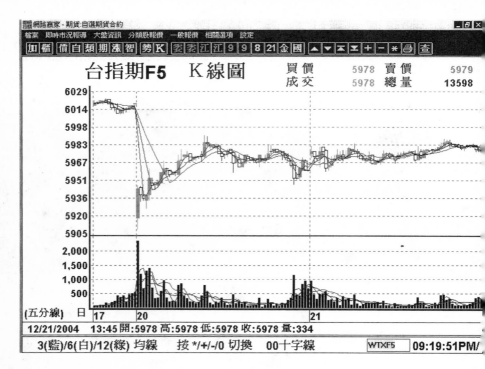

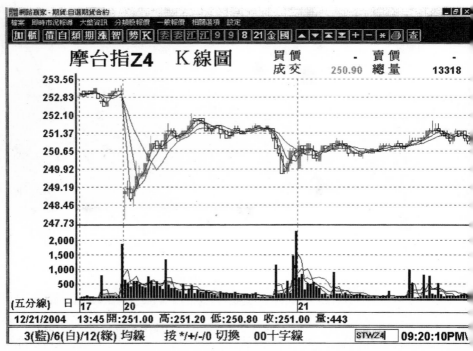

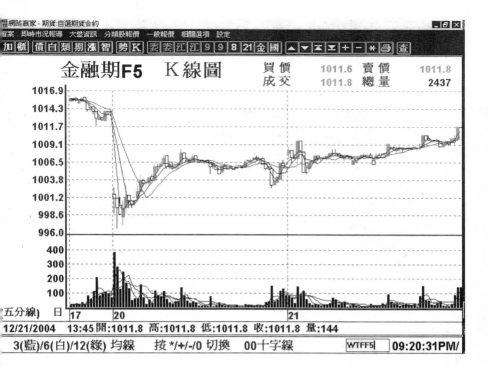

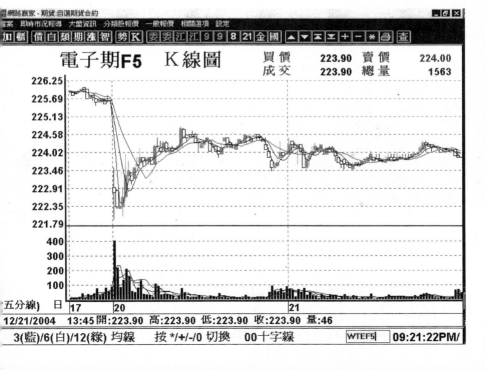

先空 — 台指期 146 / 摩台指 4.4 / 金融期 7.6 / 電子期

先空	昨收	開盤	今高	今低	收盤	昨收	開盤	今高	今低	收盤	昨收	開盤	今高	今低	收盤	昨收	開盤	今高	今低	收盤
-2																				
931222	5978	6015	6069	6006	6025	250.9	252.5	254.8	252.2	253.3	1011.8	1015.4	1021.4	1014.2	1018.0	223.9	225.4	224.8	225.1	
	6	振幅	預測	實際	反向	0.3	振幅	預測	實際	反向	1.0	振幅	預測	實際	反向	0.2	振幅	預測	實際	反向
13	13	6086	6027	6069	6081	13	255.5	253.0	254.8	255.3	13	1030.2	1019.2	1021.4	1026.6	13	228.0	225.8	227.4	227.0
12	12	6074	6027	6069	反向	12	254.9	253.0	254.8	反向	12	1028.1	1019.2	1021.4	1026.6	12	227.5	225.8	227.4	227.0
11	11	6069	6027	4	反向	11	254.7	253.0	4.5	反向	11	1027.1	1019.2	1021.4	1026.6	11	227.3	225.8	4.5	227.0
10	10	6063	6027	4	反向	10	254.4	253.0	4.5	反向	10	1025.1	1019.2	1021.4	反向	10	227.1	225.8	4.5	227.0
9	9	6057	6027	4	反向	9	254.2	253.0	4.5	反向	9	1025.1	1019.2	1021.4	反向	9	226.8	225.8	反向	反向
8	8	6051	6027	4	反向	8	253.9	253.0	4.5	反向	8	1024.1	1019.2	1021.4	反向	8	226.6	225.8	反向	反向
7	7	6045	6027	4	反向	7	253.7	253.0	4.5	反向	7	1023.1	1019.2	1021.4	反向	7	226.4	225.8	反向	反向
6	6	6039	6027	4	反向	6	253.5	253.0	4.5	反向	6	1022.1	1019.2	1021.4	反向	6	226.2	225.8	反向	反向
5	5	6033	6027	4	反向	5	253.3	253.0	4.5	253.3	5	1021.0	1019.2	4.5	反向	5	225.9	225.8	反向	反向
4	4	6027	6	4	6025	4	252.9	6.0	4.5	反向	4	1020.0	1019.2	4.5	反向	4	225.7	6.3	227.4	4.5
3	3	6021	6	4	反向	3	252.7	6.0	4.5	反向	3	1019.0	3.2	4.5	反向	225.4	225.5	6.3	4.5	
2	6015	6015	6	4	反向	252.5	252.4	6.0	4.5	反向	2	1018.0	3.2	4.5	1018.0	2	225.3	6.3	4.5	反向
1	1	6009	6	4	反向	1	252.2	6.0	252.2	反向	1	1017.0	3.2	4.5	反向	1	225.0	6.3	4.5	225.
0	0	6003	6	6006	反向	0	251.9	6.0	252.2	反向	0	1016.0	3.2	4.5	反向	0	224.8	6.3	4.5	反向
-1	-1	5997	6	6006	反向	-1	251.7	6.0	252.2	反向	1015	1014.0	3.2	4.5	反向	-1	224.4	6.3	224.8	反向
-2	-2	5991	6	6006	反向	-2	251.4	6.0	252.2	反向	-2	1014.0	3.2	1014.2	反向	-2	224.4	6.3	224.8	反向
-3	-3	5985	6	6006	反向	-3	251.2	6.0	252.2	反向	-3	1012.9	3.2	1014.2	反向	-3	224.2	6.3	224.8	
-4	-4	5979	6	6006	反向	-4	250.9	6.0	252.2	反向	-4	1011.9	3.2	1014.2	反向	-4	223.9	6.3	224.8	223.
-5	-5	5973	6	6006	反向	-5	250.7	6.0	252.2	反向	-5	1010.9	3.2	1014.2	反向	-5	223.7	6.3	224.8	223.8
-6	-6	5967	5971	6006	反向	-6	250.4	250.6	252.2	反向	-6	1009.9	3.2	1014.2	反向	-6	223.5	223.7	224.8	223.8
-7	-7	5961	5971	6006	反向	-7	250.2	250.6	252.2	反向	-7	1008.9	1009.7	1014.2	反向	-7	223.3	223.7	224.8	223.8
-8	-8	5955	5971	6006	反向	-8	249.9	250.6	252.2	反向	-8	1007.9	1009.7	1014.2	反向	-8	223.0	223.7	224.8	223.8
-9	-9	5949	5971	6006	反向	-9	249.7	250.6	252.2	249.7	-9	1006.9	1009.7	1014.2	反向	-9	222.8	223.7	224.8	223.8
-10	-10	5943	5971	6006	5949	-10	249.4	250.6	252.2	249.7	-10	1005.9	1009.7	1014.2	反向	-10	222.6	223.7	224.8	223.8

先多 — 台指期 104 / 摩台指 7.3 / 金融期 23.8 / 電子期 1.2

先多	昨收	開盤	今高	今低	收盤	昨收	開盤	今高	今低	收盤	昨收	開盤	今高	今低	收盤	昨收	開盤	今高	今低	收盤
4																				
931223	6025	6034	6036	5968	6002	253.3	253.5	253.5	249.9	251.8	1018.0	1020.8	1020.8	1008.0	1016.0	225.1	225.4	225.5	223.5	224.
	6	振幅	預測	實際	反向	0.2	振幅	預測	實際	反向	1.0	振幅	預測	實際	反向	0.2	振幅	預測	實際	反向
13	13	6093	6052	6036	6076	13	256.1	254.4	253.5	255.3	13	1029.2	1023.0	1020.8	1027.9	13	227.6	226.1	225.4	227.
12	12	6081	6052	6036	6076	12	255.7	254.4	253.5	255.3	12	1027.5	1023.0	1020.8		12	227.2	226.1	225.4	227.
11	11	6075	6052	6036	反向	11	255.4	254.4	253.5	255.3	11	1026.5	1023.0	1020.8		11	227.0	226.1	225.4	227.
10	10	6070	6052	6036	反向	10	255.2	254.4	253.5	反向	10	1025.5	1023.0	1020.8		10	226.8	226.1	225.4	反向
9	9	6064	6052	6036	反向	9	254.9	254.4	253.5	反向	9	1024.5	1023.0	1020.8		9	226.5	226.1	225.4	反向
8	8	6058	6052	6036	反向	8	254.7	254.4	253.5	反向	8	1023.5	1023.0	1020.8		8	226.3	226.1	225.4	反向
7	7	6052	6052	6036	反向	7	254.4	254.4	253.5	反向	7	1022.6	3.2	1020.8		7	226.1	226.1	225.4	反向
6	6	6046	2	6036	反向	6	254.2	1.1	253.5	反向	6	1021.6	3.2	1020.8	反向	6	225.9	1.7	225.4	反向
5	5	6041	2	6036	反向	5	254.0	1.1	253.5	反向	1021	1020.6	3.2	3.8	反向	5	225.7	1.7	225.4	反向
4	6034	6035	2	4	反向	4	253.7	1.1	253.5	反向	4	1019.7	3.2	3.8	反向	225.4	225.5	1.7	225.4	
3	3	6029	2	4	反向	253.5	253.5	1.1	3.8		3	1018.7	3.2	3.8	反向	3	225.3	1.7	3.8	
2	2	6023	2	4	反向	2	253.2	1.1	3.8		2	1017.7	3.2	3.8	反向	2	225.0	1.7	3.8	
1	1	6018	2	4	反向	1	253.0	1.1	3.8		1	1016.7	3.2	3.8	反向	1	224.8	1.7	3.8	
0	0	6012	2	4	反向	0	252.7	1.1	3.8		0	1015.2	3.2	3.8	1016.0	0	224.6	1.7	3.8	
-1	-1	6006	6006	4	反向	-1	252.5	1.1	3.8		-1	1014.8	1015.2	3.8	反向	-1	224.2	1.7	3.8	
-2	-2	6000	6006	6002		-2	252.3	252.4			-2	1013.8	1015.2	3.8	反向	-2	224.2	224.4		
-3	-3	5994	6006	反向		-3	252.0	252.4	反向		-3	1012.8	1015.2	1013.7		-3	224.0	224.4	3.8	224.
-4	-4	5989	6006	5992	251.8	-4	251.5	252.4	3.8	251.8	-4	1011.9	1015.2	1013.7		-4	223.7	224.4	3.8	223.
-5	-5	5983	6006	5992		-5	251.5	252.4	251.7		-5	1010.9	1015.2	1013.7		-5	223.5	224.4	3.8	223.
-6	-6	5977	6006	5992		-6	251.3	252.4	251.7		-6	1009.9	1015.2	1013.7		-6	223.3	224.4	223.5	223.
-7	-7	5971	6006	4	5992	-7	251.0	252.4	251.7		-7	1008.9	1015.2	1013.7		-7	223.1	224.4	223.5	223.
-8	-8	5966	6006	5968	5992	-8	250.8	252.4	251.7		-8	1008.0	1015.2	1008.0	1013.7	-8	222.9	224.4	223.5	223.
-9	-9	5960	6006	5968	5992	-9	250.5	252.4	251.7		-9	1007.0	1015.2	1008.0	1013.7	-9	222.7	224.4	223.5	223.
-10	-10	5954	6006	5968	5992	-10	250.3	252.4	251.7		-10	1006.0	1015.2	1008.0	1013.7	-10	222.5	224.4	223.5	223.
-11	-11	5948	6006	5968	5992	-11	250.1	252.4	3.8	251.7	-11	1005.0	1015.2	1008.0	1013.7	-11	222.3	224.4	223.5	223.
-12	-12	5943	6006	5968	5992	-12	249.8	252.4	249.9	251.7	-12	1004.1	1015.2	1008.0	1013.7	-12	222.0	224.4	223.5	223

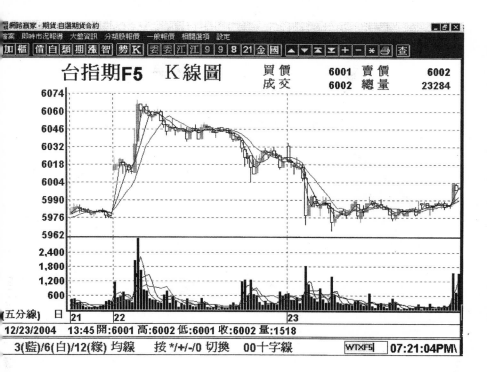

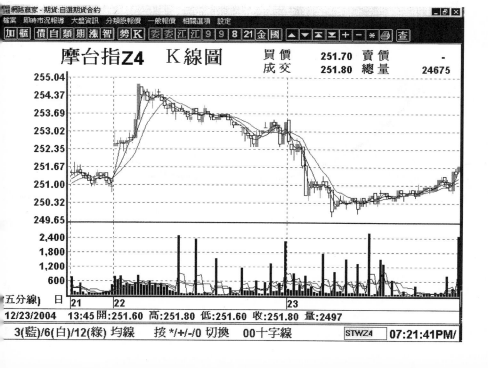

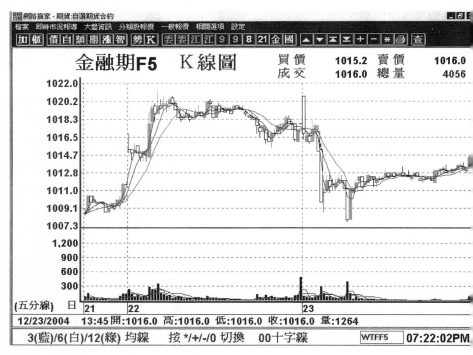

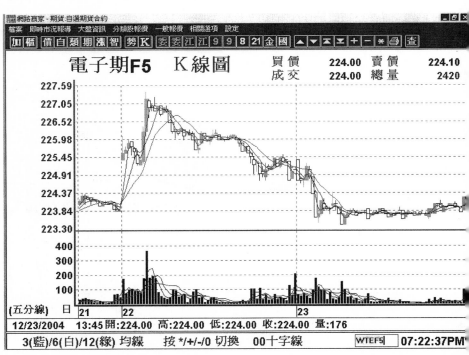

台指期 / 摩台指 / 金融期 / 電子期 指數階梯對照表

先空 (-4)　　031224

台指期					摩台指					金融期					電子期				
135					7.3					7.4					4.9				
昨收	開盤	今高	今低	收盤	昨收	開盤	今高	今低	收盤	昨收	開盤	今高	今低	收盤	昨收	開盤	今高	今低	收盤
6002	6008	6058	5987	6032	251.8	251.6	254.2	250.8	253.0	1016.0	1013.4	1019.6	1013.0	1016.2	224.0	224.2	226.3	223.6	225.3

先空	振幅	預測	實際	反向		振幅	預測	實際	反向		振幅	預測	實際	反向		振幅	預測	實際	反向
	4					0.1					0.6					0.1			
14	6079	6022	6058	6074	14	255.0	252.5	254.2	253.4	14	1029.1	1018.2	1019.6	1020.5	14	226.9	224.7	226.3	226.7
13	6065	6022	6058	反向	13	254.4	252.5	254.2	253.4	13	1026.7	1018.2	1019.6	1020.5	13	226.4	224.7	226.3	反向
12	6058	6022	6058	反向	12	254.2	252.5	3.9	253.4	12	1025.5	1018.2	1019.6	1020.5	12	226.1	224.7	3.9	反向
11	6055	6022	4	反向	11	254.0	252.5	3.9	253.4	11	1024.9	1018.2	1019.6	1020.5	11	226.0	224.7	3.9	反向
10	6051	6022	4	反向	10	253.7	252.5	3.9	253.4	10	1023.7	1018.2	1019.6	1020.5	10	225.8	224.7	3.9	反向
9	6048	6022	4	反向	9	253.7	252.5	3.9	253.4	9	1023.7	1018.2	1019.6	1020.5	9	225.7	224.7	3.9	反向
8	6044	6022	4	反向	8	253.6	252.5	3.9	253.4	8	1023.1	1018.2	1019.6	1020.5	8	225.6	224.7	3.9	反向
7	6041	6022	4	反向	7	253.4	252.5	3.9	253.4	7	1022.5	1018.2	1019.6	1020.5	7	225.4	224.7	3.9	反向
6	6037	6022	4	反向	6	253.3	252.5	3.9	反向	6	1021.9	1018.2	1019.6	1020.5	6	225.3	224.7	3.9	225.3
5	6034	6022	4	6032	5	253.1	252.5	3.9	反向	5	1021.3	1018.2	1019.6	1020.5	5	225.1	224.7	3.9	反向
4	6030	6022	4	反向	4	253.0	252.5	3.9	253	4	1020.7	1018.2	1019.6	1020.5	4	225.0	224.7	3.9	反向
3	6027	6022	4	反向	3	252.8	252.5	3.9	反向	3	1020.2	1018.2	1019.6	反向	3	224.9	224.7	3.9	反向
2	6023	6022	4	反向	2	252.7	252.5	3.9	反向	2	1019.6	1018.2	3.9	反向	2	224.8	224.7	3.9	反向
1	6020	2	4	反向	1	252.5	252.5	3.9	反向	1	1019.0	1018.2	3.9	反向	1	224.7	1.9	3.9	反向
0	6016	2	4	反向	0	252.2	-1.0	3.9	反向	0	1018.4	1018.2	3.9	反向	0	224.5	1.9	3.9	反向
-1	6013	2	4	反向	-1	252.1	-1.0	3.9	反向	-1	1017.8	-4.0	3.9	反向	-1	224.4	1.9	3.9	反向
-2	6008/6009	2	4	反向	-2	252.1	-1.0	3.9	反向	-2	1017.2	-4.0	3.9	反向	-2	224.2/224.3	1.9	3.9	反向
-3	6005	2	4	反向	-3	251.6	-1.0	3.9	反向	-3	1016.6	-4.0	3.9	反向	-3	224.1	1.9	3.9	反向
-4	6002	2	4	反向	-4	251.8	-1.0	3.9	反向	-4	1016.0	-4.0	3.9	1016.2	-4	224.0	1.9	3.9	反向
-5	5998	2	4	反向	-5	251.6	-1.0	3.9	反向	-5	1015.4	-4.0	3.9	反向	-5	223.9	1.9	3.9	反向
-6	5995	2	4	反向	-6	251.5	-1.0	3.9	反向	-6	1014.8	-4.0	3.9	反向	-6	223.7	1.9	3.9	反向
-7	5991	5993	4	反向	-7	251.4	-1.0	3.9	反向	-7	1014.2	-4.0	3.9	反向	-7	223.6	223.6	3.9	反向
-8	5988	5993	4	反向	-8	251.2	251.3	3.9	反向	1013	1013.6	-4.0	3.9	反向	-8	223.5	223.6	223.6	反向
-9	5984	5993	5987	反向	-9	250.9	251.3	3.9	反向	-9	1013.0	1013.2	1013.0	反向	-9	223.4	223.6	223.6	反向
-10	5981	5993	5987	反向	-10	250.9	251.3	3.9	反向	-10	1012.4	1013.2	1013.0	反向	-10	223.2	223.6	223.6	反向
-11	5977	5993	5987	反向	-11	250.8	251.3	250.8	反向	-11	1011.8	1013.2	1013.0	反向	-11	223.1	223.6	223.6	反向
-12	5974	5993	5987	反向	-12	250.6	251.3	250.8	反向	-12	1011.2	1013.2	1013.0	反向	-12	223.0	223.6	223.6	反向
-13	5967	5993	5987	反向	-13	250.3	251.3	250.8	反向	-13	1010.7	1013.2	1013.0	反向	-13	222.7	223.6	223.6	反向
-14	5953	5993	5987	反向	-14	249.7	251.3	250.8	249.8	-14	1007.7	1013.2	1013.0	反向	-14	222.2	223.6	223.6	反向
-15	5932	5993	5987	5942	-15	248.9	251.3	250.8	249.8	-15	1004.1	1013.2	1013.0	1006.3	-15	221.4	223.6	223.6	221.7

渾沌 (0)　　031227

台指期					摩台指					金融期					電子期				
15					0.9					3.1					1.4				
昨收	開盤	今高	今低	收盤	昨收	開盤	今高	今低	收盤	昨收	開盤	今高	今低	收盤	昨收	開盤	今高	今低	收盤
6032	6035	6042	5992	6016	253.0	253.0	253.3	251.0	251.9	1016.2	1018.0	1021.0	1011.0	1014.2	225.3	226.0	226.0	223.8	224.5

渾沌	振幅	預測	實際	反向		振幅	預測	實際	反向		振幅	預測	實際	反向		振幅	預測	實際	反向
	4					0.1					0.6					0.1			
6	6067	6051	6042	反向	6	254.5	253.8	253.3	反向	6	1022.1	1019.8	1021.0	反向	6	226.6	226.2	226.0	反向
5	6064	6051	6042	反向	5	254.3	253.8	253.3	反向	5	1021.5	1019.8	1021.0	反向	5	226.5	226.2	226.0	反向
4	6060	6051	6042	反向	4	254.2	253.8	3.9	反向	4	1020.9	1019.8	3.9	反向	4	226.4	226.2	226.0	反向
3	6057	6051	6042	反向	3	254.0	253.8	253.3	反向	3	1020.4	1019.8	3.9	反向	3	226.2	226.2	226.0	反向
2	6053	6051	6042	反向	2	253.9	253.8	253.3	反向	2	1019.8	3.4	3.9	反向	2	226.1	5.7	226.0	反向
1	6050	1	6042	反向	1	253.7	0.3	253.3	反向	1	1019.3	3.4	3.9	反向	226	226.0	5.7	3.9	反向
0	6046	1	6042	反向	0	253.6	0.3	253.3	反向	0	1018.6	3.4	3.9	反向	0	225.8	5.7	3.9	反向
-1	6043	1	6042	反向	-1	253.4	0.3	253.3	反向	1018	1018.0	3.4	3.9	反向	-1	225.7	5.7	3.9	反向
-2	6039	1	4	反向	-2	253.3	0.3	3.9	反向	-2	1017.4	3.4	3.9	反向	-2	225.6	5.7	3.9	反向
-3	6035/6036	1	4	反向	-3	253/253.0	0.3	3.9	反向	-3	1016.9	3.4	3.9	反向	-3	225.3	5.7	3.9	反向
-4	6032	1	4	反向	253	253.0	0.3	3.9	反向	-4	1016.2	3.4	3.9	反向	-4	225.3	5.7	3.9	反向
-5	6028	1	4	反向	-5	252.9	0.3	3.9	反向	-5	1015.6	3.4	3.9	反向	-5	225.2	5.7	3.9	反向
-6	6025	1	4	反向	-6	252.7	0.3	3.9	反向	-6	1015.0	3.4	3.9	反向	-6	225.0	225.1	3.9	反向
-7	6021	6022	4	反向	-7	252.6	0.3	3.9	反向	-7	1014.4	1014.9	1014.2	反向	-7	224.9	225.1	3.9	反向
-8	6018	6022	4	反向	-8	252.4	252.5	3.9	反向	-8	1013.8	1014.9	3.9	反向	-8	224.8	225.1	3.9	反向
-9	6014	6022	6016	反向	-9	252.3	252.5	3.9	反向	-9	1013.2	1014.9	3.9	反向	-9	224.6	225.1		反向
-10	6011	6022	4	反向	-10	252.1	252.5	3.9	反向	-10	1012.6	1014.9	3.9	反向	-10	224.5	225.1	3.9	224.5
-11	6007	6022	4	反向	-11	252.0	252.5	251.9	反向	-11	1012.0	1014.9	3.9	反向	-11	224.4	225.1	3.9	224.4
-12	6004	6022	4	反向	-12	251.9	252.5	3.9	反向	-12	1011.4	1014.9	3.9	反向	-12	224.2	225.1	3.9	224.4
-13	5997	6022	4	反向	-13	251.5	252.5	3.9	反向	-13	1010.3	1014.9	1011.0	1010.9	-13	224.0	225.1	3.9	224.4
-14	5983	6022	5992	反向	-14	250.9	252.5	251.0	251.2	-14	1007.9	1014.9	1011.0	1010.9	-14	223.5	225.1	223.8	224.4

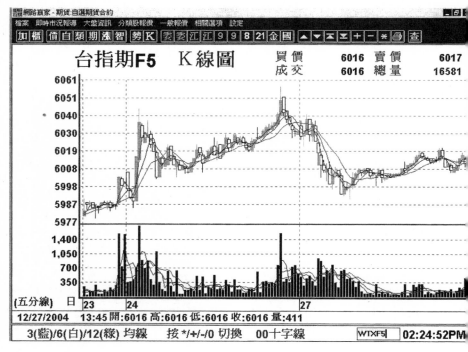

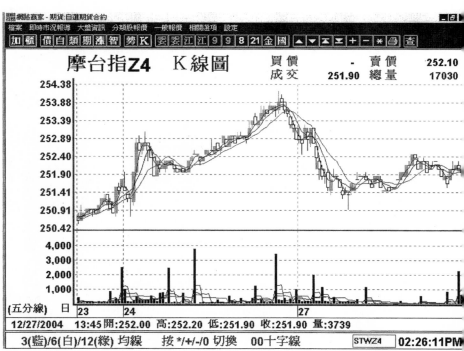

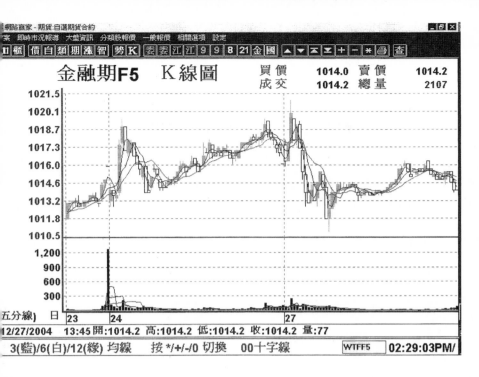

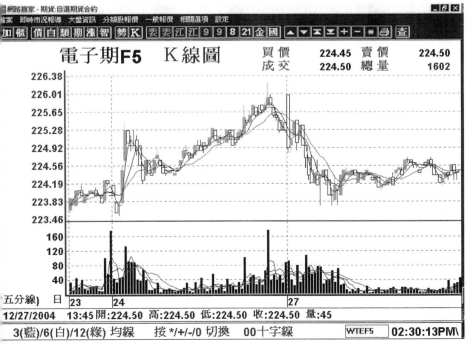

先多

先多		台指期				8	摩台指				0.2	金融期				-0.4	電子期			
4	昨收	開盤	今高	今低	收盤	昨收	開盤	今高	今低	收盤	昨收	開盤	今高	今低	收盤	昨收	開盤	今高	今低	收盤
931228	6016	6008	6045	6008	6020	251.9	253.0	253.5	252.0	252.4	1014.2	1013.6	1017.4	1013.6	1014.2	224.5	223.9	226.0	223.9	225
6		振幅	預測	實際	反向	0.2	振幅	預測	實際	反向	1.0	振幅	預測	實際	反向	0.2	振幅	預測	實際	反
14	14	6102	6039	6045	6074	14	255.5	253.4	253.5	254.8	14	1028.6	1018.4	1017.4	1020.7	14	227.7	225.3	226.0	226
13	13	6078	6039	6045	6074	13	254.5	253.4	253.5	254.8	13	1024.7	1018.4	1017.4	1020.7	13	226.8	225.3	226.0	226
12	12	6067	6039	6045	反向	12	254.0	253.4	253.5	254.8	12	1022.8	1018.4	1017.4	1020.7	12	226.4	225.3	226.0	226
11	11	6061	6039	6045	反向	11	253.8	253.4	253.5	反向	11	1021.8	1018.4	1017.4	1020.7	11	226.2	225.3	226.0	反
10	10	6055	6039	6045	反向	10	253.5	253.4	253.5	反向	10	1020.8	1018.4	1017.4	1020.7	10	226.0	225.3	226.0	反
9	9	6049	6039	6045	反向	9	253.3	4.1	4.6	反向	9	1019.8	1018.4	1017.4	反向	9	225.7	225.3	4.6	反
8	8	6044	6039	5	反向	253	253.1	4.1	4.6	反向	8	1018.8	1018.4	1017.4	反向	8	225.5	225.3	4.6	反
7	7	6038	-2	5	反向	7	252.8	4.1	4.6	反向	7	1017.9	-1.0	1017.4	反向	7	225.3	225.3	4.6	225
6	6	6032	-2	5	反向	6	252.6	4.1	4.6	反向	6	1016.9	-1.0	4.6	反向	6	225.1	-3.2	4.6	反
5	5	6026	-2	5	反向	5	252.3	4.1	4.6	252.4	5	1015.9	-1.0	4.6	反向	5	224.9	-3.2	4.6	反
4	4	6020	-2	5	6020	4	252.1	4.1	4.6	反向	4	1015.0	-1.0	4.6	反向	4	224.7	-3.2	4.6	反
3	3	6015	-2	5	反向	3	251.8	4.1	252.0	反向	1014	1014.0	-1.0	4.6	1014.2	3	224.5	-3.2	4.6	反
2	6008	6009	-2	5	反向	2	251.6	4.1	252.0	反向	2	1013.0	-1.0	1013.6	反向	2	224.2	-3.2	4.6	反
1	1	6003	-2	6008	反向	1	251.4	4.1	252.0	反向	1	1012.0	-1.0	1013.6	反向	1	224.0	-3.2	4.6	反
0	0	5997	-2	6008	反向	0	251.1	4.1	252.0	251.2	0	1011.0	-1.0	1013.6	反向	223.9	223.8	-3.2	223.9	反
-1	-1	5992	-2	6008	反向	-1	250.9	250.9	252.0	251.2	-1	1010.1	-1.0	1013.6	反向	-1	223.7	-3.2	223.9	反
-2	-2	5986	-2	6008	反向	-2	250.6	250.9	252.0	251.2	-2	1009.1	-1.0	1013.6	反向	-2	223.4	-3.2	223.9	反
-3	-3	5980	5981	6008	反向	-3	250.4	250.9	252.0	251.2	-3	1008.1	1008.5	1013.6	反向	-3	223.2	-3.2	223.9	反
-4	-4	5974	5981	6008	反向	-4	250.1	250.9	252.0	251.2	-4	1007.1	1008.5	1013.6	反向	-4	222.9	223.1	223.9	反
-5	-5	5968	5981	6008	反向	-5	249.9	250.9	252.0	251.2	-5	1006.2	1008.5	1013.6	1006.5	-5	222.7	223.1	223.9	反
-6	-6	5963	5981	6008	反向	-6	249.7	250.9	252.0	251.2	-6	1005.2	1008.5	1013.6	1006.5	-6	222.5	223.1	223.9	反
-7	-7	5957	5981	6008	反向	-7	249.4	250.9	252.0	251.2	-7	1004.2	1008.5	1013.6	1006.5	-7	222.3	223.1	223.9	反

先空

先空		台指期				115	摩台指				8.5	金融期				22.8	電子期			
-1	昨收	開盤	今高	今低	收盤	昨收	開盤	今高	今低	收盤	昨收	開盤	今高	今低	收盤	昨收	開盤	今高	今低	收盤
931229	6020	6055	6120	6050	6118	252.4	253.0	256.9	253.0	256.6	1014.2	1020.0	1032.6	1019.8	1030.0	225.3	226.5	228.5	226.2	22
7		振幅	預測	實際	反向	0.3	振幅	預測	實際	反向	1.1	振幅	預測	實際	反向	0.2	振幅	預測	實際	反
11	11	6129	6068	6120	6122	11	257.0	254.1	256.9	255.8	11	1032.6	1022.3	4.1	1031.2	11	229.4	227.1	228.5	22
10	10	6122	6068	6120	6122	10	256.7	254.1	4.1	256.6	10	1031.5	1022.3	4.1	1031.2	10	229.1	227.1	228.5	22
9	9	6116	6068	4	6118	9	256.4	254.1	4.1	255.8	9	1030.3	1022.3	4.1	1030.0	9	228.9	227.1	228.5	反
8	8	6109	6068	4	反向	8	256.1	254.1	4.1	255.8	8	1029.2	1022.3	4.1	反向	8	228.6	227.1	228.5	反
7	7	6103	6068	4	反向	7	255.9	254.1	4.1	255.8	7	1028.1	1022.3	4.1	反向	7	228.4	227.1	4.1	反
6	6	6096	6068	4	反向	6	255.6	254.1	4.1	255.8	6	1027.0	1022.3	4.1	反向	6	228.1	227.1	4.1	22
5	5	6090	6068	4	反向	5	255.3	254.1	4.1	反向	5	1025.9	1022.3	4.1	反向	5	227.9	227.1	4.1	反
4	4	6083	6068	4	反向	4	255.0	254.1	4.1	反向	4	1024.8	1022.3	4.1	反向	4	227.7	227.1	4.1	反
3	3	6076	6068	4	反向	3	254.8	254.1	4.1	反向	3	1023.7	1022.3	4.1	反向	3	227.4	227.1	4.1	反
2	2	6070	6068	4	反向	2	254.5	254.1	4.1	反向	2	1022.6	1022.3	4.1	反向	2	227.2	227.1	4.1	反
1	1	6063	5	4	反向	1	254.2	254.1	4.1	反向	1	1021.5	5.1	4.1	反向	1	226.9	4.8	4.1	反
0	6055	6057	5	4	反向	0	253.9	2.1	4.1	反向	1020	1020.4	5.1	4.1	反向	0	226.7	4.8	4.1	反
-1	-1	6050	5	4	反向	-1	253.7	2.1	4.1	反向	-1	1019.3	5.1	1019.8	反向	226.5	226.4	4.8	4.1	反
-2	-2	6044	5	6050	反向	-2	253.4	2.1	4.1	反向	-2	1018.2	5.1	1019.8	反向	-2	226.2	4.8	226.2	反
-3	-3	6037	5	6050	反向	253	252.8	2.1	253.0	反向	-3	1017.1	5.1	1019.8	反向	-3	225.9	4.8	226.2	反
-4	-4	6030	5	6050	反向	-4	252.8	2.1	253.0	反向	-4	1016.0	5.1	1019.8	反向	-4	225.7	4.8	226.2	反
-5	-5	6024	5	6050	反向	-5	252.6	2.1	253.0	反向	-5	1014.8	5.1	1019.8	反向	-5	225.4	4.8	226.2	反
-6	-6	6017	5	6050	反向	-6	252.3	2.1	253.0	反向	-6	1013.7	5.1	1019.8	反向	-6	225.2	4.8	226.2	反
-7	-7	6011	6012	6050	反向	-7	252.0	2.1	253.0	反向	-7	1012.6	1012.9	1019.8	反向	-7	225.0	225.0	226.2	反
-8	-8	6004	6012	6050	反向	-8	251.7	251.8	253.0	反向	-8	1011.5	1012.9	1019.8	反向	-8	224.7	225.0	226.2	反
-9	-9	5998	6012	6050	反向	-9	251.5	251.8	253.0	反向	-9	1010.4	1012.9	1019.8	反向	-9	224.5	225.0	226.2	反
-10	-10	5991	6012	6050	反向	-10	251.2	251.8	253.0	反向	-10	1009.3	1012.9	1019.8	反向	-10	224.2	225.0	226.2	反
-11	-11	5984	6012	6050	5988	-11	250.9	251.8	253.0	反向	-11	1008.2	1012.9	1019.8	1008.8	-11	224.0	225.0	226.2	反

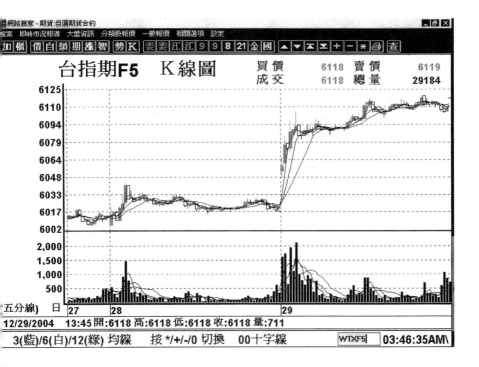

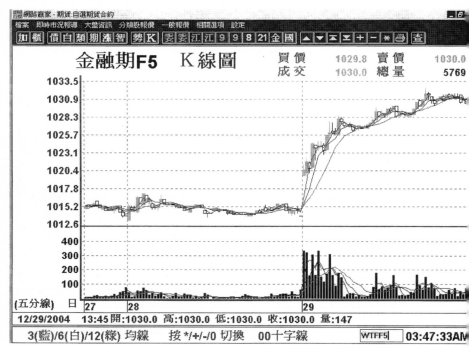

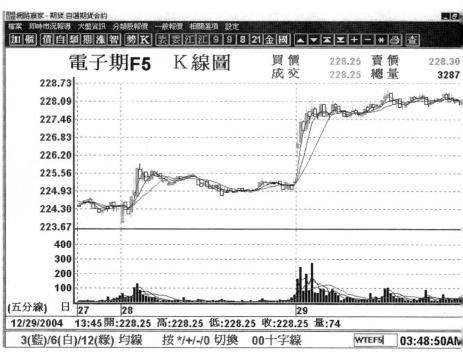

多

台指期						-3	摩台指					-0.4	金融期					-3.6	電子期				
	昨收	開盤	今高	今低	收盤		昨收	開盤	今高	今低	收盤		昨收	開盤	今高	今低	收盤		昨收	開盤	今高	今低	收盤
230	6118	6126	6130	6108	6115	257.0	257.6	257.7	256.5	256.8		1030.0	1030.0	1032.4	1027.8	1028.2		228.3	228.6	228.8	227.7	227.9	
6	振幅	預測	實際	反向		0.3	振幅	預測	實際	反向		1.1	振幅	預測	實際	反向		0.2	振幅	預測	實際	反向	
5	5	6172	6138	6130	6169	5		259.3	257.9	257.7	反向	5		1039.2	1033.0	1032.4	反向	5		230.3	229.0	228.8	230.2
4	4	6166	6138	6130	反向	4		259.0	257.9	257.7	反向	4		1038.1	1033.0	1032.4	反向	4		230.0	229.0	228.8	反向
3	3	6160	6138	6130	反向	3		258.8	257.9	257.7	反向	3		1037.0	1033.0	1032.4	反向	3		229.8	229.0	228.8	反向
2	2	6154	6138	6130	反向	2		258.5	257.9	257.7	反向	2		1036.0	1033.0	1032.4	反向	2		229.6	229.0	228.8	反向
1	1	6147	6138	6130	反向	1		258.2	257.9	257.7	反向	1		1034.9	1033.0	1032.4	反向	1		229.3	229.0	228.8	反向
0	0	6141	6138	6130	反向	0		258.0	257.9	257.7	反向	0		1033.9	1033.0	1032.4	反向	0		229.1	229.0	228.8	反向
-1	-1	6135	2	6130	反向	257.6	257.7	2.6	257.7	反向		-1		1032.8	0.3	1032.4	反向	-1		228.9	1.8	228.8	反向
-2	6126	6129	2	3	反向	-2		257.4	2.6	3.0	反向	-2		1031.8	0.3	3.0	反向	228.6	228.6	1.8	3.0	反向
-3	-3	6122	2	3	反向	-3		257.2	2.6	3.0	反向	-3		1030.7	0.3	3.0	反向	-3		228.4	1.8	3.0	反向
-4	-4	6116	2	6115		-4		256.9	2.6	3.0	256.8	1030	1029.7	0.3	3.0	反向	-4		228.2	1.8	3.0	反向
-5	-5	6110	2	3	反向	-5		256.7	2.6	3.0	反向	-5		1028.6	0.3	3.0	1028.2	-5		227.9	1.8	3.0	227.9
-6	-6	6104	2	6108	反向	-6		256.4	2.6	256.5	反向	-6		1027.6	0.3	1027.8	反向	-6		227.7	1.8	3.0	反向
-7	-7	6097	6101	6108	反向	-7		256.1	256.4	256.5	-7		1026.5	1026.7	1027.8	-7		227.5	227.6	227.7	反向
-8	-8	6091	6101	6108	反向	-8		255.9	256.4	256.5	-8		1025.5	1026.7	1027.8	-8		227.2	227.6	227.7	反向
-9	-9	6085	6101	6108	反向	-9		255.6	256.4	256.5	255.8	-9		1024.4	1026.7	1027.8	-9		227.0	227.6	227.7	反向
-10	-10	6079	6101	6108	6083	-10		255.3	256.4	256.5	255.8	-10		1023.4	1026.7	1027.8	-10		226.8	227.6	227.7	227.0
-11	-11	6072	6101	6108	6083	-11		255.1	256.4	256.5	255.8	-11		1022.3	1026.7	1027.8	-11		226.5	227.6	227.7	227.0

空

台指期						177	摩台指					8.7	金融期					41.8	電子期				
	昨收	開盤	今高	今低	收盤		昨收	開盤	今高	今低	收盤		昨收	開盤	今高	今低	收盤		昨收	開盤	今高	今低	收盤
1231	6115	6120	6188		6188	256.8	256.8	260.5		259.9		1028.2	1033.2	1047.8	1030.8	1046.0		227.9	228.3	231.4	227.6	230.9	
5	振幅	預測	實際	反向		0.2	振幅	預測	實際	反向		0.8	振幅	預測	實際	反向		0.2	振幅	預測	實際	反向	
16	16	6266	6131	6188	6163	16		263.1	257.4	260.5	258.6	16		1053.5	1032.3	1047.8	1040.4	16		233.5	228.5	231.4	229.8
15	15	6229	6131	6188	6163	15		261.6	257.4	260.5	258.6	15		1047.3	1032.3	2.8	1046.0	15		232.1	228.5	231.4	229.8
14	14	6201	6131	6188	6163	14		260.4	257.4	2.8	258.6	14		1042.6	1032.3	2.8	1040.2	14		231.1	228.5	2.8	230.9
13	13	6182	6131	3	6188	13		259.6	257.4	2.8	259.9	13		1039.5	1032.3	2.8	反向	13		230.4	228.5	2.8	229.8
12	12	6173	6131	3	6163	12		259.2	257.4	2.8	258.6	12		1038.0	1032.3	2.8	反向	12		230.1	228.5	2.8	229.8
11	11	6169	6131	3	6163	11		259.0	257.4	2.8	258.6	11		1037.2	1032.3	2.8	反向	11		229.9	228.5	2.8	229.8
10	10	6164	6131	3	6163	10		258.9	257.4	2.8	258.6	10		1036.4	1032.3	2.8	反向	10		229.7	228.5	2.8	反向
9	9	6159	6131	3	反向	9		258.7	257.4	2.8	258.6	9		1035.7	1032.3	2.8	反向	9		229.6	228.5	2.8	反向
8	8	6155	6131	3	反向	8		258.5	257.4	2.8	反向	8		1034.9	1032.3	2.8	反向	8		229.4	228.5	2.8	反向
7	7	6150	6131	3	反向	7		258.3	257.4	2.8	反向	7		1034.1	1032.3	2.8	反向	7		229.2	228.5	2.8	反向
6	6	6145	6131		反向	6		258.1	257.4	2.8	反向	1033	1033.3	1032.3	2.8	反向	6		229.0	228.5	2.8	反向
5	5	6141	6131		反向	5		257.9	257.4	2.8	反向	5		1032.6	1032.3	2.8	反向	5		228.9	228.5		反向
4	4	6136	6131		反向	4		257.7	257.4	2.8	反向	4		1031.8	6.4	2.8	反向	4		228.7	228.5		反向
3	3	6132	6131	3	反向	3		257.5	257.4	2.8	反向	3		1031.0	6.4	2.8	反向	3		228.5	2.0		反向
2	2	6127	1	3	反向	2		257.3	0.0		反向	2		1030.2	6.4	1030.8	反向	2		228.3	2.0		反向
1	1	6122	1	3	反向	1		257.1	0.0	2.8	反向	1		1029.4	6.4	1030.8	反向	228.3	228.2	2.0		反向
0	6120	6118	1	3	反向	0		256.9	0.0	2.8	反向	0		1028.7	6.4	1030.8	反向	0		228.0	2.0		反向
-1	-1	6113	1	3	反向	256.8	256.7	0.0		反向		-1		1027.9	6.4	1030.8	反向	-1		227.7	2.0		反向
-2	-2	6108	1	3	反向	-2		256.5	0.0	256.6	反向	-2		1027.1	1027.8	1030.8	反向	-2		227.7	2.0		反向
-3	-3	6104	6104	6105		-3		256.3	0.0	256.6	反向	-3		1026.3	1027.8	1030.8	反向	-3		227.5	227.6	227.6	反向
-4	-4	6099	6104	6105		-4		256.1	256.3	256.6	-4		1025.5	1027.8	1030.8	1026.0	-4		227.3	227.6	227.6	反向
-5	-5	6095	6104	6105	反向	-5		255.9	256.3	256.6	反向	-5		1024.8	1027.8	1030.8	1026.0	-5		227.1	227.6	227.6	反向
-6	-6	6090	6104	6105	反向	-6		255.7	256.3	256.6	反向	-6		1024.0	1027.8	1030.8	1026.0	-6		227.0	227.6	227.6	反向
-7	-7	6085	6104	6105	反向	-7		255.6	256.3	256.6	反向	-7		1023.2	1027.8	1030.8	1026.0	-7		226.8	227.6	227.6	反向
-8	-8	6081	6104	6105	反向	-8		255.4	256.3	256.6	反向	-8		1022.4	1027.8	1030.8	1026.0	-8		226.6	227.6	227.6	226.7

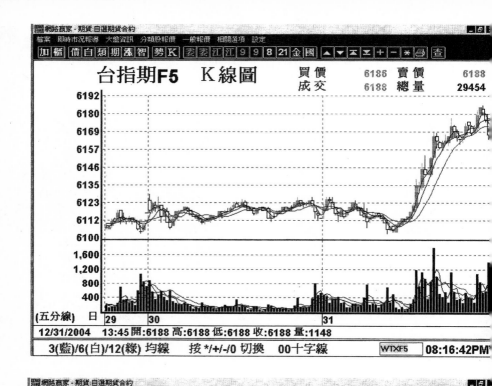

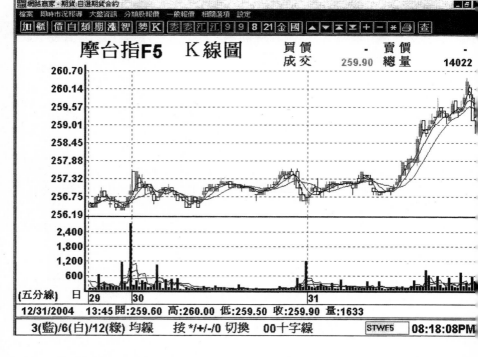

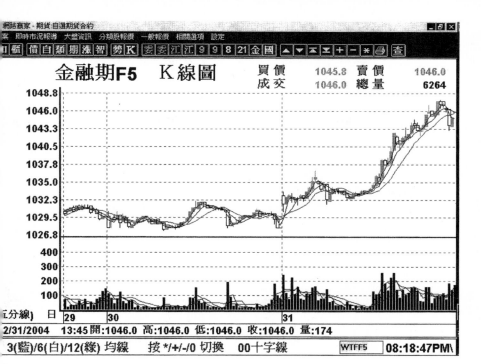

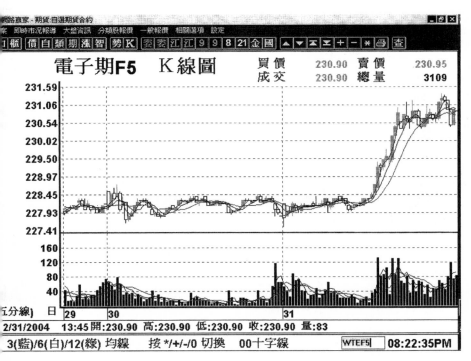

先空

先空	台指期		7		摩台指		1.1		金融期		2.9		電子期	
-2	昨收	開盤	今高	今低	收盤	昨收	開盤	今高	今低	收盤	昨收	開盤	今高	今低	收盤	昨收	開盤	今高	今低	收
930103	6188	6185	6193	6154	6174	259.9	259.9	259.9	257.6	258.6	1046.0	1049.8	1049.4	1041.0	1045.8	230.9	231.5	232.0	229.2	22
	4	振幅	預測	實際	反向	0.2	振幅	預測	實際	反向	0.6	振幅	預測	實際	反向	0.1	振幅	預測	實際	反

先空	昨收	開盤	今高	今低	收盤	昨收	開盤	今高	今低	收盤	昨收	開盤	今高	今低	收盤	昨收	開盤	今高	今低	收
6	6	6224	6203	6193	反向	6	261.4	260.6	259.9	反向	6	1052.1	1049.8	1049.4	反向	6	232.2	231.7	232.0	
5	5	6220	6203	6193	反向	5	261.3	260.6	259.9	反向	5	1051.5	1049.8	1049.4	反向	5	232.1	231.7	232.0	
4	4	6217	6203	6193	反向	4	261.1	260.6	259.9	反向	4	1050.9	1049.8	1049.4	反向	4	232.0	231.7	232.0	
3	3	6213	6203	6193	反向	3	261.0	260.6	259.9	反向	3	1050.2	1049.8	1049.4	反向	3	231.8	231.7	3.6	
2	2	6209	6203	6193	反向	2	260.8	260.6	259.9	反向	1049	1049.6	5.6	1049.4	反向	2	231.7	231.7	3.6	
1	1	6206	6203	6193	反向	1	260.6	260.6	259.9	反向	1	1049.0	5.6	3.6	反向	231.5	231.6	4.5	3.6	
0	0	6202	-1	6193	反向	0	260.5	0.1	259.9	反向	0	1048.4	5.6	3.6	反向	0	231.4	4.5	3.6	
-1	-1	6198	-1	6193	反向	-1	260.2	0.1	259.9	反向	-1	1047.8	5.6	3.6	反向	-1	231.3	4.5	3.6	
-2	-2	6195	-1	6193	反向	-2	260.2	0.1	259.9	反向	-2	1047.2	5.6	3.6	反向	-2	231.2	4.5	3.6	
-3	-3	6191	-1	4	反向	-3	260.0	0.1	259.9	反向	-3	1046.5	5.6	3.6	反向	-3	231.0	4.5	3.6	
-4	-4	6188	-1	4	反向	259.9	259.9	0.1	3.6	反向	-4	1045.9	5.6	3.6	1045.8	-4	230.9	4.5	3.6	
-5	6185	6184	-1	4	反向	-5	259.7	0.1	3.6	反向	-5	1045.3	5.6	3.6	反向	-5	230.7	4.5	3.6	
-6	-6	6180	-1	4	反向	-6	259.6	0.1	3.6	反向	-6	1044.7	1045.1	3.6	反向	-6	230.6	230.6	3.6	
-7	-7	6177	-1	4	反向	-7	259.4	0.1	3.6	反向	-7	1044.1	1045.1	3.6	反向	-7	230.5	230.6	3.6	
-8	-8	6173	6175	4	6174	-8	259.3	259.4	3.6	反向	-8	1043.4	1045.1	3.6	反向	-8	230.3	230.6	3.6	
-9	-9	6169	6175	4	反向	-9	259.1	259.4	3.6	反向	-9	1042.8	1045.1	3.6	反向	-9	230.1	230.6	3.6	
-10	-10	6166	6175	4	反向	-10	259.0	259.4	3.6	反向	-10	1042.2	1045.1	3.6	反向	-10	230.1	230.6	3.6	
-11	-11	6162	6175	4	反向	-11	258.8	259.4	3.6	反向	-11	1041.6	1045.1	3.6	1042.1	-11	229.9	230.6	3.6	
-12	-12	6158	6175	4	反向	-12	258.7	259.4	3.6	258.6	-12	1041.0	1045.1	1041.0	1042.1	-12	229.8	230.6	3.6	22
-13	-13	6151	6175	6154	反向	-13	258.3	259.4	3.6	反向	-13	1039.7	1045.1	1041.0	1042.1	-13	229.5	230.6	3.6	22
-14	-14	6136	6175	6154	6142	-14	257.7	259.4	3.6	258.1	-14	1037.3	1045.1	1041.0	1042.1	-14	229.0	230.6	229.2	22

先多

先多	台指期		197		摩台指		13.5		金融期		19.8		電子期	
2	昨收	開盤	今高	今低	收盤	昨收	開盤	今高	今低	收盤	昨收	開盤	今高	今低	收盤	昨收	開盤	今高	今低	收
940104	6174	6145	6152	6062	6080	258.6	256.1	257.5	252.7	252.8	1045.8	1043.8	1046.0	1034.4	1035.4	229.4	227.9	228.2	224.6	22
	11	振幅	預測	實際	反向	0.5	振幅	預測	實際	反向	1.9	振幅	預測	實際	反向	0.4	振幅	預測	實際	反

先多	昨收	開盤	今高	今低	收盤	昨收	開盤	今高	今低	收盤	昨收	開盤	今高	今低	收盤	昨收	開盤	今高	今低	收
11	11	6256	6210	6152	6213	11	262.0	259.7	257.5	257.9	11	1059.7	1052.9	1046.0	1051.1	11	232.5	230.6	228.2	
10	10	6245	6210	6152	6213	10	261.6	259.7	257.5	257.9	10	1057.9	1052.9	1046.0	1051.1	10	232.0	230.6	228.2	23
9	9	6234	6210	6152	6213	9	261.1	259.7	257.5	257.9	9	1056.0	1052.9	1046.0	1051.1	9	231.6	230.6	228.2	23
8	8	6223	6210	6152	6213	8	260.7	259.7	257.5	257.9	8	1054.1	1052.9	1046.0	1051.1	8	231.2	230.6	228.2	23
7	7	6212	6210	6152	反向	7	260.2	259.7	257.5	257.9	7	1052.3	-1.4	1046.0	1051.1	7	230.8	230.6	228.2	
6	6	6201	-3	6152	反向	6	259.7	259.7	257.5	257.9	6	1050.4	-1.4	1046.0	反向	6	230.4	-3.9	228.2	
5	5	6190	-3	6152	反向	5	259.3	-5.7	257.5	257.9	5	1048.5	-1.4	1046.0	反向	5	230.0	-3.9	228.2	
4	4	6179	-3	6152	反向	4	258.8	-5.7	257.5	257.9	4	1046.7	-1.4	1046.0	反向	4	229.6	-3.9	228.2	
3	3	6168	-3	6152	反向	3	258.4	-5.7	257.5	257.9	3	1044.8	-1.4	4.5	反向	3	229.2	-3.9	228.2	
2	2	6157	-3	6152	反向	2	257.9	-5.7	257.5	257.9	1044	1042.9	-1.4	4.5	反向	2	228.8	-3.9	228.2	
1	6145	6146	-3	4	反向	1	257.4	-5.7	4.5	反向	1	1041.1	-1.4	4.5	反向	1	228.4	-3.9	228.2	
0	0	6135	-3	4	反向	0	257.0	-5.7	4.5	反向	0	1039.2	-1.4	4.5	反向	227.9	227.9	-3.9	4.5	
-1	-1	6124	-3	4	反向	-1	256.5	-5.7	4.5	反向	-1	1037.3	-1.4	4.5	反向	-1	227.5	-3.9	4.5	
-2	-2	6113	-3	4	反向	256.1	256.0	-5.7	4.5	反向	-2	1035.4	-1.4	4.5	1035.4	-2	227.1	-3.9	4.5	
-3	-3	6102	6102	4	反向	-3	255.6	-5.7	4.5	反向	-3	1033.6	1034.7	1034.4	1036.5	-3	226.7	-3.9	4.5	
-4	-4	6091	6102	4	反向	-4	255.1	255.2	4.5	反向	-4	1031.7	1034.7	1034.4	1036.5	-4	226.3	226.6	4.5	
-5	-5	6080	6102	4	6080	-5	254.7	255.2	4.5	反向	-5	1029.8	1034.7	1034.4	1036.5	-5	225.9	226.6	4.5	
-6	-6	6069	6102	4	6077	-6	254.3	255.2	4.5	254.4	-6	1028.0	1034.7	1034.4	1036.5	-6	225.5	226.6	4.5	
-7	-7	6058	6102	6062	6077	-7	253.7	255.2	4.5	254.4	-7	1026.1	1034.7	1034.4	1036.5	-7	225.1	226.6	4.5	
-8	-8	6047	6102	6062	6077	-8	253.3	255.2	4.5	254.3	-8	1024.2	1034.7	1034.4	1036.5	-8	224.7	226.6	4.5	22
-9	-9	6036	6102	6062	6077	-9	252.8	255.2	4.5	252.8	-9	1022.4	1034.7	1034.4	1036.5	-9	224.3	226.6	224.6	22

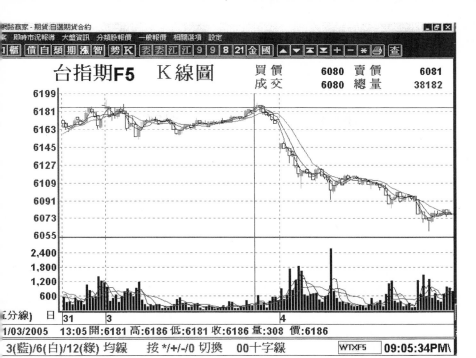

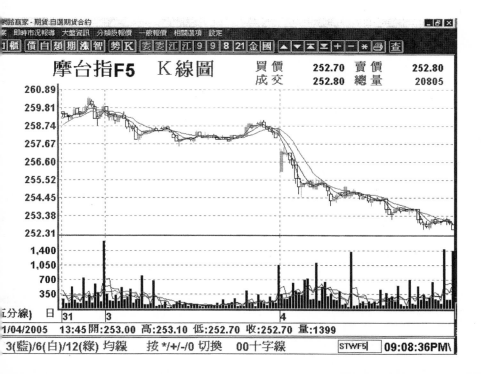

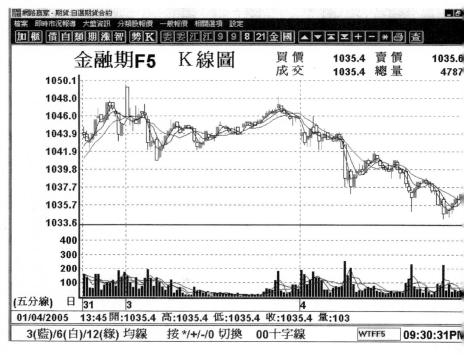

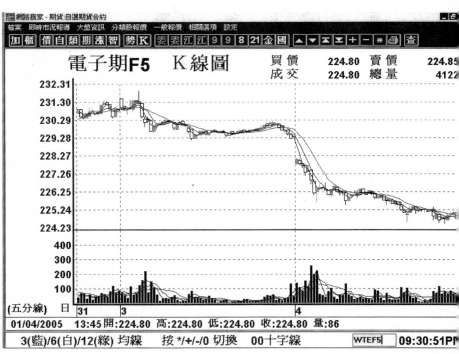

台指期 · 摩台指 · 金融期 · 電子期（第一組）

先多	台指期				50	摩台指				1.3	金融期				3.6	電子期				1.6
2	昨收	開盤	今高	今低	收盤	昨收	開盤	今高	今低	收盤	昨收	開盤	今高	今低	收盤	昨收	開盤	今高	今低	收盤
40105	6080	6011	6027	5996	6013	252.8	250.4	250.7	249.0	249.7	1035.4	1027.0	1029.6	1025.0	1026.8	224.8	221.2	223.3	220.9	222.9
16	振幅	預測	實際	反向	0.7	振幅	預測	實際	反向	2.7	振幅	預測	實際	反向	0.6	振幅	預測	實際	反向	
14	14	6250	6105	6027	6077	14	259.9	254.0	250.7	253.2	14	1064.3	1040.8	1029.6	1038.3	14	231.1	225.4	223.3	222.7
13	13	6186	6105	6027	6077	13	257.2	254.0	250.7	253.2	13	1053.5	1040.8	1029.6	1038.3	13	228.7	225.4	223.3	222.7
12	12	6154	6105	6027	6077	12	255.9	254.0	250.7	253.2	12	1048.0	1040.8	1029.6	1038.3	12	227.5	225.4	223.3	222.7
11	11	6138	6105	6027	6077	11	255.2	254.0	250.7	253.2	11	1045.2	1040.8	1029.6	1038.3	11	227.0	225.4	223.3	222.7
10	10	6122	6105	6027	6077	10	254.6	254.0	250.7	253.2	10	1042.6	1040.8	1029.6	1038.3	10	226.4	225.4	223.3	222.7
9	9	6106	6105	6027	6077	9	253.9	-3.7	250.7	253.2	9	1039.9	-3.2	1029.6	1038.3	9	225.8	225.4	223.3	222.7
8	8	6090	-4	6027	6077	8	253.2	-3.7	250.7	253.2	8	1037.2	-3.2	1029.6	反向	8	225.2	-6.2	223.3	222.7
7	7	6074	-4	6027	反向	7	252.6	-3.7	250.7	反向	7	1034.5	-3.2	1029.6	反向	7	224.6	-6.2	223.3	222.7
6	6	6059	-4	6027	反向	6	251.9	-3.7	250.7	反向	6	1031.7	-3.2	1029.6	反向	6	224.0	-6.2	223.3	222.7
5	5	6043	-4	6027	反向	5	251.2	-3.7	250.7	反向	5	1028.9	-3.2	3.9	反向	5	223.4	-6.2	223.3	222.7
4	4	6027	-4	4	反向	250.4	250.6	-3.7	3.9	反向	1027	1026.3	-3.2	3.9	1026.8	4	222.8	-6.2	3.9	222.9
3	6011	6011	-4	4	6013	3	249.9	-3.7	3.9	249.7	3	1023.6	-3.2	1025.0	反向	3	222.2	-6.2	3.9	反向
2	2	5995	-4	5996	反向	2	249.3	-3.7	3.9	反向	2	1020.9	-3.2	1025.0	反向	2	221.6	-6.2	3.9	反向
1	1	5979	-4	5996	反向	1	248.6	-3.7	249.0	反向	1	1018.2	1018.4	1025.0	反向	221.2	221.1	-6.2	3.9	反向
0	0	5963	5973	5996	反向	0	247.9	248.5	249.0	反向	0	1015.5	1018.4	1025.0	1015.7	0	220.5	220.5	220.9	220.9
-1	-1	5947	5973	5996	反向	-1	247.3	248.5	249.0	247.6	-1	1012.7	1018.4	1025.0	1015.7	-1	219.9	220.5	220.9	219.7
-2	-2	5931	5973	5996	5945	-2	246.6	248.5	249.0	247.6	-2	1010.0	1018.4	1025.0	1015.7	-2	219.3	220.5	220.9	219.7
-3	-3	5915	5973	5996	5945	-3	245.9	248.5	249.0	247.6	-3	1007.3	1018.4	1025.0	1015.7	-3	218.7	220.5	220.9	219.7
-4	-4	5899	5973	5996	5945	-4	245.3	248.5	249.0	247.6	-4	1004.6	1018.4	1025.0	1015.7	-4	218.1	220.5	220.9	219.7

台指期 · 摩台指 · 金融期 · 電子期（第二組）

先多	台指期				5	摩台指				3.2	金融期				7.9	電子期				2.3
4	昨收	開盤	今高	今低	收盤	昨收	開盤	今高	今低	收盤	昨收	開盤	今高	今低	收盤	昨收	開盤	今高	今低	收盤
40106	6013	6008	6023	5995	6017	249.7	249.7	250.6	248.7	249.7	1026.8	1026.0	1034.6	1025.6	1034.6	222.9	222.9	223.2	221.7	222.5
8	振幅	預測	實際	反向	0.3	振幅	預測	實際	反向	1.4	振幅	預測	實際	反向	0.3	振幅	預測	實際	反向	
13	13	6091	6040	6023	6050	13	253.0	250.9	250.6	251.4	13	1040.2	1031.4	1034.6	1033.2	13	225.8	224.0	223.2	224.5
12	12	6075	6040	6023	6050	12	252.3	250.9	250.6	251.4	12	1037.3	1031.4	1034.6	1033.2	12	225.2	224.0	223.2	224.5
11	11	6066	6040	6023	6050	11	251.9	250.9	250.6	251.4	11	1035.9	1031.4	1034.6	1033.2	11	224.9	224.0	223.2	224.5
10	10	6058	6040	6023	6050	10	251.6	250.9	250.6	251.4	10	1034.5	1031.4	3.8	1034.6	10	224.6	224.0	223.2	224.5
9	9	6050	6040	6023	反向	9	251.2	250.9	250.6	反向	9	1033.1	1031.4	3.8	反向	9	224.3	224.0	223.2	反向
8	8	6041	6040	6023	反向	8	250.9	0.4	250.6	反向	8	1031.6	1031.4	3.8	反向	8	223.9	0.4	223.2	反向
7	7	6033	0	6023	反向	7	250.5	0.4	3.8	反向	7	1030.2	-0.2	3.8	反向	7	223.6	0.4	223.2	反向
6	6	6025	0	6023	反向	6	250.2	0.4	3.8	反向	6	1028.8	-0.2	3.8	反向	6	223.3	0.4	223.2	反向
5	5	6016	0	4	6017	5	249.8	0.4	3.8	249.7	5	1027.3	-0.2	3.8	反向	222.9	223.0	0.4	3.8	反向
4	6008	6008	0	4	反向	4	249.5	0.4	3.8	反向	1026	1025.9	-0.2	3.8	反向	4	222.7	0.4	3.8	反向
3	3	5999	0	4	反向	3	249.1	0.4	3.8	反向	3	1024.5	-0.2	1025.6	反向	3	222.4	0.4	3.8	222.5
2	2	5991	0	5995	反向	2	248.8	0.4	3.8	反向	2	1023.1	-0.2	1025.6	反向	2	222.1	0.4	3.8	反向
1	1	5983	0	5995	反向	1	248.4	0.4	248.7	反向	1	1021.6	-0.2	1025.6	反向	1	221.8	0.4	3.8	反向
0	0	5974	0	5995	反向	0	248.1	0.4	248.7	反向	0	1020.2	-0.2	1025.6	反向	0	221.5	0.4	221.7	反向
-1	-1	5966	5973	5995	反向	-1	247.7	248.1	248.7	248	-1	1018.8	1019.9	1025.6	1018.8	-1	221.2	221.5	221.7	221.3
-2	-2	5958	5973	5966	反向	-2	247.4	248.1	248.7	248	-2	1017.4	1019.9	1025.6	1018.8	-2	220.8	221.5	221.7	221.3
-3	-3	5949	5973	5995	5966	-3	247.1	248.1	248.7	248	-3	1015.9	1019.9	1025.6	1018.8	-3	220.5	221.5	221.7	221.3
-4	-4	5941	5973	5995	5966	-4	246.7	248.1	248.7	248	-4	1014.5	1019.9	1025.6	1018.8	-4	220.2	221.5	221.7	221.3
-5	-5	5933	5973	5995	5966	-5	246.4	248.1	248.7	248	-5	1013.1	1019.9	1025.6	1018.8	-5	219.9	221.5	221.7	221.3

先空	台指期		49	摩台指		3.1	金融期		6.3	電子期		3.2
-2	昨收	開盤 今高 今低	收盤	昨收	開盤 今高 今低	收盤	昨收	開盤 今高 今低	收盤	昨收	開盤 今高 今低	收盤
940107	6017	6018 6035 5951	5965	249.7	250.8 250.9 246.7	247.5	1034.6	1033.0 1035.2 1023.0	1026.0	222.5	222.6 223.4 218.2	219.8
5	振幅	預測 實際 反向	0.2	振幅	預測 實際 反向	0.9	振幅	預測 實際 反向	0.2	振幅	預測 實際 反向	

	台指期 開盤	今高	今低	收盤		摩台指 開盤	今高	今低	收盤		金融期 開盤	今高	今低	收盤		電子期 開盤	今高	今低	收盤	
6	6 6067	6048	6035	6060	6	251.8	251.3	250.9	反向	6	1043.2	1039.4	1035.2	1040.2	6	224.3	223.7	223.4	224.
5	5 6061	6048	6035	6060	5	251.5	251.3	250.9	反向	5	1042.2	1039.4	1035.2	1040.2	5	224.1	223.7	223.4	反向
4	4 6056	6048	6035	反向	4	251.3	4.5	250.9	反向	4	1041.3	1039.4	1035.2	1040.2	4	223.9	223.7	223.4	反向
3	3 6050	6048	6035	反向	3	251.1	4.5	250.9	反向	3	1040.4	1039.4	1035.2	1040.2	3	223.7	223.7	223.4	反向
2	2 6045	0	6035	反向	250.8	250.9	4.5	4.2	反向	2	1039.4	1039.4	1035.2	反向	2	223.5	0.2	223.4	反向
1	1 6040	0	6035	反向	1	250.6	4.5	4.2	反向	1	1038.5	-2.0	1035.2	反向	1	223.3	0.2	4.2	反向
0	0 6034	0	4	反向	0	250.4	4.5	4.2	反向	0	1037.5	-2.0	1035.2	反向	0	223.1	0.2	4.2	反向
-1	-1 6029	0	4	反向	-1	250.2	4.5	4.2	反向	-1	1036.6	-2.0	1035.2	反向	-1	222.9	0.2	4.2	反向
-2	-2 6023	0	4	反向	-2	250.0	4.5	4.2	反向	-2	1035.6	-2.0	1035.2	反向	-2	222.7	0.2	4.2	反向
-3	6018 6018	0	4	反向	-3	249.7	4.5	4.2	反向	-3	1034.7	-2.0	4.2	反向	222.6	222.5	0.2	4.2	反向
-4	-4 6012	0	4	反向	-4	249.5	4.5	4.2	反向	-4	1033.8	-2.0	4.2	反向	-4	222.3	0.2	4.2	反向
-5	-5 6007	0	4	反向	-5	249.3	4.5	4.2	反向	1033	1032.8	-2.0	4.2	反向	-5	222.1	0.2	4.2	反向
-6	-6 6001	0	4	反向	-6	249.0	249.3	4.2	249	-6	1031.9	-2.0	4.2	反向	-6	221.9	0.2	4.2	反向
-7	-7 5996	5998	4	反向	-7	248.8	249.3	4.2	249	-7	1030.9	-2.0	4.2	反向	-7	221.7	221.8	4.2	反向
-8	-8 5990	5998	4	反向	-8	248.6	249.3	4.2	249	-8	1030.0	1030.7	4.2	反向	-8	221.5	221.8	4.2	反向
-9	-9 5985	5998	4	反向	-9	248.4	249.3	4.2	249	-9	1029.0	1030.7	4.2	反向	-9	221.3	221.8	4.2	反向
-10	-10 5979	5998	4	反向	-10	248.1	249.3	4.2	249	-10	1028.1	1030.7	4.2	反向	-10	221.1	221.8	4.2	221.
-11	-11 5974	5998	4	5976	-11	247.9	249.3	4.2	249	-11	1027.2	1030.7	4.2	反向	-11	220.9	221.8	4.2	221.
-12	-12 5968	5998		5965	-12	247.7	249.3	4.2	247.5	-12	1026.2	1030.7	4.2	1026.0	-12	220.7	221.8	4.2	221.
-13	-13 5957	5998	4	5976	-13	247.2	249.3	4.2	249	-13	1024.3	1030.7	4.2	1025.8	-13	220.3	221.8	4.2	221.
-14	-14 5935	5998	5951	5976	-14	246.3	249.3	246.7	249	-14	1020.6	1030.7	1023.0	1025.8	-14	219.5	221.8	4.2	219.
-15	-15 5902	5998	5951	5976	-15	244.9	249.3	246.7	249	-15	1014.9	1030.7	1023.0	1025.8	-15	218.3	221.8	4.2	221.

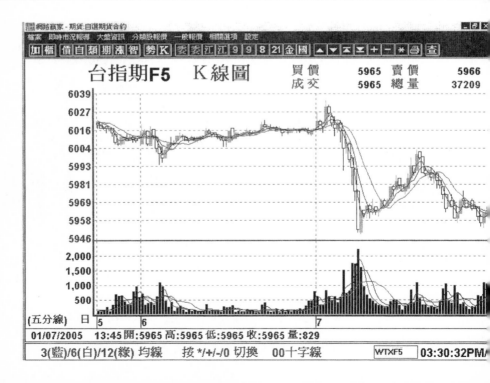

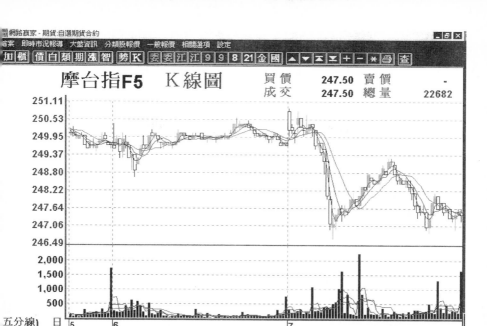

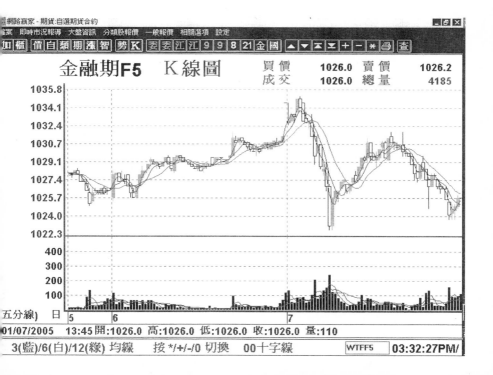

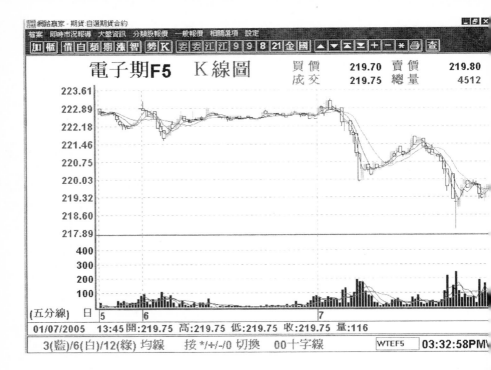

網路赢家 - 期貨:自選期貨合約

檔案 即時市況報導 大盤資訊 分類股報價 一般報價 相關選項 設定

電子期F5　K線圖　　買價　219.70　賣價　219.80　　成交　219.75　總量　4512

223.61
222.89
222.18
221.46
220.75
220.03
219.32
218.60
217.89

400
300
200
100

(五分線)　日　5　　6　　7

01/07/2005　13:45 開:219.75　高:219.75　低:219.75　收:219.75　量:116

3(藍)/6(白)/12(綠) 均線　按 */+/-/0 切換　00十字線　　WTEF5　03:32:58PM

先多		台指期	13		摩台指	0.9			金融期	5.0		電子期	1.2
4	昨收	開盤	今高	今低	收盤	昨收	開盤	今高	今低	收盤	昨收	開盤	今高	今低	收
930110	5965	5970	5992	5961	5987	247.5	248.2	249.7	248.2	249.3	1026.0	1030.0	1031.0	1025.4	1028.0	219.8	220.0	221.5	219.9	221
12	振幅	預測	實際	反向	0.5	振幅	預測	實際	反向	2.1	振幅	預測	實際	反向	0.5	振幅	預測	實際	反向

5	5	6066	6007	5992	6012	5	251.7	249.4	249.7	249.9	5	1043.4	1034.3	1031.0	1037.2	5	223.5	221.3	221.5	221
4	4	6054	6007	5992	6012	4	251.2	249.4	249.7	249.9	4	1041.2	1034.3	1031.0	1037.2	4	223.0	221.3	221.5	221
3	3	6041	6007	5992	6012	3	250.7	249.4	249.7	249.9	3	1039.1	1034.3	1031.0	1037.2	3	222.6	221.3	221.5	221
2	2	6029	6007	5992	6012	2	250.2	249.4	249.7	249.9	2	1037.0	1034.3	1031.0	反向	2	222.1	221.3	221.5	221
1	1	6017	6007	5992	6012	1	249.6	249.4	3.1	反向	1	1034.9	1034.3	1031.0	反向	1	221.7	221.3	221.5	221
0	0	6004	0	5992	反向	0	249.1	1.1	3.1	249.3	0	1032.8	1.6	1031.0	反向	0	221.2	0.3	3.1	221
-1	-1	5992	0	5992	5987	-1	248.6	1.1	3.1	反向	1030	1030.7	1.6	3.1	反向	-1	220.7	0.3	3.1	反向
-2	-2	5980	0	3	反向	248.2	248.1	1.1	248.2	反向	-2	1028.6	1.6	3.1	1028.0	-2	220.3	0.3	3.1	反向
-3	5970	5967	0	3	反向	-3	247.6	1.1	248.2	反向	-3	1026.4	1.6	3.1	反向	220	219.8	0.3	219.9	反向
-4	-4	5955	0	5961	反向	-4	247.1	1.1	248.2	反向	-4	1024.3	1.6	1025.4	反向	-4	219.4	0.3	219.9	反向
-5	-5	5943	0	5961	反向	-5	246.6	1.1	248.2	反向	-5	1022.1	1.6	1025.4	1022.8	-5	218.9	0.3	219.9	反向
-6	-6	5930	0	5961	反向	-6	246.1	246.2	248.2	246.5	-6	1020.1	1020.8	1025.4	1022.8	-6	218.5	0.3	219.9	反向
-7	-7	5918	5929	5961	5928	-7	245.6	246.2	248.2	246.5	-7	1017.9	1020.8	1025.4	1022.8	-7	218.0	218.4	219.9	218
-8	-8	5906	5929	5961	5928	-8	245.0	246.2	248.2	246.5	-8	1015.8	1020.8	1025.4	1022.8	-8	217.6	218.4	219.9	218
-9	-9	5893	5929	5961	5928	-9	244.5	246.2	248.2	246.5	-9	1013.7	1020.8	1025.4	1022.8	-9	217.1	218.4	219.9	218
-10	-10	5881	5929	5961	5928	-10	244.0	246.2	248.2	246.5	-10	1011.6	1020.8	1025.4	1022.8	-10	216.7	218.4	219.9	218
-11	-11	5869	5929	5961	5928	-11	243.5	246.2	248.2	246.5	-11	1009.5	1020.8	1025.4	1022.8	-11	216.2	218.4	219.9	218

先空	台指期					摩台指					金融期					電子期				
-2	昨收	開盤	今高	今低	收盤	昨收	開盤	今高	今低	收盤	昨收	開盤	今高	今低	收盤	昨收	開盤	今高	今低	收盤
940111	5987	5986	6026	5965	6003	249.3	249.4	251.6	248.7	250.6	1028.0	1030.0	1035.0	1026.2	1030.0	221.3	221.3	222.8	220.6	221.9
8	振幅	預測	實際	反向	0.3	振幅	預測	實際	反向	1.3	振幅	預測	實際	反向	0.3	振幅	預測	實際	反向	

先空	台指期 L	a	b	c	d	摩台指 L	a	b	c	d	金融期 L	a	b	c	d	電子期 L	a	b	c	d
6	6	6062	6025	6026	6028	6	252.4	250.9	251.6	251.1	6	1040.9	1035.2	1035.0	1037.2	6	224.1	222.7	222.8	222.8
5	5	6055	6025	6026	6028	5	252.1	250.9	251.6	251.1	5	1039.6	1035.2	1035.0	1037.2	5	223.8	222.7	222.8	222.8
4	4	6047	6025	6026	6028	4	251.8	250.9	251.6	251.1	4	1038.3	1035.2	1035.0	1037.2	4	223.5	222.7	222.8	222.8
3	3	6039	6025	6026	6028	3	251.5	250.9	3.6	251.1	3	1037.0	1035.2	1035.0	反向	3	223.2	222.7	222.8	222.8
2	2	6031	6025	6026	6028	2	251.2	250.9	3.6	251.1	2	1035.6	1035.2	1035.0	反向	2	222.9	222.7	222.8	222.8
1	1	6024	0	4	(黑)	1	250.8	0.4	3.6	反向	1	1034.3	1.6	3.6	反向	1	222.7	0.0	3.6	反向
0	0	6016	0	4	(黑)	0	250.5	0.4	3.6	250.6	0	1033.0	1.6	3.6	反向	0	222.4	0.0	3.6	反向
-1	-1	6008	0	4		-1	250.2	0.4	3.6	反向	-1	1031.7	1.6	3.6	反向	-1	222.1	0.0	3.6	反向
-2	-2	6001	0	4	6003	-2	249.9	0.4	3.6	反向	1030	1030.3	1.6	3.6	1030.4	-2	221.8	0.0	3.6	221.9
-3	-3	5993	0	4	反向	249.4	249.5	0.4	3.6	反向	-3	1029.0	1.6	3.6	反向	-3	221.5	0.0	3.6	反向
-4	5986	5985	0	4	反向	-4	249.2	0.4	3.6	反向	-4	1027.7	1.6	3.6	反向	221.3	221.2	0.0	3.6	反向
-5	-5	5977	0	4	反向	-5	248.9	0.4	3.6	反向	-5	1026.3	1.6	3.6	反向	-5	220.9	0.0	3.6	反向
-6	-6	5970	0	4	反向	-6	248.6	0.4	248.7	反向	-6	1025.0	1.6	1026.2	反向	-6	220.7	0.0	3.6	反向
-7	-7	5962	5964	5965	反向	-7	248.3	248.4	248.7	反向	-7	1023.7	1024.8	1026.2	反向	-7	220.4	220.5	220.6	反向
-8	-8	5954	5964	5965	反向	-8	247.9	248.4	248.7	反向	-8	1022.4	1024.8	1026.2	1022.8	-8	220.1	220.5	220.6	反向
-9	-9	5946	5964	5965	反向	-9	247.6	248.4	248.7	247.7	-9	1021.0	1024.8	1026.2	1022.8	-9	219.8	220.5	220.6	反向
-10	-10	5939	5964	5965	5944	-10	247.3	248.4	248.7	247.7	-10	1019.7	1024.8	1026.2	1022.8	-10	219.5	220.5	220.6	219.8
-11	-11	5931	5964	5965	5944	-11	247.0	248.4	248.7	247.7	-11	1018.4	1024.8	1026.2	1022.8	-11	219.2	220.5	220.6	219.8

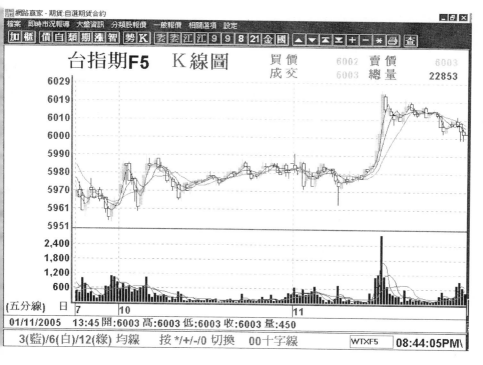

網路贏家 - 期貨:自選期貨合約

檔案　即時市況報導　大盤資訊　分類股報價　一般報價　相關選項　設定

加 櫃 價 自 類 期 漲 智 勢 K 委 麥 江 江 9 9 8 21 金 國 ▲ ▼ ⊼ ⊻ + - * 尋 查

台指期F5　　K線圖

買價 6002　賣價 6003
成交 6003　總量 22853

6029
6019
6010
6000
5990
5980
5970
5961
5951

2,400
1,800
1,200
600

(五分線)　日　7　10　11

01/11/2005　13:45 開:6003 高:6003 低:6003 收:6003 量:450

3(藍)/6(白)/12(綠) 均線　按 */+/-/0 切換　00十字線　WTXF5　08:44:05PM

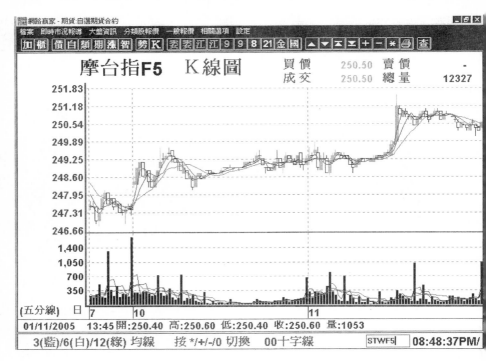

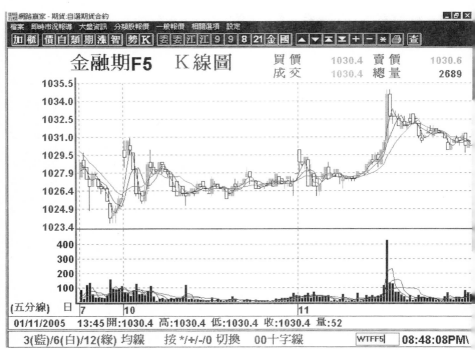

檔案　即時市況報導　大盤資訊　分類股價　一般報價　相關選項　設定

加權　價　自　類　期　漲　智　勢　K　委　委　江　江　9　9　8　21　金　國　▲　▼　▼　＋　－　＊　查

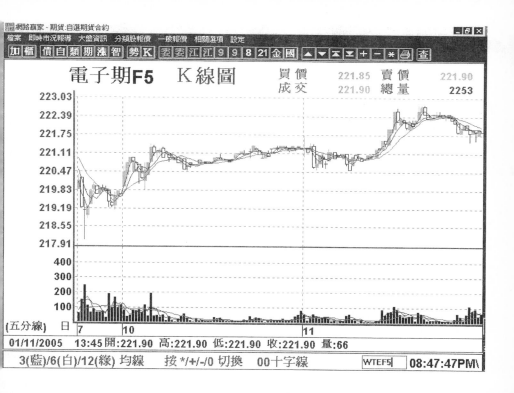

電子期F5　　K線圖　　買價 221.85　賣價 221.90　成交 221.90　總量 2253

(五分線)　日　7　10　11
01/11/2005　13:45　開:221.90　高:221.90　低:221.90　收:221.90　量:66
3(藍)/6(白)/12(綠) 均線　按 */+/-/0 切換　00十字線　WTEF5　08:47:47PM

上方報價

	台指期				325	摩台指				14.7	金融期				52.4	電子期				12.8
先多	昨收	開盤	今高	今低	收盤	昨收	開盤	今高	今低	收盤	昨收	開盤	今高	今低	收盤	昨收	開盤	今高	今低	收盤
4	6003	5980	5995	5875	5901	250.5	249.8	250.0	244.6	245.4	1030.4	1027.4	1027.4	1007.0	1009.4	221.9	221.0	221.5	216.8	217.6
40112	振幅	預測	實際	反向	0.5	振幅	預測	實際	反向	2.1	振幅	預測	實際	反向	0.5	振幅	預測	實際	反向	

預測價格階梯

Lv	台指期	Lv	摩台指	Lv	金融期	Lv	電子期
12	6080　6023　5995　6046	12	253.7　251.4　250.0　252.5	12	1043.6　1034.2　1027.4　1038.7	12	224.7　222.6　221.5　223.4
11	6067　6023　5995　6046	11	253.2　251.4　250.0　252.5	11	1041.5　1034.2　1027.4　1038.7	11	224.3　222.6　221.5　223.4
10	6055　6023　5995　6046	10	252.7　251.4　250.0　252.5	10	1039.3　1034.2　1027.4　1038.7	10	223.8　222.6　221.5　223.4
9	6043　6023　5995　反向	9	252.1　251.4　250.0　反向	9	1037.2　1034.2　1027.4　反向	9	223.4　222.6　221.5　反向
8	6030　6023　5995　反向	8	251.6　251.4　250.0　反向	8	1035.0　1034.2　1027.4　反向	8	222.9　222.6　221.5　反向
7	6018　-2　5995　反向	7	251.1　-1.2　250.0　反向	7	1032.9　-1.2　1027.4　反向	7	222.4　-1.8　221.5　反向
6	6005　-2　5995　反向	6	250.6　-1.2　250.0　反向	6	1030.8　-1.2　1027.4　反向	6	222.0　-1.8　221.5　反向
5	5993　-2　3　反向	5	250.1　-1.2　250.0　反向	5	1028.6　-1.2　1027.4　反向	5	221.5　-1.8　221.5　反向
4	5980　5980　-2　3　反向	249.8	249.5　-1.2　3.2　反向	1027	1026.5　-1.2　3.2　反向	221	221.1　-1.8　3.2　反向
3	5968　-2　3　反向	3	249.0　-1.2　3.2　反向	3	1024.3　-1.2　3.2　反向	3	220.6　-1.8　3.2　反向
2	5955　-2　3　反向	2	248.5　-1.2　3.2　反向	2	1022.2　-1.2　3.2　反向	2	220.1　-1.8　3.2　反向
1	5943　5945　3　反向	1	248.0　248.1　3.2　反向	1	1020.1　1020.7　3.2　反向	1	219.7　219.7　3.2　反向
0	5930　5945　3　反向	0	247.5　248.1　3.2　反向	0	1017.9　1020.7　3.2　反向	0	219.2　219.7　3.2　反向
-1	5918　5945　3　反向	-1	246.9　248.1　3.2　247.1	-1	1015.8　1020.7　3.2　1016.1	-1	218.7　219.7　3.2　反向
-2	5905　5945　5901	-2	246.4　248.1　3.2　247.1	-2	1013.6　1020.7　3.2　1016.1	-2	218.3　219.7　3.2　218.6
-3	5893　5945　5914	-3	245.9　248.1　3.2　247.1	-3	1011.5　1020.7　3.2　1016.1	-3	217.8　219.7　3.2　217.6
-4	5880　5945　5914	-4	245.4　248.1　3.2　245.4	-4	1009.3　1020.7　3.2　1009.4	-4	217.4　219.7　3.2　218.6
-5	5868　5945　5875　5914	-5	244.9　248.1　3.2　247.1	-5	1007.2　1020.7　3.2　1016.1	-5	216.9　219.7　3.2　218.6
-6	5855　5945　5875　5914	-6	244.3　248.1　244.6　247.1	-6	1005.1　1020.7　1007.0　1016.1	-6	216.4　219.7　216.8　218.6

先多		台指期			240	摩台指			11.8	金融期			24.5	電子期			13.9
2	昨收	開盤	今高	今低	收盤	昨收	開盤	今高	今低	收盤	昨收	開盤	今高	今低	收盤	昨收	開盤	今高	今低	收盤
940113	5901	5920	5930	5830	5880	245.4	246.7	246.8	242.1	243.8	1009.4	1012.4	1014.8	1002.0	1008.4	217.6	218.6	218.8	213.8	215.6
	11	振幅	預測	實際	反向	0.4	振幅	預測	實際	反向	1.8	振幅	預測	實際	反向	0.4	振幅	預測	實際	反向

6	6	5995	5948	5930	5985	6	249.3	247.5	246.8	248.4	6	1025.5	1017.3	1014.8	1023.5	6	221.1	219.4	218.8	221.0
5	5	5984	5948	5930	反向	5	248.9	247.5	246.8	248.4	5	1023.6	1017.3	1014.8	1023.5	5	220.7	219.4	218.8	反向
4	4	5974	5948	5930	反向	4	248.4	247.5	246.8	反向	4	1021.8	1017.3	1014.8	反向	4	220.3	219.4	218.8	反向
3	3	5963	5948	5930	反向	3	248.0	247.5	246.8	反向	3	1020.0	1017.3	1014.8	反向	3	219.9	219.4	218.8	反向
2	2	5952	5948	5930	反向	2	247.5	247.5	246.8	反向	2	1018.1	1017.3	1014.8	反向	2	219.5	219.4	218.8	反向
1	1	5941	1	5930	反向	1	247.1	2.5	246.8	反向	1	1016.3	1.2	1014.8	反向	1	219.1	2.1	218.8	反向
0	0	5931	1	5930	反向	246.7	246.6	2.5	3.4	反向	0	1014.5	1.2	3.4	反向	218.6	218.7	2.1	3.4	反向
-1	5920	5920	1	3	反向	-1	246.2	2.5	3.4	反向	1012	1012.7	1.2	3.4	反向	-1	218.3	2.1	3.4	反向
-2	-2	5909	1	3	反向	-2	245.7	2.5	3.4	反向	-2	1010.8	1.2	3.4	反向	-2	217.9	2.1	3.4	反向
-3	-3	5899	1	3	反向	-3	245.3	2.5	3.4	反向	-3	1009.0	1.2	3.4	1008.4	-3	217.5	2.1	3.4	反向
-4	-4	5888	1	3	反向	-4	244.9	2.5	3.4	245	-4	1007.2	1.2	3.4	反向	-4	217.1	2.1	3.4	反向
-5	-5	5877	1	3	5880	-5	244.4	2.5	3.4	245	-5	1005.3	1.2	3.4	反向	-5	216.7	2.1	3.4	反向
-6	-6	5867	5873	3	反向	-6	244.0	244.4	3.4	243.8	-6	1003.5	1004.5	3.4	反向	-6	216.3	216.7	3.4	反向
-7	-7	5856	5873	3	反向	-7	243.5	244.4	3.4	245	-7	1001.7	1004.5	1002.0	反向	-7	215.9	216.7	3.4	216.2
-8	-8	5845	5873	5855	-8	243.1	244.4	3.4	245	-8	999.9	1004.5	1002.0	1001.3	-8	215.5	216.7	3.4	215.0
-9	-9	5835	5873	3	5855	-9	242.6	244.4	3.4	245	-9	998.0	1004.5	1002.0	1001.3	-9	215.1	216.7	3.4	216.2
-10	-10	5824	5873	5830	5855	-10	242.2	244.4	3.4	245	-10	996.2	1004.5	1002.0	1001.3	-10	214.8	216.7	3.4	216.2
-11	-11	5813	5873	5830	5855	-11	241.7	244.4	242.1	245	-11	994.4	1004.5	1002.0	1001.3	-11	214.4	216.7	3.4	216.2
-12	-12	5802	5873	5830	5855	-12	241.3	244.4	242.1	245	-12	992.5	1004.5	1002.0	1001.3	-12	214.0	216.7	3.4	216.2
-13	-13	5781	5873	5830	5855	-13	240.4	244.4	242.1	245	-13	988.9	1004.5	1002.0	1001.3	-13	213.2	216.7	213.8	216.2

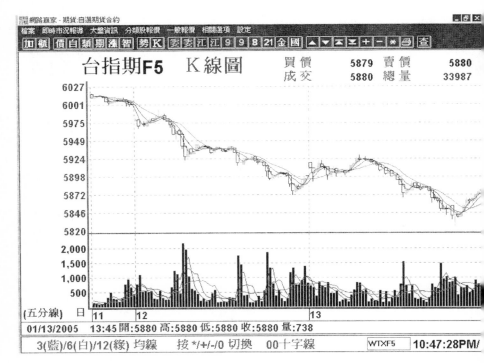

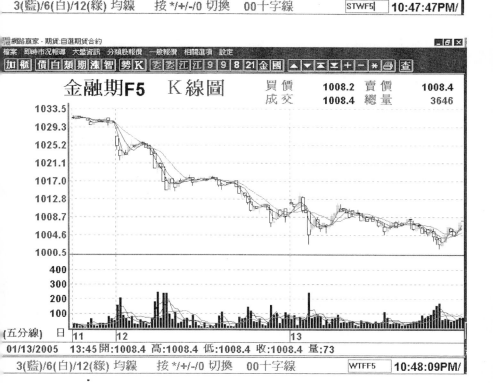

檔案　即時市況報導　大盤資訊　分類股報價　一般報價　相關選項　設定

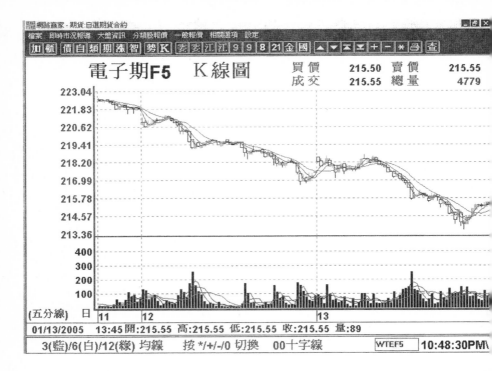

電子期F5　K線圖　買價 215.50　賣價 215.55　成交 215.55　總量 4779

(五分線) 日
01/13/2005　13:45 開:215.55　高:215.55　低:215.55　收:215.55　量:89
3(藍)/6(白)/12(綠) 均線　按 */+/-/0 切換　00 十字線　WTEF5　10:48:30PM

先空	台指期		251	摩台指		0.2	金融期		2.2	電子期		6.9
-2	昨收 開盤 今高 今低 收盤			昨收 開盤 今高 今低 收盤			昨收 開盤 今高 今低 收盤			昨收 開盤 今高 今低 收盤		
940114	5880 5846 5920 5821 5893			243.8 242.0 245.6 240.4 244.1			1008.4 1005.0 1017.6 997.0 1014.2			215.6 214.0 216.4 213.3 215.6		
8	振幅 預測 實際 反向		0.3	振幅 預測 實際 反向		1.4	振幅 預測 實際 反向		0.3	振幅 預測 實際 反向		

	台指期 昨收	開盤	今高	今低	收盤		摩台指 昨收	開盤	今高	今低	收盤		金融期 昨收	開盤	今高	今低	收盤		電子期 昨收	開盤	今高	今低	收盤
9	9	5937	5895	5920	5887	9	246.2	244.3	245.6	243.7	9	1018.3	1011.9	1017.6	1016.1	9	217.7	216.0	216.4	215.5
8	8	5929	5895	5920	5887	8	245.8	244.3	245.6	243.7	8	1016.9	1011.9	4.0	1016.1	8	217.4	216.0	216.4	215.5
7	7	5921	5895	5920	5887	7	245.5	244.3	4.0	243.7	7	1015.5	1011.9	4.0	反向	7	217.1	216.0	216.4	215.5
6	6	5913	5895	4	5887	6	245.2	244.3	4.0	243.7	6	1014.1	1011.9	4.0	1014.2	6	216.8	216.0	216.4	215.5
5	5	5905	5895	4	5887	5	244.8	244.3	4.0	243.7	5	1012.7	1011.9	4.0	反向	5	216.5	216.0	216.4	215.5
4	4	5897	5895	4	5887	4	244.5	244.3	4.0	243.7	4	1011.3	-2.5	4.0	反向	4	216.2	216.0	4.0	215.5
3	3	5889	-4	4	5893	3	244.2	-5.4	4.0	244.1	3	1010.0	-2.5	4.0	反向	3	215.9	-5.3	4.0	215.5
2	2	5881	-4	4	反向	2	243.8	-5.4	4.0	243.7	2	1008.6	-2.5	4.0	反向	2	215.6	-5.3	4.0	215.6
1	1	5873	-4	4	反向	1	243.5	-5.4	4.0	反向	1	1007.2	-2.5	4.0	反向	1	215.3	-5.3	4.0	反向
0	0	5865	-4	4	反向	0	243.2	-5.4	4.0	反向	0	1005.8	-2.5	4.0	反向	0	215.0	-5.3	4.0	反向
-1	-1	5857	-4	4	反向	-1	242.8	-5.4	4.0	反向	1005	1004.4	-2.5	4.0	反向	-1	214.7	-5.3	4.0	反向
-2	5846	5849	-4	4	反向	-2	242.5	-5.4	4.0	反向	-2	1003.1	-2.5	4.0	反向	-2	214.4	-5.3	4.0	反向
-3	-3	5841	-4	4	反向	-3	242.2	-5.4	4.0	反向	-3	1001.7	-2.5	4.0	反向	214	214.1	-5.3	4.0	反向
-4	-4	5833	-4	4	反向	242	241.8	-5.4	4.0	反向	-4	1000.3	1000.4	4.0	反向	-4	213.8	-5.3	4.0	反向
-5	-5	5825	5829	4	反向	-5	241.5	241.5	4.0	反向	-5	998.9	1000.4	4.0	反向	-5	213.5	213.6	4.0	反向
-6	-6	5817	5829	5821	反向	-6	241.2	241.5	4.0	反向	-6	997.5	1000.4	4.0	反向	-6	213.2	213.6	213.3	反向
-7	-7	5809	5829	5821	反向	-7	240.8	241.5	4.0	反向	-7	996.2	1000.4	997.0	反向	-7	212.9	213.6	213.3	反向
-8	-8	5801	5829	5821	5805	-8	240.5	241.5	4.0	反向	-8	994.8	1000.4	997.0	反向	-8	212.6	213.6	213.3	反向
-9	-9	5792	5829	5821	5805	-9	240.2	241.5	240.4	240.3	-9	993.4	1000.4	997.0	993.9	-9	212.3	213.6	213.3	212.5

先多 table

先多	台指期 昨收	開盤	今高	今低	收盤	摩台指 昨收	開盤	今高	今低	收盤	金融期 昨收	開盤	今高	今低	收盤	電子期 昨收	開盤	今高	今低	收盤
2			(18)					(1.9)					(2.5)					(1.3)		
40117	5893	5933	5985	5933	5954	244.1	246.2	249.5	246.0	248.0	1014.2	1018.6	1027.0	1018.0	1020.4	215.6	217.6	219.6	217.6	219.0
9	振幅	預測	實際	反向		0.4 振幅	預測	實際	反向		1.6 振幅	預測	實際	反向		0.3 振幅	預測	實際	反向	
10		6032	5945	5985	5975		249.9	246.4	249.5	247.9		1038.1	1022.4	1027.0	1029.8		220.7	217.7	219.6	219.1
9		6022	5945	5985	5975		249.5	246.4	3.3	247.9		1036.5	1022.4	1027.0	1029.8		220.3	217.7	219.6	219.1
8		6013	5945	5985	5975		249.1	246.4	3.3	247.9		1034.8	1022.4	1027.0	1029.8		220.0	217.7	219.6	219.1
7		6004	5945	5985	5975		248.7	246.4	3.3	247.9		1033.2	1022.4	1027.0	1029.8		219.6	217.7	219.6	219.1
6		5994	5945	5985	5975		248.3	246.4	3.3	247.9		1031.6	1022.4	1027.0	1029.8		219.3	217.7	3.3	219.1
5		5985	5945	3	5975		247.9	246.4	3.3	248		1030.0	1022.4	1027.0	1029.8		219.0	217.7	3.3	219.0
4		5975	5945	3	5975		247.5	246.4	3.3	反向		1028.3	1022.4	1027.0	反向		218.6	217.7	3.3	反向
3		5966	5945	3	反向		247.1	246.4	3.3	反向		1026.7	1022.4	3.3	反向		218.3	217.7	3.3	反向
2		5956	5945	3	5954		246.7	246.4	3.3	反向		1025.1	1022.4	3.3	反向		217.9	217.7	3.3	反向
1		5947	5945	3	反向	246.2	246.3	5.1	3.3	反向		1023.5	1022.4	3.3	反向		217.6	5.6	217.6	
0	5933	5937	4	3	反向		245.9	5.1	246.0	反向		1021.9	2.5	3.3	反向		217.2	5.6	217.6	
-1		5928	4	5933	反向		245.6	5.1	246.0	反向		1020.2	2.5	3.3	1020.4		216.9	5.6	217.6	
-2		5919	4	5933	反向		245.2	5.1	246.0	反向	1019	1018.6	2.5	3.3	反向		216.5	5.6	217.6	
-3		5909	4	5933	反向		244.8	5.1	246.0	反向		1017.0	2.5	1018.0	反向		216.2	5.6	217.6	
-4		5900	4	5933	反向		244.4	5.1	246.0	244.5		1015.4	2.5	1018.0	反向		215.8	5.6	217.6	216.1
-5		5890	4	5933	5891		244.0	5.1	246.0	244.5		1013.7	2.5	1018.0	反向		215.5	5.6	217.6	216.1
-6		5881	5884	5933	5891		243.6	243.9	246.0	244.5		1012.1	2.5	1018.0	反向		215.2	215.4	217.6	216.1
-7		5871	5884	5933	5891		243.2	243.9	246.0	244.5		1010.5	1011.8	1018.0	反向		214.8	215.4	217.6	216.1
-8		5862	5884	5933	5891		242.8	243.9	246.0	244.5		1008.9	1011.8	1018.0	反向		214.5	215.4	217.6	216.1
-9		5852	5884	5933	5891		242.4	243.9	246.0	244.5		1007.2	1011.8	1018.0	1007.4		214.1	215.4	217.6	216.1
-10		5843	5884	5933	5891		242.0	243.9	246.0	244.5		1005.6	1011.8	1018.0	1007.4		213.8	215.4	217.6	216.1

先空 table

先空	台指期 昨收	開盤	今高	今低	收盤	摩台指 昨收	開盤	今高	今低	收盤	金融期 昨收	開盤	今高	今低	收盤	電子期 昨收	開盤	今高	今低	收盤
-4			(6)					(0.9)					(5.4)					(0.6)		
40118	5954	5955	5967	5935	5945	248.0	249.0	249.2	246.9	247.9	1020.4	1019.2	1024.4	1018.6	1021.6	219.0	219.0	219.7	217.7	218.3
10	振幅	預測	實際	反向		0.4 振幅	預測	實際	反向		1.6 振幅	預測	實際	反向		0.4 振幅	預測	實際	反向	
4		6037	5994	5967	5997		251.5	250.0	249.2	反向		1034.6	1026.8	1024.4	1026.3		222.1	220.5	219.7	220.5
3		6028	5994	5967	5997		251.1	250.0	249.2	反向		1033.0	1026.8	1024.4	1026.3		221.7	220.5	219.7	220.5
2		6018	5994	5967	5997		250.7	250.0	249.2	反向		1031.4	1026.8	1024.4	1026.3		221.4	220.5	219.7	220.5
1		6008	5994	5967	5997		250.3	250.0	249.2	反向		1029.7	1026.8	1024.4	1026.3		221.0	220.5	219.7	220.5
0		5999	5994	5967	5997		249.9	2.3	249.2	反向		1028.1	1026.8	1024.4	1026.3		220.7	220.5	219.7	220.5
-1		5989	0	5967	反向		249.5	2.3	249.2	反向		1026.5	-1.0	1024.4	1026.3		220.3	-0.2	219.7	反向
-2		5980	0	5967	反向	249	249.1	2.3	3.3	反向		1024.8	-1.0	1024.4	反向		220.0	-0.2	219.7	反向
-3		5970	0	5967	反向		248.7	2.3	3.3	反向		1023.2	-1.0	3.3	反向		219.6	-0.2	3.3	反向
-4		5961	0	3	反向		248.3	2.3	3.3	反向		1021.6	-1.0	3.3	1021.6		219.2	-0.2	3.3	反向
-5	5955	5951	0	3	反向		247.9	2.3	3.3	247.9	1019	1019.6	-1.0	3.3	反向	219	218.9	-0.2	3.3	反向
-6		5942	0	3	5945		247.5	2.3	3.3	反向		1018.3	-1.0	1018.6	反向		218.5	-0.2	3.3	反向
-7		5932	0	5935	反向		247.1	247.4	3.3	反向		1016.7	-1.0	1018.6	反向		218.2	-0.2	3.3	218.3
-8		5923	5932	5935	反向		246.7	247.4	246.9	反向		1015.0	1016.1	1018.6	反向		217.8	218.2	3.3	反向
-9		5913	5932	5935	5913		246.3	247.4	246.9	反向		1013.4	1016.1	1018.6	反向		217.5	218.2	217.7	反向
-10		5904	5932	5935	5913		245.9	247.4	246.9	246.3		1011.8	1016.1	1018.6	1012.1		217.1	218.2	217.7	217.5
-11		5894	5932	5935	5913		245.5	247.4	246.9	246.3		1010.1	1016.1	1018.6	1012.1		216.8	218.2	217.7	217.5

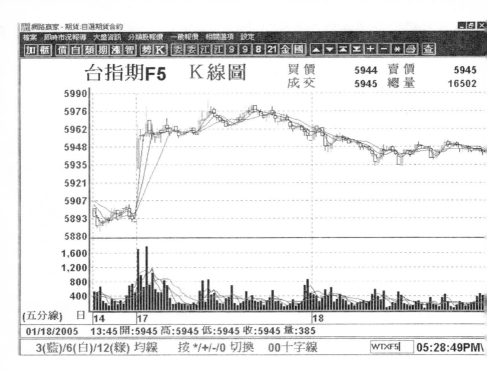

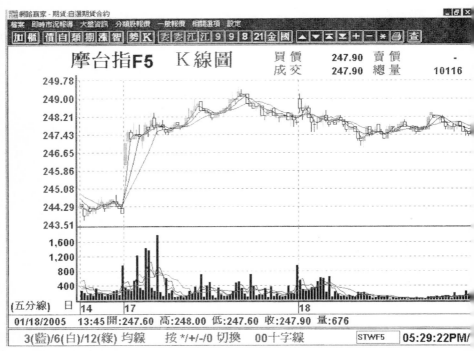

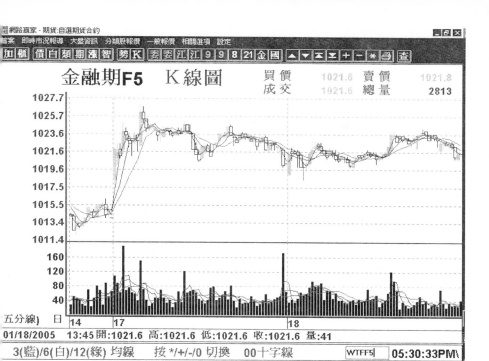

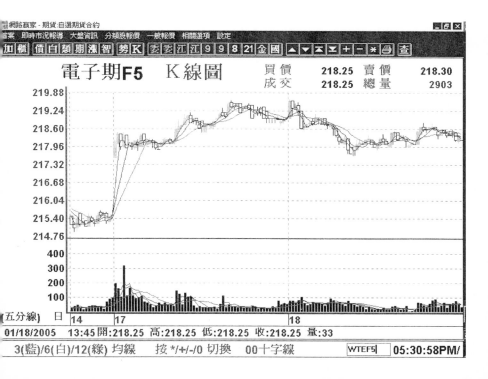

【後跋】
揭開卡巴拉微祕儀吉凶星會聚的祕密

　　國內政商名流在進行政治活動，工廠破土典禮，甚至一般士農工商婚喪喜慶日期之訂定，大部份均依「農民曆」（即黃曆）所載的紅字日期（即吉日）行事，較慎重者則委由專業擇日館選擇適合當事人的「黃道吉日」。

　　其實選擇黃道吉日行事，是不分國內或國外的，以日前剛逝世的美國前總統雷根為例，雷根在就任他的第一任加州州長時，即選擇在1967年1月1日午夜零時十六分舉行就職典禮。爾後他的仕途果然一帆風順，不但連任加州州長成功，甚至扶搖直上，在十三年之後，即1980年當選了美國第三十九任總統，1984年並且以壓倒性的勝利，連任美國第四十任總統，成為美國歷史上年紀最大的總統。其聲望之高，至今仍然受到世人的肯定。

　　不過，「信者恆信之，不信者恆不信之」，因此也有人根據統計資料提出質疑，候選人雖然依黃道吉日登記參選以及成立競選總部，但落選者還是遠較當選者為多。甚至也有人根據統計資料顯示，不幸發生車禍傷亡的案件，並非偏重在所謂的「凶煞日」，而是平均分佈在各吉凶日之中。

　　由上述情況可知，若非「吉、煞日」之說並不可信，即證明市面上目前通行的黃曆擇日表，似乎仍有其短。因此如何找到一份適合自己，同時具重複驗證性的「吉煞日擇日表」，相信有不少人將感到十分興趣才是。

　　筆者在一九六〇年代，曾自 恩師承傳一份「卡巴拉微祕儀吉煞星會聚循環圖」（以下簡稱「卡巴拉」），這份對外界

保密了數百年的神祕卡巴拉，運用她來「擇日」甚至「占卜」，依筆者近半世紀之經驗，確實具有相當的參考價值。為了讓本書讀者能據之趨吉避凶，願首度將她公諸於世，旨在讓本書讀者能多一份選擇並有所比較。

◎卡巴拉主要是由五個部分組成，首先將專有名詞逐一介紹如後：

第一・專有名詞

1. **「福星」**：掌管人類的情緒（E.Q），即國人所稱的「福星」。

2. **「祿星」**：掌管人類的智慧（I.Q），亦即國人所稱的「智多星」，由於智多財必富，從而也稱之為「祿星」。

3. **「壽星」**：掌管人類的體力健康（Life），亦即國人所稱的「壽星」。

4. **「本命星」**：每人出生時都擁有的「本命星」，每日正懸上空，本命星一位移即意味將殞落，當事人在百日之內即將往生。

5. **「會聚」**：前揭福、祿、壽三星之一（含以上），與本命星同時出現謂之「會聚」。

6. **「背離」**：福、祿、壽三星與本命星會聚之後，該星距本命星最遠的距離稱之「背離」。

7. **逢一等吉星會聚**：占卜詞謂之「事事如意」，本日百無禁忌，婚嫁喜慶開張開市均大吉大利。八十歲以上老者往生行喪事宜，亦可選擇此日入殮或出葬。

8. **逢二等吉星會聚**：占卜詞謂之「有利可圖」，見文思義，此日乃求財旺日。

9. **逢三等吉星會聚**：占卜詞謂之「功名將顯」，政治人物登記

參選或成立競選總部，商家開張開市之大吉日。

10. **逢四等吉星會聚**：占卜詞謂之「四平之日」，乃平安、平順、平凡以及平淡之日，可選擇連續的「四平之日」（最長有逾20天以上的情形）做長途旅遊。

A. 闔府出遊時，則以年長大家長，或具經濟財力之成員的「卡巴拉」四平之日為準！

B. 長途旅行時，逢四平之日中斷時的因應之道：應以投宿的飯店為「家」，盡可能少參加具危險性的?外活動，如乘坐直升機、小型飛機、雲霄飛車、高空彈跳、水上摩托車等活動。

C. 長途旅行時，如不幸逢福星背離，則應注意不與同行者或導遊等周遭人物發生磨擦；

D. 長途旅行時，如不幸逢祿星背離，則應防買到假貨、換鈔被騙等破財掃興之事；

E. 長途旅行時，如不幸逢壽星背離，則應注意健康以防身體不適。

11. **逢一等煞星會聚**：占卜詞謂之「諸事不宜」，無論紅白，建議不取本日。

A. 若逢一等煞星會聚時，其威力長達72小時至120小時不等。如占卜人福田不厚，往往在108天之內復返，如有此現象，占卜人應養成「日行一善」的習慣，除「助人為快樂之本」外，尚可廣積福田。

B. 特別值得一提的，一等煞星會聚時，除「日行一善」之外，諸事均不取，甚至組團到廟宇參拜，亦有可能發生遊覽車途中事故等情事；當天遊覽車司機若逢福星背離，發生事故機率更大。

12. **逢二等煞星會聚**：占卜詞謂之「求利尚薄」，不利求財的煞日。

13. **逢三等煞星會聚**：占卜詞謂之「不宜開張」，求名不顯的煞日，政治人物參選登記忌擇此日。即使勉強當選，日後政壇仕途之發展亦多迍，因此政治人物參選登記甚至成立競選總部，建議最好避開此日。

14. **逢四等煞星會聚**：占卜詞謂之「韜光養晦」，此時段不宜從事長途旅遊。

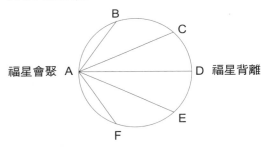

◎圓周即福星運行軌跡，於A點與本命星會聚後，順時針運行至B點、C點到最遠的D點，D點即所謂的背離日；再運行至E點、F點之後，又返回A點與本命星會聚，周而復始。

15. **星圖排序**：塔羅牌微祕儀占卜的星圖，全部共有74,649,600個命盤，「星圖排序」指的是這其中的第幾個命盤。

第二・福、祿、壽星循環「會聚」、「背離」本命星的周期

1.**「福星」**：眾所周知，月亮的盈虧周期約為28天，女性生理周期平均亦為28天，因此稱之為「月信」。一般人不分男女，在生理及心理方面，也有規則性的變化。在一定周期之中，都有循環性的高潮及低潮。

2. 據「卡巴拉」顯示，掌管人類情緒的「福星」，其與本命星會聚的循環周期也是28天。福星來臨時，當事人精神愉悅，做事稱心如意。低潮時，凡事漠不關心，甚至發起所謂「無名火」的脾氣，因此得罪周遭的長官、同事以及親朋好友而不自知，甚至因「小不忍而亂大謀」落入敗局的例子，亦屢見不鮮。

古諺有云：「量大福大」，若當事人能預知「福星」循環的周期，在會聚後的第14天，即所謂「福星背離」的日子，力求控制自己容易發怒的脾氣，盡量避免做重要的決定。讀者可以參考卡巴拉圖表上所顯示的高低潮日期，俾能在低潮期減少犯錯的機率，在高潮期以笑臉迎人，達到雙贏的最高成功境界。

3. 「祿星」：掌管人類靈感及智力判斷的「祿星」，與本命星會聚的循環周期為33天。「祿星」的背離期為會聚之後的第16.5天。在高潮期靈思敏銳，分析及判斷力均強，但在「祿星背離期」時，則判若兩人，不但思路欠通，判斷力亦弱。此應是「聰明一世，糊塗一時」古諺之由來。

據悉，有不少跨國事業集團的總裁或執行長，必定選擇「祿星會聚」時，做出或宣布重大決策。此外、談判、簽約等戰術方案，亦盡可能在福星或祿星會聚日為之，俾提升其成功率。

4. 「壽星」：掌管人類體力狀況的壽星，其與本命星會聚的循環周期為23天。「壽星」的背離期為會聚之後的第11.5天。在體力競賽之中，若與競爭者平日皆在伯仲之間時，出賽日壽星是否接近本命星，乃成為當事人勝負重要關鍵。

在一對一的世界拳王爭霸戰之中，如能選擇壽星會聚的時辰出賽，必有助於提高致勝的機率。只是目前世界拳王挑戰賽的決戰日期，依例由衛冕者指定。而衛冕者是否會指定在自己壽星會聚之日，或挑戰者壽星背離之日出賽，以提高其勝率，則頗耐人尋味。

第三‧本命星流年表

根據恩師指出，「春分點」在黃道逆行一周期，或地軸繞行「?極」一周期，須費時25,920年，黃道十二宮中，每一宮位須繞行2,160年。在西方神祕學而言，「2,160」是一個重要的神祕數字。每一個人的流年也是與2160有著密切的關係。占卜人自出生之後，滿2,160日起，每52.2857天為一周期，流年共可分為七個周期：

1. **第一週期**：為「黎明前刻」的黑暗期，看似更為黑暗，其實再撐一會兒，即可看到光明。
2. **第二週期**：為「晨曦乍現」的萌發期，此周期占卜人應極力充實自己，飽覽群籍，吸收各項新資訊。
3. **第三週期**：為「光明在望」的成長期，此周期占卜人應努力衝刺，不可稍有懈怠。
4. **第四週期**：為「日正當中」的成熟期，此周期占卜人意氣風發，唯不可志得意滿，更忌錢財露白惹禍上身。
5. **第五週期**：為「午後烈日」的舍而能藏期，以持盈保泰為原則。
6. **第六週期**：為「晚霞餘暉」的蟄伏期，此周期內不宜從事新而陌生的投資案。
7. **第七週期**：為「長夜漫漫」運勢最弱，處潛沉低調期。占

卜人應虛心汲取他人的成功經驗，分析自己過去的失敗案例，以達「不二過」的境界。如此乃能循環到第一周期「黎明前刻」。若否，第七周期的「長夜漫漫」曾有長達2,160天之案例。換句話說，第七周期並非固定在52天而已！

8. 以上七個周期成為流年中的順、逆、興、衰、旺、弱里程碑。占卜人如能瞭然其天道運行的順逆周期，相信必有助於掌握成功的契機，以及趨吉避凶的法門！在本命星流年表中的「轉運日期」可以看到轉運時間，屆期將轉入下一周期，俾能事先採取因應之道！一般人的流年中,大吉與不利都有五天的時間，例如圖表中「流年大吉」日（圖表中的2006.03.15）前後二天共五天的運勢最好，「流年不利」日（圖表中的2005.05.07）前後二天共五天的運勢最壞。

第四・「大運」來臨周期表、不定期出現的吉煞星會聚表

大運約六年輪一次，大運來臨時，吉凶星強度皆特別明顯，因此而有大好或大壞的情形。大運來臨的時間，可參看圖表中的「輪值大運」欄。

1. 根據「卡巴拉吉煞星會聚圖」顯示，每個人的生命極限為51,840天（約142歲），其大運周期也是2,160天，正常來講，一般人的生命周期循環次數為24次（即享壽144歲）；或者至少也應有18次（106歲以上）。我國道家自古以來即主張「人法地，地法天，天法自然」，唯目前一般人竟不約而同的盛行「人法人」，以各種不合自然的法則約束了自己，因此平均壽命僅循環12次（72歲左右）。

2. 根據恩師指出，如占卜人大運周期來臨的前後三天（亦即

共7天的會聚之中），正逢一等煞星會聚，同時又值第七周期的「長夜漫漫」的蟄伏期，壽福雙星同日連袂背離(原始排序102型，吉凶指數負15)，若不幸本命星開始位移，百日內即將「壽終正寢」。如本書之中所述國立政治大學商學院院長林英峰教授高堂即屬此。

3. 如占卜人大運周期來臨，若不幸正逢一等煞星會聚及衰日，壽祿雙星在七天中先後「背離」(原始排序563型，吉凶指數負24)，將因惡性暗示而導致生命之火迅速熄滅，某出版界巨擘即屬此。因機緣際會，筆者乃能助其「安然」度過生命的「劫關」。

4. 本書中所敘聯電電器公司林桂陽由於當年本命星尚在，福星幸逢會聚（原始排序653型，吉凶指數負20)，因此在國泰醫院由林敏雄大夫檢查出病灶，由台北榮總黃敏雄大夫施以手術至今健在。

5. 另書中所敘台北力山鋼鐵公司宋明勳占卜時，逢衰日且福祿壽三星皆同日背離，兼之本命星又將殞落（原始排序590型，吉凶指數負29)，身體一向硬朗的宋先生雖接受筆者之建議到醫院體檢，唯體檢結果指出已是骨癌末期，因此不幸在百日左右即不幸往生。

6. 如占卜人大運周期來臨，若不幸正逢一等煞星會聚，福壽雙星皆「背離」(原始排序102型，吉凶指數負15)，非為情所困而絕望自盡，則必屬意外事故傷亡，某出版界巨擘之胞姊即屬此。筆者二十多年前，年少輕狂，膽敢洩漏天機，救回其姊一命，若時至如今，是否有此量度及膽識，冒險救毫無淵源的陌生人一命，容坦言以陳，並無把握。須特別指出者，本個案因祿星未背離，高堂尚在，因此可

接受筆者勸言，如祿星同時背離，雙親往生，心中已無牽掛，即使神仙也無法制止當事人自殺的行為。

7. 如占卜人大運周期來臨，若不幸正逢衰日及一等煞星以及祿星背離時（原始排序509型，吉凶指數負20），絕不進行尚有疑慮及政治風險的新投資案（如本書所載遠雄集團趙藤雄撤回菲律賓投資案）。

8. 大運逢二等煞星及福星會聚，同時又逢衰日及祿星背離（原始排序600型，吉凶指數負15），慎防破財。書中所述台北好康實業公司李昭平占卜時，指出倉庫中大量壁紙地毯將逢「回祿」及「水漫」雙災，李昭平特別巡視泰山主倉庫時，適發現電線走火，當場迅予撲滅，避免了數千萬元損失的案例即屬此。

9. 占卜人大運周期來臨，若不幸正逢一等煞星會聚，福祿壽三星同日背離(原始排序825型，吉凶指數負19)，必因診斷錯誤，延誤病情。新光集團吳東賢即屬此。因乃兄吳東進透過前國立陽明大學校長向筆者求卜，筆者建議其改赴美國就醫。果然經美國醫學中心以先進科學儀器診斷，證實已從鼻咽癌轉移為腦癌，因此改變手術下刀部位，吉人天相至今近十年仍安然存活，其高堂吳桂蘭女士至今仍一再肯定「卡巴拉」占卜，乃其愛子幸能趨吉避凶之重大關鍵，更是吳家的福緣。

10. 占卜人大運周期來臨，在一等煞星會聚之日，福祿雙星同日背離，如同時有壽星會聚時，必遇良醫或早占勿藥（指遇到好的醫生，還沒吃到藥，病就好了）；新莊股商陳慶昌即屬此（原始排序201型，吉凶指數負11）。身體向來健碩的陳慶昌，接受筆者之建議，由前陽明大學校長張心湜

532

安排體檢，檢驗出小於一公分之肝癌病灶，幸經現任台北榮總副院長雷永耀大夫，短期內一連實施四次手術始挽回性命，至今已逾15年仍健在。

11. 占卜人大運周期來臨，若不幸正逢一等煞星會聚，祿壽雙星同時背離，唯福星會聚(原始排序183型，吉凶指數負11)，必有兩次以上血光之災。時報周刊董事長簡志信夫人黃月桂接受筆者之建議實施體檢，果然發現顏面腫瘤，起初不願接受開刀，以免顏面留下疤痕，竟採民俗療法，以益鳥「白鷺鷥」合藥服用偏方，嗣病情逐漸惡化，不得不實施手術時，竟打算找耳鼻喉科醫師主刀。幸阿桂嫂福至心靈，在接受手術前又占卜一次，占卜詞為「藝術美學」，因此經筆者之建議，改由台北榮總美容聖手方榮煌大夫主刀，手術十分成功，並未留下明顯疤痕的案例即屬此。未久，又實施另一項大手術，切除某病灶，而應驗兩次以上血光之災的預言。

12. 如占卜人大運周期來臨，在一等煞星會聚，同時又逢衰日及祿星「背離」以及流年運勢在「長夜漫漫」時（原始排序509型，吉凶指數負20），不能壯士斷腕，潛沉以待，如本書所載東帝士集團陳由豪竟成十大通緝要犯即屬此。

13. 占卜人大運周期來臨，若不幸正逢一等煞星會聚及衰日，福、祿、壽三星先後「背離」，流年又逢「長夜漫漫」（原始排序590型，吉凶指數負29），必因投資判斷出錯，而導致家破人亡。如1995年捷力建設公司及祐捷建設公司負責人黃錦洲在台北內湖「歐洲共同市場」建築投資案失敗，為了躲避民刑事責任，逃亡赴加拿大時，竟在自己豪宅中，槍殺母親、妻子以及雙女四人之後飲彈自盡，僅獨子

倖存，家破人亡的慘劇即屬此。

14. 大運會聚七日內若有壽星背離應慎防大病，若有福星背離慎防口舌之災，若有祿星背離慎防官司纏身，破財亦未必消災。若又逢一等煞星會聚禍延六載（原始排序120型，吉凶指數負19），前國民黨大掌櫃劉泰英案例即屬此。

15. 若逢二等煞星會聚，千日不順；若逢三等煞星會聚，明年此日始能開運；若逢四等煞星會聚，百日之厄難免。

16. 大運會聚七日內若有壽星「會聚」（原始排序20型，吉凶指數正5），宿疾亦可癒，台北榮總楊順聰博士案例即屬此。

17. 若有福星「會聚」，舌粲蓮花，相生相助，水幫魚，魚亦幫水；若有祿星「會聚」官司得直，破財可消災；若逢一等吉星會聚，鴻運當頭，六年不愁；若逢二等吉星會聚，千日順遂；若逢三等吉星會聚，澤及全年；若逢四等吉星會聚，笑臉春風達三月。

18. 在各等煞星會聚之日，如同時有福星會聚時，若確能貫徹「量大福大」之古訓，將化險為夷，甚至化阻力為助力；在各等煞星會聚之日，如同時逢祿星會聚時，錢能通神甚至能使鬼推磨，但應佐以智多星擬訂大計，以免弄巧成拙，反陷囹圄。某山東財團總裁案例即屬此。

19. 尤值一提者，二等煞星的「求利將薄」與「祿星會聚」時，應解讀為「薄利多銷」也。

以上案例乃引用書中各主角星盤實際資料，隨手拈來，並未按吉煞指數排序，亦未依發生日期先後排列，在此特別說明如上。

◎大運輪值表如後：

534

大運輪值	1	2	3	4	5	6	7	8	9	10	11	12	13	14	15	16	17	18
出生迄今	2160	4320	6480	8640	10800	12960	15120	17280	19440	21600	23760	25920	28080	30240	32400	34560	36720	3888
實足年齡	5.918	11.84	17.75	23.67	29.59	35.51	41.42	47.34	53.26	59.18	65.1	71.01	76.93	82.85	88.77	94.68	100.6	106.

如何使用「卡巴拉吉煞星會聚圖」

個人專屬卡巴拉吉煞星匯聚圖

占	值日塔羅	星期日	星期一	星期二	星期三	星期四	星期五	星期六	值時塔羅	值分塔羅	星圖排序	出生迄今(日)	專利號碼	適用年份	辛運靈
卜	師父指引	耐心耐心	手術開刀	貴人相助	道德觀念	存在主義	秉天時利	前世福澤	確立願景	隨之力行	60473	21492	94111589	2005	54
現在時間(請依此時間填寫)	占卜小時	占卜分鐘	占卜月日	花色代號	牌面數字	出生年份	出生月日	男1女0	流年運勢	轉運日期	流年大吉	流年不利	輪值大運		54
2005/4/30 01:33	1	33	430	4	13	1972	805	1	黎明前刻	20050512	20060315	20050507	20050816		星期六
週	陽曆日期	健康體力(壽)	情緒管理(福)	智力靈思(祿)	一等吉星	二等吉星	三等吉星	四等吉星	一等煞星	二等煞星	三等煞星	韜光養晦	陰曆日期	黃曆禁忌事項	吉煞指

「卡巴拉吉煞星會聚圖」主要有二個功能：一為「擇日占卜」，一為「問事占卜」。

一、如何「擇日占卜」？

所謂「擇日」，即選擇適合婚嫁喜慶的黃道吉日，或喪葬、行喪探病的日子。

（一）如何填寫擇日占卜命盤？

1. 依占卜人身分證上所載資料為憑，填入出生年份、出生月日。此官方登記之出生日期資料將伴隨占卜人一生，因此即使係以陰曆日期申報，或申報出生日期錯誤均不更改。

如占卜人為民國61年8月5日生，則在出生年份欄填入

1972，在出生月日欄填入805。性別欄，男性填「1」，女性填「2」。

2. 依卡巴拉圖表中電腦所顯現的「現在時間」（含日期及時間），填上正確的日期時間資料。需注意的是，占卜的精確時分最後才填上。

3. 特別提醒占卜人，嚴禁填入過去或未來的日期，以免耗費占卜人一生有固定「配額」的福緣。

4. 由於每次占卜可以預睹未來108天的吉凶星會聚狀況，因此占卜人有關擇日之占卜，每年以不超過4次為宜。至於問事的塔羅牌占卜，每月以不超過兩次為度，亦即每年不超過24次，以免事事仰仗占卜，失去自行尋索人生順逆、吉煞、悲歡離合的樂趣！

（二）如何判定吉煞日？

占卜人只要打開書中所附贈的光碟中的「個人專屬吉煞星會聚圖」，依上述步驟填上正確的資料，即可看到專屬個人的福祿壽三星會聚、背離循環周期，及各吉煞星分布情況，作為擇日參考。

1. 首先看陽曆日期，如有「黑底白字」，此乃流年之中的「衰日」，除為舉喪之有利日子外，吉事皆不取。

2. 陽曆日期之中，如有「紅底白字」，此乃流年之中的「旺日」，除喪事外吉事皆可取。

3. 陽曆日期之中，如有「湖青色紅字」，此乃六年一輪的大運，逢大運輪至，行善及許願必有靈驗。

4. 「本命星」與壽星「會聚」或「背離」：壽星會聚吉事無忌；壽星背離，只宜行喪入殮、入葬等喪事。

5. 「本命星」與福星「會聚」或「背離」：福星會聚事事如意；福星背離，小不忍必亂大謀，忌談判宜積德。

6. 「本命星」與祿星「會聚」或「背離」：祿星會聚，駿業鴻發；祿星背離，忌新投資案，宜持盈保泰。

7. 接著看各等「吉星會聚」狀況，其中以「本命」與「一等吉星」會聚為最佳，「二等吉星」次之，以下類推。再看各等「煞星會聚」狀況，其中以「本命星」與「一等煞星」會聚為最不利，「二等煞星」次之，以下類推。每日吉煞狀況程度，卡巴拉可以量化並排序成1348型。其中以第1型：天助人自助，鴻運當頭，吉星正30顆最為大吉大利，以第1348型天絕地滅有凶死之虞的凶星負29顆最為凶煞。如非遭遇1348型者，均有破解之道。讀者可從光碟片內之「卡巴拉吉煞星會聚圖」中的「吉煞指數」作檢索，一窺究竟（正的數字，表示「吉」，正的數字愈大表示愈吉；負的數字，表示「煞」，負的數字愈大表示愈凶。）也可以在「卡巴拉首頁」的「O」欄，看到最近108天之中的每日吉凶指數，俾能事先因應。

8. 最後始參照陰曆（即我國現行「黃曆」）中所載之「禁忌事項」表（其實各派擇日館、廟宇所出版的農民曆，「宜事」及「禁忌」事項不一定相同），如逢「月破大凶日」、「值受死凶日」以及「正紅紗凶日」等諸事不取的凶煞日，為避免當事人心理壓力以及旁人異樣眼光，雖逢福、祿、壽三星之一以及「三等吉星」及「四等吉星」會聚，可二種參考都避之不取。

9. 但若黃曆當日載以諸事不取，而本命星與福祿壽三星有雙星（福祿、祿壽、福壽）以上會聚，若再加上有「一等吉

星」或「二等吉星」會聚，以筆者近半世紀的經驗，實在不宜錯失一生難得幾回的良辰吉日。

二、如何「問事占卜」？

（一）如何填寫問事占卜命盤？

1. 首先需取得「幸運牌」以及「卡巴拉小祕儀」問事的「占卜牌」。

a. 占卜人沐浴淨身之後，將一副全新的撲克牌拆封(含空白牌及二張Joker牌，共55張牌)，必須懷著虔敬的心態將牌洗勻，切牌（所謂「切牌」，即將洗勻的新牌，隨意從中分開，然後將下半部與上半部互換位置。此時下半部的第一張牌成為整副牌的第一張）。

b. 將切牌後的新牌，依序分成三份，第一張為「天牌」，第二張為「地牌」，第三張為「人牌」；第四張亦為「天牌」，第五張亦為「地牌」，第六張亦為「人牌」，以下類推。因此「天牌」會有19張，「地牌」以及「人牌」將各有18張。「天牌」及「地牌」為專業占卜師用的，一般讀者以「人牌」進行占卜。占卜人將第三份的18張「人牌」，依前揭的方法，再分成三等份，此時將剩下6張人牌。

c. 再將此6張人牌依序分成三等份，最後一定剩下兩張牌。占卜人首先掀開的那張牌，即為今年的幸運牌，第二張則為占卜牌。日後再行占卜時，隨機掀開一張做為占卜牌即可。（請參看光碟之示範影片）

2. 依占卜人身份證上所載資料為憑，填入出生年份、出生月日。此官方登記之出生日期資料將伴隨占卜人一生，因此即使係以陰曆日期申報，或申報出生日期錯誤均不更改。

如占卜人為民國61年8月5日生，則在出生年份欄填入
1972，在出生月日欄填入805。性別欄，男性填「1」，女性
填「2」。

3. 將前揭「占卜牌」花色填入「花色代號」欄位。（紅心為
「1」、黑桃為「2」、鑽石為「3」、梅花為「4」，若抽到空
白牌或Joker牌，則花色代號及牌面數字皆為「0」。）

4. 撲克牌牌面數字為A、2、3、4、5、6、7、8、9、10、J、
Q、K，其中「A」牌的數字為「1」，「J」牌的數字為
「11」，「Q」牌的數字為「12」，「K」牌的數字為「13」，
請以阿拉伯數字填入「牌面數字」欄位。

5. 最後才填入占卜時間，如電腦顯現占卜日期為 2005/4/30
1:33，應在占卜月日填入430，占卜小時為「1」（若時間為
下午的1點，則電腦會顯示13:00，此時占卜小時應填入
「13」），占卜分鐘為「33」。尤值一提者，占卜分鐘須填入
最新的精確數字（因為同一件問卜事項，填入不同的占卜
時分，將有不同的占卜結果，因此最準確的應在所有資料
都填完後，再填上最新的分鐘）。

6. 如「花色代號欄」填入數字超過「4」,「牌面數字欄」填
寫數字超過「13」或填入英文字母，「占卜月日欄」填入
「230」（閏年二月份也只有29天而已）或431（小月只有30
天）等錯誤月日數字，或「占卜時分」填入超過60的數
字，將在本欄位表頭顯現出「資料錯誤」的警示語。

7. 孩童未滿六歲不得進行占卜，因此出生迄今未滿2160天
者，會在「出生迄今」欄位，提示「未滿六歲」警語。

（二）如何進行及解讀一般所謂「塔羅牌占卜」？

1. 依上述命盤資料填寫完成後，將各顯現一週七天之中的九

項占卜祕儀（即占卜詞）。

2. 如圖例，占卜日期2005/04/30為星期六，占卜人學校剛畢業，想知道未來工作方向。占卜結果解讀如下：

a. 首先對照看「值日塔羅」與當天的「星期塔羅」。「值日塔羅」占卜詞為「師父指引」，「星期塔羅」（占卜之日為星期六的占卜詞）為「前世福澤」，二項互相對照來看，可以解讀為，在師父的指引之下可以找出方向，這是因為前世福澤的結果。

b. 接著對照看「值時塔羅」與「值分塔羅」。「值時塔羅」為「確立願景」，「值分塔羅」為「隨之力行」，可以解讀為占卜人的工作方向必需確立（「確立願景」），同時也要身體力行，不可空口說白話（「隨之力行」）。

c. 再者，其他的星期塔羅也會有占卜詞出現，自星期日起，占卜詞為「耐心耐心」，星期一占卜詞為「手術開刀」，星期二占卜詞為「貴人相助」，星期三占卜詞為「道德觀念」，星期四占卜詞為「存在主義」，星期五占卜詞為「秉天時利」。

一般讀者只要依a.b.二項占卜詞，針對所問之事揣摩行事方向參考，慧心的讀者將可參透神祕的玄機，破解天機。至於c.則是專業塔羅牌占卜師使用的，一般讀者可以不看。

3. 如「值日塔羅」、「星期塔羅」（指一週七天的占卜詞）與所問問題風馬牛不相及，此時可將「占卜牌」的花色及數字以「幸運牌」的花色及數字取代，並應重新輸入占卜精確時分，即可得到另一組占卜詞。如與所問之問題，仍然沾不上邊，即應停止占卜。發生此狀況甚為罕見，其一可能是所問之問題，以占卜人的智慧即可判斷其答案，毋需

540 耗費寶貴的福緣配額；或占卜人是以「Joker」（開玩笑）
的心態進行占卜所致。

4. 占卜詞雖只有區區四個字，但具慧心的讀者可運用「心電
感應」的力量，仔細揣摩，以詮釋天機，事後再予互相印
證，須有心做成系統性歸納，經過相當時日，「心電感應」
能力自然逐漸加?，甚至可以從業餘「大祕儀占卜者」，邁
入職業「小祕儀占卜家」之列。至於能重複抽到同一張占
卜牌的「微密儀占卜家」，則須由師父「口授心傳」祕
法，始能承傳衣缽！因此截至目前為止，並未見到甚至傳
聞一般塔羅牌小祕儀占卜家有此功力者。

三、如何擁有個人專屬「卡巴拉吉煞星會聚圖」？

1. 製作卡巴拉吉煞星會聚圖的方法有兩種，其一由卡巴拉微
祕儀占卜家，依占卜家自己的「靈動亂數」做為每年的?
動靈數，翌年再輪到下一個靈動亂數為啟動靈數，本2005
年試用版「卡巴拉」即屬此。此光碟片僅在首刷30,000冊
典藏版中，隨書免費贈送給本書讀者。

2. 須特別要說明的，基於塔羅占卜的「靈動亂數」每年嬗
遞，年年變化，再者復受限於陰曆禁忌事項對照表亦僅能
載至2006年1月份的限制，因此「2005年」卡巴拉吉煞星會
聚圖，僅能使用到2005年底為止。

3. 其二，筆者為一般被占卜人製作第一份「卡巴拉」時，係
以被占卜人福慧時機成熟、意念一動的當日輪值靈數（即
幸運牌）為起始靈數，以及每年依序變動的「靈動亂
數」，做為吉煞指數的標竿。因此被占卜人的「卡巴拉」，
同樣也只能適用在當年年底而已。

4. 讀者在使用卡巴拉吉煞星會聚圖2005年試用版之後，若能
   體會到其中玄妙，及確實得到無形之助益，並認為有必要
   擁有個人專屬的「2006年版卡巴拉吉煞星會聚圖」者，請
   上網www.kblkbl.com或以電子郵件寄su709393@yahoo.com.tw
   查詢即可。

國家圖書館出版品預行編目資料

千金難買早知道 / 蘇仁宗著. -- 初版. -- 臺
北縣淡水鎮 ： 拍案出版；臺北市 ： 傑克魔
豆文化發行，2005[民94]
　面 ； 公分. --（智多星；1）

ISBN 986-81219-0-6（平裝）

1. 占卜

292.9　　　　　　　　　　　　94008059

智多星 01

千金難買早知道

作　者：蘇仁宗
封面題字：歐豪年

特約編輯：陳小蕨

發行人：蘇仁宗
出　版：拍案出版社
　　　　台北縣淡水鎮民生里樹梅坑二十九號十二樓
　　　　電話：886-2-23649345　傳真：886-2-23649345
　　　　網址：www.kblkbl.com
　　　　客服電子信箱：su709393@yahoo.com.tw
　　　　劃撥帳戶：財團法人重仁文化教育基金會
　　　　劃撥帳號：1052666-7
　　　　法律顧問：鍾永盛律師

總經銷：農學股份有限公司
　　　　電話：886-2-2917-8022
　　　　傳真：886-2-2915-6275

初版一刷：2005年6月
版權所有・翻印必究 （Printed in Taiwan）

如何獲得高額之現金NT＄1,980,000元？

本書作者提供NT＄1,980,000元現金（註：公平交易委員會規定之給獎最高上限；依稅法規定本國國民得獎金額需扣繳15%，外籍人士20%的中獎稅）回饋讀者，只要剪下『千金難買早知道』書內附的「總現金198萬元抽獎單」，詳細填妥資料，寄至「財團法人重仁文化教育基金會」，地址：251台北縣淡水鎮民生里樹梅坑廿九號十二樓，就可以參加由前台大代理校長，現任考試委員郭光雄先生於今年（2005）聖誕節前夕主持的「公開抽獎活動」。

中獎名額人兩名，購書人可獲得NT$990,000元，介紹您買書的朋友，也可以獲得NT$990,000元。請上網http://www.kblkbl.com查詢。空前的購書優惠，務必把握難得的機會！

如何獲得遊走台指期貨市場必勝的「外掛程式光碟」以及「卡巴拉吉凶星會聚流年圖」？

◎您只要捐款NT＄10,000元（含）以上給「財團法人重仁文化教育基金會」，就可獲贈《千金難買早知道》精裝紀念版一本，書內附有「外掛程式光碟」一張（註：須與精業「網路贏家」資訊系統聯結），台指期貨市場（含星加坡摩台指市場）投資人只要在每天上午08：50至09：00之間，上網http://www.kblkbl.com取得本日進出場及轉折參數，依光碟中作者獨創的「黃棒建倉法」進出場，依過去統計數據顯示其正確率**高達88.88%以上**！

本次精裝紀念版義賣活動限量3,000本，每人限購一本，預測之資訊則免費提供至2005年12月31日為止。期滿後捐款人可將捐款收據，換取同金額之「上網點數卡」，以取得每日預測之數據。

客服電子信箱：su709393@yahoo.com.tw

擇日不求人！免費附贈限量版作者珍藏「吉煞星會聚流年圖」！

作者首度釋出珍藏法寶，「吉煞星會聚流年圖」讓您省去大筆金額，成為DIY自助占卜師，不論開店、購屋、生子、婚喪喜慶……，皆能提供您神準的建議！購買首批限量3萬本典藏紀念版，將免費隨書附贈2005年版個人專屬「吉煞星會聚流年圖」光碟！

2006年之後需捐款NT：3,650元以上(含)至郵政劃撥第1052666-7號，戶名「財團法人重仁文化教育基金會」，並在劃撥單背面留言欄中，註明姓名、電話、地址、出生年月日及索取「吉煞星會聚流年圖」等字樣之外，還需填入55個靈動數。（靈動數的產生：將一付全新樸克牌，洗過牌後，隨機在牌的背面編號從1到55，再重新洗牌、並切牌之後，從上端開始依序填入背面55個數字。）成為捐款人的個人專屬「吉煞星會聚流年圖」光碟啟動密碼。隔年依此類推，掛號寄交捐款人。

如捐款人姓名：蘇仁宗1946年6月28日生，靈數：
40,8,23,2,50,26,47,22,15,28,39,4,9,45,17,35,5,46,30,13,42,25,36,52,19,38,49,6,27,31,24,34,18,55,3,44,11,29,7,43,10,21,33,51,48,12,54,14,16,20,32,37,41,53

財團法人重仁文化教育基金會 收

251
台北縣淡水鎮民生里樹梅坑廿九號十二樓

←請沿虛線剪下，點貼郵寄。

答案版

總現金 $198萬元抽獎單

預約你的百萬人生！

本書作者提供198萬元現金回饋讀者，只要填妥「千金難買早知道」書內附的「總現金198萬元抽獎單」，就可以參加於今年（2005年）公開舉行的抽獎活動，詳情請見封底折口。空前的購書優惠，務必把握賺得的機會！

總現金 $198萬元抽獎單

編號：AA 0023631

※請務必填寫身分證統一編號，以便中獎之獎金能順利領取；
未填寫完整資料內容者，恕不受理。

您曾經開戶投資台灣股票市場嗎？□是 □否

您曾經開戶投資台指期貨市場嗎？□是 □否

如前兩項答案為是，那麼到目前為止，您是贏家嗎？□是 □否

開戶證券或期貨公司名稱： 證券公司或 期貨公司 分公司

您需要知道天台指期貨市場多空方向買賣及轉折資料嗎？□是 □否

您願參加下次類似抽獎活動嗎？□是 □否

您有占卜經驗嗎？□是 □否，您相信本書嗎？□是 □否

如果為是，您願意將本書介紹給友人嗎？□是 □否

您願意接受本書作者其他著作簡介資料嗎？□是 □否

（活動期限至2005年12月15日截止，以郵戳為憑）

→ 請依虛線對折

黏貼部郵。

讀者姓名： 　　　　　　　　性別：□男 □女

聯絡電話：□□－

手機：□□－　　　　　　　傳真：□□－

e-mail：

您會上網嗎？□是 □否，您有中華民國國籍嗎？□是 □否

中獎時須填入身份證統一編號：□□□□□□□□□□

出生年：西元□□□□年□□月□□日

地址：□□□□□縣市　鄉鎮市　　路
　　　段　　巷　　弄　　號　　樓之　號

介紹您購買本書者的姓名：□□□□□

身份證統一編號：□□□□□□□□□□

您購買本書的地點及店名：